山崎丰子

著

邱振瑞

译

女系家族

上海三联书店

NYOKEI KAZOKU

By TOYOKO YAMASAKI

© YAMASAKI TOYOKO Copyright Management Association 1963

Original Japanese edition published by SHINCHOSHA Publishing Co., Ltd.

Chinese (in simplified character only) translation rights arranged with

SHINCHOSHA Publishing Co., Ltd. through Bardon-Chinese Media Agency, Taipei.

本书中文译稿经成都天鸢文化传播有限公司代理，由城邦文化事业股份有限公司
麦田出版授权使用，非经书面同意不得任意翻印、转载或以任何形式重制。

著作权登记图字：09-2019-1028

图书在版编目（ＣＩＰ）数据

女系家族/〔日〕山崎丰子著；邱振瑞译.—上海：
上海三联书店，2020.5
　　ISBN 978-7-5426-7009-0

Ⅰ.①女… Ⅱ.①山…②邱… Ⅲ.①长篇小说—日
本一现代 Ⅳ.①I313.45

中国版本图书馆CIP数据核字（2020）第052352号

女系家族

〔日〕山崎丰子 著　邱振瑞 译

出 品 人/付　明
出版统筹/潘江祥
责任编辑/董毓玭
特约编辑/张静乔
策划编辑/孔凡红　苟　敏
装帧设计/DarkSlayer

出版发行/上海三联书店
　　　　　（200030）中国上海市漕溪北路331号A座6楼
邮购电话/021-22895540
印　　刷/山东华立印务有限公司

版　　次/2020年5月第1版
印　　次/2020年5月第1次印刷
开　　本/880×1230 1/32
字　　数/400千字
印　　张/16
书　　号/ISBN 978-7-5426-7009-0/I·1623
定　　价/69.80元

敬启读者，如发现本书有印装质量问题，请与印刷厂联系 0634-8860566

目录

葬　礼

　　矢岛家的亲族个个穿着灰色捻线绸料、印有利休橘家徽的丧服。从店员、掌柜到同族别门的亲戚都穿着一式的丧服，这种隆重的排场比起葬礼的肃穆来得引人瞩目。

　　光法寺的大门前挂着黑白竖条相间的布幕，穿着同款丧服的矢岛亲族聚集在门前。人们从悬挂的家徽布幕一眼即知葬礼的隆重，从寺町的电车道到光法寺的石坡路上排满了纺织业界老店致赠的花圈，连寺内都摆满了芥草。

　　从大门到正殿的参道两旁摆了三百对大芥草，中央的通道铺着木板，还特别覆上一层雪白的长布。大殿正面的捻香台自不必说，连吊唁者捻完香从侧门离开的石阶都覆上了白布。正殿也只露出了屋顶，其余部分被白布遮盖，整体弥漫着清净庄严的气氛。印有家徽、棺帘遮盖的已故矢岛嘉藏的灵柩，安放在殿内正面一阶高的佛坛上。这时候，披着红色七衣①的光法寺贯首担任主法师，其他披着五衣②

---

① 袈裟的一种，是用七条布料，每条两长一短做成。
② 袈裟的一种，是用五条布料，每条一长一短做成。

的十五个分寺住持列坐在大师两旁，执事僧和作务僧等站在后面，不断诵念经文。众人随着大师一齐诵经，那声音宛如松涛般响彻大殿内外，整座大殿在袅袅轻烟与亮红摇曳的灯火衬托下显得格外美丽。

穿着洁白绉绸丧服的矢岛藤代和两个妹妹并坐在佛坛左侧的家属席中，她低垂着头，同时以眼角余光确认葬礼盛况。与六年前母亲去世的葬礼相比，今天的排场似乎略微逊色，但想到父亲只是矢岛家招赘的女婿，这场葬礼也算是盛大了。

寺内摆了三百对芥草和供花，通道上不吝惜地铺着白布，光法寺贯首为法事导师，下属的十五名分寺住持全员到齐，这是父亲临终前交代的遗言。当初，他并未说得这般详细，但似乎暗示过他的法事必须比六年前（昭和二十八年①）秋天过世的母亲的葬礼还要隆重些。

其实，身为船场第四代棉布批发商的老板，又是矢岛家的一家之主，并没有必要留下这种遗言。藤代想到父亲以入赘女婿的身份隐忍了三十四年，最后的遗言居然是葬礼要比母亲的盛大，不由得为父亲的浅陋感到悲哀。

矢岛家族于宝历年间②从北河内迁到大阪，第一代在南本町开了个半间门面的棉花店，历经四代，终于成为老字号的棉花批发商而繁荣至今。不过，矢岛家三代掌门人都是入赘的女婿，因此，藤代的母亲、祖母、曾祖母都是矢岛家的女儿，她们从管家之中选婿入门来继承姓氏和经营家业。藤代的父亲矢岛嘉藏也曾经是矢岛家的管家，他

---

① 即一九五四年。
② 日本桃园天皇的年号，指公元 1751 年—1764 年。

二十四岁那年的春天，跟小他两岁的松子结婚，被招为女婿。

自从藤代懂事以来，矢岛家的宅内总是有许多女宾客来访，时而迎办女儿节、时而赏菊或赏雪，仿佛一年四季都在玩乐。可是，不知父亲嘉藏是因为心情不佳或不愿扫女人家的兴致，他总是待在木格子账房里埋头处理商务。

即使大过年的，在矢岛家中，女眷欢度正月十五比起男人过新年还受重视。打从那天清晨起，女眷便在高脚桌摆放明石鲷鱼和七草粥①举行庆祝仪式，就连餐具的摆放方式也不一样，器皿上的家徽并不是朝着父亲嘉藏，而是对着年幼的女儿藤代。

"总而言之，这孩子是将来要继承家业的人呀……"

母亲松子点出其中的奥妙，那时尚健在的祖母阿金接着说："藤代，托你的福，我们过了一个好年。矢岛家三代的女人同桌用餐，没有比这更值得庆贺的了。你曾祖母若能多活几年，我们就是四代同堂了……"

说完，转身对着嘉藏说："请，你也吃一点……"

祖母的态度宛若高高在上的主人对佣人说话，但父亲表情依旧，端正跪坐，默然地拿起筷子。

继藤代以后，千寿和雏子两个女儿又陆续出生，当时大家都在议论怎么连续生了三个女儿呀。

"我们家是靠女人兴旺起来的，生了三个继承家业的女孩，以后会更兴旺才对。"矢岛家反而设宴款待亲朋好友，大肆庆祝女儿的七夜②。

---

① 在正月七日以春天的七种菜煮成的粥品。
② 孩子生下来的第七天晚上，长辈举办谢神的庆祝活动。

对矢岛家的家族关系毫无疑惑的藤代上了女校之后，在学校上了《生活与伦理》课程，有天受邀到同学家中做客，这才发现自家的家风与习惯不同于一般家庭。

在藤代家中，父亲的存在形同影子；而在其他家庭里，做父亲的却能随意斥骂女人，对女人所做的事情尽情挑剔。刚开始，藤代对此事有一种特殊的新鲜感，因而经常到有父亲咧咧斥喝女人的友人家玩，但久而久之，有一种说不上来的不快，便不再这么做了。对于从小习惯凡事由女人做主的藤代来说，在母亲松子的耳濡目染下，也学着在家中颐指气使了起来。

母亲完全没把父亲放在眼里，每次出言差遣父亲，藤代尽管作势帮父亲说上几句，但内心里自视为矢岛家的女总管，瞧不起入赘的父亲。

父亲去世的那天也是如此。

罹患肝病、长期卧床的父亲在两三天前病况突然恶化，可是她们三姐妹相偕要去京都的南座看戏，好不容易才弄到门票，便将父亲托给保姆和保姆照料。等到那场戏的第二幕结束，她们接到父亲病危的电话通知，才慌张地驱车赶了回去。

千寿的丈夫良吉已经站在店门口等候，藤代对他连瞧都不瞧一眼，便径自穿越院子，从旁门往父亲的房间跑去。当她正要走向中庭两侧的回廊转角时，发现有个女人从院子里的树丛缝中走进旁门。平常只有店里的伙计、保姆和照料父亲的看护妇从院内泥地进出而不经走廊，刚才走进去的那个女人却梳着漂亮的西式发型，以前从未见过。藤代顿时停下了脚步，但身后又传来千寿和雏子的脚步声，只好直接赶到父亲的房间。

来到病房前，藤代不禁放轻了脚步，或许是刚才进去的那个女人忘了把拉门关上，门敞开着，藤代默不作声地跨过门槛，闻到一股刺鼻的消毒水味，随即传来父亲嘶哑的呻吟声。

"宇市，那件事就拜托你了，还有……"

父亲的声音突然中断了，转为急促而痛苦的喘息声。藤代躲在拉门后面，正要偷听下一句话，不料大掌柜宇市已察觉门外有人，便出声说道："令尊已经等很久了，赶快进来吧！"

藤代霎时大吃一惊，慌张跑近病榻，跪坐在枕边说："爸，您怎么了？我们回来看您了。"

这时候，千寿和雏子也探着父亲的病容大声说道："爸，您要振作起来呀！"

然而，父亲依旧是表情痛苦，涣散的目光看不清楚这三个女儿。

"我的葬礼要办得隆重……在寺内摆上三百对芥草和供花……还有，别忘了铺上白布……让光法寺的所有法师为我诵经，要百人供奉……"

父亲断断续续说着，喘得更厉害了。坐在藤代对面的医生和护士一边示意藤代她们不要多说话，一边赶忙替病人施打生理盐水、戴上氧气罩。看来已经注射了好几次，医生抓起病人细瘦的手臂，护士和保姆则把输氧器拉到枕边。

千寿和雏子面面相觑，坐在她们俩身后的千寿丈夫良吉同样是神情茫然，房间陷入痛苦而凝重的气氛中。与其说藤代没有细听父亲交办的葬礼事宜，倒不如说一心想着刚才没听完整又极想听的话。氧气罩的罩口微微滑动，氧气泡不断喷出。

"爸，您还有什么事要交代？"

危笃的老人不知是否听到了女儿的呼喊，嘴巴罩着氧气罩，气若游丝，动也没动一下。

"爸，我们该怎么办才好？"藤代伏在父亲身上问道。

突然，父亲嘴上的氧气罩脱落，他睁大眼睛说："你们的事情……我已经交代宇市先生了。"

"交代了？那家里的重大事情怎么办？"

"家里的事……"由于父亲的声音微弱，藤代不由得贴近父亲耳边。

"我已经向宇市先生交代妥当了……宇市……"

说着，他眼神迷离地看着宇市的方向，但藤代也不抬眼看向宇市，只是追问："您说了什么？快告诉我们呀！"

然而，父亲拒绝回答似的，在闭上眼之前喘咳了几声，就再也没有睁开眼。千寿和雏子双手掩面啜泣，藤代揣度不出父亲的真意。三个女儿特地在他临终前赶了回来，他居然不将家中事务和遗产的处理说给她们听，故意交托给大掌柜宇市。

从守灵那天起，藤代心中逐渐对父亲的用意感到疑惑，这是对仿效母亲鄙视他的女儿们故作冷淡，还是意有所指的惩罚？

木鱼声戛然而止，执事僧侣向家属席恭敬施礼。

"请家属捻香，先从丧主开始……"

藤代安静地起身，朝站在前列的大师施上一礼，然后走近祭坛，拖着仿佛只有地位崇高的丧主才能穿戴的白色绉绸长裙，缓缓走到灵前磕头。

这位统管内外的矢岛家女儿——今日葬礼的丧主——为了给吊唁者留下深刻印象，故意不遵照传统的立身捻香方式，而是跪在捻香台前搓揉着白珊瑚佛珠，双手合十良久，轻轻诵念之后，才恭敬地捻了香。这时候，藤代清楚地意识到站在那里的僧侣、亲戚、别门家族及殿内的列席者，都不约而同地用疑惑的目光看着她，但是她依然故我。藤代回到席位上，换千寿起身上前捻香。

与姐姐藤代相比，千寿身材矮小，脸蛋亦不如姐姐漂亮，但那袭白色丧服却十分合身。千寿深知自己的动作要合乎分寸，来到祭坛先低下头捻了香，又低着头回到自己的座位上，接着轮到妹妹雏子。

雏子和两位姐姐一样身穿白色丧服走向灵前，她圆圆的脸蛋仿佛跟那古式的丧服很不搭调，以至于她在捻香台前笨拙的动作特别显眼。

矢岛家三位女丧主捻完香后，轮到千寿的丈夫良吉；冠上矢岛姓氏的良吉，身穿印有家徽的黑羽双层裤裙①来到灵前上香。他似乎被诵经的大师和吊唁者的气势所压倒，始终不敢抬眼，脸色煞白地来到捻香台前，毕恭毕敬地捻了香。

藤代对着看似耿直却又有点阴沉的良吉投以轻蔑的目光，不过良吉就是凭着笃实的本性成为没有心计的千寿的招赘女婿。既然自己同意"嫁给"别人，也只好大模大样地扮起了今天葬礼的丧主。

紧接着良吉之后捻香的是已故母亲松子的妹妹——另立门户的姨母芳子。她的皮肤白皙，脸蛋圆润，平常都梳着西式发型，只有今天梳成古式黑元发结（守丧期间梳拢的发型），无非在强调她也是矢岛家女系成员。藤代想起至今仍对分家颇为不满的姨母，意识到眼前不仅有两个伺机而动的妹妹，这个姨母更是不能掉以轻心！继姨母之后，矢岛家的亲戚、同族别家的代表陆续上前捻香，藤代向大师施上一礼，站了起来。千寿和雏子也随之起身，因为矢岛家三姐妹要向陆续捻香的吊唁者表达谢意。

---

① 全部共五件，亦即丧家代表。

大殿旁的钟响了，宣告下午两点公祭的时间已到，殿内的诵经声和木鱼的敲击声也大了起来。摆着芥草的大门前人群熙来攘往，从大门到大殿的通道上，不断地有身穿黑色丧服的吊唁者静穆地走来，而穿着灰色丧服的矢岛一家则宛如芥草般站在通道两旁迎接吊唁的客人。铺着白布的通道上，黑色人影和灰色衣服交织成冷涩的色彩，在早春淡淡的阳光下，如同一幅奇特美丽的画。

　　吊唁者从正面拾阶走上大殿前的捻香台，捻完香后步下左侧的台阶，再走下缓坡。所有参与矢岛家治丧的亲族站在这段通道上向吊唁者答谢，并示意他们从旁门出去。

　　矢岛家的三姐妹站在旁门前的礼台上，迎接捻完香后走出来的吊唁者。在青竹和白木围搭的礼台上，藤代站在正中央，千寿和雏子分站两旁，她们将捻动的佛珠靠在膝上，向每位吊唁者欠身致礼。身穿黑色丧服的吊唁者或许被穿着雪白丧服的矢岛家三姐妹异样的美丽所惊愕，每个人几乎忍不住停下脚步凝目细看，再恭敬地施上一礼才走出门。

　　藤代和两个妹妹站着不断地向出来的吊唁者答礼，心里却一直等待某个吊唁者，为了不让妹妹们有所察觉，她也跟着向吊唁者低头致意，但她那双细长的眼睛仍敏锐地来回扫视。在穿着礼服和丧服的人群中，一眼便发现穿着印有家徽、出身风尘的女人，她不由得抬眼看去。

　　"你在找谁呀？"千寿凑近藤代的耳畔低声问道。

　　藤代转脸看去，站在左侧的千寿正倾着细白的脸庞盯着她看。

　　"嗯，没什么啦，只是……"

　　千寿见藤代含糊其词，接着问："姐姐，你也在找那个人……"

　　虽说藤代估算着吊唁人群什么时候会走完，但仍克制着自己的表情，只是两只眼睛恨不得看穿人心。

"我不是在找……"

千寿平常看起来没什么心机，正因为这样，这突然的提问让藤代难以回答。

"好了，不必再瞒下去了。"雏子突然插了一句，她站在藤代右侧，一边向吊唁者点头，一边说，"与其这样大海捞针，倒不如直接问宇市先生比较快呢。"

雏子抬起圆圆的下巴，指着站在距离藤代五六步远，于斜后方的旁门欠身致意的大掌柜宇市。

宇市跟其他店员、管家一样，穿着印有矢岛家徽的灰色丧服，不过他腰间系的是与大掌柜身份相符的质地厚实的仙台产丝织裤裙。一如往常，谁也猜不出他那灰白浓眉底下的眼睛到底是睁着或闭着，他站在离藤代她们五六步远的斜后方，随时听候三姐妹差遣。

漫长而不间断的吊唁者队伍，默默地向眼前不甚熟悉的矢岛家三姐妹点头致礼，有些老铺的店东来到宇市面前时，会停下来向他安慰几句。每当此时，宇市便低下灰白发的头，用历经两代大掌柜的身份向多年来对矢岛家给予关照，以及今天特地来致意的店东表示谢意。看来大家都已意识到，不管矢岛家是谁故去、由谁来接管，对大掌柜宇市而言似乎都没有影响。

藤代对世间有这样的看法觉得反感，然而，宇市从前两代起即在矢岛家担任大掌柜并管理家中财务，却是不争的事实。矢岛家三代都是由女人继承家业，再从年轻的管家中选婿入门。长年来在此受雇的宇市比矢岛家的新店东更懂得经商窍门，尤其精于不宜外露的财产管理，这是毋庸置疑的。

宇市在矢岛家接连三代都担任当家大掌柜，比藤代她们的父亲嘉藏更精于理财治家，尤其在财产管理上，身为店东的嘉藏有时候还要跟宇市商量或请教。宇市在矢岛家的地位，从家族对他的称呼可以显现出来。从入赘的嘉藏到继承家业的母亲松子都不敢直呼他的名字，而是略带客气地称呼他"宇市先生"。

藤代眼见吊唁的人潮终告一段落，宇市也稍稍放松时，克制地向宇市喊了一声："宇市先生……"

距离藤代五六步远的宇市不知是否听见了，他只是弓着背倚靠在向阳处的旁门，动也不动。

"宇市先生……"

藤代又提高声音喊着，宇市这才仿佛听见了，挺直身子转头看向藤代这边，知会似的低下头来，仿佛不想被人发现般朝藤代这边走过来。

"您叫我吗？请问有什么事？"

宇市恭敬地回答，浓眉底下那双眼睛却谨慎地探寻藤代的表情。

"那个人今天有来捻香吗？"

"什么？您是说哪个人？"宇市露出疑惑的表情问道。

"我说的是，有个人比我们更早一步来到临终父亲的床边……"

面对藤代突如其来的问话，宇市把右手贴在耳边，倾着身子问："什么？您说什么？您父亲临终时，哪个人来到床边……"

"我在问你呢！那时候你正在屋里，难道不知道吗？"

"什么？我知道什么？我在屋里？什么呀，我知道些什么啊？"宇市仍旧把右手贴在耳边，身体倾斜得更厉害，高声反问道。

藤代赶紧用眼神制止他，压抑着怒气说道："我要说多大声，你才听得见啊？"

"是啊，最近我耳背得厉害，您靠近我耳边说好吗？"

说着，宇市把耳朵凑近藤代，但是仍有吊唁者陆续前来，藤代终究不方便贴近宇市耳边说话。

　　"得让我这样大声嚷嚷你才听懂的话，那我不说了。"

　　藤代不悦地别过脸去，宇市迅即瞥了她一眼，赶紧鞠躬说了声"恕我失礼了"，然后向站在旁边的千寿和雏子施上一礼，便缓步离去。

　　距离告别式结束尚有四十分钟，但吊唁的队伍尚未间断。藤代仍没放弃，在身穿丧服的女吊唁者之中搜寻着父亲死去那天她在庭院树丛间看到的那个女人。对方是个三十二三岁的女人，颈部线条优美、长相漂亮——藤代只有这么点印象。可是那些身穿黑色丧服的女性仿佛事先商妥似的裸露出美丽的颈部。如果仅凭这点模糊的印象，根本不可能找到，因为每个人看起来都差不多。

　　藤代抬眼看向宇市，他依旧站在门旁恭敬地目送吊唁者，碰到熟悉老铺店东时，便主动上前致意并亲自送到门外，从他那敏捷的眼神来看，刚才他对藤代的问话无疑是装糊涂。

　　或许宇市只能这样做。身为招赘女婿的店东嘉藏做什么都找宇市商量，而继承家业的松子——藤代她们的母亲，却总是牵制着他，不让他对自己的丈夫言听计从。然而，居中缓和双方之间的紧张关系就成了宇市的职责。或许宇市长年在这种处境下已经习以为常，平常总是面无表情、沉默不语，不论问他什么，他尽量不立即回答；在灰眉底下的那双细眼总是戒慎恐惧地揣摩着对方，没有绝对把握绝不轻易回答。他还有一个怪癖，每遇到立场尴尬的时候，就会突然变得耳背或者佯装听不见，或者故意答非所问。他刚才的装聋作哑无疑是这类的把戏。

　　藤代面无表情的将视线离开宇市，投向从旁门走出来的吊唁者，突然被一个人影给吸引住了。

在络绎不绝的人潮中，有个身穿丧服、趿着草屐的女人，踩响着步子频频在铺着白布的通道上驻足观看，时而以眼睛数算着摆在通道两侧的芥草。从正面看去，藤代无法判断她是不是那个有着漂亮细颈的女人，但从其来回仔细数算芥草的动作来看，对方显然知道父亲要求家人在葬礼上为他摆放三百对芥草的遗嘱。这难道是父亲在临终那天，对着比藤代三姐妹抢先赶到的女人所做的交代？或者是父亲平常即已对那女人提过这件事？总之，父亲连身后事的仪式都要交代外面的女人检查，让藤代感到悲哀。

那女人没有察觉到藤代在注视她，沿着缓坡数着通道两侧的芥草，走到藤代她们所在的礼台旁，眨动着美丽动人的眼睛，数着芥草的株数；有时好像算错了，便立刻停下脚步，又回头再数一次。

那女人数完最后一对芥草之后，才放松地轻闭双眼休息。她若无其事地回头向大殿以目致意，抬眼看向礼台这边的时候，与藤代的目光相遇了。那女人霎时吃惊地别过脸去，赶忙低下头，表情僵硬地走到藤代面前，停下脚步向藤代深深鞠躬。藤代直盯着那女人的脖颈，她那截露在黑色丧服领口外的细柔脖颈显得特别白皙。她也对千寿和雏子深深施上一礼，不过姐妹俩并未察觉到这个女人的身份，也像对待一般吊唁者那般向她点头回礼。

藤代立即朝宇市的方向看去，宇市正向那名女吊唁者前面的一位客人频频致谢，当他发现那女人时，灰白浓眉下的那双细眼竟然大感惊讶。那女人神情僵硬地停了下来，向宇市说了些什么，但宇市的表情没有变化，而是严肃地予以致意。

历经四个半小时的盛大葬礼终于结束，在从光法寺返回南本町矢岛家的车上，藤代一直在揣想刚才那个女人。那女人三十二三岁，皮肤白皙、容貌美丽，她的美貌既不像藤代的娇艳，脸型也不像千寿的长脸般冷艳，也不是雏子那种圆润可爱型。那张脸看似平凡，善解人意的眼里却洋溢着脉脉温情。

藤代心想，不知父亲是在母亲去世前认识了这女人，还是在母亲死后才认识的？总之，这女人与藤代那奢的母亲是完全不同类型。由此推断，父亲对这女人的用情之深，从这女人比她们先赶到临终父亲的病榻前，又趁她们未发现就悄然离去的动作来看，藤代觉得这女人跟矢岛家日后的家业必有重大关联，不由得感到不安。

"姐姐，您在想什么呀？"千寿在藤代的耳畔问道，观察着藤代的表情，"您大概太累了。姐姐您跟我们不同，因为今天您是我们家代表……"

看来千寿好像也没注意到那女人，跟雏子一样关心地望着藤代。

"是啊，当丧家代表果真很累呀……"

藤代这样应和着两个妹妹，并没告诉她们要找的那个女人已经来过了。

车子在拉下大门的矢岛商店前停了下来，看家的保姆早已手持净盐站在门口等候。三姐妹从胸口到脚跟撒了几次净盐，去掉晦气之后，才走到屋内，穿过回廊，步入内庭。

几个小时前安放父亲灵柩的十二叠①和八叠相通的大客厅，一下子变得宽敞许多，正面的壁龛前还摆着未拿走的放经卷的桌子和供花，看起来很不协调。藤代她们没有走进客厅，而是绕过树丛扶疏的中庭走进服装室，脱下素白的绉绸丧服，换上黑色丧服。待会儿她们要穿着这袭丧服去迎接矢岛家的近亲，还得为来客准备斋膳。

----

① 用于丈量榻榻米的量词。一叠约为 1.62 平方米。

换下丧服之后，她们正要朝玄关走去，大门外传来停车的声音和一阵人声喧闹。她们疾步来到旁门相迎，一眼便撞见了已分家的姨母芳子。

"啊，这次的葬礼办得真隆重啊。嘉藏的运气真不错，遇上了好天气，在大阪这种好天气可不多见呢。"姨母芳子大声说着，也不等藤代她们带路，便径自朝里面的客厅走去。

随姨母芳子之后，矢岛家的近亲也陆续到齐，保姆端上了斋膳，在十二叠和八叠相通的客厅里，将印有家徽的黑色膳盒摆成一个口字形，藤代、千寿、雏子三人坐在末席，千寿的丈夫良吉坐在她左边，大掌柜宇市只能算是佣人，坐在良吉后面。

"今天，承蒙各位亲戚在百忙中拨冗参加亡父、第四代店主矢岛嘉藏的葬礼，在此我代表亡父向各位致上最深谢意。略备斋菜，望请各位享用。"

藤代说完丧主的开场白，姨母芳子旋即接着说："今天的葬礼办得真风光啊，藤代的开场白也说得周到，大家就来享用丰盛的斋菜吧。"

然后，她用不同以往的郑重语气向列坐的近亲寒暄。

沉闷的葬仪致辞结束后，席间热闹起来，坐在面向壁龛左侧席位的矢岛家亲戚早已不顾礼节地喝起酒来了，坐在右侧的嘉藏生家亲戚显得态度拘束，默默地吃着斋菜，因为身为招赘女婿的嘉藏若还健在并经营矢岛家的生意，那么他们和矢岛家还能保有某种亲缘；一旦他去世之后，两家的关系自然有名无实，嘉藏的亲戚似乎已经顾虑到了这一点。

藤代她们看出了嘉藏生家亲戚因受到冷落有点闷闷不乐，但是姨母芳子却不以为意，坐在正面的席位上自顾自地高谈阔论："这次葬礼办得可风光啦。能有这样的葬礼，死去的人应该心满意足了。这跟我那死去姐姐的葬礼没什么两样嘛。"

芳子说着，抬眼看着坐在对面的嘉藏胞兄山田佐平。在和歌山的御坊种田为生的佐平，喝了点小酒就满脸通红，他诚惶诚恐、语气卑屈地说："是啊，葬礼办得这么隆重，我们连想都不敢想呢！相信我死去的弟弟必定会瞑目九泉，实在太感谢了……"

"是啊，就是啊。虽说同样出身矢岛家，但像我这样外嫁的女儿，就算家里有人死了，葬礼也不可能办得那么风光呀。"芳子不容分辩地说着，然后转脸看着坐在身边的丈夫，话中带刺地说，"所以说呀，什么事都得看本家的脸色呢。"

与体型微胖的姨母芳子相比，身材瘦小、性格懦弱的姨父米治郎此时脸上的表情非常尴尬，最后只好替芳子辩解似的说："不能这样说，本家平常也很关照我们。"

不过，芳子却对丈夫的这句话不予理会，反而转脸看向藤代三姐妹说："你们今天穿的纯白丧服可真漂亮啊，尤其是身上的白绉绸和服，背后印有墨色的家徽，腰间系着白色缎带，真有继承矢岛家业的女人身份和风采呢！连藤代和千寿看起来都跟雏子一样年轻。"

说着，她眯起眼睛望着藤代三姐妹，突然想到什么事似的问起："是啊，葬礼总算结束了，可往后的事才麻烦呢，你们打算怎么处理？"

由于芳子问得突然，使得藤代不知从何回答。

"这事情是有点奇怪，详细的情形父亲并没有告诉我们，临终前他只说已经交代宇市先生了……"

"什么？只跟宇市先生说了……你父亲没向你们交代什么吗？"

芳子质疑藤代的说法似的，用惊讶的目光看向千寿和雏子。千寿和雏子点头表示真有此事，芳子更瞪大眼睛问："噢，这就奇怪了。纵使宇市先生值得委以重任，你父亲也不能把你们三姐妹扔着不管呀，这真是怪事呢。你们猜得出是什么缘故吗？"

"我们也猜不出其中的缘故，只是……"藤代欲言又止。

这时，坐在末座的宇市突然探出身子，双手放在裤裙上，几乎把整个上半身都探了过来，当着姨母芳子和藤代的面，低头说："恕我无礼，贸然打断几位的谈话。今天才刚办完丧事，大家又正在享用斋菜，这方面的事情等日后请亲戚代表来谈比较合适。"

"你是说要召开家族会议吗？"

"是的，还是请亲戚代表来共同商议的好，拜托各位了。"

宇市的措辞恭敬，其总结似的口吻却不容分说。藤代旋即看向他，语带挖苦地说："噢，宇市先生，你的耳朵又听得见啦？中午时分，我那么大声说话，你怎么就听不见呢……"

"嗯，是啊，是啊。"

宇市动作夸张地侧着头沉思，然后眨着那双灰白浓眉下的细眼，用那满是皱纹的嘴角堆起难以捉摸的傻笑后，突然挪膝退回自己的位子上。

过了二七①以后，葬礼总算告一段落，家中不必为烦琐的法事忙碌，终于恢复平常的生活了。

藤代坐在面向中庭的自己房间里，仔细环视着宅邸的庭院。隔着外墙的店门口那边传来了喧闹的买卖声，而院内却静谧无声。三月中旬的阳光洒在庭院的枝叶上，也映在中庭的枣形池塘里；红鲤

---

① 人死后的十四天。

鱼在水中畅游，时而溅起的水花打湿了池边的踏脚石。在大阪的闹市区居然有此静谧的宅邸，简直令人难以置信。不过，只要踏出这宅院一步，离开深宅大院抬头仰望，眼前尽是高楼大厦，而有着平圆二式①瓦顶和厚实土墙围着的矢岛商店，正是高耸楼群下仅存的一栋古式建筑。

多亏厚实防火墙的保护，矢岛商店才免于战火之灾。矢岛商店的门面有十间②宽，外面镶着大阪式的木格门窗，店门口有一条纵深二十四间的通道直达庭院，家里的人都是穿过这条通道来到旁门，再从旁门绕过回廊进入内庭。长廊上没有窗户，昏暗的两旁又是昔时做生意的旧屋，使用起来很不方便，曾经几次说要改建却一直没有动工，依旧保持着原貌。

藤代的房间刚好在回廊的转角处，屋檐又长，采光不良，显得有些阴冷，只有面向中庭的走廊装有一面玻璃窗，视野还算不错。隔着中庭斜对面的八叠和四叠半相连的是千寿的房间，正对面的八叠大单人房则是雏子的房间。房间的配置是母亲松子生前决定的。

三姐妹从孩提时期就在各自的房间里度过，若要去对方的房间，不管是穿越狭窄的回廊，或是沿着庭中的踏脚石而去，都有点像是去别人家玩耍时那般客套。下雨天，藤代打开房间的拉门，隔着庭中绿荫就看得到千寿和雏子的房间；有时候保姆会在走廊上摊开色纸，挂起"扫晴娘"，她们就会把玩着人偶。事实上，她们很想找对方玩耍，只是在对方没开口之前，谁都不愿主动登门。虽说现在已经长大成人，但是当年那段记忆至今仍留在她们的内心深处。

对于三姐妹的母亲来说，为了维系女系家族特有的传统和秩

---

① 用平瓦片与半圆形瓦片交互堆砌而成。

② 日制尺寸，1 间为 6 尺，约合 1.82 米。

序，从三个女儿幼年时起，就分别把她们放在各自的房间扶养，乳母和保姆也各自分开，单独照顾她们的生活。结果，这种方式却把她们三姐妹养育成没有骨肉情感、孤独自负又好胜的性格。

藤代起身来到走廊的窗户旁，拉开一条细缝，朝千寿和雏子的房间探看。雏子似乎和往常一样去上烹饪课，隔着玻璃窗看得见保姆在打扫房间；千寿的房间则紧闭着，静悄悄的，没有任何声响。

在三姐妹之中，千寿的性格最文静，把良吉招赘进来之后，这对夫妻的房间也不曾传出喧闹的笑声，总是无声无息。但自从父亲死后，藤代对这种安静反倒感到忧心，因为藤代每次看到良吉从店里回到千寿的房间、关上拉门似乎在窃窃私语时，总怀疑他们可能在家族会议上抱怨她这个嫁出去又回来的长女与他们夫妻之间的微妙关系。

明后天就要召开家族会议了，藤代表面装作平静，内心却焦躁万分。七年前，藤代嫁给了八幡筋的古董商——三田村家的独生子，后来因为婆媳不和，夫妻感情仅维持了三年，藤代便主动返回娘家住了。这段时间，千寿招了女婿入门。原本应当由长女藤代招婿的，她却硬要嫁给在茶会上认识的三田村晋辅，把招赘的责任推给千寿便离家。为此，千寿并没有抱怨，问题是离婚后重返娘家的藤代作风十分强势，把住在她那十叠和六叠相连房间的千寿夫妻赶了出去，重新占据自己的房间，丝毫不觉得自己矮人一截，一副自己就是统管矢岛家的女儿的架势。

当时，千寿和藤代并坐在父亲面前，默默地听完姐姐的说辞。

父亲嘉藏语气含糊地说："怎么办？我知道你刚结婚不想换房间，可是这房间原本就是你姐的……"

"这是家中的旧规，而且您都认为这么办好，我也无话可说。"

千寿顺从这个决定，却是话中有话。父亲嘉藏向来对藤代非常客气，藤代说要出嫁，父亲就点头答应，嫁不到三年说要回来，他依旧点头同意，为此千寿常抱怨父亲不公平。

其实，父亲嘉藏对三个女儿都很客气，从不直呼女儿的名字，尤其对于长相酷似其母的藤代更是多了几分客套。藤代与千寿和雏子不同，她是在祖母阿金还健在时出生的，深知父亲在祖母和母亲面前卑躬屈膝的样子。在这样的女儿面前，父亲或许感到有些自卑。

正因为这样，父亲心中对藤代绝对有所保留。临终前，当藤代问他后事如何处理时，他并不直接言明，只说一切事情已交托宇市了，或许这就是父亲对藤代的憎恨。每每想到这里，藤代内心便会涌上难以名状的不安。

父亲到底向宇市交代了什么？三个月前，父亲卧床不起，屡次陷入病危，却没向她们三姐妹清楚交代后事即撒手西归，可见这其中必有隐情。

在三姐妹之中，处境最困难的是长女，也就是离婚又归的藤代；最有利的是已经招婿入门的千寿，尤其丈夫良吉又在矢岛家供职，这样就更为有利。尽管如此，千寿的丈夫良吉尚未继承矢岛家的姓氏，还没成为正式的矢岛商店继承人。在这种情况下，身为长女的藤代离婚又回娘家住，而三女雏子也尚未出嫁，将来若招婿入门的话，将使矢岛商店的继承问题更棘手。

这几年来，化纤工业发展迅速，使得传统布商备感压力。自前代起，矢岛家的生意规模就缩小许多，不过，已经累积四代的财产，加上大阪市区的不动产，无疑是资产庞大，尤其印有"岛"字号的布帘比什么都醒目。而拥有如此雄厚的财产，父亲却不说明如何分配便猝然离去，藤代对他的这种惩罚越想越感到疑惑。

藤代的脑海中浮现出父亲葬礼那天在通道上用目光来回数着芥草的女人。从父亲愿意把葬礼事宜交代给那个女人，以及那女人又到现场确认葬礼是否如实进行这点来看，父亲与那女人的关系肯定比他们父女的感情来得深厚。父亲向宇市交托的事情中，或许那女人比起三个女儿更为重要。倘若这样，对藤代而言，那女人比千寿和雏子更可能成为日后的劲敌！

深知内情的宇市自从葬礼那天起便噤口不语，也几乎不到店里，说是忙着处理葬礼后的事宜和到亲戚家致谢。但是已经过了二七，他还没有在上班时段来到店里，显然是要刻意避开藤代她们，而这又让藤代感到不安。

藤代关上玻璃窗，突然想到了什么似的站起来，打开拉门往走廊走去。她穿过长长的走廊来到住宅和商店之间的过道，然后从商店的门帘缝隙探看店内的情形。

面向大街约有三十叠大的房间地板上，整齐而密集地排放着从八股到四十股棉线织成的布匹，其中有帆布（棉织物品）、久留米碎点白纹布、伊予白纹布、远州棉布、播州棉布、印度厚棉布和细薄白棉布等。店员在堆积如山的布匹间来回穿梭，招呼着从外县市或市区来的零售商，他们接下订单之后，便开好传票送往账房。

为了避免错把零售商的价格计算成优惠的中盘价，店主坐在最里面，店主的前面是管家，更前面则是擅长拨打算盘的年轻店员，刚好呈扇形展开的样子坐着。

藤代确认了店里的忙碌景象之后，又把目光转向账房。靠最里面坐在金库前的是千寿的丈夫良吉，他正用严厉的目光监看管家和店员的结账动作。良吉的表情与不久前坐在那里的父亲嘉藏神似，连坐姿也一模一样。他比千寿大三岁，只有身形颇高，面貌平凡，但坐在账房里却突然展现出矢岛商店少东的威严。藤代克制着愠怒的表情，估算着账房那边已经没那么忙碌，才穿过门帘绕到账房后面。

"良吉，你还在忙啊？"

藤代出声招呼，良吉吃惊地抬起头来，然后极其讶异地对着突然闯入店内的藤代说："您突然跑到后面叫我，有什么急事吗？"

"你坐在那个位子上像极了矢岛家第五代店主矢岛嘉藏的接班人嘛！"藤代说着，看到良吉面露惊慌神色后，接着又说，"对了，宇市先生今天没来吗？"

"是啊，我也不太清楚，他说葬礼后的事得再忙上两三天才有空到店里来。"

"噢，还要两三天啊……"

再过三天就是召开家族会议的日子。

"这次葬礼是办得很隆重，可是过后还有那么多事情要处理吗？"

藤代窥探着良吉的表情，接着才缓颊说："算了，反正这些事也不需要咱们操心……"说完，将目光投向账簿。

"二姐呢？"

藤代问的是千寿。在矢岛家里，向来有把长女称为大小姐、次女称为二小姐，幺女称为三小姐的习惯。虽说她们已经长大成人，藤代仍习惯用幼时的称呼，叫千寿为二小姐、叫雏子为三小姐，尤其叫千寿的时候，不正式说二小姐，而以"二姐"称呼。

"刚才她一直待在房里，大概还在里面吧……要不要我帮您看看？"良吉说着，顺势站了起来。

"不，不用了，我顺便过去看看……"藤代转过身，掀开门帘走了出去，穿过会客室来到千寿的房间前，隔着拉门喊道："二姐——"

千寿的房间里只传来时钟规律的嘀嗒声，除此之外没有半点声响。

"二姐——"

藤代又喊了一声，还是没人回应，也听不见有人走动。她悄悄打开拉门，朝房内探看，千寿的房间收拾得井井有条，连每张坐垫都规规矩矩地收在角落。刚才好像有人来访，搁在桌上喝剩的半杯茶还有余温。

藤代关上拉门，转身走进厨房，古式的粗梁支撑着厨房的天棚，铺着三合土①的地面十分宽敞，储物柜和排气窗已熏得黑亮，传统炉灶改为煤气炉，六名保姆正在这间和洋混合的厨房里干活。

"你们知道二姐去哪里了吗……"

藤代出声问道，保姆无不惊讶地停下手中的工作。

"奇怪了，二小姐刚刚还在房里，叫我端茶进去呢……"内宅女仆阿清表情诧异地说，"说不定还在房里呢……"

藤代又折了回去。为了慎重起见，她又探看千寿的房间，果然没看到千寿的身影。其实，藤代要找千寿并不是有什么要紧的事，只是自己一个人待在房里闷得发慌，尤其想到敷衍她的宇市和两天后要召开的家族会议，不由得忐忑不安，而且她也想知道千寿的想法。然而，千寿这时候偏偏不在，让她觉得特别郁闷，只好像男人无聊时把双手揣在怀里那样，穿过回廊朝以前是父母房间的内厅走去。

这个十二叠和八叠相连的房间就像其他商家的客厅那样，修造得简单朴素，两柱间并没有架上装饰的横木。客厅的墙壁抹上水泥，立柱的材质是杉树原木，地板则是高丽木材，镶着金箔的橱柜装有小门，镂空的栏间做工精巧。这房间两侧是称为"夫人房"和

———————————
① 一种建筑材料，用石灰与细砂、石子混合而成，干燥后坚硬如石，是混凝土的一种。

"老爷房"的卧室，分别是母亲和父亲的房间。自从六年前母亲去世之后，母亲那镶着木格的古式"夫人房"就紧闭着，同样连"老爷房"也始终空着，父亲则搬到那日照良好的十二叠和八叠相连的房间起居。如今这里的主人已经去世了，虽说房间依旧打扫得干干净净，但总有些阴森逼人，藤代受不住这种阴冷似的快步离去，转身走向服装室。再过两天就要召开家族会议，她要先选定出席当天的服装。

服装室紧邻母亲的房间，是间位于主房最旁边有点像仓库的阴暗房间，这个服装室摆着矢岛家三代女人存放衣服的衣柜，由此可知女人对这些衣服的执着与眷恋。藤代当初嫁到三田村家带去的行李运回来后，至今仍原封不动地放在这里。

来到服装室前，藤代突然停下了脚步。平常总是紧闭的服装室被拉开一条细缝，里面还透出淡淡的微光。藤代蹑手蹑脚地走到门缝前，往里面探看。

昏暗的房间里摆满了用印有家徽纹饰的防潮油布铺盖着的衣柜，里面没有人影，但总觉得有人轻声打开抽屉。藤代不由得心跳加快，脑中泛起一团疑惑。她一手抓住隔扇门的细缝，一手往上微抬不发声响地把门推开，房间里湿气颇重，只有朝北的窗户透进些微光线，摆放衣柜的房间后面昏暗得让人很难看清楚。她屏住呼吸走了进去，从衣柜后面往内窥看的同时，差点惊叫起来。

千寿那张白皙的脸庞被窗外洒进来的微光托映得格外分明，她丝毫未察觉有人进来，依旧浑然忘我地打开藤代的衣柜抽屉，把用包装纸包妥的和服一件件拿出来，那是藤代结婚当天穿的缎子坎肩、新婚礼服、纯白上衣、带纹绫子、黑绉绸长袖和服、白色花纹礼服……千寿着魔似的拿出藤代的衣服逐件摊在膝上审视，里里外外仔细打量，连长袍下摆的衬里也频频抚弄，看完之后，又一件件折好放回纸包，然后又摊开另外一件衣服。

"二姐！"

突然有人这么一喊，千寿吓得回头看去，霎时心虚地对着藤代说："哎呀，是姐姐您啊，吓了我一大跳，您怎么突然闯进来……我是来整理自己的衣服，顺便看看姐姐的，您那些衣服太漂亮了。"

千寿脸色煞白地说着，作势把藤代的衣服拿到眼前欣赏。

"你的衣柜里不都装得满满的？你来检查我的婚纱礼服，是不是又有什么企图？"藤代冷言尖酸地说。

"我没什么企图啦，只是想看看下次您要出嫁时，会穿什么样的漂亮衣裳而已。"

"什么？我还要出嫁……你胡说什么呀，我不会再嫁了，说不定我会招个夫婿在咱们家过一辈子呢。"

说着，藤代从千寿手中夺回自己的衣服，包进纸包里，塞入衣柜后，旋即转过身来。

"你不要不经人家同意，就擅自打开人家的衣服偷看，也不必操心人家的婚事！"

藤代气呼呼地扔下这句话后，便用力关上拉门走出服装室。

在姐姐的脚步声尚未消失前，千寿始终低垂着头，蹲坐在衣柜前。她确认姐姐已然走远了，才抬起头来，装作没事似的静静走出服装室。穿过阴暗的走廊，来到姐姐的房门前，千寿知道姐姐正在房内听着外面的动静，于是她没停下脚步，就这样径自回到自己的房间。

阳光透过玻璃窗射进来，将面向走廊的八叠和四叠半大相连的房间照得明亮又温暖。千寿刚才离开房间时，那喝剩的半杯茶似乎还没凉掉。她没有坐在矮桌前，而是坐在这四叠半大的房间里、倚墙而靠的梳妆台前，她拿下罩布，对着镜子看着自己的面容。明亮的镜子里，映出的是自己安详而白净的脸庞，在弯曲的眉毛下，那双细长的单眼皮眼睛闪着湿润的光泽。

千寿丝毫没有因为刚才在服装室被姐姐数落而心情不佳，更没有失去女性特有的温柔婉约，仍保持着往常的平和，她总觉得姐姐那华丽的面容和镜中的自己叠合在一起了。藤代的皮肤比千寿略黑，但是那豹子般的锐利黑瞳和美丽丰唇，给人深刻的印象，尤其是鼻梁高挺，肌肤又柔细，整个脸庞看起来非常美艳，但散发出一股毫不容人的傲气。

好胜、豪奢的母亲生前就非常宠溺性格和美貌与自己酷似的藤代，而比藤代小四岁的千寿，从幼年时就不得不忍受这个姐姐的任性。虽说千寿从没穿过姐姐的旧衣服，也没玩过姐姐不要的旧玩具，但只要姐姐看上什么东西，母亲总是先给姐姐，千寿只好默默忍受母亲对姐姐的宠爱与偏袒。

当初，姐姐嫁给三田村晋辅时亦是如此。母亲为了出嫁的藤代，向和服店的掌柜定做了许多衣服，件数多得险些让那个掌柜弄错；从结婚礼服到会客时所穿的和服，以及从散步时穿的衣服到平日的便服，其布料都是用京都千总的特殊染线，并委托结城和大岛等地的著名厂家特别纺织的。有些没来得及带走的，后来又用货运送去三田村家。此外，家具、漆器、衣橱、长柜等日用家具也都是京都订制，全部采用上等梧桐木。如此极尽奢华的嫁妆，让当时二十一岁的千寿不禁感叹了起来。

那时，母亲正在收拾衣物，千寿站在母亲身旁嘟囔着："好可惜哦，这些漂亮的衣服统统要带去别人家了……"

"等你招婿入门举行婚礼的时候，也会跟你姐姐一样的。"

母亲若无其事地说着，但是千寿却恼得低下头紧咬双唇。不仅幼年时的玩具或喜爱的物品如此，连姐姐不想招婿入门说要出嫁的任性行为，母亲也点头同意。千寿对母亲没有征询她的意见即强要她代替姐姐招婿，感到万分委屈。

正如母亲决定的那样，姐姐嫁到三田村家的隔年，千寿把中良吉招进为婿。原本母亲希望从矢岛商店的年轻管家中挑选女婿，但是千寿百般不肯，后来选了毕业于大阪高等商科学校、家里有承揽矢岛商店业务、位于北河内的织布商四子良吉为婿，那是千寿对骄横的母亲和姐姐的一种反抗。

招婿之事决定以后，母亲立刻着手为千寿准备结婚礼服。不过，母亲似乎忘了说过"等你招婿入门举行婚礼的时候，也会跟你姐姐一样的"这句话，她为千寿所做的衣服，与藤代的豪华盛装根本无法相比。从纯白的结婚礼服、会客服、长袖和服及便服等，乍看都跟姐姐的衣服相差无几，但仔细瞧瞧衣料和绣工，总是少了些精致贵重的质感。

"我总觉得跟姐姐的盛装相比，我那些衣服好像有点寒酸……"

当千寿这样抱怨时，母亲解释道："这些衣服跟你文静的气质比较搭配，像你姐姐长得那么美艳，穿漂亮点才能更引人注目嘛。"母亲仿佛回想着为藤代梳妆打扮时的情景，露出热切的目光，"而且，万一哪天她又回家住的话，作为统管家中大计的长女，穿得比你这个妹妹还不体面，那不是很奇怪吗？"

"什么？姐姐她还要回来……"

千寿不禁这样问道，但母亲对这句无心之言顿时不知所措。

"不是啦，我只是说每个女人一辈子难免会遇上这种事情，打个比方而已。"

母亲急忙解释，可是千寿已看出母亲打从心底等待藤代的归来。

在千寿招婿的婚礼过后，母亲并没有立即将矢岛商店的继承权交给千寿和良吉，无疑是把希望寄托在出嫁的藤代身上。千寿想到自己代替姐姐招婿，又没得到任何保证，越来越对母亲的刻意偏袒感到气愤。但是，她没有把这股怨恨显现在脸上，而是隐忍在心中聊慰自己的情绪。

母亲松子并没有察觉到千寿的心理，对个性文静保守的千寿感到放心，对老实勤奋、帮忙岳父做生意的良吉亦感到满意，于是松子穿着比往常更奢华的服装去看戏，邀请女性友人来家里大啖美食。不过，就在千寿招婿那年的秋天，她去南市吃鳗鱼时，突然因为脑溢血在外病倒。讲究美食的母亲向来血压偏高，虽然医生屡次警告，但她总是舍不下最爱吃的鳗鱼。

当母亲被人用白布覆盖着抬回来时，藤代从婆家赶回来，完全不顾美丽形象，当着众人的面伏在母亲胸前放声痛哭，雏子也掩面啜泣。千寿望着乱了方寸的姐姐，居然有一种奇妙的安心感，因为母亲已经去世，出嫁的姐姐少了靠山，今后不可能重返家门，想到这里，千寿原先对母亲的满腔愤懑逐渐释怀了。

然而，过完母亲三周年忌日不久，姐姐在毫无预警的情况下突然回来了。姐姐重返娘家的理由，表面上说是跟婆婆处得不好，但在千寿看来，姐姐出嫁时几乎荡尽家财，婚后三田村家再也无法满足她的奢侈生活，于是她一走了之。

父亲嘉藏刚开始还考虑到颜面和千寿夫妻的感受，曾经劝藤代回心转意，但藤代就是不从，执意要留在家里，父亲的态度倏然转变，最后带着媒人去对方家里把姐姐的嫁妆全部取回来，运回来的行李全部卸在服装室门口，姐姐亲自把和服、长衬衣、贴身衣物乃至腰带一件件清点之后，才将这些笨重的衣柜摆在已故母亲的衣柜旁。

不知不觉间，太阳开始西沉，透过玻璃窗射进来的光线逐渐暗了下来，千寿在镜中的脸庞也变得模糊了，她盖上镜子的罩布，站起来正准备开灯时，拉门突然又被拉开。

"你去哪里了？"

良吉边拍着工作服的前襟边走了进来，千寿顿时不知如何回答。

"刚才，姐姐突然来店里找你，我觉得有点不放心，便回房里看看，你又不像外出的样子，到底去哪里了？"

良吉入赘到矢岛家已经六年了，除了夫妻晚间的床第之事，平常对千寿仍不脱礼仪的客套。

"我只不过去了一下服装室嘛。"

"咦？现在又不是晾晒衣服的时节，你去服装室做什么？"

良吉露出惊讶的表情，千寿一时窘于回答。

"我去清点姐姐衣柜里的衣服。"

"什么？你去清点姐姐的衣服？那又不是你的衣服……"良吉吃惊地问道。

"没错，我把当初我婚礼时所穿的衣服，和姐姐衣柜里的衣服一件件拿出来比较，不管是数量或质料做工，姐姐的衣服都比我的高级。母亲说，姐姐的置装费只花了三百万日元，根本在说谎，我约略估算了一下，至少也要五百万。加上化妆品及带去的五百万陪嫁金，合计就超过一千万日元。"

"什么？花了一千万……"良吉露出难以置信的眼神。

"不仅如此，父亲去世以后，姐姐还贪得无厌地盘算着什么呢。姐姐这种人从小就是这样，看到什么东西都想占为己有，尤其对我和三小姐很少有好脸色。三小姐跟姐姐差了十岁，什么事都不在乎，我比姐姐小四岁，却事事得忍受她的任性，我好像是为她而生下来的。结婚的事情也是，她把招婿的责任硬塞给我就一走了之，结果呢，熬不到三年就打包回来，可她居然大摇大摆地当自己是矢岛家的女总管。当然，如果是由我们继承矢岛商店则另当别论，她却挑在父亲去世之前回来，还极力争夺继家女儿的地位，她实在太过分了！难道是她天生命好？而我总是要为她吃亏受气……"

千寿的眼睛泛着泪水，声音也颤抖起来。

"或许是你想太多了，不要太激动，你们不都是亲姐妹吗？"良吉像哄骗小孩那样安慰着激动的千寿。

"我想太多？你在说什么呀！姐姐说她不会再嫁，说不定要在家里招婿入门呢。"

"什么？姐姐要在家里招婿入门……"良吉不由得露出了激动的神色。

"是啊，姐姐在服装室亲口告诉我的，这样一来，不知道三小姐会有什么意见。"

"咦？三小姐也……"良吉只是这样说着，短暂沉默之后，抬起眼来，带着挖苦的目光看向千寿，"这么说，矢岛家或许就要招进三个女婿喽，这倒是世间罕有的新鲜事呢。矢岛家的三个女儿各自招婿入门，分别盘算自己的利害得失，三个女儿都是亲骨肉，而三个外姓男人却又成了连襟，到时候总免不了彼此钩心斗角。招婿入门这档事原本就很容易被人说闲话，再这样各自进行岂不让人看笑话？"

接着，他嘲讽似的冷笑："对了，父亲临终前，真的没有把后事跟你们三姐妹交代清楚吗？"

"嗯，他什么也没说……"

"除此之外，他平常没对你们提起吗……"良吉生怕千寿记不起来，试图给予强烈提示。

千寿摇头说道："我也觉得奇怪，父亲什么也没说，他把矢岛家的家产都看成是母亲的东西。六年前母亲死去的时候，家里的财产突然变成他的，可是他似乎不那么认为，或许他到临终前还认为自己在保管他人的财产吧？"

"话虽如此，可我终究是矢岛家的女婿，他为什么不跟我说，而是跟宇市先生说，你不觉得奇怪吗？"

面对良吉的质问，千寿无言以对，她对于父亲没跟自己女儿交代遗言，只吩咐大掌柜宇市，感到很不谅解，但从良吉的立场来看，做岳父的居然也瞒着女婿，的确不寻常，顿时让千寿感到莫名的担忧。

"这几天都没看到宇市先生，他怎么了？"千寿对面带愠色、默不作声的良吉问道。

"姐姐刚才来店里时也问了同样的问题。打从葬礼过后，宇市先生几乎就没到过店里。"

"他在忙什么呀？"

"好像是在调查咱们家的不动产。四五天前，登记所曾打电话来店里，那时宇市先生刚好不在，电话是我接的，好像是奈良的鹫什么来着……对了，是一家叫'鹫家登记所'打来的。"

"奈良打来的？对方说了什么？"

"说是有关那片山林的登记地价和可能砍伐的木材数量等等，我根本搞不清楚是怎么回事，我只听说矢岛家在大阪市区有土地和房屋出租等不动产，咱们家还有山林吗？"

良吉突然以试探的眼神看着千寿。

"有关山林土地，我也是第一次听说，说不定姐姐也不知道呢。看来只有宇市先生一个人知道矢岛家有多少财产。"

"这么说，宇市先生岂不成了最关键的人，他平常总是一副装聋作哑的样子，咱们要如何跟他周旋？这方面……"

当良吉要说出自己的想法时，门外传来了藤代的叫声。

"二姐！"

千寿吓得与良吉面面相觑，她赶紧收拾起桌上的茶杯，这才态度冷静地打开拉门。

"我该不会打扰到你们了吧？"

姐姐藤代好像不在意刚才在服装室里发生的事情似的，径自走了进来。

"不，不会啦……有什么事吗？"

"嗯，有点小事……"藤代拿着绉绸提包，疾步走了进来，便坐在良吉面前。

"正好，良吉也在。"说着，打开提包，取出一张奉书纸①，把它摊在桌上。

"请你在上面写上几笔。"

"写上几笔？什么意思？"千寿纳闷地问道。

"就是刚才那件事啊。我希望你立一张保证书，保证今后绝不碰我衣柜里的衣服及收藏室的物品。简单地说，你要保证今后绝不动我的东西！"

藤代面色不改地把白纸推到千寿面前。

千寿的脸色煞白。

"你在说什么呀！我们是一家人，你又是我的亲姐姐，难道我

---

① 即"和纸"，是日本生产的一种纯白、无褶的高级纸。

不能看看你的衣服吗？你还故作吓人地要我写什么保证书。"千寿的嘴唇微颤着。

"你的行为才吓人呢！你想看我的衣服也用不着偷偷摸摸跑到服装室啊。你胆子真大呀，我以前还以为你是个文静可爱的女孩，想不到你是这么阴沉的人！所以，我要你写张保证书也没什么不对。"藤代语带嘲讽地说道。

"姐姐你才是阴沉的人呢！做事那么任性，没有半点同情心，脑袋里只会算计别人……"

千寿正要扯下那张白纸，良吉赶紧出手制止。

"我代替千寿写好了。"说着，便拿起了桌上的白纸。

"我为什么非得写那种东西不可？你为什么要听姐姐的……你不要管啦！"千寿双眼冒出怒火，试图夺走良吉手中的白纸。

"过几天就要召开家族会议，不要为了这点小事闹得不愉快嘛，这件事交给我来处理好了。"良吉劝慰似的拉着千寿的手，对着冷然的藤代说道："现在，我就照您说的那样写，请您稍等一下。"

接着，良吉从壁龛旁边取过笔砚，提笔蘸了蘸墨汁。

保证书

藤代姐姐：

    本人在此坚决保证，今后绝对不再碰触藤代姐姐放在服装室及收藏室内的衣柜、衣箱、文件箱和其他家具物品。

立据人
千寿
三月十三日

良吉挥毫而就，接着语态谦恭地说："这样写可以吗？"然后向藤代施上一礼。

"谢谢，这样就可以了。后天召开家族会议时，记得不要把这件事张扬出去。"说着，藤代便带着得意的笑容离去了。

雏子可爱的圆脸被热腾腾的蒸气烤得通红，她不停擦拭额上的汗水。间隔有致的煤气灶上放着冒出热气的铁锅，这间三十坪①的烹饪教室里挤满了四十几名学员，室内热得更像蒸笼。

"淑德烹饪补习班"坐落在本町二丁目的转角处，刚好位于北船场中央，因此许多本町一带的商家女儿都来这里学习烹饪，教室里的装潢自然华丽缤纷，无论上午或下午几乎额满、座无虚席。

教室的正面摆着讲师专用的调理桌和大黑板，黑板上挂着一面大镜子，以方便坐在后面的学员能清楚看到讲师示范烹调的动作。

雏子坐在最后面的位子，她正按照讲师讲授的步骤烹调。今天的菜单是冷盘、炖清汤、锡箔烤鲑鱼和奶油炖鸡四道菜。雏子在家里很少有机会做西餐，这次亲手做起西餐来总比别人费工夫。奶油炖鸡这道菜的窍门在于奶油的适度调和，加上牛奶、面粉和起司粉，然后将鸡肉熬煮得不老不嫩、不稠不稀恰到好处。但雏子还没掌握到火候和调味的工夫，频频掀开锅盖，用大勺子舀着锅里的汤汁试味。

站在雏子旁边、正在做锡箔烤鲑鱼的西冈光子慢吞吞地问："雏子，还没煮好啊？我的快好了。"

"等一下，我快做好了……"

———————————

① 日本传统的面积单位，一坪约合 3.3 平方米。

雏子应答着，抬头看着站在对面的两名学员，她们正在做冷盘和炖汤，似乎快完成了。这次的烹饪课四人编成一组，每名学员负责一道菜，因此即使有三人已经完成，雏子若没来得及做好，还是不能上桌试吃。雏子再次尝了尝奶油汁的味道，正要把火关小。

　　"今天这种煮法，跟你家讲究的船场式家常菜可不同呢，看来你还是不适合洗手做羹汤。"

　　对于雏子的家境知之甚详的光子带着好奇的目光半嘲讽地说："前阵子，你父亲的葬礼办得可真隆重啊，不但把整个光法寺包了下来，还调来十五座分寺的住持诵经，摆了三百对芥草，这可是超级大新闻呢，你们总共花了多钱啊？"

　　"那种事，我哪会知道……"雏子态度冷淡地应着，又掀开了锅盖。

　　"外界都在猜测，你父亲的葬礼少说也得花个五百万。你们不久前才盖了新房子，姑且不说办婚礼，随便一场葬礼就砸下五百万，你们矢岛家真是财力雄厚啊。"

　　"我们只是照我父亲的遗嘱去做，哪有什么办法。从芥草的件数到敦请几位法师来诵经都是他生前交代的……"

　　"什么？他连诵经的法师人数也……"光子大声嚷道。

　　雏子吃惊地环视周遭，其他桌的学员都在忙着烹煮和上菜，没留意到光子的喧嚷，讲师也在前排的桌子指导学员。

　　"真讨厌，你怎么用那么大的嗓门在讲我们家的葬礼呀……"雏子瞪着光子说道。

　　"我只是随口问问嘛，不过你父亲的遗言也真是奇怪。通常做大买卖的老板的遗言，自古以来不外乎是怎么分配财产……重要的是你们家的财产怎么分啊？你们家有三个姐妹，这样可复杂哩，而且，你上面还有离了婚又回来的大姐和招了女婿的二姐，你到底有什么打算？"

光子和雏子都是本町棉布商的女儿，又是同一所高中毕业的同学，因此光子对雏子家的事毫不掩饰地表现出强烈的好奇心。

"那种事我哪知道，而且大后天就要召开家族会议……"雏子口气微愠地说道。

"噢，在家族会议上决定，反而对你有利呢，如果你能继承大笔遗产，你人长得漂亮，又是名门闺秀，到时候有钱人家都要挤破门来提亲呢。"光子面带羡慕且夸张地大叹一口气。

"但话说回来，像你们家那种凡事讲究体面和老旧规矩的家庭，简直让人闷得喘不过气来。换成是我的话，早就离开那个家，一个人去住公寓了。"

光子边说，边看着对面的学员正从烤炉里拿出用锡箔纸包裹的鲑鱼。

"哎呀，你看她们那边都做好了，让人家等实在不好意思。"

光子和雏子赶忙将自己做好的菜肴盛到盘里，再做了些装饰才端上桌。对面那两名身穿漂亮洋装的女孩，是从芦屋①来这里学习烹饪的。出身商家的雏子不习惯故作出身高贵和拘谨的架势，她们四个人面对面坐着，一边试吃，一边简单寒暄。

品尝会结束后，实地指导和课程也告一段落，接下来就是收拾碗盘准备回家。雏子和光子将自己的碗盘拿到梳妆台快速清洗干净，准备回家。

"今天顺便到哪里逛逛啊？"

———————————

① 地名，高级住宅区。

光子边拉了拉身上淡紫色套装的领子，边露出淘气的笑容。她们每个星期来这里上两堂烹饪课，下课后就相约四处逛街，这是她们私下的娱乐。

　　"今天不行啦，我得赶去今桥的姨母家……"

　　"干吗一定要今天去？"光子不满地说。

　　"这次你就忍耐一下吧，今天我不能不去呀。"

　　雏子歉疚似的婉拒光子，两人一起步出烹饪教室，走到安土町的转角处。

　　"咱们就在这里分手吧，这次真的很不好意思。"

　　雏子再次对着板着臭脸的光子赔不是，这才独自朝今桥的方向走去。

　　沿着三休桥街，从批发商云集的街道向北走去，放眼望去尽是布店、毛纺织品店和专营纺织品的贸易公司，每家店无不洋溢着繁忙的喧嚣。其中，有些商店门面还保持旧时的风貌，店内摆设的是现代的展示柜；也有店前盖起楼厦，后面仍是古旧的老房；还有墙面镶着雅致亮丽玻璃的楼房杂错其间，但已经找不到像雏子家的布店那样保留旧时大阪商家的木格套窗、地板上堆满送货箱和布匹的店铺。

　　雏子一边走着，一边想着西冈光子刚才那些话——像你们家那种凡事讲究体面和老旧规矩的家庭，简直让人闷得喘不过气来。换成是我的话，早就离开那个家，一个人去住公寓了。或许光子平常讲话总是直来直往、有欠考虑，但她这些话却让雏子有所顿悟。

　　从幼年时起，雏子就被关在家里养大，她常以为和两位姐姐的生活即是世间的常态，但自从高中毕业去上烹饪课以后，才发觉自己的家庭有些异常，因为在大城市之中，只有矢岛家是仅存的一座老旧宅第——这是她对自家的印象。

所以，光子的直言无疑说中了她的心事。雏子外出上学或上烹饪课，从外界的角度观察自家的情形，总觉得矢岛家的繁文缛节和各式规矩的确跟外界差距很大。她每次踏进家门，便觉得自己被深锁在沉闷的气氛中。不仅家中的气氛令人窒息，她对两位姐姐钩心斗角的作风也不以为然，因为她最后总会无端地被卷入其中。因此，对雏子来说，每星期两次的烹饪课是最快乐不过的事了，而学习烹饪，正好成了摆脱"女孩不能单独外出"的最佳借口。不过，拿学烹饪来说，倘若母亲还在世的话，肯定要她学习家中的烹调规矩，连切萝卜都得按照家规去做，不让她去外面学。

来到今桥的转角处，雏子朝北滨的方向拐去。今天早上出门前，分家的姨母突然打电话来，交代雏子烹饪课结束以后到她那里一趟，雏子正要问有什么事，姨母只说有要紧事，也没等雏子回话就匆匆挂断电话，好像有什么急事似的。

位于今桥的矢岛商店也跟雏子家一样，挂着印有"岛"字的店帘。祖父母还健在时，把芳子姨母分家出去，在船场一带同样开设了矢岛商店的分店，取名为"矢岛中商店"，意味着她们也是矢岛家族的一员。

掀开门口的店帘，迎面便是堆积如山的原色棉布，姨父矢岛米治郎从账房里看到了雏子。

"你来啦，我们等你好久了。"

戴着老花眼镜的姨父露出和蔼的笑容出来相迎。雏子穿过种满树木的庭院来到旁门时，保姆迎了上来，立刻把她带到里面的姨母房间。

姨母坐在十叠大房间内的食器柜前，旁边放着一个外钵用京都传统技法上漆的火盆。她看到雏子，旋即露出母亲般的灿烂笑容。

"雏子，你终于来啦，吃过午饭了吗？"

"嗯，我在烹饪教室吃过了。"

"是吗，那喝杯茶吧……"姨母打开食器柜，拿出小茶壶和茶碗。"怎么样啊？做完二七，本家方面总算可以暂时歇口气了吧。藤代和千寿过得还好吧？"

姨母一边倒水泡茶，一边询问家中的状况。

"藤代姐和二姐大概累坏了，葬礼办完之后，哪里也没去，整天都待在家里。"

"噢，她们俩都待在家里啊，那宇市先生呢……"

雏子觉得诧异，今早姨母急忙把她找来，但她来到这里却感觉不到紧急的气氛。

"姨妈，你大清早就打电话来，有什么急事吗……"雏子主动问道。

"是啊，是啊，重要的事不说怎么行呢。"姨母故作着急状说道，接着，把放在食器柜旁的文件箱打开，拿出一只白色大信封。

"这个是准备给你相亲的男方照片。你父亲的二七刚结束不久，我正不知道该怎么办好呢。其实，这件事很早以前就提过了，男方似乎很急的样子，你先看看照片好了。"

姨母从信封里拿出一张用厚纸板贴着的照片，递到雏子面前。

"他是安堂寺町'金正铸器批发商'的公子，他们家有六个男孩子，他排行老幺，他们说给你做赘婿也无所谓。他大你四岁，今年二十六，大阪市立大学毕业的，目前在家里帮父亲做生意，他上面的五个兄嫂都是品德贤淑的良家闺秀，亲戚中多半是生意兴旺的批发商。你看，他长得一表人才吧。"

姨母说得没错，照片中的男子五官端正，眉清目秀，虽说才二十六岁，但看起来似乎非常通情达理。

"怎么样呀，跟你很相配吧？人家跟良吉可不同，是大阪市区鼎鼎有名的铸器店公子，答应上门做婿，没有比这更好的亲事了。"

雏子觉得纳闷，至今从未关心过她婚事的姨母，为什么突然这么积极？雏子看完照片，说："又没规定我非招婿不可，说不定我会嫁出去呢。"

"什么？你要出嫁……是谁这么决定的？"姨母正色地问。

"没有人决定，只是我这样想。"

"是吗，那就好。我还以为是藤代或千寿没征求你的意思就擅自决定的呢……"

"噢，为什么姐姐们会这样说呢？"

雏子露出惊讶的表情，姨母立刻压低声音凑上前去。

"你们的父母都已经过世了，剩下你们几个姐妹，但同为女人也不可大意。首先，你大姐藤代出嫁又回到娘家，却以统管矢岛家家业的女儿自居，葬礼那天也是如此，她老是欺压招婿上门的千寿，在葬礼上大出风头，她到底在想什么，谁也摸不清楚。而千寿呢，总是文静乖巧不说什么，但她身边那个良吉看起来一副老实相，其实脑袋精得很呢。他们夫妻俩早就替自己想好出路了，这样一来，最吃亏的就是你了。所以，你千万别说要嫁出去，就待在家里招婿入门。该拿的不拿那怎么行！"姨母说得有些激动。

"你说得很有道理，可是我讨厌做那种事。"

雏子眨着疑惑的眼神，望着姨母的脸庞。

"我就知道你会这样说，所以今天才把你叫来。你不要担心，姨母永远站在你这一边，有什么烦恼就告诉我，姨母会全力帮你，因为我也是吃了不少身为妹妹的哑巴亏。"

姨母很同情雏子的处境，同时还大发牢骚，对于自己只跟姐姐相差一岁即被矢岛本家分家而感到不平。

"对了，后天要召开家族会议，有几个人会来？有人会缺席吗？"

"我不大清楚。"

"有关后天的家族会议，你知道姐姐们说了些什么吗？"

"她们都关在自己房里，好像在想着什么，我也无从得知。"

"那宇市先生怎么想呢？"

"葬礼结束之后，他就没到过店里，我只知道这些。"

"良吉有没有说什么奇怪的事？"

雏子摇头以对。由于雏子对自己周遭的利害得失不怎么关注，她的回答没能让试图套话的姨母满意。

"雏子，你已经二十二岁了，还不懂得为自己打算，将来怎么办呢。我没有一儿半女，所以一直把你当自己女儿看待，什么事情都替你操心。"姨母语带温柔地说着，略做沉思的表情，突然想到什么事似的说，"总之，咱们可以一边谈刚才那门婚事，一边考虑你怎么分到应得的财产。"

"姨妈，你把话扯太远啦，刚才那门婚事都还没定呢。"雏子惊讶地回应。

"我知道啦，不过，我觉得婚事和分财产的事同时进行，对你比较有利啊。"

雏子听不懂姨母的意思。

"后天就要开家族会议，那天我会提出这个问题，你千万不要发表意见，像矢岛家三小姐那样乖乖坐着就行了。无论你的姐姐们说什么，你都保持微笑不要回话。"

姨母叮咛着今天的谈话绝对不可说出去。语毕，雏子站起来准备离去，姨母亲切地挽留："怎么，要回去了？留在这里吃完晚饭再走嘛……"

"谢谢，我还要去其他地方，下次再来，我先告辞了。"

雏子这样说着，便离去了。

走出姨母家，从今桥来到道修町。中午过后，专做批发的商店街正是最繁忙的时段，狭窄的道路上尽是来往的车辆和拥挤的人潮，车子的噪音和人群的喧嚣声混杂。雏子穿过嘈杂的人群，揣测今天姨母叫她去的用意。姨母表面上是谈她与那个铸器商儿子的婚事，但仔细推想，真正的目的是假借谈婚事的名义试图从她口中得知藤代和千寿的想法。

家族会议后天即将召开，无论是各自盘算的两位姐姐也好，或是极想探出蛛丝马迹的姨母也罢，对雏子来说都是难以理解的。但是，雏子已经感受到矢岛家即将掀起一场难以预料的纷争。

遗　书

　　距离下午两点召开的家族会议尚有三十分钟，但是矢岛家的亲戚几乎都到齐了。面向庭院树丛的客厅佛堂里香烟袅袅，黑漆泛亮的神龛安设在壁龛里，前面摆着一张经卷桌，矢岛嘉藏刚过二七的神主牌位立在供桌上，客厅里弥漫着肃穆紧张的气氛。

　　家族会议的出席者有代表矢岛商店第一代老板矢岛嘉兵卫生家的矢岛为之助夫妇；嘉兵卫的妻子卯女的娘家桥本也派来一名代表；矢岛家的入女婿曾祖父、祖父及父亲老家各来了一个人；还有招婿另立门户的姨母和姨父；姨父和千寿丈夫老家也各派一个人；加上三姐妹和千寿的丈夫良吉及大掌柜宇市，总共有十五人。

　　只有祖父的老家——淡路岛的森川家代表稍微迟到，其余的亲属都已经到齐。从矢岛为之助开始，依次分坐在神龛前的正面两侧，藤代穿着青瓷色的单纹和服，正与大老远赶来的亲戚寒暄。出席者当中属于母方亲属者，只有四代前的大曾祖母和姨母芳子，其余全是外来的入女婿亲戚。藤代为此感到不满，但对于女系家族而言，这也是无可奈何。

　　藤代看向千寿和雏子，千寿身穿浅紫色天蚕绸单纹和服，系着纯白腰带。藤代想不到眼前这个看似文静、打扮朴实的妹妹，居然会跑到服装室偷看别人的衣服，而现在就坐在她的斜对面；雏子同样穿着粉红色素面和服，坐在千寿旁边，二十二岁的雏子大概是对即将召开的家族会议不感兴趣，只是抬起那张圆脸看向庭院，漫不经心地望着池中的鲤鱼。

姨母芳子坐在上位，正聊得兴高采烈。她穿着银灰底黑纹的和服外褂，才梳好的发髻插着翡翠发簪，从她的华丽打扮来看，仿佛要去参加盛会，打从进门时起就滔滔不绝，偶尔还偷瞄宇市的表情，因为宇市在家族会议的成员未到齐之前，就端正地跪坐在入口处，自始至终没说半句话，难怪芳子对他格外注意，不过这些全被藤代看在眼里。

宇市当然没有察觉到芳子的视线，也没注意到藤代和在场出席者的目光，只是把手放在穿着裤裙的膝上，低着头好像在沉思。他微微睁开那灰白浓眉下的锐利细眼，面色凝重地抿紧满是皱纹的嘴角。自从老板矢岛嘉藏的葬礼结束直到做完二七，宇市都没到过店里，也不明说去处。今天早晨，藤代她们碰到他时，他只说在忙其他事，藤代对于这种回答非常不满，不过千寿还对宇市说了句"您辛苦了"，算是聊表慰劳之意。良吉把招待亲戚的琐事交给宇市，自己到店里去了，因为在家族会议开始之前，他还得到店里关照生意。但是在藤代的想像里，良吉借口说结算前正忙而高坐在账房里的模样无疑是对矢岛家族炫耀，对于这个入赘女婿更是感到厌恶与不屑。

走廊外传来慌忙的脚步声，同时听到良吉的招呼："您远道而来，辛苦了！大家都到齐了，请往里面坐吧。"

来者是祖父老家森川的代表，约莫四十几岁，属于祖父的侄子辈，在淡路岛务农，十分注重礼节。

"我来晚了，请各位亲戚见谅！因为船班误点了，实在对不起啊！"

他频频欠身向在场的亲戚致歉，来到曾祖父家人旁边的位子坐下来。这时候，宇市又正襟危坐地说道："各位亲属代表都已经到齐，在此我将遵照矢岛家第四代老板——已故矢岛嘉藏的遗嘱，在各位亲属代表面前公布有关商店的经营权、其中的经纬及商店动产与不动产等遗产分配。大概是我平常比较多管闲事，凑巧老板临终前将遗嘱交给了我，所以有机会在此主持今天的家族会议。"

语毕，他双手平伸，向大家恭敬地施上一礼。

"承蒙各位所知，这个家族从第一代老板矢岛嘉兵卫起，就连续三代招赘入婿，当然，无论是第四代或第五代——藤代小姐、千寿小姐、雏子小姐都是女性，因此已故的老板对于如何把财产分配给三个女儿格外挂心，在临终前将这份遗嘱交给我，让我遵照办理。"

说着，宇市从末座挪膝移步向前，从怀里掏出一只白色信封放在矮桌上，那和纸信封上用毛笔写着"遗嘱"两个大字。

"这是我父亲亲笔写的遗嘱吗？"藤代看着遗嘱，惊讶地问着。因为父亲当时遽然病情加重，藤代她们赶回家时，父亲已经虚弱得几乎不能言语，哪有力气写下遗嘱？

"事情是这样的。你们从京都的南座赶回来之前，老板已经把我唤到面前，交代说：'遗嘱放在老板房里小立柜的第二个抽屉。'所以我便进屋里把它取了出来。老板亲笔写的遗嘱就放在他入赘时带来的绸巾包裹下面。"

"既然有这样的遗嘱，你为什么拖到现在才告诉我们？"藤代眼露凶光。

"这是老板的遗言。他特别吩咐说，等葬礼相关事宜办完，做完二七召开家族会议，再宣读这封遗嘱，在这之前不许我张扬出去。"

说着，宇市把信封翻到背面，表示信封后面的红色封印完整无损，让当众的亲戚过目。

"现在，我就将这封遗嘱拆开，向各位转告已故老板的意思。"宇市用郑重其事的口气说道。顿时，在场人士陷入凝重的气氛，所有的视线都集中在宇市准备开封的手上。年过七十的宇市用满是皱纹的手略带颤抖地拆开白色信封，从信封内取出一张折成四折的和纸，静静地摊开。

"遗嘱……"宇市低沉地宣读，"我因重病在身，每每考虑万般事项，现将矢岛家历代持有之宅第房屋及商店、现金、诸项家财全部作价加以分配，具体分配如下……"

宇市读到这里，稍微喘了口气，那双锐利的细眼盯着遗嘱，又读了起来：

致财产继承人：

一、遗产中，矢岛商店所占的土地、建筑、商品财物及营业权不予分割，由次女千寿继承，其婿良吉即日起从姓矢岛嘉藏，接管矢岛商店。不过，每个月必须拨出营业净利的一半，平分给长女藤代、次女千寿、三女雏子。商店后院的土地、建筑等，由三名女儿共同持有，经三人合议后可适当处理。

二、位于大阪市西区北堀江六丁目的二十间出租房屋，以及位于都岛区东野田町的三十间出租房屋和地皮，由长女藤代继承。变卖或出租均由藤代自行决定。

三、股票六万五千股及仓库所收藏的古董，由三女雏子继承。股票和古董出售或兑成现金，由雏子自行决定。

四、我对各亲族长年来给予的隆情盛意，深表谢忱！谨向出席家族会议的各位，每人致赠壹拾万日元。我于生前曾在公余为生家存下一些零用钱，请以我的旧名山田道平名义存入住友银行船场分行的账户，再将存款簿转交与我的生家。

五、以上，凡属共同继承之遗产部分，由三人合议处理解决之。

六、遗嘱之保管与执行，我指名由大掌柜大野宇市负责，在执行过程中，必须与宇市磋商。

上述诸项，望请三姐妹相互忍让，和睦相处，发扬先祖之余光，繁荣家业，恪守严谨之家风。其他万般诸事，亦当妥善安排为盼。

昭和三十四（一九五九）年一月末

第四代 矢岛嘉藏

宇市读完之后，抬起头来向在场的亲族说道："以上，乃遗嘱全文，请各位检视……"

他把遗书交给了上座的矢岛为之助，再从那里依序传递阅览。当按着大曾祖母的直系代表、曾祖父、祖父的顺序，传到父亲本家代表的手中时，坐在正面的矢岛为之助抬头看着在场亲族说："这份遗书是两个月前写好的，后来不到一个月嘉藏便去世了。这份遗书写得十分周延。人们常说'富不过三代'，我也听说第三代宅内的女众奢侈挥霍，但自从嘉藏入赘以来，又使得家风重新振作起来。

从遗产的分配来看，矢岛家的财产丝毫未见减少，而他又未以店主自炫，敦训女儿和睦相忍，谦恭地写下了遗言，甚至还向我们这些毫无作为的亲戚表达谢意，我实在担当不起呀。他处事是如此周到，我相信已故的历代店主在天之灵也会感到欣慰。"

语毕，矢岛为之助向嘉藏的胞兄山田佐平施礼致意，佐平抬起那张因为务农而晒得黝黑的脸庞，直摇头婉谢。

"不敢当，不敢当！我死去的弟弟继承矢岛家的事业之后，没能使矢岛家增加更多财产，只能说明他是持业无能，而您这样称赞他，反倒让我觉得不好意思呀。"他操着淳朴的和歌山方言说道。

祖父本家的侄子把佐平的话接了过去。

"话不能这样说。上门为婿本来就有很多难处，冲过头担心赔本或破产，又不能死守旧业。在这一点，我认为第四代的嘉藏处理得很好，他既守住了家业，又能像库鼠搬粮般扩大财产，真是不可多得的人才啊！"

他这样夸奖嘉藏，然后转脸看向藤代她们继续说："我想你们对这份面面俱到的遗嘱，应该不会有什么不满吧？"

说着，他露出圆满的微笑，可是藤代不予理会，反而把目光看向宇市，带着僵硬的表情问道："从法律上来讲，死者的遗嘱我们非得遵守不可吗？"

宇市眯着细眼说："是的。在某种程度上，法律所规定的继承分配会因遗嘱内容而有所改变，可是在遗产继承上，遗嘱的效力要大得多。"

"这么说，就算法律规定三姐妹应平均分配，但遗嘱上写得却不尽公平，我们也得遵守这种不公平的分法喽？"

"所谓公不公平，每个人的立场不同，看法自然不一样，很难界定。古有名训：'鸟之将死，其鸣也哀；人之将死，其言也善！'遗言大都是人在临死前写下的，必定是出于善意，所以人们把它看得比法律重要。"

"想不到这么重要的遗嘱居然委托给你！我父亲写遗嘱的时候，你在旁边吗？"

藤代的话里充满怒意，态度丕变地瞪着宇市的脸庞。这时候，宇市突然抬手贴在耳朵，一副听不清楚似的反问："咦？你说什么？"

"你听不清楚吗？我在问你，我父亲写遗嘱的时候，你在旁边吗？"藤代几乎是一字一字地说道。

"什么？你问我有没有在老板身边……这怎么可能？刚才我已经说过，老板临终前把我叫去，我听完他的交代以后，才知道他已经写好遗嘱了。"

宇市不悦地回答着，板着脸孔不再说话。一直盯着藤代和宇市的姨母芳子这时探出身子插嘴："对了，宇市先生，我姐夫那份遗嘱中的财产继承清单，是谁帮他整理的？"

"什么？什么财产……"宇市又听不清楚似的抬手贴在耳边问道。

"我在问你，有关共同继承遗产的详细清单，是谁帮他准备的？"

芳子高声重复了一遍，这时宇市才听懂似的点点头。

"您是说财产清单吗？当然是遗嘱中的指定执行者——也就是我为他准备的。"

"噢，是你呀……"芳子目不转睛地盯着宇市的脸庞，抬高声音说，"这样啊，原来矢岛家的大小事情都交由你这个大掌柜包办了呀，看来我这个分家出去的妹妹，还有我丈夫，什么事也不必操心了是吧？"说着，脸上掠过一抹冷笑。

"在我死去的姐夫看来，或许他认为我在分家时已经得到相当多的财产和店铺，所以我跟本家这边的财产没有任何关联了。话这么说好像没错，可是我当初没留在家里招婿，是为了顾及大我一岁的姐姐的情面，才答应分家出去，难道这样就把我忘了？首先，我要声明，我是她们三姐妹的亲姨母，是有血缘关系的。尽管有人已经招婿了，姑且不提这些，我姐夫把遗嘱全委托给大掌柜，任谁听来都会觉得奇怪吧？不知各位的看法如何？"

芳子语带讽刺，然后转脸看向嘉藏的胞兄山田佐平。佐平的目光不知摆哪里好，最后带着慌张的表情，怯生生地说："我身为继门女婿的哥哥，实在不知道该向分家的亲戚说些什么，有些不周到的地方，其实是我弟弟……"

"话说得漂不漂亮倒无所谓，我只是希望本家这边不要把我这个分家出去的姨母忘了。"

姨母芳子此话一出，周遭立刻沉寂下来，佐平正打算解释，坐在千寿旁的良吉居中缓颊说道："我们可以理解分家亲戚的愤怒，但今天是为宣读父亲的遗嘱召开家族会议，有关细节问题，改天和宇市先生磋商后，再到姨母家说明。"

这时，一旁的千寿也说话了："姨母的意思我们明白，我们姐妹一定会仔细考量，请姨母不要生气。"千寿低下头，道歉似的说道。

姨母芳子似乎被千寿这温顺的劝慰所感动，突然话声变小地说："我不是对这份遗嘱有什么意见，只是觉得把这么重要的东西交托给宇市先生，好像他是你们的监护人似的，有关这点我的确不高兴。"

说着，她恢复情绪似的堆起笑容。

"既然遗嘱已经念完了，咱们就准备给亲戚用膳吧。"

芳子说着，转身朝向走廊，像召唤自家仆役似的拍手叫来保姆，宇市却突然抬手做了个制止的手势。

"请稍候，我还有件事得向各位亲戚说明才行。"

"什么？你话还没说完啊？"芳子露出诧异的表情。

"是的。其实，我这里还有一份遗嘱。"

"什么？还有一份遗……"

宇市话毕，藤代和千寿比姨母更为惊讶。

"是的，跟刚才那份一样，是老板在临终前交给我的。"

宇市语气严正地说着，然后从怀里拿出另一份遗嘱，放在自己的膝前，客厅里顿时陷入了异样的气氛。他像刚才那样，向在场者出示封底的封印后，慢慢拆开，信封内同样装着写在和纸上的遗嘱。宇市表情凝重地摊开，用谨慎的目光朝在座的亲戚扫了一眼，才低沉地念了起来："再留遗书一封。我自从入赘矢岛家，接掌矢岛商店第四代店主以来，恪守先祖之余光，虽留下家业的繁荣与振兴，但无不感到烦忧与领导无方，七年前，我……"

宇市念到这里突然停顿，继而露出难以卒睹的表情，但最后还是勉为其难地读下去："从七年前开始，有名女子始终默默地照顾我至今……"

霎时，在场的亲戚无不惊讶万分，不约而同地看向宇市。宇市没抬起头来，两眼直盯着遗嘱，轻咳了一声之后，继续读了下去："提出这个请求，我实感惶恐，请在我死后，将部分财产分给这名女子，我再三恳求，务望如愿。上述女子的住处与姓名如下……"

宇市又轻轻咳了一声。

"她的住址是大阪市住吉区住吉町一四五号，名叫滨田文乃，现年三十二岁，望请特别关照安排。"

遗嘱读完时，藤代、千寿和雏子旋即露出惊慌的神色，在场的亲戚也是一脸错愕，客厅里顿时笼罩着凝重的气氛与异样的叹息声。

"人心真是难测啊。"情绪激动的芳子率先打破了沉默。

"我姐姐还活着的时候，不曾听他说在外面拈花惹草，大家都公认他是个好女婿。姐姐去世之后，他也遵守鳏夫的本分，可说是好男人呐，想不到背地里竟藏了个女人……这种人太可怕了！不仅如此，他对我这个分家出去的亲戚不闻不问，甚至还要把遗产分给那女人，各位亲戚，大家说说嘉藏到底是什么样的女婿啊？"

芳子话中带刺，越说越气愤，故意把矛头指向刚才夸赞嘉藏治家有方的矢岛为之助。为之助露出困惑的表情，无言以对，这时坐在为之助旁边的妻子赶紧打圆场说："哎呀，你为你姐姐的事发这么大的火气，我是可以理解，可话说回来，在船场的老铺里，这不是常有的事吗？你就用平常心看待嘛，何况嘉藏也很客气，并没有说非得给那女人多少嘛……"

这时候，嘉藏的胞兄山田佐平突然脸色铁青，双手平伏向在场的亲戚欠身道歉。

"实在对不起，我弟弟打从十四岁起就承蒙府上照顾，从学徒到伙计，从店员到管家，又从管家到上门女婿，想不到他竟然在外面和女人私通……而且又是在夫人在世时就……我真是羞愧万分啊……"

佐平说得结结巴巴，然后对着正在看遗嘱的为之助断然说道："那种遗嘱，听了真叫我丢脸啊，干脆把它撕了算了！"

"真要说有女人的话，其实前三代店主也有过，你这样指责令兄，我们反而不好意思啊。大家只是觉得诧异，为什么性格笃实的嘉藏还藏了一个女人，如此而已。而且他在遗嘱上措辞那么谦卑，我们就不要太苛责他了。"为之助这么说道，试图缓和在场的凝重气氛。

藤代始终神情僵硬地听在耳里，突然抬起头来，直截了当问："我父亲临终那天，偷偷溜进咱们家的女人就是她吗？"

"是吗？"宇市歪着脖子，一副早已忘了的糊涂模样。

"你少在那里装疯卖傻，我可看得很清楚呢。那天，她穿得像个家仆似的偷偷穿过庭院的树丛，然后又匆匆离去。不仅如此，我父亲葬礼那天，她也来上香，还像葬仪社的男殡仪员那样，数着芥草的数量是吧？"

"是吗？真是那样的话，大小姐您实在太厉害了，什么事都了如指掌！"

宇市习惯使用旧称来称呼离了婚又回来的藤代为大小姐，不过，他这种略带嘲弄的话语让藤代听得格外刺耳。

"是啊，我才不像宇市先生那样明明什么都懂还装傻呢，我有眼睛和耳朵。"接着，藤代蓦然问道，"那个女人三十二岁是吧？"

"是的，她三十二岁。"

"他们七年前就有了关系，不就是我母亲去世的前一年，也就是我出嫁的那年。"

宇市默默点头。这时候，藤代忽然露出锐利的眼神。

"这么说来，我父亲有了一个跟他女儿同样年纪的小妾，而且在他女儿出嫁那年，他便跟那个年纪跟他女儿一样大的女人厮混在一起喽？"

藤代气得话声颤抖，恶狠狠地瞪着宇市。说到这里，她停顿了一下，大大地喘了口气，大声喊了句："啊，烦死了！"然后又瞪着宇市质问，"她到底是哪来的狐狸精？你应该很清楚吧！"

藤代气得嘴唇发抖。宇市对她这种激烈反应也不知如何是好。

"我哪知道这种事啊，只是在老板临终前受托打了通电话给她，我也是第一次在那种场合见到她，后来通知她葬礼的时间而已，其余的细节我完全不知。"

"真的吗？你对那女人的底细清楚得很，只是瞒着我们罢了！"

藤代逼问不休，这时姨母芳子插嘴："这种事与其逼问宇市先生，不如把那个女人找来家里，当面问她的来历、和嘉藏之间是什么关系，然后再决定，这才是解决之道吧。"芳子不由分说，擅自决定，接着便转向亲戚说："到时候，也请各位亲戚一起过来好吗？"

由于她的提议太过唐突，在场的亲戚没有任何反应，气氛顿时异常凝重，芳子见气氛不对，便赶紧补上一句："我知道各位舟车劳顿，来一趟很不容易，如果各位放心把这种事交由我办的话，我非常乐意，反正是女人的事嘛，怎么样？"

听到芳子这样处理，矢岛为之助这才如释重负地说："你愿意代劳是最好不过了。那个女人的事就交由你处理，日后如果她们三姐妹在遗产分配上出现什么麻烦的话，我们随时都可以过来，各位意下如何？"

不插手女人的事，大家仿佛得救似的频频点头。宇市装模作样说道："那么，就请各位亲戚照矢岛为之助先生的话去做，至于遗嘱上提及滨田文乃女士的部分，日后我会把她请来，你们三姐妹当面与她协商后再做决定吧。有关遗嘱继承的问题，各位还有什么异议吗？"宇市又恢复到刚才宣读遗嘱时那样，语气低沉而严肃。

整个客厅笼罩着凝重的气氛和剑拔弩张的紧张感。藤代却不顾这些，大刺刺地探出身子，态度强势地说道："父亲在遗嘱里虽然这么分配，可是我有异议！"

"噢，请问你有什么异议？"宇市表情严肃地问道。

"以我作为统领矢岛家的女儿来说，我觉得分得太少了，况且我父亲所写的遗嘱里有不少语意奇怪的地方，请让我考虑一下再给你回答。"藤代故作柔软的身段说道。

"那么，二小姐您的看法呢？"

坐在藤代斜对面、始终低着头的千寿，静静地抬起头来。

"姐姐说要再考虑一下，而我也刚刚才知道遗嘱的内容，等我跟良吉商量过再说。"

千寿依旧不多话。

"那么，三小姐您呢？"

雏子坐在后座，打从召开家族会议起，没说过半句话，面对宇市的询问，这才转过那张圆脸，开口说："我什么都不知道，股票啦、古董啦这些东西，对我来说都太难了……"她说得直截了当，接着又说，"我再找人商量好了。"

"咦？您要找谁商量？"宇市的细眼为之一亮。

"要找谁商量，我还不知道，我只是这么想而已……"她又说得这么干脆，不知想到了什么趣事，右脸颊上露出小小的笑窝。

"那么，今天只能算是给三位宣读遗嘱，改天再听听几位的意见，有关财产的继承分配，几位觉得哪天最适当？"

藤代沉吟了一下后，对着千寿说："一个月后，怎么样？"

"什么？一个月后……"千寿有些惊讶，但也不知如何回答。

"我觉得可以啊。"雏子赞成藤代的意见。

"那就是下个月的四月十五日，在这之前，就由被指名执行遗嘱的我来保管这两封遗书，到时候斟酌情况，说不定会再召开家族会议。"

说着，宇市将两份遗书妥善折好，放回原来的信封内，再次跪膝向各位亲戚招呼："那么，今天的家族会议就到此为止，接下来请各位用餐，尤其是远道而来的亲戚，请务必赏光。"

或许刚才的家族会议让与会的亲戚觉得神经紧绷，宇市此话一出，大家才感到如释重负。

客厅里摆着在堺卯订制的套餐，五名穿着当季服装的保姆忙着招待客人。

在宴会桌前，宇市好像变了个人似的，依序为在座的亲族敬酒寒暄。从坐在上座的矢岛为之助开始，他恭敬地向每位亲戚敬酒，为他们远道而来参加这次家族会议表示谢意。随后，良吉也像宇市那样向亲戚敬酒，但其应对进退总是比不上宇市那般老练圆滑。

酒过数巡之后，满脸涨红的矢岛为之助一边举杯向宇市回敬，一边问道："宇市先生，你今年多大岁数了？"

"啊，不知不觉我都已经七十二岁了呀。"

"噢，你那么大年纪了？我以为你才六十多岁呢，看不出有七十多岁呀。"他对着头发和眉毛已灰白、身体依旧硬朗的宇市说道。

"托您的福啦，我身体还算硬朗，打从前两代店主当家的年代，我就在这里做事，转眼间也过了五十八年。"

"你做过两代店主的大掌柜，这次是第三代，连做三代店主的大掌柜倒是很罕见呢。由此可见矢岛家对你倚重之深啊，你得长命百岁才行呢。"

矢岛为之助出言慰劳宇市长年来为矢岛家付出的辛劳，这时为之助的妻子也表示女人的关心说道："是啊，尤其她们几个姐妹社会阅历尚浅，以后你还得更担待呢。对了，你老伴还好吧？"

"我的老伴十五年前就去世了，我已经过惯独居生活，倒也没什么不便。"

"那么，你的孩子呢……"

"啊，我没有生下一子半女。"宇市倏地漠然回答。

"是吗，我不知道你膝下无子，这样问太失礼了。"

这个话题无以为继，坐在一旁的为之助赶紧把话接过去，语带歉意地说："这样的话，我们更应该为宇市先生的老后生活着想才行呢。可是，嘉藏在遗嘱中并没有提到宇市先生可以分得多少。"

"您不要这么说，我实在承受不起呀！我十四岁就在这里做事，按世俗的看法，我早该退休，能让我继续工作我就感激不尽了，哪里还敢奢望分到什么呢……"宇市使劲地摇着头说。

"不，我听说第一代店主矢岛嘉兵卫在遗嘱中曾提到要分给大掌柜的份，所以你用不着客气嘛。"

矢岛这样说着，然后转向藤代说："从你们祖父在世的时候起，宇市先生就在这里工作，帮了你父母不少忙，况且你们从小就一直受到他的照顾，这时候，应该为宇市先生考虑点什么才是嘛。"

"考虑？考虑什么？"

藤代佯装不解其意。为之助沉吟了一下，说道："遗产继承若能圆满解决，你们就从各自分得的财产拿一点出来嘛，算是对宇市先生多年来的劳苦表示谢意，怎么样？"

"噢，听你的口气简直像是他的辩护律师嘛。话说回来，即使不那么做，只要宇市先生心地纯正，到了晚年我们也不会亏待他。再说，他早就存了不少老本不是吗？"

藤代半挖苦似的说着，但是宇市的表情依旧。

"没这回事啦，我留在这里若还有用处，就心满意足了，我从来没想那么多，只想每个月领点薪水做到老死为止。"

宇市这样说着，让人分不清他是卑屈或是出自本意。他点头施礼后站了起来，又向其他亲戚敬酒。

由于宇市来回殷勤招呼，席间洋溢和缓的气氛，热闹的谈话声此起彼落，只有藤代觉得自己的期待落空而莫名焦躁，她仿佛跌落深渊，感到浑身无力。因为无论是父亲写给她们姐妹的遗书也好，或是留给那女人的遗嘱也罢，都与她所预期截然相反！原本，千寿的丈夫良吉只是在父亲生前帮他做生意而已，现在千寿夫妇却正式接管了矢岛商店，连良吉这个赘婿也将继承矢岛嘉藏之名成为店主，这是她始料未及的。对藤代说来，比起再多的遗产，继承家名更能握有实权。然而，父亲却把这些东西分给了千寿，甚至在遗嘱中也把外面的女人算上一份，这都让藤代觉得遭到背叛。

向来看着母亲的脸色行事、对藤代客气有加的父亲，竟然在母亲生前就有了小妾，而那名小妾又跟藤代同年，虽说这只是巧合，但看得出这是父亲始终抱持的阴暗企图。父亲从未发过半句牢骚，这三十几年来默默忍受家中女人的傲慢与冷酷，但心里肯定积压许多怒火。无论是写给她们姐妹的字迹工整的遗书，或略显客气为小妾留下的遗嘱，都隐藏着某种意图。而且，遗言又指定由宇市执行，不能不让人联想到这其中必有蹊跷。

藤代一边举筷进餐，一边若无其事地盯着宇市的表情。不知不觉中，宇市回到自己的座位，弓着他那上了年纪的背脊，默默地吃着，那双锐利的细眼好像在思索什么，有时还散发出异样的光芒，每到这时候，他便端起酒杯喝上一大口。

宇市从阿倍野桥搭乘上町线，在神木站下车，立刻察看自己的布包结口有没有系紧，之后沿着车站的阶梯走了下去。步出车站之后，他从第三个路口的白米加工所旁的转角拐进去。八点过后的郊区街道，两旁尽是暗淡的门灯，除了偶尔有人骑乘自行车擦身而过之外，几乎看不到任何人影。

　　或许是宇市在家族会议上的酒劲尚未退去，也许是上次来时没记清楚路线，每次走到转角便迷失方向。他走走停停，极力回想半个月前走过的路线，终于找到那家药店兼卖香烟的店铺，然后从店门旁的小巷进去再向左转，就到了滨田文乃的住所。

　　这是一栋周围有树篱的平房，或许房子本身已经很老旧，树篱下面的铺石和住家外墙古旧不堪，不少地方该修整却没有修缮。宇市按了按门旁的门铃。说是一扇门，其实只不过是在树篱中间装了一扇可以开闭的便门，访客按门铃时，还可以一边窥见里面的动静。

　　玄关前的电灯亮了。玻璃格子拉门后面映出滨田文乃纤细的身影，她欠身打开拉门，借由门灯的光线认出了宇市，立刻疾步走了出来，拉开便门上的门闩。

　　"我还以为您今天不来了呢。"她小声地说。

　　"怎么会呢，只是我来晚了，不好意思！因为参加家族会议的亲戚很晚才回去，虽说时间这么晚了，但我觉得今天还是得来一趟……"

　　宇市恭敬地欠身致歉，跟在文乃后面走进玄关。

　　一坪大的玄关放着鞋柜和伞架，放鞋的石块擦得像镜面般明亮，三合土地面打扫得干干净净。宇市上门造访，今天是第三次，这里总是打扫得一尘不染，连放在鞋柜上的盆栽都不曾移动分毫，由此可以看出文乃循规蹈矩的性格。

走进玄关之后，紧接着是八叠和四叠半相通的客厅，另外还有六叠和四叠半的饭厅，但宇市总是被带到这间客厅。壁龛上的挂轴已取下，放了一张小桌子，桌上放着已故矢岛嘉藏的旧照片，照片前摆了看似嘉藏平日常用的茶碗，分别盛着白饭和清水，线香缭绕，点灯供奉，唯独少了正式的牌位，正道出文乃的身份与立场。

宇市第一次来这里是矢岛嘉藏的守灵日，那时候文乃也是面容憔悴地出来迎接。文乃当时已经忘了白天曾在嘉藏临终的房间里见过宇市，而是站在大门口愣愣地对他凝视良久，终于想起他们曾在白天见过面，这才带着宇市来到里面，对他说："请您为他吊唁！"并指着铺在客厅中央叠成三层的棉被。

宇市朝那方向看去，在友禅巧织而成的棉被上铺着一层白布，枕头上放着嘉藏的照片，枕边供着一碗清水和一束芥草，好像在祭拜亡者。那异样的光景让宇市看不下去，文乃便劝宇市说："您给老爷献上一束芥草吧。"宇市顺手接过芥草，正要出手抚摸装在相框里的嘉藏照片时，文乃又说"请您先用水帮他润口"，然后端了一碗水递到宇市面前。宇市把芥草沾湿，取出来向照片上的嘉藏嘴部抹去，落在相框上的水滴淌了下来，随即便流到了枕头上。文乃看到这幅情景，讲了句"真是太谢谢您了！今天只有您和我来吊唁老爷啊"，之后便呜呜咽咽地哭了起来。

宇市第二次来这里是为了通知嘉藏出殡的日期。文乃似乎等候已久，马上把宇市请到屋里，当她得知葬礼日期后，便客气地问："那天，我可以到光法寺为老爷捻香吗？"不过宇市没有立即回答，她又说："老爷在世的时候，时常跟我提起他要如何办理后事，他说话的神情好像要出席表扬大会似的，他还说要请十五所分寺的住持为他诵经，要摆上三百对芥草。我想去看看是什么情况，丧服和佛珠我都准备好了。"看来这是这位平时不能公开露脸的女人最后的恳求。

"对不起，没有请您就座，只顾着想心事，请喝杯茶吧……"

文乃从厨房端来茶水，对着呆坐在客厅中央的宇市既劝茶又送上坐垫，接着又在嘉藏照片前上香点灯，这才转向宇市说："这几天您真是辛苦了，实在感激不尽！今天您累了一天，又劳烦您跑来这里……"

文乃再次表示谢意，并低头施礼，她已经不像前日那样六神无主，只是默然而恭谨地低着头。说的也是，守灵和葬礼已经结束，二七也做完了，看来文乃——这个七年来尽情付出的地下情妇——已然摆脱素乱的悲伤，并把这份独自被丢下的凄寂哀思统统埋藏在内心深处。

宇市自知身上还带着酒气，但仍表情严肃地说："前几天，我已经在电话中向您简单说明，今天的家族会议把本家的亲戚和女婿那边的人都请来了，我当着大家的面宣读了老爷的遗嘱。现在，我把这份遗嘱带来了。"

宇市把放在膝旁的布包打开，从搁在餐盒上的另一个布包里取出一只长方形信封。他沉吟了一下，将两封遗书之中有关藤代三姐妹继承财产的那一封递到文乃面前。

"请您过目。"

文乃露出惊讶的表情，紧张地盯着那只信封，过了一会儿，才慢慢打开。她那单眼皮的清澈大眼直盯着遗书，一字不漏地开始阅读。刚开始她读得很慢，后来就快了起来，但读到藤代三姐妹具体继承财产的项目时，时而像是重读似的睁眼停顿，时而又回溯到前几行的文字。读过一半后，又突然加快了速度，眼里露出慌乱的神色，似乎按捺不住内心的激动，但读完遗书之后又恢复了平静，低声地说："留下这么详细的遗书，她们三姐妹对于财产的分配应该没有意见吧。"

宇市默不吭声，等候文乃说下去。

不过，文乃只说了这么一句，并没有将遗书中未提及自己所感到的不安说出来，而是将读完的遗书小心翼翼地折妥，还给宇市。

宇市接过第一份遗嘱后，终于出示了他原本不打算拿出来的另一份遗书，说道："这里还有一封有关您的遗嘱。"

文乃面露不知是惊还是喜的表情，只见她伸出颤抖的手，打开有关自己权益的遗书，才读了两三行，她的眼里就泛起泪意，但她仍极力压抑着不让泪水流出。读到第五六行时，她压抑的眼泪终于像溃堤般沿着面颊淌落，不禁将嘉藏的遗书读出声音来。

"……我实感惶恐，请在我死后，亦将部分财产分给这名女子，我再三恳求……"文乃呜咽地读着，不知不觉中泪水已浸湿了她的颈部。

读完之后，文乃仍盯着那份遗嘱，完全忘了眼前还有一位访客。那痴情的眼神，仿佛在字里行间听到对方的心声似的。

"像我这种见不得世面的女人，他只要留个口信，我就非常高兴了，而他竟然写了设想周到的遗书给我，我真的很……"说着，文乃的眼泪又淌了下来。

"不，口头约定不具任何法律效力，也就是说遗族不予承认。但若写成遗书的话，它便有了法律效力。"宇市那双灰白眉毛下的眼睛紧盯着文乃说道。

文乃似乎还没理解宇市的意思，只是无助又困惑地问："遗书，有那么大的法律效力吗……"

"日后若发生什么事情，可以将这遗书呈堂给法官参考，只要确认是死者所写，他们就能依遗书的内容做出判决。我想，老爷大概就是这样为您设想，才写下这份遗嘱。"

听宇市这样解释，文乃又泪流满面了。

"既然老爷特意写下了这份遗嘱，您该争取的就尽量争取吧。"宇市理所当然地说。

文乃吃惊地抬起头来，出言婉拒："不，我不想……要求太多，只要我日后的生活过得下去，就心满意足了。"

"您太客气了，遗书上又没有写明要给您多少财产，只写着部分财产，换句话说，您能多拿就尽量拿的意思。"宇市不由分辩地说。

"不，老爷说要给我部分财产，只是对众亲戚客气的说法。我不想要那么多，只要他们不要把我当成下流女人，给我多少都无所谓……"

"咦？您说什么？"宇市惊讶地反问道。

"不，没什么……我的意思是说，我怎么能尽量拿呢……"

文乃说得支吾其词，摇了摇头。

"好吧，您的事情就交给我处理好了。"宇市接下文乃的话，接着又说，"对了，近日内，希望您能到本家一趟。"

"什么？到本家去……"文乃脸色大变。

"是的，因为遗书上提到您，想请您跟她们三个有继承权的姐妹寒暄几句。"

"寒暄几句？我要怎么……"文乃语声颤抖地说。

"您不必紧张，不是什么大不了的事，只是互相打个招呼，因为要分得老爷的遗产……大家总得见个面嘛。"

宇市说得一派轻松，但文乃根本没把他的话听进去，只是愣愣地盯着房里的一隅，呼吸愈见急促。说不清楚她在想些什么，眼里露出异样的神色，既像怯惧又似挑逗，仔细一看，她的面容和脖颈宛如病人般憔悴不堪。

"您哪里不舒服吗？"

宇市关心的问候让文乃有些慌张。

"不，没什么，因为老爷离开人世，我突然感觉孤零零地失去了依靠……"说到这里，文乃语声中断，沉默了片刻又说，"我非得到矢岛本家去吗？"

看得出她仍有些犹豫不决。

"您不要想太多，其实，老爷临终前您过去的时候，和您出席葬礼的时候，他们家的大小姐已经看过您，所以你们不算是初次见面。"

宇市试图缓和文乃的情绪。

"是吗？原来她早就认识我了……"

文乃说着，深深地叹了口气。

"葬礼那天，她们三姐妹穿着雪白丧服，漂亮得令人炫目。她们跟我这种出身平凡的女人不一样，家世良好又有教养……"

她这句话仿佛是说给自己听，陡然堆起笑容，下定决心地说："那么，我就恭敬不如从命，我随时都可以到本家拜访，只要那边方便，您通知我就是了。"

"您这样说，我就安心多了，有关具体时间我会再通知您。"

说着，宇市将文乃看过的两份遗书收进小布包里，放在宴会餐盒上,外面又绑上一条布巾,准备起身离开。

"您要回去了?再多坐一会儿嘛,我正在热酒呢。"

文乃知道宇市喜欢杯中物,因而预备了酒。

"不,今晚就免了,我就此告辞。已经九点多了,我身上还带着两份重要的遗书呢……"

宇市出言婉拒,拿起布包正要离去时,门铃突然响了,按得非常大声,宇市不由得探询似的看着文乃。

"是谁啊?这么晚了……"

文乃惊讶地侧着头,静静地站起来。门外的按铃声仍响个不停。

门打开了,传来一个男人的声音,他们的说话声很低沉,不知道在说些什么,宇市把整个身子靠向玄关,贴着耳朵倾听,但还是听不清楚。偶尔只听到文乃低声说"老爷他……"这样的只言半语,完全听不见那名男子在讲什么。他露出疑惑的神色,蹑着脚尖,没穿鞋子便走下玄关,站在三合土上,正当他要打开玻璃格子拉门,文乃的脚步声传来,门打开了。

"咦?您站在这里做什么?"文乃吃惊地问道,"宇市先生您来得正是时候,老爷生前送去装裱店的挂轴已经裱褙好了,您也帮忙鉴赏一下。"她抱着一个细长包裹。

"噢,装裱店……是挂轴啊?"宇市茫然若失地说着,跟在文乃身后回到客厅。

文乃在客厅坐了下来,小心翼翼打开那个布包,从桐盒里取出挂轴。

"这是老爷从本家拿来的轴画,不过装裱破损得很严重,三个月前送去附近的装裱店重新裱褙。因为要用中国式裱法,很花时间,老爷催过他们好几次,结果轴画裱好了,老爷却走了……"

文乃说着，停顿了一下，但立刻打起精神似的解开轴画的细带，摊展开来。

那是一幅雪村①的瀑布山水画。宇市记得曾经看过这幅画作，是矢岛家收藏的古董中极其重要的珍品。不过，在矢岛家，也难得将它挂在墙上。

"这幅轴画的好坏我实在看不出来，老爷那么珍爱它，肯定很贵重吧。"

宇市没有正面回答。

"刚好宇市先生您来这里，轴画也裱好了，就请您转交给矢岛本家好了。"

"什么？把这轴画转交给本家……"宇市惊愕地问，"这不是老爷送给您的东西吗？"

文乃摇头以对，说："老爷的确将这幅轴画拿到这里来，可是他没说得很清楚，好像是暂时寄放在这里，换句话说，只是暂时借用我家的壁龛。"

"寄放在这里……借用您的壁龛？"

宇市像是自言自语，直盯着文乃的脸庞，但当他得知这是文乃的真心话时，赶紧说："既然如此，这轴画就暂时寄放在这里，您用不着急着送回，真要送回也要看时机，这件事就交给我处理好了。"接着又说，"那么，我先告辞了，什么时候请您到本家去，改天我再通知您。"

语毕，宇市又朝那幅轴画看了一眼，才起身离去。

---

① 雪村周继，室町后期至桃山时代的画僧。

宇市沿着来时路，登上神木车站的阶梯，焦急地等候电车的到来，出租车驶到车站旁招呼，他依然不为所动，只是盯着电车驶来的方向。

　　圆形的电车前灯从远处射来，行驶郊区支线的电车慢慢地进站了，或许是因为已经晚间九点，车内的乘客不多，宇市朝车厢内瞥了一眼，坐在驾驶座斜后方的座位上，把手中的包裹捧抱在膝上。电车开动后，宇市依然双膝靠拢，紧抱着膝上的包裹，过了北畠站之后，大概是之前忙着召开家族会议，当众宣读遗嘱，会后又要招呼亲戚用餐，回家之前还专程跑到滨田文乃家中报告家族会议的决议，可以说是累到无以复加，宇市最后抵不住疲劳，连坐姿也歪了，终于眯起眼睛打起盹来。

　　到了阿倍野桥，宇市立刻换乘行经上本町六丁目的路面电车，他在第二站椎寺町站下了车，那附近大多是逃过战火洗劫的旧房舍，从车站走出去，在不远处拐进一条岔路，就是密集的民宅区，或许是因为附近有许多寺院的关系，那一带有不少做石材加工或园艺造景的人家。

　　宇市来到位于民宅区、外围是矮墙的住宅前，推开那扇小门，院子里一片昏暗，地上种了树丛，摆着各式盆栽。

　　"回来了啊，您今天回来得比较晚哦。"经营盆栽生意的房东太太站在主屋的走廊下问道。

　　宇市佯装没听见地径自走去，走廊下又传来问候声："您今晚还要到店里加班吗？"

　　宇市露出厌烦的表情。

　　"是啊，今天晚上又得加班，最近年轻人都不肯在夜间干活。"宇市这样应和着，穿过院子，咯哒咯哒地推开位于西侧的房门。

"我简单帮您打扫了一下房间。"

"是吗，那太谢谢您了……"

一如往常，宇市总是背对着房东太太道谢，拉开玻璃门，只见房里收拾得整齐干净。这两间朝西的六叠和三叠相连的房间是房东的父母生前住过的房间；六叠大的房间里有壁龛，三叠的房间则有厨房和厕所。十五年前，宇市失去了勤劳的妻子，谷町的家又毁于战火，从那以后他便一直住在这里。大家都说堂堂老字号商店的大掌柜住在这种地方未免太寒酸了！不过，宇市却说："老光棍一个，住得轻松自在就行啦！"始终悠然自得。

宇市环视着刚刚打扫过的客厅和卧室，逐一检查走廊旁的木板套窗是否关紧，然后像是在考虑什么似的坐在客厅中间，过了一会儿，他又突然站起来，探身蹲在壁龛旁的壁橱前，非常谨慎地拉开隔扇。

壁橱的上层堆着装有衣服或生活用品的箱子，下层则叠放棉被。宇市佝偻着身子，使出不像是老人般的力气，把里面的棉被一条条地拉到榻榻米上，这才爬进壁橱里，取出一个泛旧的柳条包。柳条包的盖子上贴着一张写着"明治三十四年三月十八日大野宇市"的纸条，那正是宇市十四岁时到矢岛商店当学徒的日期。

宇市打开柳条包的盖子，取出一个粗糙的木盒。那个一尺四方的木盒已摸得脏黑，却能让宇市的双眼顿时散发出异样的光彩。他急不可待地盯着那只木盒，满是皱纹的嘴角不禁堆起笑容。打开木盒的盖子，盒内尽是束捆成叠、外皮脏污的邮局存折，以及用不同名义开户的各家银行存款簿。

宇市志得意满地盯着那些存款簿良久，才打开在电车上紧抱着的包裹，取出那两份重要的遗嘱放进木盒里，阖上了盖子。接着，他又将木盒塞进柳条包，把它推到壁橱里面，然后再把刚才拉出来的被褥一条条地推了进去。

完成这些动作后，宇市坐在壁橱前，一派安心地抽起烟来。他抽了二三根香烟，突然站了起来，只提着那个在家族餐会上分得的餐盒，围上挂在衣架上的围巾，走了出去。

他尽量不惊动主屋那边，悄声地打开屋门，又从外面把门关紧，借着门灯的微光，蹑手蹑脚地穿过院子，推开侧门走到外面，已是夜色深沉，路上几乎没有行人，但他仍焦急地朝电车站的方向走去。

宇市从椎寺町上车，在第三站上本町六丁目站下车，往回走到石辻町那一带，便是小林君枝的家。那是一栋两层楼建筑，显得有些拥挤，里面好像只住了一个女人，门口摆着盆栽充作装饰。宇市不等人带路，便上前推开玻璃门。

"请等一下，我马上帮您开门……"

里面传来女人的声音，接着便打开了玻璃门。

"您怎么这么晚才来呀……人家刚才还在担心您呢。"

一名看似动作机灵、一身束袖简装的女子，小声地迎向宇市。

"这是今天宴会的餐盒。"说着，宇市将手中的餐盒递给她。

"噢，这样啊，那我们就把它当作今晚的宵夜吧。"

她雀跃地接了过去，绕到宇市的后面，帮他解下围巾。

"您现在就要洗澡吗？热水我刚烧好了。"女子说着便走进屋里，打开衣柜抽屉，帮宇市准备内衣和浴衣。

宇市默默地脱下衣服，仅穿着一条内裤，朝位于狭窄院子旁的洗澡间走去。

虽说洗澡间非常窄小，但傍晚时分刚换上崭新的浴槽，整个洗澡间充满桧木的香味。宇市用冷水浸湿毛巾，折成四折放在头上，由于他有高血压，医生屡次提醒他注意，所以他每次泡热水澡之前总是把浸湿的毛巾放在头顶。这几年来，可说是君枝很会控制水温吧，每次烧水都维持在摄氏四十二三度左右。宇市向房东谎称要去加班，每星期却来这里两三次，泡个热水澡，让女人帮他搓背，这是他身心放松的美好时刻。

玻璃门拉开了，一丝不挂的君枝走了进来，她的肤色略黑，身材丰满有弹性。十几年前她跟宇市就有了肉体关系，宇市自从年过七十之后，对那方面的兴趣已不热衷，但若完全不碰女人肉体，又觉得欲火蠢蠢欲动。

君枝往自己身上淋水，接着又用微温的热水朝浴槽里的宇市肩上浇淋。

"这么晚才回来啊？不是说今天召开家族会议吗，情况如何？"

"嗯，因为开完家族会议之后我还得赶去老爷位于神木的妾宅一趟……"

"噢，为什么那么晚还去妾宅那边？明天去也行啊，为什么非得今天去？"她的口气充满猜疑。

"是为了传达老爷的遗书才去的。"

宇市没好气地应和着，从浴槽里走了出来，坐在冲澡的地方，君枝旋即拿起肥皂往宇市的背部擦抹，等冒起白色泡沫，又用毛巾去搓。

"有关神木那个女人，遗书上是怎么写的？"

"希望能分给她部分财产。"

"什么？分给她部分财产……只写这样而已？"她大声反问，声音几乎响遍了整间澡堂。

"笨蛋！你把肥皂泡抹进我耳朵里啦！"

君枝沾满肥皂泡的手不小心按在宇市的耳朵上了。

"对不起，我真糊涂……"她赶紧将宇市那满是皱纹又下垂的耳朵上沾的肥皂泡抹掉。

"这么说，就要看本家那些人怎么想。她可以分到多少遗产啊？这种事也不好讲呢。对了，住在神木的那个女人怎么说？"

"她说，她不要太多。"

"什么？不要太多……"君枝不由得停下手，一副猜测文乃的想法似的说，"她是真心的吗？还是故意那样说，以博取众人的同情？"

"嗯，这也有可能。"说着，宇市转过身来，面向君枝伸出手，君枝抓住宇市骨瘦如柴的手，开始抹上肥皂。

"那么，留给本家三姐妹的遗嘱又怎么安排？"

宇市闭上眼睛，任凭君枝摆弄自己的手。

"老爷在遗书中交代，将矢岛家的遗产，商店、土地、建筑物、股票和古董等等，平均分成三份给她们三姐妹。"

"其他亲戚有分到什么吗？"

"老爷送给各家亲戚一些薄礼。"

宇市说到这里，停顿了片刻，君枝往他身上浇淋温水，有点紧张地探问："那您的部分呢？"

不知宇市是否听进去，他没有回答，只是闭着眼睛，全身笼罩在氤氲的热气中。君枝再次舀起温水帮他淋身，这才大声地问："我是问您，遗书里有没有提到您？"

"……没有。"

"什么？您说什么？"君枝反问道。

"遗书里一个字也没提到我！"

宇市说着便站了起来，不再继续泡澡，让君枝用毛巾擦干他的身体，便走进屋内。

每次从浴室里走出来，宇市习惯只穿着宽松内裤和毛料束腰，罩着宽袖棉袍，坐在矮桌前，尽情享受泡澡后的啤酒。

他津津有味地喝了第一杯。

"怎么样，堺卯订制的套餐还是最好吃吧？"说着，他举筷享用餐盒里的菜肴，让君枝倒了第二杯啤酒。

"对了，你今年几岁了？"宇市用白天矢岛为之助问他的口吻问着君枝。

君枝正往浴衣领抹上淡淡的香粉，接着用手指拉平，以稍作整装的姿势说："真怪，您怎么突然问起人家的年龄？我早已成了老女人，已经四十几岁了。"

"噢，你四十出头了？你看起来那么年轻，难怪我都忘了你的年龄。"

宇市眯着细眼，看着刚洗过澡的女人，并为她倒上一杯啤酒。

"说来我也老大不小了，正想辞掉现在的工作呢。"在道顿堀的餐馆当女侍的君枝揣摩宇市的表情说道。

"辞掉工作，你打算做什么？"宇市带着谨慎的口气问道。

十年来，君枝一直想和宇市共组家庭，不过他总是不答应，每次都要向房东谎称去加班，偶尔来这里住上一夜，对此他反倒快活自由。君枝默默地揣度着他的想法。

"是啊，我辞掉餐馆的工作后，先待在家里……我想当个教授小曲的老师。"

君枝虽然在餐馆当女侍，不过她会弹奏三弦琴，又有唱小曲的技艺，要收徒授课应该不成问题。

"是啊，这样当然比较轻松自由，而且你又会这些技艺。"

宇市宽心似的说着，君枝立即无所依靠地说："不过，我还是得审慎考虑才行呢。毕竟白天在餐馆工作还有薪水可领，但若真的开班教小曲，哪天没有学生上门，真不知道该怎么办……"

宇市佯装没听见似的，喝着第三杯啤酒。

"目前，您每个月给我的津贴和我当女侍所赚的薪水已经够用了，可是哪天我若像神木那个女人，丈夫先走一步，该怎么办呢，我真的越想越怕……"君枝只说到这里，没再往下说了。

"我不会像老爷那样说死就死的！"宇市突然口气严厉地说。

"话是这么说，但寿命可不是由人决定的。"

"你少讲这种不吉利的话！总归一句，不管别人怎么说，这次矢岛家的遗产问题若没圆满解决，我不会轻易说死就死的！老爷将遗产平分为三份之外，其他还有山林地和银行存款等遗产目录，这些东西只有我才了解，不把这些产权归属弄清楚，她们就没办法办理遗产继承。"宇市满脸涨红，气愤似的说道。

君枝凝视着宇市的表情，试探问道："这次的事情，为什么特别让您大动肝火呢？"

"不，没什么。我只是说这次这么重要的遗产分配只有我最了解。"说着，大概是白天的疲累和刚才的酒气作祟，宇市忽然涌上醉意，脚步颠晃地站了起来。

"您要睡了吗？"

"不，我去小便。"

君枝原本想扶他一下，却被宇市一把推开，他迈开轻飘飘的步伐，拢了拢灰白头发，半拉着浴衣的下摆，小便去了。

君枝趁这时候赶紧擦掉弄脏的桌面，收拾吃剩的菜肴，拍了拍沾着烟灰的坐垫，正要翻过背面，发现旁边有本笔记本。那是一本用废纸合订而成的手工笔记本，看来是宇市去小便时不小心从毛料的束腰带间掉下来的。君枝朝厕所的方向瞥了一眼，知道宇市还在小解，便快速翻开笔记本。

四十町步^①　　有△（二百万）

五町步　　　　只有△（三百万）

一百二十町步　有△（二百六十万）

十町步……

君枝正要往下读的时候，传来了宇市的脚步声，她连忙将笔记本放回原处。宇市眯着锐利的眼睛，朝掉落在坐垫旁的笔记本瞥了一眼，然后慢慢地拾起来，往腰间一塞。

"你知道我的笔记本上写了些什么吗？"他若无其事地问。

君枝原以为自己偷看笔记本的行为会被宇市斥责，因而露出沮丧的表情。

"上面全写了些奇怪的数字，我根本看不懂。"她这样回答，又为宇市倒了一杯啤酒。

"刚才你说要辞去工作，如果你想辞随时都可以，至于将来的生活，你不必担心，我会替你想办法。"宇市突然慷慨地说道，"好吧，该睡了。"

---

① 日本度量衡中表示山林、田地面积的单位，1町等于99.2公亩。

"今晚要在这里过夜吗？"

"嗯，偶尔在这里温存也不错。"

的确，宇市许久没邀君枝共度良宵了。

良吉看见藤代走进店里，赶紧走出账房迎了上去。

"大姐，您要出去吗？"

他对着盛装打扮的藤代打招呼，可是藤代连看也没看他一眼就从账房前面走了过去，在门口接过保姆递来的小提包后，便走向大门口。

店里的每个店员都很紧张，但良吉依旧不以为意，照样回到桌前，作势翻开账簿查核，并用余光瞄视着打扮比平常华丽的藤代疾步离去的背影。当藤代的身影完全消失后，良吉阖上账簿，像想到什么似的站了起来，朝房内走去。

他打开面向院内的窗户，千寿像等候他似的站起来，隔着玻璃窗窥探着藤代的房间。

"大姐总算出门了。她也真奇怪，好像是我带给她不幸似的，自从开完家族会议以后，早上跟她打招呼她连理都不理，碰巧在走廊遇见，她也板着脸扭向一边。当我要转头过去，她又故意停下脚步，用恶狠狠的目光瞪我，令我不寒而栗！为了避免跟她碰面，我尽量不出房门，可是一想起她那可怕的眼神，我就浑身打战，只要她在家里，我的心情就无法安宁。"

千寿说得非常激动，细白的脸庞变得铁青。一如往常，良吉坐在日式矮桌前沉默了片刻，抬头对着伫立的千寿说："大姐急着出去，到底要去哪里？"

千寿压抑着激动的情绪，冷静地说："去哪里……大姐向来反复无常，大概又是心血来潮到外面散心吧。"

"她今天打扮得特别靓丽，好像是去看戏，又急着出去，不会是一时兴起到外面散心吧？"良吉露出困惑的神情。

"父亲的四七忌日还没过，她不至于明目张胆去看戏。再说，她向来不会独自去玩，总要呼朋引伴。若一个人出去，顶多就是散散心或买东西。"

千寿撂下这句话后，托着下巴坐在良吉面前。良吉紧闭双唇，像是在思索什么似的，时而点头，时而摇头。

"是啊，大姐会去哪里呢？或许她真的没什么事，只是为了让我们坐立不安，才故意穿得花枝招展，急急忙忙外出。大姐的性情反复无常，做起这种骚扰的事情来应该是习以为常。总归一句，她对于前阵子遗书内的遗产分配似乎非常不满，无法接受……"

千寿露出严峻的神色，说道："大姐对那份遗嘱的分配到底有什么不满？这个星期以来，她不但不给我们好脸色，还这样折腾我们，她凭什么不高兴啊？"

"在大姐看来，自己虽然是个离了婚又回归的女人，但她认为矢岛商店应该由她这个统管家业的大女儿继承，可是遗嘱那样分配，她无法接受……"

"咦？大姐想继承商店？"

"没错，战前日本的民法规定，家产均由长子继承，打个比方，就连家中炉灶的灰烬都归长子所有，谁都别想分到些许，所以大姐没想到会是这种结果。不过，战后日本的民法做了些修改：丈夫死后，其妻可继承三分之二遗产，其余的三分之二平分给子女。倘若妻子已经死亡，全部遗产则归子女所有，大姐居然不懂这点法律常识，未免太奇怪了。"

"这么说，父亲就是以平分三份的打算写下遗嘱的喽？"

"当然是的，他经过各方考量，将矢岛商店连同建筑物、土地所有权和经营权交给我，但是我必须把每个月商店净利所得的百分之五十平分给你们三姐妹；而把北堀江的二十间出租房和东野田町的三十间出租房分给大姐，将六万五千股股票和古董分给三小姐，基本上是金额相等，平均分配的。"

"父亲已经将遗产平分三份，大姐为什么还不满意？"

"比起出租的房屋和地皮，大姐更想得到的是经营四代的矢岛嘉藏商店招牌吧。"

千寿沉默了一会儿，那细长的眼睛眨了一下，在心中估算着三姐妹继承财产的利弊得失，说道："如果大姐那么想继承矢岛商店，岂不是说我们比她和三小姐分得还多吗？像你这种经商的立场姑且不论，以我们女人的角度来看，就算继承商店的经营权，但若经营不善，老字号的店铺还是会倒闭。比较起来，大姐继承出租房和土地反而占到便宜，三小姐继承股票和古董也是，那些都是过去的资产股，古董也是战前就有的，都是些值钱的东西，很可能还会上涨，根本没有吃亏嘛。"

"你们女人就是这么会精打细算。话说土地和股票都是值钱的东西，也可以估算出它们的价值，但商店的经营却很难估算，要看我是否经营得当，而这正是在你们女系家族当上门女婿最为难的地方，也是女婿入赘的意义所在。"

良吉一反常态，居然把话讲得这么坦白，千寿听完也只好默然点头。在大阪的老铺中，女系家族更是如此，即使家中已有长子，只要有得力的女婿愿意入赘协助扩展家业，他们都大表欢迎。所以对良吉而言，他若不能继承商店的经营，便失去入赘矢岛家的意义。

"嗯，我了解你的意思了。但话说回来，你努力赚钱，最后却要把净利所得一半的三分之二白白分别送给她们两个人，岂不等于为她们卖命吗？我讨厌这样！"千寿仿佛瞪着藤代和雏子似的说道。

"你不用担心啦，有关净利的百分之五十这个数字，只要我待在账房，我会设法……"说到这里，良吉不由得露出笑容，安慰千寿说，"我们也不是傻瓜，这点你不必太担心啦。"

不过，千寿并没有因此笑逐颜开。

"还有，遗嘱上说内院的宅第由我们三姐妹共同继承，但得经过三人合议才能解决，这到底是怎么回事？父亲既然把商店交给我们经营，何不干脆也把宅第给我们算了，偏偏又把后院分成三份，摆明是给我们添麻烦嘛……"

千寿一边揣测着三姐妹继承遗产的多寡，一边想象着她们住在同一个屋檐下却又钩心斗角的情景。

"遗嘱上写后院由我们三个人共同持有，无论如何也不能改变吗？"千寿不甘心地问道。

良吉沉思了一下，得出什么结论似的说："我念高商时学过一些法律常识。有关遗产分配有三种方法：一是依据法律来决定，一是根据遗嘱来决定，还有就是依据死者遗言指定的第三者来决定。经过确认，若遗嘱确实为死者所写，它就比法律更受重视。所以，若没有特殊理由，遗嘱的内容是不容更动的。"

"这么说，我们今后岂不是要跟她们俩永远住在同一个屋檐下？"千寿不由得铁青着脸说道。

"不，我说的只是有关财产分配，我们可以出相当的价钱跟她们交换，但还是要看她们能否接受。总之，我们必须先遵照岳父大人的遗嘱把遗产彻底分开再说，况且，遗嘱的执行者是宇市先生，我认为还是不要轻举妄动得好。"

良吉好像有所顾虑，语气突然变得谨慎起来。

"父亲为什么要把遗书交给宇市先生，同时又指定他为遗嘱执行人呢？他可以交给律师处理啊……"

从召开家族会议那天起，千寿对这点始终不能理解。

"也不尽然是这样。一般来说，都是以了解财产的详情或继承人的彼此关系，以及深谙家庭状况为法定执行人居多。法律上承认死者生前指定的执行人，因此宇市先生出任执行人是不成问题。只有在发生争议时，才会委任律师处理。从指定宇市先生为遗嘱的执行人这点来看，父亲肯定做过各种考量，或者有其他含意吧。"

说着，良吉困顿似的深深叹了一口气，朝壁龛上的挂钟瞥了一眼。

"你要出门吗？"

"嗯，下午三点半，我们同业工会在堂岛那边有个聚会。"

"那你会很晚回来喽？"

"今天因为谈得比较复杂，可能很晚才会回来，你先吃晚饭吧。"

说着，良吉站起来，打开衣橱，穿上一件和服外褂，便走出了房间。

良吉离去后，千寿靠坐在矮桌前，独自托腮发着呆。听丈夫这样说明以后，千寿终于弄懂了先前对遗嘱内容不了解的部分，但或许是因为不谙法律用语，听起来十分吃力，以至于感到有些疲倦。她透过玻璃窗和庭院里的树丛朝藤代的房间望去，只见春日的阳光洒落在明亮的窗户上，每次轻风吹来，映在玻璃上的美丽树影便婆婺摇曳，更添几分寂寥。千寿突然很想知道姐姐的行踪，于是伸手按了柱旁的按铃，内室保姆阿清闻铃赶来。

"大小姐回来了吗？"千寿明知道藤代尚未回来，却故意这样问。

"没有，大小姐去练舞了。"

"噢，去练舞了……"

"是的，她今天叫我给她准备最漂亮的衣服，于是我拿出加贺染织的和服和筒带，以及彩色晕染的外褂，又取出跳舞专用的五钩扣短布袜，她兴冲冲地说要去练舞，就出门去了。"

千寿若无其事地问着，其实极力压抑着内心的激动。从父亲死前两个月，藤代便没再去老师那里学日本舞，但遗产继承问题尚未有结论，她却突然恢复学舞，不由得令人纳闷。人家说临嫁前的小姐才会去学跳舞，到底是什么因素让姐姐有此举动，这让千寿感到莫名不安。

"对了，大小姐有没有说几点回来？"

"大小姐说自从老爷出殡以后今天是她第一次出门，所以要好好地玩一玩。"

好好地玩一玩——这句话颇耐人寻味，更让千寿心情焦虑。不过，她仍努力做出平静的表情，改而探问雏子的事。

"三小姐呢……"

"三小姐跟平常一样，早上就去上烹饪课了，她说今天会早点回来。二小姐，您有事找她吗？"

"不，没什么急事，待会儿再说吧。"

阿清退下之后，千寿旋即蒙上一种难以名状的焦虑。无论是妹妹雏子、姐姐藤代或丈夫良吉，他们都已随兴地到外头走动，唯独她还待在阴暗的家里，这使她陷入无端的妄想。她对自己嘟囔了一句"我太累了"，试图让自己的心情平静下来，但身处在高楼大厦夹缝中唯一一栋旧式大户人家，至今仍延续着女系家族复杂的人际关系以及深陷在女人间钩心斗角的环境中，已经使她几乎喘不过气来。

走廊传来脚步声，停在千寿的房门口。

"二姐，你找我有事吗？"

是雏子的声音。千寿为掩饰郁郁寡欢的神情，赶紧到镜台前探照了一下。

"回来啦！进来坐坐吧。"

千寿这样答着，用力拉开拉门，穿着套装的雏子走了进来。

"我听阿清说，你有事找我？"

说着，便随意地坐在刚才良吉坐过的坐垫上。

"没什么事啦，自从开完家族会议以后，我都没见到你，心想你怎么了……"

"说的也是，那之后我已经一个星期没见到你了，我总是赶着去上烹饪课，而你却老是窝在家里，不觉得闷得发慌吗？"

"才不会呢，我从小就不喜欢出门逛街，每次你和大姐拉着我出门，我都觉得很累啊。"

"是啊，二姐真是典型继承家业的女儿……"说着，雏子兴致勃勃地看着千寿的表情，又说，"我是不是看起来不像招婿上门看守家业的女儿？"

雏子这种说法，让人分不清是玩笑还是真心。

"像你这么时髦的女孩，哪适合招婿上门……"千寿先是投以微笑说着，但旋即吃惊地看着雏子，"你说这话是当真？"

千寿这样问道，雏子绽开樱桃小口："哈哈哈……这种事不到那时候是很难说清楚的。我若是招婿上门，肯定会叫丈夫帮忙店里做生意，成为二姐和良吉姐夫的得力助手。"

　　雏子那像笛声般的吟吟笑声，令人难以捉摸这句话到底是出于纯真或意有所指。这时候，良吉说的"有关净利的百分之五十这个数字，只要我待在账房，我会设法……"那些话又浮现在千寿脑海中，她再次觉得雏子此话的含义绝不可轻忽。

　　藤代打扮得光鲜靓丽来到街上，发现路旁老字号店铺的店员都好奇地看着她，但是她仍故作高傲地走过去。

　　她穿着加贺染织的和服，外面套着草绿色晕染的外褂，其实她知道这颜色与她的年龄不太相符，但她可是将父亲的葬礼办得格外隆重、虽是离了婚但仍统管家业的大女儿，说什么也要把最能炫耀身份的衣服穿在身上。

　　穿过南本町的批发商街，来到御堂街，她并没有叫出租车，而是缓慢地朝位于顺庆町的梅村流派练舞场走去。藤代右手提着装有舞扇的小提包，由于她提前出门，所以可以走得悠闲些。其实，她并不是在想练舞的事，而是一味地计算着父亲在遗书中留给她的出租房有多少价值。

　　北堀江六丁目的二十间出租房及东野町的三十间出租房和地皮，全部归藤代所有。不过，那些房地产值多少钱她也算不出来，而且出租契约不同，计算方式也不一样，想到跟那些住户会有一番繁杂的交涉，偏偏又要她这个孤身女人来处理，仿佛接到烫手山芋似的，不由得感到力不从心。因此，她亟待找到可靠的男人商量，问题是，在这节骨眼，她不但不能找妹婿良吉磋商，对方将来还可能成为争夺遗产的劲敌。而大掌柜宇市又令人捉摸不透，若贸然找他商量，反而会招来麻烦。藤代再次想起开家族会议那天出席的亲戚——第一代店主矢岛嘉藏本家代表矢岛为之助、嘉兵卫的妻子卯女及本家的桥本留治、女婿曾祖父、祖父和父亲的本家、姨母姨丈及姨丈本家……他们都跟良吉和宇市有来往，绝不会替她谋利。综观分家出去的亲戚，只能谈谈生意，无法跟他们谈遗产的事。或许找专家商量不失为最确实又简单的方法，但她不懂得如何与专家商讨，这又增添了新的不安。从四五天前起，藤代就不停地烦恼这个问题，她为自己如此犹豫不决感到焦躁，最后还是决定找梅村芳三郎商量为上上策。

"你好，你现在要去练舞吗？"

前方传来开朗的问候声，藤代抬头一看，原来是在同一练舞场上课的学生，对方是心斋桥某和服店的女儿，刚结束排练课程正准备回家。

"是啊，我正要去上课呢，还剩下几个学员？"

"刚好剩下一个学员，你快点去吧。"

藤代疾步从顺庆町的角落向东拐去。一栋很像高级餐馆、周边围起黑色高墙的建筑物，便是梅村流派的舞蹈排练场。

推开木格大门，穿过近十米洒过水的石板路，来到铺着地板的玄关，眼前便是以桧木搭建、约莫二十叠大的练舞场，旁边还有一间八叠大的会客室。

藤代脱下和服外褂，从小提包里取出扇子，朝正面的舞台看去。

梅村流派的一名入室弟子正跪坐一旁负责独奏引唱，年轻的舞蹈老师梅村芳三郎正在指导一名学生跳舞，那是一个二十二三岁、穿着华丽和服的女孩，大概是悟性不好，光是"黑发"这个段落就跳了好几次还是跳不好。芳三郎始终站在女孩身旁指导,但女孩老是抓不到诀窍,于是他便把她右手的舞扇换到左手,改以左右相反的方向教她摆手移步。

以男性的相貌来说,芳三郎长得实在太俊俏,加上舞蹈家特有的气质,更给人一种纤细的冷漠感。不过,他的性格与其外表刚好相反,个性豪迈能力又强,这座练舞场有今天的繁荣景况,完全要归功于这个年轻舞蹈老师的才华。

在关西的梅村流派中,舞蹈家梅村芳静的名声非常响亮,但如今已是五十出头的老妇,而年轻的舞蹈师芳三郎现年三十二岁,是她和掌门人生下的独生子。虽说芳三郎尚未正式接掌门派,但外界都知道他是掌门人的儿子,听说他很有才华,更有扩展练舞场和振兴本流派的杰出经营手腕。

这座位于顺庆町的练舞场,原本也是向某雨伞批发商租地搭建的房舍,面积不大,但是年轻的芳三郎凭着过人的本事,硬是把它买下来,仅五六年的时间,便成了船场一带梅村流派最大的舞蹈排练场。不仅如此,他还依地利之便,把当地有钱人家的子女统统吸纳到门下学日本舞,后来以此为中心加以拓展,目前在大阪市区就有三座练舞场。

那三座练舞场也和当初顺庆町的一样,都是他强行买下的,而且听说当时并没有花多少钱,至于这是真是假不得而知。总之,芳三郎很有经营手腕,从不给人吝啬的感觉。他虽然是教舞的,但仍有其洒脱的一面,遇上没授课时,他就穿着西装出去玩。

"让你久等了,芳喜代,开始喽……"

芳三郎一如往常这样直呼藤代的艺名。藤代站了起来,登上舞台,将扇子放在膝前。

"恭请老师指导了。"藤代打着招呼,和芳三郎并肩站在正面的镜子前。

"你好久没来上课了,所以今天我们从《四君子》开始复习吧。"说着,芳三郎拿着扇子,等候音乐的前奏。

　　鸡鸣不绝耳,旭日普光照……梅香轻拂弱女袖,游赏京都春……

　　樱花二三月,白云化绿叶……有谁为我摘泽兰,徒望暗香随风飘……

芳三郎穿着大岛织的蓝色和服,腰间系着博多产的条纹方带,脚上套着五钩扣白布袜,像在水上滑行般踩着舞步。在镜子前,身穿蓝色和服的芳三郎像女人般婀娜起舞,持扇摆弄的姿态比藤代更艳丽,藤代跟着芳三郎挪步跳着,心里却对老师充满艳色的身段觉得反感,结果一不留神踩错了步伐。

"来,我们从'有谁为我摘泽兰……'这段开始,再练习一次,对,右脚移出,腰身压低,左手尽量抬高,眼睛看着前方……"芳三郎一改刚才的教法,转而把疑惑不解的藤代拉到自己的舞步中加以指导。

《四君子》的一段结束后,藤代如释重负地收起扇子,或许因为太久没有练习,无论是出手或回手的动作都显得笨拙,让自己很不满意。

"今天我实在跳得太糟了。"藤代欠身向老师芳三郎致歉。

"不,任何人都一样,若是中断太久没有练习,舞步难免会生疏。对了,你们家的事情安顿下来了吗?"芳三郎为藤代打气似的说。

"嗯，托您的福，总算安顿下来。另外，有件事我想跟老师您商量……"

藤代再次恭敬地低下头来。

"我可以帮什么忙吗？"芳三郎有点诧异地问着，并回头察看外面是否有人等着练舞。

"在这里不方便说话，我们到里面去吧。"说着，他把藤代带到屋内。

年轻舞蹈师芳三郎的房间比资深舞蹈师的房间狭窄，而且布置得简单朴素，尽管如此，这房间的壁龛上仍挂着一幅轴画。家中弟子立即端上热茶和糕点，然后退了下去。

"你有什么事要和我商量？"芳三郎很想早点了解事情的状况。

藤代却吞吞吐吐地说："突然提出这个问题实在有点冒昧，请问老师是否认识深谙土地建筑物买卖又值得信赖的人？"

"什么？不动产买卖……"芳三郎顿时露出惊讶的表情，问道，"你突然要卖不动产，到底是怎么回事？"

藤代先是欲言又止，最后终于鼓起勇气说道："这关系到我们家遗产继承的分配问题……事情是这样的，家父死后在遗嘱中写明，将他在大阪市内出租的房屋和地皮分给我，我不知道那些房地产有多少价值，也不清楚怎么处理不动产，所以很想找熟悉此道的人士估价。"

"你们亲戚当中没有合适的人吗？"芳三郎谨慎地问道。

"是的，的确不好找，而且若跟他们商量，情况可能会更麻烦……"藤代故意说得语意含糊。

"难不成你们亲戚当中有些难题？"芳三郎追问道。

藤代点点头，芳三郎沉默了一会儿，突然说道："我来替你想办法。"

"什么？老师您要替我想办法……"藤代没料到芳三郎居然会出力相助。

"你跟其他学生不同，六岁的时候就跟我母亲学舞，严格来讲算是重要的弟子。我二十岁开始接替母亲教舞时便认识了你，这回让我帮你吧。"说着，芳三郎凝视着藤代，接着又说，"对了，我想先了解一下，你为什么急着想知道那些房地产的价值？"

芳三郎如此单刀直入问起，目的是希望让藤代直接道出事情原委。

"家父把所有财产平分成三份给我们三姐妹继承，我二妹得到矢岛商店的经营权和该店的房地，我三妹分到六万五千股股票和古董，我则继承了大阪市内的五十间出租建筑和地产，我只是想知道继承的份额是不是真的公平？"

"查出来了你又打算怎么办？"

"如果分少了，我就叫妹妹们再分给我。"

"万一是你多分了呢？"

藤代将秀丽的脸庞转向一边，没有回答。芳三郎露出一丝微笑。

"是吗，看来你只考虑自己继承的份额是否太少。话说回来，你继承的那些房地产也可能价值不菲，到时候在申报财产登记时，你就得想办法压低价格。而若只看登记价格，表面看来是你少分了，倒是可以让你两位妹妹再分给你。不过，我身为一个男人，实在不好插手管这种事啊。"说着，芳三郎打开鞣皮的香烟盒，抽出一枝三城牌的滤嘴香烟，叼在薄唇上。

"你家二妹已经招婿上门了吧？"

藤代默默地点点头。

"那你三妹会找大掌柜或其他人商量吗？"

藤代摇头以对。

"不管怎么说，你妹妹肯定会找人帮她出主意的，虽是如此，也不能把身边的人扔下不管啊。"

他叼着香烟，点着了火，一边慢慢地吐着白烟，一边如同在脑海中编排新舞蹈似的，流露出动人的眼神。但没一会儿，他却把香烟捻熄，说道："总归一句，我们先去看看那些房地产再说吧。"

说着，他用锐利的眼神朝藤代瞥了一眼。

"对了，你什么时候比较方便？"

芳三郎想尽早定出时间。

"嗯，让我想想看……"

藤代想找个不被千寿和良吉察觉的时间，因为自从在家族会议公开父亲遗嘱的隔天以来，藤代已经深深感受到千寿和良吉宛如盯着小偷，整天无不监视着她的一举一动。这种行为正意味着得利者的从容以及对损失者的过度防卫。光是这样就让藤代神经紧绷，脑中所想的尽是如何摆脱千寿和良吉的视线。看来，只有利用下次练舞的时机和芳三郎去勘查那些房地产最为妥当。

"老师，下次排练时，您有时间吗？"

芳三郎在矮桌上查看着自己的日程表。

"那天下午有个聚会，不过我会腾出时间。"他在日程表上画了个红色记号，接着说，"真想不到，我除了教你舞蹈之外，居然跟你谈起不动产的事来了呢。你找我商量这件事，肯定是经过再三考虑吧，倘若我像你们那样是经商人家的儿子，应该会比较明白另一个老店家的长女是怎么看待遗产问题的。就这点来说，我身为一个舞蹈家，脑中所想的只是如何办场盛大豪华的舞会。"

藤代走出家门时，口头上说要去练舞，某种程度是故意要让千寿和良吉坐立不安，可话说回来，在遗产问题未彻底解决之前，她根本没有闲情逸致学舞。不过，此刻既然已经来这里请托，便不能再佯装不知了，她热切地问道："啊，对了，请问老师下次要办什么样的舞会呢？"

"今年的梅村流派舞会，打算把举办时间从历年的五月延到七月，不过，我会把更多心力投注在新舞的编排，还打算投下重金，尽量把这次舞会办得盛大些，我正考虑安排个角色让你担纲演出呢。"

"老师，我没有能力担纲演出啦……"

芳三郎见藤代出言婉拒，又说："不，我母亲也说这次一定要请矢岛家的大小姐出来献艺……"

由于舞蹈会的费用几乎都由演出的弟子出资，如果越多弟子参加，自然可以办得更盛大风光。

"师娘她……今天去哪里了？"

"老家那边有个聚会，大清早就出门了。"

"那么，就等下次和老师见面后再商定时间好了。而且，我现在刚好有事要去清水町的亲戚家一趟……"

藤代巧妙地编了个借口，正要站起来时，芳三郎也抬眼看着手表。

"我今天刚好要去日本桥那里的练舞场，我陪你走到清水町吧。"说着，他比藤代先行走出房间，家中的弟子早已站在门口，为他准备了鞋。

从顺庆町来到御堂大街，午后的阳光洒满整个街道。芳三郎身穿大岛织染的蓝色和服，在明亮的阳光下显得格外鲜艳夺目。藤代对于芳三郎比女人更华美的身姿，不禁涌生惊艳和厌恶的感觉。她的心绪翻涌，虽说是迫不得已来找芳三郎商讨，但其实她有些后悔，不该找他商量不动产的事情。

走过新桥后，街上的行人突然多了起来，藤代发现擦身而过的行人都朝她和芳三郎打量着。芳三郎已注意到众人的目光，却仍像在舞台上似的迈着舞步走着。

或许是因为穿着蓝色和服、拎着小提包的芳三郎与身穿草绿色晕染和服外褂的藤代，在服饰色泽上搭配得宜，无论从服装或年龄来看，难免会被看成是一对情侣。想到这里，藤代觉得很不舒服。尽管她是离过婚的女人，但终究是拥有四代历史的矢岛商店的长女，眼下却跟一名教舞的老师并肩而行，难免会惹来非议。藤代倏地停下了脚步。

"我从这里坐出租车。"

"什么？不是快到了吗？"芳三郎露出惊讶的表情，因为再走几步就到清水町了。

"不，我还要去其他地方，下次练舞时，那件事情就请老师您多关照了。"

藤代这样说着，立即招手拦下一辆刚好驶来的出租车。车子开动后，她喃喃自语："我只是拜托他帮我找人评估那些房地产值多少钱而已，没有其他意思，他若有其他解读，我可不管了……"说着，她那美丽而好强的眼睛望向窗外。

清　点

　　出租车一驶过樱宫桥，藤代就已经在车内拿出了钱包。早上，藤代打电话给梅村芳三郎说不去练舞场，直接约在东野田车站见面，可是她自己却迟到了三十分钟。

　　车子在车站前停了下来，司机扭过身子，打开车门。

　　"怎么了，这么晚才到啊？"

　　穿着西装的芳三郎站在车门外，剪裁合身的深灰色西装仿佛贴在他高大的身躯上，外面又套着一件象牙白大衣。向来喜欢穿艳丽服装的芳三郎，今天却一改穿和服时展现的女性美艳，给人一种三十岁男人成熟稳重的感觉。

　　"对不起，我来迟了……"

　　藤代有点不好意思地低下头。

　　"没关系，我原本就提早来的，顺便在附近逛逛。"说着，他转身过去，打了声招呼："阿常，大小姐来了。"

　　距离芳三郎身后五六步远，站着一名身穿高级西装、头戴鸭舌帽、体型矮胖的男子，他走了过来，递出自己的名片。

浪花不动产商事　　　　小森常次

　　跟看似气派的公司名称比较起来，公司地址却设在郊外，而且也没有电话号码。

　　“他是我的得力助手，虽说是出道不久的中介商，可当初要买下练舞场的土地和盖房子的事宜，都是他替我处理的。这次虽然不是谈生意，他还是愿意来看看。”

　　芳三郎这样介绍，小森常次立刻欠身，用十分了解内情的口吻说：“前一阵子，贵府刚办完了丧事，像府上那样的大户人家处理后事总是复杂些。不，应该说，著名老铺的情况都一样，有关这方面的事情，我非常了解，所以请您不用客气尽量吩咐……”

　　藤代对他这种交浅言深的态度感到不悦。

　　“阿常，我们赶快去看看吧。”

　　芳三郎和常次径自走开。

　　他们从东野田的十字路口往南，朝着京桥的方向走去，走到东野田五丁目附近时，小森常次停下脚步，把鸭舌帽的帽檐往上推了推：“请问那些物件的门牌是几号？”

　　藤代从手提包取出地址，没有交给常次，而是递给了芳三郎。

　　“从五丁目的六十三号到八十号，以及从一一〇号到一二一号。”芳三郎代替藤代答话，常次马上打开分区地图，朝那些住宅的门牌瞥了一眼，然后仔细地兜了一圈，发现目标似的走上电车道，从转角处沿着电车道指着第六间房子说：“从这里开始到那边的十八间，就是六十三号到八十号，这一带的房子都是战火中幸存下来的。”

　　那是一栋六户的战前建筑物，紧挨着电车道，位于京桥北口和东野田的交界处，人车来往非常频繁。纸箱、瓷器、五金行、服饰杂货等小商店一家挨着一家，狭窄的步道上散放着摩托车和自行车。

常次在这些店门前来回走了几次，态度认真地打量着那些房子，有时还悄悄靠近房子，趁人不注意时，咚咚地敲敲外墙。芳三郎也一样，时而在店门口来回走动，时而像观赏橱窗似的窥视店内情形。藤代为了避人耳目，走到电车道的对面，用蕾丝披肩遮着脸等候他们。

耀眼的春阳照在藤代的脸庞上，大卡车轰隆隆地扬起沙尘从眼前驶过，藤代每次都要用披肩遮住口鼻转过脸去，等沙尘消散后，才又转过头来望着他们。

芳三郎和常次站在路旁，不知在说什么，他们谈定之后，便又分别从左右朝临近那十八间店的转角处拐去，好像要察看住宅的后侧。藤代望着那两个男人在熙来攘往、尘沙飞扬的街上来回评估那些房地产，以及自己站在路旁对他们发号施令的模样，不由得为自己感到卑鄙难当，因为再过半个月就要召开第二次家族会议，讨论遗产分配事宜，而她却未能守住世家小姐的谨慎。

藤代发现芳三郎他们穿越电车道而来，以仿若等候已久的口吻问道："辛苦你们了，情况怎样？"

芳三郎用条纹丝绸手帕擦着额上的汗珠。

"嗯，那些房子是有点老旧，但因为是战前建造的，看起来还很牢固。"说着，他转身看向常次，"阿常，依你的勘查，那些房子一户值多少钱？"

"这我得仔细算算才知道呀。"

常次从上衣口袋拿出一副便携型四珠算盘。

"首先，我想了解那些房子每户有多少坪数。"

"占地四十坪，建筑面积七十二坪……"藤代用公式化的口吻答道。

"占地一坪以七万日元来算，四十坪就是二百八十万，虽然建筑本身有些老旧，但盖得很牢固，每坪以一万日元计算，一户七十二坪就是七十二万。占地和建筑合起来，一户折合三百三十二万，但目前有住户居住，估价这种附带地皮的房子时一般都要扣除四折，因此剩下的六折便是二百一十一万二千，总共十八户，合计三千八百零一万六千日元。"

说着，常次把拨算过的小算盘递给芳三郎和藤代过目后，马上将算盘放进口袋里。

"我们去看下一个地方吧。"常次说着，接过芳三郎递给他的地址，又朝电车道的对面走去。

他从刚才那条商业街走过两条路，往京桥方向的十字路口向南拐去，眼前突然出现一大片杂乱的民房：屋顶上挂着大阪烧店、洗衣店、蔬果店、乌龙面店的招牌，由于战争时期政府强制疏散，放眼望去，那里还有一大片像掉齿发梳般的荒凉空地。

常次找到樱宫小学，走到学校后面，环视了周遭的门牌号码，那里大多是歇业的大杂院，他马上找到目标，站在两栋分别有六间歇业住户的建筑物前。

这两栋建筑物的结构相同，都是两层楼，临街的一面开着半间大小的门，门上镶着玻璃，但由于年久失修，屋檐下的墙壁已斑驳不堪，墙窗的挡板也扭曲变形，看起来十分碍眼。

"这些房子破损得很严重。"

常次露出沮丧的神情，但立刻像刚才那样偷偷地敲了敲外墙，摸了摸挡板的受损程度，接着极其热心地确认情况："这里有多少坪？"

"占地三十坪，建筑面积五十二坪……"

藤代这样答着，常次纳闷地问道："什么？有那么大吗？"

他看着藤代，倾着头表示疑惑。

"有疑问的话，你可以用尺子量量看嘛。"芳三郎从旁插嘴道。

藤代吃惊地环视周遭。虽说这里略显偏僻，行人也不多，但是，大白天到住户家里丈量坪数，藤代终究觉得不好意思。

"有什么关系呢，反正这些都是你的房产……"芳三郎说着，常次马上从口袋里拿出卷尺，"舞蹈师，你拿这一头吧。"

常次把卷尺的一端递给了芳三郎。芳三郎很有经验似的，熟练地接过卷尺。

"阿常，我们到巷弄内去量，以免打扰附近住户。"芳三郎用眼神示意着常次身后的方向说道。

原来，常次站的地方刚好是这两栋房子的交界，那里有条狭路通往里面的巷弄。常次为芳三郎的眼力之快大感惊讶，迅速走进了巷弄。藤代也跟着芳三郎走进狭小的巷弄里，湿漉漉的泥土路把她的蜥蜴皮草屐底部都浸湿了，馊水的恶臭味从下水道的孔洞冒了出来。她不由得捂住口鼻，吓得正要退出来时，芳三郎刚好回头看到，便半挖苦地说："你果真是千金小姐之躯呀。"接着，便拉起卷尺，蹲在下水道的孔盖上，以此作为起点开始实地测量。常次飞快地拉动卷尺，利用巷弄的长度量了房子的坪数。

从巷弄走了出来，常次又露出纳闷的表情。

"奇怪了，每户果真占地不到三十坪，只有二十六坪多一点，这是怎么回事？"

他不解地望着芳三郎。芳三郎略微沉吟了一下，转头看向藤代，确认道："你说那房子占地有三十坪，是你从土地所有权书上看到的坪数吗？"

"不，我没有看到土地所有权书，这数字是大掌柜宇市告诉我的。"

"噢，你没有看过土地所有权书……"芳三郎有点为难地说，"一般来说，土地所有权书上的数字和实际测量的数字难免会有误差，也就是所谓的'绳差'，可是每户竟然差了四坪之多，是有点奇怪。这栋房子的后面很可能有块空地，或许是当时政府为了强行疏散，每户削掉了四坪也说不定。这样一来，若不正式测量一下，吃亏可不小呢。阿常，你按现在的面积再算一下。"

常次从上衣口袋拿出小算盘："这里因为离电车道有段距离，以每坪三万日元来算，一户二十六坪，就是七十八万。不过建筑本身非常老旧，已没什么价值可言，所以姑且只计算地皮的价值。一户七十八万，跟刚才一样，目前尚有住户居住，所以打六折来算，每户便是四十六万八千，这里共有十二户，合计为五百六十一万六千，再加上前面的数字，总共是四千三百六十三万二千日元。"

"只值四千三百六十万日元……"藤代没有说出那些尾数，而是表情严肃地向常次问道。

"恕我把话说得明白些，因为这里比较偏僻，终究卖不到好价钱，相反北堀江那边的房子，因为离市中心较近，倒是可以卖个好价钱，我们现在就去看看吧。"常次兴致勃勃地说。

车子从北堀江二丁目的车站往西行，横越浪速大街时，坐在前座的常次叫司机停车，他自己先下了车，摊开西区的分区地图，搜寻着门牌号码片刻后，站在二丁目西边的十字路口，朝芳三郎他们招招手。芳三郎和藤代的座车开到常次站的地方停了下来。

"这一带的土地，都是'二战'后重新划分的，街衢巷道的改变非常大，不过，地段不错。同样是北堀江街，跟周防町街相接的这一带街道宽阔，可以卖个好价钱。那四栋建筑物都是各五间的店面，应该值不少钱。"

常次说得没错，这里虽是出租房屋，但这四栋五间连立的房子都是木造、灰浆抹墙的结构，兼作商店用途，而且连接心斋桥的大马路就从它们前面经过。这里总是车水马龙，东野田附近的区域根本无法与之相比。由于附近有木津川和长堀川流经的关系，周边的木材行和货运行特别多，经常可见满载木材的卡车和三轮摩托车在树荫夹道的路上来回奔驰，树叶都蒙上一层白色沙尘。

藤代和芳三郎站在六丁目的转角处，他们勘查附近的环境以后，转眼看向堀江街北侧的五间一栋、两栋连立的出租房。

从北堀江街六丁目东端算起，自行车行、磨刀铺、旧铁行、建材行、家具行等等共有五家商店。那些房子跟周围的普通住宅相比，石灰墙抹得很粗糙，随处可见蚯蚓状的裂痕，二楼的石棉瓦屋顶也已塌陷变形。

"地点确实不错，建筑物看起来像是战后盖的，这样大概值多少钱？"芳三郎问常次。

"嗯，战后的建筑物外观看来都不错，但内部的结构并不怎么样，这样就不好估算了。"常次说着，露出沉思的神情。

"那么，我们就到里面看看吧。"

"什么，到里面看？"

常次起先有点意外，但随即点头同意，走进最靠边的自行车行。店门口摆着几辆崭新的自行车，其实是家自行车修理店，后面散放着旧自行车的各种零件，两三名年轻店员正忙着修车，但是他们仍注意到站在门口的藤代和芳三郎。

常次打了声招呼，穿着满是油污工作服的店员走了出来，接着请出一个五十出头看似老板的男子，对方疑惑地听着常次的说明，突然大声嚷道："不行！不行！你们这些骗子似的土地掮客，少在这里胡说八道，赶快滚开！"

自行车行老板像赶苍蝇似的挥手赶走常次，常次顿时面露不悦，正要辩解的时候，站在藤代旁边的芳三郎走了过来。他宛如迈着轻盈舞步，若无其事地站在常次面前，那张俊秀的脸孔露出温和的微笑。

"对不起！他说得不够清楚，请您多包涵，其实我们是从南本町的矢岛商店来的，站在那里的是最近继承这一带出租房屋产权的大小姐。"芳三郎用商人般的柔软身段向那名男子说明。

"噢，这么说，那个女人就是新房东喽……"

自行车行的老板霎时脸色大变，他终于明白那位是已故矢岛嘉藏的女儿，也就是继承自己所住房屋产权的新房东！

"是吗，那你们看完里面之后，又要怎么办呢？我们虽然是承租户，可是也享有应有的权利啊。"他口气严厉地说道。

"事情没你想的那么严重啦，这位小姐因为成了新房东，只是想具体了解自己的持屋状况而已。"

对方见芳三郎说得如此客气，继而说道："既然这样，那就请你们到里面看个仔细吧。"老板大概认为他们是来检查房屋会不会漏水或准备修缮屋顶，因此态度突然变得很客气，甚至对着站在门口的藤代报以笑脸，热切地邀请她进来。

一行人走进里面，老板领着他们来到和商店相连的六叠大的房间，老板娘马上端来热茶，带着窥探的表情打量着藤代他们，然后才退到厨房去。藤代没有碰老板娘送上来的热茶，只是双手平放在膝上，静静地坐着，芳三郎和常次则像帮工似的忙进忙出。常次没有像在东野田那样露骨地估价，只是察看房柱、墙壁、门楣、门槛的嵌合情况，接着又走到狭小的院子里，察看屋檐下的支柱，又仔细检查地板下的地基。芳三郎为了转移自行车行老板的注意力，像大掌柜似的巨细靡遗回应着老板所说的情况，屋顶漏水的位置和导水管的破损程度等等。

藤代在烦乱和尴尬的气氛中，蓦然想起静坐家中的千寿。千寿不必像她这样厚着脸皮闯进民宅估量地价，只需坐在家里就可以继承矢岛商店，商店又交由丈夫良吉打理，而她却得跟土地中介商软硬兼施地闯进自行车行估算地价，想到自己如此狼狈，气得不由得紧抿嘴唇。

"非常感谢啊，你们这次还特地来察看所有漏水的地方。"自行车行老板喜滋滋地坐在藤代面前，一边劝藤代喝茶，一边说道，"大约一个星期前，府上的大掌柜曾来过这里。"

"咦，我们家大掌柜来过？"藤代吃惊地反问道。

"是啊，大掌柜每个月都会来收房租，上次来收房租的时候，顺便将房屋的里里外外察看了一遍。"

"他连屋内也看了？"

"是的，跟今天一样，仔仔细细察看了一番，这次您又这么贴心派人来察看，看来是准备彻底修缮喽，哈哈……"他笑得十分卑劣滑头。

藤代没有回答，只是默默地站了起来，背后传来芳三郎慌忙的招呼声，但是藤代头也不回地走了出去。

　　这时，藤代的脑海中又浮现她走出家门时，宇市和良吉并坐在账房的情景。宇市发现藤代要外出时，从账房里跑出来恳切地问说她要去哪里？当藤代回答说要去练舞时，霎时，他露出奇妙的表情，又说那可是要花体力的事呀，这才恭敬地欠身送藤代出门。藤代心想，自从父亲葬礼后召开家族会议，宇市几乎不曾露面。家族会议结束以后，他偶尔会来店里一下，像父亲生前那样坐在账房的金库前，好像在认真看守金库似的，掌管现金出纳。但令人纳闷的是，他为什么要去察看那些出租房的屋况呢？而且五天前，当藤代问及有关出租房的地址、坪数和租赁关系时，他却不露声色，也没提已经去北堀江查看过出租房的事，只是打开线装的小账簿，回答藤代的问题。宇市果真是收房租时顺便去察看一下，还是……蓦然，那个强压在藤代心底的女人名字又极其厌恶地浮现了出来。

　　滨田文乃——父亲在第二封遗嘱中请求分予部分财产的女人。眼下，只有宇市会为这个女人争取遗产。依藤代她们的立场来看，滨田文乃是个多余的麻烦，她们根本不想把自己所得的遗产分给她分毫。宇市该不会已察觉她们的想法，为了执行父亲交代的遗嘱，替那个女人争取遗产，故意在藤代她们分得的遗产中动手脚，才去查看北堀江的出租房吧？藤代并没有忘记那女人的存在，她原本打算在她们三姐妹分配完遗产之后，把那女人叫来家中详谈，但是当藤代得知宇市抢在她之前去看出租房，突然让她对宇市和那女人的关系更加质疑了。

　　芳三郎直喊着藤代。藤代回头一看，只见芳三郎一边闪着疾驶而过的汽车，一边快步追了上来。

　　"你怎么了？突然什么也不说就掉头走人？这叫我们好尴尬呢！"

芳三郎责难似的说道。

藤代没有回答，只顾着往前走，芳三郎见状跑到藤代面前站住。

"你们家大掌柜的作为，好像惹得你很生气？"他用直戳藤代心中秘密的锐利眼神直视。藤代也不甘示弱地睁着明眸回看，当她那秀丽的脸庞高傲地转向一边时，芳三郎不由得露出一丝冷笑。

"不必为这种事生气嘛！刚才在自行车行里，我们像帮工似的忙进忙出，你安静地坐在那里，老板随口提起大掌柜的事，你却突然脸色大变，平常你很少动怒的，可一听到大掌柜的名字就气成那样，未免有些奇怪。"说着，他从上衣口袋掏出一根香烟叼在嘴上，"总之，有关这件事情，请你不必担心，我会全力相助的。他跑得那么勤快，应该不至于坏事，何况他这个人很懂得随机应变。"

芳三郎回头看着常次。

常次这时刚好站在与自行车行相反方向的南侧两栋租赁建筑前面，似乎正在估算着全部二十间住房的价值，一边比较屋况和土地，一边在笔记簿上写着。

芳三郎大声叫着常次。常次抬起头，看向芳三郎这边，用力地挥手，笨拙地跑了过来。

"你看得那么仔细，是不是遇到什么好事了？"芳三郎如此调侃。

"才没遇上什么好事呢！叫我去查清楚地价屋况，自己却先走人，太没意思了。"常次没好气地说着，脱下鸭舌帽，擦着额上的汗珠。

"对了，这里值多少钱啊？"

"依我估算，一坪值七万五千日元，占地四十坪就是三百万，住房每坪以两万日元来算，每户七十三坪，就是一百一十六万，总共四百四十六万，跟刚才一样打六折，每户等于二百六十七万，共有二十户，就是五千三百五十二万，加上东野田那边的出租房，总计有九千七百一十五万二千日元。"

"九千七百一十五万日元……"藤代嘟囔似的说着，"这个估价，是目前的行情吗？"

"是的，不过我尽量估得高一些，若是让有意要买这房屋的中介商估价，可能会估得很低。对了，你若想卖的话，就卖给我好了。"

"什么，要卖？"藤代露出纳闷的神情。

"怎么，你不想卖吗？"常次惊讶地问道。

"我不打算卖，只是请您来估价而已。"

"你真的不卖吗？"常次追问道。

"真的，您可以问问舞蹈老师。"

说着，藤代看了看芳三郎，芳三郎霎时不知所措。

"是啊，我只听说要估价而已……是的，的确如此，我没听说要卖，仅是这样而已。"

他说得有些勉为其难，接着又说："对了，阿常你估的价，若遇上行情上涨的话，可以值多少钱？"

"嗯，这地点确实不错，又附有地皮，但若是让土地中介商估价的话，他们会在建筑方面故意出难题，价格绝对不会太高。房屋估价是件很复杂的事，他们首先要确定目前新建筑一坪需要多少钱，然后再确定现有建筑的使用年限，从中找出价差，再来确定现有建筑的价格。问题是，所谓现有建筑的使用年限和计算价差，外行人根本弄不懂。换句话说，他们可以欺骗外行人，先估低价格再买进。比方说，北堀江那边出租房的使用年限如果尚有四五年，那么新建筑的价格就会被压低到每坪相当于六千日元左右。"

"这么说，估算房地产的价格，很可能依现有建筑的条件产生很大的价差喽。"

　　"嗯，就是这么回事，所以说要卖的话干脆卖给我就是这个道理。"

　　常次又想重提此事时，藤代赶忙打断说道："请问这次估价费用要多少钱？"

　　她郑重其事地说着，正要打开手提包时，芳三郎连忙出手制止，说道："哎呀，何必急着现在付呢？待会儿我问问常次再跟你联络。对了，都快中午了，我们去喝杯咖啡歇息一下吧。"芳三郎指着马路对面的一家咖啡馆说道。

　　藤代觉得有点口干舌燥和疲累，但是她不想跟出言诱逼卖房的常次聊天，常次让她感到不快。她抬眼向芳三郎拒绝时，芳三郎旋即察觉其意，赶紧巧妙地缓颊说："对了，你还有其他事要办，你先忙你的吧！等办完事之后，再到心斋桥街东侧三津寺街的'铃屋'等我，我和常次先去喝杯咖啡，再去'铃屋'找你。"

　　"那我先告辞了……"藤代这句话并非对他们其中一人说，而是出于礼貌的措辞，说完便转身朝心斋桥的方向走去。

　　常次和芳三郎对坐在咖啡馆的角落，常次大概是口渴，随手便把桌上的杯水一饮而尽。

　　"我说舞蹈师啊，你可把我累惨了，我以为她要把房子卖给我呢，东跑西跑估价了老半天，她根本不想卖嘛！简直泼了我一盆冷水，她若没意思要卖，你一开始告诉我不就得了嘛。"常次鼻翼翕动，略带不满地嘀咕道。

　　芳三郎也大口喝水，安慰似的说道："原本我也以为她打算脱手呢。她想知道目前的时价和最低价格，要我帮她找个土地或房屋中介商估价，所以我猜她可能有意出售房子，当初我也是出于好意，想让你从中赚上一笔，才叫你来的嘛。"

"我听你提这件事的时候，以为对方是个不懂世故的女人，的确很想从中赚一笔，为此今天故意说成把价钱估得偏高，其实是压到最低价格，这样一来，我就可以跟你合作赚个差价呢。"

"你不要说得这么露骨，让别人听见不好。"

芳三郎挥手制止他说下去，赶忙环视周遭，当他确定旁边没有其他客人时，才显露本意地说："我不想从中赚什么价差，只是想赚点劳务费而已。"

"哈哈哈……我岂会让你白费力气呢，说什么也会付你劳务费。话说回来，你长得眉清目秀，容貌一点也不输给女人，到底从哪里学会这种精打细算的工夫呀，难道这也是你的独门本领吗？"

常次这样出言调侃，芳三郎霎时表情认真起来，语气谨慎地说道："对了，你这样估价没问题吗？虽说她只是一个人，但她家里还有个难缠的大掌柜呢。"

"这点请你放心，地价这种东西，怎么估价没个准，估价和卖价原本就有很大的差距，就算那女人说我估的价钱太低，到时候我绝对有办法说服她的。"常次说得很有自信。

"你这样说我就放心了，反正女人的心思谁也摸不准，过几天又说要卖也不一定呢，到时候，你就说自己当时估价偏高，想办法以最低廉的价格把它弄到手，然后再以高价卖出。所以今天的调查你就把它当成鉴定费，将来绝对会大赚一笔嘛。"芳三郎如此含糊以对，从上衣口袋里拿出皮包，掏出五张一千日元的纸钞说，"这是今天的劳务费，至于鉴定费嘛，下次我再向她申请。"说着，把钱递给常次，常次翻了白眼朝芳三郎瞥了一下，深表疑惑地说："舞蹈师啊，你真的会让我大赚一笔吗？搞不好你表面上跟我合作，其实早就跟那个漂亮的离婚女人搭上了？"

"你胡说些什么呀。"芳三郎以笑掩饰道。

"不，你这个人向来手腕高超，我可大意不得呢。"接着，常次半真半假地说，既然如此，他另有要事先告辞一步，然后把鸭舌帽戴妥，走出了咖啡馆。

芳三郎跟常次道别后，马上朝三津寺街的铃屋走去。

挂着浅蓝色布帘、门口有小型人造山水和水琴等布置雅致的铃屋，是少见的纯日式茶室。芳三郎推开擦得亮净的木格门时，藤代正喝着第二杯淡茶。

在三十分钟以前，藤代才跟房屋中介商四处估量房价，现在却神态悠闲地坐在稻梗编成的椅子上，按传统的饮法喝着淡茶。

藤代看到芳三郎进来，眼角露出笑意，赶忙起身，恭敬地施上一礼："辛苦您了，这次多亏您的帮忙，总算了却心中一件大事……"

"不，刚才实在太失礼了，那家伙原本就很厚脸皮，真让人受不了，不过只要我在，绝不会让他胡乱造次的，唉，今天的事你就不要跟他计较了。"

芳三郎说着，也向服务生点了一杯淡茶。

"总而言之，不管卖不卖，那些价值九千七百万日元的房地产都归你继承，只是扣掉遗产税，你所得可能比这个数字还少，你仔细算过了吗？"芳三郎提醒地说。

"嗯，我大概算过了……"藤代略显慌张地答道。

"不能只是大概估算，你得仔细计算才行呢，你继承了超过八千万日元的财产，万一处理不当，还得缴纳将近一半的遗产税呢。所以讨论分配遗产时，必须把这一点考虑进去，否则最吃亏的人是你。"

"什么？我最吃亏……"藤代露出惊慌的神色。

"没错，你二妹分得商店经营权，怎么看都是最划算的；而你三妹分得股票，只要办妥变更名义，根本没什么吃亏，至于那些古董，因为价值可大可小，若没什么意外，照样可以保值。可是房地产得登记造册，说什么也无法隐瞒，所以你们三姐妹之中，数你最吃亏。"

芳三郎这番直指要害的话语，像一把锐利的刀子刺进藤代的心脏。

身为矢岛家的大女儿，反而比两个妹妹吃亏——父亲只留给她难以计算、不好管理的不动产，又得负担最重的遗产税，藤代想到这些，不由得感到貌似公平的父亲，其实在遗书中隐藏着险恶的居心。

在离了婚又回归的藤代看来，父亲留给她一大笔房地产，给招婿入门的千寿商店经营权，给小女儿雏子留下可兑换现金的股票和古董，看似分配公平，其实只是给了藤代金额看似不小，实则价值无几的遗产。

藤代的眼神变得锐利，突然欠身且几乎是怒吼地说道："老师，请您一定要帮助我，我绝对不能分得比她们还少！"

雏子穿过中庭的树丛，看着宇市的身影，嘀咕了一句："瞧你这身打扮，简直就像仓库管理员嘛。"

她对穿着短棉袄、腰间右侧挂着大串钥匙、右手拿着泛黄大账本的宇市投以恶作剧的笑容，但宇市似乎没听见，连笑也不笑一下，依旧弯着微驼的背，走在前面。

雏子故意缓步走过庭石，顺便窥看大姐藤代和二姐千寿的房间。

藤代跟上星期一样外出练舞，可能很晚才会回来，面向庭院的玻璃门紧闭着，连平时放在走廊的藤椅都收进了屋内。千寿的房间也是门窗紧闭，显得非常安静，不过千寿大概像往常一样没有外出，一个人待在房里。对雏子来说，只要大姐藤代不在家，二姐千寿在不在家都无所谓，因为就算雏子突然跑到仓库检查物品，不巧被千寿发现，她也会视若无睹地把自己关在房里。

宇市来到后院的仓库门前，把挂在腰间的大串钥匙解下来，叮叮当当地从中取出一支，朝仓库门的钥匙孔插了进去。他那骨瘦如柴的大手缓缓地扭动钥匙，然后用力推开大门。

大门发出轧轧响声，一股浓重的霉味呛进雏子的鼻孔，仓库周围是厚厚的土墙，除了北侧的小窗透进些许亮光之外，仓库里显得阴暗幽冷。

"我去开灯，请您稍等一下。"

宇市先走进去，摸索着打开电灯，亮晃的灯光随即映照出蒙着尘埃的物品，墙壁尽头立着一张用防潮布罩着的屏风；靠在两侧墙面的木架摆着类似收纳挂轴的细长木盒；仓库中央的木架上，则放着茶道用的茶杯、水壶和像茶罐的盒子。雏子一手拎着裙角，小心翼翼地踏进仓库。

"这些就是我继承的古董吗？"雏子盯着那些写着难解文字的古旧桐盒，略感困惑地问道。

"是的。收藏在这里面的古董，以及刚才出示的六万五千股股票，都是三小姐您继承的份额。"

"这些古董共值多少钱啊？"雏子环视着所有物品，纳闷地问道。

"嗯，您只要查看这账本就会清楚的，请不必担心。"

宇市将手上的账本给雏子过目。那是一本又大又厚的线装账本，装订线已见脱落，封面也被手垢沾得脏污，封面上写着粗大的字体：

矢岛家库房账本

"库房账本……都写些什么东西啊，我实在弄不清楚。"

雏子露出惊讶的表情，宇市突然双眉紧蹙，说道："三小姐，请您不要说这种没有常识的话呀。所谓的库房账本，就是家中古董文物的账目，这个重要的账本很早以前就有了，从您历代祖先开始，挂轴、屏风、茶具、酒器、纸张及砚台等等，都得分门别类记在账本上。您只要查看这个，就可以弄清楚所有收藏品及它们的价值。"

"噢，这么说，我只要查看这账本，便可弄清楚自己继承的古董品目和价值喽？"

"是的，您要不要赶快核对看看？"

宇市看雏子点点头，旋即来到中央的棚架前，态度慎重地打开账本。

"我们先从茶具部分开始核点吧。因为矢岛家代代都是女系家族，所以茶具收藏品比较多。"

宇市这样做了开场白，才开始读了起来：

干山黑梅茶壶

斗斗屋铭春雪

仁清作锥御书茶碗

黄釉茶罐

京都窑黄鹤楼

茂三茶碗

　　宇市朗声读着，完全不像是七十岁老人的声音，他一边举目对照着棚架上的品目，一边核读着账本，雏子亦追随着他的目光，逐一看着盒箱上的题字。那些艰涩难懂的汉字让雏子看得有些意兴阑珊，却不能就此略过不看，因为三天前姨母芳子特别嘱咐她得查清楚库房里有多少古董文物。

　　茶具部分读完以后，宇市马上读起铁锅部分：

道仁作平圆锅

与次郎阿弥陀堂锅

古天明望月锅

古芦屋松竹地纹

佐兵卫作宝珠形铁锅

道也云龙锅

　　和刚才一样，他对照古董核对着账本，在核对过的文物上，用铅笔画了小记号。读到三分之一时，雏子感到有些诧异，因为宇市读着的账本上不时出现毛笔涂掉的痕迹。宇市每次读到涂掉的地方，并未停下来，反而略过继续往下读。这时，雏子冷不防把手伸了过去。

　　"接下来，我来念。"

　　"咦？您说什么……接着读吗？好的，我马上往下念。"宇市突然故作耳聋似的含糊以对，准备往下读。

"不是，不是，我是说下面由我来念啦！"

雏子大声喊着，粗鲁地伸出手，打算从宇市手中抢过账本，宇市才露出终于了解其意的表情说："啊啊，您的意思是想看账本吗？"

"不，我不是想看账本，而是我想接着往下读！"

雏子这样明白表态，宇市却语带委婉地拒绝："是吗，三小姐您想读这账本啊……那倒很好呀，不过，您可能读不了吧？"

"我知道这些汉字不容易读，但我绝对要试试看。"雏子反驳道。

"噢，既然您执意要念，那您就读吧。"

宇市假惺惺地表示恭顺，将读到一半的账本交到雏子手中，那账本沉甸甸的又有一股霉味，使得雏子紧张地继续读了下去：

　　茶罐部分
　　记三作大枣
　　古织部觉觉斋书附
　　时代嵯峨泥金画

雏子结结巴巴地读着，虽然时常读错，但她仍像宇市那样核对完原物后，便在账本的品目上做记号。

"少庵……"

雏子读不出下面的字时，宇市便插嘴道："少庵枣江岑判有。"

雏子点点头，翻到下一页。

　　茶勺部分
　　利休供筒

石州茶勺铭松岛……

　　下面一行涂掉了。写着"啐啄斋铭霜柱"的字样上面被毛笔划掉了。

　　"宇市先生，这里为什么被划掉？"

　　雏子直盯着宇市的表情，宇市那灰白浓眉下的锐眼也回看着雏子的脸庞。

　　"啊啊，您说那个啊，已经送人了，所以把它划掉了。"宇市毫不在意地说。

　　"送人了？送给谁啊……"

　　"大小姐出嫁时，以及您今桥的姨母从这里分家出去时带走了一些，有的好像是送给亲戚当贺礼了。"

　　"这样而已吗？"

　　"我知道的就这些而已，有的或许在前两代就已经不在了，至于送给谁我不清楚，但上面用毛笔划掉做记号的，表示物品已经不在仓库。"

　　"或许值钱的东西全被搬走了，留给我的只是些破烂呢。"

　　雏子突然变得世故起来，连措辞都跟藤代和千寿那样操着旧式的大阪方言。

　　"这一点请您不必担心，从账本上来看，库房中散佚的物品并不多，而且值钱的东西也没被取走。恕我说句冒犯的话，当初大小姐出嫁和您姨母分家出去时，几乎都没有分到贵重的东西，亲戚有什么喜事时，更不可能赠送什么太值钱的东西。所以，那些价值不菲的古董全留在库房里，三小姐，您放心啦。"宇市用从未有过的温和语调解释道。

"我真的可以放心吗？"雏子再次确认道。

"没问题！再说这些事情都是我亲眼目睹的，请您不必担心。其实，今天我也想估算那些古董大概值多少钱，因为老爷在世的时候也曾经估算过一次，我想以那次估价为基础，再做估价。"

"什么？要做估价……"

顿时，雏子露出紧张的神情，但旋即问道："总共值多少钱？"

"嗯，请您稍等一下，这里有一张估算单……"宇市说着，正要从怀里取出折成四折的估算单时，突然发现有人站在库房外。是内室保姆阿清，她站在库房前面。

"三小姐，有客人来访，是一家叫京雅堂的古董商……"

听到阿清这样通报，宇市的脸颊略显抽动。

"是吗，你叫他马上到仓库来……"

雏子这样吩咐，见阿清走开后，宇市这才说："三小姐，这是谁帮您出的主意啊？"

"什么谁呀，是我自己想出来的。"

"噢，您没跟别人商量，就直接叫古董商过来吗？"宇市目露锐光问道。

"直接叫古董商来，有什么不对吗？我已经二十二岁，跟整天关在家里的二姐可不同呢，我到外面学烹饪，认识几个古董商和做股票的女儿，也没什么好奇怪吧？"

"您说的有道理，可是……与其要请初识的古董商来估价，倒不如请熟识的古董商来得妥当吧……"

"那个常在我们家出入的古董商，自从我父亲那一代以来，也没帮忙买下什么，所以，请谁来估价不都是一样吗？"雏子依照姨母教的说辞说道。

事实上，出生在和歌山务农家庭的父亲，几乎从未逛过古董店，只是守着祖先留下的遗物。

库房外面传来保姆阿清带着古董商过来的声音。

"那边是商店的仓库，古董的库房在这里，请进……"

"贵商店的仓库真是气派哪，庭院的结构景观更是没话说，噢，库房旁边那间是茶室吧？待会儿请让我参观一下。"

处事圆滑的古董商说着，一发现雏子站在库房前，立刻欠身致意："前几天，您专程大驾光临敝店，今天又让我来参观贵府的库房，实在非常荣幸啊。这位是敝店的店员，今天随行帮忙的。"

他指指跟在后面的店员，恭敬地施上一礼。

"请您尽快估价吧，刚才我正和我们家大掌柜在核对品目呢。"雏子这样说着，将宇市介绍给京雅堂老板。

"原来是大掌柜啊，恕我有眼不识泰山，今天小姐吩咐小弟来贵府参观古董文物，没来得及向您问安，请您多多包涵啊！"

京雅堂老板诚惶诚恐招呼道，宇市的灰眉不禁动了一下。

"贵店在什么地方？"

"敝店在赈桥的南边。"古董商客气地答道。

"赈桥的京雅堂……我从来没听过哪，若是伏见町或高丽桥那边的古董店，我倒是很熟哦。"

伏见町和高丽桥都是大阪著名古董商的聚集处。

"是的，敝店的历史还称不上老铺，但托您的福，目前的生意做得十分兴隆。"

"那倒要恭喜您，可是受托来老铺评估遗产所得的古董，是不是应该穿得正式一点呢？"

宇市目不转睛盯着穿着茶色短外褂的古董商的肩膀，古董商倏然惶恐地缩着肩膀，辩解道："小弟实在没见过世面，对不起！我马上回去换衣服，请您再稍候三四十分钟。"

京雅堂老板正要返身离开，雏子连忙出手制止。

"没关系啦，穿不穿正式服装都无所谓，这跟估价毫不相干，我倒希望您赶快估价才是呢。对了，阿清，你到店里叫四五名店员过来，叫他们把库房里的古董搬到客厅……"

雏子对着刚才带着来客现在却无所事事的阿清吩咐，然后转向古董商说："这是库房的账本，我已经请我们店员将古董搬到客厅，等您核对过账本和原物以后，尽快给个估价。"

古董商看着宇市，露出些许犹豫的表情，最后才表示："既然这样，那就容我这身穿着到贵府的库房参观了，请多见谅。"

说着，他在门口的踏石前脱下鞋子，走进库房，马上打开雏子交给他的账本，慢慢走近木架前，逐一又慎重地核对着账本上的品目和原物。

宇市始终板着脸孔，一声不吭地盯着古董商核对账目的身影，这时，他突然走近雏子身旁，低声问道："您对我清查库房有什么不满吗？"

宇市问得极为客气，但听得出有责备的意味，雏子不知在想什么，圆圆的脸蛋突然堆起一抹笑容。

"我对你清查库房没什么不满，只是担心如果里面有假货的话，我就亏大了……"

"什么？假货……"宇市惊愕地问道。

"就是啊，我知道宇市先生你很能干，可是鉴定古董的真假就无能为力了吧。"

说着，雏子转身背对着宇市，宇市对她这似真似假的话顿时不知所措，过了一会儿，才拿着大串钥匙，脸色不悦地走出了库房。

十二叠和八叠的大客厅里的壁龛和门楣上挂着各种挂轴，榻榻米上分门别类堆放着茶碗、铁锅、香盒、碗盘、花器和砚台等等，京雅堂老板几乎是趴伏着逐件审视，然后在膝上摊开笔记本写上价格。他不时回头和后面的店员小声磋商，然后才郑重其事地写上价格。

每当雏子看到自己继承的财产标出价格，便涌起异样的兴奋情绪。她伫立在客厅中央，激动地抖着双肩望着外面，从枝繁叶茂的树丛望去，对面就是刚才她和宇市一同走进的库房：高耸的屋瓦，白色的土墙亮晃得刺眼，始终与雏子无缘的库房，现在却为她敞开了大门，那些收藏在阴暗潮湿库房里、沾满尘埃的古董文物，在灯光的照耀之下，顿时像恢复生命般产生极大的价值，为雏子带来无限的希望。

雏子呼出一口热气，又朝客厅内看去。古董商几乎毫不停歇地记录着古董文物的价格，挂轴类和茶具类似乎已经清点完毕了。雏子抬看手表，时间已是下午四点多，在姐姐藤代回来之前，尚有两三个小时，但是性情反复的藤代谁也拿不准，或许傍晚时分就提前回来。雏子问古董商："是不是还要很久啊？"

古董商停下手中的核对工作，转身对雏子说："挂轴和茶具部分已经清点完毕了，我先简单报个价。"

说着，他拿起摊在膝上的账本，移膝挪到雏子面前。

一休和尚墨迹	五十五万
雪舟山水画（横幅）	一百二十万
等伯山水画（竖幅大张）	七十三万

探幽绢质对联	五十万
定家卿御色纸书画（竖幅）	三十五万

雏子逐件确认所属的古董文物，还不断地点头，在心中默算着古董商报的价格。

应举太公望（对联三幅）	四十五万
无学和尚墨迹	五十五万
芜村六歌仙自画像	四十八万
宙宝无事画（竖幅）	二百万

雏子一边暗数着逐渐增加的数字，突然想起同为烹饪班学员的西冈光子那番充满感慨又羡慕的话来："你人长得漂亮，又是名门闺秀，到时候有钱人家都要挤破门来提亲呢。"没错，这句话当下就在她身上逐步实现了，当她全然陶醉在这股翻腾的兴奋和甘美的幸福感之际，外面却传来了急促的脚步声。

雏子回头一看，刚回来还未卸下盛装的姐姐藤代粗暴地打开拉门，气呼呼地站在门槛前，雏子顿时吓得表情僵硬，但立刻露出惯有的孩子气酒窝说道："大姐，您今天回来得真早嘛。"

雏子笑着向藤代招呼，藤代却不理睬，反而正颜厉色地看着京雅堂老板。古董商吓得赶紧恭敬地向她点头致意，可是藤代理也不理，便扭头用极其冷淡的口气，冲着雏子问："这是在干什么？"

雏子起先有点胆怯，后来就若无其事地答道："没干什么啊，就您看到的那样，我们正在清理库房里的物品呀。"

"清理库房里的物品，为什么专程把古董商请到家里来啊？而且，还挑我外出的时间清理，是不是太奇怪了？二小姐做事偷偷摸摸，你却来个五鬼搬运，你们俩该不会在背后联手占我便宜吧？"藤代说得火冒三丈，两眼直瞅着雏子。

"噢，那姐姐您又怎样呢？"雏子泰然自若地说道。

"我……我才不像你们那样专做偷鸡摸狗的勾当，我有权得到的，就要正大光明地拿回来！"

藤代不忌讳有外人在场，激动地大嚷着，蓦然，她像跳舞般走进古董堆放处的中间，在摆放茶具的地方停下来，像在找什么东西似的来回扫视，突然间，她指着一套内装有十件组茶具的野餐用透漆茶盒，说道："三小姐，是谁允许你把它拿出来的？"

"谁允许？这是我继承的东西，用不着经过谁允许吧，难道……"

雏子要往下说时，却见藤代怒气未消地说："你的意思是说，这东西也是你继承的吗？这可是母亲生前最爱不释手的茶具呢，我出嫁时她特地送给我。我们家是女系家族，跟其他家庭不同，向来最重视茶具。不久前，二小姐因为偷偷碰我的衣服，当着我的面写下悔过书，保证今后绝不碰我的东西，所以，我也把自己的东西放在库房里。"

按照藤代的说法，野餐用的茶盒确实单独放在库房另一角落，可是账本上并没有用毛笔画掉，雏子对于这点始终无法理解。

"真的吗？有什么证据可以证明这是姐姐的东西？"

"证据……唉，你这个妹妹未免心机太重了，居然敢说这种没良心的话！我的嫁妆明细就是证据，难道要我拿给你看吗？"藤代盛气凌人地说道。

雏子顿时噤口，不知该说什么，由于京雅堂老板在场，雏子不想把场面弄僵，便若无其事地说："不管怎么说，我只是按半个月前家族会议的决定，来估算我继承的东西而已。"

"我的东西，用不着你多管闲事！"藤代气呼呼地说，随手按了按墙角的按铃。

　　保姆阿清疾步赶来，藤代随即将和服的长袖塞进袖口吩咐："阿清，你把那个拿起来，搬到我房间。"

　　话语刚落，藤代已上前拿起那个野餐用的茶盒，但可能是平常很少拿持东西的缘故，走了两三步便走不稳，险些跌倒，雏子见状赶紧出手扶住，一边劝说："姐姐，您不要急着现在就它搬走嘛！既然是这么贵重的东西，至少在召开家族会议之前，不要随便移动它，把它放在库房里又何妨呢？"

　　"不行，我若疏忽大意，搞不好你跟二小姐在背后联手算计我呢，你们这些人都靠不住！"

　　藤代怒目看着雏子。

　　"真奇怪，姐姐您今天怎么了？是不是练舞时遇到不愉快的事了？"雏子惊讶地窥探着藤代的表情。

　　"有什么事？什么事也没有，只是去练舞而已，还会有什么事？一如往常等了很久，才轮到我上场练习……今天只练了《四君子》中的两段，但手姿就是做得不好，我休息太久，连移步走态都生疏了。"藤代饶舌地说了一大串，假惺惺地堆着笑容说，"再加上，你来库房清理物品未免太唐突了，吓了我一跳，不由得激动了些，没什么啦。"

　　藤代说着，再次催促阿清把茶盒搬走。

　　古董商和他的店员看到藤代和雏子争吵，只好背对着客厅的方向坐着，佯装在评鉴古董文物，见藤代走出客厅，立刻转身向雏子探问道："我们是不是改天再来叨扰比较合适……"

　　雏子低着那张浑圆的脸庞，沉吟了一下，说道："没关系啦，您继续估价吧，我很想知道它们值多少……"雏子似乎没有受到和姐姐争吵的影响，一味地催促着。

"好吧，那请您再稍等一下，今天之内我们会完成所有文物的估价。"京雅堂老板吩咐身后的店员打开账本，一边核对实物，一边迅速记下价格。

雏子来到走廊，悄悄窥视藤代的房间。客厅和藤代的房间在同一侧，又都面向庭院的树丛，但因为客厅外缘的走廊比较突出，若有心窥看，透过玻璃窗可以看到藤代房内的动静。雏子躲在柱子后面，探出那高挑的身躯往藤代房间窥看。

透过玻璃窗望去，可以看见藤代的肩膀及刚送达的那组茶具。藤代跪坐在茶具前，慢慢打开茶盒盖子，用细白的手掌托住茶杯，然后把身体转向光线较亮的走廊这边，高高举着小巧的茶杯仔细鉴赏。她睁大着冷酷的双眼，仿佛被那只浓绿色的茶杯给吸引住，连呼吸时肩膀微动的起伏都看得出来，雏子顿时以为去世的母亲就坐在那里。藤代鉴赏母亲遗留下那组野餐用茶具的神情，显现出一种异样的美艳和执拗。就在雏子为此发出轻叹，准备转身离开时，一个人影掠过她的眼帘。

她吓得缩着身子朝那个方向望去，只见千寿在她自己房里，猫似的弯腰，朝藤代的房间窥视。雏子心想，说不定千寿早已目睹刚才那场风波，而侧身躲在玻璃窗后，拉开一条窗缝，偷看着藤代房里的动静。由于藤代的房间被庭院的树丛挡住，很难发现是否有人在窥视，但从雏子站立的位置，却能看得一清二楚。在雏子看来，住在这家中的女人，无论是个性温和、连只虫子也不敢杀，现在却隐身窗旁偷看藤代房间的千寿，或是强行从她面前搬走茶具，眼下在自己房内赏玩的藤代，都有一股令人恐惧的阴沉。"可是，唯独我不是那样……"雏子这样嘀咕着，离开柱子后，走回客厅。

见雏子回到客厅，古董商放下手中的算盘。

"总算估价完毕，我赶紧向您报告一下。"

说着，便摊开标明价格的笔记本。

"我们先说茶具部分，干山黑梅茶壶六十万、茂三茶碗九十五万、黄釉茶罐一百万、斗斗屋一百一十万、京都窑黄鹤楼二百三十万……有关每件物品的具体价格，待会儿请您过目一下。茶具类中的茶杯、水壶、茶罐、茶勺、铁锅和香盒等，总共值五千一百万；至于挂轴类中的挂轴、匾额、色纸等共值一千四百八十万；此外，屏风、纸张、砚台、花器、碗盘、酒器等共值六百五十万，总计约七千二百三十万。不过，这只是粗估价格，等您实际要卖出时，我再给您做确切的估价。"

古董商说着，将写好的品目价格明细给雏子过目。她接过手后仔细端详上面的品目和数字。对于二十二岁的雏子来说，那些密密麻麻的数字都是她平常很少见的，但尾数的确写着：总计七千二百三十万日元。雏子又想起宇市之前帮她计算的股票价格。换句话说，股票和古董加起来共值九千六百三十万日元，这就是她继承的遗产总值。

京雅堂老板回去后，雏子便迫不及待地出门了。保姆们看雏子顾不得吃晚饭急着外出，觉得有些诧异，雏子表面说是要参加烹饪班的聚会，其实是去今桥的姨母家。

雏子钻进印有"矢岛中"字样的门帘，姨母跟往常一样在便门迎接。她们在光滑的长廊下移步走着，姨母凑近雏子耳畔，低声问道："怎么样，事情办得顺利吗？"

"多亏姨母介绍京雅堂，事情非常顺利。"

"他呀，看起来忠实温厚，办事却很有效率，一下子就帮你办妥了吧。他也经常到我们家里来呢……"

姨母说着，来到后面客厅，打开了对开的拉门。在十叠和六叠相连的客厅中放着一张古杉木日式矮桌，姨母跟母亲一样很讲究美食，她在矮桌上摆满丰盛的菜肴，但是只有两人份。

"姨父呢？"

"大概又去参加同业工会的聚会吧。"她说话的轻蔑口气，宛如对待自家伙计或长工似的。她和雏子对视而坐，旋即问道："对了，估价时有没有遇到什么麻烦？"

雏子边搛菜边回答："清点到一半的时候，姐姐突然闯了进来，从一堆古董中搬走了她的东西。"

"搬走她的东西……"

"是的，说是母亲生前在她出嫁时送给她的礼物，是一套十件式的野餐用茶盒。她居然当着京雅堂老板的面，硬是叫阿清把茶盒搬回自己房间。"

"咦？野餐用的茶盒……"姨母停下筷子，说道："那组茶具是矢岛家最高级的收藏品，少说也值两三百万呢。藤代离过婚又回归，根本没有资格动它！当初我分家的时候，值钱的东西也没分到，她凭什么拿走那东西……"

雏子对姨母无缘由地发脾气，感到纳闷不解。

"噢，这就奇怪了，我听说姨母分家时，也从库房里拿走不少古董呢……"

"是谁那样胡说的？"

"是宇市先生。他边摊开账本边跟我解释，毛笔划掉的部分，就是上几代有人出嫁或分家时带走的，真有这种事吗？"

姨母露出惊慌的神色，顿时不知如何应答。

"我不知道他说的分走古董是指什么，反正我分家的时候，没拿到什么古董，顶多是挂在后面的挂轴之类。"

说着，姨母转过身去，指着挂在壁龛上的一幅水墨山水画。

"常信的水墨画根本值不了几个钱，那只是分家时给的贺礼，刚才藤代拿走的那组茶具才称得上是古董呢！"姨母语带挖苦地说着，接着用充满好奇的试探口气问道，"对了，你继承的古董和股票共值多少啊？"

"股票价值两千四百万，古董约估七千两百三十万，共值九千六百三十万。"

雏子这样答道，姨母脸上没有任何表情，她并没说这比预想的金额是多还是少，只是沉默不语，过了一会儿，却倏然问道："那张雪村的瀑布画估了多少钱？"

"雪村的瀑布山水画……"

对古董书画完全外行的雏子，被姨母这么一问，顿时一头雾水。

"雏子，你今天没带估价书来吗？要是带来的话，查看一下不就清楚了？"

雏子从身旁的手提包拿出京雅堂老板估价的明细，打开挂轴的部分查看，却找不到雪村的瀑布山水画。

"这上面没有啊，是不是姨母您记错了？"

说着，雏子将估价明细递给姨母，姨母逐行认真审视，看完后，带着严肃的表情看着雏子说："照理说，库房里应该有这幅雪村的瀑布山水画。在矢岛家的古董文物中，那幅挂轴和刚才那组茶具，同属于前十名的重要宝物，现在却不在库房里，你不觉得奇怪吗？是谁把它拿走了？半个月后就要召开下一次家族会议，在这件事没查明之前，你千万不要贸然说要继承那些古董哦！"姨母好像想到什么，目不转睛地说道。

宇市穿过毛穴町附近屋檐低矮的平房，沿着排水沟旁的路往前走约三百米，便看到印染厂散发臭气的废水涌流而来。

宇市提着皮包，一边担心尘土弄脏今早刚换上的新木屐，一边小心地走着。来到大排水沟的尽头，乍见一片低洼的草地，整片向阳的草地上晾满了棉布，放眼望去，恰似起伏的白色波浪。宇市驻足了片刻，凝目确认那些晾晒的棉布匹数之后，才朝着搭建在草地旁的印染厂走去。

推开用老旧木板当围墙的和田甚印染厂的玻璃门，一股刺鼻的洗净剂气味扑鼻而至，抹着石灰的地板上架着几口铁锅，工人正用洗净剂煮棉布，并将煮过的棉布放在铁锅旁的砖块及混凝土水槽上用清水洗煮，那些冲洗过的棉布湿漉漉地堆放在水槽旁边。

"请问和田甚先生在吗？"

宇市喊出老板的名字，十五六名套着长筒靴和塑胶手套正在干活的工人不约而同地回过头来，其中有个工人转身对着厂房后方大声喊道："老板！有客人找您。"

屋内旋即传来应答声，门开了，蓄着平头的和田甚走了出来，看到宇市站在门口处，连忙说道："哎呀，是矢岛商店的大掌柜大驾光临啊，请到里面坐。"

接着，将宇市带到灰泥地旁的办公室兼会客室里。六叠大的房间，陈设十分简陋，只有两张办公桌和三张椅子，从窗外望去，空地上散放着用过的硫酸空瓶。

和田甚跟宇市对视而坐，开头便说："长期以来，承蒙您多方照顾，十分感谢！光是贵宝号交付晾晒的棉布，敝厂就忙得不可开交了，真是谢谢您啊！"和田甚一边搓着手，一边卑躬哈腰地说道："今天有何贵干？还劳驾大掌柜亲自前来呢，您打通电话，敝厂就会派人到贵宝号服务嘛……"

专门承包矢岛商店棉布染整业务的和田甚一脸诚惶诚恐。宇市没有搭腔，始终不吭一声，正打算从怀里掏烟时，和田甚赶紧从牛仔裤口袋里掏出和平牌香烟，递了上去。

"谢谢……"

宇市吸了一口烟，深深地吐出烟雾，又闷声不响地坐着不动。和田甚纳闷地看着宇市，片刻后，突然顿悟似的说道："对不起，是我疏忽了，若是为了那件事，也用不着大掌柜您亲自前来嘛，小弟随时都可以亲自送到您手里。另外，还有什么指教吗？"

和田甚压低声音说着，宇市的细眼为之一亮。

"嗯，我就是为那件事来的。这次比往常提早两天，但今天我就想拿回去，方便吗？"

和田甚起先不知如何回答，但马上表示："好啊，没问题，才提早两天而已，今天我刚好去客户那里收款，正想去银行存呢。"

说着，从破旧的抽屉里取出账簿，翻查了一下。

"上个月总共染整了三千五百匹布，所以要退还给大掌柜七万日元是吧？"

棉布批发商将每捆五十匹的机织棉布送到印染厂洗晒，晒干后卷起来。但染整过后的棉布会比原来尺寸多出一些，一丈布大概能多出一块毛巾的尺寸。通常，有良心的印染厂都会把多出来的棉布交还给棉布批发商，但有些布店采购员和印染厂勾结，一匹布只留五丈二尺五寸，将余下的一块裁下来，染成日式毛巾，卖到其他县市。宇市跟和田甚也这样约定，将染成的毛巾卖给外县市的杂货店，每块毛巾宇市抽成二十日元，一个月染整三千五百匹棉布，宇市就净拿七万日元。

宇市接过和田甚数过好几遍的一千日元和五千日元纸钞后，自己又数了一次。他把皱巴巴的纸钞弄整齐，动作熟练地又数了三次，确认有一千日元纸钞四万，五千日元纸钞三万，共计七万日元之后，才把钱塞进皮包内，快速拉上拉链，说道："那么，我告辞了。"

宇市只丢了这一句话，和刚才来访时一样，板着脸孔站了起来。

"不急嘛，喝杯茶再走吧……"和田甚朝里面吩咐员工端送茶水。

"茶水不必张罗了，这钱我就带走了。"

"这样子啊，恕小弟招待不周，下个月还请您多多关照！"

承包矢岛商店机织棉布洗晒业务的和田甚，拼命挤出卑屈的笑容，把宇市送到门口。

宇市从和田甚印染厂出来后，又沿着原来大排水沟旁的小路走去，他来到飞凤车站，搭上阪和线的电车，在和泉府中站下车。来到车站前，公交车似乎刚开走，车站空无人影，只有两三辆出租车在那里候客，宇市左手撩起衣服下摆，方便右手提着皮包，迈步离去了。

中午时分的阳光让人热得几乎快流汗，一点也不像四月上旬的天气。宇市不时停下脚步，用手帕擦着汗珠，在田间小径快步走着。田间小径尘土飞扬又崎岖不平，田里却是绿油油的麦田，放眼望去，到处尽是三角形屋顶的纺织工厂，路旁的民房里不时传来织布机咔嚓咔嚓的响声。

来到桑田町，宇市从大道拐进一条小路，往前直走约莫五十米，在仓库林立的死巷尽头，就是所有棉布纺织厂常见搭有三角形屋顶的"山德棉布纺织厂"。这家工厂的厂名，是从老板山野德太郎的名字中取其二字命名的。

宇市不经任何人带路，便径自推开大门。这家工厂约有一百坪大，天花板上架着牢固的横梁，纺织机的动力皮带交叉着，七八十台纺织机咔嚓咔嚓地响动着。他走进厂房里，只见白色棉絮纷飞，戴着作业头巾的女工站在纺织机前忙碌，露出的部分头发被棉絮蒙染得像层白霜。女工发现宇市进来，旋即用疑惑的目光打量他，他想跟女工打声招呼，但纺织机的噪音实在太大，她们也听不清楚。最后，宇市只好默然地直接穿过生产线，走到位于后方他所熟知的办公室，推开玻璃门。

厂长山野德太郎看到宇市突然现身，惊讶得连忙站起来，说道："哎呀，原来是矢岛商店的大掌柜，您突然推门进来，吓了我一大跳呢……有什么急事吗……"

一脸黝黑干瘦的老板态度惶恐。宇市仍和往常一样面无表情地说道："没什么特别的事，今天我刚好有事到毛穴的印染厂一趟，回程顺便到你这里看看。"

"您辛苦了！都中午时分了，我们坐工厂的三轮摩托车，去站前的小餐馆喝几杯怎么样？"山野德太郎马上邀宇市共进午餐。

"不用了，你先拿织好的棉布让我看看。"

"织好的棉布……"老板露出惊慌的神色，稍后才说道，"好，没问题，您请这边走。"

说着，厂长打开办公室的玻璃门，带着宇市朝与生产线反方向的仓库走去。

　　昏暗的仓库里，堆积着每五十匹卷成一捆的机织棉布。宇市走上前去，从最上面抽出一捆约有五六匹的棉布，拿到门口处，就着明亮的阳光，用力扯了扯检视布料。依照规定，机织棉布的每一寸用纱，必须由纵线六十九根、横线六十五根交叉织成，但有些纺织厂却从中动手脚，不用指定纱线，而是以劣质纱线混充。宇市几乎整张脸凑上去，仔细检视用纱量和纱线是否合乎标准。当然，少用两三根纱线，用肉眼是看不出来的，可是从布头的地方却能看出纱质好坏和用量。宇市逐一检视，终于查出断线处，便面有难色地说："山野先生，你这织布简直像女人的麻花脸嘛，断头这么多，能交货吗？"

　　山野面对此一挑剔，却若无其事地回答："不，只是这匹而已啦，再说上千匹棉布里，混进一两匹也是难免的嘛，我马上把它换掉就是。"

　　"其他都没问题吗？"宇市确认似的问道。

　　"哈哈哈……您真是明察秋毫啊！不过请大掌柜放心啦，在如米佛面前，我哪敢偷工减料啊，我若有什么不安分，还怕您不给我下订单呢。"山野突然口气粗鲁地说着，然后靠近宇市身旁，低声问道："对了，您今天打算订多少货？"

　　"什么？要吃午饭？好，那就让你请客了。"宇市的耳朵又突然变聋，答非所问地回答道。

　　棉布厂老板愕然地看着宇市，不禁歪着嘴巴勉强回应："是啊，刚好我也饿了。"

　　说着，他走出仓库，骑上停在仓库空地上的三轮摩托车。

　　"大掌柜，您坐在后面的货架比较安全，要抓紧哦。"山野让宇市坐在后面的货架，然后像故意要整宇市似的，以极快的速度在田间小径奔驰。宇市把装有现钞的手提包紧紧夹在胯下，双手抓住货架的边框，摩托车后面扬起滚滚的沙尘。

山野骑到站前热闹的街道时，突然减速下来，停在一间小而雅致兼做外送的餐馆前。大概一路驶来剧烈颠簸的关系，以至于摩托车停妥之后，宇市仍没能直起腰来，而且还满脸沙尘。山野走到货架旁，打开小门，宇市这才若无其事地伸直腰身下了车。

登上餐馆的二楼，山野和刚才粗暴的行径简直判若两人，态度谦恭地请宇市坐在壁龛前的上位，自己则坐在下位。

"来，我先敬您一杯。"山野向宇市劝酒，拿起酒杯欲饮时，突然担心似的问道："大掌柜，今天来有什么贵事吗？"

"没什么啦，只是来厂商这边转转而已。"

"这么说，今后还是由大掌柜您负责采购业务喽？"山野试探性地问道。

"是啊，今后还是由我负责采购。"

宇市这样答道，山野才如释重负地说："真是太好了。恕我说句不得体的话，贵府那个上门女婿毕竟太年轻了，也不懂得怎么跟我们这一行打交道，要独当一面做生意可差得远哩！哈哈哈……来，我们再干一杯……"他诌媚地笑着，向宇市倒酒。

"对了，大掌柜，我刚才已经提过，如果您觉得抽一分太少，我可以尽量调到一分五厘啦，但是请您多下一点订单。"

"噢，一分五厘……可是我总不能只向你的工厂订货，还得兼顾其他纺织厂，在配额上会有困难啊。"宇市挟了口鲷鱼生鱼片送进嘴里，巧妙地略带暗示。

"配额……好，我知道了，那我把每匹布的回扣提高到二分，怎么样？"

"二分……噢，二分是吗？"宇市的那双细眼为之一亮，说道，"我尽量关照你就是了。"

"啊，您能大力抬爱，真是太感谢了。哈哈哈，来，我再敬您一杯……"

山野堆起狡黠的笑容，欲要劝酒时，只见宇市挥手拒绝："不，我不喝了，待会儿还要回店里呢，总不能大白天就喝得满脸通红，今天谢谢你的招待了。"

宇市说完重要的事，就匆匆站了起来。他谢绝了山野用三轮车送他到大阪车站的好意，从和泉府中车站搭上阪和线的电车。电车开动后，宇市移坐到没有日照的座位，为了赶走满脸的酒气，他打开车窗，温煦的和风吹拂而来，他不禁咧嘴笑了起来，看来凡事都在他的计算中顺利进行。接着，他把提包上的细绳牢牢地在右手腕上绕了两圈，把提包放在膝上后，才安心地打起盹来。

电车抵达天王寺站时，宇市完全从酒意中醒来，他换乘地铁在本町下车。这时的宇市，又板起平常的僵硬表情，驼着背脊故作忙碌地走着。

他钻进矢岛商店的布帘，这时店内已挤满从外县市米采购布匹的小贩，店员见他回来，旋即齐声喊道："大掌柜，您回来了。"

宇市欠身点头，从客人面前经过，走进账房时，良吉好像等候已久，略带责备地问道："宇市先生，你到哪里去了？怎么大清早就不见人影，让我找了好久。"

"有什么急事要找我吗？"宇市坐在金库旁问道。

"这几天，我把资产负债表和存货簿核对了一下，但账本上有些地方我实在看不懂，正想问问你。"他指着摊在桌上的账册说道。

宇市朝账本瞥了一眼，说道："噢，这样子啊，前几代的店主都是这种做法，上一任的老爷也是这样记账，的确有点难懂，以后我再慢慢教您。"

良吉的表情顿时变得僵硬，因为宇市抬出前几代店主搪塞，让他不知如何接话下去。

"对了，早上你去哪里了？"良吉改变话题问道。

"在银行办完事情后，我到几个为我们生产加工的纺织厂和印染厂看看。"

"这些事情以后由我处理好了。"

良吉这样一说，宇市灰白浓眉下的那双细眼盯着良吉许久。

"噢，依照前几代传下来的做法，商店老板通常不会到承包厂商去，顶多派大掌柜出面交涉，不过，你若有兴趣了解的话，我会慢慢教给您的。"

宇市这样敷衍以对，接着突然想到什么似的，朝店内后方探看着。

"今天，家里的情况如何？"宇市在询问藤代她们的情况。

"她们三个都没出门，都在家里。"

"可是，怎么这么安静啊？"

他作势竖起耳朵朝静悄悄的内院听去，然后用诡谲的语气说："明天就要召开第二次家族会议了。"

登　门

　　大清早，保姆便打开客厅的木板套窗，擦拭着窗玻璃，在走廊上忙进忙出，显得忙碌又紧张。不过，隔着中庭树丛的藤代、千寿和雏子的房间里却悄然无声，整个矢岛家的内宅笼罩着家族会议开始前的异样静肃。

　　宇市很早就到店里，但没有去账房，穿过店内与内宅的便门，朝客厅方向走去。

　　刚擦拭过的走廊地板发出幽幽的黑光，走在上面甚至有些打滑。宇市走进正房的客厅，时隔一个月，三面玻璃门已打开，内宅保姆阿清带着四名保姆正在擦拭十二叠和八叠大相连的客厅。供奉矢岛嘉藏的佛龛置于壁龛旁，佛龛的门扉已敞开，前面摆着佛具，经卷桌上置有香台，看来佛龛前的会场已准备妥当。

　　阿清看到宇市进来，旋即停下正在擦拭香台的动作，询问席位的安排。

　　"大掌柜，早安，您来得正巧，席位怎么安排比较好？"

　　宇市朝客厅的配置打量了一下，说道："你把日式矮桌摆在佛龛正前方，左边给今桥的姨母和姨父就座，对面是大小姐、二小姐和她夫婿，三小姐坐在她姨父旁边，我坐在末座。"

"家族会议要准时举行吗？"

阿清见藤代她们毫无动静，担心地探问时间。因为家族会议预定早上十点召开，但已经九点多了，藤代她们三个在吃过早餐后仍不见动静。宇市打断阿清的话说："嗯，要准时举行，这种事情绝不能拖延，你们也要把握时间，赶快准备妥当才行。"

他这样叮嘱着，慢慢地返身走去，来到正房回廊的拐角处时，突然停下了脚步。

藤代、千寿和雏子的房间，中间隔着中庭，刚好形成一个コ字形，早晨的阳光洒进她们房间，庭院里的树丛伸展着绿色枝叶，仿佛事先约好似的，三个房间的门窗紧闭，安静得出奇。

宇市感到有些奇怪，他穿过走廊，蹑足走到藤代房间前，出声问候："早安，我是宇市，可以进去吗？"

过了一会儿，房内才传来藤代简短的回应："进来吧。"

宇市打开拉门，十叠大的房间中央摆着梳妆台，藤代端坐在梳妆台前，旁边摊展着华丽的服装。

"对不起，您在换衣服啊？"

宇市连忙要退下时，藤代说道："没关系，还有些时间，我只是摊开衣服看看而已。"说着，从满堆衣服中选出一件淡绿色的高级和服，轻轻地披在肩上。

"怎么样？我打算穿这件参加今天的家族会议，你觉得如何？"

那嫩绿色的和服遮在藤代身上，后背的利休橘家徽是用银色丝线绣制而成的。

"衣裳这档事，我这老头子不懂啦。今天的聚会虽然叫家族会议，但其实只是请您今桥的姨母及三位小姐而已，算是自家人的聚会，不穿印有家徽的和服也没关系……"

听宇市这样回答，藤代仍然把衣服披在身上，又看着他说道："虽说是自家人的聚会，但今天毕竟是遵照已故父亲的遗嘱来商讨遗产分配的日子。说得严肃点，今天起或许是改变矢岛家历史的关键日子呢。别人怎么看姑且不论，我身为矢岛家的长女，穿着印有矢岛家家徽的衣服也是我的嗜好与坚持。"

藤代情绪激昂地说着，然后无比陶醉地看着披在身上的华丽衣服。霎时，一种异样的气氛和华丽色彩充塞着整个房间，宇市缓缓地挪动身子。

"时间快到了，请您换好衣服之后，到客厅来。"

说着，他推开拉门，走出了藤代房间，又沿着转角处的走廊，来到千寿的房间前，跟刚才一样站在门外对着房内打招呼。

"请进……"千寿低声答道。

推开拉门一看，不见良吉的身影，房间里铺着草席，草席上摆着一只青瓷色花器，千寿好像正在插花。几枝用金纸包裹、带有小黄叶的木枝有趣地往外斜弯，根部再以充满乡土风味的紫色六月菊加以装饰。乍看之下花色朴素，但展现出一种坚忍的静寂。千寿停下手来，问道："宇市先生，有什么事吗？"

说着，千寿转身看向宇市，一如往常地露出微笑。

"不，没什么事，只是开会时间快到了，我来通报一声而已……"

"是吗，谢谢你的关心，我已经准备好了。"

相较之下，千寿穿得并没有像藤代那样华丽，一身朴素的绛紫色和服，系着朱色腰带，脸上已经化好了妆，正静静地插着花。

"您还真是悠闲啊。"

"只有这样才能消除烦闷，保持心情闲静呢……"

说着，千寿审视整个插花造型，对金叶的下枝好像不甚满意，拿起剪刀，咔嚓一声把它剪了下来。

　　宇市走出千寿的房间，经过走廊，来到雏子的房前。面向中庭的玻璃窗虽然紧闭，但朝着走廊的拉门却微开，可以看到房内的情形。铺着红色地毯的和室里有张扶手椅，雏子正闲适地斜靠着，膝上摊着报纸，眼睛望着天花板发呆。

　　"三小姐，我可以进去吗？"

　　宇市从门缝探头说着，雏子顿时吃惊地回头一看。

　　"哎呀，吓我一跳，我以为是谁呢……"雏子着实惊讶似的嘟着嘴说。

　　宇市眯着细眼，走了进去。

　　"这么安静，您在做什么？"

　　"我在数天花板上有多少节孔。"

　　"咦？数天花板上的节孔……"宇市突然不知如何答话。

　　"嗯，早上起，我就数了三次。无论是大姐或二姐的房间，都安静得像鬼屋似的叫人害怕，我总不能一个人大声喧闹吧。真希望今天的聚会早点结束，赶快到外面透透气呢。"雏子似真又假地问，"离开会还有多少时间？"

　　"是啊，大概还有十五六分钟，等您今桥的姨母一来就可以开始了，请您准备一下。"

　　说着，宇市站了起来，看到雏子的膝上摊着报纸，对折的地方刚好是数字密密麻麻的股票栏。

　　宇市再次用那细眼看着雏子："三小姐，我看您不是在数天花板上的节孔，而是在看股票栏的数字吧。"

　　宇市开门见山点出，雏子那张圆脸露出浅浅的酒窝，毫不在意地回答："或许是吧。最近，我突然很想大赚一笔……"

宇市从雏子的房间走出来，并没有回到店里，而是来到宅院中闲置的小客厅。他坐在阴暗的房间里，点了根烟，一边回想刚才到过三位小姐房间的情形，一边从怀里掏出一个月前家族会议暂寄在他身上的矢岛嘉藏遗嘱，摊在榻榻米上。

这几页卷起来的和纸上是嘉藏用工整的笔迹，经过精心考量为长女藤代、次女千寿、三女雏子写下的遗嘱。嘉藏没有让离过婚的长女藤代继承祖传家业，而给她一大笔坚实的不动产，并将矢岛商店的经营权交给招婿入门的千寿，且为三女雏子留下可以兑换成结婚现金和嫁妆的股票和古董。任何人看来，都会觉得这是一份考量周全的遗嘱，问题是，她们三姐妹表面上看似平和，私底下却各自算计，处心积虑地提防对方，宇市已经感受到这股暗流，担心今天的家族会议可能引起诸多变量。

才听到一阵忙乱的脚步声，走廊便传来了喧闹声，藤代的姨母芳子疾步而来，走在她丈夫米治郎前面，率先进入客厅。

"哎呀，这跟一个月前家族会议的摆设一模一样嘛，可是其他亲戚都没到场，我今天可是责任重大呢。"

姨母并没有为自己迟到致歉，径自来到佛龛前面，点灯上香，然后转过身来，坐在上位，这时她发现藤代穿着华丽的和服。

"哇，你穿得这么正式，连家徽也绣上了呀……今天虽说是召开家族会议，其实只是自家人的聚会，大家轻松一点……"

说着，姨母转身看着坐在末座的宇市。宇市等待已久似的，把放在日式矮桌上的矢岛嘉藏遗嘱摊开，说道："上次的家族会议上，我宣读了遗嘱中有关遗产的分配，今天请今桥的姨母代表家族，来商量矢岛三姐妹的遗产分配。"他停顿了一下，接着说道："首先，我们请大小姐就遗产的分配问题表示意见……"

宇市抬起那双细眼看向坐在右上侧的藤代。藤代穿着印有家徽的嫩绿色和服挺起上半身，开口说道："在我提出意见之前，我希望二小姐先说明一下自己分到多少遗产。"

"咦？我分到的遗产……"

坐在藤代旁边低垂着脸的千寿，这时吃惊地抬头看着藤代。

"没错，先说说你所继承的矢岛商店房地产和经营权值多少？"

"这个我估不出来，我先生他……"

说到这里，坐在千寿旁边的良吉，旋即替千寿解围地探出身子，说道："如果大姐不介意的话，这个部分就由我来说明……"

藤代并没有说好或不好，良吉便探出身子，继续说道："我先说明矢岛商店目前使用的土地和建筑：矢岛商店的门面宽十间，纵深二十四间，共计二百四十坪。依遗嘱规定，以中门为界，外面的八十坪由我们继承，其余的由大家共同继承。商店的八十坪，以每坪四十万日元计算，总共三千二百万日元。从存货簿来看，目前库存品共有三千三百二十万日元；有三辆二手的日产达桑特牌货车，若每辆折算十五万日元，共值四十五万日元；此外，金库、桌子、椅子、货架等办公用品都已陈旧，根本不值几个钱。"

良吉一口气说完，稍作停顿后，又说："接下来，我来说明商店的经营权，也就是说它到底值多少。一般来说，它跟商店的土地、建筑采用同样的价格计算，亦即每坪四十万，总共八十坪，共值三千二百万日元。"

"三千二百万……这只金母鸡才值这些？"藤代毫不留情地说。

"金母鸡？"良吉反问道。

"没错，对生意人而言，有了经营权好比拥有一只金母鸡。大家都知道，即使只是一块普通布料，但凭着那块商标，只要推销得当，就可以不断地扩大事业。老铺的招牌比什么都重要，所以，商店的房地产和经营权的估价比率，应该是四比六才对。"

"什么？四比六……"良吉霎时脸色大变。

"嗯，应该是四比六。对于一家老铺的经营权来说，这不算是高估，难不成你这个入赘的女婿，故意把矢岛商店的招牌看得这么不值钱吗？"藤代用身为矢岛家长女的高傲骄纵态度逼问道。

她一说完，客厅里顿时鸦雀无声，笼罩着沉闷而凝重的氛围。这时，千寿气得脸色苍白，探出身子说道："姐姐，你凭什么说他轻蔑矢岛商店的招牌呢……"

接着，千寿泣不成声地哭了。藤代若无其事地看着千寿说："二姐，你又开始演哭戏啊？说句难听的话，你不要动不动就故作清高，用眼泪来骗人了！"

藤代仿佛掴了千寿一巴掌似的说着，然后问良吉："我想再问你一个问题，依照遗嘱第一条规定，你必须将商店每个月净利所得的一半，平分给我们三姐妹，那么每个月的净利所得究竟有多少，你说明一下。"

藤代步步进逼。良吉表情僵硬地回答："目前，每个月营业额大约有四千万，毛利占百分之十，扣掉人事成本和其他相关费用，净利只得三成，也就是一百二十万。从中取出百分之五十，也就是六十万，平分给你们三人，每人大约可以得二十万日元。"

"噢，净利只有三成，每个月只得二十万……未免太少了吧？这是表面上的利润，是不是还有其他暗盘？"藤代质疑地问道。

良吉面露不悦的神色。

"您有疑问的话，可以查看账本呀，我是按账面上的数字计算的。"

藤代一时语塞，于是转问宇市："宇市先生，我父亲去世之后，商店是如何经营的？"

"是的，还是跟老爷在世的时候一样，由我整理进货账目，新店主负责整理传票和核定薪资，还包办其他杂务。"

"噢，那么我父亲生前都做些什么？"

"老爷掌管进出货和开立支票。"

"这么说，自我父亲去世之后，只剩宇市先生你一个人负责进货喽？换句话说，你这个大掌柜应该比良吉更了解我们店里的情况嘛。"藤代不同以往，改以客气的语态对宇市说道。

宇市闪动着灰眉下的双眼，不知如何回答。藤代趁势追问："宇市先生，依你的看法，我们店里的生意如何？"

宇市朝良吉偷看了一眼，才开口说："是啊，据我所知，就跟新店主刚才说的一样，每个月营业额四千万日元，毛利百分之十，净利只占其中的三成。"

藤代愣住了。平常不理会良吉的宇市，这时却附和良吉的说法，实在出乎她料想之外，她顿时觉得自己孤立无援，有些气馁，但梅村芳三郎那番轻声叮咛又突然浮现脑际——你若不精打细算，你们三姐妹之中，就数你最吃亏……

藤代倏地抬起眼，露出温和的表情，转身对着坐在姨父米治郎身旁的雏子，说道："接下来，我想听听三小姐的意见。"

"问我……要我说什么呢？"雏子的圆脸露出酒窝，毫不设防地答道。

"你继承的那些股票和古董共值多少？"

"我的吗？关西电力、东洋纤维、日立电机、松下电器、京阪神电铁、旭化成等股票，共有六万五千股，共值二千四百万，古董文物八十六件，价值七千二百三十万。"

"噢，你也蛮会估价的嘛。"藤代挖苦地说，嘴角掠过一丝冷笑。

"什么蛮会估价的？"

"你说自己有六万五千股股票，共值二千四百万，它跟我那些不动产不同，在变更名义的时候，可以利用许多人头，分散持股的数额，等遗产税申报期间一过，再略做整理，即可少缴遗产税，甚至不必公开自己持有多少股票。这样一来，岂不是有十万股的价值吗？况且，你手上还有古董呢，不知是谁向你介绍的，那个京雅堂的古董商，根本不会估价嘛……"

藤代语毕，身材微胖的姨母芳子，突然探出身子，说道："我说藤代呀，刚才我一直听你在质问别人分到多少遗产，抱怨这叨念那的，那你继承的部分到底值多少啊？"

"啊，姨母您是在问这个呀……"藤代一副不以为意的样子。

"在回答之前，我得向宇市先生确认一下呢。"

说着，转身看着宇市。

"你告诉我说，樱宫小学后面的六间平房和那两排出租房，每户有三十坪，结果每间短少了四坪，这到底是怎么回事？"

"咦？每间少了四坪……不会有这种事吧……"宇市满脸纳闷地说。

"你若觉得我在说谎，明天可以去测量一下，那两栋平房的后面不是有一块狭长的空地吗？"

宇市见藤代没好气地说，连忙解释道："啊，我知道了！这可是天大的错误……这是战争期间政府为了强制疏散居民，扩大空地的面积，那些房子才被削掉四坪。"

宇市仿佛由衷感到惶恐地低下头来。

"你最好不要跟我打马虎眼，对我这个离过婚的女人来说，这次继承的遗产或许是我一辈子的依靠呢，每间少了四坪，十二间就少了四十八坪！我曾托人对东野田町的三十间出租房、北堀江六丁目的二十间出租房，以及土地建筑做了估价，总共值八千五百万。"藤代所说的总额比芳三郎和房屋中介商预估的金额还要少。

"虽说估价为八千五百万日元，但也得把遗产税算在内才行。换句话说，我若继承八千万的遗产，至少得缴交一半的税金，扣掉这些税金，我拿到手只剩五千万左右，被扣的部分，我希望你们共同分担。"

"这话是什么意思？"姨母芳子诧异地问道。

"姨母，您听不懂我的意思吗？我的意思是说，被扣税的部分，希望她们设法补贴给我。"

千寿和良吉都露出激动的神色，雏子也惊讶地望着藤代。

"你们准备怎么做呀……"

藤代趁势催促着，良吉突然移膝向前，双手平放在膝上，说道："大姐，您刚才说被扣缴税金的部分希望由我们共同补贴，可是大家都知道，不止继承不动产要缴遗产税，我们继承的商店经营权，或是三小姐分得的股票和古董，也都要一分不减地缴遗产税呢，而您只谈自己的，是不是有些不合情理……"

尽管良吉如此发难，藤代仍沉着应对："这么说也算是一种道理。是啊，继承经营权、股票和古董等等都要缴遗产税。不过，继承经营权要缴多少税金端看怎么评估；股票嘛，只要巧妙地变更名义，便可以不必公布，至于古董嘛，价格怎么定都可以，说它是破铜烂铁或是赝品假货也行，反正都能逃税。而不动产就不同了，几坪几合①几勺②都记载得清清楚楚，想逃也逃不得。所以，仔细算来，我们三姐妹之中，数我继承的部分吃亏最大，如果我是当妹妹的那无话可说，但身为家中长女，我绝不接受这种待遇！"

藤代极其强势地说着，会场顿时陷入凝重而沉闷的气氛，千寿气得脸色苍白转向藤代，语声冷战地说道："姐姐，您连缴遗产税的事都说得出来，老是说自己吃亏最大，那我也有话要说！"

"噢，你有话要说呀？你都捧走矢岛商店这只金母鸡了，还有什么可说的？"

藤代反驳，千寿的薄唇微微颤抖着。

"姐姐出嫁时带走的现金和置装费及茶具，就值不少钱呢，刚才说希望我们补贴您被扣缴的税金，我也希望您把当初带走的所有嫁妆拿出来估价！"

"咦？我不记得出嫁时有带走什么东西。"藤代不屑地答道。

千寿被这语气压得说不出话来，但随即清楚表态："您带走的东西多得很，不是我这个妹妹能比的。"

"多得很？有多少啊？你算过的话，就说来听听吧。"

藤代露出严厉的目光。千寿起先有点犹豫不决，最后朝良吉看了一眼，这才下定决心地说："您带走的现金有五百万日元，置装费花掉五百万，还有贵重的茶具。依照法律规定，在继承遗产之前，凡分得开业资金、结婚嫁妆和带走的现款的，都必须从继承的部分中扣除，所以我也希望姐姐您依此计算。"

千寿脸色苍白地说着，雏子也语气高亢说道："没错，您结婚时花

---

① 日制面积单位，即1坪的十分之一，约0.33平方米。
② 日制面积单位，1合的十分之一，约0.033平方米。

掉那么多钱，不扣掉的话太不公平了。前一阵子，我去库房清点古董的时候，那组野餐用的茶具也被您拿走了，这也必须算进去才行。"

"三小姐，你给我闭嘴！"藤代厉声叱喝，又转向千寿和良吉："这就是你和你丈夫联手替我算的私房钱吗？不过，连人家的置装费都精算得出来，你们是按照什么标准算的？我倒想听听呢。"藤代说得慢条斯理，却充满恶意。这时，千寿脸上失去血色，痉挛般地抽搐着。

"你不好开口吧。既然开不了口，我替你说好了！"

藤代伸手探入腰间，取出一张折叠的白纸。

"怎么样？你还记得这个吗？"

说着，将它摊在桌上。

保证书

藤代姐姐：

　　本人在此坚决保证，今后绝对不再碰触藤代姐姐放在服装室及收藏室内的衣柜、衣箱、文件箱和其他家具物品。

立据人

千寿

三月十三日

雏子和姨母夫妇纷纷露出惊愕的神色，连宇市的眼神也掠过一丝慌乱。姨母芳子朝桌上那张白纸盯视片刻之后，问道："这到底怎么回事……"

藤代露出一抹冷笑，然后深深地吸了口气："父亲做完二七不久，有一天我发觉平时极少有人进出的服装室好像传来声响，打开拉门一看，二姐居然躲在朝北的阴暗角落里，打开我的衣柜，取出我的衣物，从里到外翻摸着，好像在检查我有多少衣服……"

藤代的眼里仿佛再现当时的情景似的，露出凶恶的目光，静寂无声的客厅里顿时笼罩着不寒而栗的肃杀氛围，姨母芳子突然拉紧自己的领口。

"听起来还真是匪夷所思呢，二小姐，真有这件事吗……"姨母对着始终低头、默不吭声的千寿，难以置信地问道。

"当然真有其事。当时，我还以为是自己看走了眼，可是当我认出是二小姐时，也不禁吓得浑身打颤呢。我担心今后还会有类似事情发生，所以就请她写了张保证书，以便作为证据。"

藤代带着胜利者的目光扫视着在场的所有亲戚。

"二姐，你真笨啊，为什么要立下这个呢……"雏子冷不防说道。

"她有什么笨？"藤代责问道。

"换成是我，绝不写的！"说着，雏子整个身子探向桌子，双手抓起那张保证书。

"三小姐，你要干什么？"

藤代见状立即大叫，便传出白纸撕碎的声音。雏子那双白皙的纤手把那张保证书撕成两半之后，接着又将它撕得更碎，然后转身用力把纸片撒向庭院。霎时，白色的纸片如花瓣般漫天飞舞，最后散落在庭前微湿的青苔上。

"三小姐！你到底要干什么？"

藤代气急败坏地瞪着雏子。雏子猛地转过身来，对藤代说："没什么特别的意思，我只是觉得同为姐妹，立什么保证书或充当证据什么的，还拿它当盾牌计较遗产的多寡，这未免太过分了。我这样说并不是同情二姐，也不是跟她站在同一阵线，不仅如此，我对二姐的看法也有所改变了。"

雏子对着含泪向她求救的千寿，甩头不理，明快而无情地说："我对这种儿戏般的保证书或证据啦没什么兴趣，还是根据各自的情况，来商量如何分配遗产比较实在。"

坐在末座满头白发的宇市，也跟着点头附和，移膝来到前面。

"是啊，私自跑到服装室是二小姐的不对，但大小姐硬要二小姐立下保证书，似乎也过火了些。三小姐说得没错，你们三姐妹应该交换一下意见，商量如何分配遗产才是。刚才的事情当作没发生过，希望你们就各自的处境共同协商吧。"

说着，他转向千寿，说道："大小姐已经提出自己的看法了，二小姐您有什么意见吗？"

千寿依旧低垂着苍白的脸，但被宇市这么一说，微微地抬起头来，眨动一下眼睛，然后朝着摆臭脸的藤代瞥了一眼，语带讽刺地说："我们家良吉平时就帮父亲经营生意，由他继承矢岛商店的经营权，我没有意见，只是必须把商店每个月净利所得的一半平分给三个人，坦白说，负担是沉重了些。但姐姐说，我们捧走了商店这只金母鸡，或许就不得不出那么多钱吧。"

"那么，三小姐您的意见如何呢？"

"我……对继承股票和古董没有意见，可是有件事情若没查清楚，我就不同意。"

"咦？到底是什么事……"

所有疑惑的视线都集中在雏子脸上。雏子眨着明亮的眼睛，说道："在我继承的古董文物当中，有件东西竟然不翼而飞，那幅雪村的瀑布山水画不见了！"

"雪村的瀑布山水画……"千寿惊讶地嘟囔着。

"你不会弄错吧？"藤代眼神冰冷地对雏子探问道。

"是真的，前几天，京雅堂的老板来库房估价时，我才知道少了那张轴画。"

"噢，真奇怪啊！在咱们家的古董文物当中，那张轴画跟斗斗屋、黄濑户、鼠志野、尾形光琳泥金画茶盒等等，都属于前十项重要收藏品，父亲去世的前三四个月，有客人来访时，他还得意地将它挂在客厅的壁龛上呢……这样不翼而飞，实在太不可思议了，库房的账目怎么处理？有用毛笔划掉吗？"

"没有，并没有用毛笔划掉。"

"噢，那意思是说，库房的账目虽有登记，但实物却不见了。"

藤代这样质问，突然转身对着宇市。

"宇市先生，这是怎么回事？"

宇市和往常一样，板着脸孔，说道："这个嘛，老实说我也不太清楚，以往给亲戚家祝贺的时候，凡是送出去的礼品，都会在账本上用毛笔划掉，但唯独这件东西没划掉，实物却不见了，真是怪哉！难不成是狐仙带走了？"

说着，露出纳闷的神情，姨母芳子突然按捺不住，大声嚷嚷起来："什么狐仙带走了！库房的钥匙和账本向来不都是由你保管吗？况且，在三小姐请京雅堂老板来估价之前，大家竟然都没发现，这未免太奇怪了吧？"

"是啊，这都要怪我人老糊涂，自从办完老爷的葬礼以后，我整天被杂事追着跑，直到前几天有机会陪三小姐进库房里看看，没想到会发生这种事。但话说回来，在遗产分配尚未确定之前，我怕打开库房会招致误解，所以尽量不去那里。"

"问题是，前几天你跟三小姐一起去库房清点的时候，难道没发现吗？"

"那时因为来了一个陌生的古董商，我只好中途先走一步了，这的确是我太疏忽了。"

库房的钥匙确实交由宇市保管，但遗产纷争闹得最凶的当前，宇市避免擅自到库房走动，其顾虑是有道理的。

"这么说，那幅雪村的瀑布山水画在姐夫去世之前，已经不在库房里了。"

姨母芳子沉默片刻后，突然惊悟似的自拍大腿，说道："那我应该尽快赶到亲戚家，不动声色地探问是不是有雪村那幅山水画，若没有的话，那就事态严重了。"

姨母芳子露出幸灾乐祸的眼神，雏子偷偷地朝沉默不语的藤代和千寿看了一眼。

"总而言之，雪村那幅轴画没找到之前，我不接受我所继承的遗产。"

雏子丢下这句话，客厅里顿时一片哑然。

突然，坐在姨母身旁的姨父米治郎，倾身探出如鹤般的细脖子，说道："追查雪村山水画的下落固然重要，可是全耗在这里也不能解决问题，再说遗产分配尚未有结论，我看先搁下轴画的事，继续商讨遗产的大事比较重要。"

始终冷眼旁观三姐妹争吵的米治郎，如此发言，让藤代她们惊讶地看着他。米治郎恭谨地把双手放在膝上。

"宇市先生，此外还有什么问题吗？"

米治郎这番话是在提醒陷入纷争的矢岛家三姐妹不要本末倒置，或做无谓的争执。坐在末座的宇市，诚惶诚恐地抬起头来看着米治郎。

"接下来就是共有遗产如何分配的问题，这需要她们三人协商解决，虽说是属于指定遗产继承的部分，但遗嘱上并没有明确规定某人该分得多少，只表示继承人应该通过协议方式，平均分配共同继承的财产。"

"那么，具体上应该怎么分配呢？"米治郎说得语声温和，尽量避免刺激藤代她们。

"既然是三个人，就平分成三份。"

"平分成三份……怎么分啊？"

藤代口气严厉地说："我父亲在遗书上不是写着三个人协商分配吗？既然是这样，分得较少的那个人其损失的部分，就应当从共同继承的遗产中得到补偿不是吗？"

"问题是，遗嘱上并未写明将什么给谁或给多少，若是明文写出，就算有失公平，也得照遗嘱来办。此外，法律也有规定，有关共同继承的部分，假定死者没有明确提出，最终只能按继承人的人数平分，我知道大小姐您不满这种做法，但法律条文终究是要遵守的呀。"

宇市说得客气，却有着不容分说的意味。藤代满脸愠色，但随即恢复惯有的冷漠表情。

"刚才，您一直说平分三份、平分三份的，但是共同继承的遗产中，有些东西是无法平分成三份的，那又要怎么处理？比方说，这间客厅也是我们共同继承的遗产，万一我们三人都想要的话，又该怎么分呢？总不能将这客厅也切成三份吧……"

藤代埋怨地说到这里，姨母芳子突然探出身来，毫无顾忌地催促道："在确定遗产的分配比率之前，咱们先请宇市先生说说共同继承的遗产到底有多少，并在此向大家公开，然后再商量如何分配。那就先公布财产归户清册吧。"

"好——的。"宇市用极其缓慢的语调答道。

"我受老爷之托作为遗产分配的执行人,财产归户清册自然是由我制作的。经过刚才的决议,我将在此公布共同继承遗产的目录。"

说着,宇市从膝旁的一只厚牛皮纸袋中,取出用格纸订成一册的目录,随意地摊开。

"财产归户清册……"

这时,客厅里的每个人都不约而同地看向宇市正在翻阅财产归户清册的手。

一、不动产

◎土地·建筑

位于大阪市南本町二丁目二百五十四号自宅,以矢岛商店中门为界,里面一百六十坪,二楼建筑面积是九十七坪

大阪府北河内郡八尾村所属的农田五反步[①]

◎山林

三重县熊野　　　四十町步

奈良县吉野　　　五公町步

三重县大杉谷　　一百二十町步

京都府丹波　　　十町步

二、动产

◎银行存款

住友银行定期存款　　　一千五百万日元

---

① 每反为 991.7 平方米。

活期存款	七百万日元
三和银行定期存款	六百三十万日元
活期存款	六百万日元

◎有价证券

◇股票

大日本纺织	二万股
伊藤忠商事	一万股
住友银行	三万股
日本水泥	一万五千股
松下电器	二万股

◇投资信托

野村共同基金	三百万日元
山一共同基金	二百五十万日元

"以上，是我调查的财产归户清册。"

读完后，宁市示意大家可依序查阅，并把财产归户清册交给藤代。

藤代凝视着写在直格纸上的目录，并在脑中快速计算。在农地、山林、银行存款和有价证券当中，最稳当而有价值的就是山林。山上的树木就算不管它，每年照样会生长，将砍下来的木材卖出去以后，又可以在原山地继续造林育材。换句话说，只要拥有山坡地，用不着费多大气力就可以得到稳定的收入。藤代想起春秋两季，前去巡视自己所属庞大山林的快乐与畅怀之情，内心的欲望不由得高涨了起来。不过，藤代仍然不露声色，看完目录之后，默默地把它交给了千寿。

千寿接过那份目录斜摊在膝盖上，方便良吉也看得到。基本上，不动产和动产部分跟良吉估算的差距不大，可是银行存款的数额明显短少，她不知道这些现款是否用于矢岛商店的资金周转，但跟良吉所估算的数额差了将近一千万日元。她转头看着良吉，良吉满脸惊讶地看着银行存款的项目。千寿睁大了眼，像是在询问良吉有何意见，良吉却用眼神制止她，于是她低下头来，把目录交给了雏子。

雏子接过目录后，漫不经心地掠过一眼。对她来说，就算看得再仔细也弄不懂那些东西的价格，幸好姨母在场，只需依照她的眼色行事即可。她匆匆看过一遍，随即将目录递到姨母面前。

姨母芳子从小提包里取出金丝边眼镜，架在她那双细长的眼睛前，她拿起财产归户清册，一行一行地查核，一边看一边计算，时而又像在思索什么似的，散发出锐利的眼神。

"宇市先生，只有这些吗？"姨母冷不防地问道。

"咦，您说什么……"宇市像听不清楚似的抬手贴着耳朵问道。

"我在问你，矢岛家的财产为什么变得这么少？"

姨母抬高声音说着，宇市这才领会似的用力点头答道："什么？太少……是的，原本就这些。"

芳子惊愕地看着宇市，满脸怒容说道："原本就这些？这是什么话呀！你身为大掌柜讲这种话，未免太不负责任了？"

这时，藤代也露出严厉的目光："宇市先生，我们家在奈良那边不是还有山林地吗？"

"噢，是吗？不过，根据我的调查，金库里的不动产登记簿上并没有记载，大小姐您说的是奈良的什么地方？"宇市疑惑地反问。

"我记得，从奈良的榛原站搭车约半小时，下车之后，往登山方向的那个地方。到现在我还记得非常清楚，我出嫁的前一年，跟母亲去吉野赏樱的回程中，母亲告诉我：'你看，那片山林就是咱们家的，地势朝南，排水又好，杉木长得特别茁壮……'"

藤代凝目窥探似的看着宇市，但宇市仍没有任何表情，只是纳闷地歪着头，说道："奇怪啊，我怎么都没印象……大小姐是不是听错了？或是弄错了？"

"绝不会弄错的……"千寿也插嘴，"约莫一个月前，宇市先生不在的时候，奈良那边有人打电话来询问山林的事……"

"咦？对方询问些什么……"宇市又听不清楚似的抬手贴耳问道。

千寿有些不知所措，但仍直盯着宇市。

"对方来电话询问有关砍伐的木材数量和价格。"

顿时，宇市的眼睛为之一亮。

"对不起，请问那通电话是二小姐您接的吗？"

"不是，是我丈夫接的，他后来才告诉我……"

"啊，原来是新店主接的？"说着，他转身看着良吉说，"有这种事情，您应该早点告诉我嘛，我也好尽早跟对方联络，调查得更清楚些，然后就来得及写在今天的财产归户清册上……"

宇市表面上说得诚恳，其实是在责备良吉没把这件事告诉他。

"那么，那通电话到底是从哪里打来的？"

"好像是奈良的鹫……鹫家的登记所打来的。"良吉有点犹豫地答道。

"鹫家……奈良的鹫家在……"宇市佯装想不起来，沉思了片刻，然后猛然抬头，用力拍打自己的大腿，说道，"对，对，您这么一说，我倒想起来了。四乡村底下有个叫鹫家的地方，矢岛家在那里也有一些山林地，那地方不是很有名，我一时疏忽就忘了。"

宇市过意不去地低下头，拿起放在壁龛旁的笔砚，在不动产的项目上补写了"奈良县鹫家"几个字。

"有关具体的面积，我会尽快调查再补写上去。唉，自从老爷去世以后，我好像突然变得糊涂了。"他并不是针对谁说的，只是故作笑脸嘟囔道。

不过，藤代还是板着面孔，不放心地问道："除此之外，还有没有漏掉什么重要事项啊？"

宇市像在等待回话似的，说道："嗯，还有一件大事尚未解决。老爷除了留给您三姐妹的遗书之外，另外还有一份遗嘱。"

"是我姐夫为那个情妇留下的那一份吧。"姨母芳子语气尖酸地问道，"她到底是什么女人？宇市先生，上次开完家族会议之后，为了传达那份遗嘱，你还去过她家，你应该看得最清楚才对呀。"

姨母说话的口气，逼得宇市非回答不可。

"是啊，她是个漂亮、懂得分寸、重感情的女人。"

"噢，听你这么说，她是个美貌且重情重义的女人喽？"

姨母芳子冷笑地说着，藤代的嘴角也泛起嘲讽的笑容。

"她是个重情重义的女人，你只见过一次面就这么了解呀，不过听你的口气，好像到过她家好多次了？"

"上次我去她家的时候，凑巧看到她坐在没有牌位的佛龛前，凝视着老爷的相片发愣，仿佛老爷还活在世上。她把老爷生前用过的碗筷，还有酒菜供奉在佛龛前，泪流满面地祭拜。后来，我拿了那份遗嘱给她看，并说老爷没有明说要分给她多少，她却说遗嘱上提到她的名字已经心满意足了，而且哭得非常伤心。"

"你说她长得漂亮，比得上我去世的母亲吗？"雏子好奇又不满地插嘴道。

"怎能拿她跟夫人相比呢？再怎么说，夫人都是名门闺秀，长得漂亮又有气派。那个女人文文静静的，脸上带着忧容，或许正是这样才能吸引男人。"

"你说她很懂得分寸，你怎么知道的？"千寿追问道。

宇市沉吟了一下，说道："当时我告诉她，老爷在遗嘱中请求大家尽可能分给她一些财物，还说矢岛家的小姐们都是心地善良的人，肯定会考虑到她的生计问题，请她放心，可是她马上表示不希望给矢岛家添麻烦……"

"说不定她是为了博取同情，故意演苦肉计呢。"藤代突然毫不讲情分地说道，"那要分给那女人多少啊？"她那轻蔑的口气宛若给乞丐施舍似的。

"遗嘱上只说分给她一些财物，所以就看小姐们的心意了。"

"'给她一些'这种说法最暧昧了，表面上说给多少都无所谓，其实去世的父亲是希望我们尽量多给一些，这足以显示父亲的阴险与狡猾……"

藤代说得这么冷酷无情，千寿也眨着冰冷的目光，叹息道："这么说，若给的太少，岂不有损咱们矢岛家的面子，这该怎么办啊……"

"我才不管什么体面不体面的，总不能拿我们应得的送给那个情妇，这根本是胡来嘛！天底下哪有这种道理？这简直是明治、大正时代的想法嘛，太扯了！"

雏子也露出不满的神情，但语气认真地问道："宇市先生，你真的准备执行第二份遗嘱吗？"

宇市对雏子的问话态度感到惊讶。

"问题是，老爷既然留下了那样的遗嘱，那就跟留给几位的遗嘱具有同样的法律效力，如果什么也不分给她，到时候她可以告小姐们不履行遗嘱内容，这样反而不利，所以我认为，还是依照遗嘱内容行事比较妥当……"

宇市居中协调似的说着，姨母芳子像忽然想到了什么，突然移膝向前说道："要不要分给那女人，姑且不谈总之先把她找来家里再说。我姐夫在遗嘱中没有写明给她多少，那就表示他生前已经给过她，死后还要给她更多吧。"她露出了好奇的目光，接着又说，"而且，把那女人叫来，说不定还能找到雪村山水画的下落呢。至于遗产怎么分，你们见了面再说吧。"

姨母芳子巧妙地中止了这次家族会议。

宇市抿着满是皱纹的嘴角，皱着灰眉，走在神木那行人寥落的路上。

他原以为今天有关遗产的分配会有结论，结果什么都没有，只好等一个星期以后再开第三次家族会议，而且还要把滨田文乃叫到矢岛家，但这件事又把雪村的山水画扯进来，这是最令他始料未及的。

公开财产归户清册之后，他操控矢岛家的山林面积险些就被看穿，好不容易才应付了过去，正感到如释重负的同时，今桥的矢岛芳子却巧妙地中止了这场家族会议，提议顺延到下次再开。

宇市边走着边咂着满是皱纹的嘴角，从醒目的碾米厂的转角拐过去，走过门灯微亮的小路，从兼卖香烟的西药房旁的小巷进去，来到滨田文乃的家门前。平时总是关着的院门，这时却敞开着，玄关的格子拉门也开着一道细缝。

宇市以为屋内已有来客，也没按门铃，只从门缝里往屋内窥探。已是傍晚六点多，屋内并没有开灯，昏暗的家中显得格外静寂。宇市竖耳倾听屋内的动静，他那瘦削的身材突然塞进门缝，不露声息地贴上去，里面悄然无声，只传来热水沸腾声，似乎没有人在。

"对不起，有人在家吗？"宇市奋然出声问道。

"哪一位啊……"屋内传来低沉的回答。

"我是矢岛家的宇市。"趴伏的宇市赶紧起身答道。

他察觉屋内有人站了起来，间隔玄关与客厅的拉门拉开了。

"原来是大掌柜您啊……什么时候来的？怎么都没出声呢……"
文乃拉了拉衣领，稍稍整理仪容后说道。

"我看到院门和格子门没关，就径自走了进来，没打扰到你
吧？"宇市窥探着屋内的情况说道。

"请进来吧……"

文乃没有走到玄关迎客，只在起居室应了一声，打开了电灯。
在灯光下的起居室，只见长形火盆上的铁壶烧得滚烫，火盆旁边的
坐垫折成枕头状。

宇市那锐利的目光打量着屋内，火盆旁放着一只喝过茶的茶
杯，此外，看不出有人来过。

"你是不是身体不舒服，刚才躺着休息？"

在明亮的灯光下，文乃的脸色显得苍白，宇市直视着她，使得
她连忙摇头说道："不，没有不舒服，我只是有点感冒，刚才打扫了
一下外面，突然觉得不适，所以连院门也没关，就回到房间稍微躺
一下……"

说着，从火盆后面的橱柜拿出茶壶和茶杯。她的脸色暗沉，显
得有点浮肿，没有光泽的头发披散在脖颈，怎么看都是病容憔悴的
模样。

"你真的不要紧吗？"

宇市担心地探问，文乃把热水倒入茶壶中。

"真的不要紧，请您不用担心。矢岛家还好吧？"

文乃在探问矢岛家几个姐妹的情况，由于宇市尚未把今天家族会议的结果告知文乃，所以他不知怎么回答。

"托你的福，她们三人都平安无事。其实，今天召开了第二次家族会议，提到如何分配遗产的问题，但没有谈出什么具体结果。"

说着，宇市深深地叹了一口气。

"没有结果？您是说……"文乃不解其意地问道。

"简单说，就是争夺遗产啦。"

"咦？争夺遗产……"文乃十分吃惊。

"这真是家门不幸，说来真叫人惭愧啊，她们三姐妹故意压低自己的遗产所得，互相牵制对方，无不挖空心思想多占点便宜。"

"不会吧，她们是家世良好的闺秀，姐妹之间怎会争夺遗产呢？老爷葬礼那天，她们三姐妹穿着白色丧服的美丽身影，至今我还印象深刻呢，怎么会……"

文乃露出难以置信的表情，宇市端起放在火盆旁的茶杯，咕噜地喝了一口，探出前半身，说道："是啊，不过名门闺秀的欲望反而比谁都强烈。她们打从小时候起，看到喜欢的东西就想占为己有，根本不懂什么是兄友弟恭或与人分享。自从开始分配遗产，她们就争得很厉害，谁也不让步。"

"但不管怎么说，她们毕竟是血缘相连的亲姐妹呀……"文乃依旧难以理解。

"但好像越是亲姐妹，争得就越厉害。她们明明有几亿日元的遗产可分，却为了鸡毛蒜皮的小钱，闹得面红耳赤，硬是不肯让步，仿佛干脆让给别人还来得称意呢。总之，她们三姐妹简直像是死对头，彼此憎恨嫉妒，还以钩心斗角为乐。想到她们家四代以来都是这样的女系家族，真叫人不寒而栗……"

宇市这句句沉重的话语，使得文乃不禁害怕了起来，屏息地凝视着他。

"唉，光是那幅雪村山水画的下落，就让她们三人疑神疑鬼，互相猜疑了。"

"什么？雪村……是雪村的瀑布山水画吗？"文乃惊讶地问道。

"没错，因为库房里找不到那幅轴画，今天的家族会议为了这件事闹得很僵，后来就流会了。"

"那张轴画放在这里呀……"文乃诧异地说道。

"她们若知道这幅画放在你这里，铁定会给去世的老爷添麻烦。"

"那幅轴画那么重要吗？"

文乃出乎意外地说着，宇市并没有回答，只是用锐利的眼神看着她。

"事实上，老爷有意瞒着家人把这幅画放在你这里。事到如今，你若说出轴画的下落，她们肯定会认为这是老爷故意将它送到妾宅来的，甚至怀疑连雪村的画都送得出去，其他东西岂不是送得更多？"

"当初，我也觉得不该保留那幅轴画，所以老爷去世的时候，我提议把画送回去，可是您却说先放在这里……"

文乃双唇微颤，责难似的看着宇市。宇市却轻松自若地回答："总而言之，事情到了这种地步，我会找适当时机把轴画送回去。这样一来，就不会给老爷和你添麻烦了，这件事交给我办好了。"宇市自揽责任地说着，停顿了一下又说，"不过，这个月的二十二日，还是请你到矢岛家一趟。"

"咦？到矢岛家……"

"是的，请你二十二日下午过去。"

"果真……"

文乃似乎有些害怕，眼里露出分不清是怯懦或幻想的异样目光，茫然地看着别处，大大地叹了口气。

"我知道你身体不好，但请你别担心……矢岛家那边只有她们三姐妹和今桥的姨母参加而已，而且我会站在你这边的，请放心好了。"

"不过，那些繁文缛节，我怕……"文乃说得支吾其词。

"不，现在跟战前不同，不需要那么麻烦，你只要对老爷生前关照过你表示诚挚谢意就好了。至于那张雪村山水画，不论她们怎么问，你就佯装不知道。"宇市叮咛道。

文乃霎时像陷入了沉思，随即微微抬起头来。

"那么，一切就拜托您了……"说着，静静地低下头。

"嗯，这样我也比较好办事。对了，本家那边有可能来你这里找那张轴画，所以暂时交给我保管吧。"

"交给您保管……"文乃先是一阵迟疑，最后才同意地点点头，"也好，放在我这里，总担心不慎说出去，还是由您保管比较妥当。"

说着，文乃缓慢地站起来，走进客厅，打开壁橱，从里面取出一个细长的桐木轴盒，放在宇市面前。

"请您检查一下。"

文乃这样说着，宇市立即移膝向前，打开盒盖取出轴画，松开画上的线带，将它摊展在客厅正中央。那是一幅滔滔瀑布倾泻深山幽谷的山水画，用笔相当大胆，浓淡相宜，那瀑布的轰鸣和飞沫的溅水声仿佛响动整个房间似的。

宇市尽情地欣赏着。

"的确是雪村的山水画没错，我先收下了。"说着，又将轴画重新系好，放回桐盒里，然后用文乃递过来的丝织布巾包裹。

文乃似乎有些疲累，看到宇市将桐盒包妥后，才松了口气。

"我去温酒，请您稍等一下。"说着，准备去里面温酒。

"不用了，等会儿我还有事要办，而且又拿着这么贵重的轴画，我怕喝酒会误事，还是改天再喝。"说着，宇市把桐盒抱在怀里，急忙站了起来。

来到神木车站，宇市没有和往常一样坐电车，而是拦了一辆从住吉天桥方向驶来的七十日元起步的出租车。

宇市不想让别人看到他抱着轴盒，因而行动格外谨慎，他坐上出租车后，边将桐盒平放在膝上，边盯着司机旁的计费表，计费表咔嚓咔嚓每跳动一下便增加二十日元，宇市紧张地瞅着。原本搭乘上町线电车二十日元、乘坐市区电车十三日元即可到达，为了这幅画，他只好改坐车资较贵的出租车。

过了阿倍野桥，一来到椎寺町车站附近，宇市突然叫司机停车。

"请等一下，我想去另一个地方。"宇市坐在车内正犹豫着要去哪里。

"要去什么地方你要早点说，否则我不好开车哩。"司机瞄着后视镜，粗鲁地催促道。

宇市这才回看着后视镜，说道："去石辻町。"

其实，从这里到他租赁的住处不到三百米，但他不想回去，而是决定到君枝家。车子从上本町六丁目的前面右转，在石辻町君枝家门前停了下来，宇市探出身子确认车资后，付了三百二十日元。

或许是听到停车的声音，君枝已从屋内探头出来。

"您回来了……"说着，她惊讶地看着平时节俭成性的宇市这会儿却坐着出租车过来，担心地问道："发生什么急事……"

"不，因为带了点东西。"

尽管宇市这样说，但君枝知道他的习性，别说眼前只带着一个细长的包裹，就算携带更大件的行李，他都会坐市区电车过来。

"噢，这么说是很重要的东西喽？"君枝说着，正要接过宇市手中的包裹。

"不用了，我自己拿。"说着，宇市把它抱到里面。

"看您那么小心翼翼，是什么贵重东西啊？"

"轴画……"

"噢，轴画？是高级轴画吗？"君枝的目光露出四十岁女人的占有欲。

"也不是那么贵重啦。"

"可是，看您专程坐出租车护送过来，肯定价值不凡吧，把它挂在咱们家的壁龛欣赏一下嘛。"

"不行……"宇市不高兴地说。

"为什么不行？看一下又有什么关系呢？咱们家全是些不值钱的东西，让我瞧瞧贵重的轴画长什么样子又何妨？"

君枝一边看着挂在壁龛上那幅宇市在今宫戎夜市用半价买来的"七福神"廉价轴画，一边说道："拜托啦，打开来让我看嘛……"

君枝正要强行拆开布巾时，宇市皱眉动怒了。

"这不是女人家看的东西，等适当时机一到，我自然会给你看的，你不要惹我生气！"宇市威吓地说着，打开房间的壁橱，然后把布巾包裹的桐盒塞到上层的里面。

"你不要擅自打开，我一看布巾的系结，就知道有没有被拆过……"宇市说完，嘭的一声关上壁橱的拉门。

虽说君枝为此闹了点别扭，但跟宇市围桌而坐之后，旋即拿出酒来。

"这一阵子您很少来，是不是工作很忙？"君枝这样探问，是担心宇市有意疏远她。

"嗯，最近都在忙着整理矢岛家的遗产清单，今天的第二次家族会议也无果而终，顺延到下个星期，后来又到文乃家转告她得到本家一趟，真是忙翻了。"

"什么？叫文乃到本家去？"

"是啊，她们三姐妹的遗产分配老是谈不拢，这回又要叫文乃过去，只会让事情更棘手而已。若是那些女人去请，大概也请不动，只好派我去请，搞得我心烦意乱，问题是我不能中途撒手不管……"宇市不耐烦地说道。

"事情会弄到不可收拾的地步吗？"

"坦白说，我也不知道。"说着，宇市端起酒杯，一饮而尽。

"尽管如此，我又不能辞掉遗嘱执行人的职责，事情走到这地步，我只好……"宇市不自觉地喃喃自语，当他发觉君枝诧异地望着他时，突然又醒悟了过来。

"对了，你帮我烧个洗澡水吧，我再喝两杯就去洗澡，水温不要太烫哦。"

宇市见君枝站起来撩起下摆，走进浴室，随即从腰带里拿出日式装订的笔记本和一只牛皮信封袋，先打开了笔记本。

◎四十町步　　　　　　△有（二〇〇万）

◎五町步　　　　　　　△部分（三〇〇万）

◎一百二十町步　　　　△有（二六〇万）

◎十町步　　　　　　△有（二三〇万）

◎二十町步　　　　　△无（九〇〇万）

　　宇市目不转睛地看着笔记本，当他看到第五项时，又从信封袋里拿出财产清单。刚才召开家族会议时，在藤代和千寿的要求下，他带着苦涩的表情在"奈良县鹫家"那块山林的项目下补写了"二十町步"的数字。这是他故意没写进财产清单的一片山林，他还在下面做了个"无"的记号，但总算松了一口气。事实上，除此之外，还有些山林隐而不报，宇市当然不会主动写上，他在心里细算着总数。

　　浴室传来开门声，君枝从走廊缓缓走来，宇市连忙把笔记本和财产清单塞进毛织腰带里，又端起酒杯啜饮起来。

　　"让您久等了，洗澡水烧好了……"

　　君枝被热水烘得满脸通红，她绕到宇市身后，帮他脱下衣服。走进浴室之后，宇市刚才的厌烦情绪一扫而空，任凭君枝帮他抹肩擦背，又突然兴起话头来了。

　　"啊，太好了，这阵子我的肩膀酸得厉害，泡了热水澡之后，感觉舒服多了，今天晚上就在这里过夜。"

　　说着，宇市伸出湿漉漉的手抚摸着君枝丰满的大腿。

　　从河边的房间望去，流经的横堀川仿佛伸手可及，隔着拉门还听得到潺潺流水声，藤代和梅村芳三郎一边享用怀石料理，一边谈着昨天家族会议的情况。

　　芳三郎伸出女人般白皙娇柔的手，举筷挟起盛在志野蛤形盘的鲷鱼生鱼片，优雅地把它送进嘴里，那动作宛如捻起樱花花瓣般娇媚，藤代不由得停下筷子，被那优美的动作深深地吸引。

眼前这个身穿蓝色大岛绸和服、从袖口露出双层内衬、坐姿优雅的美男子芳三郎，和半个月前穿着笔挺的西装，为了帮藤代的房地产估价，带着土地中介商死皮赖脸地和租赁户周旋的芳三郎身影奇妙地叠合了起来。

"怎么了？"

芳三郎惊讶地看着突然不语的藤代。

"不，没什么，只是有点……"

藤代睁大水汪汪的眼睛，故作支吾其词，又继续谈起家族会议的话题。

芳三郎仔细听着她的谈话内容，一边像老饕般尽享美味菜肴。藤代拿起酒壶为芳三郎斟酒，他却一反优雅的姿态，一杯接着一杯豪饮，等藤代说完以后，他才放下酒杯。

"这么说，你二妹继承的遗产就是矢岛商店现有的土地、建筑八十坪、仓库的所有存货、货车、金库、货架，以及各式办公用具等等，还包括商店的经营权在内，共值九千七百六十五万日元；而你三妹则继承八十六件古董文物和股票六万五千股，总计九千六百三十万日元是吧？"

芳三郎喝得满脸通红，唯独双眼没有醉意。

"嗯，不过我觉得她们故意压低自己的所得，她们俩都太滑头了，居然敢这样睁眼说瞎话。"

藤代带着怒气数落道，芳三郎突然泛起一抹笑容。

"这一点，你好像也没输给她们嘛，你不是也叫我介绍的那个土地中介商，把你那些出租的房地产估得比实价还低吗？"

"话是这么说没错，但她们俩不像我必须缴那么多遗产税呀，我虽然继承价值九千七百万日元的不动产，可有一半都要拿去缴税呢。"藤代愤愤不平地说道。

"有关这一点，你们有什么共识吗？"

"我依老师您教我的那样，提议自己被课征的遗产税比她们多，希望她们拿出部分所得来补贴，但她们反而主张用我出嫁时拿走的现款、置装费、茶具及各种结婚费用抵扣。"

"噢，分配遗产时居然要拿你的结婚费用扣抵？你出嫁时真的花那么多钱吗？"芳三郎露出异样的神色。

"不，不像她们说的那样，没花多少钱啦。"藤代敷衍地说道。

"恕我失礼，请问总共花了多少钱？"芳三郎强行问道。

藤代露出犹豫的表情。

"现款五百万日元，置装费五百万日元，另外还有一套家母送我的茶具。"

"好像是六七年前的事了吧。"

藤代默默地点头。

"老字号店家的大小姐果真气派非凡啊，结婚时带了那么多现款和嫁妆，却不知什么原因，两三年就回娘家了。"

藤代又默默地点头。

芳三郎察觉她面露不悦，赶紧语声热络地说道："说起来，你二妹也是个狠角色，居然敢说从你出嫁时带走的现款和置装费中扣除……"

说着，芳三郎主动帮藤代斟酒。

"老师，我不能再喝了，我真的酒量不好……"藤代用微醺的醉眼拒绝道。

"我自己喝太无聊，何况又有美酒佳肴，来嘛，陪我喝几杯嘛。"芳三郎甜言蜜语地哄劝藤代喝酒。

"对了，你刚才提到共同继承的遗产，都有哪些东西啊？"

藤代从腰间拿出一张对折的便条纸，摊开给芳三郎过目，那是藤代昨天在家族会议上抄录下来的矢岛家遗产清单。

芳三郎久久盯着那用钢笔写的遗产明细清单后，抬起头来。

"不愧是传承四代的矢岛商店啊，虽说棉布批发商都在诉苦快要经营不下去了，不过实情似乎不是这样。姑且不说你们每人可分得将近一亿日元的遗产，居然还留下这么多为数可观的共同遗产啊……"

说着，芳三郎把剩下的酒一饮而尽。

"唉，正因为没有指名给谁，共同遗产的分配才不容易分哩。万一要分割那些遗产，你要选哪一个？"芳三郎用眼神示意着桌上的遗产清单问道。

藤代的眼睛连眨也没眨，沉默了片刻，伸出白皙的手指着写着"山林"的项目，芳三郎的眼里顿时泛起笑意。

"你果真是大小姐啊，完全不把银行存款和股票看在眼里，而是看中那些山林。不过，有了山林，最重要的是砍伐权的问题。"

"咦？砍伐权？"藤代诧异地问道。

"民间有一种以买卖山林为业的人，他们非常精明刁钻，往往一个不小心就上了那些骗子的大当呢。简单来说，山林的学问很大，不能光说拥有多少町步，因为有的只有地皮而不能砍伐，有的只能砍伐却没有地皮，当然也有两者兼具的。但由于拥有权不同，山林的价格也就相差甚大，你们家的是属于哪一种？"

芳三郎这么一问，藤代不知如何回答。

"有关这方面，我还没有问清楚。"

藤代支吾地说着，芳三郎突然表情严峻了起来。

"这可不行，公开遗产清单的人，本来就应该明白表示该山林是否有砍伐权嘛，刚才听你这样说，我总觉得你们家大掌柜是个难缠的人物。"芳三郎流露出厌恶的语气。

"老师，您也这样认为吗？"藤代试探性地问道，"从我老曾祖母那一代起，宇市就是矢岛家的大掌柜，他不仅负责店里的生意，连宅内的财产也由他管理，我父亲生前虽然身为店主，但对于前几代的财产管理都得询问他的意见，甚至还得跟他商量，可以说对他信任有加。因此，大家都非常信任宇市，就算觉得奇怪或有什么疑问，也不敢怀疑宇市。不过，这次发生遗产纷争，不禁让我想起有些事情很蹊跷。"

接着，藤代谈到宇市在遗产清单上漏掉奈良县鹭家的山林，以及库房里的古董文物中少了雪村的山水画时，芳三郎的眼睛为之一亮，兀自嘀咕道："看来他是只老狐狸呢！奈良县鹭家那里的山林，是他故意漏写的，这次不巧被你和你二妹指出来，险些穿了帮，他才急忙推说是自己疏忽，忘了写上去。此外，他应该还有所隐瞒吧，所以才故作老糊涂，当面承认自己的过错来掩饰真相，我看雪村那幅山水画下落不明，也是同样的手法。"

"可是，既然这样，他应该在账本上把雪村的轴画用毛笔划掉啊？"藤代不解似的问道。

"不，他若是划掉的话，反而会自露马脚，因为大家迟早会发现雪村的轴画不见了，如果又在账本上划掉，大家就会怀疑这是持有账本和钥匙的大掌柜干的好事。而不划掉呢，反而可以佯装不知蒙混过去，若不慎被发现，到时候再装疯卖傻，你觉得呢？"

藤代对芳三郎那难以想象的复杂推理，不由得感到悸动。

"但怎么说，他毕竟年事已高……不可能阴险到那种程度吧。"

藤代露出难以置信的表情，芳三郎却对藤代的天真报以冷笑。

"如果像追究雪村山水画和山林的问题那样，你肯定还会发现料想不到的事情呢。"

"料想不到的事情……"藤代不安地问道。

"这个嘛，我也说不上来，这就像初上舞台跳舞时的那种感觉……"

说着，芳三郎突然沉默下来。

房里的酒气比刚才更浓，他们一停止谈话，便又听到流经窗外的潺潺流水声，凉夜的静寂笼罩着整个房间。藤代伸手按了墙角的按铃，刚才退下的女侍闻声赶来，打开了拉门。

"再拿壶酒来……"

藤代吩咐道，女侍迅速地把桌上喝空的酒壶和餐盘收走，不到五分钟，又送来一壶酒和一碗汤，掀开盖子，是一碗以鳟鱼加上葛叶、枝蕨、山椒，用淡味酱油熬煮的当季汤品。藤代端起酒壶，为芳三郎斟酒。

"住在神木的那个女人，这个月二十二日就要来本家。"

藤代说的"女人"是指文乃。芳三郎先前听藤代提过文乃的事，所以倒没有感到惊讶，反而兴味盎然地问道："那个情妇第一次到本家会提出什么要求呢？"

"她说过，尽量不给本家添麻烦。"

"噢，这句话很耐人寻味哦。一般来说，见不得光的情妇，在情夫死去之后，都会想大捞一笔呀。"芳三郎纳闷地倾着头，探问似的说道，"拿家母来说吧，她是正宗梅村流派的舞蹈老师，不但拥有排练场和许多弟子，还有我这个成材的儿子，可是在家父去世之后，自己也得……说坦白点，她也得精打细算呢，何况是像文乃那样没有工作的女人，她说那些话是真心的吗？"

"听您这么说，我也觉得奇怪，但宇市说她的确是出自本意。"

"也许你父亲生前已经把部分财产送给她了。"

"什么？我父亲生前送给她？"

"是啊，因为自己死后要把遗产分给情妇比较困难，况且死后赠予他人又要被政府课征赠予税。比如，生前买房子给对方啦，或是用情妇的名义买保险啦，或者跟银行约好，在自己死后，把存款交给某人等等，这种事情以前多得是。所以，那个女人才会说得那么冠冕堂皇。"

芳三郎说得有道理，藤代自己虽已分得近一亿日元的遗产，但总觉得拿得不够多，更何况那个非亲非故又没有工作必须独力谋生的女人呢？藤代想到这里，更觉得芳三郎这番话是真知灼见。

"假如家父在生前已经把部分财产送给那女人，但又在遗嘱上提出要分给她一些，我们就得遵照指示吗？"

"这事情有点棘手，如果可以证明令尊生前已送过她财产，那不分给她倒也行，反过来说，若没有证据显示，只是凭感觉判断也拿她没办法。"

"那该怎么办……"藤代神情黯淡疲惫地说。

"其实，我也提不出更具体有效的建议，只是照这样发展下来，最初认为自己吃亏的人其实可以占到便宜，而始终认为自己占到便宜的人反而意外地吃亏，这宛如陷入一场深不见底的泥淖中混战，这件事虽然与我没有直接关系，却令人不寒而栗啊。"

说着，又一口气把酒喝光，芳三郎突然变得脸色苍白而冷漠。

藤代猛然想起昨天在家族会议上自己孤立无援与凄楚的处境，不禁眼眶湿润起来，望着芳三郎，语声悲凄地说道："老师，您一定要帮我！我太无助了……"

"像你那么坚强的人，还怕……"

"不，我真的很无助。刚开始我还以为若强调自己是矢岛家的长女，两个妹妹就会让我，甚至天真地认为姨母和良吉、宇市等人都会赞同，结果事实完全相反，他们根本漠视我应得的权利！他们难道没有看到家父葬礼那天，我穿着印有利休橘家徽的丧服，作为丧家总代表为家父上香吗？从小时候起，我就经常穿着印有矢岛家家徽的衣服，两个妹妹怎能跟我比呢？再怎么说，我终究是长女，就是要分得比她们多，哪怕是灶里的灰烬也得多分一把！可是，事实却完全出乎我预料之外，我已经失去昔日身为女系家族长女的骄傲与自信了……"

藤代仿佛看到眼前有人可当靠山似的，大大地叹了口气。

"更何况被宇市和家父的情妇这样耍弄，我哪能忍住这口窝囊气啊……与其让我这样受辱，我宁愿放火把这栋房子烧掉，烧得它片瓦不留……"

藤代气得快要抓狂，终于流下泪来，本以为她要靠倒在什么地方，结果却伏在榻榻米上。

"怎么了……"芳三郎极其温柔地安慰道。

藤代被分不清是悲伤或愤怒绝望的情绪折磨着，只觉得极度疲累。

芳三郎见藤代直低头，没有回应他的问话，突然欠身在她耳畔呢喃："你一定是被最近这些事折腾得太累了，来，我们放松一下……"

藤代猛然抬头一看，芳三郎的身体已近在眼前，那件耀眼的蓝色大岛绸和服慢慢地从他身上滑落，纤细的脖颈散发出女人般的香味。

"我若能帮上忙，你尽管吩咐……"

　　说着，芳三郎缓缓脱掉身上的和服，用那微醉而妖娆的身躯把藤代搂在怀里。

　　文乃穿上素面和服，套着一件黑纹短外褂，再次揽镜自照一番。那青瓷色的和服已经很朴素，过度素淡的颜色使得文乃的脸色更形黯然。文乃拿起镜台上的腮红刷，再度把整个脸颊刷上淡红的彩妆，然后在单眼皮上涂抹眼影，确认妆容之后，才放心地离开梳妆台。

　　直到今天早上，文乃的心情仍沉闷不已，眼看着拜访矢岛家的时间逐渐逼近，情绪难免胆怯慌乱，但总算有些平复下来了。她打开客厅的拉门，坐在壁龛上的经卷桌前，对着代替牌位的嘉藏照片点灯上香，凝神好像在跟嘉藏说些什么。

　　至今回想起来，文乃不知道嘉藏去世这两个月来，自己是怎么度过的。一切就仿佛那张泛黄的旧照片黯淡无光，除了宇市之外，没有人来家里慰问，她整天枯坐在嘉藏照片前，任凭时间从身旁悄然流逝，那流逝的时光似短暂又漫长。不管怎么说，今天到矢岛家拜访，其结果对于文乃今后的生活将有最关键的影响。想到这里，文乃的心情不禁又激动起来，嘴唇也微微颤抖着，她极力克制这种情绪，默默地站起来。

　　来到玄关前，文乃犹豫着不知该穿什么鞋子。依照以前的旧规，妾室访问本家是不准穿草屐的，只能穿木屐。不过，她决定听从宇市的建议，不拘泥过去的老规矩，穿上普通草屐。

　　文乃锁上大门走到外面，尽量不引起旁人注意，刻意低头走着，因为附近邻居总是不约而同地把好奇的目光投向这个失去依靠的情妇身上，这两个月来，情况还是如此。自从附近邻居得知文乃是船场老铺"矢岛商店"店主的情妇后，越发投来更多好奇的眼神。文乃穿着丧服参加嘉藏葬礼的那天，情况也是如此，她们抱着看热闹和嫉妒的心态围着准备为亡夫捻香的情妇。兼卖香烟的西药房老板娘一看到文乃，连身上的围裙都没脱就跑出来问道："你现在要去参加丈夫的葬礼吗？听说法事是在寺町的光法寺举行，毕竟是大户人家的葬礼，家属啦，亲朋好友啦，往来客户啦都到场，看来一定是要大排长龙。虽说这是件丧事，但你能去参加……也是不错。"

西药房老板娘话说得婉转，但她无疑是看过报上的讣闻，因为连葬礼的地点都记得那么清楚，她用充满嫉妒和看热闹的眼神，不停地打量着身穿丧服的文乃。

文乃想到今天又得从西药房前面经过，不由得感到步履沉重，况且这是一条死巷，根本无从改道。本以为中午时分不会有人出来，正想快步走过西药房时，里面传来叫唤声，穿着围裙的老板娘跑出来问道："哎呀，你中午出门，真是难得呀。"

"嗯，我出去一下……"文乃含糊以对。

"唉，你还真能忍啊！自从在那之后，你总是闷声不响地躲在家里，一定很难过吧？今天，又要参加什么聚会吗？"

老板娘用疑惑的眼神盯着身穿素面和服的文乃不放，文乃默默地向她点头致意，便欠身离去。

走到电车道，文乃为避人耳目，马上坐上出租车，车行至南本町，文乃告诉司机去处后，车子朝大阪市区驶去时，她又想起嘉藏临终那天的情景。

那一天，她也跟今天一样穿着素雅的和服，为了避开旁人的目光，亦是坐出租车去的。那天，宇市突然来电告诉她，嘉藏的病况危急，要她趁藤代三姐妹去京都看戏未归之前，赶紧去见嘉藏一面，于是她只套了件短外褂便匆匆赶了过去。她依照宇市的指示，在宅院后门下车，宇市已经在那里等着，也来不及打招呼，就带着她快速穿过中庭，直奔嘉藏的房间。

躺在矮小屏风内的嘉藏，看到文乃前来，不顾宇市在场，旋即伸出枯瘦的手抓着文乃的膝盖，说道："我久病在床，很久没去看你……你还好吗？你一定要保重身体……以后的事不用担心，一切我已经安排妥当……"

嘉藏说得上气不接下气，但两人好像在用眼神交谈，文乃拿起嘉藏放在她膝上的那双枯手，握在手里轻轻地抚摸，嘉藏顿时露出欢快与安详的表情，任凭文乃摆弄他的枯手。突然，走廊传来急促的脚步声，保姆赶来通报藤代三姐妹已经回来，嘉藏旋即用力地抽回自己的手，并推开文乃催促道："你不能被她们看见，赶快回去！"

文乃连忙从走廊跳进庭前，像野猫般蹲躲在树丛后面，只见三个穿着白色布袜的女人，从那擦得发亮的走廊疾步走来，直奔嘉藏的房间而去。

文乃靠着后座，闷热的风从车窗吹进来，闷得她冒出了汗，她把垂在脖颈的头发往上拢了拢，又喃喃自语着嘉藏催促她离去的那句话："你不能被她们看见，赶快回去！"

从这句话中，文乃充分了解到嘉藏长年以来的隐忍与悲哀，他虽是藤代她们的父亲，但身为入赘为婿的店主，始终对她们客气有加，不敢假以辞色。嘉藏每个月给文乃大约五万日元的生活费，他说这些钱并不是店里的钱，而是他自己的私房钱。这五万还包括衣食住等各种开销，一般而论，给这些补贴并不算宽裕。七年前，文乃在白滨温泉旅馆当艺伎，那时嘉藏因为棉布批发同业的聚会来到白滨温泉，他在宴会上被文乃特殊的阴郁气质所吸引，又同情其可怜的身世，于是偷偷把她安排在自己身边，而文乃也不计较嘉藏给她多少钱。七年来，文乃和嘉藏之间有着无言的默契，他们行事非常谨慎，为的是不让矢岛家发现。

嘉藏出席同业的宴会之后，偶尔会到文乃家里休憩，但做完秘事以后便立即返家。七年来，他一直没改变这个习惯，无论是妻子松子生前或去世后，他虽然与文乃交好，但从来不曾在文乃家里过夜。松子去世不久，有一次文乃主动留他过夜说："您不必担心嘛，在这里过夜啦……"

"虽然她已经去世了，但我的立场还是不变。"

嘉藏露出身为上门女婿的软弱笑容说道，还是回去了，并没有住下来。七年来，立场软弱的嘉藏和命苦的文乃，就这样避人耳目地偷偷在一起。

文乃抬眼看向窗外，不知不觉中，车子已经过了阿倍野桥来到松坂屋附近。想到再过十五六分钟，就会到矢岛商店所在地的南町，文乃不由得紧张起来，突然想起宇市的那番话。

"……越是亲姐妹，争得就越厉害……她们三姐妹简直像死对头，彼此憎恨嫉妒，还以钩心斗角为乐。想到她们家四代以来都是这样的女系家族，真叫人不寒而栗……"

他那句句沉重的话又在文乃的耳际回响起来，文乃蓦然涌生一种不祥的预感，那三姐妹可能会当面狠狠羞辱她。

藤代将和服腰带来回系了两圈，用力打好结，利落地系好腰带后，对着镜子看自己的背姿，倚坐在靠走廊的日式书桌前，托着脸颊，从微启的玻璃窗缝无聊地看向庭院。雨前的空气异常沉闷，树丛的枝叶动也不动，闷得连刚穿上和服的肌肤都快冒出汗来。藤代身上有一种挥之不去的极度倦怠感，这让她无端想起六天前的那个夜晚。

那天晚上，藤代喝得微醉冒汗，在极度慵倦中，紧紧靠在梅村芳三郎的胸前，每次想起当时的情景，她总有说不出的后悔与愤恨。芳三郎坐在临河的房间里，为她详细分析遗产分配的各种复杂因素，宇市可能从中动手脚，以及父亲的小妾文乃暂不表态的玄机。当说到父亲可能在生前已赠予文乃部分财产时，更让她的心情跌到谷底。

藤代是在自己可能比两个妹妹分得更少，以及让宇市和父亲的妾室从中得利的恐慌中，近乎发狂地求助于芳三郎，最后才失去理性地投怀送抱。

芳三郎把不安与恐慌的她抱在怀里，温柔地亲吻她的嘴唇。她则配合芳三郎妖娆的求欢动作，这也在她的算计之内，最后他们就像两条麻绳纠缠在一起了。

藤代猛然收回视线，因为发现斜对面的千寿房间里有人，她凝目细看，玻璃门内的隔门已悄悄关上，原本去店里的良吉好像回到了房间。自从第二次家族会议以后，千寿和良吉表面故作平静，但对于今天文乃要来似乎也很在意。早晨，千寿在走廊碰见她时，还佯装不懂地问说："神木在什么地方？"良吉除了吃午饭和下午三点喝午茶之外，频频回到房间跟千寿窃窃私语。她想到这个二妹分得的遗产居然比她多，而且还继承矢岛商店的经营权，连父亲在遗嘱上都提到要分一些财产给文乃，这让她对千寿和良吉所得之多更是深恶痛绝。

藤代睁大眼睛，把视线移向雏子的房间，靠走廊的玻璃拉门全部打开，从树丛的间隙可以看到穿着轻便的雏子坐在藤椅上悠然地织着什么。虽说雏子原本就是这样悠然度日，但从上次的家族会议，雏子抱怨自己分得太少以及雪村山水画下落不明一事，故唱反调的姿态来看，眼前这种悠然情态显然是装出来的，其实，她也为今天文乃来访感到紧张。

藤代别过脸去，突然想到什么似的站起来，经过走廊走出中门，掀开介于中门与店内的门帘一看，宇市独自坐在账房里，伏在账本上拨打算盘。

"宇市先生……"

听到背后传来叫唤声，宇市吃惊地抬起头来，得知来者是藤代，蓦然露出谨慎的表情。

"请问有什么事吗？"他对悄悄来到店里的藤代问道。

"良吉呢？"

藤代明知良吉已经回到千寿的房间，却佯装不知地问道。

"刚才他还在店里呢，不知道去哪里了，您有急事找他吗……"

"不，只是有点小事……"

说着，藤代随意往算盘那里看了一眼，算盘凌乱地摆着，珠子宛如被小孩玩耍过似的，宇市刚才只是作态，显然在想其他事情。

"神木那个女人，下午两点会来吧？"

藤代再次确认地问道，坐在账房前正在写送货单的年轻店员旋即竖起耳朵停止手上的工作，宇市见状，朝他们狠狠瞪了一眼。

"你们在干什么？再不快点开送货单就来不及了！"

宇市把店员们训斥一番，然后转向藤代说道："她若到了，我会向您通报，请您在内宅等候。"

他这样催促着藤代，藤代早已看出店员和保姆早就知道今天文乃来访的事，尽管招呼着前来批购棉布的零售商，大家还是好奇地窥看外面的动静。无论是平时静寂的内宅或客商往来的店里，表面上都保持平日的宁静，但大家都为文乃的到访异常绷紧神经，并投予好奇的目光。

藤代脸上露出一抹冷笑。她心想，如果文乃一如芳三郎所说的那样，在父亲生前已经获得部分财产或特定存款，千寿、雏子、良吉、姨母和宇市大概会感到无比惊愕与慌乱吧，倘若这些事情是由她亲口问出来的，那么她必能成功地挽回早先失去的长女威信。

藤代想到那女人与自己同龄，在自己结婚的那年成为父亲的小妾，套一句宇市的话，那个姿色美丽、重情重义的女人即将来到家里，不由得兴起一种予以折磨的快感。

外面传来热闹的喧嚷声，原来是姨母来到了店门口，藤代不想被姨母看见，赶紧折返，从中门疾步绕到便门，出来迎接姨母。

"姨母，您今天来得真早呀。"藤代对着比文乃早到三十分钟的姨母招呼道。

"我也觉得来得太早，可是今天是妾室登门的日子，而且我还得替死去的姐姐听听她说些什么呢，所以就提早来了，听不到人家的开场白，心里总是不安嘛。"

姨母芳子故作隆重地嚷嚷着，但从语气中听得出她跟藤代一样，都对父亲的妾室抱持着炽烈的好奇心。

出租车来到市南本町的转角处，文乃叫司机停车，她决定从这里徒步走到约三百米外的矢岛商店。下午的批货大街热闹非凡，街上尽是运送货物的店员和外县市来采购的客商，车水马龙、络绎不绝。不过，大家并没有特别注意到梳着漂亮发型、外罩黑纹短外褂的文乃。文乃为了不引起注目，刻意低着头，穿过摩肩接踵的人群，来到矢岛商店附近时，突然感到一阵轻微的晕眩。

她倚靠在电线杆旁，大口地喘着气。这一个星期以来，她想了很多，总算带着平静的心情离开家，但这时候突然感到晕眩，一方面可以解释为天气闷热，其实也为自己的懦弱感到气愤。她用力抿着嘴唇，极力要平复心情，抬眼望去，高屋深檐的矢岛商店近在眼前。

矢岛商店的深檐大到几乎探向马路边，面街的店面依旧保留着大阪古式红木格门窗，上面挂着印有"岛"字号的门帘，几名穿着印有店号厚布服的店员，正忙着搬运棉布。嘉藏健在时，她从未从正面看过矢岛商店的门面，现在是她第一次亲眼目睹。

嘉藏临终那天，文乃是从后面进去的，今天却要从正门步入，经由庭院走进内宅的客厅。她为了稳定忐忑不安的情绪，用力吸了一口气，然后踏着平静的步伐，走向矢岛商店的门口。

听到拉门外的脚步声，保姆阿政旋即向内通报："来了……"她并没有说是谁来了，只说了句"来了"，但是她的语气仍流露出紧张的气氛。

藤代和姨母围着日式矮桌对视而坐，这时仍不由得晃了一下，姨母芳子则像等候已久似的吩咐："叫宇市先生带她进来吧。"

说着，朝坐在藤代旁边的千寿和良吉，以及坐在良吉对面的雏子，快速地扫了一眼。

“像今天这样的场面，交给我处理好了。”

姨母见阿政正要关上拉门，立即喊道：“不必关上门，开着就好，这样反而可以看清楚……”

阿政起先有点不知所措，后来弄懂了芳子的意思——不关上拉门可以看清楚文乃穿过走廊走向客厅的身影，便又把拉门打开，退了下去。

等到阿政疾步折回便门以后，她们便从客厅敞开的拉门看到宇市和文乃从走廊另一端走过来的身影。

身穿青瓷色和服、外罩黑纹短外褂、身材娇小的文乃，跟在弓着背、板着面孔的宇市后面，像影子般缓缓地走来。她低着白皙的脸颊，没有注意到藤代她们正在打量着她，极力地镇定着自己。当她拐过走廊的转角时，一时被庭院的常绿树丛遮住，没有发出任何声响的身姿宛如一幅沉静优美的画。

藤代眨也不眨地凝视着文乃，看着这个被父亲爱抚过、将来可能会瓜分她们遗产的女人，顿时感到无比憎恨，并在内心燃起一股除之后快的敌意。她抬眼看了看千寿和雏子，千寿那富士山形的前额显得苍白，身体微微靠向良吉，睁大眼睛望着文乃。雏子也倚在日式矮桌旁，和姨母芳子一样，表情僵硬地看着文乃。

文乃穿过中庭的树丛，来到门前的转角处时，蓦然停下了脚步。她发现客厅的拉门敞开着，所有人的视线都不约而同地投在她身上，顿时觉得全身僵硬，她犹豫地靠在走廊旁，从袖口里拿出白色毛巾轻轻擦着额上的汗珠，略作镇定地深深吸了口气，才下定决心似的缓步走向客厅。她跟在宇市后面走进了客厅，跟着宇市跪坐在靠门槛处的末座。

“这位就是住在神木的滨田文乃小姐。”

宇市语气慎重地介绍着，文乃把放在膝前的坐垫推到一旁，双手平放在榻榻米上，态度恭敬地问候道："我是住在神木的文乃。这次本家遭逢不幸，身为老爷的妾室，请容我表示深切的哀悼。老爷生前对我十分关照，未能及时拜会本家，失礼之处，尚请各位见谅。"

文乃紧张地向大家寒暄。霎时，客厅内没有人应答，而是用极度的冷漠迎接文乃。藤代三姐妹个个冷漠傲慢，最后出于礼貌稍微欠身点了个头。

文乃没说话，只是低下苍白的脸，这时候，坐在上座的姨母芳子说话了："幸苦您了！今天，我丈夫米治郎原本也打算出席，只是生意繁忙，抽不出时间来，在这里，我谨代表内子和死去的姐姐，向您的关切与慰问表示谢意。她们几个姐妹从小就是在深宅大院长大的，不懂得人情世故，也不知道如何招呼客人，看她们这样忙无头绪也怪可怜的，所以就交由我这个姨母全权处理。她们虽然都是分得出世事好坏的成人了，但还是不了解以前的规矩……"姨母像藤代般盛气凌人地说道。

文乃吃惊地转身看向坐在上座的姨母芳子，双手平伸，欠身寒暄："我年轻不懂事，以后还请您多多指教。"

不过，姨母并没有搭腔。

"您今年几岁了？"

"三十二岁。"

"噢，这么说，您跟咱们家藤代同年喽？"姨母并不是针对藤代或文乃，只是口气厌烦地问说，"身体还好吧？"

说着，仔细打量着文乃的身体，文乃吓得赶紧合拢膝前的下摆。

"托您的福，我身体健康。"

"是吗，那就好，不过你的脸色好像不太好，我还以为你哪里不舒服呢。"

说着，又再次打量着文乃。

"您老家在哪里？"

"在丹波，我父母和唯一的胞姐都不在人世了，只剩我孤身一人。"

"孤身一人……"芳子冒出一声冷笑，问道，"您跟我姐夫在什么地方认识的？"

"我在白滨当艺伎的时候，认识了老爷……"

"噢，在白滨温泉……"

芳子故意把"温泉"两个字说得很大声，刻意嘲讽文乃的出身。

"您跟我姐夫在一起几年了？"

"七年了。"

"噢，这么说，你们在我姐姐松子生前就已经暗度陈仓喽？"

文乃默默地低下头。

"刚开始我还不相信呢，你们果然来真的。唉，男人实在叫人想不透，我姐姐活着的时候，从没听过他在外面拈花惹草，老老实实地经营商店。我姐姐死后，他也安分地过着鳏夫的生活，想不到背地里却跟您……"芳子冷嘲热讽地说道，"对了，您以后怎么处理呢？"

"什么怎么处理……"文乃纳闷地问道。

"当然是关于您的事呀。我是问您，我姐夫考虑到万一自己归天，是不是答应分给您财产？"姨母直截了当地说道。

文乃沉默了片刻，才抬起头来。

"我是见不得光的女人，跟小姐们不一样，不敢奢望分什么财产……何况我也没……"

说到这里，藤代随即插嘴道："我们所谓的分财产，并不是指父亲死后分的，而是问你，我父亲生前是不是已经替你安排了？"

"没安排什么……"文乃说得支吾其词。

"不会吧！我父亲出殡将近两个月了，你毫无动静，也没向我们索求什么，八成是已经拿到什么了。"藤代斩钉截铁地说道。

文乃带着委屈的眼神，说道："现在，我住在神木的那栋房子的确是老爷买给我的，我非常感激他。"

说着，低头表示谢意。这时，藤代不信地问道："只有那些吗？"

"是的，只有那些。"文乃简明地答道。

藤代停顿了一下，接着说道："除此之外，你应该有收到生前赠予吧……"

"生前赠予……"文乃对这句话感到陌生，不解地问道。

"比方说，我父亲在生前用你的名义在银行设立特定存款，或是帮你买保险什么的，这不是生前赠予是什么？"

藤代说完这话后，千寿、雏子和芳子比文乃更为惊讶。

"是啊，藤代说得很有道理，这一点我却疏忽了。"姨母芳子颇有同感地说道，"文乃小姐，这方面的情况怎样啊？我问这种事情没什么恶意，只是想了解一下，好决定分给她们多少，分给您多少，所以得掌握具体的数字。"

姨母为试探文乃的心意，故意说得温和客气，文乃将手平放在膝上，欠身说道："已故的老爷常说，他考虑到自己是入赘女婿的身份，所以给我的生活费不是店里的公款，而是他自己省吃俭用存下来的。他除了买神木那栋房子给我之外，我从来没动用过他的钱。"

"真的吗……"端坐在藤代旁边的千寿插嘴道。

"像我父亲那么谨小慎微、设想周到的人，在他卧病的三个月期间，都没有为你预做安排吗……"

千寿悠悠地嘟囔着，并直盯着文乃的脸庞。

文乃露出困惑的表情，说道："像我这种出身的女人，从来不敢跟高贵的小姐们相比，而且据我所知，其实老爷非常关心您三姐妹的将来。"

"噢，真的吗？"雏子说着，鼓起那圆圆的脸颊，"可是他在遗嘱上还特别提到要分些遗产给你呢。"雏子的直截了当，展现出未婚女子特有的娇气，她扭头过去，不看文乃一眼。

顿时，在场一片寂静。对文乃充满猜疑的藤代、千寿、雏子、芳子，每个人无不情绪高亢，仿佛在追杀一头走投无路的野兽，客厅内弥漫着肃杀的血腥氛围。

这时候，宇市蓦然探身说话了。

"有关刚才提到文乃小姐是否收到老爷生前赠予的问题，在这之前，我曾做过调查。事实上，老爷除了买下神木那栋房子以外，并没有小姐所说的特定存款，或是帮她买过保险，因为接受这些需要老爷的死亡证明书，而文乃小姐始终没有索要过这份证明。"宇市这样报告道。

"多亏你这么费心呐。"姨母芳子挖苦道。

"咦？您说什么……"宇市没听见似的抬高声音问道。

"你没听见啊？我是说多亏你在事前把文乃小姐的事情调查得那么清楚啦！"

芳子清楚地说着，只见宇市那灰白的眉毛乍然一动。

"我身为老爷遗嘱的执行人，理当掌握她们三姐妹继承的遗产及文乃的财务状况。"

"是吗，这么说来，文乃小姐除了那栋房子之外，真的一无所有喽？"芳子确认道。

"据我所知，确实是这样。"

"这样啊，我还想请文乃小姐一个问题，请问您家里的客厅多大？"

"八叠。"

"是附有壁龛的客厅吗？"

"是的，客厅里有个壁龛。"

"上面挂什么轴画呢？"

"轴画……"说到这里，文乃犹豫了一下，"我把轴画拿下来，摆上老爷的照片，帮他上香点灯……"

文乃这样回答，芳子随即不悦地双眉紧蹙。

"这件事我本来不想让这几个外甥女知道的，但我还是要问，听说您家里以前也挂了幅山水画是吗？"

芳子说着，直盯着文乃的眼睛。

"不是，我挂的是当季的寒梅图。"

"雪村的瀑布山水画不是挂在您家吗？"芳子出其不意逼问道。

"雪村的瀑布山水画……"文乃故作诧异地说道，"对不起，我没看过那幅山水画。"

"噢，是吗，我问过所有的亲朋好友，他们都说没看过那幅画，我还以为姐夫把那幅画送到您家呢。他虽然是入赘的女婿，却是个精明的人，他有能耐瞒着我姐姐在外面养女人，就有办法把东西偷偷送出去。"芳子话中带刺地说道。

文乃气得瞪大眼睛，说道："老爷不是那种背着家人，偷偷把东西送出去的人。有时候就算有带什么……"

"噢，带什么呀？"芳子厉声逼问，宇市露出严峻的眼神。

"我是说，老爷就算有带什么东西，也绝不会擅自送给我。"文乃语声高亢地说着，然后也不看宇市，而是欠身说道，"如果没有其他事情，我先告辞一步了。"

这时候，芳子好像想到什么似的，突然语气温和地说道："文乃小姐，到佛龛前拜过之后再回去吧。"

"什么？到佛龛前上香……"

文乃知道旧规矩是妾室通常不得到夫家佛龛前参拜，但或许是出于委屈或胆怯，两眼不禁湿润了起来。

"既然这样，我只好恭敬从命，到佛龛前参拜一下。"

说着，文乃从藤代和千寿的身后绕过去，来到佛龛前跪坐下来，两眼凝视着第一次看到的嘉藏牌位，脸颊微颤，强忍悲伤地动也不动，最后才低下头，静静地双手合十，此时，一个尖锐的声音喊道："等一下！"

厉声制止的人正是劝文乃至佛龛前参拜的芳子。

"您要在佛龛参拜，得脱下身上的短外褂！"

文乃面露慌张的神色。

"依照以前的规矩，妾室拜访夫家是不准穿短外褂的，如果穿来也得在门外脱掉，这才合乎规矩。不过，现在就不讲究那套繁文缛节了，但是话说回来，佛龛前供奉的不仅是嘉藏的牌位，还有矢岛家历代祖先的牌位，所以您得按照以前的规矩，把短外褂脱掉！"

文乃顿时脸色苍白，有气无力地低下头。藤代、千寿和雏子也被姨母的话震慑似的，屏息望着文乃。文乃蹲坐在佛龛前，始终顽固地不肯脱下短外褂。

"怎么了？您不想脱吗？"

芳子陡然伸出手，用力抓住文乃的短外褂，硬是把它扯下来。

"啊，您怎么……"文乃发出一声尖叫，极力弯身不让芳子脱下自己的短外褂，只听见一阵缝线处被撕裂的声音，短外褂硬是被扯了下来。文乃被扯下短外褂后，双手撑在榻榻米上，用和服的两袖遮掩着身体。

"给我坦白招来，已经几个月了？"芳子尖刻而冰冷地逼问道。

文乃不禁浑身颤抖起来。

"我在问您，肚里的孩子几个月了？"

文乃的身体激动得几乎伏倒在榻榻米上。

"已经四个月了……"

文乃低声而清楚地回答，终于在那件被扯下来的短外褂前无力地伏倒。这时候，所有惊愕或憎恶的目光全部投注在她身上，短外褂被硬扯下后，系着和服腰带的小腹显得格外突出，由于她已经怀孕，所以极度恐慌地护着腹部。姨母芳子恶狠狠地打量着她，最后干脆移膝来到文乃身旁。

"您骗得过她们姐妹，却逃不过我的眼睛！打从您走进客厅，我就觉得您穿短外褂的样子很奇怪，而且参拜的时候又不愿意脱下来，果然不出我所料……"说着，她又打量着几乎趴在榻榻米上的文乃。

"那孩子是谁的？"

"什么？谁的孩子……"文乃抬起头来诧异地问道。

"我是问您肚里孩子的父亲是谁？"

文乃露出愤怒和屈辱的眼神，仿佛对着佛龛上的嘉藏牌位在诉说着什么。

"是已故老爷的孩子。"文乃低声而坚定地说道。

"什么？我姐夫的孩子……这就奇怪了。"芳子带着冷嘲热讽的笑容，说道："我姐夫在二月二十七日去世的，到今天也不过五十三天，况且他去世前的三个月都卧病在床，不可能在那之前跟您发生关系……所以，您说已经怀孕四个月，实在有点奇怪……"

姨母像助产士般露骨地用五根手指推算文乃怀孕的日子，文乃的脸色愈见苍白，只是用愤怒的眼神看着芳子。

"您意思是说，我怀的不是老爷的孩子吗？"

"我是不大清楚啦，但您说那孩子是我姐夫的，日子就不吻合了。"芳子不屑地说着，眼里还带着撕咬猎物的残暴。

文乃惊惧地眨着眼睛，表情僵硬，明确说道："老爷生病期间，每个星期会有一天去住吉的大阪医院看病，每次回本家之前，都会顺道来我家，所以……"说到这里，文乃就吞吞吐吐，低下了头。

"噢，长期罹患肝病的人，居然在看完病之后，每个星期去您家一次……真是厉害呢，肝脏有病，那方面却生龙活虎呀。您说他的种就是您肚里的孩子？这真是不折不扣的'生前赠予'啊！"芳子露出猥琐的笑容。

"不过，俗话说死人不会讲话，您有什么证据证明那孩子是我姐夫的？"

"证据……"文乃语声颤抖，停顿了一下才说道，"等孩子生出来就知道了。"

"这么说，您打算把孩子生下来喽？"

芳子不怀好意地说着，带着憎恶和侮蔑的眼神瞪着文乃。

"是的，我会满心欢喜地生下老爷的孩子。"文乃低着头说道。

"什么！要把孩子生下来？！"

藤代露出惊慌的表情，千寿和雏子也屏息看着文乃。过了一会儿，藤代压抑内心的慌乱，瞪着文乃说道："我知道你硬要把孩子生下来，目的就是想借这孩子来瓜分我们矢岛家的财产，所以到现在仍故作清高，说不要我们家的一分一毫，说吧，您到底想分多少？"

"我想借这孩子分财产？我才不是那种女人……您只要依照老爷的遗嘱替我安排就好。"文乃好不容易才挤出这句话。

"你可真会算计啊，否则为什么不早点把怀孕的事说出来呢？你绝对另有企图瞒着我们。"

"没有，我没有瞒着，因为这种事到了一定时候，不说大家也会明白的……"

"到了一定时候……你的意思是说，等肚里的孩子长大了就藏不住是吗？幸好现在还来得及。"藤代说得模棱两可。

"您能说明白一点吗？"文乃不解藤代的意思，纳闷地问道。

"你还不明白吗？只要你不能证明肚里的孩子是我已故父亲的，即使生下来也不会有人承认，与其受那份折磨，不如堕掉对你也有好处。"

文乃听完藤代这番话，不由得满脸通红，终于淌下委屈的泪水。

"生不生这个孩子，都是由我来决定！您虽是对我有恩的老爷的女儿，但也不劳烦您来决定孩子的去留，您讲话太过分了……"文乃带着泪声，望着藤代说道。

"太过分……什么地方太过分了？"藤代依旧不改冷酷无情的语气。

文乃脸上虽有怯色，最后终于下定决心似的说："或许您会说，我这个贫农出身、在温泉旅馆当过艺伎的女人，不能跟您出身名门的小姐相提并论，可是您有没有想过，我肚里的孩子身上流的可是您父亲的血啊，这孩子很可能是您的弟弟，也可能是您的妹妹，而您却逼我堕胎，这样做难道不过分吗？"

文乃说完后，藤代突然插嘴："你给我闭嘴！你生的孩子是我弟弟或妹妹？难道你是我们矢岛家的子女吗？你不要胡说八道！我们矢岛家代代都是由掌权的女儿招婿上门，传宗接代，只有矢岛女系的血缘才是我们的弟妹，你怀的孩子只是入赘女婿的血缘，你不要拿他来跟我们以姐弟相称！"藤代口气激烈地说道。

文乃被藤代训斥得低下了头，千寿和雏子也受到藤代激烈情绪的感染，整个客厅顿时笼罩在女系家族异样沉闷的氛围中。

蓦然，有人站了起来，竟然是宇市，他走到走廊边用力拉开玻璃门。庭院的树丛间突然吹来一阵凉风，适时吹散了客厅内沉闷的气氛，大家不约而同地看向庭院，刚才好像下过一场大雨，繁茂的枝叶上沾满了水珠，庭石的青苔饱含水分似的，连庭院中央池畔的假山都被雨水淋得绿意盎然。欲雨前的急风把树丛的落叶吹到池中，荡出阵阵涟漪，就在这时远方传来闷重的雷声。

"是春雷啊……"

宇市站在走廊角落，陶醉似的望着庭院，然后一反刚才客厅里剑拔弩张的气氛，用极慢的语气说着，看得出来他是想借此缓和客厅里凝重的气氛。

"你的耳朵还真灵啊，连那么远的雷声都听得到……"姨母芳子说道。

只见宇市转过身来。

"您说得是啊……我的耳朵要看天气状况而定，有时候听得清楚，有时候却听不清楚呢。"他若无其事地说着，又坐回原来的位子。

"看来文乃小姐拜会本家的仪式也差不多了……"

宇市这样试探地说道，意思是文乃今天的拜会就到此结束。

"不，还有件重要的事情没谈。"芳子故意慢条斯理说道。

"宇市先生，你真的没发现吗？"

"什么？我没发现什么？"宇市纳闷问道。

"那还用问？当然是她肚里的孩子啊……"

说着，用眼神示意着趴伏在佛龛前的文乃。宇市朝文乃瞥了一眼，然后堆起满是皱纹的嘴角，苦笑着说："我年纪这么大了，哪能注意那些细节呢？若是其他事我还有把握，可是那档子事我已经十五年不碰了。"

"宇市先生，你是说真的吗？"千寿插嘴道。

"像宇市先生那么精明的人，不管是执行父亲的遗嘱或是到神木叫这女人来家里拜会，怎么可能都没发现？太令人难以相信了，你也这样认为吧。"

千寿催促着丈夫良吉表态。良吉身为入赘的女婿，他的立场与岳父大人十分相似，在三个千金小姐面前，很不愿意卷入这场女人的纠纷，始终谨小慎微刻意保持沉默。千寿这样催促，他显得十分困惑。

"这种事跟其他事情不同，何况又关系到女人身体上的变化，宇市先生恐怕不会察觉到的，他总不能直盯着女人的肚子吧……但是话说回来，倘若文乃小姐肚里的孩子是父亲的，尽管父亲已经病了三个月，至少也该把这事情告诉宇市先生才对，有关这点，我就想不通了。"

"新店主说的是啊，我也很纳闷，只是老爷在临终前，曾说过类似的话……"

"什么？类似的话……"

这时，所有人的目光像白刃般一齐劈向宇市身上，宇市堆起满是皱纹的嘴角，吞了吞口水，环视了一下四周。

"老爷的确说过类似的话。"

宇市语毕，藤代随即探身说道："宇市先生，你说得是真的吗？我们赶到家里的时候，父亲已经没气力说话了，他哪能撇下我们的事情不提，反倒提起那女人的事呢？在分配遗产的紧要时刻，你也应该提点具体意见嘛，你该不会撇下我们，满脑子替那个女人着想吧？"藤代说得尖酸刻薄，直盯着宇市。

"我哪敢有异心啊！我只是遵照老爷的遗嘱办事，他在临终的时候，的确说过类似的话，我只是随口一提。有关这件事，几位改天再仔细商量，怎么样？"宇市眨着那双细眼，极力斡旋道。

"用不着商量了，孩子不是我父亲的，有必要再找时间商量吗？"藤代一口回绝。

"您有什么想法呢？"宇市转向文乃，想问出最后的结果。

"刚才我已经说得非常清楚，我决定把孩子生下来……"文乃抬起头来，没有激烈的言辞，但语气十分坚定。

"你这个不要脸的女人，硬要把孩子生下来，是存心跟我们作对吗？"藤代怒不可遏地说道。

"不，他是老爷的亲骨肉……"文乃说完这句话，就噤口不说了。

"哈哈哈……你硬说肚里的孩子是我父亲的，到底是什么居心啊？告诉你吧，你若不能提出明确的证据，生下来的孩子就跟矢岛家毫无关系。另外，有关我父亲在遗嘱中曾提到要分一些财产给你，等我们查清楚他有没有帮你买保险或私下弄个特定存款给你，再来做决定。也许那幅雪村的山水画藏在你家呢。"藤代歇斯底里地说道，然后转身对着姨母，俨然一家之主似的裁决道，"今天就到此结束吧！"

姨母芳子转身站了起来，从橱架上拿了一个小绸巾包，一改刚才的刻薄态度说："今天您来拜会本家，辛苦了，这是一点小意思，收下吧。"

芳子打开小绸巾包，取出一个系有纸绳包着谢礼的红白小包。

"过去，妾室拜访本家的时候，本家都会回赠一匹装在桐盒里的丝绸。不过，现在情况不同了，比起送丝绸的繁文缛节，送钱反而更方便吧。"

说着，把纸绳的结扣面向文乃，直接放在榻榻米上，她没有用托盘送上，而是直接放在榻榻米上，意味着这是给下人的零用钱，文乃当然知道芳子的用意，表情为之一惊，但最后仍欠身拿起榻榻米上的红包。

"承蒙好意相待，我只好领受了。"

"喝杯茶再走吧。"

依照规矩，小妾到本家拜访，只招待粗茶一杯，尽管芳子出言相邀，脸上仍露出轻蔑之色。

"不，谢谢您的好意，我就此告辞了。"说着，文乃犹豫了一下，"请让我到佛龛前辞行。"

语毕，便移膝到佛龛前面。在背后冰冷目光的注视下，文乃抬头望着嘉藏的牌位，略微颤抖地合十膜拜。参拜完后，转身对着姨母和藤代她们说了声"谢谢"，便深深地施上一礼，正要站起来时，芳子把那件短外褂扔还给文乃："喏，您的短外褂……穿回去吧。"

短外褂的背后和袖口已见裂缝，文乃默默地穿上。她故意把裂开的短外褂穿在身上，至少是一种消极的抗议。

"我送她到便门去。"宇市跟刚才来时一样，走在文乃前面，缓步走过回廊。

雨势已经小了些，但纷飞的雨丝还是把庭前和回廊的边角打湿了。走在走廊上的文乃担心腹中的小孩，怕自己失足滑倒，小心翼翼地走着。远处不时传来雷鸣，雨后的风掀动着文乃那短外褂背后和袖口的裂缝。

文乃今天被矢岛家的几个女人羞辱得体无完肤，走着走着，突然感到眼前一阵发黑，她不由得停下脚步，伸手靠向廊柱。

"你怎么了？"宇市转身问道。

"没什么，只是有点……"文乃微微摇头。

"你把短外褂脱下吧，她们已经看不到了。"

宇市说着，来到文乃背后，帮她脱下短外褂，然后卷成一团，塞到文乃手里。

"你先不要回去，在光法寺的起居室歇一下，我有急事要跟你说……"为了不让保姆看见，宇市撇下这句话后便匆匆离去。

文乃离去后，客厅里紧张而凝重的气氛才缓和下来，文乃方才坐过的那枚坐垫，仿佛如实地见证刚发生的一切。

在场的每个人不由得发出深深的叹息，尤其文乃怀孕四个月的事实更是震惊四座。藤代、千寿、雏子她们之所以再度从各自的立场精心计算遗产的得失，是因为文乃的怀孕很可能为分配遗产增添新的变量，况且在各自所得的遗产和共同继承的遗产尚未敲定之前，文乃怀孕的事实对她们无疑是巨大的威胁。

"她会真的没办法证明那孩子是我姐夫的吗？"姨母芳子首先打破沉默说道，因为藤代、千寿、雏子和良吉都在为这件事愁眉苦脸。

"那女人拿不出确切的证据，却又扬言坚持要生下那孩子，她到底安的什么心啊？"

芳子想不通似的大大叹息着。藤代她们的眼瞳里仿佛映现出缩着肩膀、低着头，但心意坚定的文乃的身影，正是这个坚毅的身影让她们莫名不安。尽管依照姨母芳子的算法，文乃受孕的时间和怀孕的天数不吻合，但如果像文乃所说的那样，矢岛嘉藏虽然生病，每个星期还是会去一次医院，回家途中借机到妾宅家求欢，还是有可能让文乃怀孕的。

藤代仿佛和内心的疑惑搏斗，望着小雨浸湿的庭院，蓦然转身看着姨母说："如果她能证明孩子是我父亲的，那么矢岛嘉藏的妾腹之子，要怎么分遗产……"

"这就是问题所在呀。刚才，我们硬说那孩子不是你父亲的，把那女人赶了回去，可是我们也拿不出否认的证据，正因为这样，我才担心你说的那个问题。"

她点点头，看到送文乃到门口又折回客厅的宇市问道："你知不知道，妾室的孩子能不能分到遗产？"

宇市沉吟了一下，说道："据我所知，妾室的孩子若能得到生父的承认，就有资格继承父亲的遗产。"

"什么？可以继承财产……"

"是的，只要获得生父的承认，即便非嫡系之子，也能分得嫡子一半的遗产。换句话说，像小姐们这些嫡系的女儿拥有一亿日元的遗产，妾腹之子就能分得五千万的遗产。"

"什么？妾室的孩子要分得我们的一半……"藤代气得脸扭成一团，千寿和雏子也紧抿着嘴唇。

坐在千寿旁边的良吉，好像想到什么似的动了动放在膝上的手。

"宇市先生说的是：小妾生下的孩子，在生父承认的情况下，是那样规定的。但岳父大人已经去世，事情又另当别论，去世的人总不可能承认六个月后才出生的小孩吧。"

"这么说，就算她说孩子有父亲的血缘，但若没人承认，到时候我们不分遗产给她也没关系喽？"千寿获救似的说道。

"不，老爷去世前在遗嘱上曾经提到要分部分财产给滨田文乃，所以就算老爷没有在遗嘱上特别提到要分给那孩子，只要文乃凭那张遗嘱替肚里的孩子提出分遗产的要求，到时候不分给她也不行。"

"可是，那孩子若没能得到承认，就不算是矢岛嘉藏的孩子，也没必要分给她吧？"千寿一反往昔的文静性格，语气刻薄地说道。

"尽管没有正式的生父证明，但总有类似的证据吧……比方说，若有老爷给她的信件或亲笔纸条，她就有资格继承遗产，按法律而言还是得分给她部分财产。"宇市用遗嘱执行人的口吻说道。

藤代又睁大了眼，眼神冰冷地看着宇市："如果我们拒绝她的要求，那又会怎样？"

宇市没有马上回答，过了一会儿说道："这样一来，文乃也许会采取法律途径，请律师提出诉讼。"

"什么？提出诉讼……"藤代露出严峻的目光。

"是的，一般来说，所谓的遗嘱执行者，就是最了解托嘱者家中财产及相关继承者关系或家中情况的人，法律上承认其执行人的效力，但若是处理不当发生纠纷，委托律师解决亦是人之常情。"

"那个女人会那样做吗？"藤代恨不得勒死对方似的说道。

"这个，我就不晓得了。不过，她能隐瞒怀孕的事实直到被今桥的姨母识破，倒是沉得住气，说不定她另有对策。"宇市这句话另有所指。

"是吗……"

藤代估算对方实力似的看向远处。对方是个与自己同龄却被父亲包养的女人，长相漂亮又有主见，甚至将来可能会削减自己的遗产所得，不过她命运十分坎坷，眼下不可能有亲人可以商谈。但是对方若委托律师，情况就很难预料，再说，这女人目前已经走投无路，极有可能提起诉讼。

"什么诉讼？真讨厌！"雏子大声怒斥道，"就算没有烦人的诉讼，咱们家为了分遗产已经闹得沸沸扬扬，如果现在又扯出妾室之子而闹上法庭，岂不是更丢人现眼？这样一来，我哪有面子上烹饪课啊！而且我跟姐姐们不同，我还没结婚，还想留个好名声给人探听呢。"

雏子气急败坏地冲着藤代和千寿抱怨，千寿好像被她的语气震慑住地眨了眨眼睛说："家务事闹上法庭，别说三小姐不喜欢，我也讨厌得很。首先，这也会伤害到咱们老铺的声誉。"

藤代仿佛被千寿这句话点醒似的——比起雏子和千寿这两个妹妹，其实藤代更怕矢岛商店的招牌和声誉受到任何伤害。她不能忍受矢岛家的遗产被外人分到半毫，但是她更不容许矢岛家的名声受到贬损。

"你们早点把遗产分好吧！"姨母芳子冷不防说道，"看来，趁事情还没闹大之前先把遗产分好吧。孩子生下来还得六个月以后，你们早点分妥，到时候有什么问题，也是木已成舟。"

姨母说得振振有词。但对她们三姐妹而言，心里始终为遗产的分配有意见，千寿姑且不说，雏子就为价值不菲的雪村山水画下落不明一事，坚持不同意承接；藤代总为自己继承的不动产得缴纳庞大税金，而心生不满。

"怎么样？你们有什么打算？"

千寿静静地转向姨母，睁着细长的眼睛，然后边顾虑着藤代和雏子的情绪说道："我没什么特别的意见……"

"我也一样，只要找出雪村山水画的下落，其他的我不会多做坚持。"

雏子也如此回应，看着藤代，然而藤代没有反应，她在思忖自己的利害得失。姨母芳子说得没错，要趁文乃尚未把孩子生下来之前，尽早把遗产分妥，亦不失为防患于未然的良策。但对于吃亏最大的她而言，说什么也无法像千寿和雏子那样轻易答应。这时候，她猛然想起一个星期前，宇市在家族会议上公布的财产归户清册，那些清楚罗列着农地、银行存款、有价证券及山林町步数的资料，现正鲜明地浮现在她眼前。藤代心想，只要能拿到那些山林，就能弥补自己的损失。

"等我去看完山林再决定。"

"什么？你要去看山林……"姨母芳子惊讶地问道。

"是的，我要去看看矢岛家的山林。"藤代说道，接着转身看着宇市说，"宇市先生，你带我去看看财产归户清册上的那些山林。"

"咦？您要财产归户清册吗？好，我现在就拿给您。"宇市手拱着耳朵，大声说道。

"我不是要财产归户清册，我是要你带我去看我们家的山林。"藤代凑近宇市的耳畔大声嚷道。

"上山？噢，上去做什么？"

"与其要其他那些共同继承的财产，我倒想分到那些山林。姨母说得对，我们要尽早把遗产分妥，所以我想先去看一下。"藤代毫不掩饰地说道。

"原来如此，不愧是大小姐的作风啊，眼下有北河内的土地、有价证券和银行存款，而您却不看在眼里，就看准那些山林地，果真是好眼力啊。"说着，试探性地看着藤代，然后决断地说，"不过，深山老林可不是大小姐您这种娇贵之躯去得了的呢，有什么事请吩咐我，我会尽速办理。"

"不，我从没看过那些山林，这次打算到奈良的吉野或鹫家的山林看看。而且，听说有些山林有砍伐权，有些只有地皮却没有砍伐权，这样一来，它们的价值就相差悬殊，所以我想亲眼证实一下，顺便亲自走一走。"藤代把六天前梅村芳三郎告知的事情如实托出。

"看来大小姐还比我更了解山林的价值呢，好啊，到时候我可以向大小姐请教山林的事，我决定陪您同行。"宇市说得委婉却语带讽刺。

"那好，我也想一起去。"雏子赶忙说着，千寿也接着说："也让我一起去吧。父亲去世将近两个月了，我们几个姐妹都没机会到外面散散心，这两三天刚好是吉野樱花盛开的时节，我们三人难得可以一起出游嘛。"

这是她们争夺遗产以来，首次如此和谐地谈话。尽管如此，藤代的心里仍有些挂碍，奇妙的是，昨天前她们还彼此憎恨嫉妒，现在意外得知文乃怀孕后，却突然亲近了起来，似乎已达成联手对付文乃的默契。但藤代当然知道，千寿和雏子想借此牵制，不让她独占那些山林，不过若现在拒绝她们的要求，难免被说成有失大人风范。

"那么，就我们三人去吧。"藤代说道。

"越快越好，后天就去……"雏子急忙说道。

"咦？后天？您可真急躁呢。"宇市露出慌张的神色。

"怎么，后天不行吗？"雏子诧异地问道。

"不，没什么不行啦，只是太急了些……而且，您要去看那山林，好像是游山玩水，那么先去欣赏吉野樱花再去好了。"宇市那满是皱纹的嘴角露出冷笑。

　　文乃坐在光法寺的寺僧起居室外走廊，望着雨后的天空，始终猜不出宇市的真意。他是因为体恤她有孕在身，才叫她在回去之前先在矢岛家的菩提寺——光法寺的寺僧起居室暂时歇息呢，还是真有什么急事要谈？文乃把刚才杂役僧送来的粗茶一口喝掉，便站了起来，穿上脱在石板上的草屐，朝正殿后方的墓地走去。

　　雨后的墓地一片濡湿，阶石和墓土显得格外潮湿黑亮，寺院内的树林枝繁叶茂，郁郁苍苍，看不出是置身在都市中的幽静寺内。文乃向寺内的僧侣问明矢岛家的墓地所在，在毫无人迹的墓碑之间走着。

　　来到墓地的最深处，看到一块竖立的"矢岛家墓地"石碑，在林立的花岗石墓碑中，有四座坟墓并排着，最右边的是一座新坟，坟前的碑石上刻着"智温院本然嘉道居士"漆成红色的戒名。据刚才那位僧侣说，这是矢岛家的惯例，即生前先把墓碑建好，未到百日忌之前，墓碑上依旧保留着漆红的戒名。

　　文乃站在嘉藏的墓碑前，回想着七年来，嘉藏想尽办法瞒着家人，和她宛如夫妇般相依为命的生活点滴。她对这个商家大老板、又是藤代三姐妹的父亲、却因为身为入赘女婿得时时谨慎行事的嘉藏从未说过半句怨言，同时很体谅他凡事必须隐忍的处境，默默地跟随着嘉藏，甚至舍弃寻常女人的爱欲，无怨无悔地为嘉藏付出。

文乃心想，她和嘉藏相爱至深，难道因为自己出身贫困，就得忍受出身豪门的矢岛家女儿如此傲慢和残酷无情的对待吗？蓦然，文乃感到一股喷涌而出的愤怒及无助的悲凉。她蹲在嘉藏的坟前，如泣如诉地望着碑石，任凭枝条上的雨滴滴落在她肩上。

宇市压抑着对文乃的极度愤怒，朝矢岛家墓地的方向走来。从文乃隐瞒怀孕的事实，到矢岛家三姐妹突然急着平分遗产，最后却意外演变成三姐妹联袂察看山林的局面，这些事若稍有处理不当，宇市至此深思熟虑的布局都要露出马脚。其他的事姑且不提，她们后天偏偏要去看山林，到时候可能徒增不可预期的变量，想到这些，宇市对文乃更加气愤了。不过，他必须压住这股怒火，在这时候释出善意，把她拉拢过来，亦不失为因祸得福的良策。所以，他便交代文乃在回家之前，先在光法寺稍作休息，等他一会儿。虽然他只是随口说说，但说得顺乎自然，说不定文乃原本就想去那里看看。他停下脚步，看向矢岛家墓地的方向，看到文乃蹲屈在石碑前。

"文乃小姐！"

文乃听到有人叫唤，起身回头一看。

"我以为你在寺僧起居室呢，结果你不在那边，心想你大概会来这里，让你久等了。"

宇市边说着，边站在矢岛家的墓地前，先念了几句经文，再向旁边的四座墓碑膜拜，然后用极其疲倦的表情看着文乃。

"送走你以后，我回到客厅跟分家的姨母打了招呼，马上赶来这里看你，但因为你的关系，事情变得不好收拾了。"

"什么？因为我的关系……"

文乃的惊讶声顿时响彻整个幽静的墓地。宇市迅即环视周遭，确定四下无人后，说道："事情是这样的，因为你怀有身孕，姑且不提你是否有证据证明那孩子是老爷的，她们已经决定在你没生下小孩之前，先分掉所有遗产，而且还催我后天带她们三姐妹去察看奈良的深山老林呢。"

"带她们去察看山林，对宇市先生您有什么不利之处吗？"

听文乃这么一说，宇市连忙解释道："不，没什么啦……对了，你真的没办法证明肚里的孩子是老爷的吗？如果有什么类似的东西可供证明，你可不能隐瞒，要老实告诉我。"

说着，宇市仔细打量文乃脸上任何细微的表情，文乃则显得有些犹豫不决。宇市旋即察觉到，用恩人的口气说："我没有半点恶意，只希望你把实情告诉我。刚才在客厅里，她们怀疑老爷生前为你存下特定存款或买保险给你，我却出言庇护说没有。有关你肚里的孩子，其实老爷在临终前什么也没说，我却说他说过类似的话，这完全是为你着想。所以，趁现在我们在老爷的墓前，你就把实情告诉我吧。"

宇市始终要问个究竟，文乃好像在想什么，朝那片坟墓凝视片刻以后，转向宇市，表情僵硬地回答："不，老爷什么也没给我……"

"这样子啊……在老爷的坟前你都这样说了，看来，你是真的没有可供证明的东西。"宇市明显露出失望的神色。

"您只是为了这件事吗？还有什么急事……"文乃揣度不出宇市是否真为此事叫她到光法寺等他。

"不，我只是想尽快问清楚这方面的情况，倘若你手上握有我不知情的遗嘱或字据什么的，那就是我最大的疏忽了。"

"您的疏忽……"文乃诧异地问道。

"是的，基于这个因素，不但遗产的分配全然改观，我的立场也会随之改变。"宇市那样说着，用贪婪的目光逼视着文乃，不时还散发出讳莫如深的阴险眼神。

受　辱

从中千本沿着山坡路来到上千本的花矢仓附近时，视野顿时豁然开朗，吉野的群山峰峦饱览无遗。放眼望去，台高山脉层峦叠嶂，林色郁郁苍苍，盛开的樱花夹掩其间，俨然形成白色的花海，正下方中千本的樱花将如意轮堂和藏王堂的塔顶衬托得美不胜收。

"好漂亮哦！叫人眼花缭乱……"

雏子愉快地叫着，藤代和千寿也被吉野山峦的美丽景色深深吸引。自从父亲出殡以来，这是她们首度到远处出游，那些不断上演的家庭内斗的阴霾气息，这时候全被抛之脑后了。

"既然来到这里，我们到水分神社参拜一下吧。"宇市从她们身后出声说道。

花矢仓到水分神社只有三百多米的路程。她们三人都点头同意，便沿着没有人迹的坡路向上爬去，来到水分神社附近时，刚才俯瞰吉野山峦时的喧嚣和兴奋已不复见，转而是道路两旁传来黄莺和画眉鸟的啼声。

她们拾阶而上，穿过朱色楼门，来到巨杉围绕的神社内。虽然是大白天，却显得阴暗，正殿前有一棵垂枝樱，绽放得绚烂无比，把周遭映染得耀眼亮白。

虽说已到了四月中旬，站在正殿前仍感到寒气逼人，她们三人伫立在寂静中，对着正殿合掌拍手[①]，低垂着头，宇市也跟着合掌拍手。

"小姐们祈求些什么呢？"宇市抬起头来，用半开玩笑半认真的表情问道。

"宇市先生，你那么用力拍手，又在祈求什么呢？"雏子恶作剧地反问道。

"我祈求自己无灾无病长命百岁，好为矢岛商店效劳啊。"

"我呀，向神明祈求，早点让我找到如意郎君。二姐，你祈求什么呢？"

千寿睁开略感目眩的眼睛，说道："我祈求早点生个孩子。"

宇市见千寿脸上一阵红晕，旋即拍手叫好："对，对，水分神社供奉的就是赐子安产的神明。大小姐，您祈求什么呢？"

"我……我什么也没求……"藤代冷淡地回答，转身朝楼门方向走去。

从大阪到吉野的这一路上，在藤代心中，早就对千寿和雏子的欢快情绪及宇市难得的和蔼可亲感到厌烦。她们坐在包租车里，穿戴得花枝招展，好像要去游山玩水，还带着在堺叮定做的五层套盒赏花套餐。但对藤代而言，此行最大目的是去查看自家山林，看完吉野和下千本的樱花之后，藤代想立刻去鹭家，看看矢岛家的所有山林。问题是，雏子和千寿硬要车子在中千本的天皇桥那边等着，藤代只好从那里走了一千多米，跟她们一起来到上千本赏樱。

"大小姐，中午就在那间茶店歇息吧。"宇市追了上来，出声

---

①　日本人敬神膜拜时的手势。

说道。

藤代回头一看，千寿和雏子已经坐在左侧的茶店前向她招手。

"宇市先生，这又是你的主意吧？"藤代不悦地说道。

"这是天大的误会呀，二小姐和三小姐都说反正带了餐盒来，不如在这里一边赏樱，一边吃……我也想早点把好几层餐盒吃完，手上图个轻松呢……"说着，宇市又提了提手上沉重的套盒。他这么一说，藤代只好跟着折返茶店的方向。

她们三姐妹一起走进茶店，店内的客人不约而同地投视而来。雏子穿着轻便的套装，藤代和千寿则穿着结城织染的和服，外面又套着草绿色短外褂，手上提着旅行用小提包，一副京都有钱人家的装扮，旁边又有年老的大掌柜陪同，谁都看得出她们是老铺的千金小姐。

"欢迎光临，这边有雅座，请进！"

茶店老板娘看到藤代一行人，旋即把她们带到俯瞰中千本樱花的看台上，在红毯上铺上坐垫。

"各位要点什么？"老板娘招呼道。

"不用了，我们有带餐盒来，你给小姐们糕饼和茶水。我嘛，给我来壶酒好了。另外，你们店头的樱花糕点打包二十个给我们，我们要当伴手礼。"

宇市全权分配完毕，马上打开这次带来的高级套盒，那外盒上还有泥金画饰，他小心翼翼地掀开盒盖，将饭菜摆在桌上。

"来，大家慢慢品尝吧，我也陪小姐们吃。"宇市说着便拿起筷子。

雏子倚身靠着看台栏杆，眺望着远山的朦胧春色，她看到面前的餐盒，不禁兴奋地说："太好了，坐在茶店里铺着红毯的看台上，一边打开有泥金画的餐盒，一边尽情饱览吉野的樱花，这才是真正的赏樱呢……"

听雏子这么一说，千寿也探看自己的餐盒。

"哇，好丰盛的赏樱特餐啊，有盐烤鲷鱼、嫩鸡海苔卷、烤鹌鹑蛋，还有水煮斑节虾和土当归、竹笋饭团和芝麻拌油菜花，简直像女儿节的盛宴嘛，小而精致，好漂亮哦。"

千寿把每道菜夹到盘子上，仿佛在欣赏食物的多彩之美，拿起筷子细嚼慢咽地品尝起来。

"二小姐说得是啊，小姐们这样和乐相处，让我想起小时候过女儿节的情景。夫人在客厅的壁龛前摆了许多人偶，也像今天一样，在上面铺了红毯子，把盛装的小姐们叫到跟前，品尝夫人专为小姐们准备的年菜。唉，小姐们当时的可爱模样和欢乐气氛，至今还浮现在我眼前呢。"

宇市自斟自饮着端上来的酒，一边说着三姐妹的童年往事。

"是啊，每到女儿节，我们总像过年一样，穿着漂亮的新衣服，好高兴哦。"千寿也忆起幼时过往。

"每年的女儿节前夕，夫人为了帮小姐们制作挑选衣裳，总是煞费苦心，最后还把小姐们的出生月份拿给和服店老板参考。比如，大小姐五月出生，选了藤花图案；二小姐一月出生，选了龟鹤图案；三小姐三月出生，选了画有人偶图案的衣料。那是上等的衣料，做出来真是漂亮啊……"

或许是有几分酒醉，宇市变得有点饶舌。藤代压抑着渐感不耐的情绪，一声不吭地动着筷子，因为待会儿还得坐一个多小时的车去山间的村落，而千寿、雏子和宇市三人却边吃边聊个没完。也许他们各有想法，借此拖延时间，不让藤代去看山林。

自从藤代提出要去吉野的鹭家之后，宇市始终表情严肃，似乎在防范什么。千寿和雏子意外得知文乃怀有身孕以后，流露出如亲姐妹般的手足之情，因而赞同藤代尽快把遗产分配完毕的主意，并相偕出来赏樱。不过，这也可能是她们为了牵制藤代夺取山林才故意配合演出——想到这里，刚才雏子那悠闲的赏樱情调和宇市的喋喋不休，更让藤代莫名地动起肝火。

　　"宇市先生，我们家的山林在哪一带啊？"藤代移身靠向看台的扶手，俯望着鹭家的方向。

　　"山林啊……"宇市表情困惑地看着藤代，看来是对于才刚加入话局的藤代突然提起山林而感到惊讶。

　　"啊啊，鹭家的山林，从这里往下看是个山谷，所以看不到，必须走到中千本，搭乘那里的车子，一个小时左右即可到达。用不着那么急啦，慢慢来嘛。"说着，又坐了下去。

　　"今天的主要目的是来查看我们家的山林，你们却在这里赏樱又喝酒的，岂不是耽误正事了？"藤代这样责备地说着，然后对着千寿和雏子催促道，"你们若在这里继续扯个没完，到时候想看的山林都看不成了，虽说现在吉野的天气很好，可是云雾来得那么快，说不定待会儿就要起雾……"

　　宇市终于站起来，千寿和雏子也准备起身。

　　车子沿着吉野川来到宫泷附近时，坐落在三船山前的吉野山峰峦叠嶂，山川溪流湍急回旋，颇有情趣。身穿白衣的修行者沿着吉野川往陡峻的山区攀登而去，他们穿着草鞋，扎着绑腿，挂着粗杖，在山林中时隐时现。

　　藤代一行人来到"新子村"时，只见木材堆置场和杉树皮成捆堆栈的光景。看来这附近以木材加工厂居多，载着木材的三轮摩托车和卡车在乡间小路来回穿梭，他们终于有一种来到木材山村的实际感受。

从鹫家口往鹫家的方向，山峰更为险峻，那巨杉参天的山顶上云来云往，听说过去都是住着姓鹫的人家，也就是那个叫山间的小村落。

藤代目不转睛地望着群山，时而仰望着那耸立云霄的巨杉。在这之前，那些山林只不过是过眼风景，将来却可能成为棵棵值钱的宝物，藤代想到这里，不由得情绪亢奋，欲望更为膨胀了。不过，她极力不让这种情绪显露出来，对于越来越近的鹫家山林有种热切的期盼。

"大小姐，这就是鹫家的山林，也就是矢岛家的山林。"坐在前座的宇市，指着窗外的山林大声说道。

从窗外望去便是浓绿的杉林，山谷中不断地涌起团团白雾，缓缓地掠过杉树林间。

"车子可以马上开到山林旁吗？"藤代问道。

"是的，绕过这个山脚下，倒是可以开到山林旁。"

"我们家的山林就快到了！"雏子兴奋地说着，接着又精神抖擞地问道，"宇市先生，我们可以爬到什么地方？"

"那就要看小姐们的体力了。"

说着，雏子转过身来，看着藤代她们的打扮。

"我是没问题啦，幸好今天穿平底鞋来……不过，大姐和二姐你们怎么样？"

"糟糕！我该怎么办？"

千寿看到藤代和自己穿着同样华丽的草屐，露出困惑的表情。这时，藤代没去看千寿，而是朝着脚上穿利休木屐的宇市瞥了一眼。

"宇市先生，你穿木屐来是怎么回事？"

"您在问我吗？我有带胶底布袜过来。"说着，他从前座拿出一双登山用的胶底布袜。

"噢，你倒是为自己准备得很周到嘛。"藤代挖苦似的说，"你是不是也该替我准备一双胶底布袜或草鞋啊？"

"不过，护林员带路，您跟得上吗？"

"咦？护林员？护林员是什么东西？"藤代听不懂护林员这名词，反问道。

"所谓的护林员，就是帮山林主人看管山林的人，由于山林主人没办法到密林里巡视，他就得代替主人保姆山林。比如，从植苗养树到修剪枝干、砍伐、防止有人盗伐，甚至要处理侵越山界的纠纷等等。"

"这么说，我们家也有固定的护林员喽？"藤代向宇市求证道。

"是的，他叫户冢太郎吉，父子两代都为您看守山林，他家前两代祖先都是替矢岛家看守山林的，他是个很称职的护林员，对这里的山林知之甚详，鹫家附近的山林几乎被他踏遍了。把山林交给他管理绝对不会出错，我这就去找他，商量待会儿怎么带路。"

宇市热心地说着，然后指着挡风玻璃前方一栋护林员居住的茅屋，指示司机说道："你把车子开到梯田上面的那间茅屋前。"

在石块堆砌的梯田上面有一栋普通茅屋，门外晾晒着像是山区工作服的衣物。车子勉强开进狭窄的小路，在离护林员住处的一百多米前停了下来。

"车子进不去了，小姐们在这里等着，我去叫他。"

说完，宇市一反平时的老态，敏捷地跳下车，佝着身子往狭窄的坡路走去，他那佝偻的身体在梯田间的小路上跳跃移动，每跳一次脚下便扬起一阵沙尘。

过了三十分钟，宇市仍未走出护林员的家。

"他怎么了？难道护林员不在……"千寿担心地说。

"不会吧，宇市先生才说昨天已经发过电报，说我们今天下午要来这里。"

"那么，说不定很快就会出来。"说着，千寿和雏子用小孩子登山似的悠闲表情眺望着群山。宇市去叫护林员，过了三十分钟还没看到人，藤代觉得有点奇怪。照理说，宇市已专程发电报给护林员，说今天下午要去看山，对方不可能不在，宇市又叫藤代她们在车上等着，两人岂不是更有机会仔细长谈，这不禁令人起疑。

藤代不由得想起在第二次家族会议上，宇市首次公开共同继承的遗产目录时，由于事出突然，藤代和千寿追问起鹫家的山林时，宇市说："对，对，您这么一说，我倒想起来了，吉野山附近有个地方叫鹫家，矢岛家在那里有些山林地。由于那地方不是很有名，我一时疏忽就忘了。自从老爷去世以后，我突然变得很迷糊。"后来，他才勉为其难地在山林的项目补上"奈良县鹫家"几个字。

宇市是真的一时疏忽，还是如梅村芳三郎所说的，其实他打一开始就故意隐瞒，只是佯装老态健忘？倘若藤代和千寿没注意，他很可能私吞整座山林。所以，今天前来查看山林，就是要证实这个疑问，亦是藤代不去看其他山林，而来鹫家的主要原因。不过，藤代的对手可是动辄装聋作哑、行事讳莫如深的宇市，加上今天带路的护林员又是初次见面，不知道对方的底细，看来待会儿他们上山，将有一场包括护林员在内的较量。

"啊，出来了！"

藤代循雏子的声音看去，只见宇市身旁站着一个体格精悍的护林员，他脚上穿着胶底布袜、颈部挂着毛巾、腰间插着镰刀。

藤代她们跟在护林员后面，已然爬了三十分钟的山路，走在杉林苍郁、满地湿软枯叶的山路，稍微不小心都有可能滑倒，随处可见像枕木般倒地的杉木。

雏子穿着平底鞋，爬起山路还算省力，藤代和千寿则穿着护林员为她们准备的草鞋，由于不太合脚，再加上不习惯，显得格外吃力。此刻虽然是白天，却看不见阳光，山间小路湿漉漉的，总觉得那潮气已经湿透布袜，甚至濡湿了已然折短的裙摆。

藤代表情扭曲地走着，还不时注视着前面距离五六步远的护林员。护林员的腰间右侧插着镰刀，左侧挂着装有磨刀石的布袋，小腿扎着绑腿，脚下穿着胶底布袜，短小精悍，步步稳健地往前走去。护林员在自家门前和大家见面时，就板着脸孔，不吭一声，走到山腰时，藤代主动跟他攀谈，但他总是爱理不理，回答得简短，满脸晒得黝黑，目光炯炯有神。

突然，背后传来了脚步声，有四五名樵夫背着装有柴刀和锯子的竹笼从山下走了上来，他们和护林员擦身而过时，还打了声招呼："今天天气不错，我们去了山林一趟。"

"这样啊，我们的山主从大阪过来，我带她们上去看看。"护林员答道。

"是吗，辛苦你了，那么我们先走了。"那几个樵夫说完，便先行离去。

藤代一边看着离去的樵夫，一边朝宇市看了一眼，他把衣服围在屁股上，脚上穿着胶底布袜，看他爬山的样子丝毫不像老年人，他正准备追过步伐缓慢的千寿和雏子，从后面赶了上来。

"啊，累死了，我们休息一下吧。"

雏子高声喊着，停下了脚步。藤代回头看去，只见雏子蹲在山路中间，满脸通红、汗水淋漓。

"还要走多久啊？刚才就说快到了，怎么走了老半天还没到呀？护林员，你说快到了，到底还有多远啦？"雏子不耐烦地嚷着。

"已经走了一半了。"护林员粗鲁地答道。

"什么？才走了一半……"千寿也放眼向上望着巨杉遮蔽的高山，不由得惊叫了起来。宇市走到雏子身旁，说道："我看您是累了，还有一半的路程呢，依小姐们的脚力肯定吃不消，倒不如在这里让太郎吉为小姐们简单介绍，然后回去算了？"宇市说着，朝护林员看了一眼。

"怎么样？在这里可以简单说明山林的情况吗？"

"小姐们的山林就是从这里看得到的前面那一片，所以在这里也可以向三位介绍。"护林员颇有默契地点点头。

霎时，藤代的眼神为之严峻了起来。

"宇市先生，你先带二位小姐下山，我跟护林员上去就好……"说着，转身看向护林员，"劳你大驾，请你为我带路。"藤代说得客气有礼，但其语气却不容拒绝。

护林员一声不吭地往前走，藤代怕草鞋松掉，再次把它系紧，赶紧追了上去。

"我们也要去，让姐姐单独去我们总有些不放心呢。"雏子高声嚷着，跟在藤代后面追了上去。

苍翠的杉林掩映着蜿蜒而上的山路，密林里不时传来画眉鸟和黄莺的清脆啼声，藤代的心情不禁又翻腾了起来，从刚才宇市和护林员的谈话中多少可以听得出他们似乎不想让三姐妹到山顶一探究竟，说不定这走不完的蜿蜒山路也是他们故意绕远路的呢。

"只有这条山路可走吗？"藤代在护林员背后问道。

"这条山路最好走，樵夫走的路比这更艰险呢。"护林员这样回答，头也不回地继续加大步伐往上走去。

突然间，眼前豁然开朗，从右侧望去是陡峭的山巅，浮云在连绵的群峰上徘徊，山岚从杉林密布的溪谷涌升而上，那条像吉野川的细小支流闪烁着银光流经幽深的山谷。

"那里就是小姐们的山林。"护林员指着两百多米前的杉林说道。

那是一座北侧有着险峻山谷，南向地形缓斜的杉林。拨开山白竹走进杉林里，旋即感受到一股侵逼而来的寒气，茂盛的杂草深及膝盖，护林员拿出腰间的镰刀砍除杂草，往杉林深处走去。

"不会有蛇爬出来吧？"千寿胆怯地问道。

"不用怕，我手上有镰刀，蛇若敢出来，我就砍它一刀……"护林员左右挥动着镰刀。好像有人在附近砍伐杉林，传来伐木和砍削枝干的声音，时而还听得到巨木倒地的轰鸣声，在静谧的山林中回荡。

越往深处走，杂草越高，落叶堆得更厚，巨大的杉木更加枝叶茂盛。藤代想到眼前这片杉林说不定就是自己的，不由得兴奋地抬头仰望天空，从蓊郁的杉林枝叶间窥见几块湛蓝的天际。藤代吐了口热气，确认杉树生长情况似的从杉树顶端往下打量着，蓦然地，她的目光被一样东西吸引住了。

眼前有一棵约六七尺高的杉树，去皮削成方形的树柱上面好像还烙上几个字。藤代不理会勾脚的山白竹，走到那根树柱前察看，从那日晒雨淋的发黑表面上，勉强读出"昭和三十二年三月刻"几个字，右上角的小字已经模糊得难以辨认。

"这棵树的记号是做什么用途的？"藤代问护林员。

护林员惊讶地回头，眼神锐利地看着藤代所指的那棵树。

"那是界定山林范围的标记，即表示那是矢岛家拥有的山林，于昭和三十二年三月烙刻的，只不过烙印名字的部位已经看不清楚。"说着，他用多骨节的手摸了摸那棵杉树干。

"那个'刻'字代表什么意义？"千寿从后面出声问道。

"那是指护林员在哪一年哪个月巡山以后，所定下的界标。"

"咦？界标？"

"是的，用它来界定自己与他人的山林范围。山林间的产权纠纷大都发生在交界线，一般来说，中间应当留下四尺的空间以示分界，不过有些厚脸皮的狡猾家伙，不但不预留四尺空间，还不时侵入人家的山林中种树，甚至盗伐人家的山林，弄得界线难分，吵个没完没了。所以，必须在交界处的树木上刻上林主的名字及确定界线的年月日。"

"这么说，我们家的山林是从这个界线到什么地方？"

"嗯，到什么地方吗……"护林员有点迟疑。

"对了，前方不是有一棵枝干向左伸展的杉树吗？有没有看到，就到那里。"

他边说边沿着界标树向北侧指去，但那里杉林蓊郁，什么都看不到。

"总共有多少面积？"

"这个嘛，大概有十町步。"护林员目测着说。

"十町步？这就奇怪了，宇市先生说过，鹫家的山林有二十町步。"藤代转身问宇市，"宇市先生，我没说错吧？"

"什么？您说什么？"宇市右手拱着耳朵反问道。

"你又听不见了？我在问你，鹫家山林不是有二十町步吗？"

"噢，十町步吗？是的，没错。"宇市又拱着耳朵答道。

"才不是十町步，是二十町步！"藤代走近宇市身旁，大声嚷道。

"二十町步……噢，有那么多吗？"他故作不解地歪着头说道。

"宇市先生，我大姐说得没错，在第二次家族会议的隔天，你也告诉过我，那片山林的面积大概有二十町步。"

千寿也从旁作证，只见宇市皱起灰白的双眉，好像在回想什么似的细目凝视片刻，突然拍手叫道："对，对，所谓的二十町步，是除了这里之外，还包括另一座山……"

"什么？包括另一座山……"藤代当下反问道。

"太郎吉，那十町步的山林在什么地方？"宇市对着护林员问道，语气显得十分奉承。

"噢，那十町步的山林吗？从这里可以看得到，喏，就是对面山峰北侧斜坡旁的那一片。"

他大概不易说明那里的位置，正要比起手势时，宇市突然大声叫嚷起来："哇，长得太茂盛了，真是太茂盛了！那里就是矢岛家的杉林！"

宇市把手遮在额头上，做出雀跃的样子，指着左侧山峰的斜面。循着那个方向望去，远处的广大杉林果真高耸挺拔，但藤代没露出满意的笑容，反而直接问道："我们有砍伐权吗？"

"什么？砍伐权……"护林员一时不知如何回答，过了一会儿说道，"那两处的山林砍伐权，都归您矢岛家所有。"

"这不会有错吧？"藤代再次确认道。

"是的，我是护林员，不会有错的。"

"那一石①值多少钱？"

"你是问一石木材值多少钱吗？"护林员畏缩地看着藤代，"一般行情是一石一千五百日元，不过这只是粗略的价格，跟实际的买卖价格还有很大的差距。"

"那么，每町步的山林可产多少杉木？"

"这个嘛，要依土质的好坏、排水状况、日照是否充足、坡度的陡斜程度而定，如果各种条件均不理想，产量相差很大。大体来说，每町步大概能产四百石吧。"

"这么说，每石值一千五百日元，如果每町步能产四百石的话，那么二十町步就能采伐价值约一千二百万日元的木材喽？"

藤代这样计算着，护林员倏地眼神严峻起来。

"您对山林蛮了解的嘛，从山林的砍伐权到每石杉木的价格，您都知之甚详，简直不输给行家。大阪那边有很多山林主，没有一个像您这么内行，而且又是个女人家。"说着，转身对宇市说道，"既然来到这里，我顺便去里面看看杉树长得如何，你们稍微休息一下吧。"

护林员说完便抽出腰间的镰刀，扫砍着前方的山白竹，往深处走去。等他的身影消失以后，雏子瞪着大眼说道："姐姐，你知道那么多，真叫人惊讶，你怎么会知道那么多有关山林的知识呢？"

"没什么……"藤代支吾着，"我嫁到三田村家时，对方也有山林，我是从他们那里听来的。"

宇市听到话题扯到三田村，随即紧盯着藤代，试探似的问道：

---

① 一石等于 0.28 立方米。

"三田村家的祖籍在和歌山县的加太，听说是渔业方面的股东，没听说有山林……"

藤代不由得心头一惊："不过，他家夫人祖上是丹波人，拥有山林也没什么奇怪吧？"说完，随即又若无其事地问，"宇市先生，我们家的山林是什么时候买的？"

"这个嘛，我记得是前两代的店主买下的。"

"噢，前两代的店主就买下了？"

藤代一边若无其事地点头，一边回想梅村芳三郎的那番话——杉树种下二三十年以后，若能长成树节越少的良木，价格可以卖得越好。宇市之所以极力想把鹫家的这片山林隐藏起来，是因为这些杉林经过三十年已经成材，而且到了砍伐时期。藤代看出宇市的心理，但没有表露出来。

"这片山林，什么时候可以采伐？"

她顺势探问着，宇市突然表情变得严肃。

"这个要问护林员，我不清楚。"说着，对着千寿和雏子，表情认真地说，"小姐，恕我失礼，三位要不要上厕所？"

"讨厌，怎么问起这种事来，你真冒失！"雏子气愤地说道。

"对不起，我说错话了，那我去小便了。"说着，宇市迅速跳入草丛中，旋即传出沙沙的喷尿声，那长长的喷尿声仿佛是他对藤代的强烈愤怒。

传来拨弄山白竹的响声，大家以为是宇市，结果是护林员，他的头上沾着枯叶，额头冒汗，一副要找宇市的模样。

"大掌柜去哪里了？"

藤代用眼神示意草丛的方向，他随即露出一口白牙。

"我们该下山了吧，快要起雾了。"说着，把插着镰刀的腰带用力系紧。

藤代看着杉林左侧的那片矢岛家的山林，问道："这里离我们家的山林很远吗？"

"嗯，很远哦，还得走两里的山路。"

藤代看着自己的手表，已经下午三点多了，只好遗憾地说："还得走两里的山路，看来今天是走不成了。"

"当然是没办法，你看，那边的山峰已经开始起雾了。"他指着远处的一座山峰说着，白雾果真已然上升，一下子便像薄暮般遮去群山的姿影。

"你们趁还没起雾之前赶紧下山吧。"他大声喊着宇市，用镰刀拨弄着杂草，朝原来的山路径自走去了。

来到山下时，已是暮色昏暗，她们背后的群山也笼罩在薄暮之中。

坐上等候的车子，藤代随即脱下草鞋，换上蜥蜴皮的草屦，一手把脏污的草鞋扔到路旁，拍了拍和服的下摆。宇市也脱下胶底布袜，换下利休木屐，拿下围在屁股上的衣摆，走到护林员身旁，寒暄道："今天辛苦你了，多亏你带路，让我们看到了想看的山林。"

藤代也探出车窗，向护林员致谢："劳烦你了，看守山林的事今后还请你多加费心。"

这时，藤代一点也不像脚穿草鞋，刚刚才看过山林的人，而是姿势优雅地向护林员微微点头。

"没问题，山林的事您就放心交给我吧，我跟那些没经验的护林员不同，我会严格看管的。"护林员拿下额上的毛巾，向藤代打招呼。

"大掌柜，您也要跟小姐一起回去吗？"他对着宇市说道。

宇市正要拉开前座的车门，突然停下了手，说道："啊，我这个人真糊涂，太郎吉带我们看了一整天的山林，我应该请他喝两杯才是呀，再说他也乐好此道。"说完，他的右手做了个拿酒杯的手势。

　　"哈哈……您倒挺了解我的乐趣嘛。"护林员摸摸自己的头，期待似的露出卑屈的笑容。

　　"既然这样，我也不能失你的礼啊。"说着，宇市对着藤代她们说道，"小姐们先坐车回去，我跟太郎吉喝两杯后，自己再坐电车回家。"

　　他没等藤代回答，便对司机说："司机先生，请你把小姐们安全送到家。"语毕，便跟护林员并肩恭敬地向藤代她们施上一礼。

　　宇市和太郎吉坐公交车来到鹭家口，他们走进仅有的一家卖家乡菜的小餐馆。

　　"啊，欢迎光临！"

　　女侍与他们非常熟，很快地把他们带到二楼包厢，端上酒菜后，又很知分寸地退了下去。护林员户冢太郎吉一反刚才的沉默寡言，变得热络起来。

　　"来，先干一杯吧。"说着，端起酒杯，一饮而尽，然后试探地对宇市问道，"大掌柜，刚才你真的打算跟那几个女人回去吗？"

　　"怎么可能呢，我不跟你喝两杯，怎么能说走就走呢。我若不做做样子给她们看，岂不被看穿我们之间交情匪浅？那三个女人可是敏感得很呢。"宇市说着，端起酒杯，向太郎吉劝酒。

　　"你说得没错。一个女人家居然敢上山查看山林，而且连山林的交界啦、有几町步啦、有没有砍伐权啦，都问得一清二楚。当她提出少了十町步的时候，坦白说，我简直捏了把冷汗。"

太郎吉这样描述当时的心情，啜了口酒，又说："一个月前，你才交代我砍掉所有的杉木卖给了木材商，她这么问，我实在不知如何回答。山上的山猪或野熊我从来不看在眼里，但这次真的被那女人吓坏了。所以，我就随口说山林就在对面山峰的北侧斜坡，其实我也弄不清楚那是什么地方，就在这时候，你突然从后面大喊着'哇！长得太茂盛了！真是太茂盛了！那里就是矢岛家的山林'。你竟然指着别人家的山林大声嚷嚷，我真的慌了手脚，万一她们说要去那里看看的话，又该怎么办？"

　　"为了阻止她们真的上山察看，走到吉野的上千本时，我故意邀她们坐下来吃午饭，聊些她们的童年往事，一会儿又是赏樱什么的，借此来拖延时间。"

　　"原来是这样啊，大掌柜的演技真是高超，一下子陪她们赏樱，来到我家门前，又作势叫我出来带路，其实是虚晃一下，在屋里和我商量对策。然后，又装作什么事情都没发生，见到那几个女人，便是好话吹捧，看不出有什么破绽，照这样看来，搞不好我也被你骗了。"

　　太郎吉露出质疑而锐利的眼神。

　　"我哪能糊弄你呀。俗话说，想利用山林捞钱，不如回家骗老婆，也别想蒙骗守山人！再说，想蒙骗守山人，到时候还可能被骗呢。"宇市反而直盯着太郎吉问道，"话说回来，这次砍下来的杉木有多少？一町步卖了多少钱？不会是你刚才告诉她们的价格吧？"

　　他用毫不马虎的眼神，询问委托护林员砍伐的杉木产量和销售价格。

　　"那当然。我刚才告诉她们的是杉木的底价，实际上每町步大约伐下五百石，每石卖了两千日元。"

"这么说，一町步就是一百万，十町步就有一千万喽？依照过去的行情，护林员可分得三分或五分的酬劳，不过，你做得特别卖力，所以给你七分，也就是给你七十万日元的手续费，怎么样？"

宇市拍了拍太郎吉的背部，姿态亲切地说着，但太郎吉赶忙吐了口烟，说道："还缺三十五万。"

"什么？还缺什么？"宇市用手拱着耳朵，大声反问道。

这时，太郎吉那张染着酒气的黝黑脸孔凑近宇市，说道："那片山林，在地政科那里登记的是十町步，但实际上是十五町步。"

"十五町步？有那么多吗？"宇市歪着脑袋问道。

"大掌柜，你少装聋作哑了，我看山的资历可不是一两天，大家都知道，山林的面积往往比登记面积还大，像吉野或熊野这种深山老林，乡政府地政科的人员哪可能一块块调查土地呢？一般都是按山主说的数字登记，所以实际面积比登记面积多出两三倍的情形很常见。这次你托我砍伐的山林，登记资料为十町步，其实有十五町步。换句话说，一町步是一百万，十五町步就是一千五百万，你说要给我七分，那一百零五万就是我该得的份额。护林员整天跟山林打交道，从除草、修枝到砍伐什么都得做，山主照实际面积付手续费，是天经地义的事吧？"太郎吉借着酒胆絮叨起来。

宇市往盘里夹着山菜，边啜饮着，边面无表情地听着太郎吉发牢骚。

"一百零五万，很不错的价码嘛。"他扔下这句话后，把半剩的酒一口喝光，说道，"你简直成了山林捎客嘛？好吧，就按登记面积来算。那片山林登记面积为十町步，每町步七分一共七十万，另外的五町步给你五分，一共二十五万，两项加起来是九十五万，怎么样？这些卖掉杉木所得的钱，也不是全数落进我的口袋里，我还得缴其他杂费和山林所得税呢。"

"也就是说，你砍了十万日元喽？"太郎吉的眼神依旧显得严肃。

"别说是一百万或一百五十万，干我们这一行的，可不像大掌柜每天都有现金可拿。一棵杉苗要让它长成材，得先在平地培育三年，然后把它种到山上。此外，每年还要除草、修枝，少说也得继续照料它十六年，过了二十年才能砍伐。依这样计算起来，我们的所得实在少得可怜。"

"话虽如此，但每年砍下的树枝和树根，我不也是睁一只眼闭一只眼让你处理吗？那些树枝既可当木材用，又可以搭葡萄架，也可以当柴卖掉。砍下树后的粗大树根，可以搭建厕所或制作木屐，剩下的原料还可以做牙签或饭勺。说句坦白话，山上的树木从头到尾都可以卖钱。而且，你还领了樵夫的日薪，没有人比你收入更丰厚的啦。"

宇市直攻重点挑明，太郎吉迅即露出卑屈的笑容。

"我真服了大掌柜你啊，连那么细小的事项都逃不过你的法眼，真是太厉害了！好吧，这次就依你的办法来结算。不过，下次有什么好赚头，可不要忘了我。"说着，用多骨节的手帮宇市斟酒。

"对，对，这个若没处理好，就没有所谓的好赚头了。"

说着，宇市端起太郎吉帮他斟的酒，一饮而尽，然后松开衣服上的扣子，从腰带里拿出一本小本子，一页页翻阅。

| 四十町步 | △有 |
| 五町步 | △部分 |

一百二十町步	△有
十町步	△有
二十町步	△无

盘腿而坐的太郎吉半起身朝宇市的手上探看着："你这账本写些什么？"

"这个吗？这是我重要的账本呢。"

说着，宇市在第五项二十町步"无"的下面，草草写着什么，然后又急忙把账本阖上。太郎吉虽然有点错愕，但马上看出其中的奥妙。

"噢，我明白了。△即树木的记号，'有'就是有山林地和砍伐权，'无'就是只有山林地而没有砍伐权，'部分'就是没有山林土地权，只有砍伐权是吧？"

宇市对此并没有回应，随即压低声音探询似的问着太郎吉："对了，鹫家的二十町步林地已经砍了一半，剩下的一半就是今天我们去看的那片，砍伐权没问题吧？"

太郎吉抬起晒得黝黑的脸庞，说道："嗯，没问题。这跟将砍伐权卖给别人不同，只是用砍伐权作为担保，向当地的信用合作社借钱而已，在登记资料上并没有变更持主的名义，再说重要的印鉴都由大掌柜亲自保管，还需要担心吗？首先，外行人并不知道山林地皮和砍伐权可以分别立项，总认为地皮是自己的，上面长的树木理所当然归自己所有。不过，能了解到这种程度，只有你们家那个女人。"说着，他皱着鼻子，嘲讽般地笑着。

"这就是我担心的事呀。其实，提出要到鹫家看山林的，就是那个大小姐和二小姐。有一次我不在家，鹫家乡政府地政科的人员打电话来，她们便觉得这里有蹊跷。"宇市突然把此次来鹫家查看山林的缘由和盘托出。

"啊，那是信用合作社向地政科的人员询问，持主是否要双重担保，那个科员为人不错，先打电话通知你。后来，我知道以后，吓了一跳，吩咐他以后有事直接跟我联络。你放心啦，已经没问题了。"太郎吉拍了拍盘腿而坐的膝盖，确信地说道。

"不过，刚才不是有个奇怪的界标吗？那是做什么用的？"宇市不安地问道。

"大掌柜，你蛮细心的嘛。那个是为我们预作退路的护身符。换句话说，万一哪天我们拿砍伐权做担保的事情曝光时，可以拿它当挡箭牌。你放心啦，重要的地方都被我刮糊了，她们也弄不清楚。"

"哼，真不愧是太郎吉啊。这样我就安心了，一切有劳你安排了。店主活着的时候都没看出来，现在若被她们几个黄毛丫头看穿，岂不是太没面子了？"

宇市蓦然措辞粗鲁，其神态完全不像老年人。

"我也这样认为，事情进展到这种地步，哪能让那些傲慢的黄毛丫头看穿呢？这片山林有我镇守，没问题啦，倒是其他山林的情况如何？"

"其他山林的护林员不像你这么通情达理，每个都顽固得很，看来我得加把劲才行。"

"没关系啦，以后我再帮你牵线引介，不过，你要给点好处哦。"太郎吉巴结而狡猾地说道。

"你若能居中疏通，给你好处倒不成问题。还有，最好把她们带到像熊野和大杉谷那种女人家爬不上去的山林。"

太郎吉见宇市露出安心的表情，自己则像是想到什么似的，有点纳闷地问道："大掌柜，你们家老爷真的没在遗嘱上提到要分给你财产吗？"他看到宇市默默点头，继续说道："连续担任了两任的大掌柜，却没分到半毛钱，实在有点奇怪，像你们那种老店铺的店主，应该分给大掌柜一些退休金嘛。他之所以不给，是不是因为上代店主知道你侵占公款？"

"你不要胡说八道，我哪有侵占公款！我从他家祖上开始，便替那些入赘女婿管理财产，我可没有动什么手脚，只是为他们几代操劳，弄点劳务费而已。"

尽管宇市这样辩解，但心里却为矢岛嘉藏是否知道他长期侵占公款的疑虑，不由得抬起头来。他从未想过这件事情，但经太郎吉这么一说，嘉藏之所以没有把遗产分给他这个历经两代的大掌柜，很可能不是因为入赘女婿的气度狭小或成天沉迷于情妇的怀抱，而是对他瞧不起店主、私下算计、图利自肥的一种报复。总之，他原本已对店主没分给他半毛钱感到不满，又在酒力的催化下，那股怨怼像火团般越烧越旺。

太郎吉面对猛然板着脸孔、沉默不语的宇市，霎时不知所措。

"你怎么了？我们再好好干几杯吧。"

说着，太郎吉正准备朝楼下叫酒时，宇市摇摇晃晃地站了起来说："不行，我若不早点回去，她们三姐妹又要起疑心了。"

宇市从太和上市抵达阿倍野车站时，已经晚上十点多了。他从车站内朝阿倍野桥的十字路口方向走去，一边回想着在鹫家小餐馆太郎吉所说的那番话。

"说不定你们家店主之所以不分给你遗产，是因为他知道你长期以来中饱私囊……"宇市愈发觉得太郎吉说得很有道理，倘若事情如此，嘉藏不可能什么也没说就默默死去，他很可能借其他机会告知第三者。想到这里，宇市突然血压升高，不由得心跳加快，胸口发闷，只好站在十字路口稍作休息。

他看见前方就是上町线的小车站，开往住吉公园的电车就停在那里。这时，他突然想去看看神木的滨田文乃。现在回到本町的矢岛商店也要十一点多了，藤代她们累了半天大概已经睡了，倒不如坐上眼前的电车，花约十五分钟即可抵达神木，到文乃家里，向她打听嘉藏生前对他的看法。

信号灯一变，宇市疾步冲过十字路口，跳上准备开动的电车。

"老伯，你这样跳上车太危险了！"

站务员在他背后大声斥责，但宇市坐上电车后面露微笑，为自己从奈良的鹫家赶往文乃家的迅速感到得意不已。

从神木车站下车后，宇市朝着指标的碾米加工厂转角拐去，穿过门灯微亮的小路，从兼卖香烟的西药房旁边的小巷走进去，来到文乃家的门前，不由得停下了脚步。

文乃家门口停着一辆中型轿车，宇市以为自己记错门牌号，又往前走了一段，确实是文乃家没错。车子的车门敞着，他以为是出租车，结果不是，是挂着白色车牌的自用轿车，车内没有人。宇市蹑手蹑脚地来到玄关的格子门前，轻轻推开门，没发出半点声响，他从门缝中往内探看，在玄关灯的照射下，只见放鞋的石板上有一双擦得晶亮的男用黑皮鞋。蓦然，他充满疑惑的眼神，仿佛从那双皮鞋里传出今桥的姨母芳子大声嚷嚷的声音。

"有人在家吗？"宇市冷不防地大声喊道，用力拉开拉门。

"嗯，来了……"

传来一个陌生的声音，拉门拉开了，是一名穿着围裙的中年妇女，她望着没等回应就擅自推门而入的鲁莽男子，没好气地问道："你是谁啊？"

"我是本家来的！"宇市又朝着里面故意大声答着。

"啊，是本家来的，正好，请进来吧。"那中年妇女突然催促道，"医生刚好来了。"

"咦？医生……"他惊讶地问道。

"是啊，文乃突然身体不舒服，总之，你快进来吧。"

宇市赶紧脱下沾满灰尘的木屐，穿过起居间，推开客厅的推门，一股消毒药水的气味扑鼻而来，只见文乃横躺在壁龛前。在灯光下，文乃显得十分虚弱，她闭着眼睛，娇小的脸庞发青浮肿，嘴唇泛紫干裂。

"有没有危险啊？"宇市从医生的背后问道。

那名中年医生好像刚刚注射完毕，正在收拾针筒，他惊讶地看着宇市。

"他是本家来的……"

中年妇女这样介绍宇市，但宇市随即像亲戚般主动招呼："不，我是她的亲戚，这么晚还劳烦您过来看诊，真是感谢之至，她的病情怎样？"

"噢，你是她的亲戚，来得正好。刚才听说她没有亲人，我还为此伤脑筋呢。她因为是怀孕初期，加上害喜严重，引起肾脏浮肿。"

"什么？肾脏浮肿……"

"是的，就是妊娠中毒症，若不特别注意，孕妇分娩时很可能引发妊娠中毒症，造成母子死亡。如果情况不佳，有时也不得不堕胎。总之，现在让她安心静养，尽量少吃水分太多的食物，避免摄取过多盐分，尽早治疗。另外，还得找个保姆来照顾她。"

"不是专业护士也没关系吗？"

"嗯，只要能兼做家事、照顾病人，不是专业护士也可以。看样子，她过去都是一个人生活，总有不便之处，安心静养最重要，待会儿请到我那里拿药。"

说着，医生站起来在洗脸台洗了手，那个围裙妇女随即抱起医生的提包，跟在医生后面站了起来。

"我去医生那里拿药，这里就麻烦你照料一下。"

屋里只剩下文乃和宇市时，宇市移膝来到她身边，关心地问候："你现在觉得怎么样？"

文乃微微睁开双眼，虚弱地说："宇市先生，今天又为了什么事，让你深夜赶来……"

"没什么特别的事，这次来纯属偶然。今天一大清早就陪小姐们去吉野，回程途中顺道过来看看你，没想到你病倒了。明天我会尽快找人来照料你，安心静养吧。"宇市劝慰道。

这时，文乃好像想到了什么，那双丹凤眼为之一凛。

"吉野……到吉野赏花，现在正是时候，在上千本专供赏樱的茶室附近，那些穿戴漂亮的小姐们，坐在红毯上，掀开有泥金画装饰的餐盒，尽情赏樱，那情景简直就像一幅美丽的画。"文乃呓语般地说着，突然低声，接着闭口不语。

"不，今天不是去赏樱，而是去看遗产中的山林。"

宇市连忙摇摇手，表示他们此行不是去游山玩水。

"小姐们的遗产中还有山林？她们三个千金小姐相偕去看山林，肯定很有山主派头吧。"

文乃的脸色显得黯淡，那深情的眸子失去了平日的内敛，转而露出异样而激动的眼神，仿佛在眼前描绘着那些情景。宇市突然岔开话题，询问那名去拿药的家庭主妇的来历。

"对了，刚才在这里忙进忙出的女人是谁？"

"她是巷口兼卖香烟的西药房老板娘，我时常在那里买药，今天是她特别帮我请医生过来的……"大概是太疲劳了，文乃默默地闭上了眼睛。

宇市坐在文乃枕边，环视着悄然无声的屋内。依照医生的说法，文乃很早就有这种病症，两三个小时前，她还把屋里屋外打扫得一尘不染。壁龛前摆着嘉藏的照片，文乃的脸朝着那张照片，犹如在嘉藏的保佑下静静地闭上眼睛。她的面容憔悴，白皙的前额和秀气的鼻梁正像她内敛的性格，刚才谈到藤代她们的时候，她似乎非常激动，有别于平日的婉约文静，这让宇市不由得猜想文乃是不是正在秘密进行不为人知的计划。

玄关处传来开门声，接着有人悄声走进来，原来是刚才那个西药房老板娘，她把装有医院处方的药包放在文乃枕边，顺势坐了下来。

"这样总算可以松口气了。她傍晚来店里买止吐药，我先生刚好不在，我跟她说，稍后会把药送过去。我先生回来之后，马上包好药要我送过去，只见她脸色铁青倒在大门口，我吓坏了，赶紧叫医生过来。看她孤苦伶仃，身边没半个亲人，我也不知道该怎么办，连我先生差一点都要来帮忙呢。"

她用救命恩人似的口吻说着，然后用那双金鱼眼般的凸眼看着宇市："今晚你有什么打算？"

"什么？你在问我吗？我……"

宇市霎时不知如何回答。在这个看似唠叨、长相难看的凸眼妇面前，他犹豫着是否留下来照顾文乃，或是婉言委托这个凸眼妇帮忙照料一晚。

"总之，这件事来得太突然，我只是偶然碰上，也不知道该怎么处理……"

宇市像等待凸眼妇的指示似的，采取谦卑的态度，凸眼妇则打量着宇市的年龄和长相："你不是年轻人，岁数那么大，又是本家的大掌柜，留下来照料她也没什么不妥。再说，我家还有小孩要照顾，没办法留下来照料她。"

说着，转身对着文乃说："接下来，就交由大掌柜处理，我先回去了。对了，你还没吃晚饭，想吃什么？"

文乃睁开眼睛，虚弱地摇摇头："晚饭，待会儿再看看……今天晚上，真的非常感谢你……"说着，躺在棉被里向凸眼妇点头致谢。

"你有病在身，用不着那么客气，我会拜托大掌柜帮你弄点晚饭什么的。"说着，凸眼妇告诉宇市，稀饭放在煤气炉上，记得煮些蔬菜少加盐分等等。说完，便急忙离去了。

西药房老板娘离开后，文乃慵懒地闭上眼睛。宇市穿过起居室来到厨房，脱下外衣，身上只穿着汗衫，站在水槽前。刚才医生用来洗手的珐琅制脸盆以及用来煮水的铁壶随意扔在一旁，梳理台上散落着凸眼妇来不及收拾的蔬菜，宇市取下挂在厨房角落的日式毛巾，系在头上，开始整理着水槽内外。他除了去君枝那里之外，始终过着光棍生活，做起家务来驾轻就熟。

收拾妥当之后，宇市把放在煤气炉上的稀饭加热，又用水煮了马铃薯、豌豆和香菇，没加盐巴也没加酱油，只用海带和味精稍微提味熬煮，这让他犹如置身在君枝家里的错觉。以前，他也是因为这种偶然的机会，替君枝煮菜的……想到这里，仿佛厨房里的油烟味都飘到眼前了。

宇市用圆盘托着一碗稀饭和一锅蔬菜汤，轻轻推开客厅的推门时，文乃醒来了。

"刚好，你趁热吃吧。"

或许是缺乏食欲，文乃只是倦懒地点点头，宇市把餐饭放在文乃枕边。

"你有孕在身，即使没有食欲，也得吃点才行。"宇市说着，绕到文乃身后，准备扶她起来。

"不用，我自己起得来。"

文乃推开宇市的手，用手肘撑坐了起来，拿起筷子。她一起床，刚才不易被看到的微凸小腹旋即在单薄的睡衣下显现，怀孕女人的羞惭与尴尬顿时映入宇市的眼帘。宇市那双细眼露出一丝微笑，来到文乃身旁。

"怎么样？我煮的饭菜味道还不差吧？我跟你一样，都是过着单身生活，做起这些事也算内行，你不必客气，有事尽管吩咐。"

说着，他像男仆般殷勤地为文乃倒了杯热茶。

"谢谢您！真的是事事都劳烦宇市先生……"文乃停下手中的筷子，向宇市点头致意。

"哪里的话，去世的老爷原本就嘱咐我得妥善照顾你，老爷有许多亲友，但他还是要我对你多多关照，连小姐们平分遗产的事情，也都委托我来处理，他对我如此信任，我实在非常感激。"宇市试探地说道。

"是啊，老爷平时常说，只要把事情交给宇市先生，他就能高枕无忧。"

"噢，高枕无忧……他真的这样说吗？最近，我变得有些糊涂，老爷生前那年的年度结算，我因为进货调度失控，出现了严重的亏损，连外县市零售商的账款都没能收回，搞得一塌糊涂，老爷他真的没说什么吗？"

宇市故意暴露自己的无能，其实他早已把那些货款收回，还将一半的货款放入自己的口袋。

"什么？这件事我从未听老爷提起，他总是说宇市先生从不耍心机，做事非常勤奋，是个值得信赖的人。有什么事情让你担心吗……"文乃反问道。

"不，没什么。不过，老爷既然那么信赖我，他为什么没把你怀孕的事情告诉我呢？这是老爷的意思吗？"

宇市移膝靠近文乃身旁说着，文乃只是礼貌性地喝了口稀饭，便将碗搁回托盘。

"我觉得这种事情迟早都会被看出来，何必告诉别人呢？"

"你身体欠佳，又硬要把孩子生下来，孩子将来怎么办？"

"我还是决定把孩子生下来。"

"可是，刚才医生说你生产时很危险，那该怎么办？"

"尽管这样，我还是要生。"文乃坚决表达自己的意志，完全不像病人。

"老爷对孩子和你的将来是不是另有安排？"

宇市终于说出心里话，文乃不禁颤动了一下。

"不，老爷没有特别安排什么……"

说着，本以为她要摇头以对，只见她肩膀不禁抽动起来，还赶忙别过脸去，双手捂住嘴巴，宇市立刻拿起枕边的脸盆，抵在文乃面前，文乃呜呜地呕吐起来，连吐了好几次，把刚才吃的饭菜全吐在脸盆里，额上冒出汗珠，喘得非常厉害。宇市到厨房拿来盐水和毛巾，把毛巾围在文乃胸前，给她喝盐水漱了漱口，又用毛巾帮她擦去汗水，她这才闭上眼睛躺了下去。

文乃的睡衣领口微微敞开，露出胸口沁着细汗的白皙肌肤，额前披散着秀丽的发丝。宇市不由得被这令人怦然心动的美色吸引，正要站起来时，突然在心里盘算起趁机玷污这女人的利害得失。当然，这必须审慎评估，绝不能鲁莽而为——宇市想到这里，终于把脸别过去，不再留恋眼前妖艳的睡姿，拿起脸盆向厨房走去。

宇市把呕吐物倒进水沟，回到起居室时，已经凌晨一点多了，他从起居室的壁橱拿出毯子和被垫就躺了下来。照理说，他白天走看山林已经非常疲累，本应很容易入睡，但已经凌晨两点多了，还是毫无睡意。他以为这是醉意全消的关系，其实是因为文乃刚才的反应让他有些担忧。

医生说，文乃得了妊娠中毒症，生产时稍有闪失，母子都可能有生命危险，不过文乃仍坚持把孩子生下来。刚才他询问文乃是否老爷生前给她另做安排时，她不禁凛然一颤。照这样看来，说不定矢岛嘉藏早已背着他及那三个女儿，给了文乃什么承诺。文乃为什么隐瞒呢？这就是他莫大的隐忧。

宇市猛然站了起来，首先打量着这间五叠的起居室。食器柜和五斗柜倚墙而立，他朝灯光黯淡的内室探看，文乃因为刚才呕吐经过一番折腾，已经疲倦得酣睡入梦，不见她翻身的声音。他蹑手蹑脚，打开了五斗柜的抽屉，抽屉内只有米店、水电费和煤气费用的收据。接着，他又打开五斗柜旁的食器柜抽屉，里面只放着三万日元左右的临时生活费。他有些茫然若失，然后悄悄地推开客厅的拉门。

文乃似乎没有任何反应，只是发出规律的鼾声。宇市蹑手蹑脚来到文乃脚下的壁橱，悄悄地推开拉门，里面有个桐木立柜，他伸手拉住把手，轻声地往后拉开，抽屉内放着绉绸的红色香包，以及叠得整整齐齐、现在已经不用的手抄枕纸①。他不由得露出猥琐的笑容，拿了一叠塞进腰带里，正要拉开下个抽屉时，文乃突然大声喊道："宇市先生您在做什么？"

宇市吓得回头一看，只见文乃在黯淡的灯光下，睁大双眼看着他。

"噢，我在找毛巾，刚才那条毛巾被你弄脏了……"

"毛巾放在起居室的五斗柜里。"

"这样啊，我弄错了。我真是越老越糊涂了。"

宇市愕然地把抽屉推了回去。

"宇市先生，明天您就请个保姆过来。"文乃仿佛看穿宇市的心思，话中带刺地说道。

宇市来到香烟摊前的公用电话亭，突然想起神木车站附近也有公用电话。他担心在这里打电话很可能被兼卖香烟的西药房老板娘，也就是昨晚那个照料文乃的凸眼妇偷听到。一想到这里，宇市匆匆走过香烟摊前，沿着清晨行人寥落的路往神木车站的方向走去。

宇市回想着，昨天深夜在文乃家里东翻西找，不料被她撞见，实在是失策又尴尬。不过，文乃只说了句"明天您就请个保姆过来"以后，并没有责备他，他分不出这是因为文乃没看出他翻箱倒柜的用意，还是因为私密的卫生纸被他搜出而感到尴尬？

宇市来到车站附近的公共电话亭旁，戒慎恐惧地环视了一下四

---

① 指性交后用来擦拭的卫生纸。

周，才走进电话亭里，他投入一枚十日元硬币，拨打着号码。

"喂喂，永吉先生吗？大清早叨扰您，不好意思，我有急事，请您叫小林君枝听电话。"

他托君枝家的隔壁邻居代为转接电话。过了一二分钟，传来急忙的招呼声，有人拿起了话筒。

"你到底去哪里了？昨天说是去查看山林，我都烧好热水等你，烧了一个晚上，浪费不少煤气费呢。"

君枝低声数落着，又夹杂着孩子的喧闹声，传进了宇市的耳朵里。

"煤气费……你扯这干什么呀，是急病啦。"

"什么？你得了急病？你哪里不舒服？"君枝紧张地问道。

"笨蛋！不是我啦，是神木的文乃得了急病。"宇市怒斥道。

"噢，文乃得了急病……这么说，你现在在神木喽？"

"没错，我已经照料她一个晚上了。"

"昨天晚上，你住在她家……"君枝抬高了声音，略带吃味儿地说道，"所以，你一大清早打电话给我，有什么事啊？"

"你马上过来神木一趟。"

"我为什么非得去你们家老爷的情妇家里？"

"你来了就会明白，你一定要来照顾她。"

"我不是她的保姆！"

宇市从话筒中可以想象君枝已经气得快要抓狂。

"你听我说，我不是叫你当保姆，而是要你假装保姆的名义，暗中替我监视她。"

"什么？替你监视她……这是怎么回事？"

"总之，你来了就会明白，电话中不方便长谈，见面以后再仔细告诉你。你现在就穿得像个保姆的样子，坐出租车到神木车站，我在那里等你。"

在宇市的催促下，君枝对要代替宇市"监视"文乃这句话似乎非常在意，连忙说道："好，我马上准备。"说完，急忙挂断电话。

宇市走出公共电话亭，朝香烟摊的广告牌走去。刚才他离开文乃家时，西药房旁边就有电话亭，他却特地跑到车站的电话亭打电话，为了不让别人起疑，他故意在附近兜绕，装出想要买包香烟的样子。他在香烟摊买了一包"逍遥牌"香烟，沿着行人稀少的小路朝住吉神社的方向走去。大多数的店家还没开门，普通平房前已经洒水打扫过，赶着上班的上班族与宇市擦身而过。宇市一边拖着因为昨天爬山而肌肉酸痛的沉重脚步，一边为自己叫君枝来照料文乃又可充当耳目的得意之作涌上了笑意。藤代姐妹知道文乃怀孕后，随即联手拟出对付文乃的策略，急着把遗产分配完毕，而宇市也捡到文乃患病的好机会，将君枝安插在文乃身旁，借此来应付文乃怀孕或生产时可能发生的各种状况。在宇市看来，这宛如天上掉下来的礼物——想到这里，他按捺住涌升的笑意，来到住吉神社的牌坊前，双手用力地拍了拍，朝正殿膜拜。

当他折回神木车站时，只见大概是火速赶来的君枝提着一个布包站在车站的安全区中央，身上穿着半旧的横纹短褂，系着短腰带，脚下穿着木屐。以当过女侍的君枝来说，她原本就有些土气，不过这身打扮倒像是四十出头的勤快女人。

君枝见到宇市，立刻板起臭脸，开口骂道："你到哪里风流了？"

"我到住吉神社拜了一下，让你久等了，不好意思，我们到那边的早餐店去吧。"

他们走进前方不远处的早餐店。大概是一大清早，早餐店内没有半个人影，收音机响起很大的声音。宇市和君枝对视而坐，他讨好似的问道："不好意思，大清早把你叫来，吃过早餐了吗？"

"嗯，我吃了几口昨晚为你留的饭就过来了。"接着，君枝略带讽刺地说，"到底是什么天大的事，大清早就叫我来照料病人啊……"

君枝说得有点不是滋味，但宇市看得出她的目光充满好奇。

"文乃肚里的孩子有危险了。"

"什么？肚里的孩子……"君枝惊讶地睁着那双三白眼说道。

"嗯，她得了妊娠中毒症，若有个闪失，母子都有生命危险。"

君枝沉吟了一下，然后试探性地看着宇市说道："文乃若有什么意外，是不是对你很不利？"

"倒也不是这样。我总觉得老爷对文乃生孩子的事情，好像早已做好安排，而文乃却不肯告诉我，我担心的正是这个。"

"噢，你们家老爷不是在遗嘱上已经写明要分一些财产给文乃吗？难道他另外又给了文乃什么？"

君枝明显地露出憎恶的表情。

"我总是这样觉得。文乃拜访本家的那天，大小姐当着她的面说，不管她肚里的孩子是谁的，她生下之后都跟矢岛家没有关系，倒不如把孩子堕掉也是为她着想。可是文乃硬是不从，无论如何都要把孩子生下来，而且医生还警告她，她害喜很严重，又患了妊娠中毒症，稍有个闪失，母子可能有性命之忧，她还是坚持要生。所以我才怀疑老爷可能早已对她做好安排。"

"你没向文乃试探过吗？"

"我用尽所有办法试探，就是找不出任何蛛丝马迹。"

之后，宇市语带含糊地对君枝说出昨晚他在文乃家中翻箱倒柜被撞见的窘况，接着凑近君枝面前，恳求道："这就是我希望你假装保姆，一边照料文乃，一边暗中调查是否有类似文件的原因。"

"你身为大掌柜，一毛半角也没分到，人家当妾的却还藏着私房钱呢。"蓦然，君枝露出凶恶的眼神，怒声喊道，"要去，你自己去！"

说着，提起布包，气呼呼地站了起来。由于用力过猛，撞倒了桌上的牛奶，刚好泼在宇市的膝盖上。宇市赶紧从腰带取出白纸，猛擦膝盖。

"你用的是什么东西？那纸……"

君枝指着宇市的膝盖，还翻着白眼瞪他，仔细一看，那是昨晚从文乃的桐木立柜里偷出来的高级卫生纸。

"你，该不会昨晚跟文乃……"君枝脸色大变，几乎要狂叫起来。

"你不要胡思乱想！她是个有身孕的病人！"

宇市凑近君枝面前，跟她说明这卫生纸是他找不到毛巾擦拭文乃的呕吐物，无意间在立柜里拿到的。

"我心想她大概用不着了，我觉得塞在里面可惜，于是顺手拿了一叠。你看，这是上等的纸张呢。"宇市像是挑动君枝情欲似的，让她看被牛奶浸湿的卫生纸。

"讨厌，你这个人，大清早就想这个……"君枝露出牙床淫笑着说，"你说过以当过艺伎的文乃来说，是稍嫌老实文静了些，可是她能抓住你们家老爷的心，就是这样才拿到好处的。看来，我的任务还蛮重大的嘛。"

"这要看你的监视工夫发挥到什么程度了，说不定我还可以从遗产中捞点油水呢，这样一来，我就买栋房子……"

"什么？买栋房子……"君枝惊讶地反问道。

"是啊，买栋新房子，我们就可以更方便来往。"宇市像是勾起君枝欲望地说道。

"我先走一步，你在这里消磨个三十分钟，再若无其事地来找我，就说你是我介绍来的，曾经在旅馆当过女侍，要尽量装得像才行。"

说着，宇市把文乃家的位置告知君枝，先行离开了早餐店。

宇市计算着时间，疾步回到来时路，走近文乃家附近时，停下了脚步。

不知什么时候，门口已经打扫干净，还洒上了水，木板套窗也卸了下来。宇市推开玄关的格子门，厨房里传来了冲水声，还飘出了味噌汤的香味，他以为文乃抱病起身做家务，急忙打开拉门。原来是昨晚来文乃家帮忙的那个凸眼妇，她束紧衣袖系着围裙，从厨房里探出头来。

"你跑去哪里啊？"

"啊，原来是老板娘，早安，一大早就给您添麻烦了。"

他急忙打招呼，凸眼妇却板着脸孔，埋怨道："你们男人果真靠不住。我不放心过来看看，结果正如我所料，你扔下病人不管，不但溜出去买烟，还跑去散步呢。真受不了你们这些男人！"

大概是宇市没有到凸眼妇店里买烟而让她心生不悦，说起话来格外尖酸。

"稀饭、味噌汤和小菜我都煮好了。"

凸眼妇把饭菜一道道地摆上托盘，端着这些早餐来到客厅。

宇市对凸眼妇的唠叨感到厌烦，但他懒得理会，只是默默跟着对方走进文乃躺卧的客厅。文乃已经梳洗完毕，把头发束在脑后，端坐在棉被上。

"对不起，我来晚了！我离开时，心想要帮你找个保姆，于是在公用电话簿上查到保姆协会的电话，我询问了好几个地方，时间就耽搁下来了。"宇市说明迟到的缘由。

"找到了吗？"文乃没有动筷子，担心地问道。

"不，他们好像派不出人手，叫我再等四五天。"

"那是当然的，哪可能当天就雇得到保姆呀。"凸眼妇插嘴道。

"可是，四五天没保姆照料，我可就……"文乃困惑地说道。

"是啊，我也这样觉得，所以不止委托保姆协会找人，我还拜托朋友和几家认识的商家。后来有个下游厂商跟我介绍，有个在旅馆当过服务员的四十几岁妇女，半年前因为身体不适回家休养，现在康复后想找些工作，厂商问我要不要找来试试。我心想，这个节骨眼并不是挑人的时候，于是安排对方立刻过来。听说对方就住在市区，无论是来你家照料，还住下来都很方便。"

宇市一口气说了这么多，文乃沉吟了一下，凸眼妇马上说道："说得也是，现在没时间考虑那么多，今天若有人愿意过来，我们就要谢天谢地了。对了，对方什么时候来啊？"

"我们运气不错，很快就联络上了。她知道文乃身边没有亲人，又得了急病，处境一定很艰难，所以答应马上要赶过来，或许待会儿就到。"

"噢，那么快啊……"文乃露出些许担忧的神色。

"真是太好了，老店家的大掌柜果然是人脉广通呀。"凸眼妇感佩地说着，一反刚才的态度褒奖起宇市来，"总之，独自生活的病人每天必须有人照料，再说文乃生产后也需要人手，如果对方可靠的话，可以继续请她帮忙。"

"不，这得问她本人才知道。目前，我只是先请她代劳一阵子……"宇市装模作样地说得吞吞吐吐。凸眼妇也颇有同感跟着点头。

"恕我问个失礼的问题，矢岛家那边到底怎么看待文乃啊？"凸眼妇多管闲事地问道。

面对这番直言，宇市一时不知如何回答，最后好像看出凸眼妇看热闹的心态，回答："矢岛家那边的人目前正忙着分配遗产，我们家老爷在遗嘱上提到要把部分财产分给文乃，所以最后还是会分给她一份。不过，分散在各地的土地或山林和遗产目录有点出入，加上矢岛家三个小姐尚未谈拢财产分配，该给文乃多少便不容易进行，等到矢岛家的内部安顿以后，我相信她们自然会分给文乃。"

"是吗，这样就好。像文乃这么老实的人，从来不敢厚着脸皮跟别人争，全看人家的眼色，而且她又失去你们家老爷的支持，真是值得同情呀。"

凸眼妇故意多管闲事地说着，其实是要博取将来分得丰厚财产的文乃欢心，所以昨晚主动殷勤照料文乃，也是出于这样的盘算。她抬眼看着文乃，只见文乃对她跟宇市的对话毫不在意，一边看着庭前的白色花丛，一边默默地动着筷子，脸色苍白憔悴，全身慵懒浮肿，显得有些木然。

"有人在家吗？"玄关处传来了女人的喊叫声。

"保姆来了吗？好快哦。"

凸眼妇眼睛为之一亮，宇市则故作睡眠不足地打了呵欠，不慌不忙地说："大概是吧。"

君枝跟在凸眼妇后面走进客厅，不看宇市一眼，便对文乃双手触地自我介绍:"我是矢岛商店介绍来的小林君枝,我从未照料过病人,恐怕还不习惯,但我一定会尽心负责,请多多包涵。"

打完招呼后,君枝来到正在吃饭的文乃身旁。

"夫人,今天觉得怎么样?比昨天舒服吗?来,我再替您盛碗稀饭吧。"

君枝看了一下文乃的碗,拿起托盘,准备去盛稀饭时,文乃口气僵硬地说:"您也知道,以我的立场来说,不应该称我夫人,您叫我'病人'好了。"

君枝稍微停顿了一下。

"人家说,如果对卧病在床的人喊什么'病人',反而会使病情加重呢。您独自生活,又快要生孩子了,当然要称呼您夫人,还是让我叫您夫人好了,这样也比较顺口,请您谅解。"

她百般讨好地说着,然后对着凸眼妇说:"我不太会照顾病人,请您多多指教。听说您昨天就过来帮忙,以当今的世道来说,这实在不容易啊。"

君枝夸大其词地说着,轮到凸眼妇问道:"你今年几岁了?"

"我吗?今年四十出头了。"君枝故意不说自己的真实年龄。

"听说你在旅馆当过服务员,是哪家旅馆啊?"凸眼妇追根究底地问道。

"之前,我在京都岚山的餐厅旅馆工作,由于身体欠佳,虽然每天拼命招呼客人,但总是做不好……"君枝故意回答得土里土气。

"既然是矢岛家的大掌柜介绍的,应该不成问题吧。"凸眼妇起先有点纳闷,说完,看了宇市一眼。

"噢,您就是矢岛商店的大掌柜啊?是我失礼了!刚才承蒙您通过我朋友替我介绍工作，真的非常感谢。我做得不周到的地方，今后还望您多多指教……"

在凸眼妇的示意下，君枝才慌忙地向宇市打招呼。宇市皱起那双灰眉说道："噢，原来你就是小林君枝啊……"接着，毫不客气地打量着君枝，说道，"你当过餐厅旅馆的服务员，看起来蛮老实的，不过你现在要照顾的是怀孕的病人，可得格外费心，要让她生出健康的孩子来。"

宇市故意说这番好话来讨好文乃。

"嗯，谢谢您的指教，我明白了，我会尽力照顾夫人，让她早日康复，生个活泼健康的宝宝，否则我来这里做保姆就没意义了。"君枝对答得体，接着转身看着凸眼妇说，"那么，事不宜迟，请您赶快教我吧。"

语毕便打开了布包，取出白色围裙立刻围上。

"你蛮勤劳的嘛，像你这么勤奋的好帮手，我当然很乐意教你。"凸眼妇露出难看的笑容，一副有跟班似的，得意扬扬地站了起来。

房里只剩下宇市和文乃，宇市对着始终默默吃饭的文乃问道："你觉得那个保姆如何？"

不知文乃是否听见了宇市的这番话，她脸色苍白直视着庭前，也不回答，表情呆滞，只有手机械似的动着。那几乎令人窒息的沉默让宇市不知道该说什么，他动了动满是皱纹的老脸，说道："我知道你不太满意，只是情况太紧急，保姆协会又派不出人手。这个女人虽然已过中年，但还蛮通情达理的，做事很勤奋，又是熟人介绍，来历还算清楚，你就委屈一下吧。而且，我最近忙着本家小姐分遗产的事情，查看山林之后，还有许多事情需要协议，对你有失关照之处，请多包涵了。"

文乃并没有正面评论君枝的好坏。

"现在正是本家忙碌的时候，又劳您为我这么费心，我实在过意不去。"文乃口头致谢后，用澄澈的眼眸看着宇市。

"不，你这么说，倒叫我不好意思呢。"宇市慌忙地别过脸去，"还有其他事吗？我该到店里去了，先告辞一步。你若有什么急事，立刻叫保姆打电话到店里。"

说完，宇市便匆忙地站起来，也不跟厨房里的君枝和凸眼妇打声招呼，就步出了玄关。

从神木车站坐上开往阿倍野的电车后，宇市这才打了一个大大的呵欠，环视车内。过了十点，车厢内人影寥寥，使得老旧的座位看起来更冷清。宇市把睡眠不足的脸迎着吹进来的风，想到自己终于把君枝安插在文乃身旁，如释重负地舒了口气。他看得出文乃对君枝多少存有戒心，但君枝向来眼尖心快，若能接近文乃，应该不至于被看穿。他总有一种预感，怀孕的文乃突然传出急病，很可能就此引发什么事情。

抵达阿倍野桥，宇市立刻走向地铁入口，坐上开往梅田的电车。车厢内和刚才他搭乘的上町线电车一样，没什么乘客，快到本町时，往布料批发大街采购的客商突然变多了，宇市在本町下车，一如往常，迈着急忙的脚步，也从不张望，穿越人车来往的缝隙，来到矢岛商店前，迅速朝店内后方的账房瞥了一眼。

矢岛商店和往日一样，店主坐在账房的最后方，前面坐着掌柜，掌柜前面坐着善打算盘的年轻店员，座位的排列恰巧形成一个扇形。店员个个手按传票，只手忙着拨打算盘。本来，坐在重要位子的人不是宇市就是入赘女婿良吉，今天，良吉就端坐在那里，掌管着账房里的大小事情。

一大清早，店内挤满了外县市过来的零售商，不断地传来顾客和店员讨价还价的喧嚣声，生意一派兴隆。宇市避开顾客和店员的视线，悄悄地走进账房，良吉抬起头来说道："宇市先生，你来得可真晚呀。我以为你昨晚就会回来了，家里的人都在等你呢。"良吉带着责备的目光看着他。

"昨天晚上刚好有些事情耽搁了。"宇市只是这样敷衍良吉，接着问道："小姐们现在在什么地方？"

"寺方来了几位师父，她们都在客厅里。"

"寺方的师父……"宇市露出惊讶的表情。

"是啊，今天是祖母大人的忌日，我刚才已经拜过了。"

"哎呀，我真是老糊涂啊……"

今天是藤代她们祖母的忌日，所以上午菩提寺的住持就来家里诵经，分家出去的矢岛芳子也过来祭拜。宇市只顾着把君枝安插在文乃身旁充当耳目，却疏忽了矢岛家祖母的忌日，不禁咋了咋舌，急忙沿着走廊走向客厅。诵经似乎已经结束了，传来芳子和住持的谈话声。

"我是宇市，恕我来晚了……"宇市站在门外，即先行通报。

"进来吧。"

宇市认出是芳子的声音，推开门一看，住持已结束诵经，把脱下的袈裟搁在佛龛前，正和芳子对坐着喝茶。宇市立即向住持欠身致歉："您这么早就赶来诵经，而我却来得这么晚，真是失礼了。"

"大掌柜，您总是那么勤奋有礼，矢岛家有您这么一位尽忠职守的大掌柜，真叫人放心呐。"气色红润的住持绽开笑容，对宇市平日的辛劳表示体恤。

"哪里，承蒙住持您这么夸奖，我实在不知该如何回答是好。不过，只要我身体还动得了，绝对尽全力为矢岛家付出的。"宇市恭敬地端正跪姿说道。

"您有这样的心意，相信小姐们已往生的双亲在天之灵都会感到欣慰。"住持说着，望了望穿着黑色和服的藤代她们，三姐妹只是应酬似的点点头。

"今后还有许多事情有待克服，不过贵店人才众多，又有姨母从旁协助，应该不成问题，我在此衷心祝福贵店永远生意兴隆。"

住持说完，把喝净的茶杯放回茶托，在执事僧的陪同下走了出去。宇市跟在执事僧后面，送住持来到玄关后，马上折了回来。

回到客厅，住持刚才在场的那种融洽气氛已不复见了。

"昨天，你后来到底去了哪里？"藤代厉声问道。

"在那之后，出了件大事。"

"什么？大事……山林出了什么事吗……"藤代说得急切，千寿和雏子也睁大眼睛。

"不是山林，是文乃那里啦。"宇市这样说着，藤代她们才松了口气。

"神木那里怎么了？"

"我跟小姐们分手以后，和护林员喝了几杯，坐着近铁的电车回来，到阿倍野车站时，已经晚上十点多了，我想小姐们跑了一整天，大概很疲累，便不敢打扰。从阿倍野到神木的文乃家只需要十五分钟，干脆过去看看，没想到我到文乃家时，她不巧得了急病，医生在客厅为她诊断。"

宇市严肃地说着昨晚发生的突发事件。

"噢，她只不过生了点小病，有什么好大惊小怪的呀。"芳子冷淡地插嘴道。

"她得的不是普遍的病痛，是妊娠中毒症……"

"什么？妊娠中毒症？医生怎么说？"芳子尖声问道。

"医生说，分娩时引发妊娠中毒症，很可能危及胎儿和母亲的性命，有时候还得进行堕胎手术。现在最需要静养，尽量吃些少盐的食物，这样就能早一点治愈。"

"那么，她愿意堕胎吗？"

"她说，无论如何都要把孩子生下来。"

"噢，无论如何都要把孩子生下来……她为什么那么想生？"

蓦然，芳子停顿下来，露出狐疑的表情，好像在寻思对策。

"我们去神木看看吧！"藤代冷不防提议道。

"什么？我们去神木……"千寿惊讶地问道。

"没错，总之，我们先去神木，亲眼看看她的病情如何，这是最妥当的做法。与其在这里讨论她要不要把孩子生下来，不如直接去看看，是不是正如医生说的，生产时引发妊娠中毒症，很可能危及母子的性命？这才是关键所在。"

藤代说得若无其事，但听得出话中的冷酷无情。也就是说，如果文乃生产时可能有性命危险，就算她们不要求文乃堕胎，情况也会往她们所想的方向发展。

"我也要去。姐姐说得对，去看看神木那里的情况到底怎样，也是蛮有趣的。"雏子突然兴奋地对宇市说道。

"什么？三小姐您也要去？这怎么行呢！本家的夫人姑且不论，我倒没听过本家小姐拜访妾宅的事呢。何况你又是未出嫁的小姐，怎么可以去妾宅？"

宇市想不到矢岛家那三个心高气傲的小姐居然提议要去妾宅。

这样一来，他在本家与妾宅的精心布局可能受到影响，所以说什么都要强烈反对。

藤代的眼角露出一抹冷笑："宇市先生，你干吗死命地阻止我们过去呢？莫非我们过去会坏了你的好事不成？"

"没这回事！我只是担心老字号店铺的大小姐跑去妾宅家会惹来闲言闲语，而且昨天看过的山林，还有些事情需要商量呢。文乃那边也不见得今天或明天出事，等有什么结果再去比较好，我只是这个意思……"

宇市极力强调着，正要往下说时，藤代立即打断他的话说："山林的事情固然重要，但神木那里的事更重要。首先，山林那边拖半个月或一个月，也不会有什么变化，而神木那里若不早点处理，万一发生了难以收拾的事故，那就来不及了。所以，我们明天就去。"

"什么？明天……"宇市愣怔地反问道。

"是啊，这种事要越快越好。"

接着，藤代若无其事地对姨母芳子说："姨母，您也要去吗？"

"那是当然。你们去了，人家说什么害喜啦，妊娠中毒症啦，你们也听不懂。虽然我生下的那孩子一个月就夭折了，但我毕竟有生孩子的经验，不亲自走一趟，你们不会明白的。今天我来参加母亲忌日的祭拜，听到这个消息也算是机缘，这些事就交给我好了。"芳子展现姨母的架势说道。

"可是，一次去那么多人，对病人刺激太大，万一导致病情恶化的话……"

宇市关切地提醒她们，藤代带着冰冷的眼神说道："你说到底会刺激她什么呢？"

"小姐们再加上姨母全部都去的话，文乃看到这阵仗恐怕会吓出病来。"

"照你这种说法，好像我们是去羞辱她似的，我们是去探望病人。"芳子用严厉的口吻说着，接着又说，"对了，怎么能把病人扔着不管呢，得赶快帮她找个保姆。"

说完，她就要去按呼叫铃，宇市连忙挥手说道："不用了，今天早上，我已经安排一名保姆过去了。"

"噢，你已经找了保姆……"藤代露出严厉的目光。

"是的，今早我打电话去保姆协会询问，他们说现在人手不足，得再等个四五天。我怕等不及，于是四处打电话给认识的朋友，终于有个中年妇女有点意愿，我便拜托了她。不过，文乃的家附近有个凸眼妇人，很喜欢说三道四，弄得保姆不好做事。"宇市一口气把事情的始末说完。

"是吗，宇市先生你的动作真快……"藤代好像又联想到什么，口气厌恶地说道。

矢岛家的便门整齐地摆着四双鞋子。

"路上请小心！"

保姆整齐地低下头，为小姐们送行，她们并不知道小姐们要去哪里，但无不带着好奇的目光，打量着穿戴华丽的藤代一行人。

姨母芳子穿着结城织和服，外面套着黑纱短褂，俨然一副老店家的夫人，派头十足；藤代穿着浅紫色和服，系着胭脂色蔓藤花纹的腰带，显得高贵艳丽；千寿穿着黑色红菱图案的和服，系着紫红色腰带，典雅、端庄，像个少夫人；三小姐雏子穿着浅粉红色和服，系着白锦腰带，洋溢着青春小姐的活力与可爱，她们依各自的年龄与身份打扮得恰如其分。

姨母芳子走在前面，接着是藤代、千寿和雏子，最后是提着水果篮的宇市。他们一行人穿过庭院，走向大门口，只有千寿向账房里的丈夫良吉使了个眼色以后，才上了车。

雏子和宇市坐在司机旁边，姨母芳子和藤代、千寿则依肩坐在后座上。车子开动以后，宇市感到车内的气氛异常，想象着这一行人到文乃家的情形。

由于宇市事前已经打电话告知文乃今天藤代一行人前往的消息，也交代君枝如何应对，并嘱咐君枝转告多管闲事的凸眼妇今天不要露脸，可说做好了万全准备，但看到藤代她们穿戴华丽，仿佛要去游山玩水的神情，突然又有点担心起来。

"宇市先生，到神木还要多久？"藤代不耐烦地问道。

"这个嘛，从本町到阿倍野桥大约三十分钟，从阿倍野桥到神木大概要十五分钟吧。"

"噢，要这么久啊。"

见藤代急不可耐地说着，雏子也笑不可遏地说："姐姐，咱们好像要去看一场精彩的戏剧……"

姨母芳子也跟着随声附和："是啊，自从你父亲去世以后，你们倒是第一次穿着漂亮和服一起出来，好像要去京都看戏似的。"

"今天的戏码可精彩得很呢。"说着，芳子对着藤代她们，意有所指地笑了笑。

"不过，对方也不是省油的灯，不到最后看不出高下的。"藤代若无其事地说着，内心却异常亢奋。

车子穿过人车杂沓的阿倍野桥，来到北畠时，那里的车流量骤然减少，车子缓缓地驶进安静的住宅街。越接近神木附近，宇市的心情越是沉重，他既担心文乃情绪失控，又担心假装保姆的君枝露出破绽。君枝向来机灵精明，可以应付各种事端，倒不用过度担心，姑且不论藤代她们能不能看出其中端倪，他一想到姨母芳子锐利的眼神，不由得打了个寒战。

"啊，神木车站到了，往哪边拐呢？"坐在后座的芳子问道。

宇市慌忙地告诉司机怎么走。由于凸眼妇早已把这消息告知左邻右舍，那些主妇早就在西药房附近守候。车子从她们面前经过，驶进西药房前的那条小巷，车速慢了下来，向左拐去就是文乃的家。

车窗两旁纷纷投来看热闹的目光。这些前来妾宅的本家女人让主妇们感到好奇，华丽亮眼的和服使她们羡慕不已，不禁围拢过来。

"老字号店家的夫人和小姐，出个门就要穿得那么气派啊？"

"她们穿的全是昂贵的和服，不过穿戴那些行头，光看就让人觉得辛苦。"

主妇们毫不客气地对藤代评头论足。千寿低下头，雏子也羞得脸红，唯独姨母芳子和藤代伴装毫不在意，高傲地仰着头，一派目中无人的悠然神态。

车子一停下，宇市抢在司机前面下了车，按了门铃。君枝仿佛等候已久，马上从洒过水的玄关跑了出来。

"您好，病人和我都在等候小姐们的大驾呢。"

不知什么时候开始，君枝也不称文乃"夫人"，而是叫"病人"了。君枝挽着头发，围着宽松的围裙，一副地道保姆打扮似的招呼着，但藤代她们没理会她，只是站在门口打量着这栋房子。

这栋有树篱围绕的宅第占地约七十坪，木格门像茶室建筑的平房约莫占了二十坪。大概是年久失修的关系，树墙旁的铺石及房屋的围墙已经老旧斑驳，以老字号店家的妾宅来说，是稍微寒酸了些，但这也反映出嘉藏身为入赘女婿的谨小慎微。

她们走进玄关后，君枝马上蹲在藤代等人脚边，迅即把她们的鞋子整齐放在石板上，而把宇市的鞋子放在石板下面。

"来，请到里面坐。"君枝说着，便走在前面带路，来到客厅的拉门时，对里面喊了一声："本家的人都到了。"说完，推开拉门。

文乃脱下白底十字横纹浴衣，换上了睡衣，梳洗整齐地坐在被子上。

"今天，承蒙小姐们前来探望，实在不敢当……"

文乃低下苍白的脸，迎接走进客厅的藤代她们，当她微微抬起头时，却被眼前的光景吓得愣住了。

以姨母芳子为首，藤代三姐妹穿着华丽的和服，好像在戏台前表演似的，一字排开站在拉门处，丝毫没有探望病人的温柔关怀之情，反而故意炫耀身上的行头，表现出无情的冷漠。

文乃不由得紧张起来，心脏剧烈跳动，腋下不断地渗出冷汗，感觉胸口很难受。

"请夫人到这边坐……"

君枝拿出坐垫请姨母芳子坐在上位，藤代她们三人围坐在文乃身边，宇市坐在雏子后面。矮胖的芳子坐下后，开口说道："这儿蛮干净舒适的嘛，总共有几间房间？"

说着，仔细打量着客厅的格局和壁龛的材质。

"门厅那边有三叠和四叠半的两间，又有八叠和六叠的两间，此外还有厨房和浴室。"

"庭前的花木修剪得不错嘛。"

约莫四十坪的庭院里，每株花木都修剪过，连小小的庭石也是经过精心挑选。

"托您的福，我能享受莳花弄草之乐。"

"是吗，这房子看起来不大，不过男人每个月只来几次，以一个女人居住的话，算是很宽敞的了。"

说着，芳子回头看着壁龛，墙上的挂轴已经取下来，黑檀的矮桌上供奉着已故矢岛嘉藏的照片，桌前还供着白色鲜花。

"噢，原来这里也在供奉嘉藏？男人跟女人就是不同，死了以后，还有两个地方受人供奉呢。"

姨母脸上掠过一抹冷笑，藤代她们则没有任何表情，只是冷眼旁观地看着摆在妾宅的那张父亲穿着和服、神情愉快的照片。

"我们听宇市先生说您病了，情况有没有好些？"芳子这才说出探病的话。

"我突然晕倒时，真不知道该如何是好，幸亏大掌柜细心照料，很快就帮我找来保姆，病情没有恶化，现在的情况稳定多了。"文乃憔悴的面容勉强露出微笑，隐藏病情说道。

"不过，妊娠中毒症和其他病症可不一样，生产时很可能危及孕妇的性命呢，您打算怎么办？"芳子极其温和地问道。

"我还是坚持原来的想法，把孩子生下来。"

"噢，这可是要人命的呀，您坚持要生，就算孩子平安无事，但您若有个三长两短要怎么办？"

文乃顿时不知如何回答，隔了一会儿，抬起头来说道："就算有危险，我还是要把孩子生下来。老爷说，他生前没能看到孩子出生，最感遗憾，所以至少要把孩子……"

"噢，我父亲没提起我们这些孩子，而说没看到你肚里的孩子出世最感遗憾吗？"藤代厉声说着，气得丰满的胸部剧烈地起伏着。

"不，不是这个意思，我不是要跟小姐们相提并论，我只是说肚里的孩子……"

"住嘴！姑且不说我父亲刚做完头七和二七，他去世才两个月，你就在自家壁龛供起我父亲的照片，还摆上鲜花，而且开口闭口就说老爷和孩子什么的，真是不要脸！你这样大言不惭地扯个没完，听在我们本家人的耳里，简直要起鸡皮疙瘩！"说着，藤代转身对着保姆说道："把壁龛上的照片拿来给我！"

"什么？要拿壁龛上老爷的照片吗？"

君枝慌张地看着文乃，面容憔悴的文乃脸色更苍白了。

"您拿老爷的照片做什么？"

"我要拿回去，把它供在第四代矢岛商店店主最适当的位置上。"

藤代冷不防地站起来，走到壁龛前，就要伸手拿走父亲的照片。

"小姐，您不可以这样！"文乃尖声大叫，转过笨重的身体，出手阻止藤代，"我这里不能设佛龛，也没有牌位供奉，至少也让我供奉老爷的照片。"

文乃哀切地恳求着，可是藤代依旧面无表情，直看着文乃。

"你要在心里怎么供奉，那是你的自由，刚才你说无论如何都要把孩子生下来，将来生下孩子以后，若指着这张照片说这是他的父亲，对矢岛家来说，可是个困扰。换句话说，这张照片可能会引来许多纷争，所以我要把它带回去。"

藤代说着，取下壁龛上的照片，翻过背面拆开相框，准备把照片拿出来，文乃整个身探向前去，哀痛地说："我把孩子生下来，真会带给本家困扰吗？"

"那要看怀孕的人怎么想了。"姨母芳子插嘴道。

"您这话是什么意思？社会上像我以这种身份生下孩子的人比比皆是，为什么您这么无情，唯独不让我生呢？"

文乃语声悲怒地质问着，芳子依然不为所动。

"我把话说清楚好了，我们本家怀疑，您冒着生命危险执意要把孩子生下来，必定有什么不可告人的目的。"

芳子道出本家的想法，文乃霎时像木头人般眼睛定定地盯着远处。

"您突然闷不吭声，果真是心里有鬼吧。"

芳子追问着，文乃微微摇着头。

"噢，您的意思是说，没这回事喽？"

芳子再次逼问着，文乃只是默默地摇头。

"那么，你到底是什么意思呢？"

藤代气急败坏地说着，转身靠近文乃时，玄关的按铃突然响了。

"这时候，是谁啊……"

坐在角落的君枝，仿佛从凝重气氛中得救似的，急忙跑去玄关探看，马上又回到客厅。

"一个自称是坂上医生的人要来诊察……"

"坂上医生？"文乃诧异地反问道。

"那医生是我请来的。"千寿脸色苍白地说道。

"什么？二小姐你……"顿时，藤代她们都吃惊地看着千寿。

"我特别请我的妇科医生坂上来这里诊察一下。"

文乃听到这番话，倏地脸色苍白，嘴唇不由自主地颤抖着。

"我已经请医生来诊察过了，感谢小姐的好意，请他回去吧。"

文乃出言拒绝，千寿却用那细长的眼睛看着她。

"我知道你请过医生了，可是这种病稍一闪失就有生命危险，而且医生的诊断各有不同，所以我特别请了妇产科名医坂上医生来看诊，这样或许比较能平安生下孩子。"

千寿说得委婉动听，但她结婚六年没生下一儿半女，眼神中无不充满着憎恨与嫉妒。这时候，藤代才意识到原来也有人跟她一样期待文乃早日死去。

"可是，我不认识那位医生，又要在小姐们面前看诊，我不要他替我检查！"

文乃坚决地拒绝，姨母芳子突然靠近她身旁。

"文乃，您又不是未出嫁的姑娘，别闹别扭了。本家的小姐这么好意为您着想，特别请来医生，您就让他检查一下嘛。"说着，转身对着君枝说，"保姆，你还愣在那里做什么？赶快去请医生进来呀。还有，雏子和宇市先生你们到隔壁房间去。"

说完，芳子猛然绕到文乃背后，反手将她抱住，千寿和藤代见状也出手帮忙，硬是把文乃按躺在榻榻米上。

"你们要做什么？怎能强迫我检查呢？"

文乃惊慌地赶紧捂住胸口，拼命挣扎，只见一位有护士随行的医生走进客厅，文乃已失去反抗的力气，脸色苍白躺在枕头上。

千寿赶到门口处迎接医生。

"啊，医生，您来得正好。昨天我只是拜托了您一下，不知道您愿不愿意出诊呢。真是谢谢您啊。"

"今天刚好早点把门诊的病人看完……对了，病人的情况如何？"

文乃表情僵硬地看着那名戴着眼镜、眼神冷峻的中年医生。

"来，让我帮你检查一下。"

医生为了放松病人的紧张情绪，语声轻柔地说着，随手打开护士递上来的提包。芳子把君枝扶在文乃身上的手推开，犹如亲人般地帮文乃宽衣解带。

文乃的肌肤从浴衣的开襟处露了出来，医生拿起听诊器触碰她的胸部，开始从内脏检查起，慢慢地从胸部移到隆起的肚皮上。文乃似乎已经忘却羞愧，裸露在外的胸部剧烈地起伏着。接着，贴身衣服也被脱下了，肚皮隆起的丑态随之毕露。芳子毫不客气地打量着文乃的身躯，藤代和千寿也像观摩活体解剖似的看着医生为文乃诊察。她们想到那就是父亲爱抚过的身躯，而这个身躯内的骨肉，将来很可能影响她们的遗产所得时，不由得感到憎恶。

"接下来，我要开始内诊。"

说着，医生用消毒水擦拭双手，接过护士递来的内诊器具，文乃紧张地蜷缩起来。

"您要做什么！"文乃大声叫着，惊恐万分地用双手遮住下体。

"我只是用子宫镜检查一下妊娠中毒症是不是会造成胎盘早期脱落。"

医生说着，拿着子宫镜正要伸进文乃的下体。

"住手！我不要这种检查！"

文乃脸色苍白，双手用力按住下体，支起上半身，嘴唇不停地颤抖着："您用器具强行检查，万一流产了怎么办？不，您是存心要让孩子流掉！"

"你叫医生赶快住手！"

君枝见状也伸手护着文乃，拿起被子盖住文乃的下体。

"这里没有保姆说话的分，你给我出去！"

千寿白皙的手用力将君枝推开，直盯着文乃的脸庞。

"你最好识相点，不要胡来！我们是堂堂矢岛家的女人，怎么会假冒诊察名义故意让你流产呢？我们只是要你乖乖让医生检查以后，再决定是否该采取堕胎措施。你安分一点让医生检查！"说完，千寿又按住文乃的肩膀。

"你说谎！我才不相信！你们全是些口是心非，满肚子阴谋的坏人……"

文乃极力推开千寿的手，这时，医生抓住文乃的手，说道："您过分激动的话，对胎儿会有不良影响，您就让我检查吧。"

医生交代护士把文乃的内裤脱下，让她弓着膝盖，敞开胯下。文乃拼命要合拢双腿，但医生右手拿着子宫镜，左手拨开外阴部，早已把像撑开器般的子宫镜伸进阴道里了。文乃屈膝弓股地像只虾，身体往后仰，脸上充满恐惧与羞耻。

"您不要乱动，这样很危险。"

医生嘱咐护士按住文乃的身体，他则动作熟练地从子宫镜窥看阴道的颜色和有无溃烂出血现象。

姨母芳子像助产士般冷眼观看，藤代和千寿充满着残忍的欲望和激情，因为她们初次看到非妇科人员见不到的女性私密器官。

"怎么样？按这里会痛吗？"医生拔出子宫镜，左手手指插入文乃的阴道，右手按着下腹部问道。

文乃满脸冷汗表情僵硬，双眼紧闭着，摇摇头。

"这里的感觉如何？按这里有压迫感吗？"

医生分别按了按文乃的子宫和下腹部，接着检查子宫的大小、柔软程度以及是否异常。文乃额上冒出汗珠，默默地摇摇头。这时候，藤代她们脸色涨红，眼里带着幸灾乐祸的快慰光芒。

医生又检查了肚脐以下两指的地方后，马上叫护士拿被子盖住患者的下体，然后在君枝准备的脸盆里滴入消毒药水，洗净自己的双手。千寿赶紧递上毛巾，迫不及待地问道："医生，您检查的结果怎么样？妊娠中毒症的患者，生小孩还是有危险吧？"

"嗯，根据我的诊察，确实是明显的妊娠中毒症，情况危急时的确必须做堕胎手术，但又没严重到非得这样做不可。坦白说，生孩子的风险占了五成。"

藤代她们无不露出失望的表情。

"虽说只占五成，但大多会采取人工流产的方式吧？"千寿虽然声音不大，但听得出她十分希望医生能随声附和。

医生勉为其难地说："这要看胎儿的母亲怎么想了。刚才我只是诊断病人的健康状态，应你们的要求，我强行做了检查，但诊断结果必须公正客观，是否要堕胎得尊重当事人的决定，做医生的不能强求。"

听完医生的说明，千寿对着文乃问道："你打算怎么办？"

"我决定把孩子生下来。"文乃挣扎着抬起头来，明确地答道。

"你还有机会！"藤代从旁插嘴道。

"还有机会？"文乃纳闷地反问道。

"你没亲没故的，身旁无人照料，为什么要冒五成的危险生孩子呢？再说，这个保姆又不是保姆协会派来的，只是宇市先生找来的外行人，万一出了状况，怎么办啊？你跟我们一样年轻，身体又好，将来找个丈夫嫁人，还有机会生孩子嘛，这样对孩子岂不是更好？"藤代冷淡地说道。

"有子万事足的幸福感是无法替代的，也不是找人嫁了就可以生孩子。"

文乃别过脸去闭上眼睛。医生似乎感受到情况的复杂。

"我们不知道你们之间发生了什么事情，等你们讨论之后再通知我。现在，就算当事人有意愿要堕胎，也没法做刮除手术，必须住院一个星期，用栓剂取出来。如果想生的话，就要安心静养，早日把妊娠中毒症治好。"

说完，医生替文乃注射葡萄糖和茶碱，并交代君枝要注意病人的饮食，然后像是赶时间似的匆匆离去。

医生走出客厅后，宇市马上推门探头进来。

"大概可以进去了吧。"说着，转身对雏子招了招手。其实，宇市待在隔壁早已察觉到客厅里的异样气氛，不过，他仍故作不知情地问："情况怎样了？"

藤代她们没有回答，文乃只是仰着脸，也没看宇市一眼，悄然无声的客厅里，笼罩着女人的憎恨与怨气。宇市一时不知说什么好，觉得自己在场很是尴尬。送医生出去又折回的君枝立刻察觉客厅里的气氛有异，便开口招呼："大家喝杯茶怎么样？刚才只顾着谈生孩子和医生的意见，也没请小姐们喝茶，真是不好意思，我这里还准备了鹤屋八幡的馒头。"然后，对文乃说，"你一定很累了，招待客人的事，就由我来好了，你安心休息吧。"

君枝开始整理凌乱的被子，姨母芳子迅即移膝探前，毫不客气地说："你这个保姆管得可真不少呢。刚才居然还出手阻挡我们，不觉得自己太多管闲事吗？你跟宇市先生到底是什么关系？"

君枝眨着那双三白眼，十分沉着地回答道："我是在贵店下游印染厂工作的某个员工的亲戚。"

"噢，之前你在哪里工作？"

"我在京都岚山的旅馆当过服务员。"

"是吗，难怪你无论到大门口迎接我们，或把鞋子摆放在石板上的动作，都是那么细心周到呀。"

芳子朝故意把头发挽在脑后，穿着宽松围裙的君枝仔细打量着。

"这么说，宇市先生时常去你们旅馆喽？"

君枝顿时无言以对，但仍保持平常的神情，好不容易才应了一句："您怎么突然开起玩笑……"

宇市见机也插嘴说道："夫人您就是喜欢开玩笑，我的年纪已经不适合去那种地方了。假如我还有力气，也会常到这里来……"说着，毫不客气地看着平躺的文乃。

"什么？常到这里来……"

芳子惊愕地望着宇市满是皱纹的脸庞，但想到刚才她们的施压仍没使文乃屈服，便趁此语带刻薄地说："哈哈哈，你说得对呀，她也算是老爷的二手货吧？这样也不错，反正她本来就没亲没故的，旁边正需要男人照料。"

"我们该回去了吧。"

藤代也跟着姨母站了起来。

"好吧，你要生孩子是你的自由，不过，这孩子跟矢岛家毫无瓜葛，他是你滨田文乃的私生子！"

藤代气呼呼地撒下这句话，挥袖离去，偌大的客厅里弥漫着那华丽和服留下的微微香气。

始终面无表情看着藤代一行人离去的文乃，确认她们的脚步声已然远去，终于忍不住哭了起来，想到自己受到那么大的羞辱和残酷的对待，不由得悲从中来。她像一只被按在地上的蟾蜍，在藤代她们面前暴露下体，甚至连女人最感羞耻的部位都被看透了，这是何等的羞辱。为了胎儿的安全着想，只好无奈地隐忍下来，但她还是为自己的凄惨遭遇感到哀伤。难道身为妾室，就得受到这般卑贱与残酷的对待吗？她不由得抬头看着壁龛，早上还摆着已故矢岛嘉藏慈祥面容的照片，现在却被藤代夺走了，只留下空荡荡的相框。

文乃泪水淌个不停，悲伤地呜咽着。客厅里没有佛龛也没有牌位，连仅存的一张照片也被抢走了，将来要用什么来向遗腹子解释他的身世呢？想到这里，她感到前所未有的茫然。

文乃木然地望着天花板片刻，才慢慢地支起上半身，移膝来到壁橱内的立柜前，轻轻打开拉门，拉出最下面的抽屉，一股卫生棉球的气味扑鼻而来，呛得她几乎作呕，她连忙用衣袖遮住鼻子，探身向前一看，矢岛嘉藏生前穿过的浴衣、棉袍、贴身内衣等衣物全映入眼帘。

文乃伸手探进那些衣物，感到无比亲切，低头抚弄着放在最下面的棉袍袖口，然后从袖口里拿出一只白色信封，那是一个厚厚的和纸信封，信封后面贴着封印，翻到正面，上面写着"滨田文乃女士"几个大字，那是矢岛嘉藏的笔迹。

这时候，文乃突然觉得有人推门进来，赶紧又把信封塞回衣堆里。

"哎呀，怎么了？您身子有病，可不能那样坐着呢……"

由于文乃的动作很不自然，君枝迅即探看她手里拿着什么东西。

"您在找什么呀？"君枝眨动那双三白眼问道。

"没有啦，我流了很多汗，想找件替换的衣服……"说着，文乃从抽屉里拿出一件女性浴衣。

"说得也是，受到那么残酷的折腾，任谁也承受不了，您真能忍耐啊。"

君枝帮文乃脱下汗湿的浴衣，又利落地帮她擦去背上的汗水，为她换穿上浆过的浴衣。

"您的头发乱得很，我再帮您梳理一下。"

说着，从梳妆台拿来镜子和黄杨木梳子，绕到文乃后面，梳理她那头直溜溜的长发。文乃任由君枝梳理着头发，却不得不对这个细心过了头的保姆来历感到怀疑。

"这样就会感到轻松些。"君枝一边帮文乃梳理头发，一边语声温柔地说，"您遭受那么多不公平的对待，为什么非要把孩子生下来不可呢？换成是我，早就堕胎了。"

她若无其事地问着，却触及今天的核心问题。文乃并没有马上回答。

"正因为遭受到那么多不公平的对待，才要把孩子生下来。"文乃扔下这句话后，双手捧着镜子，窥看着保姆琢磨她那番谜样般话语的脸庞。

遇　险

越过佐仓岭之后，山路两旁的群峰变得险峻，路况蜿蜒曲折，再走段路就可到达鹫家。

藤代和梅村芳三郎并坐在后座，她一边眺望车窗外的杂树林，一边回想第一次来鹫家时的情景。那一次，她跟两个妹妹和宇市，先在吉野的上千本尽情地赏樱，然后在宇市的带领下查看了山林。今天，只有她和梅村芳三郎两人来看山林。

两个星期前，藤代见过芳三郎，告诉他文乃怀孕及在宇市的引导下看过山林的情况，芳三郎突然说想跟她再去鹫家查看一次。藤代不由得又想起那个腰间插着镰刀，目光锐利、体格精悍却有勇无谋的护林员。"总之，我们俩再去查看一次。情妇怀孕的事自然不可轻忽，但听你说大掌柜带你们去看山林，我总觉得其中有许多蹊跷。现在最要紧的是先把山林的问题查清楚，你们才能商量如何分配遗产。"就是因为芳三郎的一席话，他们才决定强行上山查看。

"你还在担心吗？"芳三郎凑近藤代的耳畔轻声说着，藤代微微点头。

"有我这个军师跟着，你用不着担心啦。"

芳三郎充满自信地说着，双腿慢慢地交叠，仰身靠在椅背上。从他穿着灰色法兰绒裤、蓝白格纹休闲外套，鼻上架着一副防紫外线的墨镜，膝上摊展着地图的神态来看，与其说他是年轻的舞蹈老师，不如说是精明干练的青年实业家。

路面倏然变窄，从右前方的车窗望去，可以看到那条坡路，藤代望着坐落在梯田上的那间茅屋。

"梯田上的茅屋就是护林员的家。"

藤代指给芳三郎看，他马上探出半个身子，对司机说道："司机，你把车子开到坡路上面去。"

司机急忙踩满油门，驱车开往坡路。车子爬上坡路，在距离护林员住家约一百多米处停了下来，芳三郎自行开门下车。

"你也跟我一起来。"芳三郎说着，径自往陡峭的坡路走去。

在车内换上了轻便胶鞋的藤代跟在芳三郎后面疾步走着，脚后不时扬起阵阵沙尘。她好奇今天跟芳三郎突然来访，护林员户冢太郎吉会采取什么态度。

两人走到护林员家门前，芳三郎停下脚步，回头对藤代说："你别忘记，就按照刚才在车内讨论过的，不要叫我舞蹈老师，要让对方感觉我将来可能是你结婚的对象。"他小声叮嘱道，敲了敲护林员的家门。

"对不起，请问户冢先生在吗？"

"来了，您是哪位啊？"

屋内传来了女人的声音，好像是护林员的妻子。

"我们是大阪矢岛商店来的。"芳三郎回答道。

一名穿着工作裤裙的中年妇女探头出来，打开看似牢固的门板，一束阳光射进昏暗的土房内，仔细一看，正面墙上的横木整齐地挂着六七把闪着锐光的镰刀。

"你是矢岛商店的什么人？"

屋内传来男人粗犷的问话声，这时男人发现跟在芳三郎后面的藤代。

"噢，您不是上次来的大小姐吗？今天又有什么急事……"护林员旋即露出警戒的表情。

"上次给您添了许多麻烦，今天，我想再看看我家山林，劳您的大驾，请您为我们带路。"藤代一反上一次的跋扈态度，措辞客气地招呼道。

"他是谁？"他狐疑地指着芳三郎问道。

"他是专程陪我来的，以后我们要……"藤代故意说得暧昧不清。

"噢，是吗，他是专程陪您来的……那您今天来看山林，有什么打算呢？"

太郎吉毫不客气地盯着芳三郎。

戴着无框墨镜的芳三郎故作吊儿郎当的表情说："没什么重要的事啦，两三天前，我们俩无意间谈到登山的乐趣，兴起想来吉野观赏山景的冲动，所以就决定过来了。"

"这么说，你们是专程来吉野寻欢作乐喽？"

太郎吉露出淫猥的笑容。藤代听完很不高兴，但芳三郎同样露出淫秽的笑脸说："嗯，也可以这么说啦。我知道这样也许会给您添麻烦，不过还是请您再为我们带路。"芳三郎说着，从上衣口袋里拿出一只白色信封。

"这点小意思，不成敬意，就当作我们的伴手礼，请您务必收下。"

芳三郎把装着现金的信封递到太郎吉面前。

"这是今天给我的带路费吗？"太郎吉直盯着那个信封，接着问道，"大掌柜知道你们今天要来吗？"

"不，今天纯粹是临时决定，所以没通知矢岛商店的大掌柜。难不成来这里看山也得一五一十向他报备吗？"芳三郎借此反问。

"不，倒也不用跟他报备啦……"太郎吉支吾其词，最后才勉强说道，"好吧，你们要看我就带路。"

说完，抓起眼前的信封走进屋内，一下子就换好登山装扮走了出来，从横木上取下一把镰刀。

"你们等我一下，我去磨磨刀。"

说着，他蹲在土房中央，先泼水浇湿磨石，开始磨起镰刀。随着霍霍的磨刀声，乳白色水沫迅即四溅，半月形镰刀一下子磨得锐亮，这时他才喘了口气停手作罢，拿起磨好的镰刀借着阳光端看是否磨得锐利，慢慢地站起来，冷不防朝堆放在墙角的柴棍劈了下去。顿时，柴棍发出干裂声，纷纷散落在地上。藤代吓了一跳，芳三郎却不为所动，表情平静地看着刀刃，说道："我不知道这镰刀是做什么的，不过看起来蛮锐利的嘛。"

"进入深山，身边总要带把镰刀，要砍什么都很方便呢。"他故作夸张地笑着，然后把镰刀插进腰间，说了句"我们走吧"，便径自开门走了出去。

一进入山里，太郎吉跟上次一样板着脸孔不发一语，只顾大步地爬山。大概是两三天前细雨连绵的关系，林木环绕的山路被湿漉漉的落叶遮埋着，稍一不小心就会滑倒。藤代一边注意自己的步伐，一边跟在太郎吉后面，还不时回头望着芳三郎，芳三郎落后藤代约莫五六步的距离，他好像在查看什么，频频抬头望着山路两旁的杉林。

爬了一个小时的山路，来到一座横跨溪涧的独木时，藤代似乎觉得有些奇怪。上次，她跟宇市来时，那座独木桥是在前进方向的右侧，今天却变成了左侧，而且连溪谷下的宽度和湍急程度都跟上次不同。这么一想，她仔细看了看眼前陡升而起的山路，虽然两侧也是杉林矗立，但坡度比上次陡峻得多。她心里突然掠过一丝不安。

"护林员！"藤代在太郎吉背后喊道。

太郎吉停下脚步，默默地回头。

"这条路是我们上次爬的那一条吗？"藤代若无其事地问着，并注视着太郎吉脸上的表情。

"噢，上次爬的那条路，两三天前被雨水冲坏了，樵夫还没修好，而且我看你今天穿着轻便，随行的人也颇有脚力，就选了这条稍微陡峭的山路，再爬个二三十分钟就到了。"说着，太郎吉又迈步向前走去。

沿着溪流的山路险峻崎岖，变成陡峭的崖道，藤代和芳三郎紧盯着太郎吉的脚步，小心翼翼地走着。耳边响着溪涧的湍流声，山风吹动着杂树林，发出恐怖的呼啸声。蓦然，眼前出现亮光，原来是来到平坦的山顶，左侧是一片茂密的杉林，沿着斜坡伸展而去，低垂的云朵像是贴着蓊郁的山林顶端飞过，投下了片片阴影。

"那里就是你们家的山林。"太郎吉指着左侧斜坡上的那片山林说道。

"噢，就是那里啊，真是植林育木的好地方。"站在藤代后面的芳三郎说着，他跟太郎吉并排站在山顶，仿佛在估算那些杉木的价值说，"看来那里的日照和排水状况都不错，坡度也不太陡，同样是林场的杉木，但那片杉木的价格可要高出许多呢。"

"光有条件良好的山地，不见得就能培育出上等的杉材，这要看护林员愿不愿意下工夫了。"太郎吉说完，一脸不悦地从芳三郎身边走开。

来到杉林前，太郎吉拔出腰间的镰刀挥砍着山白竹的枝叶，锐利无比的镰刀向前挥砍，山白竹像纸片般削得掉落满地，一下子就劈出一条小路来了。刚一踏进山林，阴寒的冷空气立即沁透全身，他们已置身在蓊郁杉林笼罩的阴暗之中，藤代紧跟在太郎吉后面，一边寻找上次来的那条小路。上次，太郎吉也是用镰刀劈出一条小路，从那以后只经过了一个月，照理说那条小路应该还在，但放眼所及均是及膝的山白竹。

"上次来的那条小路在什么地方？怎么看不见？"藤代停下来，环视周遭问道，"上次是从对面那条路爬上来的，今天怎么从相反方向上来呢？"

"这么说，我们岂不是站在反方向？"

藤代说着，看到了上次发现界标的所在地。往前探进约莫十米处的低洼地，太郎吉停下了脚步。

"这一带大概就是矢岛家的山林中心了，共有十町步之多，我们不可能全部走上一遍。"太郎吉说着，将砍完杂草的镰刀收进腰间。

芳三郎站在低洼地，仔细环视周遭。

"这里的界标在什么地方？"芳三郎冷不防问道。

太郎吉眼神为之一亮，粗声粗气地说："这里设不设界标会有什么问题吗？"

"不，没什么。我只是认为，这次专程上山，很想看看界标长什么样子。我听矢岛家的大小姐说,那是一根有点特别又有趣的界标呢。"芳三郎佯装不知情地问道。

"那个啊,我来带路,我还记得。"

藤代说着,朝来时的反方向拨开山白竹走了进去。她挽起已经折短的盐泽染织和服下摆,时而被杂草芒刺刺痛,时而被山白竹的枝叶绊住,她知道太郎吉正用锐利的目光看着她,仍迈步走着,来到一处杉林稀少的地方,指着一棵离地面六七米高、树皮削成方形,上面烙有字迹的界标说道:"老师,就是这里!"

芳三郎意识到太郎吉在看他。

"噢,原来这就是界标啊……字迹怎么这么模糊。"说着,趋前靠近界标,故意惊愕地说:"什么什么所有林,昭和三十二年三月刻,重要的部分都看不清楚了。"

"那个部分的确看不清楚,但上面写着'矢岛所有林',大概是谁恶作剧把它刮掉,要不就是被雨水淋得模糊了。"

"说的也是,要是因为日晒雨淋而字迹模糊那还情有可原,我曾听某个了解山林的朋友说,有些人故意把界标弄得模糊不清,借机从中动手脚……"芳三郎含沙射影地说道。

"你这话是什么意思?"太郎吉的眼神露出凶光。

芳三郎毫不客气地打量着太郎吉。

"我是说,有些人利用森林法的漏洞暗中做手脚。比方说,只留下山地所有权,偷偷卖掉砍伐权,让临界的山林主趁机越界植树造林,如果原地主不闻不问,过了十年,被侵入的那片山地就变成对方所有。有些不肖分子就是利用这种方式勾结邻界的山林主,故意将界标弄得模糊不清,让他们进来偷偷种树,再平分所得的利益……"芳三郎故意旁敲侧击地说道。

"噢，你对山林的状况蛮熟悉的嘛。上次大小姐谈起山林的事情那般如数家珍，原来是有你这个军师啊。"太郎吉更加警觉地看着芳三郎，"不过，你刚刚说的那些，根本没有必要担心。你若不信，可以直接去山林登记所查询啊，那片山林有没有砍伐权或地号都写得很清楚。"太郎吉故作夸张地说道。

"那……这片山林什么时候可以砍伐？"藤代插嘴道。

"噢，你要砍伐这片林木吗……"太郎吉微微变了脸色。

"砍伐权属于我们家的，我们什么时候想砍都可以吧？难不成有什么不便吗？"

"不，倒没什么不便啦，只是这么一大片成木林不能说砍就砍呀，再说依砍伐的时节来看，现在最不适当。"

"咦？你说什么？春季树木的水分比较多，不是最适合砍伐吗？"藤代继续追问道。

"今年一直到三月底还有积雪，杉木的生长情况并不好，水质也是个问题，到明年秋天，只要再等一年半，就会长得更好，切断面会呈现红色，杉皮也能扒得很干净，每石的价格就会高出许多。"

"这么说，一石能卖多少钱？"芳三郎问道。

"这个吗？如果是今年砍伐，每石顶多只能卖一千五百日元，倘若是明年选对时节砍伐，每石可以卖到两千日元左右。木材这种东西，依该砍的时候砍和不到时候砍的，外观和材质差距很大。我不会骗你们啦，山林的事情，多听护林员的意见准没错。要不然砍的时候，伐木工人每棵少砍一尺，一町步就要短少四百石木材呢。"太郎吉略带冷笑地说道。

"原来如此，即使现在马上砍伐，没有护林员和伐木工人积极配合，还是不行呀。"芳三郎说着，沉吟了一下，对着藤代说道：
"这个问题，我们以后再说吧。"

藤代没有回答芳三郎，反而说道："护林员，你带我们到另一处
山林去吧。"

"什么？另一处山林……"

"是啊，就是上次宇市先生兴高采烈指着说'那片山林长得好
茂盛呀'的地方，另一处山林也有十町步。"

藤代说着，太郎吉的眼神突然严肃起来。

"啊，你是说对面山峰下的那片山林吗？从这里到那片山林少
说也有八公里路，依女人家的脚力大概走不到那里吧，而且眼看又
要变天了，下次再去怎么样？"

"下次再去？我今天就是为了看那片山林专程上来的，你别管
我走不走得动，你只管带路就是！"藤代不由分说地说道。

"你非得去看那片山林不可吗？"太郎吉突然粗暴地说道。

藤代用力点点头，太郎吉起先犹豫了一下，最后才勉为其难
地说："你那么想看，我就带路。"语毕，一声不吭地迈步向前走
去了。

走了一个半小时的山路，依然还没有走到那片山林，从山谷中
浮升上来的雾霭越来越浓了，眼看白烟般的雾气正要从连绵山峦的
深谷中升起，旋即又被风吹成急流，霎时填满了整座山谷，吞没了
山峰，眼前是一片乳白色的缥缈世界。

护林员时而停下脚步，时而俯瞰山谷，判断雾气的流动。藤代
回想着，刚才提出要去看另一片山林时，护林员那面带犹豫并百般
阻挠的神情，还说一个女人家没办法走完八公里的山路。

一个月前，她和宇市来这里时，护林员也以"八公里的山路难行"这借口阻挡他们上山，今天又是用同样的理由劝阻，是因为山路险峻，还是山林中有什么秘密不想让山林主知道？藤代不由得对护林员户冢太郎吉产生怀疑。芳三郎似乎也有此感受，开始爬山时还轻松地说着什么，后来沿着山脊走向另一片山林时，就沉默了下来，默默地跟在藤代后面走着。

　　"护林员！"芳三郎大声喊道。

　　"啊，有什么事？"

　　走在前面的护林员停了下来，回头看着芳三郎。芳三郎用白手帕边擦着墨镜上的雾气，边慢慢地走向护林员。

　　"是这条山路没错吗？"说着，从上衣口袋里拿出地图，并摊展开来。

　　"那是什么东西？"护林员厉色问道。

　　"这是五万分之一比例尺的地形图。依这张地图来看，刚才那片山林在鹭家谷东北方向四公里的地方，如果另一座山林离那里八公里的话，应当在这附近。就算女人的脚程再慢，以四公里一个半小时的速度来算，早就走过头了。"

　　芳三郎用红铅笔在山林处做了记号，并在两座山林之间画了一条红线，计算着距离和时间，护林员直盯着那张地图。

　　"五万分之一比例尺的地形图，的确能清楚标示出国道和府县道及路宽三米以上的町村道路，但是没办法标出护林员和伐木工所走的羊肠小道。你拿这种地图来测定你家的山林位置终究是白费工夫啦。总归一句，进到山里，就要相信护林员的向导，我就算闭着眼睛也不会带错路。"

　　护林员说完，便转身迈步走去了。白雾不断地涌动着，风声更加呼啸，西侧山峰上徘徊的云朵像雨云般笼罩着整座山头。

"是不是快下雨了？"藤代问着护林员。

"是啊，也许要下雨。不过，应该没什么关系。"护林员盯着云层的流动答道。

"你们家的山林快到了，就是那片杉林上面。"

他指着左侧，白雾后方隐约可见山林的薄影，但是看不太清楚。

"真的快到了吗？"

"是啊，穿过那片杉林，就到了你家山林的山脚了。"

说着，他用眼神示意着沿着悬崖旁的山路左边、往下而去的小径旁的那片杉木林。

有四十几年树龄的巨杉伸展着苍郁的枝干，每棵树下都是丛生的灌木和杂草，使得这片密林变得更阴暗与寂静。

"不穿过这片山林，真的到不了我家山林吗？"

"倒也不是，不穿过这片山林，就得从杉林的山脚下绕过去，到那边恐怕已经天黑了。"

护林员这么说的时候，已经下午快三点了。

"好吧，就从这里穿过去……"芳三郎从背后说道。

走进杉木林之后，被今年的冬雪压断的枝干以及剥下来的杉树皮、老朽的树干，躺卧在山路上，护林员用镰刀砍除的杂草像是一层柔软的绿茵散落四处。

越往里面走，杉林越茂密，丛生的杂草深及膝盖，藤代不由得把和服的下摆往上卷起。穿过林中洼地，走进杉枝垂下的杉林里，周遭突然暗了下来，脚下的杂草发出沙沙声响，还以为是云雾蓦然涌动，原来是挟着风的雨势劈洒而来。转眼间，小径变得更泥泞，及膝的葳蕤杂草黏住下半身，一股使人打颤的寒气从脚下窜了上来。

"老师，我们回去吧，我实在走不动了，而且又那么冷……"藤代回头看着芳三郎，冷得浑身打颤。

芳三郎见状，立刻脱下自己的上衣，披在藤代肩上，叫住了只顾往前走的护林员。

"护林员，这女人走不动了，我们往回走！"芳三郎几乎用命令的口气说。

"已经走到这里，与其往回走，倒不如赶快穿过这片山林呢，再撑一下，我去找张杉树皮给你们充当雨具。"

说着，他在杉木林四处寻找，发现五六米远的洼地里有一棵砍过的树根，他向前跑去，用镰刀飞快地除去树根处的杂草，蹲下来挖了挖，捡起一张约莫宽一尺、长三尺的脏树皮。

"找到了，虽然有点脏破，多少还能挡雨。"他大声嚷着，把杉树皮拿过来，披在藤代头上。

"走吧，按原定计划往前走吧。"他强硬地催促着，顶着倾盆大雨迈步走去。

夹着大粒雨滴的风雨好像是从深谷中吹涌上来似的，由下往上横扫而来，远处传来了雷鸣。摇动着树林的风雨声和山谷间的雷鸣交织在一起，形成一阵阵轰然声，雷鸣越来越急，响个不停。

蓦然，天色暗了下来，还以为雷鸣是在山脊下方，却见刺眼的闪光凌空劈下，那声音几乎要震破耳膜。心想，那落雷已经远去，抬起头时，又见闪电乍现。雷鸣和风雨交加，把整座杉林扫得摇晃不已，每一次闪电仿佛在森林中狂奔。

"老师，我好怕！"

藤代在地上爬行，惊恐万分地呼喊着，芳三郎猛然站起来，抱起了藤代，朝着护林员相反的方向跑去。

"危险！往那边很危险！"

护林员搭住芳三郎的肩膀，顿时传来震耳欲聋的雷鸣，护林员手上的镰刀随即映出闪光。

"啊啊！"

他们吓得哀号，想要避开落雷的同时，突然像被落雷打中似的弹到了草丛里。霎时，他们感到头皮发麻，眼前一片黑暗，但在雨水的滴打之下，马上睁开眼睛，只见护林员一脸安心地坐在他们身旁。芳三郎先站了起来。

"你们未免太没常识了，什么地方不走，偏偏往打雷的方向跑，要不是我扔掉那把镰刀赶来阻挡，你们也许早就被雷劈死了。"

护林员说着，站了起来，指着杉林右侧的草丛。藤代和芳三郎朝那个方向看去，草丛那边有棵巨杉被落雷劈成了两半，烧得焦黑的裂缝处还在雨中冒着白烟，由此可见落雷的威力之大。护林员就是把镰刀扔在离那棵巨杉五米处的地方。

原来，护林员抛出那把镰刀，并不是要加害藤代和芳三郎，而是为引开落雷的紧急之举，倘若他没及时扔开那把镰刀，或许藤代和芳三郎他们真的会被落雷击中。

"多亏了你，我们捡回一条命，谢谢你……"

芳三郎说着，回头看着藤代，藤代全身湿透躺在草丛里，蜷缩着身子，露出痛苦的表情。

"你怎么了？"芳三郎惊愕地慰问道。

"啊，我的脚好痛哦……"藤代呻吟似的说着，指着自己满是泥泞的脚。

"哪里痛……"芳三郎正要替藤代脱下布袜。

"啊啊，好痛哦！我的脚踝好痛……"藤代挣扎着推开芳三郎的手。

　　"大概是刚才扭到了。"说完，然后对着护林员说道，"怎么办？看这样子，她是走不动了。不过，我们总不能在雨中等着，这附近有没有避雨的工寮？"

　　护林员沉思似的环视周遭。

　　"这片杉林里的洼地，有一间伐木工留下的工寮。我们先到那里看看，我来背大小姐，你帮我拿着镰刀。"说着，转身背对着藤代。

　　"不，让他背我就好，请你带路。"

　　芳三郎蹲屈在藤代面前。藤代移膝趴在他背上，芳三郎反手抓着藤代的大腿，撑忍着她的体重，她像青蛙似的摊开双腿，扭动着腰身，芳三郎却摇摇晃晃地站不起来。

　　"哈哈哈……你那种腰身根本背不动女人嘛！"

　　护林员把背迎向藤代。

　　"这个节骨眼，已经不是计较谁的背比较温暖的时候了，雨下这么大，我们赶快走吧。"说着，他那强壮的背肌轻松地背起了脚踝受伤的藤代，顶着淅沥的雨水，大步向前走去。

　　这间伐木工休息用的工寮是用圆木搭建而成的，屋顶上铺着杉树皮，屋身四周钉着杉板，像是一间小型仓库。尽管受到日晒雨淋，不过接水的长竹管和水桶并未损坏，还留在工寮后面。

　　护林员背着藤代来到工寮前面，抬脚把门踹开，走了进去。火炉旁堆放着杉板，他将藤代放在杉板上，工寮里弥漫着湿木的气味和烟臭味，护林员打量屋内，看到角落堆着木柴和稻草，马上把它们搬到火炉边。

"总之，先生火烧柴取暖，再把湿衣服烤干要紧。"

他先点着了稻草，然后拿它引燃木柴。大概是湿柴的关系，烟气熏得令人几乎睁不开眼睛，好不容易燃烧起来，微红的火光旋即映出屋内的摆设。这间工寮似乎闲置已久，偌大的横木上挂着蜘蛛网，墙上挂着一件破蓑衣，地面上散放着积尘已厚的铁壶和两只茶杯。

芳三郎看到铁壶，马上拾起来翻看壶底。

"太好了，刚好可以用来汲水，再用湿布敷裹你的脚踝。"

芳三郎对着把脚伸向火炉旁的藤代说道，然后从外面的水桶汲来雨水，松开藤代的腰带衬垫，沾满冷水。这动作让原本要递出围在脖颈上毛巾的护林员看得愣住了。芳三郎坐到藤代的脚旁，小心翼翼地解开她的布袜钩夹，然后把沾湿的衬垫牢牢地裹在她白皙的脚踝上。藤代稍微动了一下，痛得双眉紧蹙。

"你忍耐一下，裹上湿布就会舒服些的。"

芳三郎轻声哄着，然后用女人般白里透红的纤瘦手掌捂住藤代的脚踝温柔地轻压着。护林员边添柴加火，边看着芳三郎的纤手。

"你的手像女人般白净，到底是做什么行业？"

芳三郎赶忙把手抽回去。

"我吗？总之就是点数支票，靠手指吃饭的人啦。"他没说出什么营生，故意含糊带过。

"你真好命啊，不像我这个看山人，得替山林主照料杉林，从杉苗的培育到移栽，树长大以后，还得修枝、除草，还要间伐，好不容易熬了二三十年，到了可以砍伐的时候，才能拿到微薄的佣金，不像你只要守着女人，就有钱赚哩。"

护林员故作夸张地叹了口气，露出淫猥的笑容。

"等到身体暖了，衣服也干了，要是能喝两杯该有多好呀。"护林员做出倾杯仰饮的手势，芳三郎这时像是想到什么似的摸了摸腰间。

"想喝酒的话，这里有一瓶。刚才被大雷雨吓得晕头转向，我都忘了有这瓶酒呢。"

芳三郎从裤子后面的口袋里拿出一小瓶威士忌，打开瓶盖，往瓶盖倒了一杯。

"不，我要用这个喝。"

护林员拿起掉落在地上的茶杯，连忙用铁壶里的雨水洗了洗，便递到芳三郎面前。

"不愧是护林员，都是大口喝酒呢。"

芳三郎说着，将威士忌满满地往茶杯里倒去。

"刚才，你提到护林员可拿到佣金，你拿了多少？"芳三郎问道。

护林员表情为之一动，随即把杯中的威士忌一饮而尽。

"这个嘛，照顾得好的话，可以拿到百分之五。"他补充说，宇市特别给了他百分之七的佣金。

"噢，看来大掌柜给得不多嘛，你要是直接对她负责的话，可以拿得更多。"说着便看向藤代。

"她可以给我多少？"在酒气和火光的照映下，护林员的脸色显得暗红。

"这个吗，她虽是个女流之辈，可是做人蛮慷慨的，她会加倍给你。"

"噢，加倍给我……"

护林员的眼睛为之一亮。

"为什么？你要付加倍的佣金给我，绝对有什么原因吧？"

他警戒地看着藤代。藤代眼睛眨也没眨，回看着护林员。

"我只是想办法把这片山林变成有利于我的财产。"

"什么？你要把这片山林变成自己的财产……"

"是啊，现在山林的名义为矢岛嘉藏所有，但总有一天会由我继承。"

护林员露出复杂的表情，好像在想什么，沉默了下来，用多骨节的手拨弄着木柴。屋外似乎还在下雨，雨水滴滴答答地打在杉树皮的屋顶上，刚才狂风的呼啸声已然停歇，总算恢复了平静。护林员突然停下手里的动作。

"俗话说，遗产继承得要三年。尤其是遗产庞大的家族更难摆平，意思就是说，即使老爷子出殡以后，还得等上三年。"

这时，藤代按着终于被火烤干的胸口衣领。

"世间的惯例是这样没错，可是我家还有个待嫁的妹妹，所以我准备在今年或明年二月二十日，家父做一周年忌以前，把遗产分配做个解决。"

藤代清楚地陈述自己的想法，芳三郎随即附和地点点头。

"今天去不成那片山林，觉得有点可惜。不过，另一片山林真的有十町步吧。"芳三郎追问道。

"嗯，登记所的名册上清楚记载着十町步，应该不会错的。"

"另外，应该不会只剩下地皮，杉木早就被盗伐，甚至将砍伐权转卖的情况吧？"

芳三郎不放心地探问着，护林员眨了眨眼睛。

"那怎么可能，若有这种事情发生，我怎么还在鹫家看守山林呢。"

他说得信誓旦旦，试图打消他们的疑虑，然后再度把茶杯里的威士忌仰头喝光。

278

不知不觉间，暴风雨似乎已经停歇了，护林员打开了工寮大门，风雨洗涤过的树木在夕阳中显得格外鲜绿，杉树枝干上的雨滴晶莹剔透，不久前那震耳欲聋的雷声已消失得无影无踪。

"来，我们快点下山吧。"

护林员把火炉里的柴火弄熄，随手将剩下的威士忌喝掉，把自己的镰刀和藤代的衣服交给芳三郎，背起藤代便走出了工寮。

护林员太郎吉背着藤代沿着泥泞的山路来到山脚下时，似乎显得疲惫万分。他累得满头大汗，喘个不停，但最后还是安全地将藤代扶进等候在那里的出租车内。

"下次什么时候再来啊？"他看透藤代和芳三郎的心思似的说道。他们一时不知如何回答，他接着又说："别瞒我了，你们来了两次都没看到山林，想来看第三次也是人之常情。到时候，还需要我为你们带路吗？"太郎吉说着，看着芳三郎。

芳三郎表情平静地说："还是要看情况啦。下次再来的话，我们会选个好天气，到时候再请你为我们带路。对了，这是今天的一点小意思。"

说着，芳三郎拿出了不知几时备妥的礼金。

"你细心得倒像是山林主嘛，说不定将来你就是这片山林的主人呢。"

他早已看出这两人关系匪浅，故意这样说道。藤代不好意思地低下了头，芳三郎则半真似假地说："我也希望有这个机运呢。"说完，便关上了车门。

从鹫家开抵吉野，车子得沿着溪边走一个多小时的山路。藤代边浏览着被染成银色，像云母般散发光芒的美丽晚霞，边回想着芳三郎回答护林员的那番话："我也希望有这个机运呢。"所谓的"有这个机运"，显然是指结婚的意思，藤代像要证实这句话的真实性，朝芳三郎瞥了一眼。

芳三郎看来似乎十分疲倦，叼着香烟，也不点着，自始至终戴着无框墨镜如释重负地凝视着车窗外水势湍急的溪流。蓦然，他把香烟扔到车窗外，转头看着藤代。

"你的脚伤有没有好些？"

他蹲在座位下，抚摸着藤代的脚踝。藤代不时从后视镜窥看司机的反应，正要把脚缩回来时，芳三郎温柔的细手随即抓住她的脚踝，不让她逃开。

"与其把脚放在下边，不如搁在座位上来得舒服些，抵达吉野还得四五十分钟呢。"

说着，芳三郎抓着藤代的右脚踝抬了起来，直接放在自己的膝盖上。藤代的脚踝随即感受到一股女人般的体温，这让她突然回想起四年前离婚的三田村晋辅的身体。晋辅和芳三郎不同，学生时代练过柔道，体格十分健壮，唯独体温像女人般微温，体质虚冷的藤代经常靠他的体温来焐着自己的腰腿才能入睡。她嫁到三田村家以后，跟婆婆处得不好，对于晋辅没能护着她很不谅解，两人结婚不到三年就分手了。她时常想起晋辅的体温，那几年使她几乎忘了腿冷腰寒。这个记忆突然又在她的体内苏醒过来，让她意犹未尽地想起每夜在丈夫的拥抱下酣然睡去，三年来极尽豪奢享受的神仙生活。

"怎么样？你是跟家人编好借口才来的吧？"

芳三郎和藤代今夜准备在吉野过夜，他担心藤代没编好借口，于是开口探问。藤代默默地点点头。早晨出门时，她已跟家人说今天梅村流派的学员要去京都观赏艺伎舞蹈，回程时顺便去琵琶湖住上一晚。

"这样你就没什么好担忧的嘛。待会儿到了吉野的旅馆，你先泡个热水澡，暖暖身子。雨淋湿的衣服，我会请旅馆的女侍在明天之前把它洗净烫平。至于你的脚伤，就说是走京都清水寺的楼梯时，不慎滑倒扭伤的。"

说着，芳三郎一只手托住藤代的脚踝，另一只手轻抚着患部。

经过宫泷，来到上市附近时，西边天空下棱线依稀可见的群山淡影不知不觉间已被黄昏的暮霭吞没了。从薄暮中微微可见街灯，很快就要进入吉野小镇。

来到吉野车站前，纸罩形的街灯已然点亮，土产店林立，煞是热闹，但经过下千本，来到中千本时，行人突然变得稀少，从浓密的树隙中隐约可见禅房和旅馆的屋顶。芳三郎把旅馆名称告诉司机，车子抵达旅馆，他立刻抱着藤代下了车。

洗过澡后，窗外吹来山中的寒气，仍让人感到有些寒意。坐在俯瞰如意轮堂、位于谷峰的旅馆窗前，那新绿的芳香仿佛伸手可及，暮霭中点点发白的东西，大概是水晶花，每当山风从山谷中吹上来时，那白色的花瓣便随之四散纷飞。

芳三郎收回眺望窗外的视线，拿起桌上的啤酒，润了润洗澡后干渴的喉咙。

"总算安顿下来了，来，你也多喝点……"

说着，他帮藤代倒了一杯。

"今天可真是惊险万分呀。你是第二次上山，我可是第一次经历呢，在那种人烟稀少、浓雾笼罩的杉林里，突然碰到倾盆大雨、遇上落雷，你又扭伤了脚踝，老实说，我当时简直吓呆了。尤其是落雷打下的同时，我看到护林员手上的镰刀一闪，我已经……"芳三郎说到这里，就再也说不下去了。

芳三郎和藤代同时思忖着，落雷打下的刹那间，护林员手中的镰刀为之一闪，果真是为了引开落雷而扔出的，还是借机要加害他们，或者是他们凑巧避开了落雷？把不久之前发生的恐怖经历说出口，两人不由得感到毛骨悚然。芳三郎为了驱除那些不快的阴影，把啤酒换成了日本酒，大口地喝了起来。

"看来那个护林员可不是省油的灯啊。表面上完全投我们所好，给他的钱还是照拿，但是他心里在想什么，我实在摸不清。下次再来的时候，我们得准备妥当才行，必须抢在你们大掌柜之前，把那个护林员拉拢过来，表面上他是站在我们这边，搞不好我们还会上他的当呢。"

"那……那该怎么办呢？"

藤代的眼神掠过一丝不安。

"总之，现在先把山林的界标确认清楚，等看过那片山林后，尽可能早点由你继承，好把那片杉林砍下来。"

"但护林员说，今年不要砍，最好留待明年再砍……"

"他有他的说辞，我们动点脑筋还是可以砍，总不能凡事都听他的嘛。"芳三郎语声温柔地问道，"对了，那片山林的问题解决之后，你继承的大阪市区出租屋加上山林的话，总共值多少？"

"这个吗？到底值多少，我还没仔细算过。"藤代回答得有点犹豫。

"要不要现在帮你算算看？"芳三郎把酒杯放在桌上，仿佛在脑中计算数字似的，眨了一下眼睛。

"大阪市区北堀江六丁目的地皮和建筑物，每户价值四百四十六万，扣除承租户有四成的权利，以六成来计算的话，每户还有二百六十七万六千，共计二十户，价值五千三百五十二万。以同样的方式计算，东野田五丁目六十三号至八十号有十八间，共值三千八百零一万六千；一百一十号到一百二十一号有十二间，价值五百六十一万六千，共计九千七百一十五万二千。此外，假定鹫家那片山林由你继承的话，加上今天去看的山林和另一片山林总共是二十町步，以每町步产八十万日元的杉木来算，二十町步就有一千六百万。大阪市区的房地产和那些山林加总起来，你大概可以继承总值一亿一千三百万日元的遗产。"

他飞快地计算，宛如在盘算自己的遗产。

"一个女人家继承这么多遗产，将来做什么用途呀？"芳三郎的眼神带着试探，仿佛要看穿对方的心思。

"哎呀，老师您算得太如意了，这些东西能不能到手还是个问号呢。简单说，继承问题没有谈妥，我是不会安心的。再说，那个怀有身孕、得了妊娠中毒症的文乃，和我家那两个妹妹，她们可比谁都懂得盘算呢。至于这钱怎么用，得等我拿到手以后再说。"

藤代故意轻描淡写，接着说道："不过，在这之前，老师您也不能掉以轻心，要尽力帮我。"她以媚眼看向芳三郎，芳三郎虽然满脸酒气，唯独那双眼睛没醉。

"你该不会找我商量遗产问题，等到所有遗产到手以后，再找个老字号的年轻老板嫁了？一旦我没有利用价值，就把我踢到一边……"芳三郎试探地说着，揣摩着藤代的表情。

"哎呀，老师您在胡说什么呀……您太会说笑了，搞不好是您在利用我呢！"

藤代微微转动着身体回答，芳三郎的眼睛为之一亮，霎时两人的视线迸出了火花。

"呵呵呵……"突然，芳三郎的喉咙里发出笛音般的奇怪笑声。

"你也不简单呢，说什么我在利用你……别说这种傻话了，像你这么漂亮的名门闺秀，我岂止是利用而已？我还想知道等遗产问题解决以后，你要跟我维持什么样的关系呢！"

芳三郎的语气中，有种对方必须给予明确回复的意思，这逼得藤代一时不知如何回答。对她来说，虽然跟芳三郎发生过肉体关系，但这到底代表什么，她也说不上来。果真如芳三郎所说的，她是在利用他的智慧，等庞大的遗产到手以后，她就会找个与自己门当户对的老字号少东决定终身，或者继续跟他维持这种关系……突然被他这么一问，她实在拿不定主意。不过，眼下她的确想跟他耳鬓厮磨，共度良宵。

"你在想什么？怎么突然不说话了……"芳三郎窥探似的看着藤代。

"我是在想跟老师您的事……"藤代凝视着窗外的黑暗答道。

"我不是要你马上回答，只是在提醒你，别只是利用我，而不把我放在心里。"芳三郎说得格外客气，突然站了起来，靠在窗边的扶手。"来，我们来转换一下心情，你来弹唱一曲《保名》吧。在吉野的山中旅馆，在你的弹唱下舞曲《保名》最有意思了。"

说着，芳三郎凝视着窗外，被暗夜中纷飞的白色花瓣深深地吸引着。

"我实在没能力为老师的舞艺伴奏，何况又是要弹唱清元小调的《保名》，我不敢……"藤代犹豫不决地说着。

"没关系啦，我们只是随兴跳跳嘛……"

芳三郎说着，拍手唤来旅馆的女侍，叫她拿来三弦琴和扇子，旋即背对着壁龛，只穿着浴衣，手持扇子，等待着前奏。

> 发姿已散乱，
> 谁人为我盘，
> 蝴蝶舞菜田，
> 令我神思往，
> 身着素裙袍，
> 踏遍春边草，
> 流连复徘徊。

芳三郎穿着旅馆的浴衣，作势在左肩披着阿倍保名死去情人榊前的遗物窄袖和服，右手拿着扇子，像追着榊前的幻影，慢慢地朝着舞台通道走出似的开始起舞。他跳到追着幻影不觉间来到春天的郊边，看见蝴蝶飞舞的情景，分不出现实与虚幻时，不由得为之狂乱，一双细长的眼睛现出妖艳的眼神，柔软的身段仿佛被狂魔附身似的舞动着。

> 白昼不能眠，
> 期待夜相逢，
> 把酒轻声语，
> 只恨天快明，
> 言归不欲归。

……

　　未能同床梦，

　　长旅一场空。

　　藤代被芳三郎的舞蹈吸引似的拨弹着三弦琴，一边唱着歌，一边观赏芳三郎犹如在舞台上表演《保名》的精彩舞姿。恍惚间，樱花仿佛从舞台上方纷纷飘下，拖曳着浅绿色裙袍的保名正漫步在油菜花盛开的田里。

　　芳三郎从衣架上取下藤代的衣服披在肩上，俨然前带飘垂的花魁模样。他像保名追着情人的幻影，来到吉原①时，伸出细白柔软的手姿，细腻地诠释着吉原的男欢女爱和饮酒作乐的情景。他用充满挑逗而娇艳的舞姿，追慕着死去的情人，让藤代也不由得感受到那种切身的抚慰与快感。

　　这时，保名为爱疯狂的痴态，和芳三郎跳舞时的美艳身段交融为一体，充满了整个房间，让藤代看得如痴如醉。俊秀的男人、有才华的男人，以及可以焐暖藤代身体的男人……其实，藤代心里明白，就像想要占有那份遗产一样，她的确想把芳三郎占为己有，如同占有高价难得的宝物那样。

　　蓦然，芳三郎停下舞动的手，走到藤代身旁。

　　"我不像保名那样为爱痴狂，但我可不会轻易受骗哦。"

　　芳三郎在藤代耳畔轻语，藤代膝上的三弦琴砰的一声掉落下来，他从后面抱住藤代的胸部，顺势把藤代拖到铺好棉被的隔壁房间。

────────────

① 旧时东京台东区的妓院区。

"啊，我的脚……"藤代为自己的脚伤喊痛。

"忍耐一下，不要乱动嘛……"

他这样哄着藤代，更用力地把藤代抱在怀里。

藤代忍受着脚踝的剧烈疼痛，突然想起她们派医生到神木为文乃诊察的情景……文乃忍受着痛苦与恐惧，在众人面前暴露私处，羞愧得蜷缩着身体……想到这里，藤代扭伤的疼痛和那股蠢蠢欲动的情欲交织在一起，她不但不觉得羞耻，反而像是享受虐待般地沉浸在做爱的欢愉中。

宇市坐在折叠桌前，简单地吃完味噌汤配咸海带的早餐后，直望着隔着庭院的主房。房东似乎已经外出，起居间没有人影，房东太太好像到菜市场买东西，否则总会传来嘈杂的收音机声，只要她在家，总是开着收音机。

做盆栽树苗生意的房东有一座五十坪大的庭院，里面种着松树、樱树、枫树、杜鹃等植栽，整座庭院几乎种满了，树隙间还放着石灯笼和庭石，狭窄得几乎让人无法通行。六月初的暖阳照在石灯笼上，显得格外耀眼温暖。

宇市像饱览庭院景色一般凝视了片刻，又像想到什么似的赶紧关上面向走廊的玻璃门，回到房间角落，坐在陈旧的日式矮桌前。他拿起昨天深夜从店里回来扔在桌上的皮制手提包，然后戒慎恐惧地环视四周，才把它打开。

手提包里放着写有客户地址和电话的手册、携带型小算盘、矢岛商店的印鉴和小钱包等等。宇市伸手往提包底部翻找，旋即抓出揉得皱巴巴的长条纸片，拿到桌上，逐一把纸片的皱褶展平，再仔细地拼合起来。

漂白天布（天）正正正正正正下　　　　　　一、六五〇

漂白布文（文）正正正正正正　　　　　　　一、四五〇

久留米色染布　正正正正正正正丁　　　　　二、一〇〇

久留米一色　　正正正　　　　　　　　　　七五〇

备后三〇　　　正正正正正正正正　　　　　二、二〇〇

天竺燕棉染布　正正下　　　　　　　　　　六五〇

　　那些白色长纸片上写着商品名称和像选举得票数的"正"字，最下面写着数字。宇市频频点数着"正"字有几个。染整的布料以五十匹为单位，久留米色染布和备后染布是窄幅，以二十五匹为单位、天竺棉染布宽幅也是以二十五匹为单位。他计算完后，从毛织腰带里拿出从不离身的线装账本，也就是那本用暗号标记着山林的町步数、有无砍伐权和杉木价格的笔记本。他翻到最后一页，上面写着：

漂（天）　　一、六五〇　　（二、六五〇）

漂（文）　　一、四五〇　　（三、四五〇）

久（色）　　二、一〇〇　　（四、一〇〇）

久（一）　　七五〇　　　　（一、七五〇）

备三十　　　二、二〇〇　　（三、二〇〇）

天燕　　　　六五〇　　　　（一、六五〇）

　　所谓的"漂（天）"，是指每寸用横线七十根、纵线七十四根编织的高级布料；所谓的"漂（文）"，是用纵线六十九根，横线

六十五根编织的漂白布；所谓的"久（色）"，是久留米染织的色布；"久（一）"是久留米织的白点花纹布；"备三十"是备后织的单幅高级布；"天燕"是印有燕子商标的天竺棉布。商品名称下面的数字和纸条上的数字相同，但括号里的数字却是加进去的，这是宇市昨天利用店里盘点的机会，将一偷改成二或三，把二改成三或四，对照进货内账窜改的数字。

矢岛商店通常在十二月三十日做库存总盘点，不过每个月的月底仍会进行季别盘点，查核库存商品的厂牌和进货量。入赘女婿良吉负责营业仓库的清点，宇市负责宅库①货品和货架物的清点。所谓的营业仓库，是指向仓储公司租赁存放商品的仓库，每到当季盘点时，仓储公司会提供库存明细表，供承租客户查核对照。不过，宅库的库存和货架物，则由店员逐一清点，他们将厂牌和数量写在纸条上，用"正"字表示，加上计算，再与进货内账核对。许多店员在清点时，常会发生重复清点或弄错数字的情况。宇市便是利用这个可乘之机，暗中动手脚，在织布厂尚未进货之前，早已把上千匹布料偷偷卖掉，只在内账上填写订货数量，等到月底盘点时，把这些商品名称和数量记在脑子里，将店员所报告的数字再巧妙地篡改成上千匹的单位，又能与内账的数字核对得上。万一露出破绽，便以店员清点时发生错误，要不就是以遭窃或污损丢弃为由，加以搪塞推卸，而每个月的月底在这数字动手脚，成了宇市不劳而获的财源。

其实，无论是偷卖山林的杉木，向印染厂和纺织厂收取回扣，或每个月的月底利用店内盘点趁机窜改数字，都是在前任店主中

---

① 宅邸中的仓库。

风、长期卧病在床时悄悄进行。直到现在，这些行迹仍未被发现，让他得以中饱私囊。他为自己的五鬼搬运之能感到格外得意，合上笔记本，站了起来，朝着主房那边大大地咳了一声。

"大野先生，你的限时信！"

突然传来粗鲁的叫声。宇市打开玻璃门，只见房东太太一手提着菜篮，一手拿着限时信。

"什么？限时信？真难得呀，哪里寄来的？"

膝下无子，早年丧偶，无亲无故的宇市，平常很少收到邮件。

"什么嘛，只写着奈良县鹫家。"

"咦？鹫家……"

宇市站起来，连忙把信抢了过来。太郎吉设想得非常周密，并没有在信封上写上姓名，但宇市猜得出这绝对是护林员户冢太郎吉寄来的。

他把拉门关上，赶紧把信拆开，粗糙的信纸上尽是难以判读的铅笔字，像蚯蚓般歪七扭八。

事情不妙了！

这两三年来我几乎没写过信，现在只好硬着头皮写了。字写得很差，希望你耐心读下去，因为我老婆顶多也只会写这几个字。

我说的事情不妙了，就是在四天前中午，你们家大小姐带着一个让人反感的男人到这里来，劈头就要我带他们上山。我说你们跟大掌柜打过招呼了吗？他们反倒问我，难不成要来这里看山也得一五一十向他报备吗？我怕他们起疑，便说我不是那个意思，只好带他们上山。

下边那片山林，上次在界标上动了点手脚，我已经把砍伐权拿去做担保，山脊上的另一片杉林，不久前已经砍光了。我向来胆子很大，但这次他们突然上山，着实把我吓出一身冷汗。

我故意带他们绕远路，走艰难的山路拖延时间，不过也不能老在山里乱转，老实说，我当时真的不知道该怎么办，急得差点尿出来。后来，山谷起了雾，西边山峰飘过来乌云，我心想待会儿可能会下雨，因为吉野山区常有急雨，总之，在急雨未来之前，我故意带着他们在地形恶劣的杉林里乱转，消耗他们的体力，可是左等右等就是不下雨，最后只好拿镰刀开路，带着他们往危险的崖道走去。这时候刚好下起倾盆大雨，雷电交加，你们家大小姐差点被雷击中，还扭伤了脚，我只好把她背到工寮休息。多亏那场神风雷雨相助，才没被他们看到那片已经砍得光秃的杉林。不过，他们说下次还要再来，如果真的再来，那怎么办才好？以我的智慧恐怕应付不了，还请大掌柜赶快出主意。这对男女看起来真是狠角色，为了拉拢我，竟然开口要给我百分之十的佣金！说起来，我跟你并非只有几天的交情，当然不会被他们收买，以后还请你多多提拔。

本来想早些写信给你，因为心神不宁，写不成字，仅以潦草的字迹，紧急向你通报。

太郎吉

宇市读完信之后，对于藤代趁机抢先的动作越发感到惊愕与不安。六天前，藤代穿着华丽的衣裳，说是要跟久违的学舞同伴去京都看艺伎表演，并在外面过夜。矢岛家向来禁止未出嫁的女儿在外过夜，只允许离过婚的藤代每年春秋两次出外旅行，纾解烦闷心情，所以宇市对于藤代说要去京都并不觉得诧异，甚至对她隔天跛着脚乘车回来，说是在京都清水寺的台阶踩滑扭伤，也没有起疑，完全信以为真。此外，在宇市看来，藤代虽然因为查看山林受挫，以及阻挡文乃怀孕未果而愤怒不已，但还是照常学舞、去京都看艺伎表演，果真是个不知民间疾苦的千金小姐，这才略感安心。然而，宇市万万没想到，藤代居然不露声色地二度前往鹫家查看山林，这让他不由得感到一阵发冷。

和藤代同行的那名男子到底是谁？太郎吉只在信中提到对方是个令人讨厌的家伙，但能让心高气傲的藤代放在眼里，又陪她在鹫家过夜，绝对不是简单的角色。这么说来，藤代对自己继承的出租房值多少钱，以及上次去看山林时，居然对地皮和杉木价格知之甚详，绝非一般女子能懂的专业见解，看来是这名男子在背后出谋划策。而且初次与太郎吉见面，就说要给他百分之十的佣金，极尽拉拢之能事，可见得那名男子很有商业手腕。

宇市心想，倘若那名男子和藤代再度去鹫家，凭太郎吉一个人绝对应付不了，他必须在藤代脚伤痊愈以前赶紧想出对策阻止他们。此外，这段时间，还得给太郎吉更多好处才行。虽说他在信中表示"我跟你并非只有几天的交情，当然不会被他们收买，以后还请你多多提拔"，若完全相信他的说辞，到时候可能被反将一军。

宇市一反昨天深夜为自己在盘点时暗做手脚而自鸣得意的心态，脸上的表情顿时变得苦闷起来，他把太郎吉的来信卷成一团，准备塞进壁橱里的抽屉，这时好像有人走过来。

"有人在家吗？"

对方没等宇市回应，三叠大的玄关门旋即被推开。宇市赶紧把抽屉关上。

"我是君枝，您起来了？"

说着，君枝便冒冒失失地走了上来。她提着一个大布包，和一个月前去文乃家当保姆时一样的打扮，不知出了什么事，她只是板着脸孔翻着白眼。

"发生什么事了？一大清早就跑来，先坐下吧。"宇市为缓和神情激动的君枝递出坐垫劝说道。

"我不要去当什么保姆了，从今天起就不干了。"君枝说着，把那布包狠狠地摔到榻榻米上。

"到底发生什么事嘛，你不说我哪知道呀。"

"我跟凸眼妇吵架了。"

"什么？凸眼妇？你跟西药房老板娘……"宇市慌忙地反问道。

"嗯，就是那个多管闲事的凸眼妇。我去当保姆的头几天，她倒没说什么，可是最近常常来，好像她是文乃的亲戚似的对我说三道四，而且明明医生那边已经开了药，她却说她有什么营养剂啦，对胎儿有帮助啦，就像是卖药的江湖郎中，说她推荐的药多有效，专推销那些昂贵的药品。今天一大早她又来了，嫌我煮的饭菜难吃，还挑剔说那些饭菜对文乃的肾脏有害，反而推销起所谓有益肾脏的昂贵药品来。我冲着她说：'你不要假惺惺说是来探病，实际上是来推销药品，你若真的有心探病，那就免费送给文乃吧。'她竟然骂我，说不需要我这种三等货色的保姆，她随时可以找人来帮忙。我顶她一句说'我不是你的佣人，我是文乃的保姆'，气得直看着文乃，可是文乃没做任何表示，所以我没跟她打声招呼就出来了，真是气死我了……"

君枝正要喋喋不休地说下去，宇市那双细眼露出严厉的眼神。

"好了，你给我闭嘴！我不是让你去跟凸眼妇吵架的，而是让你去监视文乃，充当我的眼线。怎么样，有什么进展吗？"

君枝被宇市威严的语气所压倒，暂时沉默下来，只是翻着白眼看着宇市。

"其实，在矢岛家那些女人离去的隔天，文乃整个人变得很有朝气，一心一意只想平安生下孩子，只要医生推荐的东西，或凸眼妇推销有助于胎儿的药品，她都毫不手软地买来滋补身体。她的身体逐渐好转，连肾脏肿胀的毛病也大有改善。"

"噢，这么说，那生孩子是没什么可担心的喽？"

"我是不懂那些艰深的病名啦，可是以我这个外行人来看，她食欲不错，什么都能吃了，而且越来越健康，生孩子应该不成问题吧，只是我觉得她的脑袋好像有点怪怪的……"

"咦？脑袋有点怪怪的……"宇市不由得大声反问道。

"嗯，她有时候好像在想什么事情，又突然莫名其妙地傻笑。"

"时常傻笑……什么时候开始的？"

"这个嘛，自从矢岛家大小姐夺走她供奉在壁龛上的照片以后，她每天就盯着壁龛发呆。五天前，她突然说要去住吉神社拜拜，我吓了一跳，阻止她说没有医生允许是不能去的。不过，她却说她只相信住吉神社，坚持要去拜拜，无奈之余，我只好帮她叫了车。问题是，她并没有去住吉神社，而是去旁边的小神社买了一个梳着发髻、穿着红色裤裙的土偶。她把那个小木偶放在神社的供台上，祈拜良久以后，从袖子里拿出小方绸巾，宛如宝贝般地把它包了起来，带回家中，放在原来放老爷照片处的壁龛供奉，每天早上照常给它供饭，有时还盯着那个木偶兀自发笑，不由得让人觉得可怕……但话说回来，她虽是人家的妾室，但不久前遭到本家女人们强按着身体，在众人面前暴露私处给妇产科医生诊察，难怪她刺激太大，精神有点问题。难道做小妾的就得受到这种残酷的对待吗？"

君枝站在同为小妾的立场，语带含恨地说着，宇市没有回答。

"她到底跟那木偶求些什么？"

"我也是第一次听说的，那好像是用来求子借种的木偶。"

"什么？借种……"

"是的，那神社原本供奉着保佑五谷丰收的神明，意思就是信徒可以向神明预借农作物的种子，后来慢慢演变成赐子安产的神明。"

宇市边听着君枝的话，边想象文乃对着那个梳着发髻、穿着红色裤裙的赐子木偶，像精神错乱者兀自傻笑的身影时，不由得感到背脊发冷。正如君枝所说，文乃在众人面前受尽羞辱，刺激太大导致精神上出了问题。

"对了，我交代的事情办得怎么样？有没有找到像文件之类的东西？"

君枝先是思索了一下，接着说道："上次矢岛家的女人回去以后，我折返客厅时，刚好看到文乃打开壁橱里的立柜抽屉，把一个白色信封塞进男性衣物里。从那以后，我特别留心那里，便趁着寻找她的衣服时，很快地翻找了一番，不过她好像把它藏到其他地方了，我怎么找也找不到。而且，我总觉得她开始对我起疑。"

"什么？她开始对你起疑？"

"不，没什么啦，我只是这样觉得。"

宇市这才安心下来，语声温柔地说："这样做是委屈你，不过你就别计较那么多，回神木去吧？有你在那里充当我的眼线，我也比较好办事。将来，绝对会让你过好日子……"

宇市这样恳求着君枝，除此之外还得提防抢在他之前去了鹫家的藤代和那名男子。他一想到文乃那宛如精神错乱者般恐怖的傻笑，又得应付她可能另有隐情，想到自己腹背受敌，不由得感到不祥的兆头已挡在眼前。

千寿很早就察觉良吉坐在身旁的铺被上默默地在想些什么。早晨的阳光从木格窗缝间射了进来，她抬头看着枕边的时钟，荧光指针指着六点半。

昨夜关上店门，做完每个月的盘点之后，良吉回到千寿的房间已经是凌晨一点了。后来虽然良吉已经醒了，但为了不吵醒千寿，他摸黑找到烟灰缸，小心翼翼地点了根香烟，又怕烟气吹到千寿脸上，便稍微拉开隔壁房间的拉门，把烟气往门缝吐去。

这是良吉和千寿结婚以来的习惯。良吉不仅在白天，即使在四下无人的深夜床第间，也对千寿客气有加。千寿并不觉得奇怪。在良吉入赘为婿的新婚之夜，当时还健在的母亲松子把喝完交杯酒的千寿叫到隔壁房间耳提面命："咱们家跟其他人家不同，咱们是女系家族，一般规矩是以男性为主，头朝壁龛睡在右侧，但你是招婿上门的女儿，应该睡在右侧。夫妇之间的房事也是一样，以你为主，让男方来满足你的需求。你祖母和我都是这样生活的。"

千寿当时有说不出的难堪，似乎已嗅出这个以女性为主的女系家族荒谬之处，感到不可思议。上床以后，让良吉提供服务，房事完毕后，良吉利落地处理一切，千寿的肉体感到无比的欢愉与满足。刚开始，千寿总觉得男女的立场好像颠倒而感到内疚，后来便慢慢地习惯了，只要她有做爱的情欲时，便一语不发，做痛苦状地推开枕头权充暗示，良吉即使白天工作疲累，照样得满足千寿的需求。有时候，千寿总觉得自己在夜里比一般女人来得矜持腼腆，但性欲是否太强烈了。因而暗自感到羞耻。有时，她也怀疑他们生不出孩子，是不是因为房事太过频繁。良吉入赘为婿这六年来，从未拒绝过千寿的求欢。不仅如此，即使良吉隔天很早醒来，也总是怕吵到千寿，处处留心。尤其千寿讨厌香烟的臭味，良吉抽烟时，总是习惯地用双手扇着氤氲的烟气。

千寿缓缓地翻了个身，靠向良吉身边，仰着头探问："你起得真早，有什么事情烦心吗？"

"不，没什么，没什么大不了的事，只是……"良吉含糊以对。

"讨厌，有什么事瞒着我吧？昨天店里刚做完盘点，莫非出了什么事？"

良吉不知如何回答，沉默了一下，最后终于说道："我觉得盘点的结果有点问题。"

"咦？盘点有问题……"千寿惊讶地看着良吉。

"嗯，库存商品和进货账簿的数目的确吻合，可是依我的目测，库存商品的数量似乎比账面数字少。"

"可是打烊以后，店员做完全部的盘点，两者的数字又完全吻合，还有什么问题吗？"千寿纳闷地反问。

"是啊，昨天我核对过两者的数字确实吻合，所以当场没多说什么，可是我总觉得宅库的库存量和账面上的数字有点出入。"良吉以想要找出其中症结似的沉重口吻说，"其实是昨天盘点结束后，我突然想起有三百匹布料必须发货到外县市，便告诉持有钥匙的宇市先生。他跟平常一样，总是不交办给年轻店员，那把老骨头还要亲自发货。我随后到宅库一看，那些五十匹捆成一堆的布料与账本上的数字相比，显然少了很多。当然，我只是目测而已，并没有逐匹清点，而且当时有五名店员进入宅库，在纸条上写着‘正’字计算数量，所得数字又与账面上符合，所以没有多加质疑，只是觉得有点奇怪。说来奇怪，自从父亲死后，虽说营业仓库和店内的盘点由我负责，可是宅库的盘点工作从不让我过问，总是由宇市先生亲自掌管。细想起来，有关营业仓库方面，仓储公司都会提供寄存的商品数量清单，只要与账面上符合，是不成问题的，而店里的库存盘点，因为厂牌和种类各异，就算从中动点手脚，也很难看得出来。再说宅库的出货大权掌握在宇市先生手里，他要搞什么把戏，谁也弄不清楚。不过，目前没什么具体证据，账面上又查不出什么问题……但终究是……”

良吉来回兜圈子说着，深深地叹了口气，千寿猛地站起来，表情严肃地望着良吉。

“你根本不必对宇市先生客气嘛。试想等到继承遗产之后，你就是矢岛商店的第五代店主呀，觉得奇怪，可以当面找他问清楚呀。”

“不行，目前还没有具体证据，若直接找他问话，可能引发严重的后果。这次无论是遗产继承的问题，或是有关矢岛家的财产目录，文乃怀孕的事情，以及其他我们不知情的状况，都掌握在宇市先生手里，在还没有顺利取得遗产之前，我们不可轻举妄动，无论发生什么事，只能静候观察。”

良吉有所顾忌地说着，千寿不由得露出轻蔑的神色。

“难道作为入赘女婿就需要那么委曲求全吗？没错，遗产的继承问题是很重要，可是在商言商，若发觉事情不对，年轻店主当面质问大掌柜，也是天经地义吧。"

千寿话中带刺。良吉捻熄香烟，神情严肃地说："总之，现在不是抖出他底细的时机。不过，等到你顺利继承遗产，作为你的配偶，我实际握有矢岛商店第五代店主的营业大权之后，一旦他让我抓到把柄，我会毫不留情地把这个不把我看在眼里的老头修理一顿，所以在这之前，劳烦你配合一下。"

良吉带着无比隐忍和有待日后报复的口气说着，看了看枕边的时钟。

"啊，已经七点多了，我该起床了。"

说着，他微微打开靠近走廊的木板套窗，早晨的阳光射进了房间，庭前的树叶被夜露打得湿透。良吉朝藤代尚未打开木板套窗的房间看了看。

"大姐的脚伤后来怎样了？"

"她从京都回来，脚上裹着湿布下车时，我着实吓了一跳。阿清扶着她走到门口，她直拍着阿清的肩膀哇哇大叫，害我担心得要命，可是昨天晚上又好像好了许多。她就是这样任性，难怪在清水寺遭了报应。"千寿无声地窃笑着。

"但是话说回来，像大姐那么精明的人，去京都观光，居然在清水寺的阶梯滑倒扭伤，未免太不可思议了。"良吉纳闷地说着，"对了，最近很少看到三小姐，她的心情怎么样？"

"她呀，还是跟以前一样，一下子学烹饪一下子学插花，这次又说要去学什么手工艺。自从父亲去世以后，她满脑子只想出去玩，今天中午就跟今桥的姨母去三越百货公司看新款和服展示会。"

"这么说，只有你这个结了婚的人整天躲在家里喽。"

良吉嘲讽似的笑着，千寿突然露出严厉的眼神。

"等遗产分配底定以后，我也想去外面逛逛，不过在这之前，我得在家里仔细观察她们的动静，我绝对不能有任何损失。"千寿阴沉而冷冷地说着。

虽说刚进入六月，但三越百货公司新款和服的展场上全是夏季服装。衣架上挂着轻薄的会客和服，以及搭配罗、纱、夏大岛、盐泽、越后上布、绍缀腰带等等清凉衣物，顾客在店员的带领下，争先欣赏着新款的华丽和服。

雏子也在姨母芳子的怂恿下，穿着蜡缬染法①的单衣，配上草花图样的腰带，打扮得像个千金小姐，在人群中争看着新款和服。这样的场合与其说是来选购衣服，还不如说像在歌舞伎座看戏时的幕间休息时间，穿着时髦的观众蜂拥而出，香水味和人群的热气蒸腾弥漫，热得雏子额头冒出了汗珠。

"雏子，怎么样？全是些上等和服吧。虽说夏季的驹绍会客和服最好的一件要价十五万八千日元，腰带一条七八万日元，其实也不值得大惊小怪，只要你顺利继承遗产，再贵的衣服你都买得起。"姨母芳子凑近雏子耳畔低声说道。

听到姨母这番露骨的话，雏子脸上微微发烫，但看到眼前那么多顾客对着华丽的和服发出赞叹声，她一想到只要继承遗产，就能像购买便宜洋裙般要买多少就买多少，不由得一脸欢快地露出两朵酒窝。

"不过，我常觉得买那么多和服好吗？我倒想买件高级的晚礼

---

① 用蜡和树脂在布上画上花样，浸入染料再除蜡，染成白色花样。

服呢。"

"什么？礼服？你对那种东西有兴趣啊？"姨母吃惊地看着雏子，接着说道，"出嫁之前难免会对那种东西有兴趣，一旦嫁了人，当然要买质料最好、染织最高级的和服喽。我做姑娘的时代，每当有包装精美的新和服寄来，总要打电话问三越和服部的店员我何时订制了这套和服呢。对方就详细解释，这是某月某日夫人您和小姐带着两名保姆过来时所订购的。总要到这时候，我才猛然想起来，原来每次逛新款和服展示会，我总会不自觉地多买了几套。"

姨母怀念起小姐时代的奢华生活，接着突然想到什么似的说："雏子，你若有喜欢的衣服，尽管告诉姨母，姨母买给你。你母亲很早就去世了，而你大姐只会替自己盘算，做起事来任性妄为，你二姐满脑子想的是怕少分到遗产，我若没多疼你一些，你也太可怜了。"说着，朝和服展示场走去。

"哎呀，矢岛夫人，好久不见了……"

背后传来了尖声招呼，芳子回头一看，一名穿着盐泽素面高级和服，系着银色绍缀腰带，年约三十七八岁的商家夫人，对着她欠身打招呼。

"哎呀，是金正家的少夫人啊，真巧居然在这里遇见您……上次，我真要好好谢谢您。"芳子偶然遇到旧识却故作夸张地说，"这位是我的外甥女，她是矢岛家最小的女儿雏子。"

说着，便把雏子推上前做介绍。雏子一听对方是三个月前来提亲的金正铸器批发商的少夫人，不禁神情僵硬，默默地低下头来。姨母为了缓和尴尬气氛，连忙赔着笑脸说："您今天是特地来选购衣服的吗？我是来替这外甥女买些新装……"

芳子用俨然是母亲的口吻说着，对方却凝视着雏子。

"像雏子这么可爱的小姐，想必对衣服很挑剔，也拥有许多衣服吧。"

　　对方从雏子穿着与年龄不甚相符的高级和服推测她出嫁时可能准备的衣裳。

　　"才不是呢，她还是偏爱洋装之类的服饰，要求并不高，所以今天想买件大岛染织的和服……"说着，朝挂在衣架上的和服看了一眼。

　　"是啊，才二十出头的小姐就能买大岛染织的和服，不愧是矢岛家的人……"金正家少夫人说着，也过来打量那件和服。

　　此时，一股浓烈的香水味扑鼻而来，一名年约三十六七岁、脖颈白皙、身穿浅绿底碎菊缝制图案的夏季和服的少妇，从雏子和芳子之间挤过去，走到挂着萨摩上布的衣架前，询问一旁的店员："萨摩产的布料只有这些吗？"

　　"是的，目前产量很少，而且最近购买萨摩上布的顾客或是具有这种染织技术的师傅越来越少了……"店员一边搓着手，一边答道。

　　"是吗，那麻烦你把左边算起第三个，印有细龟甲纹的那匹布给我看看。"

　　店员立刻走近陈列架，把那匹印有龟甲花纹的萨摩上布从衣架上拿了下来。同时，也把标价十九万八千日元的牌子摊开，好像故意摊给雏子她们看似的。那女人朝标价看了一眼，陶醉般地抚摸着那匹高级布料，兀自嘟囔着："这布料真高级，质地柔软，色泽又美，果真是萨摩产的……那好，我就买这块布料，刚好配合这季节穿，你们要尽快赶工替我送来。"说着，当场阔气地付了现金，再装模作样地穿过拥挤的人群离去。

"出手真大方呀，她是谁家的阔太太？"金正家少夫人有点不悦地问道。

　　"嗯，看她的打扮那么俗气，又没什么品位，连走路的姿态也装模作样的，八成是人家的小妾吧。"姨母芳子随即联想到住在神木的文乃，于是这么说道。

　　"果真是人家的小妾呀，我也这样觉得，想不到这种人大白天居然敢在贵妇人和商家大小姐聚集的地方出现呢。"金正家少夫人皱着眉头呼应着。

　　姨母芳子不屑地说着，雏子又想起在文乃家中发生的那件事。从那以后，已经过了一个半月，大姐藤代照样去京都看艺伎的舞蹈表演，还在清水寺的石阶扭伤脚踝，而二姐千寿佯装什么也没发生似的，让雏子感受到莫名的冲击。

　　那时候，她和宇市退到父亲和小妾的隔壁卧房，还是清楚听到了文乃在房间里的动静。她知道姨母和藤代正在欺负文乃，每次妇产科医生发出使用器具的金属声，随即传出文乃异样的呻吟声。她带着恐惧和好奇心偷看着宇市，而宇市仿佛嗅觉敏锐的动物般已嗅出什么东西似的贴近墙边，鼻头冒汗，蹲伏了下来。她若有任何动作，宇市立刻投来严厉的目光。从那以后，她偶尔会想起当天充满残酷氛围的情景，尤其是看到姨母和藤代事后故作平静的神情，她终于看出女人钩心斗角又难以捉摸的内心世界。

　　"怎么了？今天的款式若不满意，我们下次再来看。走吧，我们跟金正家少夫人去喝杯茶？"

　　看到姨母如此机敏的安排，雏子这才察觉原来今天和金正家少夫人在展场碰面绝非偶然，而是为了下次相亲预作准备。

　　步出三越百货公司，走进本町二丁目的日式茶室"露屋"，里面的摆设明明只是民俗风的木雕矮桌和稻秆扎成的椅子，金正家少夫人却像坐在正统茶室般地挺起胸膛，从怀里拿出怀纸来装盛糕点，按照茶道规矩般喝着茶。姨母也学她装模作样地喝着薄茶，雏子故意不理睬那些规矩，而是像喝咖啡般轻松地饮着面前的薄茶。姨母见状连忙从桌下扯了扯雏子的衣袖，雏子则佯装不知，也不从手提包里拿出怀纸，而是直接拿起盘子里的露芝馒头。

金正家少夫人抬起那张眼角微微上吊的白皙脸孔转向雏子："果真是良家的三小姐呀，无论做什么事都这么文雅和天真……"并没有给予坏脸色，反而是带着恭维的语气说，"三小姐，听说你很会做日本料理，尤其在拼盘和器皿的搭配上都很精湛，不输给地道的厨师……"

看来金正家少夫人已经做过调查，知道雏子每个星期去淑德烹饪班上两次课。

"不，我跟姐姐们不一样，我讨厌学这学那的，只是若不找个借口，根本没机会外出呢。"雏子没好气地答道。

"最近的年轻人总是随意出门，那种没有借口就不准出门的好人家早就不存在了，真不愧是矢岛家，还保持着严谨的家风……"

金正家少夫人故意说反话，白皙的脸庞绽开笑容，一双眼角倒吊的狐眼跟着笑开了。不知她是把二十二岁的雏子当成小孩看待，还是因为她是金正家六兄弟的长嫂，为小叔的亲事必须这样赔笑脸。尽管雏子始终板着脸孔，她还是耐心地和雏子攀谈。这时候，姨母就趁机缓颊，要不就是陪着笑声居中打圆场，雏子则让姨母唱独角戏，在离开前始终没有好脸色。

和金正家少夫人分手后，来到堺街时，雏子依旧不吭一声、面带愠色，只顾着往前走。她知道姨母芳子在后面气喘吁吁地追上来，反而加快脚步。看得出来她是为了姨母邀她去三越百货公司看夏季新款和服展示会，故意制造与金正家少夫人不期而遇的机会，再拖着她去茶室耗了一个小时，最后演变成事前相亲而感到十分生气。

"雏子，等我一下嘛，走那么快，我的血压都升高了……"姨母在后面喊着。

在午后熙来攘往的堺街步道上，姨母芳子满头大汗气喘吁吁地急步追赶。她追到雏子身旁，喘着大气说："雏子，你到底怎么了？跟人家见面也不好好打招呼，来到外面，又把我扔在一旁，只顾着往前走……我在后面追着你跑，简直难堪死了！"她边拭着额上的汗珠，边责骂着。

雏子撇了一下腮唇说道："我才难堪呢。对方也不跟我打声招呼，就像买东西似的对我品头论足……其实，真要安排这种事的话，早告诉我一声嘛。居然没有任何预告，也不听听我的意见，就贸然地让人家来看我，姨母实在太过分了！"

雏子边走着，边愤愤不平地说着。

面对雏子的强烈反弹，姨母顿时不知如何回答。

"雏子，你用不着这么生气嘛！我只是希望你早点考虑婚事，金正家那边刚好催得急，我又怕仓促相亲没结果会弄得彼此尴尬，不如由对方的兄嫂先来看看，于是才安排了这个机会，再说今天又不是跟对方正式相亲，你何必那么在意呢。"

"不，我很在意。以我现在的年龄还不想结婚！"

"咦？不想结婚……你已到了适婚年龄还想做什么？难不成……"姨母芳子欲言又止，接着说道，"雏子，这种事情不方便在路上讲，再走个几百米就到我了，我们到里面谈吧。"

说着，姨母芳子突然噤口不语，从堺街往北走了一百多米，再从今桥的转角处往西拐去。今桥街不像雏子家那边遭受过战火洗劫，还保留着许多船场风格的建筑物，过了旧鸿池邸①，就是姨母家了。

姨母穿越印有"岛"字商号的门帘，并没有理会店员的招呼，朝着账房里的丈夫米治郎瞥了一眼，就走进了便门。雏子跟在姨母后面，穿越中门和一个小房间，来到面向庭院的起居室。

姨母和雏子对视而坐，中间隔着百年杉木打造的日式矮桌，喝过保姆端来的粗茶后，姨母赶忙认真地问："雏子，你刚才在路上说还不想结婚，到底是指什么事？"

"姨母，你真讨厌，怎么突然这么认真啊……"雏子感到有点可笑，于是说道，"当然是遗产继承的事嘛……"

"噢，原来是为这件事啊……"

雏子以为姨母可能会因此失望，不料她却露出了安心的表情。

"那你以为我在想什么呢？"

"我是担心你有了意中人。"

"哎呀，你想太多了。我现在哪有心情和闲工夫去想那些事呀。这次的遗产分配，我虽是家中排行最小的，但我绝不容许两个姐姐拿得比我多，哪怕是多分一百万或两百万，不，就算是多分十万或二十万，我也不愿意吃这种亏。第一次召开家族会议时，我和姐姐们为了分配遗产虽然有点争执，但还不是很在意。后来请古董商评估过我所分得的古董文物价值，以及在宇市先生的带领下去看过了山林之后，我慢慢有了主见。今后无论姐姐们有什么动作，

---

① 江户时代大阪的富商。

我绝不退让也不愿吃亏，这就是我眼前要处理的事。"雏子定睛凝目，语气坚定地说道。

"不愧是雏子啊，虽然是老么，但该是你的就不要少拿……不过拿多少固然重要，到手以后要怎么处理更重要呢。"

"咦？到手以后……"雏子惊讶地反问道。

"是啊，继承再多的遗产，事后怎么处理才重要呢。你一旦嫁了人，财产就归对方所有，所以从这点来看，招婿入门最划算。问题是，家里又有离过婚的藤代和千寿夫妇，你打算怎么做？"

"打算怎么做？我还没想那么多……"

雏子说得支吾其词，姨母立刻移动肥胖的双膝向前说道："既然如此，干脆做我的养女怎么样？"

"咦？做姨母的养女？"

雏子惊讶地张着嘴，怀疑自己听错似的，直望着姨母的脸庞。姨母为缓和雏子惊愕的反应，投以温柔的目光说道："我突然提出这个要求，难怪你大吃一惊。你也知道，姨母生的女儿一个月后便夭折了，若她现在还活着，大概跟你一样大了。从那以后，我一直过着没有子女的生活，倒也不在意，但过了五十岁，总觉得越来越寂寞。自从你父亲去世以后，我开始照料你的生活，便想让你做我的养女，以后就可以招婿入门。这样一来，就不用为我们的关系担心或费神，我相信你母亲在天之灵一定很高兴……"

姨母蓦然语带哽咽，那双跟姐姐松子一样的凤眼噙着泪水。从芳子此举看来，可知自从嘉藏去世以后，矢岛家有关遗产分配的利害得失，都是她在雏子背后出谋划策的。确切地说，姨母在建议雏子评估所得的古董文物时，并没有委托矢岛家时常往来的古董商，反而叫外面的古董商京雅堂故意把价钱估低，让雏子所继承的遗产看起来比两个姐姐还少，这一切都是出自她的指使。倘若没有姨母在背后谋划献策，面对凡事自以为是、作风强势的大姐，以及看似文静、私底下却叫医生对文乃做出如此残酷"诊察"动作的二姐，或许雏子根本毫无招架之力。

然而，雏子想在继承遗产以后，去体验一下未知而奇妙的世界。她抬起圆润的脸庞，略带犹豫地说："事情来得太突然，我不知道该怎么做。"

"是啊，我刚开始也没有这种想法，在为你想方设法后，慢慢滋生了把你当成女儿的感情，想把你留在身边……"说着，姨母不像平常那样，反而是情溢于表地噙着泪水笑了笑。雏子见状，一时不知所措。

"姨母的心意我非常了解，你这么关心我……给我点时间想想吧。"说着，雏子低下头来。

"说的也是，我会给你时间仔细想想，直到你同意为止。"接着，姨母用理解的口气说道，"不管你当不当我的养女，先跟金正家的公子相亲也不是件坏事。当然，继承遗产是件大事，可是对方直催着要相亲，我们也不能置之不理，再说你若看不中意，拒绝也没关系啊。金正家在船场铸器批发商当中，可说是名门之家。他们家公子的照片和家世背景，之前已经给你看过了。"

雏子的脑海里又浮现那个比自己大四岁、五官清秀看似稳重的金正六郎。看来，姨母今天所提的，无论是当养女或相亲，她若没给个明确回复就回去的话，显然不好交代。她心想，好吧，若看得不满意，推掉不就得了。

"好吧，我就照姨母的安排跟对方见个面。"

姨母见雏子答应得如此直率，立刻说道："你真的答应了？太好了，那我赶快把这件事告诉藤代和千寿，准备安排你们相亲。不过，你不能把我要收你当养女的事告诉她们。谁知道她们心里在想什么。之前，我也跟你说过，她们若知道你要相亲，会把注意力转移到那边，以后谈遗产分配也容易些。总之，我们今天商量的事情绝不能让她们知道，听懂了没？绝不可以说出去！"

姨母担心藤代和千寿胡乱猜忌，极力要雏子严守这个秘密。

芳子见雏子走过庭院往店门口走去之后，才从便门穿越中门，站在隔着店内与内室的门帘后面叫唤账房里的米治郎。

"老公，你进来一下。"

芳子这么一叫，原本像石头般动也不动的米治郎吃惊地转过身来说："你躲在后面这么突然一叫，害我吓一跳，有事可以叫保姆来嘛……好啦，我马上过去，你等我一下。"

就跟已故的矢岛嘉藏一样，米治郎是在矢岛商店做掌柜时被芳子招赘入门，然后才分家出去的，他跟芳子结婚三十年，对其应对进退的态度仍不改像对待他人般行礼如仪。他阖上账簿，深深地叹了口气，环视着冷清的店内，才走出了账房。

走进芳子的房间后，米治郎朝刚才雏子坐过的坐垫看了一眼。

"噢，三小姐回去了？怎么那么早就回去啊？"

接着，他没再说些什么，默默地点了根香烟。芳子边从碗柜里拿出茶壶，边打量着米治郎的表情，然后用不由分说的语气问道："你都不担心吗？"

"什么事？"米治郎反问道。

"你还不知道？就是让雏子来我们家当养女的事啊……"

"啊，你是说那件事？依我看来，大概很难吧。"

米治郎说话时尽量表现得若无其事，不想刺激芳子，但是芳子的脸色陡然一变。

"有什么难？像你这样胆小怕事，做起事来保守得要命，难怪店里的生意越做越差。我们好不容易分到本家的'岛'字号，生意却不见起色，再不振作的话，恐怕要关门大吉了。情况这么糟，我不担心才怪呢，所以无论如何，我都要把雏子拉来当我们家的养女，非得把她分得的遗产变成我们家的才行！"

"话是这么说没错，但最终还是要看雏子的意思，这只是我们一厢情愿的打算。另外，生意做得不好，主要是我没有嘉藏的本事，虽说我们都在本家工作，从掌柜当上店主，但嘉藏把本家的生意做得有声有色，我却没他一半的才能，即使将分家交给我经营，我却经营不善，只怪自己没本事，这只能说是报应吧。"米治郎诚惶诚恐地说道。

"你这么说，我们的商店要怎么办？朝鲜战争爆发之初，景气还算不错的时候，我们在九州的福屋百货店有将近一千万的营业额，可是战争结束以后，景气越来越差，导致福屋百货倒闭，应收账款也收不回来，店里的周转才会变得这么困窘。现在只有把雏子收作养女，然后把她继承的遗产全部纳为己有，没有其他办法可施，或者你有什么对策？"芳子怒不可遏地说道。

米治郎只是低着头，为自己的无能感到抱歉，他赔罪道："老实说，现在要怎么做，我也说不上来。总之，今后我会振作起来，请你再忍耐一下。"

"算了，你那些话我早就听腻了。嘉藏去世之前，金正家就有意要来提亲，我非把这桩婚事谈妥不可。所以这次无论如何都要把雏子收来做养女，从她身上拿到我没分得的财产，用这些钱来重振我们店家。"

"那是没办法的事嘛。二战前的法律规定遗产都是由长子继承，哪怕是家里的一根木头或一抔灶灰都归他所有，谁也别想分得，这是勉强不得的呀。"

米治郎试图安抚情绪激动的芳子，但芳子变得更暴怒了。

"有这么可恶的法律吗？矢岛家就生了我们两个姐妹，我只不过晚她一年出生，却只能在矢岛家吃冷饭，现在眼睁睁看着我那三个外甥女在瓜分矢岛家的财产，这口气我哪吞得下呀！天底下有这么不公平的待遇吗？总归一句，那些遗产当中有我的份在内，我当初应该和姐姐平分的，可是却没有分给我，所以这次我绝对要从雏子身上把我损失的部分统统要回来！"

芳子露出愤怒偏执的眼神，双手抓着雏子坐过的坐垫，仿佛要把它撕裂。

藤代裹着绷带的右脚伸到矮桌底下，托着下巴，眯着眼睛兀自笑着。

她和梅村芳三郎去鹫家查看山林已经过了半个月，千寿夫妇及雏子他们姑且不说，连宇市都相信她是在京都清水寺的石阶扭伤脚踝的。而她为了取信他们，还专程请接骨师来家里看诊，煞有介事地裹上湿布，忍着不外出，将自己关在家里。

她想起芳三郎，便觉得全身莫名骚动。在吉野的那个夜晚，她初次体验到在前夫三田村晋辅那里所无法释放的狂热情欲，光是想起当时的交欢情景，就感到欲火焚身。其实，她并没有特别要跟芳三郎维持什么样的关系，尽管事后她为自己越陷越深而感到羞耻，但每每想起芳三郎那充满弹性又像蛇般缠绕的躯体，她便无法控制自己的情欲。

走廊上传来脚步声，停在藤代的房间前。

"我是宇市，可以进去吗？"宇市在门外出声说道。

"有什么事……进来吧。"

藤代说着，仍没把伸出去的脚收回，直接让宇市进来。藤代扭伤脚踝坐车回来的那天，宇市来探望过她，后来双方忙着各自的事，再也没碰面。宇市拉开拉门走进房间，马上屈身来到藤代裹着厚绷带的脚跟前，窥探地问道："这么久都没来探望大小姐，实在很失礼。您的脚伤有没有好点？"

"托你的福，没那么痛了，不过要完全康复，还需要很长的时间。听说扭伤严重者需要花两个月时间调养，目前最重要的是让患部休养。"藤代故意皱着眉头地说道。

"这么严重啊，这就怪了。"宇市歪着头说道。

"有什么好怪的……"藤代口气不悦地说着。

"像我这种老头子走清水寺的石阶都不曾滑倒，大小姐您这么年轻却扭伤成这样，好像上山扭伤脚踝……"宇市露出严厉的目光说道，"上次，我带您去鹫家查看那片山林已经有些日子了，接下来要准备召开第四次家族会议，决定遗产的继承，您觉得怎样？"

宇市冷不防提出遗产继承的问题。

"宇市先生今天就是为这件事来的吗？"

尽管这样说着，藤代不由得想起当初提出查看山林时，宇市起先不太情愿，却又在看完山林以后突然说要商量遗产继承的事，其中必有蹊跷。藤代心想，虽说她曾经答应给护林员户冢太郎吉丰厚的封口费，但是对方很可能已经把她带男人上山的事告诉了宇市，而宇市为了阻止他们再度上山，才催促她尽快分配遗产。

"你突然提分配遗产的事……难道发生了什么变化？"

藤代定睛逼问，宇市的表情毫无变化。

"事情是这样的，四五天前，神木的保姆打电话来说，文乃的情况有点反常。"

"反常？什么情况呢？"

"她说，文乃老是抱着一个挽着发髻、腰系红裤裙、约莫一寸大的求子土偶，有时候把它供在以前放老爷照片的地方，每天给它供饭，祈求平安生下孩子，而且常常一个人傻笑，让人觉得毛骨悚然。于是我想趁情况没那么严重以前，还是先把遗产问题处理一下吧。前些日子您急着去看山林，应该也是这个原因吧。"

"那倒也是，不过……"藤代无言以对。

宇市说得没错，在怀有遗腹子的文乃还没发生麻烦以前，亦即在她还没生下孩子以前，应该早点把遗产分好。藤代当初也是基于这个盘算才催促宇市带她们去看那片山林的，而且她后来又跟芳三郎私下去了一趟鸳家山林，只是途中遇上暴雨折返。但若没跟芳三郎再次确认另一座山头的那片十町步山林，她说什么也不肯谈遗产分配。

"难道大小姐还有什么好主意吗？"宇市试探地望着藤代。

"不，我没什么好主意。不过……"藤代故意含糊以对，突然想到什么似的说道，"等我的脚伤好了再说吧。"

"咦？你的脚伤……"宇市霎时愣住了。

"嗯，等我的脚伤好了再召开家族会议吧。"藤代口气慎重地说道。

这时候，宇市脸上露出浅笑。

"我以为是什么大不了的原因呢，原来是您脚伤未愈的事啊。

其实，您根本不必担心这个，虽说是家族会议，除了第一次的会议以外，其他亲戚都不会参加，完全交给今桥的姨母处理，换句话说都是自家人的聚会，脚伤没好也没关系……"宇市用极温柔的语调劝说着。

"不，脚伤没治好会影响我的心情，我不希望在这种状况下谈什么遗产分配。再说，我因为脚伤穿和服又不能跪坐，只能伸着腿，想必姿势很难看。总归一句，脚踝扭伤最需要休养，等我脚伤治好再开家族会议吧。在我脚伤未痊愈以前，他们没有理由不等我。"藤代口气强烈地说道。

"那么还需要几天呢？"宇市非常慎重地问道。

藤代蓦然不知如何回答。

"这个嘛……扭伤严重的话，需要两个月，不严重的话，至少也得一个月吧。"

"还要等一个月……"宇市确认似的说道，"那么，第四次家族会议就在一个月以后召开吧。"说着朝藤代裹着湿布的脚看了一眼，"这段时间，您就专心休养，尽量不要外出，多多保重才是，千万别再扭伤了。"

宇市殷切叮嘱，向藤代恭敬地施上一礼，便站了起来。他步出藤代的房间以后，走廊那边传来了姨母芳子的喧闹声。

"噢，三小姐出去上课了……好，我知道了，你叫二小姐和良吉到藤代的房间来。"

姨母这样交代保姆阿清，便来到藤代的房门前。

"是我啦，可以进去吗？"

她出声说着，没等藤代回答，便迫不及待地拉开拉门。

"好久不见，脚伤怎么样了？我听阿清说，刚开始蛮严重的，现在好多了吧。"她说个不停，一屁股坐在伸出腿的藤代对面。

"是啊，已经没那么痛了，但总是好得不彻底，还是没办法轻松站立或坐下……"

藤代这样答着，却暗地里担心姨母突然来访该不会是跟宇市刚才谈的事有关吧？

"姨母一大清早赶来，是有什么急事吗？"藤代若无其事地问道。

"还是等二小姐他们来了再说吧。"说着，姨母仔细打量着藤代的房间。

"你的房间总是布置得这么华丽，像个大家闺秀的房间。"

藤代把七年前嫁到三田村家带去的日用品全部放在房间里，从日式书桌、附有小抽屉的梳妆台到衣架，都是出自京都的巧工制品。

"真是太可惜了，你不想带着这么贵重的家具再嫁一次啊……"

"什么？再嫁一次……"藤代脸色为之丕变。

"跟你开玩笑的啦，你真要嫁人的话，也得等三小姐出嫁再说吧。"姨母故意挖苦藤代离过婚又回娘家住。

"千寿和良吉他们可真慢呀！"说着，姨母准备朝走廊方向走去。

"姨母，您来了呀，这阵子都没看到您来。"千寿和良吉一起走进房间，坐在藤代旁边。

"我们都各忙各的啦。我今天突然来，是有件事想跟你们商量。"

姨母说完，看着藤代和千寿夫妇他们。

"其实，我是为雏子的婚事来的。"

"噢，雏子的婚事……"藤代和千寿面面相觑。

"是的。对方是守堂寺町金正铸器批发商家排行最小的六公子，今年二十六岁，比雏子大四岁，大阪大学商学部毕业。我这里有对方的履历表，人家可是做大生意的富家少爷呢。"

说着，从绉绸方巾里取出对方的照片和履历表。

"喏，你们看，长得一表人才，十足良家少爷的相貌吧。"

姨母好像是冲着矢岛商店下游纺织厂的四儿子良吉说这句话的，坐在千寿身旁的良吉只是面无表情地打量着桌上那张金正六郎貌似公子哥儿的照片。

"怎么样？这门婚事不错吧？大家都是船场内的商家，而且两人又同是老幺，应该比较好谈吧。"

姨母极力推荐，藤代看着履历表，却没什么表情。

"这门婚事是什么时候提的？另外，我们应该先拜访他才是。"藤代试探性地看着姨母的眼神说道。

"噢，这你不用担心，这是你父亲去世前一个月来提的，并不是在举办隆重的葬礼或是有十五个分寺住持来超度诵经之后，更不是外界盛传为分遗产以后才来提亲的。"姨母看出藤代的疑虑解释道，"自从办完你父亲的葬礼以后，这件事一直就耽搁下来。前几天，我带雏子去三越百货公司看新款和服的展示会，刚好巧遇对方的大嫂，才又提起这件事。"

"可是，我父亲刚去世不久，出殡不到一年家里就谈婚事，外面的人会怎样讲呢……"藤代表示家中的难处。

"对方当然知道外面的人会有什么看法，现在只是先相亲，双方若有意愿，等明年二月以后守孝期满再办结婚典礼，千寿，你觉得怎样？"姨母对着始终不发一语的千寿问道。

千寿和良吉一起坐在藤代旁边，始终低着那富士山形的白净前额，被姨母这么一说，赶忙抬起头来说："这是一门不错的婚事，但三小姐有没有什么意见？即便对方很有意愿，或姨母你殷切地推荐，最后还是要询问三小姐本人的想法才行……"

果真是千寿回答的方式，她把问题推给雏子，而不正面表示自己的意见。

"这点倒不用担心。其实，上次我跟金正家的少夫人见面以后，已经把这件事告诉了雏子。"

"噢，您跟雏子说了？那她怎么说……"千寿微露惊慌的神色。

"她仍旧跟以前一样，老是说没有考虑过结婚，刚开始只是嘻嘻哈哈，不想正经面对。后来，我说这次是人家专程来提亲，相个亲又何妨？她却答应得十分爽快，说你们这些姐姐同意就好。其实，今天雏子也说，若要谈提亲的事，最好选她不在家的时候来，所以我就挑雏子去上课时专程跑一趟。你们若没什么意见，我就着手安排相亲事宜。千寿，你不反对吧？"

姨母先把矛头指向千寿。

"不，我不反对……"千寿说得支支吾吾，沉默了片刻以后，突然抬起苍白的脸庞。

"雏子的婚事固然重要，但父亲去世以后遗产如何分配还未谈妥，而且我们最近才刚看过山林，又要在近日召开家族会议，时间上实在太赶了，我认为应该先把遗产分配清楚再说……"

千寿说得保守委婉，其实在三个姐妹当中，以她继承矢岛商店的经营权最为有利，与其关注雏子的婚事，倒希望早点把遗产分配好。这时，良吉从旁插嘴道："我觉得事情有轻重缓急，还是按部就班来做，比较不会惹出什么麻烦。"

"有什么好麻烦的？难道雏子的婚事没着落就不重要吗？我说句不客气的话，雏子要嫁人或招婿上门，会直接影响你们的遗产所得，所以依我看来，雏子的婚事和遗产分配同时进行，你们觉得怎样？"

千寿和良吉脸色大变，唯独藤代泰然自若。

"对方的意思，是要娶雏子还是上门入赘？"

"幸好，对方是家中的老幺，所以娶亲或入赘都不成问题。"

"都不成问题……"

藤代仔细吟味着这句话，突然露出严厉的目光。

"雏子出嫁或招婿上门，我们的遗产所得会有什么不同？"

藤代这样探问着，姨母眼角微皱，堆着冷笑说道："如果雏子嫁人，你们可以袖手旁观吗？当初你们出嫁或招婿上门，可是花了不少钱，还拿走许多嫁妆，这次轮到雏子出嫁，你们若不出分毫，而要从她继承的遗产支付结婚费用，未免太不公平了吧？所以你们当然也要分担一些费用。不过，雏子若招婿上门，这些费用就免了。问题是，千寿夫妇他们就难办了。你们父亲在遗嘱上提到，要把矢岛商店的经营权交给千寿及其配偶，但没有明确说雏子招赘的女婿不能参与商店的经营。遗嘱上写明要将商店每个月净利所得的百分之五十平分给你们三姐妹，或许这其中也包含雏子的招赘夫婿帮忙店务的部分。藤代与商店的经营虽没有什么关系，可是除了良吉之外，又加上一个入赘的男人，你虽是矢岛家的大女儿，但离过婚又住娘家，总不好意思大摇大摆地指挥人家吧。所以雏子到底是嫁人呢，还是招婿上门比较好，你们仔细盘算一下吧。最好能想个两全其美的办法，同时进行如何？"

藤代边听姨母唠叨，突然想到，若张罗起雏子的婚事，家里势必混乱不已，而千寿夫妇正希望如此。不过这样可以拖延召开家族会议的时间。为了跟梅村芳三郎再度前往鹫家查看山林，亦即争取有助于遗产分配的时间，赞成雏子和金正六郎的相亲不失为一种良策。她不知道今后会有什么发展，但是把问题丢给姨母处理也是逃脱目前窘境的方法。藤代蓦然欢声说道："很好啊，雏子若同意的话，相亲的事就交由姨母来处理。"说完，以强势的口吻转身对千寿说道，"千寿，这件事就交给姨母处理吧。"

相　亲

穿越蓬莱峡，有马便在不远处。行车的左侧是风化的锯齿状岩山，苍绿的松林沿着山谷，宛如南宗的山水画般点缀着枯淡的色彩。

雏子穿着胭脂色晕染的和服，腰间系着白底浮云花纹的腰带，坐在姨母和千寿中间，她为藤代今天没来参加她与金正六郎相亲的大事耿耿于怀。藤代推说扭伤尚未治好，其实大可以请人搀扶上车，何况坐车到有马才一个半小时，到时候跟金正家说明状况，侧身而坐也无妨。但藤代还是拒绝了，她说重要的家族会议都因她的脚伤延期，若为雏子这次的相亲之行出门未免说不过去。尽管如此，雏子和金正六郎相亲，藤代似乎比千寿夫妇更热心，雏子今天穿的和服，从底下的长衬衣到腰带，都是品位豪奢的藤代精心为妹妹挑选的。

雏子心想，大姐藤代因脚伤执意要拖延家族会议的召开时间，以及宇市很在乎召开家族会议的情形来看，其态度同样启人疑窦。宇市得知雏子要和金正六郎相亲时，语带反对表示："老爷去世不到一年，遗产也还没分配完毕，就谈起相亲的事情来，总是有点不妥吧？还是先把遗产谈妥再说，难不成大小姐您也要去参加他们的相亲？"藤代却反驳说："我的脚伤未治好以前，除了家族会议以外，我哪里也不去。至于参不参加三小姐的相亲，用不着你多嘴！今后，除了遗产分配的事情，不准你说三道四！"由此可见，藤代和宇市对于召开家族会议似乎存在着什么歧见。

雏子总觉得自己初次相亲，三姐妹之中独缺大姐没来，此行只有姨母和二姐千寿以及坐在前座的二姐夫良吉，未免有些落寞。

"雏子，你在想什么？有马就快到了。"

姨母兴奋地在她耳畔说着，雏子抬起头来，车子从蓬莱峡经过七曲，进入有马的地界。他们不希望这次相亲引人注目，金正家少夫人和姨母仔细商量，最后选在有马的古泉阁一边享用飞弹①料理一边相亲。

一进入有马，温泉小镇的热闹景象随即映入眼帘。车子没有从街区驶过，而是从杖舍桥往右转，驶进远离人群、林木围绕的台地。放眼望去，台地的另一端有人字形茅草屋顶的建筑，背后就是连峰依岭的六甲山脉，展现在前方的是三田盆地和丹波高原，那茅草屋宛若坐落在遗世独立的飞弹山谷一般。

车子朝那个方向驶去，姨母微微探出上半身，说道："你们看，那栋有人字形屋顶的大茅草屋，听说是从飞弹的白川村用六十辆卡车运来拆解过的木材和茅草，再由四十几名白川村村民合力复原的。那间餐馆的第八代店主叫飞弹角正，做得一手地道的飞弹料理。"

姨母这样说明着，千寿随即睁大了凤眼看着。

---

① 现日本岐阜县北部。

"雏子和我都是第一次吃飞弹料理，真是难得的机会呀。这里离大阪很远，选在这里相亲比较不会被人发现。"千寿大表赞同，坐在前座的良吉也恰如其分地搭腔："姨母真不愧是眼光独到，安排在这么高雅的地方相亲呀。"

"你们这么说，我就安心了。其实，我还担心你们嫌我唠叨，为这件事恨我呢。"说着，直视着千寿的侧脸。

"我们哪会这样呢，我和良吉都不懂交际应酬，这次刚好有机会出来见见世面，多亏姨母帮雏子找到这么好的婆家。"

千寿这样吹捧姨母，但姨母没理会千寿夫妇，只是急着以母亲的口气对雏子说："雏子，你平常都没什么笑容，不过今天在相亲宴席上，你务必要守规矩。"

车子抵达有泉阁的门前，一名身穿藏青色底白碎花和服，脸上略施白粉的年轻女侍出来迎接。

"欢迎光临！客人已经在里面等候了。"说着，女侍走在前面，为他们一行人带路。

从玄关的土房走进宽敞的包厢，地板上铺着带有乡土气息的草席，金正家的人正围坐在挂有铁壶的地炉旁，快意地饮着乡间茶水。雏子被那股乡土气息所吸引，朝室内仔细打量着，姨母立刻来到地炉旁。

"我们来晚了，真是对不起啊。我们本来以为时间很充裕的，但是女孩子穿衣服化妆真花时间，不好意思啊！这位是本家的二小姐千寿和她的夫婿良吉，在千寿旁边的就是之前提过的幺妹雏子。请多多关照……"

姨母介绍之后，千寿夫妇和雏子恭敬地施上一礼，看似不像年届七十的金正弥曾助身体相当健朗，脸色红润，蓄着一头银发。

"不，您太客气了。旁边这位是内人琴江，她旁边的是我家长子一郎和长媳喜代子，最旁边的是我六儿子六郎。"

说着，坐在最旁边的六郎表情僵硬地向姨母一行人点头致意，长媳那眼角上吊、狐狸般的长脸露出笑容说道："来，大家请到这边坐。这种季节不必生火，不过坐在炉边比较舒服。"

她主动请姨母她们就座，然后对着表情僵硬的雏子说："三小姐，上次突然叨扰您，实在不好意思，您今天看起来特别可爱……来，到这边坐吧。"

说着，她很有技巧地让金正弥曾助夫妇和矢岛芳子、千寿夫妇和金正家长子夫妇、雏子和六郎隔着地炉对视而坐。

女侍端上以涂漆器皿盛装的飞弹料理，分别替每位客人在膝上铺着一条印有人字形屋顶建筑物图样、写有"知足者常乐"字样的餐巾。金正弥曾助的目光停留在那句话上。

"知足者常乐……这句话真有意思呀！这句话正道出这个偏僻的山乡与海洋相隔遥远，一年之中有半年几乎被白雪掩盖，光是摘采山菜做出地道的飞弹料理就有多么困难啊！"

说着，金正弥曾助便拿起了托盘上的方筷。

这道料理的前菜有山菇、黄瓜、小芋头及豆腐等等，每一道菜都以山菜为食材，充分显现烹调的智慧与工夫。雏子在烹饪班上课，对于完全不用鱼或肉，光用山菜就能做出如此富有变化、口味独特的菜肴，不由得感到兴致盎然，拿起和纸上的菜单名称仔细端详。

汤品：炸慈菇 莼菜 山椒芽
前菜：生菜

小盘：　黑豆

小餐：　手工荞麦

八寸：　木天蓼　腌松茸　胡桃　小豆菜　山药

小碟：　凉拌土当归

冷盘：　三叶　豆腐　小茄子

碗物：　胡桃豆腐　味噌香柚

替皿：　山药

小菜：　炸山菜

汤洗：　麦麸　竹纸昆布　芽葱　嫩生姜

雏子看着这些山菜菜单，慢慢品尝每一道料理。

"这里的菜色怎么样？听说三小姐学过烹饪，尤其会做日本料理……"

坐在金正弥曾助身旁的金正夫人年届六十，一边赔笑一边跟雏子攀谈着。雏子压低那圆润的下巴，微张着小嘴说："吃过这里的料理，才觉得我们在烹饪课学的菜肴根本比不上呀，这里的飞弹料理用的都是素朴山菜，色香味俱全呢！"

雏子这样回答，正要拿起轮岛漆制的汤碗盖，突然轻叫了一声，因为她掀开外表粗陋的碗盖，看到碗内竟是精美的泥金画；一笔一笔用金粉勾画出华丽而细致的蕨类细叶，大为惊叹。

"您怎么了？"金正家老夫人惊讶地看着雏子问道。

"不，我吓了一跳，翻开这外表看似粗陋的汤碗盖，没想到碗内竟有如此精细的画工。我曾听学过茶道的家母说，以何种食材入菜及食器的选用，最能展现怀石料理的精神，正因为素菜料理不使用鱼肉，所以比怀石料理更难烹调。"

说着，雏子双手捧着汤碗，好像在享受碗身传来的温热和触感。这时候，皮肤略黑、体格精悍，与幺弟完全不像的金正一郎带着酒气说道："不愧是老铺的三小姐呀，这么博学多闻，一点都不像是二十二岁的年轻小姐。我家六郎大您四岁，却远远比不上您呀。"

　　他笑得非常开怀，始终默默吃菜的金正六郎却板着脸孔，不服气地说："女人家对料理本来就比较了解嘛！与其对这里的料理评长论短，我倒是对于住在这白川村合掌屋的村民比较有兴趣呢。"

　　雏子对金正六郎像孩子般的怄气模样，险些笑了出来，但最后还是遵从姨母的交代慎重地低下头。

　　"这里都住些什么人？有什么特别之处吗？"

　　千寿故意表现出身为姐姐的风范，主动热络地谈话。

　　金正一郎霎时红了脸，说道："这合掌屋里的居民是以男系为主的大家族，我对这种制度很感兴趣。"

　　"咦？这是以男系为主的家族……"千寿惊愕地眨了眨眼。

　　"没错，在这白川村的飞弹山里，可供耕种的田地特别少，每家只能分到极少的土地。除了长子以外，其他家庭成员都不能结婚，也不许分家，只有长子才能结婚，由他担任一家之主，其余成员只能在大家长底下共同生活，这就是他们为什么费力要把合掌屋盖到三四层的原因。我若出生在白川村，绝对是这男系家族底下的牺牲品，简单地说，作为家长的长子可以舒适地住在一楼，而我这个老六大概只能被丢到三四楼充满煤灰的置物间吧。"

　　金正六郎兴致盎然地笑着，姨母芳子却没跟着赔笑。

　　"这么说除了长子以外，其他子女一辈子都不能结婚？"

　　"倒也不是不能结婚。他们容许家里的男丁结婚，不过生下来的孩子必须留在女方家抚养，孩子的母亲也得归自家兄弟支配，也就是作为他们家的劳动力，因为这是以男系为主的大家长制。现在，一连四代以女系为主的矢岛家，和家中六名男丁的金正家，在这种以男系家族为主的合掌屋里相亲，岂不是很有趣的组合？"金正六郎略带幽默地说道。

"是吗？原来这就是白川村合掌屋的由来啊……"

姨母芳子突然面露不悦，噤口不语了。金正家的少夫人见气氛变得尴尬凝重，立即移身到千寿面前。

"对了，您家大小姐扭伤脚踝，后来情况怎么样了？听说伤得很严重……"她出自关心地询问藤代的脚伤。

"托您的福，情况好多了，但是一动就喊痛，所以今天没能来，她特别要我们向您致歉。"

千寿这样回答，金正家少夫人堆着笑脸说道："您太客气了。刚好您家大小姐和我胞妹在同一师门处学舞，听我胞妹说，您家大小姐长得漂亮又懂得打扮，舞技更是精湛，连老师梅村芳三郎都对她赏识有加，听说下次的舞蹈会要由她担纲演出呢。"

"是啊，我大姐是在学舞……"

金正家少夫人见雏子有点答不上腔，旋即巧妙地撮合着说："三小姐，您要不要跟我们家六郎到二楼或三楼去看看呀……"

走上合掌屋的二楼，在飞弹的白川村用来养蚕或当置物间的房间都铺上地板，上面展示着俱利伽罗峠战役中战败的平家武士逃入白川村后务农的机具、食器、家具、衣服鞋子、织布机和货币等等。在那些木制和稻草编制的家具中，有涂黑牙齿的器皿和嵌入徽章的仕女镜及化妆用品，正显示出平家武士的山村生活情趣。

沿着木梯来到三楼，天花板的梁柱和扎绑屋顶茅草的蔓条全部裸露出来且沾满煤灰，茅草屋顶和屋檐中间严重倾斜，必须弯腰才能通行。这里也反映出平家武士落居白川村的历史，上面摆着古旧的日用器具，而比起那些日用器具，雏子对一只可装一升酒的酒壶更感兴趣。虽然看来那只酒壶并非出自名家之手，不过在这一年中有半年被白雪封埋的山里，肯定受到村中爱酒人士的珍藏，它的外形仿佛散发着让人喝完即感到畅怀舒快的温暖色泽。

金正六郎似乎对古旧的日用用品比较感兴趣，频频打量着盔甲上的徽章及盔绳的颜色，偶尔还会感动地摇头。他今年二十六岁，和他母亲长得很像，肤色白皙、五官清秀，看似平凡没什么大作为，但他刚才谈到白川村男系家族时，其举止谈吐充满着机智与灵活。雏子突然恶作剧地笑了笑，走到六郎身旁。

"那些日常用具让你看得那么入神，难不成你在研究男系家族吗？"

"不，没有啦……"说着，金正六郎转身看向雏子，有点不好意思地从口袋里拿出香烟点了火。

"刚才你提到男系家族的事很有意思，不过对于继承我们第五代家业的二姐，和分家出去的姨母听来，却是很大的冲击，好像在讽刺她们。"雏子狡黠地笑道。

"您不要误会，我完全没有讽刺或批评她们的意思！我只是觉得白川村的男系家族制度跟我们家有点相似，随口说说而已。"

"噢，您家是您父亲和大哥在掌权吗？"雏子惊讶地问道。

"那是当然的。我们家情况不像府上那样，但三代以来都是做铸器批发生意，而且有六个儿子，我父亲和大哥，也就是家长及其继承者拥有绝对的权力。比方说，我父亲和大哥他们，光是午餐就有整条鱼可吃，而其他人只能吃些简单的素菜，长子住的房间附有壁龛，仅次于父亲，像我这个老六只能分到六叠大的房间和一张吊床；每个月的零用钱也是少得可怜，我们几个兄弟总是战战兢兢地来到在金库前坐镇的父亲和大哥面前，卑微地等候他们施舍。"

"如果您结婚的话，又怎么样呢？"

"这一点跟白川村的情况不同。我们家在大阪还有些房地产，所以多少会让我做点小生意，当然规模比不上本家。不过，我倒觉得与其自己娶媳妇，不如让人招赘来得干脆呢。"

"噢，您一开始就想被招赘入门吗？"

"不管是娶媳妇或入赘都无谓，坦白说，我这个老六，与其在家里受尽冷落，没钱又没自由，地位卑微得可怜，倒不如入赘当个安乐王，也不愁吃穿。"金正六郎愤愤不平地说道。

雏子发觉金正六郎乍看之下像是温良的商家少爷，然而实际上却是个没责任感、好吃懒做的家伙，看来姨母想把这男人招来做自家女婿，再晚年安闲度日的如意算盘打错了。

离开有马以后，来到蓬莱峡的七曲，只见皱褶甚深的花岗岩山壁连绵着，车子在狭窄的山路蜿蜒穿行，四处可见淡绿斜映的树影，山顶上已有晚霞徘徊，但明亮的夕阳仍然照进山路，雏子她们的座车和金正家的车子保持一定的间距，朝大阪方向驶去。

"今天的相亲你觉得怎样……"

姨母在雏子耳畔轻声问道，雏子却佯装没听见。她想象金正六郎坐在后车前座的情景。刚才离开古泉阁时，她看到高大阔肩的金正六郎佝偻着身躯走在兄嫂旁边，百无聊赖的模样，让她不由得感到可怜又可笑。

矢岛家这边的排座是，姨母、千寿和雏子坐在后座，入赘的良吉坐在司机旁边，金正家这边的排座则是父亲、母亲和长子坐在后座，长媳妇和六郎坐在司机旁边，问题是六郎自始至终耸肩缩脚地坐着，生怕碰触到兄嫂。

"雏子，你怎么了？姨母在问你今天相亲的结果，怎么不回话呢……"千寿用力拉着雏子的衣袖问道。

"怎么样？没什么啊……"

雏子转头看着姨母却想含笑带过，这时姨母表情严肃地盯着她。

"不准你这么嬉皮笑脸！今天我们两家特地来有马的合掌屋，还品尝地道的飞弹料理，这可算是很正式的相亲，你不能这样含混带过。"

面对姨母的指责，千寿反而比雏子更感到焦急，试图缓和车内的气氛。

"就是嘛，今天可是正式的相亲场合呢，你不可以这样闹着玩，赶快回答姨母的问话。"

"这又不是决定和服的款式，何况只见过一次面，我怎能说清楚呢。"

"可是，你们俩已经在二楼交谈了四五十分钟呀，我当初跟你姐夫相亲时，根本没谈上几句话。"

千寿责怪雏子的骄纵，雏子却仰起漂亮的脸蛋反驳道："二姐，我们相亲的方式根本不一样嘛！你选来的夫婿是要在我们店里做事，父母早就已经挑定，相亲只是形式而已，哪有独处谈话的必要？"

雏子毫不客气地说着，千寿的脸色为之丕变，坐在前座的良吉也变得神情僵硬。

"好了，别说这些没建设性的话了。你二姐有她的相亲方式，你只要认真对待你自己的相亲就好。"这次，换姨母居中调停地说道，"总之，你和金正家少爷到二楼时，坐在楼下的金正家所有人都在称赞你，说你一点都不像是二十来岁的小姐，居然那么聪明伶俐，长得可爱又有教养，他们几乎没什么意见。重要的是，你觉得他们家少爷怎样？"姨母叽叽喳喳地说个没完，借机又把话拉回主题。

"他像个少爷，是个好人。"雏子宛若事不关己，不痛不痒地答道。

"什么是个好人？怎么说得这么不清不楚呀，你到底是中不中意啊？"

雏子见姨母正要责备她，赶紧反问道："姨母，那您觉得怎样呢？"

"你问我吗？我……"姨母的表情突然慎重起来。

"你怎么问起我的意见呢？又不是我在选女婿，我只是撮合你们相亲而已，没有立场说些什么。你若真要问第三者的意见，倒可以听听千寿和良吉的想法。"

尽管姨母计划将雏子收为养女，但是她故意不表现出来，把问题丢给千寿夫妇。

"千寿，你觉得那个热心又健谈的金正家六少爷怎么样？"姨母纠缠似的追问道。

千寿抬起那双细眼看向窗外片刻后，说道："对方的父亲是第三代店主，生意做得很大，是个刻苦耐劳的老实人；老夫人的个性温和；他大哥将来要继承家业，看来也是很有才干；只是那少夫人有点强势，大概是兄弟众多的长兄嫂常有的习性吧，若不特别能干，恐怕整个家就撑不下去了。总归一句，他的反应很机灵，有着商家少爷的悠闲气质，有什么说什么，五官清秀，没什么可挑的啦，可是……"千寿说到最后，语意突然慢了下来。

经过七曲，车子在暮色逐渐笼罩的天狗岩附近行驶着。

"你有什么担忧就直说吧。"姨母像窗外降临的暮色般逼问着千寿。

"也没什么。不过对方是什么样的家庭，我们也不清楚，只知道他是六兄弟之中排行第六，万一雏子嫁过去的话，没有想象中那么理想，我有点担心……"

千寿说得支支吾吾，坐在前座的良吉转身说道："这一点就是我跟千寿最担心的地方，我们希望早点弄清楚……"

良吉正要说下去时，雏子突然睁大了眼睛。

"那把他招进我们家做女婿怎么样？"

"咦？招他做女婿……"

千寿和良吉顿时神色惊慌，连姨母也措手不及，一脸错愕，因为这等于断了她收雏子为养女的希望。

"哎呀，二姐、姨母你们到底怎么了？怎么惊讶成那个样子呢……"雏子认真地望着姨母和千寿夫妇的反应。

"总之，我们今天第一次见面，三十分钟前才离开，我哪能说得清楚呀，没再见个一两次，我根本不知道他是什么样的人。"

雏子口气不悦地说着，姨母连忙堆起笑容说："这么说，你有意再见他一次喽？那我赶快安排你们见面。"

姨母深解其意地准备接着说下去时，雏子说道："好啊，但下次安排我们单独见面就行……"

"只让你们俩见面……"姨母和千寿面面相觑。

"这种正经八百的相亲，我简直受够了！说什么男系家族啦、女系家族啦，像在调查狗的血统似的。再说只有我们俩的场合，说不定六郎会坦白说出自己的想法呢。"

雏子这样说着，便想起他们从合掌屋的二楼登上三楼聊天时，金正六郎那商家少爷的阔绰习气和缺乏担当，在论及个人的利害得失却又深知进退之道的正经表情。他是个很会替自己打算的人，而爽朗直率的现代作风，在雏子看来，与自己有某些共通之处。

"啊，下雨了！"

千寿嘟囔了一声，抬头看向窗外。左侧山峰上开始飘下串串雨丝，转眼间就变成了瓢泼大雨，沿着陡峭的褐色岩壁和青翠欲滴的树丛洒落了下来。

金正弥曾助关上了车窗，半起身子似的探向车子前方。

"噢，他们的座位顺序真有趣，三个女人大摇大摆地坐在后座，经管矢岛商店大权的入赘女婿反而只能坐在司机旁边呢。"

他这样感叹地说着，家中长子一郎随即附和道："之前我已听过一些传闻，今天一见，果真是不折不扣的女系家族呀。当她们得知合掌屋住着以男系为主的大家庭时，那表情惊讶得有些异常。"

"跟那种家族结亲家，我们家六郎会不会受委屈啊？"母亲琴江担忧地说道。

"也不尽然啦。你看那个叫良吉的入赘女婿，自始至终都不吭声地隐忍着，其实，这是反败为胜的战略，颇有在女系家族中布下暗桩的意味。再说无论是二姐夫妇，或是六郎将来和三小姐结婚，不一定都生女孩吧，若生下男孩，将来就有可能变成男系家族，所以连续四代的女系家族没什么好怕的啦。"

金正弥曾助挪动着肥肚腩，笑了笑，问着前座的六郎："对了，六郎你自己有什么看法呢……"

六郎跟他父亲一样，始终盯着前面那辆疾驶的汽车。

"是啊，这个小姐很有意思，让人摸不透她到底是天真可爱还是个性骄纵呢？"

"那你们为什么在二楼聊了那么久？"母亲琴江问道。

"没聊什么重要的事，我跟她说，我们家有点像男系家族，起初她感到不可置信，后来觉得很有趣，竟然刨根究底询问我们家的情形。"

"噢，你怎么回答呢？"长子一郎露出忧心的神情。

"我当然据实以告。我说同样是身为儿子，只因为生下来的顺序不同，长子和以下的儿子，所受到的待遇简直是天壤之别，尤其我这个老六在家只能吃些残羹剩饭。"

"哎呀，我们哪有让你吃残羹剩饭……"

兄嫂喜代子怕公婆误会，赶忙辩解时，六郎马上说道："我说的不是事实吗？这桩婚事，一开始就没有征询我的意见，都是父亲和大哥做的决定，然后大嫂才自作主张跑去跟那个高傲的矢岛家分家夫人谈的吧？简单来说，你们让二哥以下的兄弟分家，给他们做点小生意，但到了我这个老幺，父亲和大哥已经没什么财产可给，所以表面上说是要让我娶媳妇或入赘，其实是希望我入赘到有钱人家，才进行这次相亲吧？"

"笨蛋，你在闹什么脾气呀，这种话传得出去吗？"

金正弥曾助生怕这番家丑传进司机耳里，大声呵斥着六郎。

"唉，不要光提这些无聊的事，谈谈你对那个小姐的看法啦。"

父亲出言安抚，六郎沉思片刻以后，半自嘲地说道："那个小姐很不错啊，长得可爱又漂亮，有点任性骄纵。她若继承家里的遗产，可真是不折不扣的有钱人呢，条件好得不能再好。所以，若跟我这个老幺在一起，这项交易怎么看都是对方吃亏，让我占尽便宜呢。"

"问题是，对方根本不缺钱，她会带着一大堆财产嫁人吗？还是打算招赘入门呢？"

父亲金正弥曾助这样说，媳妇喜代子马上插嘴："父亲说的一点没错。我听分家的夫人说，她们矢岛家三姐妹可以平分一笔庞大的遗产，根本不缺钱，倒不如找个可靠的丈夫替她看守财产来得重要。如果六郎不介意的话，可以像她二姐夫那样，入赘上门也不错呀。"

"我才不要当那种没出息的入赘女婿呢，真要入赘的话，就要按现代的方式来做。"

"那你愿不愿意做分家夫人的养子？"

"什么？做分家夫人的养子……"六郎惊讶地望着兄嫂。

"是啊，其实，昨天我第一次听分家夫人说，如果你不肯做本家的赘婿，或许让她收作养子，关系反而比较自然呢。"

"意思是说，她要把矢岛家的三小姐收为养女，让我做她的上门女婿？"

"嗯，正是如此。不过，分家夫人说，这件事尚未通知本家那边，所以在婚事还没谈定以前，请代为保密。"

"那么，雏子小姐本人知道这件事吗？"六郎很在乎雏子的立场。

"知道，三小姐正是顾及她姨母的想法，才出席这次的相亲。总之，他们家现在有个离过婚的大姐和招了女婿的二姐，个个精明能干，家里的情况非常复杂。尤其现在正值争分家产之际，二姐和每天打扮得花枝招展去学日本舞的大姐关系更是恶劣，姐妹俩彼此猜忌，气氛闹得很僵。我对他们家二小姐是不太了解，但是听我亲妹妹说，他们家大小姐跟梅村流派的年轻老师关系有点暧昧，听说那个人个性古怪，分家夫人不放心把三小姐留在家里，所以决定等遗产分配完毕后，把三小姐收为养女。"

金正家的长媳把昨天从矢岛雏子的姨母那里听来的事巨细靡遗地做了说明。

"这么说，分家夫人倒是个心思周到的人。"

六郎好像探询着什么，仰着清秀的脸庞说："不过，我也不是省油的灯，看来今后我免不了要跟那分家夫人一决高下呢。"

他带着像玩竞技游戏般的欢快声音说着，透过雨水打湿的前车窗直视着前面的那辆车。在越来越大的雨势中，两辆车的前灯射出的炽白光束扫过地上的水洼，沿着弯曲的山路向前奔驰，车轮还不时因为激烈跳动而溅出阵阵水花。每当这时候，坐在后座的矢岛雏子她们三人便往上弹起似的，但很快又恢复原来姿势，在交谈着什么，时而凑脸交谈，时而探向前座跟良吉说话。

金正六郎蓦然堆起一丝微笑，然后转身对着后座的父亲和大哥说："她们坐在前面那辆车里，大概也像我们正在谈论着什么吧，真是有趣的组合呀！我们这两辆车同时开往大阪，却在车内用完全不同的立场打量着对方，盘算着自己的利害得失，好比在雨阵中打泥水仗呢。"

语毕，六郎猛然耸起肩膀，吹起了口哨。

宇市为了赶去和泉府中的纺织厂，很早就离开店里，从堺街搭上开往惠美须町的公交车。

事实上，宇市并不是去纺织厂公干，而是为第四次家族会议紧急采取这个万全之策。首先，他必须抢在藤代再度查看山林之前召开第四次家族会议，同时查出陪同藤代上山的那名男子底细，以及把那个可能被金钱收买的护林员户冢太郎吉确实地拉拢过来。

他已经写了限时信通知太郎吉，两人就约在通天阁附近的一家小餐馆见面。主要目的在于，万一那名男子在召开家族会议之前代替扭伤脚踝的藤代去查看山林，也得预先套好招，但令人困扰的是，他始终想不出那名男子的来历。

刚开始，宇市以为那名男子就是四年前与藤代离异的前夫三田村晋辅，后来他往三田村家打探，得知三田村晋辅已经续了弦，似乎没有与藤代联络。另外，他也想过不是矢岛家的亲友，但是这些人里面没有藤代信得过或足以商讨的人选。再说，对于不谙世事的藤代而言，她不可能贸然找律师或相关方面的专家帮忙。

想到这里，宇市不由得坐在客满的公交车上撇着满是皱纹的嘴角，为自己的失算气愤难消，因为他没料到藤代背后居然有个军师在撑腰。当时，他寄出限时信查问太郎吉有关那名男子的来历，太郎吉只是言不及义地描述对方戴着墨镜、长得英俊潇洒很像个演员，又有点像胆识过人的山林老手等等。宇市就是担心太郎吉应付不来，才把他叫来大阪会谈。

宇市在惠美须町下车，随即疾步走向通天阁。道路两旁尽是餐馆、小钢珠店、脱衣舞剧场、电影院和酒店，以及挂着大红灯笼的餐厅。小钢珠店和脱衣舞剧场不时传来喧嚣的音乐，餐馆则飘出阵阵刺鼻的油烟味和汤汁味，路上行人熙来攘往。宇市穿越黄昏拥挤的人群，比起心斋桥和千日前，他认为这充满活力与欢乐的新世界街比较符合太郎吉的品位，想必太郎吉乐于一边观赏大阪著名的通天阁，一边饮酒作乐吧，所以才选在通天阁附近的餐馆。

宇市登上餐馆的二楼，比约定时间早到了二十分钟，太郎吉却已经来了，他穿着短小过紧的西装，还系上领带，恭敬地盘坐着。

"怎么了？你这身穿着简直像登陆的水鬼哩。"宇市出言调侃。

肤色黝黑的太郎吉摇摇头说："我也不喜欢这种穿着，但我老婆说要去大阪可不能随便穿，否则会被人看笑话，所以我就穿上它了，刚才憋得我浑身是汗呢。对了，你找我有什么事啊？"

太郎吉按捺不住地问道。

"你别这么沉不住气嘛，赶快把那件不合身的西装脱下，领带也解下来，我们边喝酒边聊吧。"

说着，宇市吩咐女侍把酒菜送来。

女侍把酒送上来，太郎吉边啜饮着酒，边抬头眺望着灯光灿烂的通天阁，大概是来到大阪的关系，他显得格外兴奋，比平常还要多话。

"那时候我可真的快吓破胆了。你们家那个女人也不通知一声，就带个男人上山来了。当时若不是神风相助，突然打雷下大雨，我们之前砍光的那片山林早就被他们发现了。不过，他们下次若是再来，我可就没法应付。大掌柜，你可要想想办法别让他们上山，否则我真的挡不住了。"

"是啊，我今天正是为了解决这个问题才找你来的嘛。"宇市这样说着，然后试图勾起太郎吉的记忆似的问道，"我们若不知道那男人的来历，说什么都是多余，你说说看他到底是怎样的人？"

"我实在说不上来。若是当地人我还看得出来，但都市人我就摸不清了。"

"从他的穿着或说话方式，多少应该看得出来吧，他到底是什么打扮？"

"什么打扮……他的外形很时髦，穿着高级西装，戴着无框墨镜，我看过许多大阪的山林主，却是第一次看到这种外形像演员，又穿着高级西装的男人。"

"噢，这么说，他可能是某家布料批发商或西装店的儿子？"宇市试图嗅出对方的蛛丝马迹，接着问道，"对了，他跟我们家大小姐讲话时，脸上是什么表情？"

"嗯，这怎么说呢……"太郎吉边啜饮着酒，边倾头思索着。

"对了，他们操着高尚的大阪口音，你们家大小姐好像称呼他是年轻的什么……"

"年轻的什么？噢，看来他果真是某布料批发商或西装店的少东家。在大阪的船场一带，都称那些人为少东家……但到底是哪里的少东家大白天撇下自家生意不管，陪着女人上奈良鹫家的深山老林，还像数钱似的勘查山上有多少杉木呢。他们家要么是大店铺，要么就是面临财务危机，八成是个打算人财两得的家伙！"

宇市气愤地说着，太郎吉脸上露出卑微的笑容。

"你说得对，他还真有胆识呢，好像看山老手般还带着地图过来呢。"

"咦？他带着地图……"

"嗯，他拿着一张五万分之一的陆地测量图，问我另一座山林在什么方位，便立刻在那个位置做记号，还说那里就位于鹫家山谷往东北边八公里处，只需步行两个小时即可到达。我听了非常生气，很不服气地说，五万分之一的地图，顶多只能标出国道、府县道或路宽三尺以上的町村道而已，根本标示不出护林员或伐木工常走的羊肠小道。"

太郎吉志得意满地说着，但宇市想象着对方居然自备五万分之一的陆地测量图上山，不但没有被太郎吉吓倒，在险些遭落雷打中之后，还执意要去另一座山林，其讳莫如深的来历，不由得在心中掠过一丝不安。

"听你这么说，他像个演员打扮得很时髦，又很有胆识是吧？"

"是啊，他们差点被落雷打中，我带他们到山上的工寮躲雨，他居然没受到惊吓，还从容地从口袋里拿出小瓶威士忌，跟我用茶杯对饮呢。"

"看来我们若不妥善对付，到时候说不定阴沟里翻船呢。"

说到这里，宇市沉思似的放下酒杯，陷入短暂的沉默。

"太郎吉啊，无论发生什么事，我们绝不能让他知道那片山林已经砍光，我希望你联合几个护林员共同演出戏，把砍光的山林变出杉林来，事到如今，我们只好背水一战了。"宇市直接表明自己的想法。

"大掌柜，你真会开玩笑呢，树种下去也得十四五年才能长成幼树，怎么可能几个晚上就变出大片杉林来呀，我可没那种移山填海的本领……"太郎吉直摇头。

"你就想想办法嘛……眼下正是你太郎吉展现三十年来看家本领的时候。我知道这么做有些困难，但总可以想到办法的。我们今晚就边喝边想对策吧。"

宇市不由分说，替太郎吉斟酒。

黝黑的太郎吉喝得满脸通红，频频伸出多骨节的手，塞吃着送来的每一道菜肴，突然叹了一口气，整个人探向宇市，露出严厉的眼神。

"大掌柜！你要我过这座危桥，万一我不小心掉下去，你怎么赔我呀？我若没事先问清楚，恐怕不敢走呢。"太郎吉露出狡猾的笑容。

"我知道你有这个顾虑，所以先收下这些如何？"

说着，宇市把一个用报纸包妥的纸包推到太郎吉面前。

"里面有现金三十万。这个拿去打点那边的护林员和伐木工，不够的话，还有这个可以用。"

宇市从牛皮纸袋里取出一叠银行存折。

"这里共有十八本存折，为了避免被课税，每本存折的存款维持在三十万日元左右，全部都是人头账户，总金额约有五百万日元。这是我从十四岁干到七十二岁所存下来的积蓄，万一这次山林的事情败露，这些钱就当你的养老金。"

事实上，这些都是宇市每个月利用店内货品盘点的漏洞从中动手脚，以及从印染厂和纺织厂那里所得回扣存下的钱，他却以此为最后的王牌，令太郎吉眼睛为之一亮。

"好吧，你都为我设想得如此周到，我自当奋力一搏了。我们现在的情形，就像从这里望出去的通天阁一样，我就帮你演出超级大戏吧。下次你若发觉你家大小姐可能带男人上山时，务必立刻到鹭家通知我，我会说服隔壁的护林员，把被砍光山林旁的界标树皮刮掉，重新烙上'矢岛所有林'的字样，再用木炭涂得模糊不清，找两三个知心和守口如瓶的伐木工在山林里整枝，逼真地表演一下。"

"可是，这样做不会被隔壁的山林主知道吗？"宇市担心地探问着。

"这倒不必担心，通常杉树要培育个二三十年才能成材出售，若没发生什么意外，山林主都会交给护林员管理，很少上山。偶尔会上山来的，就像大掌柜你有事要谈，要不就像你们家大小姐随便带着厚脸皮男人过来。如果那家伙真的到乡政府查阅，我会事先通过安排，让他只能看到书面资料，绝对看不到山林的方位图。放心啦，事情交给我处理。"

太郎吉说了一大串，一伸手拿起眼前的那包钱，逐一确认每十万日元扎成一叠，共有三叠之后，解开衬衫的纽扣，掀起内衣下摆，打开束腰带的小口袋。他上山时，总是系着这种天竺纯棉的束腰带。

"我把这三叠现金塞进腰带里，就算在大阪也不怕被偷或掉出来。"说着，太郎吉抓住那三叠钞票，迅速地塞进腰带，宇市倏然露出严厉的目光："太郎吉，没问题吧？"

宇市这句话很短，却充满着威吓的意味。太郎吉霎时停止了塞钱的动作。

"哈哈哈……你用不着担心啦，我既然收了你的钱，就会发挥我三十年的本领，否则太对不起你了。"他保证地说道。

宇市脸上没有任何表情，接着突然抓住太郎吉的手说道："你不要只顾着说大话，人家若开出优厚的条件，你可能又要两边押宝。你既然跟着我，希望你从头跟到底，对你比较有利。我们家大小姐向来吝啬，你若跟着她，绝对占不到便宜，等人家搞定山林的继承权，你连张擤鼻涕的卫生纸都分不到呢。"

"这一点我比谁都清楚啦。今天来这里与你碰面，目的就是为了要让你安心，我绝对会把事情办好，只有让你的荷包满满，我才有机会发迹呢。"

他把那三叠钞票塞进腰带里，然后将内衣下摆塞进去，扣上衬衫的纽扣。

"那今天的事情就这么谈定了。"

太郎吉从二楼望去，五光十色的霓虹灯闪烁着，脱衣舞剧场的扩音器不断地流泻出招揽客人的猥亵广告，还有酒店小姐站在屋檐下伺机拉客的身影。

"接下来，你打算去哪里？"宇市看出太郎吉的心思似的问道。

"哈哈哈……跟大掌柜谈完了大事，我身上又带着这么多钱，今天晚上打算在大阪找个漂亮的小姐玩玩再回去。"接着，他把半剩的酒倒了出来，卑猥地笑着说："不过话说回来，我宁愿抱着钞票入睡，也不要搂着女人睡觉哩。今天晚上，我还是把钱带回去比较妥当。为了避免绕远路，大掌柜陪我上通天阁，然后叫辆出租车送我到阿倍野车站。当然，若能直接送我到大和上市那就更好了。"

说着，他生怕塞在腰带里的钞票掉出来似的，赶紧扣好绷在身上的那件西装的三颗纽扣。

"噢，原来太郎吉把钱看得比女人还重要，跟我一样嘛。好吧，我陪你上通天阁之后，叫出租车送你到阿倍野车站。"宇市趁太郎吉尚未改变心意之前，拍拍手唤来女侍，结完账便马上离开了。

太郎吉和宇市并肩走在熙来攘往的街道上，来到贴有姿态淫荡的脱衣舞娘照片及酒店女郎群芳照的地方时，他便用贪婪而色眯眯的目光搜寻着。他们走到通天阁前面，只见巨幅广告看板挂在通天阁的半身处，巨大的通天阁就耸立在夜晚的天空中。

"哇，好高的建筑啊，到底有多高啊？"

"听说离地面的高度是一百零三米，比大阪城还高。搭电梯上去，可以俯瞰整个大阪市区。"

听到宇市这么说明，太郎吉旋即快步走进电梯，登上通天阁的顶楼。太郎吉站在镶有透明玻璃的瞭望台前，几乎是整张脸贴在玻璃窗似的鸟瞰着大阪市区的夜景，整个大阪市区被五光十色的灯海包围着，其间可以看到纵横交错的流动光束。

"大掌柜，那像蛇般流动的白光是什么？"

"那是行进中的车灯，看起来就像是一条长长的光链。"

"噢，这么说，市区内有那么多车子啊？"太郎吉好奇地问道，"你们家店在哪一带？"

"你看，前方有块四角形区域，周边不是有一条护城河吗？我们的店就在那个区块正中央，那里就是南本町。"宇市指着远处说道。

果真，在霓虹灯闪烁的大阪市区内，只有那个方形地带静静地被灯光包围着，而藤代她们家经营的矢岛商店就在那个地带。宇市跟太郎吉商妥万全之策后，为了不错失良机，决定明天就催促藤代召开第四次家族会议，尽早谈妥遗产分配。

次日，宇市比平常早出门，从地铁本町站疾步走向矢岛商店。

八点过后，纺织布料批发大街上的清扫工作已经结束，陆续可见准备出货的店员及搭第一班车从外县市赶来的零售商，四处洋溢着市街一日初始的繁忙气氛。宇市微微佝偻着身子，急急忙忙地向前走着。他从二十八岁当上掌柜，连续四十四年间，总是不知疲倦地走着这条路到矢岛商店上班。他心想，或许这条路不用走太久了。

昨晚，他和太郎吉共同研商对策，绝不能让鹫家那片山林已被砍光的事迹败露。他决定逼藤代在这四五天内举行家族会议，因为藤代以扭伤脚踝当借口，要把家族会议延后一个月。所以，今天无论如何，他都要得到答复。一想到这里，心情就格外激动。

"大掌柜，您早！"

店员齐声向宇市问候。

宇市惊讶地抬头看去，矢岛商店专用的摩托三轮车停在十字路口，一名满脸青春痘的店员正站在载台上，上面装着用草席包好的布匹。

"大清早，要出货去哪里啊？"宇市用大掌柜的权威口吻问道。

"刚才，广岛的'丸荣衣料百货'打电话过来，订了棉布三百匹、浴衣五百反①、白底蓝花棉布一百反，叫我们赶快送去。阿吉正要开去大阪车站旁的'日本运通公司'寄货呢。"

那名店员说完，载着成堆布匹的摩托三轮车响起喇叭声，扬起阵阵尘埃，疾驶而去。

摩托三轮车离去后，宇市不由得想起过去当店员的时候根本没有这种方便的交通工具，不管是大清早或三更半夜，他们都得用草席包好布匹，再堆上大型板车，一个人在前面拉，另一个人在后面推，辛苦地出货。想到这里，他又疾步迈向矢岛商店。

掀开门帘，只见店内一些早到的零售商和手持大算盘的店员正在讨价还价。他从货架后面绕过去，正要走进账房，良吉便从小房间里走了出来。

"宇市先生，你来得真早啊！昨天傍晚还专程跑到和泉府中的纺织厂公干，想必一定很累吧？"良吉出言慰劳道。

"不，没什么。今天刚好有事要跟大家商量，所以来得比较早。"

说着，他掀开内宅与店内相隔的门帘，往里面看了一眼。

_____

① "一反"约可做一套成人和服。

"咦？你要跟大家商量什么？"良吉吃惊地探问着，宇市没有回应。

"小姐们都起床了吗？"

"二小姐已经起床了，三小姐也醒了，我来店里时，大小姐好像还在睡觉。"

"那我去内宅看看好了。"

宇市走出账房，来到店里的土间，穿过庭院，正要从便门走进前庭，突然看见穿着款式新颖草绿色套装的雏子站在门口。

"三小姐，您早！这么早就要出门啊？"宇市站在前庭的踏石上招呼道。

"你干什么呀，突然喊了一声，吓了我一跳呢！今天是上手工艺课的第一天，我得早点去才行。"

雏子向宇市说了他从未听过的手工艺课名称。

"噢，您又学了新的手工艺呀？是不是前阵子的相亲进展得很顺利啊？"

宇市直接问起雏子与金正家的婚事。

"我也说不上来，正想知道情况，你去问我姨母吧。"雏子说着，脸上泛起一抹红晕。

"那三小姐您觉得怎样？根据我的观察，自从您去相亲以后，突然买了许多洋装，而且时常外出，八成是金正家少爷长得英俊潇洒，是您喜欢的类型吧？"他故意吹捧地说着。

"讨厌！你怎么知道六郎长得英俊潇洒又时髦？"雏子虽是羞怯，却喜不自胜地反问道。

"我在船场这一带的商家可是有名的顺风耳呢。说不定今天您只是借口要去学什么手艺，其实是要去约会吧？"

宇市逗笑着，雏子鼓着脸颊，佯装有点生气地说："才不是呢！我真的要去上手工艺课嘛，你不要胡说八道……"

"是啊，您是要去上课，可是下课以后才去约会嘛。"宇市毫不隐讳地说道，"当然，喜不喜欢都要由三小姐您来决定，我对这桩婚事没有资格插嘴，不过我想在最近召开第四次家族会议，三小姐方便吗？"

由于宇市口气突然变得慎重起来，使得雏子一时不知如何回答。

"我姨母那边怎样呢？你去问我姨母，由她决定就好。"

雏子怕来不及，连忙穿上鞋子，拉了拉裙摆，从玄关处的地板站了起来。

宇市见雏子离去后，马上穿过中门，绕过走廊的转角，来到千寿的房门前。

"二小姐，您早！我是宇市，可以进去吗？"宇市站在门外问候道。

"请进！"

房间内传来低沉的声音，宇市拉开拉门，看见千寿正坐在里面的房间无所事事地眺望着庭院。她看到宇市前来，像平常那样表情平静地问道："有什么急事吗？"

"我是为了召开家族会议的事情来的。您三姐妹到鸳家查看过山林，已经两个多月了，这段时间又去神木探视过文乃，三小姐也相了亲，事情总算告一段落了。所以我想在这四五天内举行第四次家族会议，最后敲定遗产的分配，不知二小姐意下如何？"

面对宇市直接提出这个请求，千寿神色紧张地说："我没什么意见啦，但也得听听良吉的想法，你去店里叫他过来。"

宇市并没有起身，只翻了个白眼看着千寿。

"二小姐，这次的遗产继承者是您，现任的店主终究只是继承者的配偶，我认为没有必要征询他的意见，应该由您全权做主。"

宇市话说得客气，其实是在宣示千寿和良吉立场的不同，千寿白皙的脸庞顿时泛起怒意。

"坦白说，我也希望尽早召开第四次家族会议，把我们三人的遗产做个清楚划分，否则再这样拖下去，我们良吉好像老是为别人拼命似的。好，既然宇市先生这样说，不需要现任店主出什么主意，那随时都可以召开家族会议呀，你尽快安排就是。"千寿情绪激动地说着，接着又问，"我大姐怎么说？"

"最近，每次提到召开家族会议，大小姐便推说脚伤未愈，在脚伤未治好以前，说什么都不参加。"

"哼，什么脚伤……只不过是家人聚个会，就推说脚伤未愈，硬要拖延吗？"

说着，千寿往庭院植栽后面的藤代房间探看着，沉吟了片刻，屏气凝视了一会儿，明亮的眼眸突然燃起了怒火。

"宇市先生！我大姐借口扭伤要延迟家族会议，背后必定有什么图谋，这次大概又要把我们搞得鸡飞狗跳了。我实在想不通，大姐的心怎么这般恶毒啊……宇市先生，你身为我父亲遗嘱的执行者，克制我大姐的任性妄为就是你最大的职责……"

千寿一反常态，用严厉的态势逼向宇市，使得宇市不由得往后退缩。

"是的，二小姐您说得没错。我是没有立场苛责大小姐啦，不过我这就去找大小姐，今天无论如何，我都要让她答应才行。"

说着，宇市从怒气未消的千寿面前移膝退下，走到门外。

宇市沿着走廊，蹑手蹑脚来到藤代的房门前，环视着周遭。保姆大概正在厨房里准备早餐，不见她们在内宅进出的身影。他确定四下无人，并没有立刻出声问候，而是像壁虎般贴近整片拉门。

房内悄然无声，听不见任何动静，但他仍不放弃，紧贴着拉门侧耳倾听。鸽钟准十点整报时，他听见衣服的摩擦声，藤代好像已经起床了。

"大小姐，早安！"

宇市出声问候，房内仍旧是屏息般的沉默，过了一会儿，里面才问道："谁啊……"

"我是宇市，可以进去吗？"

宇市恭敬地说道，可是房内并没有立即答复，而是像沉思般的沉默。

"有急事吗……"

"是的，我有急事找您商量，您若已经醒来，我先在门外等着。"

他执拗地说着，这时房内才传出拉开内门的声音。

"知道了，我这就叫阿清过来，等我梳妆打扮完毕之后，你再进来吧。"

藤代很不情愿地说着，这才去按了按铃。

保姆阿清疾步跑来，看到宇市正坐在走廊上，赶紧收拾藤代的房间，又按了按铃，叫另一名保姆过来帮忙。不久，另一名保姆宛若宫女般端着高级托盘，上面盛着装满冷水的脸盆和牙刷。藤代站在面向庭院的走廊边洗脸，刷牙漱口的声音在寂静的空气中震响着。

藤代洗好脸，好像开始化妆，梳妆台的抽屉推进又拉出。宇市知道藤代故意用化妆来拖延时间，但他仍耐心地等候。对于等了五十八年，终于逮到千载难逢机会的宇市来说，这种儿戏般的捣乱根本不放在眼里。

藤代似乎已经整装完毕，语带傲气地说："让你久等了，进来吧！"

"好，恕我失礼了……"

宇市进入房间，旋即看到面向庭院的玻璃门已开，树丛的枝叶伸探到雨棚上，把房内透映得叶影婆娑，藤代背对着庭院端坐，清澈的双眸美丽动人。宇市忆及刚才千寿说的"大姐的心怎么这般恶毒啊"，不由得感到莫名的恐怖。

"你一大清早就在走廊上等，到底有什么急事？"

藤代抬起裹着绷带的右脚侧坐，没好气地说着，但宇市冷不防直说："我希望大小姐早点同意召开家族会议。"

"这……"

藤代支支吾吾，宇市便不由分说道："之前，您说脚伤需要一个月才能治好，现在一个月的时间已到，据我看来，您的脚伤已无大碍，所以我希望这四五天召开家族会议。"

"二小姐和三小姐的意见呢？"

"三小姐希望我先找今桥的姨母谈谈，二小姐则想尽早召开。"

"噢，二小姐主张尽早召开……"藤代的眼里冒出怒火，转身直盯着宇市，"我倒希望慢点再召开家族会议呢。"

"您要拖到什么时候……"

"十天后再召开吧。"

藤代考虑到梅村芳三郎将于一个星期以后主持独舞表演，所以这样说道。

"要延后十天……恐怕拖得太长了，难不成您要趁这段时间找人商量吗？"

宇市的眼角堆起狡黠的笑意。藤代蓦然露出惊慌的神色，但随即反问宇市："你不要胡乱猜测好不好！我已经离婚四年，不可能去找三田村商量吧，莫非你认为我会找谁商量吗？"

　　宇市自忖着，自己和护林员过从甚密的事情很可能已被藤代看出端倪，所以不敢过于逼问对方是谁，怕引来藤代反扑。

　　"没有啦，我只是看您老是推三阻四地拖延开会，心想是不是要找人商量而已。您既然不找人磋商，脚伤又已经痊愈，就没有理由延迟开会嘛。我希望在这四五天就召开第四次家族会议如何？"

　　宇市尖锐地逼问着，藤代脸色有点煞白。

　　"你为什么急着开会呢？难道就不能稍缓个几天吗？"

　　"大小姐，我向您报告为什么急着开会的理由。"宇市突然改变攻势说道。

　　"咦？你有什么确实的理由？"

　　"恕我再重复一次，老爷指定我为遗嘱执行者，自然有管理遗产和执行遗嘱的权利和义务，这也是法律上所规定的。简单地说，我有权利召集家族开会，商讨遗产分配。"宇市露出严厉的眼神，强硬地说道。

　　藤代顿时不知如何回答。

　　"很好啊，既然法律赋予你这个权限，你就行使这个权利召开家族会议啊！不过，你不要只强调自己的权利而忘掉你应尽的义务！"

　　"作为老爷的遗嘱执行者，我当然有不可推卸的义务，如果您对我有什么不满，请在会议上提出来。这正是召开家族会议的意义所在。"宇市接着态度冷静地说，"大小姐，这四五天，哪一天您最方便？"

"既然你那么急着开，随你喜欢哪一天都行！"藤代气愤地说道。

"那好，我跟您姨母商讨好日子以后，尽快召开会议。一大清早便来叨扰，恕我失礼了！"说着，宇市移膝后退，起身离去。

金正六郎驾着车，雏子坐在他身旁，饱览眼下次第展开的风景。狭长的神户市街坐落在山势起伏的六甲山下，市街的对面则是泛着粼粼波光的湛蓝大海，放眼望去，隐约可见像外国船只的巨轮和小舟在海口处曳行的剪影。

"哇，好美哦！想不到从大阪开车一个多小时，便能登上六甲山，欣赏这么漂亮的景色。尤其还可以俯瞰湛蓝的大海和神户的港口市街，好像到了国外呢。"

雏子语声欢快，金正六郎边减速，边看着一身草绿色套装、颈上系着玫瑰色领巾的雏子。

"你跟家人说要去上课，大清早却跟我来这里兜风，要是被发现不就惨了？"

"没关系。自从上次相亲以后，我姨母和你大嫂来往得特别频繁，至少她们同意我们先交往，我觉得这样很好啊。再说，我也是初次和男人出来兜风，直到现在我才知道兜风这么好玩呢！"雏子委屈地紧咬着嘴唇说道。

"噢，像雏子这么有钱的富家小姐，居然不知道什么是兜风，真是令人惊讶啊。连我这种吃冷饭的人，都有办法分期付款买辆国产车呢……"六郎难以置信地说道。

"这是真的，我们家一向非常保守，家母在世时自不必说，家父健在时，除了让我上学之外，什么地方都不让我去。至于我交朋友，他们总像调查狗的血统似的，非把人家祖宗八代的背景查个一清二楚，否则绝不准我们往来。目前，那个死气沉沉的家，就住着我那离过婚的大姐和二姐夫妇，我们分住在不同房间，各自用膳，四代以来都遵守这样的生活方式，所以就算再有钱，除了看戏、茶道和学插花之外，最近在流行什么娱乐活动，我们什么也不懂！"

"那雏子小姐你现在的娱乐活动是什么？"

六郎边开车，边灵巧地握着方向盘，从容地与来往的车辆会车。

"我的娱乐吗？嗯，我想想看……"雏子沉吟了一下，说道，"就像今天这样，我借口去上课，其实是溜出来跟朋友看电影啦，或是去看棒球赛，这便是我的娱乐。可是我若继续待在那个家里，顶多也只能这样，所以我想尽早离开那个家，住在六甲山附近的文化住宅①，过着自由自在的生活。"

说着，雏子带着羡慕的目光望着散落在山脚下几栋红瓦白墙的文化住宅。

"不过，你即使不留在现在那个家，不是也要到今桥的姨母家当养女吗？"

六郎这样反问道，雏子那单眼皮的双眼却为之一亮。

"至于是到姨母家当养女招婿呢，或在自家招婿入门，还是出嫁，要怎么选择由我自己决定，没有人硬性规定，只是遗产分配尚未谈妥之前，我决定听从姨母的意见。"

"噢，这又是什么意思？雏子，我边开车边讲话实在危险，我们找个歇脚的地方，边喝茶边聊吧。"

六郎说着，突然减速，从云杉环绕六甲的公路往东方疾驶而去。

———————————

① 日本大正后期至昭和时代流行的日西合璧的住宅样式，多半在大门旁兴建西式客厅。

七月初的乡村小舍已聚满歇脚乘凉的客人，金正六郎挑了一个安静的角落，点了两杯茶和糕饼。

　　"刚才你说在遗产尚未谈定以前，决定听从姨母的安排，这是什么意思？有关我们相亲以后的事情，你姨母和我大嫂是怎么商量的？方便的话，可否告诉我吗？"六郎没有强求，而是明快地问道。

　　"没什么不方便，因为这也不是什么大事……"雏子抬起那白皙的下巴说道，"自从家父做完二七以后，我们几个姐妹为了分家产，闹得很不愉快。即使已经过了四个月，大家仍为了如何分配遗产搞得疑神疑鬼，气氛剑拔弩张。我二姐有姐夫在背后出主意，我大姐虽然离过婚，但她比谁都精明，只有我什么也不懂，又没有人可以商量，只有姨母顾前顾后怕我吃亏。其实，过几天我们家就要召开第四次家族会议呢。"

　　"噢，只不过是三个姐妹平分遗产，就要开四次家族会议，好像比审查国会预算还麻烦呢。我是学商的，不太懂法律条文，但根据现代的《民法》规定，家中父亲死亡或其配偶死去时，其遗产应该平分给子女。你们家有三姐妹，平分成三等份不就得了？"

　　"情况没你说得那么简单。在遗产继承当中，有些部分属于指定继承，亦即死者生前指定把遗产分给谁，另一方面就是通过我们几个姐妹用合议的方式共同继承，也就是你说的均分三等份。大体上来说，因为我二姐夫在经商，所以我二姐分到矢岛商店的经营权和该店的房地产；我大姐则得到北堀江和东野田五十间出租房的房地产；我呢，则分到六万五千股股票及数十件文物古董，各自均有指定的继承物。另外，我们现在所住的宅院房地产及其他不动产和动产，均由我们三人共同继承。"雏子一口气说明了分产的来龙去脉。

"那现在最感到不满的是谁？"

六郎的大眼睛转了一下。

"当然是我大姐藤代喽。她始终认为，我二姐继承商店经营权，好比拥有取之不尽的摇钱树，而我分得的股票和古董书画，她也有意见。她说股票只要换个名义即可偷天换日，古董书画也可以浮报价钱等等，可是像她继承的房地产却分毫不差地写在地籍资料上，做不了手脚，若以这样分配遗产，说什么她都不接受！"

"问题是，遗嘱中这样明文写着，就具有法律效力，这有什么办法呢？她想怎么分配？"

"除了特定持分遗产，她希望通过共同持分遗产来弥补自己的损失。"

"那你对自己继承的部分有什么意见呢？"六郎窥探雏子的表情问道。

"我……刚开始不怎么关心，后来看到大姐和二姐为了争家产闹得不愉快，才开始觉悟。姨母找来古董商替我估那批古董文物的价格，我突然在意起分家产的事情。后来，我发现那批古董当中竟少了雪村的瀑布山水画，若没找回这幅轴画，说什么我绝不同意。"

"噢，这么说，若能找回这幅山水画，你就同意遗产的分配方式喽？"六郎确认似的问道。

雏子朝不远处的迷你高尔夫球场草坪看着，突然愤愤不平地说道："在这之前我觉得这样就可以，但现在可不这样想了，我想拥有更多东西。"

"你想要什么东西？"

"我想要山……"

"咦？山？你要山做什么？"六郎惊讶地反问。

"就是山林啊。你不知道山林的价值吗？我也是最近才弄懂，还蛮有趣的。"

雏子并没有把她们为了查看山林却意外得知父亲的妾室怀孕，以及她们团结对外、查看山林只是为了争分遗产等等的事情告诉六郎，只说宇市带着她们三姐妹到吉野赏樱、去鹫家看山而已。

"我们跟在护林员后面，经过那些有三四十年树龄高耸入云的杉林，亲眼看到自家的杉林竟然如此壮观，真是太刺激了！我大姐时而问杉林的界标是什么啦，时而问我们家是否有砍伐权啦，好像那片山林就是她的！其实，我也想拥有自己的山林，那多么宏伟啊！我不想当什么地主或一家之主，倒想做个山林主，多神气啊……"

雏子说得兴奋异常，六郎突然喷了口烟，说道："这么说，这几天召开的家族会议，山林的继承问题势必会引起争论喽？"

"那我该怎么办？"雏子略带不安地说道。

"我们还没论及婚嫁，你总不能找我这个局外人商量吧？"

有关矢岛家的争产风波，六郎只是听听，随意应和。

"你的意思是说，如果你是我未婚夫就肯替我出主意，若不是的话，就不理我吗？"雏子表情有点僵硬地反问六郎。

"那是当然喽。我都还没跟你谈定婚事，就贸然过问你分到的财产，岂不是太奇怪了？"说着，他宽阔的肩膀往后伸展，深深地吸了一口清新的空气。

"走，我们再去兜兜风吧。"说完，他站了起来，走去开车。

从山顶的乡村小舍经过"极乐茶屋"，朝"鸟居茶屋"的方向驶去时，左侧可看到丹波高原底下的盆地、深幽的河谷及微微起伏的棱线。

"雏子，你看！丹波盆地前面就是有马，也就是不久前我们相亲的地方……"

说着，六郎将车子停在视野辽阔的台地上。雏子想起雾霭笼罩的丹波盆地山脚下，正是自己和六郎在飞弹的合掌屋相亲的所在地，不由得涌生淡淡的感伤。金正六郎双手握着方向盘，嚼着口香糖，往有马方向眺望着，犹如欣赏一张风景明信片般。蓦然，雏子无缘由地升起一股怒火。

"六郎！你到底是怎么想的？"雏子直盯着六郎。

"什么怎么想……"六郎纳闷地反问。

"你还不了解我的意思吗？我们的婚事呀……"雏子干脆表明自己的心意。

"这件事我没什么意见。我这个在家吃冷饭的老六，若能跟你们有钱人结亲，那就谢天谢地了。你们若要我当入赘的女婿也没关系，说得坦白点，这件事的决定权在你手中。"

"你说的是正经话，还是开玩笑……"雏子语声颤抖地问道。

"这种事哪能开玩笑，开这种玩笑未免太没格调了。再说，有些人只会说好听的话，到时候还是被识破，岂不是更没格调？记得我们上次在有马的合掌屋相亲时，我曾经表达过有关婚姻的看法。在我看来，男人的一生有两次就业机会，一次是毕业以后到大公司上班，比方说到我父亲的店里工作。另一次就是跟有钱人家的千金结婚。既然拼命赚钱养家也是过一辈子，讨个有钱的老婆，每天吃香喝辣也是过一辈子，我才不在乎什么面子或世俗的看法，宁愿选择轻松快乐过日子。我甚至想过，其实找个长相难看、头脑简单的有钱女人也没关系。像你这样既有钱又漂亮的千金小姐，打着灯笼也找不着，虽说你们家向来是女系家族，让人有点望而生畏，可是这么好的条件，我若不识相一点，那就未免太不知抬举了。"

"噢，如果我是穷人家的女儿，你会怎么做呢？"雏子以充满敌意的目光问道。

"我不回答这种不符现实的假设。事实上，你现在就是即将继承上亿遗产的人选之一，只要我喜欢你和你的家产就够了。"

六郎说着，突然伸出强有力的手搂住雏子的肩膀。在狭窄的车内，雏子顿时扭肩别过头，避开六郎凑过来的脸。

"我绝不跟还没论及婚嫁的人做这种事，你硬是要这样的话，我就在这里下车！"

说着，雏子将手搭在车门的把手上，金正六郎见状只好摇摇头。

"哈哈哈，想不到你居然这么保守啊！看来今天是分不出胜负了。"

六郎说完，紧踩油门，扭响了收音机。

金正家的少夫人只是礼貌性地吃着糕饼，接着便向芳子问道："请您不必客气，我只是来打听他们后来的交往情形而已……"

她先发制人，表示不是过来催赶婚事的。

"最近刚好是换季采购服饰的时节，想必夫人一定很忙吧……"

"不，不忙，我都是委托别人去办，有时一整天闲得发慌呢。只是最近又要召开家族会议，倒叫我有些操心。"

"什么？要召开家族会议……"

少夫人白皙的脸庞上，那双像狐眼般的吊睛露出了疑惑的眼神。

"是啊，依照往常的惯例，遗产早该分配完毕了，但是事情拖到现在，真叫我操心啊。其实，这种事情不该由我来说，本家那里跟我们这里不同，他们家除了动产之外，在大阪市区还有土地和出租房及山林等不动产，要把这不动产像动产般分割成三等份，实在很难啊。"

芳子略微叹息又流露出些许自豪，金正家的少夫人却不想碰触这个话题，只是这么问："对了，三小姐当您家养女的事，谈的如何？"

雏子和六郎相亲的前一天，芳子曾告诉金正家的少夫人，如果他们家小叔不愿意入赘，可以和雏子一起跟着她生活。

"那件事目前还不确定，我若硬逼雏子，那她未免也太可怜了，只好等她有意思再说了。对了，雏子没跟你家小叔提过这方面的事吗？"

芳子反而主动向金正家的少夫人询问雏子的情况。

"没有呢，最近他们俩常到外地出游，今天刚好是我们店里休息，他们好像一起去六甲山玩。唉，我小叔总是那样，他到底是不在乎呢，还是认真对待这件婚事，我实在弄不清楚。至于他有没有谈那件事，我完全没……"她的回答暧昧不明。

"这样啊，他们一起去六甲山……"

芳子吃惊地停顿了一下，接着以恩人自居的口吻说道："看来进展得不错嘛，你回去好好告诉你小叔，他若想当矢岛家的女婿，一切就得听从我们的安排。"

由于事情来得突然，金正家的少夫人起先有点惊愕，接着用卑屈而慎重的口吻说："夫人，您的意思我非常了解，能跟您家结为亲家，我小叔自不必说，我公婆向您道谢都来不及了，哪敢怠慢啊，那么，什么时候有明确的答复呢？"

芳子思索似的眨了一下眼睛，接着说道："总之，近日忙着召开家族会议，等遗产分配完毕之后，我会召集重要的亲戚，向他们宣布这桩婚事，并尽快决定婚期。"

"那就请夫人您多关照了。今天，贸然登门叨扰，恕我失礼了。"

金正家少夫人表面上说不是来催赶婚事的，但是眼看情况已定，便急着起身告辞，这时，保姆刚好进来通报。

"夫人，本家的大掌柜来了，要带他进来吗？"

面对宇市的突然来访，芳子起先有点措手不及，最后还是表现出富家夫人的架势，故作高傲地说："你先送少夫人出门，再带他进来吧。"

宇市来到芳子的房间，旋即故作姿态地打招呼，并试探道："突然打扰，实在不好意思。刚才我在门口看到金正家的少夫人，是不是三小姐的婚事进展得非常顺利啊？"

芳子没有回答宇市的提问。"宇市先生突然来访，有什么急事吗？"

见芳子这样询问，宇市立即恭敬地说："其实，我是为家族会议的事来的，我希望能在这四五天之内，召开第四次会议……"

"咦？有这么紧急吗……"

几分钟前芳子才跟金正家的少夫人提及近日会召开家族会议，眼下却故作惊讶状。

"一个月前，我已经向大小姐提过家族会议，可是她因为脚伤未愈没有答应，今天早上我又特地询问她的意见，她才勉强同意等十天以后再开。我作为老爷遗嘱的执行者，眼看遗产的分配这样拖延下来，只觉得责任倍加沉重。幸好，大小姐终于同意了……"宇市将今天早晨造访藤代的谈话结果如实道来。

芳子探出身子倾听着他的叙述,听完以后,沉吟了一下说道:"噢,只不过是扭伤脚踝,家族会议就得拖延十天。上次三小姐相亲她也不参加,我越想越觉得奇怪,她是不是在背地里搞什么鬼啊?"

宇市移膝探前,极力吹捧芳子地说道:"是啊,我也摸不清大小姐到底在想什么呀。总之,她终于同意在这四五天之内开会,我希望借助夫人的力量,在家族会议上协助我,早些把遗产的分配敲定,所以今天特地来征询您的意见,看您哪一天比较方便。"

"你都这么开口拜托,下一次家族会议,我会设法确定遗产的分配。好吧,反正事情就交给我处理。"芳子一副了然于胸的样子说道。

"四五天之内……嗯,那就定在七月十日好了。"

宇市原先还在担心可能没这么顺利,想不到芳子这么快就定下了开会日期。

藤代离开堂岛中町的接骨院之后,立即驱车奔往停靠在大河边采蚵船的船上餐厅。

刚才,藤代看到宇市去了今桥的姨母家,便不像平常那样煞有介事地请医生出诊,反而亲自上接骨院。诊察结束以后,立刻打电话给梅村芳三郎,两人约在河边采蚵船上的"末广"餐厅见面。

车子从堂岛中町来到樋之上町,驶过天神桥,藤代在南诘下车,脚上虽然还裹着绷带,其实扭伤已经治好,她咚咚咚地走下桥诘的石阶,朝着系在岸边的那艘旧船走去。

藤代走过船板,步入船上餐厅,还没看到芳三郎的身影,不过他已经事先打电话订了一间四叠半的包厢。临河的玻璃窗全部敞开，黄昏的徐徐凉风吹了进来。

薄暮时分的河面上传来浪潮的水声，浮在水中的苍郁小岛——中之岛，其前端从弯曲的天神桥底下伸探到船上餐厅的窗前。驶向大阪湾的小机动船发出低沉的引擎声穿梭而过，每次掀起的浪花便打在这艘旧船边，想不到在喧闹的大阪市区居然有如此远离尘嚣的静谧场所。

藤代察觉到有人拉开拉门，回头一看，打扮得光鲜亮丽、穿着夏季大岛绸和服的芳三郎走了进来。

"老师！"

看到许多天未见的芳三郎，藤代的眼眶不由得湿润了起来，但餐厅女侍就站在跟前，只好克制着激动的情绪。

"好久不见了，来，老师请上座。"

藤代请芳三郎坐在上座，然后向女侍点了河鱼料理，包厢内只剩下他们俩时，芳三郎比藤代还急，按捺不住地用微怒的口气问道："你到底怎么了？怎么一个多月都没跟我联络……"

"对不起，我的脚伤一直没好……"

藤代正要辩解，芳三郎朝藤代裹着绷带的右脚看了一眼，责备似的说："我知道你的脚受伤，可是扭伤脚踝，也用不着在家里躺一个多月吧，你可以打个电话给我呀。"

"是这样的，我们家的电话和商店的电话是同一组号码，所有打进来的外线电话都得到店里接听，宅内要打电话，也得经过店里转接才打得出去，而宇市又整天在账房里监视，我实在不敢随便打电话。我虽是个女人家，可是自从那天晚上和老师在吉野共处以后，我是多么想念老师您啊……"藤代羞怯得说不出话来。

"你真的这样想？"

芳三郎眼睛眨也没眨，直望着藤代的脸庞，他看到藤代的眼里充满激动的波光时，脸上的表情才缓和下来。

"对了，你突然找我出来，到底是什么急事？"芳三郎担心地问道。

女侍正端上菜肴，藤代怕女侍听到，等女侍离去以后，才神情严肃地说："这四五天内就要召开第四次家族会议了。"

"噢，这么紧急啊……"芳三郎面露惊愕的神色。

"是这样的，今早宇市突然来找我，说希望在这四五天内召开家族会议，简直是十万火急啊。"

"你怎么就这样答应他呢！上次去查看山林，因为遇上暴雨中途折返，我们不是说好再去一次嘛，你为什么不把开会时间往后拖一阵子呢！"芳三郎语带斥责地说道。

"问题是，一个月前宇市就急着要开会，那时候我以脚伤未愈为由，还推说医生诊断我扭伤严重必须安静休养，希望家族会议延后一个月再开，宇市勉强同意了。直到昨天为止，刚好是一个月，他便以这个理由，要求在这四五天之内开会。"

藤代诉说着宇市为了召开家族会议如何执拗不休，不禁叹了口气。

"你为什么这么轻易掉进他的陷阱？难道想不出更好的说辞吗？"芳三郎表情苦涩。

"没办法。他那样逼我，我若没有充分的理由，实在无法拒绝他呀。不过，这一个月来，姨母帮我三妹物色结婚对象，我二妹跟妹夫其实也不怎么热衷，为了把他们的注意力转移到三妹的婚事上，我尽量拖延开会的时间，所以也赞成那桩婚事，他们已经相过亲了。"

"噢，对方是什么来历？"芳三郎兴趣盎然地问道。

"他是船场内铸器批发商的六儿子，比雏子大四岁，今年
二十六岁。"

"他打算迎娶雏子，还是上门入赘？"

"对方说都可以。"藤代慢条斯理地答道。

"那是当然的咯，雏子嫁过去的话，她继承的财产当然也得
带去，若招婿上门，她的所有财产照样得落入那个六儿子的口袋
里。"芳三郎语带挑拨地说道。

"不过，听我三妹说，他不是个精打细算的人。当然，像他这
样的年轻人，对我三妹所继承的遗产还是十分关心，或许老早就知
道了，但好像又不太想介入的样子。"藤代尽量不拂逆芳三郎的语
意，委婉地说道。

"很好啊，人家雏子的对象可以光明正大地与她交往，不像我
只能偷偷摸摸跟你眉来眼去。"说着，芳三郎俊秀的脸庞露出挖
苦的笑容，"你把大家的注意力引向雏子的婚事，后来有什么进
展吗？"

"雏子、我姨母和二妹夫妇的确如我所料，都专注在那件婚事
上，只有宇市没有上当，他三不五时向保姆打听，表面上关心雏子
的婚事进展，实际上却为召开家族会议展开布局。不仅如此，还探
听我这个月打电话给谁？有没有外出？简直像狱卒一样监视我的
行动。"

"这么说，他是不是已经发现我们去过鹫家查看山林？"芳三
郎露出严厉的眼神。

"我也不太清楚。如果护林员向宇市通风报信，宇市势必知道

我带男人上山，依他的个性，今天早上来找我时，绝对会问个水落石出，但他连提也没提，只是急着要召开家族会议。"

芳三郎沉思了一下，倏然想到什么似的问道："大掌柜最近有没有去过鹫家？"

"没有，我仔细观察过，他最近都待在店里。"

"比方说，傍晚他会提早下班什么的？"

经芳三郎这么一提醒，藤代想起昨天宇市说要去和泉府中的纺织厂公干，比平常还早就出门了。

"他不像是去鹫家，只是说要去和泉府中的纺织厂看看，傍晚就出门了。"

"该不会借口说去和泉府中，其实是去跟护林员共谋计策？"

芳三郎这样推测，藤代则摇头以对。

"那点时间去不了鹫家的深山，而且隔天早上他还比我早起，到店里上班。"

芳三郎好像在思索什么般沉默不语，接着抽丝剥茧地推理："跟护林员见面，不一定就要去鹫家，宇市也可以叫护林员来大阪吧？他们大概在预做防备，应付我们下次再去查看山林，同时又忙着召开家族会议，意图挡在我们二度上山之前，把遗产分配的事情敲定。

"照这样看来，宇市和护林员似乎早已共谋做好各种防范，而且他故意不提到我也是有玄机的。事实上，他早已从护林员那里知道有我这个人，却佯装不知情，打算在关键时刻才要说出来。"

说到这里，芳三郎有点迷惘地望着河面。藤代的心中也不由得掠过一丝阴霾。

"我们给了护林员那么多钱，他居然吃里扒外！"

"就是嘛，光是替我们带路，就捞了那么多钱。如果他真的向宇市通风报信，未免太可恶了！照这样看来，下次去查看山林，他们肯定会从中捣乱，不让我们看到，所以我们应该去查阅山林登记簿。"

"查阅山林登记簿……"藤代惊讶地抬起脸。

"嗯，我们到乡政府查阅山林登记簿，确认矢岛家所有林的实际面积，搞不好那片山林早就被砍个精光，他们故意带我们去看别座山林，就像宇市大声嚷着那片山林长得好茂盛！其实把我们骗得团团转呢。"说着，芳三郎夹着鲤鱼肉送进嘴里，叹了一口气，"除了鹫家那片山林之外，还有哪里的山林？"

藤代从膝旁的手提包里取出一张便条纸，摊了开来。

三重县熊野	四十町步
奈良县吉野	五町步
奈良县大杉谷	一百二十町步
京都府丹波	十町步
奈良鹫家	二十町步

芳三郎朝放在桌上的便条纸凝视良久。

"如果还有这么多，那矢岛家拥有的山林面积应该更大，何况其他山林我们还没去过。如果三重县大杉谷那片一百二十町步的杉林是在深山峡谷中，听说大白天也是阴森得不见天日，都是一些原始老林，水蛭从树枝上啪嗒啪嗒掉下来，用手根本抓不起来，只能用火烘烤。而且山间小路上多是吊桥、绳梯和悬崖峭壁，非常艰险，如果大掌柜在杉林面积上动手脚，偷偷卖掉，我们这种不谙山林状况又不善走山路的人，也拿他没办法。像他这种看似糊涂其实滑头的老家伙，若要在深山老林里干坏事，肯定做得神不知鬼不觉。话说回来，这些山林到底有多少价值，我们还是得粗略估算一下。"

说着，芳三郎从搭配和服制作的小提袋里取出笔记本，翻到后面的空页。

"鹫家那边的杉木，每町步大概可卖个八十万日元，二十町步就有一千六百万，而熊野的出材量比鹫家差，每町步以六十五万来算，四十町步就是二千六百万。吉野那边出产的吉野杉向来很有名，而且出材量又多，每町步以一百○五万来算，五町步就是五百二十五万；而地处偏僻山区的大杉谷就没那么理想，产量自然不多，每町步以十五万计算，一百二十町步有一千八百万；丹波那边每町步以五十万来算，十町步就是五百万……合计是七千零二十五万日元。不过，有些山林有砍伐权，有些却没有，没有砍伐权的山林，价值只有可砍伐山林的十分之一，所以你继承那些山林的时候，若不仔细盘算，可要吃大亏呢。"

藤代看着芳三郎的模样，仿佛正在盘算他自己的遗产所得，仔细计算每町步杉林的价格，这令她突然感到一阵莫名的恐惧。想不到一对三十出头的男女，爱欲纵情居然跟金钱的利害得失纠葛在一起，藤代不由得别过脸去。

"总之，再过四五天就要召开家族会议，而梅村流派的独舞表演只剩下一个星期，看来短时间内我们没办法去鹫家查看山林了，我今天也是好不容易才从练舞场溜出来的呢。"芳三郎带着困惑的表情噤口不语，接着说道，"就算召开家族会议，效益也不大。"

"咦？效益不大……"

"是啊，在我们没去查看山林以前就召开家族会议，你是没办法阻止她们做出决定的,唯有我们再去看过那片山林,才能估量其他山林的情况。如果在会议上分配继承的山林对你不利,你也得佯装喜欢,借此逗引你那两个妹妹争夺。换句话说,在我抽空去鹫家以前,你要尽量拖延时间,不要做出决定。"

芳三郎的再三叮咛,强而有力地灌进藤代耳里。

"可是,实在没办法拖延的话,我该怎么办?"藤代忧心地反问。

"怎么会?你虽然离过婚,但毕竟是矢岛家的大小姐,而执行遗嘱的大掌柜宇市,到底还是你们家的下人,他没有多话的余地吧?"芳三郎激动地说道。

"听老师您这样形容,我愈发觉得宇市这个人实在太恐怖了。我是否对付得了他,实在有点担心……"藤代面露不安的神情。

"万一没办法拖延,你就硬说对另一片山林有意见,故意把家族会议搞乱,知道吗?"芳三郎叮嘱道,突然语声温柔地说,"你是富贵人家的大小姐,应该要坚强一点,怎么为这点小事愁眉苦脸呢?"

他那细长的双眼露出冷艳的笑意,直望着藤代。刚才那股热心计算藤代遗产所得的异样干劲已然消失,又恢复了原有的女人般的媚态。藤代被芳三郎的媚态吸引,欲为他斟酒时,芳三郎惊讶地环视着舒适而雅致的包厢,说道:"你怎么知道有如此气氛静谧的船上餐厅啊?"

"家母生前很喜欢这家船上餐厅,尤其冬季的三个月,她时常来这里品尝生蚝,我突然想到这地方,虽然现在不是盛产牡蛎的季节,但有淡水鱼和鳗鱼料理,所以就选在这里用餐。而且这一个月来,我佯装脚伤未愈,整天关在家里,实在憋得发闷,真想见见老师您，好好放松心情呢。在大阪市区，要享受这种气氛和情调，只有河边的船上餐厅了，不过，这样的地方越来越难经营，今后更难体会到这种河畔风情了。"

藤代说着，抬眼看着对岸倒映在黯淡河面上的灯火及划过水面的舟影。

"原来如此，这样我就放心了。你这个大家闺秀为什么会知道这种隐秘场所，我正感到纳闷呢……"

芳三郎眼中露出嫉妒的火花，顺势伸出白嫩的手，搂着藤代的肩膀。

"藤代，你不会是在玩弄男人吧？"

说着，芳三郎舞动身子般地贴近藤代，像在吉野的旅馆跳的《保名》那样，他一边跳着，一边将藤代搂入怀里。

"老师，在这种地方不要这样……"

藤代虽然拼命挣扭身子，却像不断拍打着船边的水波声那般，缓缓地耽溺在芳三郎妖冶缠绵的爱抚之中。

宇市步出今桥的"矢岛中商店"之后，立刻前往堺街的平野町车站，搭乘开往阿倍野的电车，前往神木的文乃家。

过了下班的高峰期，有轨电车像全员清空似的，车厢内空荡荡的，宇市在门口旁的座位坐了下来，迎着窗外吹进来夹带沙尘的风，回想忙碌的一天。一大早去跟雏子、千寿和藤代商量召开第四次家族会议的事宜，接着又到今桥征询分家姨母的意见，然后又得到神木通知文乃，顺便探看文乃的情况。

宇市在阿倍野桥换乘往住吉公园的上町线电车，在神木站下了车。晚间八点过后的郊区路上，各家的门灯散发着黯淡的亮光，路上的行人寥落可数。自从陪藤代三姐妹和今桥的姨母到文乃家探病以来，宇市就没再来过，他跟君枝已经一个月没见面。在文乃家里当保姆的君枝，因为跟西药房的老板娘吵架，直嚷着不干，突然跑到他租住的地方告状。在那以后，君枝三不五时打电话到店里，直吵着要辞去保姆的差事，甚至还写信催逼，他总是劝君枝多忍耐些时日，好不容易才拖到今天。

宇市按了门铃，厨房入口处旋即传来开门声，随着趿木屐的声响，穿着围裙的君枝走了出来。

"啊，是您呀，您可……"君枝不禁露出兴奋的笑容，但随即板起脸孔愠然地说道，"哟，什么风把您吹来呀。我打电话又写信给您，您爱理不理，让人等得焦躁，想不到竟突然跑来。有什么急事吗？您真有那种闲工夫的话，可以先打电话给我，我好找个借口回家等您呀！"

君枝越说越气。

"笨女人！现在不是怄气的时候，四天以后本家就要召开家族会议决定遗产的分配，正是关键时刻，你这样啰哩啰唆，让文乃知道的话，对我们只能坏事而已！"

宇市出言怒斥君枝，或许是"坏事"这句话奏效，君枝只好不情愿地眨了一下眼睛，转身对着玄关，又恢复保姆般的举止。

"哎呀，是大掌柜您啊，欢迎……"君枝故意大声地朝屋内喊道，并推开木格门。

"夫人！矢岛家的大掌柜来了。"君枝出声招呼，将宇市带进屋内。

宇市在君枝的带领下，来到里面的房间，他看到壁龛处确实供奉着君枝所说的那个梳着发髻、穿着红裤裙的求子土偶。文乃穿着浆洗过的浴衣，端坐在睡铺上，脸上并没有君枝所说的那种怪异神态。

"最近都没来向你问候，我只从保姆那里零星得知你的情况，听说你身体有点不舒服，后来好些了吗？"

宇市一边说着，一边注视着文乃，看来她的中毒症已有改善，脸庞清瘦许多，只见肚子越来越大。

"托您的福，后来我靠神明和医生的帮助，中毒症治好了，腹中胎儿的发育也很正常。本家的大大小小过得还好吗？"文乃带着挖苦似的平静语气说道。

"其实，我正是为了本家的事，这么晚才过来叨扰的。"说着，宇市朝君枝瞥了一眼接着说，"帮佣的，你可以离开一下吗？"

宇市故意说得粗鲁，等君枝走远以后，才移膝向前说道："事情是这样的，四天以后，本家就要召开家族会议，决定遗产继承的分配。"

文乃眨了一下眼睛。

"你大概有自己的考量，我想听听你真正的想法，才赶来这里的。"

"我真正的想法？"文乃面无表情地反问道。

"自从老爷去世以后，你每个月的生活费没了，你也没向本家要求经济上的援助，更不急着向本家请求遗嘱上写明要分给你的部分财产，反而是执意要把肚里的孩子生下来。"宇市开门见山地问道。

"老爷生前省吃俭用存了一笔钱，给了我充当生活开销。老爷来我家的时候，偶尔因吃喝等杂用花掉部分家计费，但现在只有我一个人生活，加上支付帮佣的费用，其实花费不多。再说，老爷在遗嘱上提及该分给我的部分，我自然会得到，除此之外，我不需要别人的同情，也不会像乞丐般索求什么。"文乃驳斥道。

"你有这种宽厚的心胸，实在太难得了。"宇市顿时有点畏缩地说道，接着又说，"话虽如此，但是对于生下来的孩子而言，却不见得是件好事。你上次去本家时，坚持表示自己怀的是老爷的骨肉，但就是因为你做人太宽厚，使得原本可以拿到一笔丰厚的养育费，最后连一毛钱也领不到，这样一来，孩子将来岂不是要受苦？"

宇市故意强调"孩子"将来的处境，文乃的表情略有变化，但旋即表示："不，我绝对不会让孩子受苦！"

"噢，这是怎么回事？你的意思是说，老爷在生前已对你肚里的孩子预先做了安排吗？"宇市直接问道。

"不，我不是这个意思……"文乃紧紧闭上了嘴巴。

"老爷有没有做这样的安排姑且不提，不过这对孩子的影响非常大，如果你手上有类似的文件，请你出示让我过目。"

"您为什么要问这个？"

文乃明亮的双眸责备似的望着宇市。宇市顿时说不出话来，接着说道："我刚才已经说过，这次的家族会议要决定继承者的财产归属，若丧失这次机会，将来你有任何意见，就算请律师提出诉讼也无济于事，而且律师费是一笔很大的开销，总是得不偿失。总之，为了孩子和你的将来，老爷若有特别留给你什么遗嘱之类的东西，你就拿出来吧。我知道你现在有孕在身，办事诸多不便，但我可以替你代劳，尽说无妨。"

宇市这样诱导着，其实是在预作防范。倘若已故的矢岛嘉藏瞒着三个女儿和他，为文乃另做安排的话，万一影响到整个遗产分配的布局，也等同于影响到他的利益，所以他必须在这关键时刻掌握实际的状况。

"你觉得怎样？我是替已故的老爷为你着想呀，务必要相信我，把实际的情况告诉我，否则将来有什么闪失，对你将是大为不利……"

宇市的嘴角突然露出一抹冷笑，文乃吓得赶紧把视线望向昏暗的庭院，过了一会儿，才又回看着宇市。

"您和我，只是本家的大掌柜和我这个老爷妾室的关系而已，为什么要这么关心我呢？我非常感谢您对我的关怀，不过，我这里的确没有您所担忧的事情，有的话只有我对老爷的思念。"

文乃清楚地回绝，静静地瞪视着宇市脸上与年龄不符的严厉表情。她那清澈的眼神，使宇市顿时乱了方寸，表情缓和了下来。

"我承认自己太过热心，俗话说热心过度总有企图，但我总是杞人忧天啊。"

说到这里，宇市终于觉得自己的担忧是多余的。那天晚上，他为了照料文乃而留在这里，无论是发现文乃把信封收进立柜的抽屉里，或是君枝看到文乃从男人衣服中取出一个类似信封的东西，其实都没他想象的那么重要，也许只是长期卧病在床的矢岛嘉藏因为不能到文乃家所写给她的信件而已。

"深夜来叨扰，实在不好意思！这是我身为遗嘱执行者的责任，希望你不要介意，也请多多谅解！"宇市突然身段柔软地说道。

"哪里，您这样设想周到，使我非常感动，哪会为这件事介意呢。"

文乃微笑地回答着，然后朝厨房喊着君枝。

"君枝！请你端酒出来招待大掌柜。"

文乃知道宇市嗜好杯中物，特别为他准备了酒。

"不，请你不必费心，最近为了准备召开家族会议，弄得我非常疲累，我若喝醉回不了家，就不好办事了，谢谢你的好意。"

宇市这样推辞着，文乃对着站在门槛不知如何是好的君枝，说道："你当过旅馆的女侍，不能这样怠慢客人，快去温壶酒请大掌柜享用！今天早上，我不是买了许多敬神的酒吗？"

文乃急着吩咐君枝备酒，极力挽留准备离去的宇市。

君枝用托盘托着酒壶过来了。

"你帮忙斟一下酒吧。"

说着，文乃直望着君枝的手。

"大掌柜，我也好久没为您斟酒了。"

文乃挪动笨重的身子靠向宇市，从托盘上拿起酒壶，用熟练而优美的手势为宇市斟酒。宇市看着文乃美艳的斟酒手势，不由得为文乃今天反常的举动感到莫名的恐惧。他朝君枝瞥了一眼，君枝也屏气凝神地望着文乃。

"好了，你不要再斟了。虽说你身体有点起色，但我不能让医生交代得多休养的病人为我斟酒啊。我再喝一碗就告辞了。"

说完，宇市从君枝手中接过茶碗，把酒壶里的酒倒入茶碗，一口气喝个精光。

"谢谢你的招待，今晚到此为止，我告辞了。"宇市放下茶碗，站了起来。

"那我就不留了，下次再请您大驾光临，今晚辛苦您了。"文乃客气地致谢道，"君枝，你替我送大掌柜到车站去。"

"噢，你们家保姆要送我去车站……"宇市眼睛为之一亮。

"真是太好了。其实，今天傍晚我是两餐一起吃，现在又灌了一碗酒，的确有点醉意，若能送我到车站，是再好不过了。"宇市说着，故意步履微颠地要走出客厅。

"大掌柜！"文乃蓦然喊住宇市。

"噢，有什么事吗……"

宇市回头看去，只见文乃从睡铺上站了起来，挺着大肚子靠近他。

"那幅雪村的瀑布山水画怎么样了？"

"咦？什么？要向本家拜托什么吗？"宇市装作没听见似的手靠在耳边问道。

"我是问您，雪村的瀑布山水画已经还给本家了吗？"文乃的语气相当严厉。宇市站在门槛，霎时沉默了下来。

"寄放在我那里的瀑布山水画很可能是件赝品。"

"什么？赝品？"文乃脸上顿时失去了血色。

"是啊，上次你把山水画交给我以后，因为它是遗产的一部分，为了慎重起见，我送到古董店鉴定，想不到对方却说这是假货，吓了我一大跳，我不相信，所以又把它送到其他古董店鉴定，目前还没送回本家。"

"可是，当初老爷委托装裱店装裱时，他并没说什么呀……"

文乃难以置信地跌坐下来。宇市也坐在文乃面前。

"装裱店只负责装裱而已，他们没有能力鉴定书画古董的真假，鉴定真伪才是古董商的本行。如果那幅画是赝品，正因为老爷是上门女婿，原以为这是真品拿来送你，想让你将来换成一笔钱，问题是他根本不知道这是赝品，现在若将它送回去，岂不是太对不起老爷了。所以现在实在不宜把它送还本家。"说着，宇市困惑地叹了口气。

文乃面色铁青地看着宇市，战战兢兢地问道："大掌柜，您该不会骗我吧？"

"咦？我在骗你……我哪会骗你呢！你若不信的话，可以直接找古董商鉴定啊……"

宇市为扫除文乃的疑虑这样说着，文乃的双眶顿时红了。

"老爷这辈子真可怜啊，生前当上门女婿，每天过着谨小慎微的生活，想不到去世以后，又被别人说成真伪不分，把赝品的书画当成真品……"文乃含着泪声，语带哽咽说道，"既然那是幅假货，您打算怎么处理呢？"

"嗯，这就难办了。"

宇市苦思似的倾着脑袋。

"总之，在没有鉴定出真伪以前，那幅挂轴先由我保管，倘若是真品，当然要送还本家，但若是假画，你就要从头到尾装作不知情。"

"什么时候才可以知道鉴定结果？"文乃露出欲求真相的表情。

"恐怕没那么快，鉴定书画的真伪，又没有时间上的限制，这要看对方有没有用心。当然，鉴定工作非常慎重，以现在的情况来看，大概得拖上半个月或一二个月吧。"

宇市这样说明，文乃突然移膝跪在宇市跟前。

"您能不能催对方赶在召开家族会议前鉴定出结果呢？如果是真品的话，我就利用这个好机会将它送还本家。她们上次那样折磨我，我也没有要她们半毛钱，这次把这幅山水画送还，我便什么也没亏欠她们了。"

宇市像是被文乃激昂的气势压倒似的，只是眯着眼睛。

"好的，我会尽快在召开家族会议之前，鉴定出那幅挂轴的真伪，今天晚上我回去时，会特地到古董商那里，请他们赶快进行，如果来不及的话，我也会找机会让你把它送回本家。总之，挂轴的真伪就交给我处理。"

说着，宇市对着站在玄关等候的君枝说道："帮佣的，你能送我到车站吗？"

宇市突然做出醉意微颠的动作，缓步地走了出去。

来到门外以后，宇市始终板着脸孔，一声不吭地走在君枝前面。君枝回避着附近邻居的耳目，刻意走宇市后面，保持两三步的距离，等到行人稀少的地方时，马上凑向宇市身旁。

"刚才文乃所说的雪村轴画，就是你上次拿回家里，说什么都不让我看，还小心翼翼地藏在壁橱里的那幅轴画吧？"君枝翻着那双倒吊眼问道。

宇市没有回答，只是默默地走在前面，君枝趿着木屐追上了他。

"你一定在说谎，那幅轴画若是假货，你不可能像宝贝似的藏在壁橱吧？"

宇市依旧默不声地走着，君枝又追了上去。

"你少跟我装聋作哑！"

君枝气冲冲地说着，挡在宇市面前。

"说什么已经拿到古董商那里鉴定，还看准文乃不可能去找古董商对质，便胡扯一通，其实你早在盘算，如果文乃难产死了，你就要把那幅轴画占为己有吧？"

"咦？文乃难产死了……我就要占为己有……"

宇市露出严厉的目光，走近君枝身旁。

"就算肾病好转、已经消肿，也有可能因为难产死亡吗？"宇市语带玄机地反问道。

"女人在生产过程中，有些情况是很难预料的。有些重症病人，大家都认为生不出孩子，最后还是顺利地生了下来，而病情很轻的人，大家都觉得没问题，反倒在生孩子时死去，这种事情很难预料。"

"文乃的预产期是什么时候？"

"大概是九月末或十月初吧。"

"噢，这么说，今天就是七月六日了……"宇市在漆黑的路上屈指数算着日期。

"不过，有可能因为早产而提前一个月，也有可能因为难产延后半个月。"君枝从旁插嘴道。

"你好像生过孩子似的，对生产的过程这么了解。你不是说没生过孩子吗？"宇市直盯着君枝。

"生孩子这种事，每个女人多少都知道嘛。你在嫉妒吗？真是这样的话，我就太高兴了！"

当君枝正要讨好似的拍打宇市肩膀的同时，黑暗中突然有人出声，一对金鱼眼般的眼睛，发出异样的光。

"哟，你不是滨田家的保姆吗……"

"噢，原来是药房老板娘……你突然出声，吓了我一跳呢……您这回是要出门还是回家？我刚好要送本家的大掌柜去车站坐车，他突然喝醉了，我正要拍抚他的背呢。噢，对了，在这方面您是专家，我该怎么做才好呢？"

君枝赶紧这样搭话，宇市也站在君枝背后说道："哟，真巧在这里遇见您啊。我今天一高兴就喝多了，给这保姆添麻烦了……"

他故意说得有气无力，还从怀里拿出手帕擦擦嘴巴，仿佛要呕吐似的，这时候凸眼妇直盯着宇市和君枝。

"你还是赶快拍抚他的背吧。"

"什么？拍抚他的背……"君枝吃惊地反问道。

"用你的玉手拍抚大掌柜的背，肯定比吃我们家的解酒药还有效哩。"

凸眼妇说完便别过脸去，也不打声招呼，便从宇市和君枝面前走了过去。

君枝见凸眼妇离去后，开始嘀咕起来。

"说什么用我的手拍抚你的背比他们家的解酒药还有效，简直浑话嘛！那个凸眼妇讲话就是这副德行！"君枝气愤地说道。

"抄这条近路去神木车站，总会被附近的人碰见，我们干脆去住吉公园车站好了。"

说着，君枝径自走在前面，宇市跟在她后面朝住吉公园的方向走去。

"喂，刚才的动作没问题吧，凸眼妇没有听到我们的谈话吧？"

"没问题啦。她不是跟在我们后面，而是从拐弯处拐进来的，应该没有听到我们的谈话。"

"可是，从她的口气来看，好像已经察觉我们的关系，倘若真是那样的话，或许不久就会传进文乃耳里……"说到这里，宇市就停顿了下来。

"搞不好文乃早就察觉到我跟你之间的关系了。"

"什么？文乃已经察觉到了……"

在黑暗中，宇市的声音显得有些颤抖。

"嗯，说不定从我去当保姆的那天开始，文乃就已经对我们之间的关系产生怀疑，只是佯装不知情，而我也将计就计配合演出，来个钩心斗角的较劲。比方说，刚才文乃叫我帮你斟酒啦，送你到车站坐车啦，其实她都心知肚明，心里早有盘算，我只是配合剧情演下去而已。"

君枝说得赤裸裸，只见宇市的表情变得严肃。

"她察觉到什么程度？"

"她大概还不知道我是你的女人，但初次引见时，你说我是你们下游厂商的熟识，我们在我做旅馆女侍时就认识了，她应该不相信这种说法吧，会认为我是你派来的卧底。"

"是吗，她察觉到这种程度啊……"

宇市总算松了一口气，君枝蓦然细声说道："怎么样？反正已经被她发现了，倒不如趁你假装酒醉，顺便找到地方畅快地聊聊。"

"畅快地聊聊？"

宇市一脸纳闷，君枝突然面露娇态，露出牙龈，带着淫欲的笑容说道："我们已经一个月没温存了嘛，你年纪大了，对这种事不太热衷，可是人家才四十出头呀。"

"说什么蠢话呀！文乃只叫你送我去车站，我们总不可能就这样回家吧。"宇市连忙摇头拒绝。

"不回家，我们去那里怎么样啊？"

君枝指着暗路上不远处一栋普通民房。定睛细看，在灯光昏暗的屋檐底下，挂着一块写着"休息处"的招牌。

"哼，你还真懂得享受片刻春宵呢。想不到在这方面，你可真……"宇市缓缓地笑开了。

宾馆的女侍看到一个年届七十的老人带着一个系着围裙的四十出头女人前来，顿时不知如何招呼。

"我们要'休息'，给我们一个房间。"宇市这样吩咐道，女侍才连忙为他们递上拖鞋。

这间宾馆大概开业不久，房间里的摆设很俗气，女侍带着宇市和君枝来到二房相连的房间，为他们取出浴衣，并送上茶水。

"澡堂在走廊尽头，随时都可以入浴，隔壁房间已经铺好床被，请两位慢慢休息……"说着，女侍识趣地关上拉门。

女侍离去以后，君枝马上更换浴衣，宇市则缓缓地脱下身上的衣服。君枝始终看着动作迟缓的宇市，于是说道："最近你大概在密谋什么吧？上次我去找你时，你也和今天一样，脸色不太好看，事情想得太复杂，有时候反而容易露出破绽呢。现在只剩下我们俩，你就好好放松一下吧。"

宇市默默地点点头。

"你该不会想大干一票吧？"君枝确认似的问道。

宇市拿着脱下来的衣服。

"是啊，不知不觉中，我就变得想大干一票了。"他坦言道。

君枝霎时惊讶得说不出话来。

"不知不觉中，就变得想大干一票了？你是指什么事？"

"我做的事情，用不着你这个女流之辈操心！我只担心事情牵涉太大，不好收拾。长期以来，我与纺织厂和印染厂的老板相互勾结，从中拿取回扣，偷卖多余的布头，每个月做店内盘点时，在账目上动手脚等等，或许我应该收手，但是越做越顺手，最后竟然把脑筋动到山林上了，和那个护林员共谋，这件事让我有点担忧呢。"

宇市说得若无其事，君枝却大吃一惊。

"你已经拿了回扣，偷卖多余的布头，又在账目上动手脚，为什么还要像看山老千那样偷卖山林呢？这样做太危险了，你多少拿点钱就够了嘛……"

"那一丁点钱我才不稀罕，我要的是全部！我从十四岁做到七十二岁，在他们家连续当了三代的掌柜，现在月薪只不过六万三千日元。他们家可是船场著名的老铺，声名响叮当，却欺负我这个从学徒做起的掌柜，一辈子把我当牛马使役，五十八年来我默默地隐忍下来，为的就是等待这个好机会。前几代店主死去时，从未像现在这样委托我重责大任，而且过去的继承法规定，所有财产均由长子或长女继承，若没什么纷争，我没办法从中做手脚。而这次呢，他们家三个女儿为了争夺家产，闹得很不愉快，中途又冒出一个店主的情妇，据说还怀了店主的孩子。没有比这种纷争更有意思的了，对我来说，这简直是千载难逢的好机会！他们闹得越凶，我趁虚而入的机会就越多，这也是我长久以来一直等待的，我要不动声色地把他们家几代的财产搬个精光！"

七十二岁的宇市，被这五十八年来的怨怼激得满脸通红，两眼迸发出异样的怒火。想当年，他无法用手解开绑货的绳子，拿了剪刀剪断，却遭到店主破口大骂："手指甲可以不停地长，这绳子可是要花钱买的！"在腊月的寒风中，用渗血的手指拆卸货绳，做学徒的苦楚及隐忍苦熬的岁月，至今仍不时浮现在宇市的脑海中。

"这样你应该了解我的想法了吧，你们女人家以后少插嘴。"

宇市不由分说，君枝抵挡不住他狂烈的执念，紧张地问道："不过，事情进展得顺不顺利，什么时候才有明确的结果？"

"在第四次家族会议上，就要决定遗产的全部归属。这次的会议之所以拖延到现在，都是因为大小姐惹出来的。听护林员说，她上次带了一个来历不明的家伙上山查看山林。对我来说，这个女人最难应付了！总之，我得在这次的会议上赶快敲定遗产分配，不能再拖下去，否则夜长梦多，正如你所说的，到时候可能会露出破绽呢。"

宇市这样说完，君枝用兴奋的眼神直望着他："事情若进展顺利，你不要光想到自己哦，若没妥善安排我的下半辈子，今晚听到的秘密及雪村的那幅山水画，我可不会默不吭声哦。"

　　君枝故意露出浴衣里的胸襟，语带娇媚地说着，其实是句句戳中宇市的把柄。宇市赶紧露出淫笑说道："你可真了解我呢！果真是刁钻又大胆的女人，你都这样说了，我就更有干劲了。"

　　说着，宇市用满是皱纹的手搂住君枝丰满的身躯，另一只手顺势打开已铺好床被的隔壁房间的拉门。

贪 欲

十二叠和八叠大相连的客厅正面，供在壁龛处的佛龛敞开着两扇折门，经卷桌上的香炉里香烛袅袅，已故矢岛嘉藏的遗嘱慎重地放在佛龛前，沉闷的气氛笼罩着这场家族会议。

纵长形的日式矮桌正对着佛龛，从左侧依序坐着姨母芳子、姨父米治郎、雏子；右侧的顺序则是藤代、千寿及其夫婿良吉，宇市则坐在可看见两方家属的末座。

至于说到召开第四次家族会议，或许太过紧张的关系，遗产继承者自不必说，连姨母芳子、千寿的夫婿良吉都显得异常严肃，始终正身端跪，只有藤代像出席盛会似的穿着华丽的衣裳，故意伸出裹着绷带的右脚侧坐着。由于四天前，她和芳三郎在河畔的船上餐厅碰过面，早已针对今天的家族会议商讨过，所以这时候才显得如此胸有成竹。不过，今天是否能按芳三郎设想的顺利进展，都得靠她如何巧妙地对付两个妹妹及操纵这次会议的宇市。想到这里，藤代压抑着亢奋的心情，佯装一脸平静，等待宇市开口。

宇市见保姆送上茶水并退下之后，用慎重的口气宣布："自三月以来，有关遗产的分配已经商量过好几次了，今天，我希望通过这次家族会议能敲定最后的遗产归属。这次，亲戚代表有今桥的分家夫人，以及三位继承人和入赘女婿良吉，各位均已到齐，现在我宣布第四次家族会议正式开始！"

语毕，宇市以遗嘱执行者的身份，将他保管的已故矢岛嘉藏的遗嘱摊放在日式矮桌上。

"首先，我再宣读一次有关遗嘱中提及的既定遗产继承部分。大小姐继承大阪市西区北堀江六丁目的二十间出租房、位于都岛区东野田町的三十间出租房等房地产；二小姐继承矢岛商店的房地产及经营权，不过每个月必须将商店净利的百分之五十平分给姐妹三人；三小姐则继承六万五千股股票，以及库房里收藏的古董文物。老爷的遗嘱上明白写道，有关共同遗产继承的部分，须经过全体继承人协商之后再分配。可是，大小姐对此遗产分配有所异议，认为在既定遗产的继承上，自己比两个妹妹分得还少，希望通过全体协商的共识，从共同继承的遗产中，提取一部分来弥补她的损失，有关这一点，大家的意见尚未一致，这便是第一次家族会议以来的实际情况。"

宇市复述了家族会议的经过，弯下身子说道："恕我说话冒犯，由于矢岛家遗产继承问题拖延太久，导致亲姐妹之间为了争夺家产而彼此失和，成了世人谈论的笑柄。前几天，我到和泉府中拜访下游的纺织厂，回程途中前往神木探视，文乃的病情已经好转，腹中胎儿发育正常，大概会顺利生产。当然，我们现在倒不必担心孩子生下后的种种事情，但是我认为，在文乃还没把孩子生下来以前，最好先将遗产问题彻底解决，以免夜长梦多，滋生纷扰，各位觉得如何？"

宇市这样一说，姨母芳子惊讶地探出身子："真有这种事啊？那女人病得那么虚弱，竟然复原得那么快，还能顺利生下孩子……既然这样，那我们得赶快敲定遗产的分配，那女人平时只会说些道貌岸然的话，一逮到机会，说不定会露出险恶的本性来呢。"

芳子说完便沉着脸，宇市随声附和："夫人说得对，前几天我去探视她，提到最近要召开第四次家族会议，她面无表情，只应了声'是吗'，其他事情连问都没问，正因为这样才叫我担心呢！正如分家夫人说的那样，为了避免滋生其他的事端，今天最好敲定遗产的分配。接下来，我就要请大小姐针对共同财产如何分配的问题，发表她的看法。"

藤代见宇市急着将分配遗产的缘由全推给文乃，突然探出身子，反驳宇市的说法："宇市先生，你急什么呀？你是不是把事情的顺序搞错了？既定遗产继承的问题都还没解决，怎能协议什么共同继承部分呢？"

"大小姐，无论您怎么坚持，分配给继承人的既定部分，简单来说，只要继承者所继承的部分没有受到侵犯，就得依照遗嘱上指定的内容执行。换句话说，它具有法律效力。大小姐您虽然坚持自己分得比两个妹妹还少，可是您所得的那一份并没有受到侵犯，所以您再怎么坚持也无法变更。"宇市露出严厉的眼神，用语说得客气，其实是不让藤代有辩驳的机会。

"这点道理用不着你教我也懂！我不是说要变更既定遗产继承的那部分。在第二次家族会议上，大家已针对自己所分得的遗产做了估价。我继承的五十间出租房，总价为八千五百万日元；二小姐继承的商店房地产，库存商品和其他营商家具，加上商号经营权三千两百万，总价为九千七百六十五万；而三小姐继承六万五千股股票和八十六件古董文物，总价为九千六百三十万。不过，我认为二小姐继承的商店经营权部分，只估了一千六百万，未免估得太低了，而且拿出每个月净利的百分之五十，平分成三份，这种说法也不对。他们说每个月的营业额为四千万，毛利占百分之十，净利只占百分之三，他们都少估了两成。除此之外，无论是二小姐和三小姐，她们在缴纳遗产税方面，都缴得比我还少。商店的营业税课征，税务局本来就没有标准，股票的情形也是，只要找几个人头随便更换名义，即可分散持有的数额。至于古董的估价更是没基准，你说它是假货或不值钱都行，可是我继承的房地产每笔都清楚写在地籍资料上，一坪也少不了。换句话说，我继承八千五百万左右的房地产，光是缴纳遗产税，就要扣掉一半以上，也就是四千五百万。所以我希望我和二小姐她们之间的差额，能从共同继承的遗产中补给我。"

藤代背诵似的一口气说下来，坐在旁边的千寿立刻转身对她说："姐姐既然那样讲，那么我也有话要说。所谓老字号商店的经营权，其实终归要有实际营收才有其价值，生意若做得不好，经营权再大也不值一毛钱。尽管如此，我们还是凭良心，按照商店的占地面积价格，换算成营业权的价格，而且……"

千寿突然欲语还休，回头向良吉求援，良吉接着千寿的话尾说道："而且，有关拿出净利的百分之五十平分成三等份，我做过多方调查，这种有附带条件的继承叫作'继承赠予'，如果赠予者觉得负担过重或过多时，可以宣布放弃，这是法律允许的。我们提出净利只占百分之三绝对是合情合理，大姐倘若对此有异议，我们最后只好无奈地宣布放弃。"

良吉顾虑到自己是入赘女婿的身份，但语气中充满着强硬意味。

"噢，这么说，你是要宣布放弃矢岛商店的经营权喽？"藤代以难掩期待的表情问道。

"不，我们还是会继承商店的经营权，只是打算仿效酒店经营者的做法，聘请专人替我们经营。"

"你们这种自以为是的做法，是不是真的合乎法律，等我调查清楚以后再回答你。"

藤代语带嘲弄地说着，千寿代替良吉说道："那好，请大姐您慢慢调查再回答我们。不过，有件事请大姐不要忘了，您出嫁时带走现金五百万，还有衣服、珠宝和各项家具等等合计约五百万，两笔费用加起来，总共花掉一千万，所以在继承遗产以前，您必须将这些费用从继承部分中扣除，这也是法律上所规定的。"

千寿这样说着，雏子突然插嘴："大姐花掉的结婚费用自不必说，二姐在招婿入门时也花了不少钱，希望这些都要算进去，否则最吃亏的人就是我。"

"三小姐，你居然……"藤代和千寿发出惊讶的声音说道。

"是谁教你这样说的……"

千寿责备似的说着，藤代也严厉地看着雏子说："到底是谁替你出这个主意的？是跟你相亲的那个金正家少爷吗？还是……"

藤代朝姨母芳子瞥了一眼，姨母依然气定神闲，一副主导的表情说道："哎呀，你们若为这种事情闹得不愉快，或揪住暂时无法解决的既定遗产继承问题，吵翻了天，永远也得不出结论，倒不如先想想共同继承部分，然后再解决彼此的歧见，怎么样？"

这时候，宇市也从旁插嘴道："分家夫人说得对，我们可以就既定继承财产和共同继承财产同时磋商，说不定在磋商过程中就能找出解决方案呢。总之，请小姐们先就共同继承财产的部分开始协议。"

说着，宇市从信封里拿出遗嘱和财产归户清册，摊放在日式矮桌上。

一、不动产

◎土地·建筑物

位于大阪市东区南本町二丁目二百五十四号自宅，以矢岛商店中门为界，里面一百六十坪，二楼建物面积九十七坪

大阪府北河内郡八尾村所属的农田五反步

◎山林

三重县熊野	四十町步
奈良县吉野	五町步
三重县大杉谷	一百二十町步
京都府丹波	十町步
奈良县鹭家	二十町步

二、动产

◎银行存款

住友银行定期存款	一千五百万日元
活期存款	七百万日元
三和银行定期存款	六百五十万日元
活期存款	六百万日元

◎有价证券

◇股票

大日本纺织	二万股
伊藤忠商事	一万股

住友银行	三万股
日本水泥	一万五千股
日立制作	二万股
◇投资信托	
野村共同基金	三百万日元
山一共同基金	二百五十万日

宇市等大家看过"财产归户清册"以后，说道："以上，就是日前我为各位报告的财产归户清册，首先，我们请大小姐发表意见……"

"不，每次都是由我开始，这次顺序要反过来，由三小姐先发表看法……"

藤代一反常态地让出发言顺序，雏子顿时不知如何回答，那份财产归户清册她连看都没看，便说："我想要山林！"

"咦？你想要山林……"藤代惊讶得几乎说不出话来，"你为什么想要山林？"

"看到自己拥有像丛林般茂密的山林，又可以在森林里实地巡视，这是多么舒心畅意的事啊！而且，这跟房主和地主不同，山林主这名字听起来多豪气呀，所以我决定当个气派十足的山林主。"雏子无限憧憬地说道。

"二小姐，您有什么看法呢？"宇市苦笑地问道。

千寿犹豫了一下，抬起那张鹅蛋脸。

"我也想得到山林。"

"什么？二小姐您也……"

这时候，宇市比藤代更惊讶，而藤代则极力压抑着慌张的神色。

"噢，想不到连你也想继承山林，人家说做山林买卖，可得千万小心呀，稍一不注意就要赔钱呢。我倒不明白，像你这种行事谨慎的人，怎么也敢经营山林呢？"

藤代半挖苦似的加以牵制，千寿并没有回应，只是静静地望着藤代，语带针刺地予以反击："大姐这么说，不也是想继承山林吗？"

"是啊，倘若问我在财产归户清册当中最想继承什么，我当然会回答山林，因为那片山林的界标处烙印着'矢岛所有林'的字样。我生为矢岛家的长女，却没能继承矢岛商店的经营权，至少也让我把立有矢岛家名号的山林留作纪念。"

藤代面无表情，语气中透露出真实的愿望。千寿睁着那双细眼看着她，执拗地问："真是这么单纯吗？像大姐这样穷奢极欲的人，怎可能只为了矢岛家的字号，肯定还有其他盘算吧？上次，宇市先生带我们去查看山林时，您缠着那护林员直问那片山林有无砍伐权啦，有多少产量啦，杉木的行情如何等等，可见得您对山林非常了解……"

"噢，你说这个呀，我跟你们不同，母亲在世时，每次带我去吉野赏樱，便跟我说明我们家山林的种种情形，懂得这些山林知识也是理所当然。"

藤代这样虚与委蛇，姨母芳子接下话题："你们三个都要山林，为什么要盯着山林不放呢？其他的我约略估算了一下，还有三千五百万日元的银行存款、可以马上脱手的九万股股票，以及大约五百万日元的共同基金，而且，在北河内那边还有农地。现在，我请宇市先生先估算那些山林值多少钱，你们再看看是否真要继承山林，冷静思考之后再决定怎样？"说完，转身对着宇市说道，"宇市先生，你能大概估算那些山林的市价吗？"

宇市像等候已久似的，立即从桌子底下拿出算盘，将财产归户清册放在旁边。

"三重县熊野那边，每町步以六十万来算，四十町步就是二千四百万；奈良县吉野那边，向来以盛产高级的吉野杉闻名，每町步以一百万计算，五町步就是五百万；三重县大杉谷那里，由于位处偏僻的深山，装材运输很不方便，每町步按十万来算，一百二十町步就是一千二百万；京都府丹波那里，运输比较方便，每町步以四十万计算，十町步就是四百万；另外，奈良县鹫家那里，无论是运输或材质条件都不错，每町步按七十万计算，二十町步就是一千四百万，这样粗估起来，总值约有五千九百万日元。"

宇市边拨着算盘边报告山林的市价，姨母芳子终于恍然大悟地说道："噢，在荒山野岭随便生长的林木，总价都有五千九百万啊……不愧是本家啊，用不着流半滴汗水，只需等上几年就值那么多钱，难怪大家都抢着要呢。"

坐在姨母旁边的姨父米治郎尽管是掌柜出身的分家店主，仍然立场公正地说道："你们先不要吵，不如先将银行存款、股票、共同基金等等可以马上兑现的财产拿出来换成现金，再分成三等份。至于山林部分，由于山林的估价难免有出入，面积也不同，倒不如用这山林供做机动性调整，解决你们对既定继承遗产有意见的部分怎么样？"

"是啊，分家店主真是高见，身为遗嘱的执行者，我也认为这方法很合适，几位继承人意见如何？"

见宇市这么一说，千寿和雏子思索了一下，答道："可以啊，那么……"

不过，藤代却盯着宇市，严厉地拒绝道："我不同意！我没亲眼看过财产归户清册的所有山林，说什么都不同意分配。"

"大小姐，您这说法有点奇怪，这是什么意思？"宇市冷静自持地反问。

"我的意思是说，你制作的财产归户清册大有问题。"

藤代的这句话宛如投下一颗定时炸弹，使得整个客厅引起一片惊愕与骚动，大家纷纷把视线看向宇市。宇市那双锐利的细眼毫无所动，直视着藤代，一字一句地说："您是说我制作的财产归户清册大有问题？"

"对，我正是这个意思。在我没亲眼看过所有山林以前，我绝不相信这些资料。"

藤代也细声慢气地回应着。这时，宇市的嘴角泛起一丝冷笑，冷言反击藤代："问题是，法律上明文规定，遗嘱执行者有制作财产归户清册的权利，死者遗族按此清册，在分配家产完毕以后，只要向家事法庭报告，家产继承就算正式结束。"

听完宇市的反驳，藤代顿时睁大眼睛，立即搬出芳三郎教她的说辞答道："那是指财产归户清册毫无问题的情况。当继承人对遗嘱执行者制作的财产归户清册产生疑点或有异议时，继承人可主动请求共同参与制定财产清册，或在此基础下重新制作，也可以请公证人公证，逐一检视所有的遗产之后，制作财产归户清册，这不也是法律的明文规定吗？"

"您对这些法律条文很了解嘛，是谁在背后教您的啊？"

"你先别管是谁，现在不是问这个的时候，重要的是，你制作财产归户清册的方法有问题。"

"噢，是吗？您是说若没有公证人公证，我制作的财产归户清册就有问题是吗？那好，我倒想就此请教您呢。"宇市突然改变态度说道。

藤代戒慎恐惧地沉默了片刻，看着宇市膝上的算盘，说道："宇市先生，我对你刚才估算的方式不能接受。"藤代直接道出心里的话。

宇市自始至终直盯着藤代。

"这么说，您怀疑我刚才对山林所做的估价喽？"

"没错，我认为你刚才估得太低，每町步至少少于市价五万至十万日元。照这种情形看来，搞不好有些山林现在只剩下地皮，早已被砍个精光，要不就是砍伐权早已卖给别人。往坏处一想，你甚至还少报山林的实际面积呢。总之，这其中必定有什么问题，故意让我们这些门外汉摸不清楚状况。"

"大小姐，您这样随便含血喷人，妥当吗？"

"那你要我怎么说？"

"您现在这种说法，简直是对我这个五十八年来认真工作的大掌柜的最大侮辱，虽说您是矢岛家的大女儿，我照样可以告您毁损名誉，您知道事情的严重性吗？"宇市扔出最后的王牌，语带挑衅地说道。

"宇市先生，你话说得那么强势就没问题吗？"

"当然没问题……"宇市语气强硬地答道。

"好啊，如果你敢告我毁损名誉，那就去告呀。不过，如果让我从财产归户清册里发现你图谋不轨，我就要告你背信侵占，你最好有这个心理准备……"

"咦？要告我背信侵占……"

宇市目露凶光，藤代也不甘示弱地回敬他严厉的眼神，此时姨母芳子探出身子，赶忙缓和双方的情绪："哎呀，你们两个真不会看时机，现在就坐在先祖的佛龛前呢，不要净扯些背信侵占、毁损名誉这类充满火药味的话嘛，你们难道不能心平气和地说话吗？"

"姨母，请等一下。"千寿细声打断姨母。

"大姐，您敢对刚才宇市先生所做的指控负起责任吗？"千寿慎重地问道。

"为什么这么问？"

千寿眼睛眨也不眨，直盯着藤代说："就是因为大姐以脚伤未愈为由，家族会议才拖到今天召开，但我仔细想一想，您大概原本就打算让这次的家族会议开不成，才故意乱说话吧？还是一如您刚才所说的，那些山林确实有我们不知道的疑点，我倒是想求证一下呢。"

"不愧是千寿啊，凡事都考虑得那么细密，我可不像你那样小心眼，刚才的指控当然不是无的放矢，若有什么闪失，我可要受控告呢……"藤代脸上露出半挖苦的微笑，冷不防说，"倘若你们两个今天无论如何都要把家产分清楚，那些山林就由你们两个平分好了，只要我还没亲眼看过那些山林，我就不要。"

"咦？大姐不要那些山林……"

千寿和雏子不约而同地露出惊愕的神色，顿时说不出话来。

"既然都这么说，那也只好依姐姐的，等确切的财产归户清册制定之后，再来决定山林分配。"

"说得也是，事缓则圆，我也赞成二姐的看法。"

见雏子这样回答，姨父米治郎趁机打圆场，向脸色难看的宇市说道："宇市先生，所有继承人都对于你的做法有所不满，那就请你重新制作一份财产归户清册吧。如果她们三人都参与，确实是有点过分，所以由提出异议的藤代做代表，不过，藤代得收回请公证人见证的这句话，等财产归户清册完成以后，再来决定山林的分配。接下来，就是把银行存款、股票、共同基金、北河内的农地、矢岛家的宅院等等，以及文乃的事情解决掉，大家觉得怎样？"

藤代马上点头同意，宇市思考了片刻以后，带着愤懑的语气说道："要我重新制作财产归户清册，无疑是对我极度不信任，不过未经继承人的同意，我也不能强制进行遗产分配，既然作为亲戚代表的分家店主提出这样的方案，那就请大小姐亲自监督我制作财产清册吧。"说完，一口气喝掉已凉的茶水。

"那么有关山林以外，共同财产的分配就按照分家店主的提议，先把银行存款、股票和共同基金等可以兑现的财产，先分成三等份，各位意下如何？"

宇市这么一说，雏子马上探前补充道："活期存款可以立即提领出来，而定期存款就不行了，何况活期和定期的利息又不同。所以最好先把那些存款分开，各自分成三等份。另外，我还要补充一点，在变卖股票和共同基金时，请依当天的汇率来分配。"

千寿稍微抬起眼睛说道："可是，股票有绩优股和非绩优股之分，成长率也不同，这一点要怎么计算？"

千寿提出如此精打细算的说法，宇市起先有点不知所措，后来说道："那就把股票平均分成三等份，然后将那些小股数卖掉再分配，这个方式大家应该可以接受吧？"

"可以啊……"

藤代简短地回应道，千寿和雏子也表示赞同。

"此外，还有北河内郡那块五反大的农地，那是战时疏散期间为了种米糊口所买下的土地，不如趁这个机会卖掉，分成三等份，怎么样？"

"没问题啊……"千寿和雏子回答道。

"不过，谁去卖呢？"藤代切中问题说道。

宇市看着藤代，语带阴柔地说道："法律上明文规定，有关遗产继承所产生的让渡和买卖，都必须由遗嘱执行者执行。换句话说，就是由我负责，不知各位是否有异议？"

"不，我倒是没有异议。不过，在登记簿上登记的农地，有时候被作为住宅用地卖出，如果那块农地真是这种情况，那么就不能以一反计算，而是以每坪计价，所以我希望以这种方式结算，再分成三等份。"

"是吗？您算得真精细啊。那块农地能不能作为住宅用地，若没通过买卖还是无法得知。当然，如果是宅地价格，我会把它写在财产清册上，请不用担心……"宇市说得客气，却有点搪塞，"接下来，有关将矢岛商店的内宅——占地一百六十坪、两层楼建筑面积九十坪分成三等份，各位意下如何……"

没等宇市说完，千寿便迫不及待地说："事实上，这个问题我想了很久，店里和内宅以庭院为界，的确可以划分清楚，但是后院的住宅要像遗嘱上那样分成三等份就有困难了。例如，大姐的房间跟我和小妹的房间不一样大，此外，正房的客厅、仓库、服装间、厨房及客房都是单间，总不能分成三等份吧？或许这么说有点自作主张，我希望内院的所有权全部由我继承，我再把其中三分之二的金额付给大姐和小妹，怎么样……"千寿改由另一种形式出招。

"你只是拿这个理由做挡箭牌，其实是想早点把我和雏子赶出去吧？"

藤代沉着脸说道，良吉连忙抢在千寿之前解释："不，绝不是这个意思。我们的意思是，不动产无法均分，只好用适当的价钱转卖给第三者，再把所得的钱分成三等份，要不就是像千寿刚才说的那样，由其中一个继承人继承，再付钱给其他继承人。如果只有这两种方法，我们倾向后者。当然，这一切都是您三人的共有遗产，我们从来就没想过要独占，只是站在矢岛商店经营者的立场来说，我们希望你们能高抬贵手转让。"

　　雏子听到良吉这样说，随即鼓起腮帮子，怒气冲冲地说道："你们怎么可以随便提出这种要求？我要不要离开这个家，还得看这桩婚事能不能决定才知道啊！"

　　"是啊，雏子将来的去留，得看这次婚事的结果，现在提出这种问题，岂不是为难雏子吗？这种事毕竟跟山林不同，我看有关内宅如何分配的问题，还是留待下次家族会议再慢慢商量吧？"

　　姨母巧妙地居中协调，转身问宇市："宇市先生，接下来，谈谈神木那边的情况该怎么解决。"

　　由于姨母很快就转到这个话题，使得宇市蓦然愣了一下，答道："是的，我们还得谈谈文乃的事情该如何处理。老爷在遗嘱中并没有明言要分多少遗产给文乃，只是恳求大家尽力而为，但是这样反而更难办啊。"

　　宇市说到这里，姨母比藤代她们更激动，探前说道："有关这件事，我倒要替死去的姐姐为这几个外甥女说几句话。"

　　接着，姨母把衣襟往后拉了拉，挺高胸部。

　　"首先，我们要弄清楚姐夫替那个女人在神木买的那栋房子，到底是登记在谁的名下？"

　　"根据我日前的调查，房子登记在滨田文乃的名下。"

"什么时候开始的？"

"去年三月份开始。"

"这么说，从我姐夫去世的那一天往回算，还不到一年嘛。"

蓦然，姨母的眼神为之一亮，

"既然这样，那分给文乃的遗产，我们得要重新考虑了。"

"您说这话是什么意思……"宇市不解地反问。

"我父亲去世以前，在外面有了女人，他背地里还买了一栋房子送给那女人。问题是，法律上规定，立遗嘱者在死后一年内，凡是送给非继承人的财产，都必须计算在遗产之内，不然得先把财产归还本家，而本家再视情况分给小妾。照法律上来说，那女人必须将房子还给本家，不过，看在情分上，那栋房子就算送她吧，怎么样？"

姨母像精通法律知识，志得意满地说着，雏子却睁大眼睛，露骨地说道："姨母真是心胸宽大啊，如果这样就能摆平，我倒没什么意见，不过那种肮脏女人休想从我们这里分到遗产。"

"那栋房子值多少钱？"藤代问道。

宇市沉默了一会儿，故意低报房价："占地七十坪，建筑面积三十坪，房子本身相当老旧，只能算地皮的价钱，每坪按四万五千日元计算，七十坪总共三百五十万日元。"

"三百万……对我们来说算是零头，对那个女人应该够了吧。"藤代轻蔑地说道。

"可是，对于侍候老爷七年的人来说，应该多给她一些……"宇市这样建议道。

"大姐说得对，根本没必要再分给她。"

千寿也同意藤代的意见。

"那么，接下来只剩下雪村的那幅山水画了。"

姨母提出雪村那幅山水画，宇市马上表示："对，对，还剩下雪村那幅画的去向。其实，我后来到过各处的古董店和裱褙店探听，都没有任何消息。我心想会不会放在文乃那里，多方旁敲侧击，结果也没发现，说不定老爷生前缺钱早就把它卖掉了？"

宇市这句话颇有文乃已经收到那笔钱的意味，姨母芳子充满狐疑地问道："我向其他亲戚打听过，他们都没看过那幅画。说来真奇怪，那幅画既不在古董店和裱褙店，也不在文乃家，到底会跑去哪里？难不成它自己长脚到处乱跑……"

"那种去向不明的山水画，我不要了……"雏子冷不防说道。

"咦？你不要了……"姨母惊愕地看着雏子。

"不过，我想跟大姐一样，那幅山水画的损失，就用山林补给我。宇市先生，请你不要忘了。"雏子对着宇市说道。

姨父米治郎像等到机会似的做结论："那么，今天的家族会议就到此为止，有关山林和住宅内院平均分配的问题，留待下次家族会议再行商议，每个人都要提出最终答复，怎么样？"

宇市突然想到什么似的说道："下次召开家族会议，我希望不是像今天这样只有几个家人参加，而是比照第一次正式家族会议的模式，从第一代店主的老家到已故老爷的家人，以及所有亲戚都能到场。"

"嗯，日期定在什么时候呢？接下来七月中旬到八月底，正是炎热的天气，而且看大家今天这个样子，为了遗产继承问题忙得十分疲累，又考虑到大热天，不好意思让亲戚远从淡路岛及和歌山跑到大阪，那么就定在九月份怎么样？"

米治郎将家族会议的日期延到九月份，姨母立即算出文乃的产期，说道："可以啊，不过，我们必须在文乃生产以前开完家族会议，所以定在九月中旬过后怎么样？"

"好啊，还有那么长的时间，我可以趁这个机会仔细查看山林。就这样决定吧，宇市先生，你觉得怎样呀？"藤代挖苦似的说道。

"你们决定就是，对我来说都无所谓。"宇市口气平静地回答，然后将摊放在日式矮桌上的遗嘱和财产归户清册重新折好，放入信封。

"那么，最后一次家族会议定于九月二十日，请各位亲戚务必出席。"

宇市说完，向大家恭敬地施上一礼后，便退出了客厅。

宇市走进阿倍野桥的公用电话亭，一边擦着额上的汗珠，一边翻阅那本没有封面的电话簿，有些内页已撕去，有些早就脱落。他好不容易找到"信用调查所"的项目，便兴趣盎然地查阅了起来。

那一页刊载着一大排"日本人事信用调查所""大阪共同信用调查所""大阪秘密侦探社""阪神秘密调查所"等信用调查所和秘密侦探社的广告，宇市的目光停在"大都人事信用调查所"上面。那家信用调查所登的广告很大又有照片，还画上详细的地图，不需要问路即可找到，照片中的建筑物雄伟气派，让他非常中意。

宇市打算以调查藤代的婚事为由，委托这家信用调查所查出藤代背后那个神秘男子的来历。他为了让昨天的家族会议成为最后一次，已经和护林员绞尽脑汁共谋对策，没想到藤代突然从中作梗，硬是不相信他制作的财产归户清册，还把出席者弄得一头雾水，巧妙地将遗产分配拖到下一次的会议，这足以证明在藤代背后献策的男子绝不单纯。正因如此，他必须尽早查出那个男子的底细，因为光是对方在幕后频频出招，便足以让他和太郎吉联手操控鹫家山林的阴谋不得不改弦易辙。

"老头子，在干什么呀！不打电话就赶快出来！"一名年轻男子站在电话亭外面大声怒骂。

这时候，宇市赶紧从怀里取出笔记本，抄下"大都人事信用调查所"的地址和电话号码，朝投币口塞进了一枚十日元硬币，他不是打电话给信用调查所，而是直接打到矢岛商店的账房。

"喂，新店主吗？您早，我是宇市，昨天辛苦您了……我现在正在阿倍野桥的公用电话亭，等会儿要去染整工厂那里巡视，下午两点多才能赶到店里，账房那边就劳烦您了。"

宇市故意说得很快，不等良吉回话便挂断电话，然后对着那名大声催促的年轻男子亲切地说："对不起，让您久等了！"然后走出电话亭，并没有搭乘阪和线，而是坐上经由堺筋开往大阪车站的公交车。

宇市坐在公交车上，再度看了看刚刚抄下的"大都人事信用调查所"的地址，他买了一张到松坂屋的车票，突然觉得有些不安。不过，他自忖大概没有人会想到身为矢岛商店大掌柜的他，竟会委托信用调查所暗中调查矢岛商店长女的身家背景，同时又想到不久即可揪出那个男子的底细，不禁得意地冷笑。可是，为什么自己没有更早察觉到，以便在昨天家族会议之前摸清那个男子的底细呢？他为自己的疏忽感到气愤难当。

宇市在松坂屋前的车站下车，天气突然变得很热，他朝难波的方向走去。电车道旁商住混合楼房林立，每栋建筑的玻璃窗上都挂写着公司行号名称。宇市走到河原町的角落，看到电话簿上登记的那栋四层楼建筑，在三楼挂着"大都人事信用调查所"偌大的招牌，他疾步走进楼厦入口，里面比外观老旧，楼梯间的采光很差，也没有电梯，宇市跛着脚下的木屐，沿着又窄又陡的楼梯上去，迎面就是"大都人事信用调查所"的柜台。

"不好意思，我有事想托你们办理。"

宇市怕旁人听到似的压低声音说道。这时，表情阴沉的前台小姐则有条不紊地向他说明："是的，请问您要委托什么案件？本公司受理信用、企业、婚姻、雇佣等各种调查的业务……"

"我想委托贵公司调查有关婚姻方面的事。"

"好的，我马上为您联络这项业务的承办人员，请您先到会客室稍等一下。"

说着，前台小姐推开旁边的门，带着宇市来到会客室。坐北朝南的会客室光线充足，不过座椅上的靠肘磨痕累累，墙上挂着一幅廉价的富士山画。

"对不起，让您久等了！"

一名年约四十岁、体型微胖的中年男子推开门走了进来，面带笑容地朝宇市递上名片。

"听说您要委托调查婚姻方面的案件，这是本公司有关这方面的调查项目，请您过目。"说着，他将一张印刷表格递到宇市面前。

婚姻状况调查表

一、当事人的相关事项

◎经历、现状（学业成绩、职业经历、业绩、发展潜力等等）

◎收入、资产（包括生活能力）

◎体质、健康状态、容貌（有无既往病史）

◎性格、品性（男女关系、有无异常性格等）

◎兴趣、爱好

◎交友关系

◎未婚或再婚

◎观念、信仰

◎周围对本人的评价

二、家庭状况

◎家庭环境及其生活情况

◎父母及其兄弟姐妹（教养、性格、现状等）

◎家长或户长（经历、现状、性格、社会关系、资产、负债等情形）

三、家世、血统及其亲属关系（追查其曾祖父母是否有精神病或麻风病等重大疾病病史）

"您觉得如何？您要委托婚姻方面的案件，通常都要做这些方面的调查，除此之外，若有特殊要求，我们会进一步做重点调查。"

承办人员措辞客气有礼，脸上始终挂着微笑，只有眼神没有任何笑意。宇市对着桌上的"婚姻状况调查表"仔细端详了一会儿，故作犹豫状说："其实，我委托的情况有点特殊，希望你们能秘密调查。"

"没问题，您尽管说明，我们绝对替客户保密，这一点请您放心。"说着，从一个印有"机密"字样的大纸袋里，拿出一沓厚厚的资料。

"这是本公司受托承办的调查报告,上面都是机密编号,不仅对外如此,对我们内部人员照样不予公开。当然,在调查过程中,保证被调查的对象绝对不会察觉。总之,本公司的调查员均超过三十五岁,深知人情世故,所以他们的调查结果绝对值得信任。"

中年男子探出身子,向宇市大力保证的同时,眯起眼睛带着笑意。宇市又犹豫了一会儿,表情有些沉重,最后终于下定决心,说出此行的目的。

"不瞒您说,其实我是南本町矢岛棉布批发商的员工。最近这一阵子,许多人常来向我们家大小姐矢岛藤代提亲,可是不知道是什么原因,她总是立刻拒绝对方,我们猜想或许她早已心有所属,所以想请你们暗中调查一下。"

"好的,被调查人名叫矢岛藤代,住在南本町二丁目二百五十四号,现年三十二岁……"调查员迅速抄下这些基本资料。

"是的,她现年三十二岁,结过一次婚,离婚之后目前住在娘家。她之前的夫家,就是在八幡街卖工具的三田村商店。她在昭和二十七年三月出嫁,昭和三十年二月返回娘家,没有子女,前夫后来续弦了。什么?您说她离婚之后的状况吗?嗯,刚回娘家时并没有什么异常,可是最近常有人上门提亲,问她是否有意再婚,她的反应却有点反常。老字号店家向来家规严格,大小姐除了学习技艺之外,不准随便外出,可是过了五月中旬……我记得是五月二十日左右吧,她说要跟同学去京都欣赏舞蹈表演,实际上是去吉野游山玩水,而且好像跟男人一起去,我们完全不知道对方的来历,非常担心她因此受骗,所以才委托贵公司秘密调查她的交友关系。"

宇市煞有介事地说着，调查员倾着头思考片刻后，问道："据您所知，这两三个月以来，您家大小姐都去了哪些地方？"

"去练舞，还有奈良的吉野以及骨科医院。"

"咦？骨科医院……"调查员惊讶地反问道。

"是的，她说从京都回来的途中，在清水寺扭伤脚踝，其实是去吉野游玩时，在什么地方不小心扭了伤脚。"

实际上，宇市早已从护林员太郎吉那里得知藤代是在鹫家的山林里扭伤了脚踝，但他之所以没说出真相，是担心矢岛家的争产风波因而曝光，那个神秘男子也可能发现他在暗中操控一切。

"可是，她说是去京都，您怎么知道她去了吉野？"

宇市起初有点不知所措，最后搬出客户的证词，巧妙地编了一个理由。

"是啊，她没说实话。因为春季新绿之际，我们有位客户到吉野游玩，他从中千本搭车回去时，我们家大小姐正好要上山，她坐的车子跟我们客户在路上会车。当时，大小姐的车里坐着一名男子，我们客户认得出大小姐，却没看清楚那男子的长相。"

"她除了学舞之外，还学什么？"

"以前学过茶道、插花，也学过三弦琴。她的个性很好强，现在就只是学舞蹈。"

"学什么流派的舞蹈？"

"她学的是大阪的梅村流派。这个流派的历史相当悠久，其鼻祖是顺庆町的梅村芳静，我们家大小姐从小就在她的门下学舞。"

调查员仔细记下宇市的说辞，然后又问了关于藤代的父母、姐妹和亲属关系，阖上笔记本，试探性地对宇市提出收费标准。

"我大致了解您的情况。至于您刚才提出的婚姻及品性调查，总之，矢岛藤代小姐最近去过的奈良吉野，或是学舞的练舞场，以及骨科医院等地方，我们必须彻底调查，所以除了收取调查费八千日元之外，我们还要酌收出差费与跟监费用，这样您同意吗？"

"没问题，这次的调查若能让我们家大小姐找到好归宿，这点费用根本不算什么。"说着，宇市从怀里拿出钱包，作势要掏钱，"多少钱都不成问题，请您务必调查清楚。"

这时候，始终带着笑脸的调查员突然收起笑容，客气地说道："等到委托案调查结束之后，您再付款就可以了。至于出差费和跟监的实际费用，时多时少……不过，调查预计需要两个星期……"

"两个星期……太慢了吧。"宇市之所以这样说，是担心之前以脚伤未愈为由，故意将家族会议拖延一个月的藤代，在这次家族会议结束之后，虽然不可能立即外出，但这两个星期之间，她若说脚伤已愈，绝对有充裕时间上鹫家查看山林。

"可以把调查时间缩短到十天以内吗？对方的媒婆急着等我们回复呢……"

"好吧，请您另外支付急件费，我们尽量在十天以内调查完毕。对了，调查结果若出来，我是以个人名义邮寄给您呢？或是您亲自到我们公司取件？"

宇市看了看调查员递在桌上的名片，先付了订金，便站起来说道："到时候，请您用内田的名义打电话到矢岛商店找大野宇市，我会亲自过来取件。"

宇市走出"大都人事信用调查所"的楼厦以后，还不到十二点，原本打算到凤的染整工厂看一下再回店里，不过还有两个小时，时间尚早。他原以为上信用调查所委托调查要花很多时间，想不到对方颇有效率，很快就把事情谈定了。

　　宇市悠闲地朝难波方向走去，他寻思着如何消磨这两个钟头。回去住处睡觉好吗？可是又怕碰到啰唆的房东太太；大白天也不能到酒馆喝两杯。一想到这里，他觉得还是去君枝家好了，因为他身上有备用钥匙，可以去那里稍事休息。于是便搭上从难波开往上六的公交车。

　　宇市来到石辻町的君枝家附近，为了避免跟附近的邻居打招呼，突然弓起身子，刻意板着脸。他以备用钥匙打开大门，走进屋内，旋即拉开木板套窗。或许是君枝拜托隔壁的和服裁缝师打扫，房子那么久没人住，屋内却收拾得干干净净，没有一丝灰尘。宇市脱下外衣，只穿着汗衫跟短衬裤走进厨房，打开水龙头连喝了两杯凉水，深深地吐了一口气，朝屋内仔细打量。虽说打扫得井然有序，可是没人住的房子总显得有些空荡和寂寥。

　　宇市穿着内衣裤，在靠走廊的地方躺睡了下来。或许是召开家族会议以来的劳累全涌了上来，他一躺下，即像被灌铅般陷入深沉的疲倦，轻轻闭上凹陷的双眼，蓦然担心起雪村的那幅山水画。在昨天的会议上，有关那幅山水画的去向并没有被大家追究，两三下就轻松带过。然而下次如果再有人提出，可就无法这样混过了。

　　宇市吓得赶紧起身，打开壁橱拉门，低探着上半身，从壁橱里抱出一个卷轴盒，取出那幅瀑布山水画摊展开来。顿时，空荡荡的屋内仿佛传来了高山瀑布冲击深山幽谷的轰然巨响。他不由得被那精湛的画工吸引，屏气凝神地欣赏着，此时，大门那边好像有人走过来。

　　他正要将那幅山水画放进盒里，大门打开，一阵脚步声传了过来。把轴盒塞进壁橱的同时，就听到外面有人说话。

"哎呀，果真是你……"

原来是君枝。她看到仅着短衬裤和衬衫的宇市急忙把雪村的山水画塞进壁橱，眼睛像猫眼般亮了起来。

"噢，你该不会趁我不在，把那幅山水画偷偷换到其他地方藏吧？"

"你在胡说什么呀！我还以为是隔壁的裁缝师过来呢，简直把我吓死了。对了，你怎么这时候回来？"宇市惊恐地问道。

"我到处找不到你，又担心昨天开会的结果，只好借故说回来拿夏天穿的连衣裙，请了一天假，马上打电话到你住处，房东说你已经去上班，我又打电话到店里，他们说你还没到，我打算傍晚再打一次，所以先回家。我看大门没锁，又发现屋内有人，心想该不会是小偷吧，胆战心惊地进来看看，想不到居然是你！大白天不去上班，却趁我不在时，在壁橱里东翻西找，到底发生什么事了？昨天的家族会议开得怎样？"

"情况很糟。"

"情况很糟？怎么说？"君枝急切地问道。

"并没有如我预期，将所有遗产分配完毕。"宇市叹息道。

"召开家族会议的四天前，你不是专程去文乃那里，探查她的身体状况吗？"

"不是她的因素，我被那个离婚的女人摆了一道。"

"离婚的女人，你是指矢岛家的大小姐吗？"

"是啊。她突然来一记回马枪，当场质疑我制作的财产归户清册有问题，态度咄咄逼人。我顾忌遗嘱执行者的职务被她们解任，到时候一切努力化为泡影，只好听从她们的意见，顺势将家族会议延到下一次。"

"这种事情本来就有可能发生，你为什么不提早防范呢？"君枝责难道。

"我怎会料到，不是那个离婚女人厉害，是她背后有个男人在替她出主意。"

"咦？她背后有个男人……"

"嗯，对方是个狠角色，我若稍有不慎，说不定还打不过他呢……"宇市露出挑战的锐利眼神。

"那你打算怎么做？"君枝担忧地问道。

"刚才，我已经委托信用调查所去调查他的底细了。"

"你调查那个男人的底细，不怕到时候反而惹来麻烦吗？"

"我当然不会弄得那么粗糙嘛。我早就有准备，跟信用调查所的人说只是调查她交往对象的身家背景而已。再过十天，若打听到那个男子的底细，我就要使出新手段，在九月份召开家族会议以前，把她们各个击破！"

"各个击破？用新的手段……"

"没错，在此之前已经开过好几次会，可是到头来都是各说各话，没有结论。等信用调查所一有消息，我就要逐一分化她们三姐妹，再把这个把柄带进家族会议，将她们彻底击垮。在这个紧要关头，我绝对不能屈服，否则这五十八年来的苦心盘算岂不是白费了？我才不会那么愚蠢呢！"

宇市说得激动，额上冒着汗水，完全忘了君枝就在眼前。

每当账房里有电话响起，宇市便迅速接起，以为是信用调查所的内田打来的，不过每一通都是洽商电话。由于他特别付了急件费，信用调查所答应十天之内给他有关藤代交友状况的报告。今天刚好是第十天，即使调查有所迟延，照理说也该打电话通知他，不过现在已经下午三点了，还是没有任何消息。

十天前，宇市委托信用调查所调查那个男人的来历，也把第四次家族会议的情况告诉护林员太郎吉，这么做是让太郎吉提早防备，即使藤代跟那个男人再去查看山林，也不至于手足无措。

时间一分一秒过去，他更担心藤代背后那名男子的来历，恨不得马上把对方揪出来。宇市一边窥视正在整理账目的良吉，一边犹豫着是继续等信用调查所来电，还是用公共电话直接联络对方。他跟良吉一样，虽然盯着账簿，其实都在竖耳倾听眼前的电话机。

电话终于响了。良吉正要接起电话，宇市早已抢先一步抓起话筒，便说："您好，这里是矢岛商店，每次承蒙您的关照……"

"喂，敝姓内田，请大野先生听电话。"

这通电话果真是他苦候已久的"大都人事信用调查所"内田调查员打来的。宇市马上用像接听客户来电的口气，说道："啊，我就是，非常感谢您的惠顾。"

这时候，内田突然压低声音说："上次您委托的案子，调查报告已经出来了……"

"噢，是吗？不，不，您太客气了。我直接过去您那里就好，以后请多多关照……"

宇市措辞客气地应对着，放下话筒，然后转身跟良吉说："是近铁百货公司的采购部打来的，他们公司就在阿倍野殡仪馆附近，需要订购大量丧家回礼用的棉布，我得尽快去一趟，这可是一笔很大的订单呢。"

他编了一套巧妙的说辞，离开了账房，刚走到院子，碰巧看到藤代在便门穿鞋子。宇市冷不防打了声招呼："大小姐，您要出门去啊？"

然后欠着身子，走到藤代身旁，藤代惊讶地停下脚步。

"嗯，是啊，我去练舞……"

"咦？听说您的脚伤还没好，怎么现在就可以练舞，是不是早就治好了？"宇市挖苦地说道。

"才不是呢，我还不能跳舞，只是缺课太久，想去练舞场跟大家打声招呼。"

藤代穿着纱织的夏衣，故意跛着脚，步态吃力地从宇市面前走过。

宇市知道藤代要去顺庆町的练舞场刚好与他要去的那家信用调查所同方向，于是借口上厕所，过了好一段时间，才离开店里。

"大都人事信用调查所"的前台小姐一看到宇市，马上带他到上次那间会客室，扭开老旧的电风扇。他坐在靠肘磨痕累累的安乐椅上，大大地松了一口气，擦着额上的汗水。不一会儿，内田调查员像上一次一样满脸笑容，推门走了进来。

"对不起，刚才在电话中叨扰您了。现在，我赶快向您报告这次的调查结果。"

说着，内田调查员将一份印有"秘"字、编号——二九的调查报告放在宇市面前。

调查报告

有关台端委托调查矢岛藤代与异性交友之状况，敝社均

按台端之指示彻底调查，敝社调查员历经大阪市区及奈良

县多方查访结果，已查出该名男子之背景来历，现将详细情形报告如下。

石田一雄的相关事项

石田一雄四个字猛然跃进了宇市的眼帘。

"这个石田一雄是谁啊……"宇市不由得探出身子问道。

"他就是矢岛藤代背后的那个男人，本名叫梅村芳三郎。"

"梅村芳三郎？"宇市露出纳闷的表情。

"据您所说，矢岛藤代小姐的舞蹈老师叫梅村芳静，但根据敝社调查，现在多半是由她的独生子芳三郎代替她教舞。"

宇市倒吸了一口气，这时才恍然大悟，因为他总以为长年来藤代的舞蹈老师就是梅村芳静，但事情并非如此，想不到梅村芳静还有个儿子，而她的儿子也在教授舞蹈！

"他们从什么时候开始交往的……"宇市擦着额上冒出的汗水，结结巴巴地问道。

"详细情形都写在这份调查报告里，您看过就会了解其中的来龙去脉，请您先读一下内容。对了，这张照片就是登在梅村流会报上的梅村芳三郎。"

说着，内田将调查报告和照片交给了宇市。

照片中穿着上等黑纹和服及裤裙的梅村芳三郎，并不像护林员太郎吉所说的那样穿着时髦的西服，反而像是歌舞伎里男扮女装的旦角般艳丽迷人，根本不像在鹫家山林中与太郎吉激烈交手的温柔男子，他到底是谁呢？宇市眯起眼睛仔细地看着那份调查报告。

石田一雄的相关事项

籍贯：兵库县城崎郡香住町
昭和二年十月十四日生
三十二岁

现住址：大阪市南区顺庆町三丁目二十六号

家庭关系：户长石田喜代的儿子。由于户籍法的修改，"私生子"的字样已删除，但梅村芳三郎显然是石田喜代（即梅村芳静）与梅村流派创始人梅村喜郎的私生子，不过至今仍未得到其父的承认。

经历：昭和十八年三月毕业于旧制浪速中学，自四岁起学习梅村流派日本舞，十三岁取艺名为梅村芳三郎，现为梅村流派继承人，受到各方瞩目。

财源收入：表面上是由梅村芳静挂名教授舞蹈，实际上几乎是由芳三郎代其年迈老母授课，并掌握其练舞场的经济大权。主要收入靠弟子的学费，另又以代训或指导团体的方式招收两百五十名弟子，每人每个月的学费以两千日元计算，每个月收入五十万日元。此外，加上到外县市上课、彩排、创作舞蹈公演等收入，月入不下于七十万日元。芳三郎除了教授日本舞，还插手不动产的买卖，充当中介，据说收入相当可观。

有关固定资产，其中不动产部分：有位于大阪市南区顺庆町三丁目二十六号（包括练舞场在内）占地九十坪，建坪六十五坪，共值一千八百万日元。位于大阪市浪速区日本桥二丁目四十八号的练舞场占地五十坪，建筑面积三十三坪，价值八百六十万日元。另外，他拥有位于大阪市北区梅枝町二丁目梅田大楼内练舞场十五坪的所有权，价值一百五十万日元。

动产部分：银行存款、有价证券等三百万日元。不过，芳三郎生性奢华，爱好打扮，加上时常举办盛大的日本舞发布会，已拿现址日本桥二丁目练舞场的土地向银行抵押，估计负债约有一千五百万日元。

健康状态：皮肤白皙，不具女性体态，没有既往病历，身体极为健康。

性格品行：由其母一手扶养，又在众多女弟子的环境下成长，乍看之下具有女性化举止，其实只是表象。由于他自幼为私生子身份感到自卑，加上长期以来痛恨其父殆忽责任，使他具有冷酷和残忍的个性。比方说，平常教弟子练舞时，他对成绩较差的弟子总是不厌其烦地予以热心指导，可是一到舞蹈发布会，他便根据对方的财力，趁机诈财，表面上道德清高，实则是巧取豪夺。这种性格，在他插手不动产买卖方面展露无遗。他替好友充当中介买卖不动产时，表面上积极热心，实则是毫不手软地从中赚取差额，由此可见他是个不能让人掉以轻心的人物。

品行方面：从其职业和年龄来看，平常到茶屋游玩或饮酒作乐不足为怪，但是他同时与多位女性交往，关系极为复杂。仅十天内的调查即已探知，他除了跟梅村芳歌、芳登代两名入室女弟子过从甚密之外，又疑似与宗右卫门町的"桝乃屋"的艺伎提香有染。此外，擅长诱骗良家妇女，足见他的无情与狡黠。

有关他与矢岛藤代的交往状况：石田一雄即梅村芳三郎，开始与矢岛藤代交往，始于十二年前代替其母教授舞蹈，在此之前，两人只是一般的师徒关系。从今年三月中旬开始，两人关系转为亲近，敝社通过其内室弟子得到的情报整理如下：

从今年三月中旬起，矢岛藤代声称与梅村芳三郎商量遗产继承问题，两人交谈的机会变多。矢岛藤代来练舞时，总是故意在最后才出现，练舞结束之后，他们俩便一起外出，或个别外出约在什么地方碰面。根据其内室弟子指出，梅村芳三郎对矢岛藤代表现出极度的亲密，显然是想人财两得。此外，有关台端曾提及梅村芳三郎于五月二十日的动向，根据其内室弟子说，当天，梅村芳三郎声称为了收集新舞的编写题材而去了伊势，结果在外面过夜。

另外，根据在奈良吉野町的调查，五月二十日，梅村芳三郎和矢岛藤代相偕投宿在中千本的"青岚庄"，他们冒充夫妻，分别以村山五郎和美代之假名登记住宿。从外形特征和那女人有脚伤来看，应该是他们两人无误。至于他们在投宿中如何互动，该旅馆的掌柜仅以"房客隐私恕难奉告"为由拒绝答复，后来敝社调查员住进该旅馆查访，女侍明白指出，他们确有男女交合之实，看来两人关系已发展至深。

以上是敝"大都人事信用调查所"综合各方面搜证所做的调查报告。

宇市看完这份调查报告之后，再次眯起眼睛端详梅村芳三郎的照片，这个形同男演员温柔多情的脸相，突然变得令人畏惧，此人不仅跟着藤代上鹫家查看山林，根据调查报告指出，他还插手不动产买卖，由此看来，藤代继承的那些房地产都是他代为估价的。宇市突然感到口干舌燥，脸部僵硬。

　　"您对这份调查报告满意吗？他就是您猜想的那个人吗？"内田窥探似的问道。

　　"不，我完全没预料到，你们究竟是怎么调查出来的？"

　　"如果您想更清楚了解调查经过，我们可以另做一份报告给您。不过，原则上在调查过程中，凡是对于提出有力证据、重要关系人的姓名或具体地点等等，我们均不便透露。这次的情形是，矢岛藤代小姐几乎不外出，最近顶多到练舞场或奈良的吉野，要不就是骨科医院。依我们的立场来说，只要锁定这三个地点，在调查上非常容易。从您的角度来看，您有一个刻板印象，始终认为您家大小姐的舞蹈老师是梅村芳静，因而忽略那里还有一个男人，只能算是疏忽吧。"

　　"唉，若知道你们能这么快查出对方的底细，我早就该来拜托你们了。"宇市懊悔地咋舌说道。

　　"我们也可以替您做遗产方面的调查……"内田不掩商人本色，时刻没忘记生意经。

　　"遗产方面的调查……不，我目前没那个必要。"宇市不悦地拒绝，接着说道，"这次的调查费总共多少钱？"

　　"好的，我向您报告一下。这次调查因为要在短期间内确实完成，不同于一般的收费标准，所以旅馆费、出租车车资、探听消息的谢礼和小费等特别多，总共要四万二千日元，如果您要明细表的话，我再请调查员写张日薪和出租车车资的收据给您⋯⋯"

"不，不需要收据，万一弄丢了还会惹来麻烦呢。"

宇市说完，掏出四张一万日元和一张五千日元的钞票交给了内田，并说不需找零，便连忙要离开。因为他不希望跟那个慢吞吞的内田耗下去，到时候对方很可能再提及调查遗产继承的事情。

"那么，请您将这份调查报告带回去。"

内田堆着笑脸正要递交调查报告时，宇市推开会客室的门，撇下这句话："不用了，看过一次就够了。"

接着，他径自走到走廊，头也不回地沿着阴暗的楼梯走了下去。

宇市来到大楼外面，招了辆出租车，直接前往顺庆町的梅村流派练舞场。他有点懊悔，今天在便门碰见藤代时，对方明明说要去练舞场跟大家打招呼，他竟然不以为意，没想到有梅村芳三郎这号人物，只想到是跟她同一个方向，躲到厕所里等了好久，慢了一步才离开店里，他为自己的疏忽感到气愤。不过，他的运气还算不错，因为他得知梅村芳三郎正是藤代的幕后军师，藤代又刚好去了练舞场。当下，他就像追捕猎物的狩猎者一般，眼里流露出激动的目光。

宇市小心翼翼地在御堂筋的安堂寺町下车，从那里步行到顺庆町三丁目，梅村流派的练舞场就像高级餐馆般被一道黑色高墙围住，他走到附近仔细打量四周环境，发现练舞场的斜对面有一家书店，于是急忙走到书店，站在门口佯装翻阅书籍，一边注意从练舞场走出来的人。

可能是下课了，几名年轻小姐热得扇着衣襟，陆续地走到门口，唯独不见藤代的身影。宇市站在书店门口已经半个多钟头，店员不由得对他投以狐疑的目光。不过，他仍不以为意，极有耐性地等到第六名看似资深的女学员走出来时，旋即走近对方，举止客气地问道："对不起，请问矢岛商店的大小姐还没下课吗？"

"我没看到她。"

"咦？您没看到她……是不是已经回家了？"

"我不太清楚，你找她有事吗？"女学员用惊讶的表情看着宇市问道。

"没什么，我是矢岛商店的店员，特别来接她回家……"宇市连忙编了个借口。

"现在里面只剩下两个小女孩在练舞，今天的课程就算结束了。"

女学员说完，疾步从宇市面前走过。

宇市始终认为藤代正在眼前这道黑色围墙内练舞，当他间接得知她居然不在里面，一股难以言喻的沮丧和懊悔顿时涌了上来。他离开书店，气得直踢地面，于是走到御堂筋街的车站等公交车，突然转念一想，说不定藤代根本没去练舞场，因为傍晚过后她就不能外出，所以可能先在外面消磨时间，再跟梅村芳三郎约好在某家餐馆碰面。

想到这里，宇市立刻停下脚步，幸好梅村芳三郎没见过他，于是他佯装等车，耐心地等候梅村芳三郎从练舞场走出来。

傍晚六时许，御堂筋街上车水马龙，转眼间，人行道上已经挤满了下班的人潮，任谁都没多瞧宇市一眼。尽管如此，宇市照样谨慎地故作候车状，眼睛只盯着约莫五十米处梅村流派练舞场的角落。

这时候，宇市发现两名七八岁的小女孩抱着扇子袋走出来的同时，黑色围墙的门口处随即出现一名肤色白皙的男子。

　　那名男子身穿银灰色和服，系着蓝色腰带，活像个男演员，他就是梅村芳三郎。他本人比在信用调查所看到的照片更白皙，宇市不由得被对方的美艳吸引，但是他还是学信用调查所的做法，打算跟踪芳三郎。

　　芳三郎走到御堂筋街的角落，往心斋桥的方向迈步前去，他那一米八高的身材练得苗条结实，步伐矫健地穿越人群，宇市险些追不上，幸好他穿的和服特别显眼，刚好成了宇市追认的目标。约莫走了一百米，芳三郎站在路旁，招来一辆出租车，宇市也在相距四米处招了一辆出租车，并要求司机尾随芳三郎的座车，起初司机有点不知所措，后来宇市强调会付小费，司机便立即驱车跟上。

　　出租车并没有从新桥往南走，反而拐向四桥方向，来到横堀川附近时，沿着河边朝北而去，然后在一家小而雅致的餐馆前停下来。宇市的车子故意超前，在前面停下，他从后车窗确定芳三郎走进那家餐馆后，才下了车。他猜得没错，藤代为了避人耳目，果真与芳三郎约在这里见面。

　　对宇市来说，木材批发商林立的横堀筋街，两旁堆放着木材和杉板，的确是不可多得的好地点，既可避人耳目，又能监视梅村芳三郎和藤代的动向。他发现餐馆旁的木材批发行刚好有一处置木场，便收起衣服下摆坐了下来。

　　餐馆的窗户似乎装有冷气，所有包厢和玻璃窗都关得紧实，为了让客人欣赏河面上的景致，临河的包厢镶着透明玻璃。宇市确认自己的位置可以看清楚包厢里的灯光和人影之后，才从怀里掏出香烟，抱着等候猎物掉进陷阱般的兴奋心情，堆起满是皱纹的嘴角，慢慢地点着了香烟。

　　芳三郎身穿银灰色结城染织的和服，系着蓝色腰带，疾步走进包厢，以轻盈的动作坐在藤代面前。由于新舞发布会刚结束，芳三郎脸上露出些许疲态，不过身上仿佛还散发着舞蹈会妖冶、绝美的余韵。藤代凝视着他的衣领，等餐馆女侍退下之后，责备似的娇嗔："老师，您怎么这么晚才来……"

　　芳三郎细长的眼睛回望着藤代，解释道："新舞发布会结束后，我忙着计算场地费和服装采购，另外又要付伴奏和工作人员酬劳呢，简直忙翻了，好不容易才脱身的呢。而且最近我那些内室弟子都在议论你跟我的关系，我总不能撇下舞蹈课不管就跑出来吧。"

　　"您的弟子当中有人知道我跟您的关系，会不会造成您的不便啊？"藤代故意闹别扭地说道。

　　"你在说什么呀，我怎么会跟女弟子有……"芳三郎有些悻悻然，最后仍耐着性子，担忧地问道，"上次，在电话中听你说家族会议的情况，后来怎么样了？"

　　"我姨父顾虑到八月份的天气太热，怕亲戚路途劳顿，所以决定把家族会议延到九月二十日，所有亲戚代表都会到齐，并在席上进行最后的遗产分配。在上次的家族会议，我质疑宇市制作的财产归户清册有问题，后米达成一项协议，由我和宇市共同查看每处山林，不过宇市扬言，倘若他的资料并无不法，他要告我毁谤，所以我希望能在跟他上山之前，先跟老师您演练一下……"

　　藤代一反上次开会时的强势态度，反而是有点无助地请求芳三郎帮忙，不过芳三郎略带抱怨地说："你让上次的会议没开成，的确做得不错，不过你正面杠上宇市就是失策了。"

"可是召开家族会议的四天前，我跟您碰面的时候，您教我说若觉得财产归户清册有疑点的话，继承人有资格要求重新制作，我是按照您的指示说的呀。"

"我只是打个比喻让你参考，想不到你竟然不加思索就说了出来，看来你还是个不懂世事的千金小姐。你除了这么冲动，难道就没其他更好的拖延战术吗？"

芳三郎吃着端上来的料理，边喝着藤代斟的酒，这样数落着她。藤代听了随即板起脸孔说："那时候，我哪想得出办法呀。不止宇市，连我那个妹妹都急着分配遗产，我为了阻挠家族会议，除了挑剔宇市制作的财产归户清册有问题之外，实在没有其他权宜之策。"

"这样一来，事情变得很难收拾了。如果能从那份山林清册中找出大掌柜的不法之处，他就得吃上背信侵占的罪名。相反的，若找不出他的破绽，他就要告你毁谤。这种情形用登山来比喻的话，你现在就像身上绑着登山索，正在攀登悬崖峭壁，只要脚步稍一不慎，就会跌落山谷摔个半死。"芳三郎慢条斯理地说道。

"那份山林清册你带来了吗？"

藤代从膝上的手提包里拿出那份资料，摊在芳三郎面前。

三重县熊野	四十町步	二千四百万日元
奈良县吉野	五町步	五百万日元
三重县大杉谷	一百二十町步	一千二百万日元
京都府丹波	十町步	四百万日元
奈良县鹫家	二十町步	一千四百万日元

芳三郎看着山林町步数下面的金额。

"这是你们家大掌柜估的价钱吗?"

"是的,跟老师您估的相比,每町步差了五万到十万日元。"

芳三郎盯着这份山林清册良久。

"以一个不了解山林的外行人来说,光是整个八月份到九月中旬,想要看完每一处山林再估价简直是不可能。不过,我们现在若收手不做,反而会让你家大掌柜看笑话,让他有食髓知味的机会……"说着,芳三郎的神情有些黯淡,接着又说,"对了,我们可以塞点钱给那个护林员户冢太郎吉嘛,然后由他去收买其他护林员。这些人彼此应该互有联络,我们可以通过他的渠道帮忙调查吉野、大杉谷、熊野和丹波等地的山林状况。虽说那家伙跟你们家大掌柜早有勾搭,但只要我们花钱利诱,他也可能倒向我们这一边。我们要不要趁大掌柜还没买通他之前,再去鹫家跟他谈一谈?"

"可是,这样做妥当吗?从宇市的态度来看,上次我跟您一起去查看山林的事情,太郎吉早就跟他通风报信了……"

"这就像赌注嘛,不赌怎么知道输赢?事情到了这种地步,与其耍些小手段,倒不如下个大赌注,跟太郎吉联手对付大掌柜,若真的不可行,到时候我会叫上次帮你估北堀江出租房的房屋中介商小森常次过来帮忙,要不就是收买山林中介商,由他们出面调查。依现在的情况来看,利用太郎吉是最便捷的策略,这样才能阻挠大掌柜的行动。而且,再这样耗下去,要是哪天被大掌柜知道是我在帮你出主意,说不定他又会使出什么阴谋,我们得趁早把那些山林查看完毕,以免夜长梦多。"说着,芳三郎一口气喝掉杯中酒。

"问题是,不久前我才以脚踝扭伤为由,拖延家族会议的召开时间,总不能明天就突然跑去奈良的鹫家,这会让人家起疑。而且想到那个护林员和宇市是同路人，我便觉得不安……"藤代踌躇不前地说道。

"没什么好担心啦！你随便编个理由外出，何况从大阪到鹫家只需三个钟头的车程，到了那里之后，我会负责应付太郎吉，你只要跟着我就行了。不过，要请你准备五十万左右的现金，事情若谈得顺利，回程时还可以到吉野过夜，稍微休息一下。我们得赶快行动才行，顺便再来一趟快乐的双人行……"

芳三郎在谈论如何跟护林员交涉的同时，还借机勾引藤代，让她顿时感到欲火焚身。

"嗯，一切听从老师的安排就是……"藤代点头似的把身体靠向芳三郎。

"都这么大的人了，还像个小孩子似的胡思乱想，有我在你尽管放心啦。"

芳三郎哄小孩似的说着，一只手伸向藤代，另一只手悄悄地关上玻璃窗内侧的拉门。

宇市看到河面上映着两条人影交叠在一起，连包厢的拉门也关上了，他突然从木材堆中站了起来，放下折坐的下摆，整理松塌的衣领，像只猫似的蹑手蹑脚从置木场后面走了出来，然后朝周遭环视了一下，快步走进那家餐馆的大门。

"对不起，我是矢岛商店的掌柜，我有急事要找我们家大小姐，她在二楼包厢……"

宇市故意说得十万火急，出来接待的女侍打量过他整齐的穿着和客气的举止后，心想他又知道大小姐在二楼用餐，于是放心地准备上楼通报。

"好的，我马上去通报她，请您稍等一下。"

"不，不好意思让大小姐下来，应该由我上楼才对。"说着，便跟着女侍上楼。

宇市走在光可鉴人的走廊上，面露残忍的笑容，仿佛即将要拾起掉落陷阱的猎物一般。女侍登上楼梯，带着他来到走廊尽头临河的包厢门口，说道："对不起……"

女侍出声说道，房内随即传出慌忙整理衣服的窸窣声。宇市大概知道房内的情况，女侍也等里面安静下来后，才拉开拉门通报："府上好像有急事找您……"

"咦？我家有急事……这太奇怪了，我出门时，又没说要来这里……"藤代惊讶地说道。

"这样的电话我不接，你跟对方说我没来，挂断好了。"

"不，不是电话，是派人来了……"

女侍慌张地正要解释，宇市蓦然从拉门后面探头出来，说道："大小姐，是我。"

"宇市，你……为什么来这里？"藤代惊愕得几乎说不出话来。

"怎么，我不应该带这位客人上来吗？"女侍不知所措地看着藤代和宇市。

"没什么不妥啦，来，大掌柜，进来坐吧。"

芳三郎赶紧出言打圆场，女侍则带着莫衷一是的表情关上拉门。

包厢内剩下他们三人时，宇市旋即移膝对着芳三郎欠身招呼道："我是矢岛商店的大掌柜大野宇市，今天恕我失礼了，我从顺庆町的练舞场一直跟着您来到这里。"

比起芳三郎的反应，藤代的脸色更为震惊。

"你这是在干什么！居然跟踪我的老师来这里，你到底在打什么坏主意？"

"什么？啊，您是问我为什么认识您老师吗？"

宇市用右手拱着耳朵，故作没听见的样子，转身对着芳三郎说："老师您对我可能不太了解，可是我对您的背景可是知之甚详呢。照理说，我作为矢岛商店已故第四代店主矢岛嘉藏的遗嘱执行人，早该认识您这个替大小姐出主意的幕后军师才对，都怪我一时疏忽，没多加注意，直到最近通过各种渠道，好不容易才了解您的来历。根据消息指出，您除了舞技精湛之外，并着手经营梅村流派的练舞场及舞会，甚至还插手不动产买卖，手腕非常高明。除此之外，听说您还有各式各样的本事呢。"

宇市这句话颇有暗指他贪恋财色的意味。芳三郎顿时脸色一变，但随即若无其事地说：

"承蒙您这样褒奖，我岂能毫无表示呢，来，喝一杯吧。"芳三郎端着酒杯递给宇市。

"老师，不要理他！"

藤代出手制止芳三郎，转身对宇市说："宇市先生，虽说你从我祖父那一代就开始担任大掌柜，又是我父亲的遗嘱执行者，但我绝不容许你这样无礼，立刻退下！"

藤代气愤不已，准备把宇市撵走，正起身要拉开包厢的拉门，芳三郎见状，依然故作平静，向宇市敬酒。

"你不要这么激动嘛，人家专程从顺庆町的练舞场跟到这里来，肯定有什么重要事情要谈嘛。来，我们先干一杯，再听听您的高见吧。"

"真不愧是聪明的舞蹈老师啊，一下子就了解我的来意。本来我是打算等你们出来，最后还是决定过来打扰您。"

说着，宇市把芳三郎递给他的酒一饮而尽，然后朝桌上看了一眼，移膝驱前，对芳三郎和藤代试探性地说道："我们就开门见山地说个清楚吧，这里刚好有一份山林清册，两位又在场，为了彼此的利益，我们应该好好商量。"

芳三郎没有回答，正等待宇市出招，他像个女人般执拗地看着宇市，宇市被他看得很不自在，但最后还是直指问题核心说道："总归一句，我要强调的是，以后我们就不要互相提什么毁谤啦，背信侵占这类的话，不如谈个对彼此无损又有好处的交易怎样？"

"交易？请你不要胡言乱语，你在这种地方谈交易，肯定没安什么好心！"藤代脸色悻然地说道。

"就是啊，百年老店离了婚的大小姐，跟家人说去京都看舞蹈表演，实际上是跟舞蹈老师到吉野的旅馆过夜寻欢作乐，这件事若被外人知道，您是不是还有脸出门呢。"宇市露出严厉的目光。

"我……什么时候去过吉野……做那种事……"

藤代拼命摇头否认，急得说不出话来，这时宇市又探前说道："老实说，我听大小姐您那天在家族会议上所说的话，就已经猜出您肯定有个幕后军师在撑腰，作为遗嘱执行人，得知有人在左右您的想法，我当然不能默不吭声，可是我若问对方是谁，一定会被您反驳，情非得已之下，只好委托信用调查所调查你们这三四个月来的所有行踪。简单地说，你们之间发生的各种事，我都一清二楚。"

宇市话说得客气，却有让对方不敢声张的威吓意味。藤代脸色苍白渗着冷汗，芳三郎含着酒露出冷笑。

"居然找上信用调查所，我实在佩服您的本领啊，看来您大概是谎称为了大小姐的婚事，随口说要调查矢岛藤代的交往对象，实际上暗中调查我的身家背景吧。"芳三郎先发制人地说完，放下酒杯，回应宇市刚才的提议，"刚才您说为了彼此的利益，是什么意思？"

宇市交替地打量着芳三郎和藤代的表情，接着说："简单来讲，有关两位的暧昧关系，我绝不会张扬出去，不过，山林的分配权必须由我处理。"

"这算是什么交易？"芳三郎谨慎地看着宇市。

"您推测得没错，上次您跟大小姐在护林员的带领下，冒着雷雨上鹫家山顶却看不成的那片山林确实有点问题。"

"有什么问题？"

"那里的杉林全砍光了。"

"什么？全被砍光了……"

藤代和芳三郎顿时惊愕得说不出话来。

"没错，地皮一分也没少，但地面上的杉木全砍光了。"宇市像与己无关地说着，突然压低了声音。

"事情是这样的，前年昭和三十二年，景气跌到谷底时，我收购的棉线价格暴跌，造成大约一千两百万日元的亏空。那时候，经营棉布的商店纷纷倒闭，而且我家老爷当时的经营状况并不理想，我真的不敢据实以告，于是想尽办法筹钱，最后还是不够。当时，我突然想到砍掉的杉林以后还会再长，而且又不是拿来中饱私囊，只是用来填补亏空，便找了太郎吉商量，刚好鹫家山顶那片山林正值砍伐期，我就将它处理掉，填补店里的资金缺口。"

宇市煞有介事地陈述卖掉杉林的理由，芳三郎面无表情地听着。

"就算知道您卖掉杉林的事实，又与这有何关系呢？再说您拿那片被砍光的杉林怎么跟我们交易呢？"

芳三郎冷淡以对，宇市直盯着他，最后道出自己的意图："我明白地告诉您吧，希望您马上停止调查山林，对于那片被砍光的杉林若能视而不见，那么我委托信用调查所对您所做的调查，自然当作没发生过。"

芳三郎思索似的沉默下来，接着毫不客气地反驳道："光是这样就要跟我们谈交易，也未免太占便宜了吧？您只是不公开藤代小姐和我的关系，就要我们对那片已遭盗卖的杉林视而不见，那我们岂不是亏大了？只不过是男女上床，也不该付出那么大的代价嘛。好吧，既然要谈交易，我希望条件要有利于藤代小姐。"

宇市随即说道："我就知道您会开出这样的条件，刚才我坐在餐馆旁的置木场，看到河面上倒映着两位恩爱的倩影，就已经想出了好方法。"

说着，宇市手伸进怀里，从终年裹着的毛质腰带里拿出一本封面破损的笔记本，摊在他们面前，页面上用铅笔画着山林地形和标有面积的地图，处处都有△的记号。

"地图上画的这些奇怪记号是什么意思？"芳三郎惊讶地反问道。

"这是我跟随历代店主巡视山林时，凭记忆画的山林示意图，包括鹫家、吉野、大杉谷、熊野和丹波等地，这个△记号表示那里有成材的杉木。其实，一般统称的山林，除了树龄十五年或二十年的幼林，还有树龄超过四十年、直径两尺以上的成林。此外，每块地形也有排水状况、坡度、日照程度的区别。同样是鹫家或吉野，每町步的杉木产量和质量却大不相同。当然，这当中还有些山林界标啦，共同使用权啦等各种复杂的问题。如果你们愿意把山林的分配权交由我处理，到时候我会依这山林示意图，把画有△记号的山林分配给大小姐，这样一来，即使是相同面积，产量和质量也有很大的差异，跟两位妹妹相比，大小姐可以说是占尽好处。"

"问题是您要怎么分配？"

藤代把桌上那份山林清册推到宇市面前，宇市把山林清册和自己所画的山林示意图对照了一下，接着拿起夹在笔记本后面的铅笔，写了起来。

矢岛藤代：

　　大杉谷四十町步四百万、鹫家峰顶十町步七百万、熊野十五町步九百万，总计二千万日元。

矢岛千寿：

　　大杉谷四十町步四百万、吉野五町步和丹波十町步九百万、熊野十町步六百万，总计一千九百万日元。

矢岛雏子：

　　大杉谷四十町步四百万、鹫家坡上十町步七百万、熊野十五町步九百万，总计二千万日元。

宇市像是拨算盘般极其慎重地写明每个人的配额，然后展示在他们面前，藤代拿过分配表一看，随即脸色大变。

"这就是你所说的，对我最有利的分配吗？你把鹫家那片砍光的山林分给我，而且我的配额居然跟雏子一样，甚至在既定遗产中只不过比占尽便宜的千寿多出一百万，这算什么有利？我不同意！"藤代几乎是拍着分配表厉声说道。

"您不要大动肝火嘛，等我就整个分配表说明清楚以后，您再判断到底对大小姐有利还是吃亏。"

说着，宇市把整个身子探向分配表。

"首先，我做这样的分配，表面上看起来对您三姐妹是公平的。在这些山林财产中，您三姐妹最不想要的是三重县大杉谷，那里地点偏僻、林木产量少、运输又不方便，那片杉林刚好是一百二十町步，每个人可以分得四十町步。而您最想要奈良县吉野和鹫家的山林，那里的林木材质优良、运输又方便。我之所以将鹫家峰顶那片已被砍光的杉林分给大小姐，是为了让二位将来能够安心交往。上次我带您三姐妹去鹫家看过山林，可是您在这次的家族会议上质疑我所制作的山林清册，相对的二小姐和三小姐也会怀疑起鹫家那片山林，为了打消她们的疑虑，我只好将那片已被砍光的山林分配给您，让三小姐得到山坡上的山林。"

"山坡上的山林为什么不分给千寿？她那么爱占便宜，与其得到丹波的十町步，还不如分到吉野的五町步更划算？"

藤代用严厉的口气责问着，宇市蓦然露出一丝冷笑。

"关于这一点我早就想到了，如果您主动争取鹫家的山林，三小姐自然会接收那片山林，而二小姐就没那么好说话，您也知道，她向来工于心计，又知道之前鹫家山林登记所曾经来过电话，她绝不会像三小姐那样轻易同意。所以，我把吉野的五町步分给她，再加上丹波那十町步有点问题的山林。"

"有点问题的山林，是什么意思？"芳三郎插嘴问道。

"矢岛家在丹波的所有林几乎是草地多的山林地，搞不好还不适用《农地法》呢，只有'割草放牧地'的用途。所谓的'割草放牧地'也就是把野草割下来堆肥，然后放养家畜。其实，这种'割草放牧地'和草地多的山林地很难区分。继承以后若真要变卖，很容易发生纠纷。二小姐分到的丹波山林，根据当地农委会的看法，要不就是依循《农地法》作为放牧草地，要不就是划归为普通山林。依我的调查，像那种草地多的山林，若真要变卖，恐怕不到市价的一半，所以再怎么看，都是对大小姐您最有利啊。"

宇市说得头头是道，藤代却毫不领情地说："为什么对我最有利呢？千寿分到丹波那片有问题的山林，跟我有什么关系？你不能说千寿吃亏，就是我占便宜啊！"

"这样的交易，看来还是大掌柜您比较占便宜。"芳三郎不甘示弱地说道。

"哎呀，二位实在太性急了。我所说的交易还在后面呢。"说着，宇市将山林示意图推到藤代和芳三郎面前。

"二位看，同样是大杉谷、熊野的山林，画有△记号的地方，是树龄超过四十年的山林，这种成材林和幼林比起来，每町步的价差大概要多出三分之一，大小姐分到的山林都画有△记号，每町步就比别人多出五百万，这样就可以把鹭家那片已卖掉的杉林补回来。"

说着，宇市用铅笔指着画有△记号的部分让藤代看，芳三郎从怀里取出笔记本，将宇市示意的部分迅速画了下来，一双锐利的眼睛直盯着示意图。

"怎么样，这样的分配二位满意吗？"宇市催促道。

这时候，芳三郎慢慢地抬起头，说道："您应该多给些零头嘛。"

"咦？零头？什么意思……"宇市纳闷地反问。

"就是山林多出来的'零头'嘛。一般来说，山林的实际面积会比登记所登记的资料还多，像大杉谷和熊野那种深山幽谷，实际面积应该比登记的多出两三倍吧？山林主自不会说，税务局的稽查员绝不可能冒着生命危险过吊桥、攀爬绳梯或沿着险峻山路逐一查核每笔山林面积，而这个盲点刚好被不肖的护林员和您这种老滑头相中，并从中捞到好处。我们可以不追究鹫家那片砍光的山林，可是您总要多给点利头嘛。"

宇市听完芳三郎的说辞，眼里露出异样的光芒。

"真不愧是不动产业务高手啊，对山林状况如此了解，简直像是专业的山林师嘛。"

宇市语带讽刺地说道，接着沉默了片刻，这才妥协地做了最后的决定。

"好吧，我就把大杉谷多的十七町步和熊野多的八町步分给大小姐。本来这些多出来的部分也要分成三份，不过二小姐和三小姐并不知情，我就统统分给大小姐好了。"

"两边加起来才二十五町步吗？"芳三郎不平地说道。

"老师，您说的山林实际面积比登记的要多出两三倍，这只是一种比喻，其实依常识而论，顶多再多百分之十或二十。所以除了这二十五町步以外，再也没有多出来的面积了，我已经做出这么大的让步，如果再不接受，我不敢保证您的好事不会曝光。"

宇市这句话只有芳三郎听得懂，这意味着宇市早已摸清他的底细。他表面上装作若无其事，但最后还是拿起山林示意图和山林分配表对照片刻，像是要检视宇市所说的是否属实，然后转身劝藤代："看来这笔交易对我们比较有利，就这么决定吧。"

藤代犹豫地望着宇市，直指问题核心说道："光是我一个人答应，千寿和雏子她们若不同意也没用啊。宇市先生，你有办法让她们俩点头同意吗？"

"再怎么困难，我都会想办法说服她们，这也是我的职责所在。不过，我要请大小姐配合演一场戏才行。等到天气不那么热，找个时间，跟她们说我们要去查看山林，不，您只要跟我一起出门就行，之后我们各走各的，您就跟舞蹈老师去游玩好了。总归一句，按照上次家族会议的决议，我们佯装去查看山林，然后您只要表态同意我的分配方案，接下来就交给我处理。"

说完，宇市准备将桌上的山林示意图收起来。

"大掌柜，您写张字据给我们吧。"

"什么？字据……"宇市反问道。

"是的。我已经替藤代小姐画下山林示意图，希望您以遗嘱执行者的身份写张字据，保证以此方案执行。"

说着，芳三郎随即叫女侍拿纸和砚台过来，宇市有点不情愿地拿起了毛笔。

字 据

本人答应在分配共同遗产时，将"如山林示意图"三重县大杉谷的四十町步及三重县熊野的十五町步山林地分给矢岛藤代小姐。另将登记册多出来的大杉谷十七町步及熊野八町步也分给矢岛藤代小姐。

昭和三十四年七月二十一日

致矢岛藤代小姐

大野宇市

"怎么样？这样您总该放心了吧？"宇市写完字据后，极其客气地问道。

"嗯，这样就可以了。接下来就看大掌柜如何说服藤代小姐的两个妹妹了。"芳三郎替藤代回答道。

这时候，宇市露出严厉的眼神。

"那么，我跟大小姐的交易到此结束，我该告辞了……不好意思，恕我叨扰了。"说完便移膝后退，并起身离去。

等宇市离开之后，藤代不安地看着眼前那张字据。

"这样的字据具有法律效力吗？"藤代担忧地问道。

"这张字据是他亲笔写的保证，又有署名，便等同于具有法律效力的契约书。那个大掌柜虽然很强硬，但是他怕我们查出他在山林搞鬼，所以才写下那样的字据。反正其他山林若有什么问题，也跟我们无关，只要你不吃亏，愿意助我一臂之力，这样就好了。"

"什么？助您一臂之力？"藤代惊讶地抬起头来看着芳三郎。

"坦白说，我们梅村流派会馆，表面上看起来气派豪华，实际上经营得很辛苦，可说到了捉襟见肘的地步。上次举行新舞公演，我包下大阪规模最大的'新大阪会馆'大厅作为表演场地，光是粗估阶段就出现三百万左右的赤字。我打算跟你商量，希望你能帮我解决这个问题。这对于继承一亿三千万遗产的你来说，三百万简直是零头。等遗产继承顺利结束，一切都安定下来，我们再来商量今后的事。"

"商量今后的事……"藤代转身问道。

"不，我不会提出结婚那种粗俗而幼稚的要求。但话说回米，我们至今都是暗地里跟那只老狐狸缠斗，现在终于正面交锋了，我也确实在遗产分配上为你争取到有利的条件，你也该回报一下吧。"

说着，芳三郎移身靠近低头不语的藤代。

"怎么了？怎么突然不说话……"

他伸出女人般白皙的双手，捧起藤代低垂的脸蛋。

"我这番话应该不至于让你吃惊或不高兴吧。记得我们之前在吉野的旅馆过夜时，我就已经说过，你若是只想利用我，把我一脚踢开的话，对我也太不公平了。"

"我怎会这么无情呢……"藤代否认似的猛然摇头。

"但事实摆在眼前，每次谈到遗产继承，你都会找我帮忙，等哪一天遗产到手，就跟门户相当的年轻少东结婚，还不是把我利用完了又一脚踢开吗？"芳三郎看出藤代的心思说道。

"您在说些什么呀，我倒觉得是老师在利用我呢……"

藤代正要说出这句话时，芳三郎突然露出严厉的眼神。

"或许是吧。就像你不想跟我结婚一样，我也不愿意到你们那个奇怪的女系家族里当什么上门女婿，而且我这双手只拿过扇子，也不想整天跟算盘打交道呢。虽说我这个梅村流派的年轻舞蹈师收了老店铺的千金大小姐为徒，但绝不能白白被人利用。你不用说我们不适合结婚，我自然也不去想，只是希望你分完家产之后，能考虑到从我这里榨取的智慧、劳力和时间。换句话说，拿出相应的酬劳，捐给我们梅村流派，如果你没这个意思，那今后有关遗产分配的事情就到今天为止，不要再找我商量。"

说着，芳三郎突然假意推开藤代。藤代蓦然被一种分不出是情欲或继承遗产的贪念所驱使着，又害怕因此失去，莫名的不安涌上心头。

"老师，您不要这样说啦……只要我能力所及，绝对会全力帮忙。"说着，移身靠向芳三郎。

"你这话是出自真心的吗？如果是真的，我们就像过去一样……"

芳三郎温柔地对着藤代灌迷汤，并伸出白皙的手环抱着她的肩膀，慢慢地将她拥进怀里。

真　相

　　奥津温泉位于津山的山谷，或许是地处偏僻的关系，前来泡温泉的客人并不多。公共浴池设在楼下，从水龙头滴流而下的水滴声在静谧的二楼房间清晰可闻，旅馆前溪水潺潺，每当阵阵凉风吹来，窗际的竹帘便轻轻摇晃。宇市刚泡过温泉，将毛巾盖在头上，一边欣赏窗下的溪景，一边喝着君枝为他斟的啤酒。

　　"这里这么凉爽，真令人难以相信啊，大阪这两天还热得像个火炉呢……"

　　说着，宇市深深地吸了几口凉气。君枝敞着浴衣前襟，过了一会儿，却担心地说道："是啊，这里的确凉快，不过我们在这里连待三天没关系吗？"

　　"你担心什么？不放心文乃吗？"宇市好奇地看着溪边一个用脚踩洗衣服的女人，口气悠闲地说道。

　　"不，文乃已经没什么亲人，我倒不担心她那边的情况，跟你在一起十年，从来没这么放松过，倒觉得有点不安呢，你们店里真的没什么问题吗？"君枝忧心地问道。

　　"你这女人怎么这么啰唆啊，老爱胡思乱想！"说着，宇市一口气把啤酒喝掉："我跟大小姐已经谈妥条件，所以前天跟她去看过丹波那边的山林。其实不上山也没关系，但为了取信二小姐夫妇、三小姐和分家的姨母，必须执行家族会议的决议，我只好假装带大小姐上山查核，要不然怎能留在大阪呢？"

"那你最近常去外地，是不是利用这个借口，到其他温泉旅馆找女人寻欢作乐？"君枝嫉妒而狐疑地问道。

"你别乱吃醋好不好！最近我哪有闲工夫去温泉旅馆，我和护林员整天都在那边的山头忙个没完呢。"

"哪边的山头啊？"君枝依旧带着狐疑的表情，帮宇市斟了啤酒。

宇市啜了口啤酒，说道："我去鸳家找太郎吉商量。那天，我坐在横堀川旁的置木场阴凉处，看着大小姐和那个舞蹈老师卿卿我我，便从腰带里取出笔记本，快速画下山林示意图，拿来跟大小姐谈判。我把当天谈判的细节告诉太郎吉，万一哪天他们不相信我画的示意图，真的跑到大杉谷和熊野查看山林怎么办？所以我们才会去那边预作防备，以免露出马脚啊。"

"噢，这么说，你那天和他们谈判的那张山林示意图是胡诌的喽？"君枝惊愕地望着宇市。

"不，也不全然胡扯啦。那时候，我见机不可失，立即拿出笔记本，凭记忆快速画下示意图，难免会有点出入，所以我借助太郎吉的人脉，由他去跟大杉谷和熊野的护林员达成共识，预作准备。"

"结果怎么样？"

"没问题。其实，山上的杉树长了多少年，若不是山林老手是分辨不出来的。护林员只要随便找块地方，跟他们糊弄几句即可交代了事。当然，二十年以下的幼树和超过四十年的成林不容易蒙混，但五年或十年的杉树，外行人根本看不出来。我凭记忆画下的都是有△记号的山林，他们会按照这个指示配合演出。"

"不过，你还写下字据，万一他们发现情况有出入，岂不是不好收拾？"

"噢，你是说那张字据啊……没错，那张字据的确是他们的保命符，其实我是故意写给他们的。如果山林的分配谈不拢，他们拿出字据来要挟，岂不证实他们根本没按照决议去查核山林，却私下跟我交易。其他继承人只要看到那张字据的日期，就知道是怎么回事。那个小白脸自以为聪明要我立下字据，刚好中了我的计谋，人家说姜还是老的辣，他要算计我还早得很哩。"宇市喝得嘴角全是泡沫，冷笑地说。

"这样一来，你说的各个击破策略，已经在最难缠的大小姐身上奏效，剩下的两个小丫头就不难对付了吧？"君枝附和地说道。

"接下来就看我的本领了。二小姐身边有个高商毕业的入赘女婿出主意，而三小姐则有个暗中操盘的分家夫人，恐怕没那么好应付，连我都不知道该如何出招，不过无论如何还是要跟她们周旋。"宇市又喝光了一杯啤酒，接着询问文乃的后续情况，"算了，不提这个了。上次，我去文乃家，看到她大口喘气，面容十分憔悴，后来情况怎么样了？"

"啊，那是天神祭的时候吧？那天突然变热，她有点中暑，到了八月中旬以后，情况就好转了。虽说她还是有点不舒服，不过精神还不错。那天，我跟她说，第四次家族会议又没结论，说不定矢岛家只分给她目前所住的房子，她只应了一声'是吗'，脸上没有任何表情。原本我以为她只是逞强，后来经过观察，发现她总是态度自若，表现得十分冷静，我实在摸不清楚她真正的性格呢。"君枝不无佩服地说道。

"预产期有没有改变？"宇市追问道。

"医生说，夏天时她瘦了很多，不过胎儿发育正常。"

"这么说，文乃若如期生产，决定矢岛家最终遗产继承的家族会议又要在九月二十日召开，我只要摆平那两个傻小姐，长年期盼的机会就要到来了。"

宇市自言自语似的说着，并带着严厉的眼神望着河谷旁的群山。

"怎么了？你怎么突然板着脸孔不说话……"

经君枝这么一说，宇市才醒悟过来似的答道："没什么，我只是在想，大小姐现在大概正在福井的芦原温泉跟心上人办好事呢……"

君枝听到宇市这么说，那双三白眼又露出了锐光。

"噢，他们在那边办好事啊……那我们好不容易从大阪赶来冈山的奥津温泉逍遥，不如再一起泡个温泉，办完好事之后再回去吧。"

君枝出言色诱着，满是酒气涨红着脸的宇市却摇头说："不行，我喝太多了，不去泡澡了，你自己去吧。不过，待会儿还要赶下午三点的巴士，不要耽搁了。"

说着，君枝只好无趣地拿起架上的毛巾，趿着拖鞋啪哒啪哒地走到楼下的浴池。宇市见君枝远去后，立刻从橱架上拿下手提包，取出那份写在便条纸上的山林分配表。在分给藤代的山林底下都画着红线，还标有"完"字的记号，而在分给千寿和雏子的部分，则是密密麻麻地写上交易内容和方式。接着，他又把上述部分抄在另一张便条纸上。他想到，下午三点从奥津出发，晚上七点四十五分抵达大阪车站，马上跟君枝分手，然后赶到北陆线的月台，"巧遇"晚到十五分钟、从福井抵达的藤代和芳三郎，进行最后交涉，不由得涌上得意的笑容。

过了米原，一个多小时以后就能抵达大阪车站了。藤代从芦原温泉搭了三个多小时的车子和火车，疲累得躺靠在座位上，她抬眼看向暮色深沉的窗外，不时朝芳三郎瞥上一眼，芳三郎疲倦地闭上那双睫毛浓密的眼睛，倚着她酣睡着。他的领带已解下，女人般的脖颈从敞开的衬衫领口露出，风从窗外吹进来，闻得到他身上的香味。

在这股香味中，藤代想起了昨晚熄灯后两人在房里缠绵悱恻的情景。她洗好澡，马上被芳三郎温柔地拥入怀里、脱去身上的衣物。他恣意放纵地挑逗着她，她感到羞赧越是挣扎，芳三郎湿滑的身体越是把她搂得更紧，将她拉进了情欲的深渊。当她想到这次交欢的代价竟然是分得遗产中的部分金钱时，不由得感到屈辱与悔恨，只好自我嘲讽地对着窗外投以一丝干笑。

"怎么了？怎么突然笑了起来……"芳三郎不知几时已经醒来，出声问道。

藤代立即收住笑容，有点担心地说道："不，没什么……今天上山的戏码已经演完了，接下来就看宇市如何摆平我那两个妹妹，他真有办法说服她们吗？"

"你别担心嘛！我们手上握有大掌柜写的字据，他会努力摆平的。"说着，芳三郎从浅褐色鲨鱼皮西装的口袋里掏出香烟。

"不过，我还是想不通，你们家大掌柜捞那么多钱到底想干什么？听你说，他没老婆又没子女，是个老光棍。一般来说，男人想要钱，大体上是为了开创事业，要不就是为了女人，他不可能活到这把岁数还想做什么新事业吧……照这样看来，肯定是为了女人，说不定这三天他都带着女人在外头风流呢。"

"他年纪那么大，可能吗……"说着，藤代朝周遭打量了一下。

在头等车厢里，旅客寥寥无几，藤代和芳三郎的前后座都空着，通道另一侧坐着一名中年绅士，报纸虽然摊着，眼睛却闭上了。

"这种事跟是不是年过七十没有关系，并不是以年龄来决定的。你看梅村流派的创始人就知道，他过了七十岁以后，除了我母亲之外，在外面还养了两个年轻女人，可说是财色两把抓呢……"

藤代没等芳三郎说完，立即迫不及待地反问："那老师您又为什么需要那么多钱呢？"

芳三郎的表情顿时显得有些犹豫，过了一会儿，若无其事地说道："噢，你是说我吗？我想逐渐扩大梅村流派的势力，打响梅村芳三郎的名气，所以需要一大笔钱。在日本舞蹈界，就算你有卓越的才能，没有资金举办盛大的发布会，还是成不了气候。"接着，他挪身凑向藤代，"藤代小姐，那你为什么需要我的帮助呢？难道不也是为了争取更多钱吗？"

藤代霎时不知如何回答，茫然地将视线望向夜色漆黑的窗外。

"我……我也不清楚。从小，我就是在女人掌权的环境中长大，我看着她们如何支配男人，不知不觉中，便视为理所当然了，或许是这个因素，才让我想拥有更多财产。"

"这么说，你对我的经济援助也是一种支配喽？"

"嗯，我说不上来……"

他们的对话突然中断了，但可以感受得到藤代和芳三郎之间横亘着一道谈不上男女情爱又仿佛有金钱纠葛的复杂藩篱。

不知几时，列车已经过了京都，正穿越桂川，驶向大阪近郊，大阪市街耀眼夺目的广告招牌灯逐渐映入眼帘。芳三郎从行李架上拿下自己和藤代的旅行袋。

"待会儿，你从前门下车，我从后面的车厢下车，我不想跟大掌柜碰面，要是他再说些不三不四的话，我们好不容易去度假的好心情岂不给他破坏了……"说着，芳三郎赶紧整理自己的行李，等列车进站停靠下来，便迅速从后门下车。

藤代提着自己的米色旅行袋，从前门下车，眼尖的宇市旋即发现她的身影，赶紧跑了过来。

"您回来了啊，路上辛苦了。"

宇市一边接过藤代手上的旅行袋，一边打量着周遭的动静。

"老师没跟您一起回来吗？"

"他说舞蹈会那边还有事情，在京都就下车了。"

"他该不会是不想跟我碰面，才借故在京都下车的吧？自从上次见过一面，我好久没问候他了，这次专程来月台恭迎大驾，却没见到人，真是遗憾啊……"宇市不无挖苦地说道。

"是啊，我也没能看到宇市先生的女人长什么样子，觉得很遗憾呢……"

面对藤代突如其来的攻击，宇市顿时慌了手脚。

"大小姐，您在说什么呀，我听不懂您的意思。"

"老师说你跟一个女人同居。"

说着，藤代突然在人潮拥挤的月台上停下脚步，直盯着宇市。

"您真爱开玩笑，我年纪这么大，怎么可能……"宇市大笑起来，敷衍以对，"大小姐，我们现在就回去吧。不过，待会儿回到店里，该怎么应对才好呢？这次跟上次不同，今天是查核山林的最后一天，我们得向二小姐她们报告查核情况，说不定她们也想问些什么呢，我们得统一口径才行。"

宇市谈到这些事情，藤代一脸厌烦地皱着眉头。

"你跟她们说我累了，直接回房间休息了。接下来由你跟她们说明，只要照我们先前谈定的结论说就行了。"

说着，藤代朝东口的方向走去。

车子停在商店门口，虽说大门已经关上，但店员立刻从便门跑出来迎接。

"您回来了啊，真快呀。"

宇市双手抱着藤代和自己的手提袋，装出两人刚下山的模样。

"是啊，我们回来了……大家辛苦了。"

宇市故作亲切地招呼着，只见藤代故意摆出因疲惫而不悦的脸孔正要走进便门，千寿和良吉已经站在那里相迎。

"大姐，您回来了啊，路上辛苦了。"

藤代蓦然不知如何回应，只是故作疲倦地对他们点头示意，二话不说，便穿过走廊走进自己房间。

"宇市先生，发生什么事了？"千寿这样问道。

宇市煞有介事地歪着头说："这几天，我们都在山上查核山林，今天又是最后期限，所以赶得特别劳累，再加上她为了山林分配烦心不已，有些地方又跟我的意见有出入……"

"什么？她为山林分配的事烦心？又跟你意见不同……"

千寿和良吉不由得面面相觑。

"不，我这样说有点不恰当，应该这样说吧，我跟大小姐一边查核山林，一边商量山林分配的具体方案，她好像有点不高兴，因为……"

宇市说到这里，故意欲语还休。

"现在已经很晚了，明天我再详细向您报告好了。"

说着，宇市正要退下，站在千寿后面的良吉赶忙出声说道："没关系啦，今天晚上就谈谈大姐不高兴的原因吧。"

"是啊，雏子中午出去以后，到现在还没回来。雏子那边由我来转告好了，还是请你说说大致情况。"千寿也按捺不住地说道。

宇市稍作沉吟之后，说道："好吧，虽说时间已经很晚，我就大概说一下吧……"说完便跟着千寿和良吉来到客厅。

面向院子的窗帘已拉开，阵阵凉风从庭院里濡湿的花木丛中吹了进来，放眼望去，树丛间的石灯笼闪着微光。在盛夏的大阪市区，矢岛家却有着难得的幽静。

千寿和良吉走进客厅，马上和宇市隔着日式矮桌坐了下来，保姆送上凉麦茶。

"我大姐为什么不高兴？"千寿率先问道。

宇市故作迟疑地沉默了一下，然后缓慢地打开手提包，拿出他在奥津温泉誊写的山林分配表。

"大小姐之所以不高兴，是因为这个。"

"那是什么？"千寿惊讶地问道。

"这是山林分配的初步方案。"说着，宇市将这份方案推到千寿和良吉面前。

矢岛藤代：

大杉谷四十町步四百万、鹫家山顶十町步七百万、熊野十五町步九百万，共计两千万日元。

矢岛千寿：

大杉谷四十町步四百万、吉野五町步和丹波十町步九百万、熊野十町步六百万，共计一千九百万日元。

矢岛雏子：

大杉谷四十町步四百万、鹭家坡面十町步七百万、熊野十五町步九百万，共计两千万日元。

千寿和良吉对看了一眼，然后仔细地看着这份分配表。千寿抬起头来，并没问及分配表为什么惹藤代不高兴，反而迫不及待地问道："这分配表是谁做的？"

"我做的。"

"宇市先生……那我大姐之前说山林方面有诸多疑点，甚至质疑你从中作假，这次都没有任何发现吗？"千寿纳闷地问道。

"是的，大小姐质疑我做的山林清册，认为我把每町步的山林价格估得太低，因而联想到有些山林可能只剩下地皮啦、杉木已经砍光啦，或是砍伐权早已偷偷转手他人啦，甚至往更坏的方向猜想，怀疑我虚报山林面积等等。这次，大小姐亲自上山勘查，询问过护林员之后，终于证实我之所以估得较低，是根据山林的地势和树龄差异所做的平均值，所以我估的价格还算准确。至于砍伐权和山林面积等问题，她直接向护林员逐项查证，终于同意我的说法，和我共同拟定这份三位小姐都能接受的初步方案。"宇市冷静地说明，然后又理所当然地说，"如果不这么做的话，三位小姐哪天说要确定山林的分配，没有目标，更不可能有结论，所以我就先提了这个初步方案。"

千寿拢了拢刚刚洗过的头发，再次低头看着山林分配表。

“为什么不把鹫家那片山林分给我呢？”

千寿对于藤代和雏子分别得到十町步的鹫家山林，唯独自己没有感到疑惑。

“不过，我将条件更好的吉野山林五町步分给了二小姐您呀。我知道小姐们都不想分到地处偏僻、产量不佳和运输条件恶劣的大杉谷山林，所以我将那里的一百二十町步平分成三等份，而小姐们都希望分到奈良县吉野和鹫家的山林，我也做了适度调整。大小姐原先怀疑鹫家那片山林有问题，后来知道是一场误会，我只好将那片山林分给她。尽管如此，我仍没忘记二小姐夫妇的权益，所以把盛产著名吉野杉、树龄超过四十年的成材林分给了二位。”宇市煞有介事地说道。

“真的吗？你把吉野的五町步和丹波的十町步塞给我，该不会是有什么问题吧……”

听到千寿这样质疑，宇市愣了一下，接着解释道：“当然没问题。如果丹波那十町步山林有问题，大小姐怎么会不高兴呢？大小姐认为我提出的方案对她不利，才气成那个样子。”

“咦？这个方案对大姐不利……她真的这样说吗？比起大姐和雏子，我还少分一百万呢，别说不高兴了，我看她恐怕高兴都来不及呢。”千寿气愤地说道。

“问题是，大小姐不这么认为。在她看来，分到的山林额度与三小姐一样，而且比继承既定遗产的二小姐只多出一百万日元，这方案简直不合理！”

“那她想怎么分配？”

“她希望从预定给您的那五町步吉野山林再拨一半给她。”

“哼，她已经分到鹫家的十町步山林，居然还想……我虽然分到吉野的五町步，但相对的代价是接手丹波的十町步山林。这样一来，我的山林便无法集中管理，东一块西一块，还得多付护林员薪水，我的损失可大了。而且一开始就让我少分一百万，说什么我都不答应！"千寿用罕见的激烈语气说道。

"可是，任何人看来，都认为您继承既定遗产最有利，因为您有商店经营权，而且在山林分配上只少拿了一百万，根本不算什么。要不然，遗产继承问题再这样拖下去，终究不是办法。所以您把这一百万，当作是用来说服大小姐和三小姐的费用，算是便宜的了。"宇市催促千寿尽快解决这个问题。

"宇市先生，你说损失一百万不算什么，但不要说少拿一百万，比她们少拿十万，不，即使一万，哪怕是一千，我都不答应。为什么偏叫我一个人吃亏！"

平时温和贤淑的千寿，谈到遗产分配时简直变了个人，变得精打细算又执拗不休。这使得宇市首度见识到千寿也跟藤代具有同样的性格，起先有点畏缩，但仍不忘攻其要害。

"刚才您一直说吃很大的亏，可是只要您继承商店的经营权，从每个月的净利中拿出一百万，还是轻而易举吧？"

"你到底是什么意思？"良吉没等千寿答话便插嘴道。

宇市转身看着良吉，直指他的弱点说道："老爷的遗嘱上清楚写着，二位继承商店经营权的同时，必须将商店每个月净利的百分之五十拿出来平分给三个姐妹。您在家族会议上说，矢岛商店的净利是三分，实际上是五分。虽说我早就知道其中的奥妙，可是并没有点破。今天，大小姐在山上问我商店每个月有多少净利，我也只是随意应付，并没有对她明讲那二分净利跑去哪里了呢。"

良吉心虚地别过脸去。

"我扣下二分净利，是考虑到商品的短少。"

　　"商品短少？这是什么意思？"

　　宇市故作夸张地表示不解，良吉沉默片刻后，仿佛下定决心似的转身对着宇市说："所谓的短少，就是利润微薄的商品莫名其妙不见了。"

　　良吉这句话在暗示宇市每个月在盘点时做了手脚。

　　"噢，比方说，哪些东西呢？"宇市平静地探身向前问道。

　　良吉咽了咽口水，脸色铁青，但仍鼓起勇气一口气说道："比方说，月底盘点库存时，宅库里的商品和账面上的数字完全吻合，但是实际商品却不知流向哪里，眼看着慢慢短少。换句话说，商品就这样不翼而飞。我为了补足这部分的短少，只好在家族会议上把五分净利说成三分。"

　　这时候，宇市的眼神像山猫眼般锐利。

　　"我不知道您现在是拿哪家商店做比喻，目前矢岛家的库存盘点都是由我负责，您这暗箭伤人的话，我可不能置之不理，莫非您认为我手脚不干净？若是这样的话，您倒不必拐弯抹角，请直接拿出证据！"宇市深知良吉手上没有具体证据，因而故意先声夺人。

　　"不，我并不是暗指宇市先生你，只是以商品短少打个比喻而已……"

　　"是吗？那就好，我还以为您要拿出什么有力的证据，用来当作遗产继承的交换条件呢。"宇市更语带威吓地说道。

　　"不，我从来不敢有这个念头……只是说明为什么将五分净利说成三分，而且我是出于做生意的慎重才举这个例子，并没有其他恶意……"

　　良吉根本比不上梅村芳三郎的刁钻狡诈，宇市的阴险更使得他讲不出话来。

"是吗？您真是细心啊，不愧是矢岛商店继承人的配偶，做生意本来就应该慎重，我百分之百赞成您的意见。"说着，宇市把那杯半剩的麦茶一饮而尽，"我正是慎重地听取二小姐对山林分配方案的看法。"然后又巧妙地将话题拉回了正题。

千寿和良吉面色沉重地看着那份山林分配表，沉默了片刻，千寿终于开口："在谈我的看法之前，请你告诉我，大姐到底有什么想法。"

"这个……叫我怎么说呢。大小姐的心情大概很复杂吧？"宇市故作难以启齿的模样，接着才回答，"前些时候，她直说我做的山林清册有问题，在家族会议上闹得不可开交，最后证明只是空穴来风，背上污名的我并没有计较，可是她始终不甘示弱，只是装着心情不好。总之，如果二小姐同意这个分配方案，我会负责说服大小姐……"

其实，宇市早已跟藤代取得默契，千寿似乎被这番话打动，略带踌躇地问道："你真的愿意说服我大姐吗？"

宇市眼见千寿中计，脸上的表情立即缓和下来，接着说道："您这样说，我就好办事了。目前我制作的只是初步方案，接下来会征询每个继承人的意见，然后再召开第五次家族会议，否则这样僵持下去，遗产继承问题永远也没结论，弄不好还得像俗话说的'遗产分三年'呢。总之，到了这个地步，就交给我处理好了。"

宇市像察觉时间已经很晚似的抬头看着壁龛上的挂钟。

"哎呀，今天晚上我原本只打算做个简单报告，想不到谈着谈着竟然耽误二位这么多时间，真是失礼了。"

事实上，宇市本来就是如此盘算，佯装耽误甚久似的退出了客厅。

金正六郎和雏子步下汽艇，从中之岛的绿地沿着河畔朝淀屋桥的方向走去。中午时分被艳阳烤热的步道，在夜风的吹拂下变得凉爽了许多，红蓝交织的船尾灯映照着堂岛川，夜风掀动着清凉的水波。

雏子拢了拢刚才在汽艇上被水花溅湿的前发，说道："好好玩哦！六郎，你的运动神经真发达，既会开车又会开汽艇，像你这样无所不能的人，一旦变成富翁，生活肯定多姿多彩。从这一点来看，姐姐们就可怜多了，根本不知道这种乐趣……"

雏子沉浸在将来与金正六郎结婚后，用那笔遗产每天过着快乐生活的情景。

"你真的觉得那么好玩吗？"六郎苦笑地问道。

"上次跟你提过，我大姐跟大掌柜上山查核山林，今天是最后一天，晚上要坐火车回来，明天起得听她说明调查结果，说不定又要扯出什么麻烦事呢。今天晚上玩得这么尽兴，真要感谢你呢。"

身穿马球衫的六郎晃着阔肩走着，他丝毫没有挖苦的意味，而是直率地同情雏子的处境说："每次跟你约会，谈的都是遗产继承啦，查核山林啦等等，全是些跟你年纪不符的老成话题，我觉得你真可怜。"

"不过，这些烦人的事情快结束了。九月二十日我们家将召开第五次会议，这是最后一次，到时候就要做出我们的遗产分配。"

"可是，上次你就说是最后一次，结果呢，还是拖到现在，说不定这次又要拖下去呢。"

六郎认为这次的家族会议可能会延宕下去，雏子听了很生气，旋即板起脸孔。

"才不会呢，这次真的是最后一次，因为所有参加第一次家族会议的亲戚都要出席，这次我大姐没有理由再让它流会。"

雏子严肃地说着，脸庞黝黑的六郎露出洁白的牙齿，说道："真希望情况如此啊，这样你才能从复杂的家族会议中解放。"

"解放……"雏子不由得重复这句话。

六郎这句话并不是期盼雏子分到多一点财产，而是希望她从遗产继承的纷争中解放，这令她感觉意味深长又有些意外。

"六郎，你真是个好人。"雏子撒娇似的说道。

"是吗……"六郎有点难为情，在淀屋桥的角落停下脚步，出言邀约道："怎么样，要不要在这附近喝杯茶再回去？"

六郎抬眼看表，已经晚上九点多了。

"不，太晚了，从这里走回家也得十七八分钟，而且十点过后才回家，姐姐她们又要啰唆……"

说着，雏子从御堂筋街朝本町的方向走去。她和六郎并肩走在熄灯后的高楼丛林里，离家越近，越觉得内心像被黑布遮住般沉重，因为只要踏进那个家，立刻被那种脱离现代社会的怪异气氛笼罩，再度与自己的亲姐妹、姨母及二姐夫他们卷入争钱夺利的漩涡中。雏子在与金正六郎相遇之前，始终处于那样的环境，但自从认识六郎以后，这种感觉让她觉得格外沉重。

"怎么了，怎么突然不说话……"六郎凑近雏子的脸问道。

刚才，六郎在汽艇中吻过她，她闻到六郎的体味时，不由得感到一阵陶醉般的冲击。

"不，没什么。只是一想到要回家，我就觉得心情沉重。不过，要离开那个家庭，我已有心理准备。"

雏子像是说给自己听，又像是说给六郎听，语毕，像个赶不上门禁时间的女学生般疾步走去。

他们从本町四丁目往东拐去，走到南本町二丁目的角落，在大楼夹缝中的矢岛商店早已关上大门，只见屋檐下亮着微暗的门灯。

"那我不送你进去了，晚安……"来到雏子家门前不远处，六郎闷声闷气地说道。

"谢谢，晚安……"

说着，当他们握了握手要道别之际，矢岛商店的便门蓦然打开，一道刺眼的灯光从里面射了出来，雏子见状，迅即拉住六郎的手，飞快地躲在一旁的电线杆后面。

"大掌柜，辛苦您了。晚安……"传来保姆阿清的声音。

"谢谢，你也辛苦了。"宇市这样回应着。

宇市像往常一样，一身和服，趿着利休木屐，提着手提包，慌忙地从雏子和六郎面前走了过去。

"他就是我们家的大掌柜，也是这次遗产分配的执行者。"雏子望着宇市的背影以眼神示意，悄声说道。六郎看到宇市在大热天居然穿着和服，手上还拎着像收款员专用的旧提包疾步而去的身影时，眼神不由得充满了好奇。

"大掌柜……遗产分配的执行者……哈哈哈……"六郎突然笑了起来。

"讨厌，有什么好奇怪的，你怎么笑成那样……"雏子惊讶地问道。

"你不觉得很好笑吗？大掌柜……遗产分配执行者……这是什么时代了，想到像你这种年轻人还在使用这种老掉牙的说法，我当然觉得奇怪……总之，真的很奇怪。"说着，六郎又笑了起来。

姨母芳子关掉电风扇，拿着团扇直往自己的领口扇风，认真地听着雏子的叙述，雏子说完，姨母立刻说道："这么说，你打算跟金正家的少爷结婚喽？"

"是啊，他有大户人家少爷的风度，懂得经营管理，又不会乱花钱，身体健康又喜欢运动，是我理想的对象，今天还是他打电话来邀我的呢。"雏子总结似的说出自己的感受。

"真是太好了，我也觉得他人品不错，那我得赶快帮你安排了。"说到这里，姨母顿了一下又说，"对了，雏子，你到我家当养女的事，考虑得怎么样？"

芳子直截了当地提出要收雏子为养女的意愿。

"嗯，这件事啊，等这次遗产分配完毕后，我会按照姨母的想法好好考虑。至于我和六郎的婚事，还是得等遗产问题解决之后才能……"

雏子故意含糊以对，姨母芳子突然停下手中的扇子。

"雏子，说句老实话，为了你继承遗产的事，我可费了不少苦心，你不要分到遗产之后就说些无情的话呢。今天早上，宇市先生打电话给我，说你分到的山林如何如何，为了你的事情，我恨不得立刻跑一趟呢，你可别一副事不关己哦。"姨母试探地说道。

"讨厌，姨母怎么突然那么凶啊……"雏子故作轻松地说道。

"宇市先生怎么还不来呀，到底怎么了……我去看看。"

姨母正要起身。

"我是宇市，我来晚了……"宇市仿佛正在等待出场时机似的，站在门帘外说道。

这时，雏子像是得救似的松了一口气，只见姨母芳子语气微愠地说："进来吧。"

胸前挂着一片围布①的宇市掀开门帘，走进客厅以后，端跪在姨母芳子面前。

"今天早上突然打电话叨扰您，实在不好意思。事情是这样的，因为三小姐还年轻，又没结婚，就算我跟她说明山林的事情，她也很难理解，夫人您就像三小姐的母亲一样，所以我特地来向您报告。"

宇市说得客气，尤其"您就像三小姐的母亲一样"这句话，让芳子听得非常高兴，不由得露出笑容。

"你说得对呀，我本来就像雏子的母亲一样照顾她，幸亏你打电话来。对了，山林查核得怎么样了？"

"托夫人的福，我昨天跟大小姐总算查核过所有山林，她也同意我做的山林清册。"

"噢，这么说，她所指控的事情都没发生喽？"

芳子露出失望的表情。雏子那双细眼为之一亮，赶紧追问道："宇市先生，大杉谷的情况怎样？听说那里都是丛林，杉林里全是水蛭，而且绝壁上挂着绳梯，很难攀爬又很危险，我大姐也跟上去了吗？"

"这次大小姐虽然与我同行，不过没有到深山老林里勘查，只到了半山腰，听护林员做各种说明，查证山林的界标，还拿着山林地图查核地号，最后总算同意我做的山林清册，所以我赶快又做了一份三姐妹都能接受的分配方案。"

说着，宇市将昨晚拿给千寿过目的山林分配表递到姨母和雏子面前。

---

① 表示在商家工作的身份。

姨母芳子眼睛连眨都没眨一下，直盯着上面的数字，雏子也看得十分入迷。

"宇市先生，这是谁出的主意啊？"姨母芳子不无挖苦地问道。

"这不是谁的指使，而是我认为这么分配她们三人都能接受，所以才拟出这份方案。"

"噢，是宇市先生你啊……那我倒要请教你是根据什么制定这方案的？"

姨母不以为然地追问着，雏子讶异地看着姨母说道："可是我跟大姐分的一样多，而且比二姐多出一百万日元，对我来说还不错啊，您为什么要……"

芳子没等雏子说完，便摇头说道："雏子，你果真涉世未深啊，这样你就满足了吗？你继承的股票和古董文物，跟藤代的不动产、千寿的商店经营权相比，简直不值得一提。再说那幅雪村的山水画又下落不明，你将来结婚得花上一笔钱，都得仔细算过才行，没精算过这些利害得失，就不要随口答应啦！"

雏子见姨母说得语气激昂，不由得感到惊讶，赶紧附和姨母的意见，修正刚才的说法。

"宇市先生，你让我再考虑一下吧。"

"这样啊，可是大小姐和二小姐昨晚已经同意这个方案了……"宇市说得客气委婉。

芳子的表情为之一变，不无怀疑地问道："噢，姑且不提千寿的想法，像藤代那样凡事都想占便宜的人，居然同意了？"

"是啊，经过一番查证之后，我制作的山林清册的确没问题，大小姐大概是自知理亏吧，虽然不太情愿，不过最后还是同意了这个方案。大小姐既然点头同意，二小姐自然也不好多说什么，所以只要三小姐首肯的话，遗产问题就更容易解决了。"

准备与金正六郎结婚的雏子，原本就盼望遗产问题尽快解决，因而露出心急的神情，姨母芳子连忙反驳道："是啊，大家都希望这些棘手的问题尽快解决，不过这方案终究要分得合理才行。我不知道藤代和千寿的想法，她们大概是觉得合理才接受的吧，但是对雏子来说，这个方案有点不划算。"

沉闷的气氛笼罩着整个客厅，午后的闷热更让人坐立难安。宇市突然拿起扇子用力扇着，像咳痰似的大大咳了一下。

"那么，分家夫人认为怎样才划算呢？"宇市没理会雏子，而是转身问姨母芳子。

芳子像是盘算什么似的，慎重地对宇市说："有关既定财产继承部分，都要依遗嘱的指示办理，就算有意见也得接受。不过，得先将那幅相当于时价三百万的雪村山水画补给雏子才行！"芳子宛如自己是继承人似的大声说道。

宇市没有马上回答，思索片刻之后，好像想什么似的说："对了，北河内的八尾有五反农地，预计平分给她们三姐妹，在分配时，我打算将一般农地分给大小姐和二小姐，不过那里有一反半的农地可变更为建筑用地，以坪数来说，大约有四百五十坪左右，只要向农地委员会和地政科办理变更手续，就可以用建筑用地的名目卖出。一般农地，每坪只能卖三千日元，但变更为建筑用地之后，每坪价值一万日元，每坪差价七千，四百五十坪就相差三百五十万。我就不把这个秘密告诉她们俩，您觉得怎样？"

听完宇市的叙述，雏子眼睛为之一亮，姨母芳子却不为所动。

"接下来，还得解决结婚费用的问题呢。在这之前，藤代和千寿因为结婚都花了不少钱，她们必须从继承的遗产中扣除这笔费用，要不就拿出一千万给雏子当结婚费用。"

"咦？一千万……"宇市不由得大声反问道。

"是啊，藤代七年前出嫁时带走五百万现金，加上昂贵的衣裳、茶具及其他嫁妆，加起来也有五百万，现在折算成一千万，已经算便宜了呢。"

就在芳子高声回答的同时，走廊传来脚步声，保姆阿政站在门外说："三小姐，金正家的少爷来电找您。"

雏子听到金正家少爷来电，顾不得眼下正在商谈自己的遗产继承大事，连忙说："姨母，你们慢慢谈，我去接个电话……"

"雏子，你……"

姨母芳子正要制止，雏子又说："姨母，接下来就拜托您了！"旋即转身走出了客厅。

宇市顿时愣了一下，但等到只剩他和芳子两人时，他突然移膝向前，压低声音说道："夫人，您刚才提出的那一千万，将来做什么用途？"

"做什么用途？当然是用来支付雏子和金正家少爷结婚的费用。"

"您说得有道理，但话说回来，三小姐结婚的同时，如果又过继到夫人家当养女，三小姐继承的遗产和结婚费用，可都顺顺当当地流进夫人家的金库里呢。恕我说句冒犯的话，这对生意惨淡、需钱应急的夫人家来说，可说是天降甘霖啊！"

"你在胡说什么？真是乱讲话，竟然说我们家生意惨淡……还说我收雏子当养女是为了觊觎她的遗产。"姨母说得气极败坏，接着又突然惊悟，脸色苍白地说，"宇市先生，你刚才是不是站在门帘外偷听我和雏子的谈话？"

"是的，刚才站在门帘外我全听到了。所以趁三小姐和金正家少爷讲电话的空档，我们还是赶快谈妥交易吧。"然后，宇市又再度移膝向前继续说，"遗产继承法有明文规定，在遗产分配前花掉结婚费用的人，必须将这笔费用算在共同继承的财产中，再来决定遗产继承的比例。姑且不论大小姐和二小姐的情况是否行得通，您不要逼她们拿出一千万了，应该赶快同意这份山林分配方案才是。我好不容易已经取得大小姐和二小姐的同意，事情进展到现在，若在这里受阻，一切都要从头再来。这样一来，恕我说句不客气的话，夫人您正需要资金周转，若失去这个大好机会，恐怕要后悔莫及。总归一句，在分配北河内那块农地时，我会把雪村山水画的差额及三小姐的结婚费用，用刚才提的方式补偿，请您尽快决定吧。"

宇市滔滔不绝地说道，等着芳子答复，不过芳子仍然装聋作哑地没有回应。宇市担心雏子若讲完电话就会回来，说道："夫人，您认为我的提议怎么样？总之，我保证不会把夫人家需钱应急才收三小姐做养女的事情说出去，我们就这样谈定吧。"

芳子显得很焦虑，正为这个决定矛盾不已。宇市干脆直截了当地说："事情总要有个结论，现在正是关键时刻啊，不宜再拖了……"

这时候，走廊传来脚步声，门帘掀开了。

"怎么了，你们怎么都不说话……"

雏子对客厅里的沉闷气氛感到惊讶。

"我们现在正谈到最关键的部分呢……"说着，姨母芳子转身对着宇市投以严厉的眼神。

"雏子，我仔细看了这份山林分配表，好像对你蛮有利的，所以又跟宇市先生做了多方协商，既然藤代和千寿已经同意，那就不好再更改了。不过，宇市先生答应只把北河内那块可变更为建筑用地的农地分给你，至于你的结婚费用，就从藤代和千寿她们继承的财产中扣除，这样你们在遗产分配上就算扯平了。你就答应这个方案吧。你两个姐姐都答应了，给她们点面子吧……"

芳子并没有说是接受宇市的提议，而是说为了给藤代和千寿面子。

"我才不管是不是给姐姐们面子呢，只要姨母和宇市先生认为这个方案可行，我没有意见。刚才我跟六郎说，真希望遗产继承的事情赶紧解决，也好进行我们的婚事。"

说着，雏子并不忌讳姨母和宇市就在面前，仿佛在享受和六郎谈话之后的余韵似的，一边哼唱着，随意地躺坐在走廊的藤椅上。

宇市蹑手蹑脚地穿过微暗的庭院，悄声打开自己的房门。白天的艳阳将房间晒得像蒸笼似的，宇市将背对着正房的玻璃拉门稍微拉开，其他窗户全部关紧，打开电风扇，脱下衣服，身上只剩一条短衬裤。

他坐在点着四十瓦微暗灯泡的壁橱前，生怕外面有人看到他的动作似的，再次打量周遭，这才从冬被堆中把棉被一条条地拉出来，从最底下抽出一个老旧的柳条包。柳条包上贴着写有"明治三十四年三月十八日大野宇市"的字样，那是宇市当初到矢岛商店当学徒的日期。

宇市用手帕擦着泉涌般的汗水，关掉房间里的电灯，只点了睡前的枕头灯，从柳条包里拿出一只脏污的木盒。他露出贪婪的目光，得意扬扬地打开木盒，取出一叠邮局存折和银行存折，逐册点数里面的金额。

那几本邮局存折充分反映出七十二岁大掌柜的清贫，他从每个月的月薪六万三千日元中，扣掉生活费一万三千和零用钱一万，将剩下的四万日元按月不缺地存了下来。他有许多银行存款，都是用别人的名义存的，因为金额超过三十万就要扣税，所以每本存折的金额都控制在二十九万五千。他总共有十八本存折，总金额五百三十一万日元。这些钱还包括了宇市每个月月底盘点时弄来的钱，以及从印染厂和纺织厂拿到的回扣。他从来不用来吃喝，也不花在女人身上，除了每个月固定给君枝三万五千日元以外，其余的统统存下来。他目不转睛地数着那些金额，任由额上豆大的汗珠滴落，接着从毛质腰带里取出一本老旧的笔记本，翻到写有山林资料的那一页。

㊣四十町步	有△	（二〇〇万）
㊉五町步	只有△	（三〇〇万）
㊁一百二十町步	有△	（二六〇万）
㊅十町步	有△	（二三〇万）
㊥二十町步	没有△	（九〇〇万）

宇市的眼里露出异样的光芒，毫不遗漏地盯着每一笔数字与金额，那布满皱纹的嘴角蓦然泛起一丝冷笑，那笑声仿佛从假牙缝中漏出来似的。

町步数上注记的分别是熊野、吉野、大杉谷、丹波和鹫家等地的简称，"有△"是指有地皮和砍伐权；"没有△"代表只有地皮而没有砍伐权；"只有△"是指没有地皮只有砍伐权。最下面括号内的金额，则是宇市当上大掌柜以来，盗伐杉林或借疏伐名义偷砍杉木而中饱私囊的黑心钱。

宇市为了掩饰盗卖杉林的行为，利用矢岛三姐妹争夺家产之际，趁这一个月的空档，伙同护林员太郎吉走遍大杉谷、熊野、吉野和丹波等地的山林，合力拟出所谓的山林分配表，然后逐一说服矢岛三姐妹，以其有利的条件诱使她们同意。

原本只要将山林的分配交由护林员太郎吉处理，应该能够蒙混过关，但是在召开第四次家族会议时，藤代突然对山林清册的正确性有所质疑，险些让宇市的阴谋泄底。在这关键时刻，宇市察觉梅村芳三郎的存在，进而决定采取各个击破的战略，让三姐妹产生自己占了便宜的错觉。这一招果然奏效，宇市可以说是运气奇佳，虽说藤代、千寿及雏子都有幕后军师撑腰，不过，他就是看准她们贪得无厌和争权夺利的心理趁虚而入，在紧要关头反败为胜。接下来要处理的，是雏子刚才答应接受的鹫家那十町步山林。因为当初他投机买进纺织业股的股票，拿山上的砍伐权充当抵押，现在只要把五百万日元的借款还清，即可解除银行抵押，到时候再把有砍伐权的山林交给雏子，他还可以净赚一千三百九十万日元。

宇市擦掉滴落在存折上的汗水。在他看来，从山林财产私吞的一千三百九十万，加上银行存款五百三十一万，共计一千九百二十一万日元，算是他从十四岁开始辛苦工作了五十八年又身兼三代大掌柜的退休金。

宇市每每想到这五十八年来在矢岛家吃尽苦头的艰辛岁月，便觉得拿这点"退休金"根本算不了什么。而且上一代店主去世以后，并没分给他任何财产，他觉得自己形同被弃养的老马，只好自行筹措退休金。更令他气结的是，矢岛家的三个女儿不需要工作即能轻松继承家产，每个人至少分到一亿数千万，而他只不过私吞她们遗产中十分之一的金额，丝毫都不觉得问心有愧。

走出祇王寺的草门，西边的天空泛起晚霞，从嵯峨野吹过来的晚风把道路两旁的竹丛吹得飒飒作响。

藤代跟在姨母和千寿、雏子后面，一边走下弯弯曲曲的小径，一边回想着刚才供奉在祇王寺佛龛上的那五尊形貌奇特的神像。

祇王寺是一间尼寺，寺内供奉着四尊神像，那是《平家物语》当中向平清盛争宠的祇王和御佛前，以及祇王的妹妹祇女和母亲刀自。这四尊分侍在平清盛两侧的女神像娓娓道出一个男人牵连着四个女人的悲惨命运与深刻爱情。比丘尼见藤代一行人前来，特地点上了蜡烛。在红艳的烛光中，身穿尼衣的四尊神像仿佛漾现血色，双眼像水晶般充满灵动，呈现女人的娇艳姿态以及为爱争宠的执着。这番情景，让藤代想起了为了争夺家产闹得不可开交的姐妹们，还有父亲的姜室文乃，不由得别过脸去。

"藤代，在想什么？"

藤代抬头一看，只见姨母芳子站在小径上，在微暗的暮霭中回看着她问道。

"不，没什么，只是有点累……大清早就走访苔寺、天龙寺和落柿舍等地，走得腿发酸……"藤代轻描淡写地答道。

"是吗，那就好。我突然想去赏月，正犹豫着要不要邀你来呢。"

说着，身穿和服的姨母微微掀开染有小灰菊图案的浅灰色和服下摆，向前走去。

藤代望着姨母那奇异而华丽的背影，一边思忖。姨母之所以突然邀她们来京都的嵯峨赏月，其实只是借口，目的是想证实宇市在最后的家族会议要怎么跟她们协商遗产分配。藤代望着竹丛夹道的小径前方，千寿和雏子分别穿着蓝色和玫瑰色的和服，迈着轻快的脚步，晚风吹动着那像是凉爽的赏月服装、染有白色芦荟和桔梗图案的衣袖。

她们走到路旁，车子已在那里等候。一行人搭车穿越老旧民宅林立的蜿蜒小径，雏子随即打开车窗，欢快地说道："接下来就是今天的主要节目，嵯峨御所的赏月会到底是什么样子，人家好期待哦。"

抬头望去，左侧隐约可见的小仓山和嵯峨山已被灰云笼罩，天际只剩下一抹残亮，山脚处已被暮色吞没了。不知何处传来寺院的钟声，在薄暮中久久地回响。

车子经过清凉寺前面，来到嵯峨御所附近，那里已经聚集了许多赏月游客。藤代她们的车子停在觉胜寺前面的停车场，一行人下车后，朝御所内的大泽池走去。

她们沿着御所的围墙朝左边的小径走去，眼前便是漾着一泓秋水的大泽池，池畔筑有堤岸，堤岸上种着山樱和松树，从那里望去可以看到东山群峰朦胧的山影。穿过小门，走进嵯峨御所的境内，前来赏月的游客早已在池畔占妥位置，等待月亮从山后缓缓升起，准备弹奏观月曲的乐师正持琴端坐在面向大泽池的大湖楼上。

藤代她们在姨母的带领下走进先前预约的篷船，篷船驶向池中，等候月亮升起。

"月亮六点左右才会升起，虽说还有二十几分钟，各位不如边品茶边等候，待会儿月亮会从那边升起。"

船夫停下摇橹，指着东山的群峰说道，只见东山的峰顶白云浮动，看不到月影。

"几位要不要喝茶？"

和船夫一起上船的一名年轻女子在红毯上沏好茶，端送到藤代她们面前。看似黑织部烧制的大茶碗里盛着绿沫的茶水，女子胸前挂着红色小方绸巾，美丽的身影倒映在水中，令人赏心悦目。距离藤代她们七八米远的池中也停着一艘篷船，另一名年轻女子倚着船侧的栏杆沏着茶，但船中的赏月游客则是仰起头望着天空。

"月亮快出来了。"站在船尾的船夫说道。大家纷纷抬起头来，只见天际浮动的白云慢慢散去，留下一片黑暗。突然间，月亮从山的彼端跃然升起，高挂在夜空中。皎洁的月光将整个天际照得如白昼般通亮，也把大泽池正面仿造"天地人"三才的三座假山托映出来，月光下的池水闪烁着粼粼波光。随着明月的升起，古琴和洞箫开始合奏观月曲，乐声仿佛划过倒映月光的水面。这时候，游客纷纷被那幽雅之美和画卷般的月宴所吸引，陶醉在王朝时代优雅的赏月情趣中。

过了一会儿，月亮升到空中，藤代她们搭乘的篷船绕了大泽池一圈，船上的游客开始交杯畅饮起来，喧嚣不已。

"姨母，这月亮真是太美了！"雏子兴奋地说道。

"是啊，我第一次看到这么优雅迷人的月亮。"千寿也激动地附和道。

"我年轻时，和你们死去的母亲，在你祖父母和曾祖母的带领下，秋天来嵯峨野赏月、到高雄赏枫，春天就去吉野赏樱，一年四季都有不同的赏趣，这才是老字号矢岛家的生活呀！你们在下次的家族会议分到家产以后，无论做什么都要维持矢岛家女儿的规矩和排场啊。"

说着，姨母端起新沏的茶一口气喝干，巧妙地把话头引向遗产分配的话题。

"我不知道宇市跟你们说了什么，不过你们继承的可是一笔庞大的遗产，千万不要伤了彼此的和气，让别人看笑话。"

"姨母，您真扫兴，人家正快乐地赏月，您就不要说些什么遗产继承这令人厌烦的话题啦。"雏子连忙制止道。

"这哪是什么令人厌烦的话题。过去，遗产继承人还要设宴庆祝呢。你母亲继承遗产时，不但请来所有亲戚，连有生意往来的客户都受邀到今桥的'滩方'大肆庆贺一番呢。那天，你母亲穿着总匹田的和服，系着锦织腰带，比她结婚时穿得还要华丽耀眼。同样是矢岛家的女儿，我多希望自己也是家中的长女……"姨母说到这里，哽咽不语了。

藤代的母亲已经去世七年，但藤代听得出姨母的话意——只因自己差一岁没能成为家中长女的悲恨心情。姨母的这句话让藤代联想到自己虽然是家中长女，但由于《新民法》的修订及父亲遗嘱的阻挠而未能独得家产的处境，不由得悲从中来，只好仰着头假装赏月，压抑着悲愤的情绪。

"托姨母的福，我们三姐妹也像母亲在世时那样，一起出游赏月，留下美好的记忆。"

藤代这样说着，但突然掠过一丝不祥的预兆：像今晚这样三姐妹相偕坐篷船赏月，聆听琴箫合奏的欢乐时光，可能是最后一次了。

"我们是不是该上岸了？"在船尾摇着橹桨的船夫问道。

抬头看向池畔，准备登篷船赏月的游客已经在那里等着。

"劳烦您了，请您开船吧。"姨母回答道。

船夫旋即划开明镜般的池水，慢慢地朝岸边划去。

篷船抵达岸边，等候已久的游客马上登船。藤代一行人走过浓荫遮蔽的树丛，走到觉胜院前，坐上车子，朝南禅寺的方向疾驶而去。

车子从车流量较少的道路往东疾驶而去，行经繁华的市中心，穿越丸太町街，来到天王町附近，突然变得安宁静谧。家家户户的屋檐充满了京都风味，抬眼望去，黑漆漆的东山山麓在屋后延展开来。

车子驶进南禅寺之后，那里的树木突然变得茂密了起来，皎洁的月光洒落在院内小寺的土墙上，把挺拔的大树和楼门的木柱拉出长长的斜影。穿过中门，来到参道，渡过小桥，再往前走去，右侧有一间乡村风格的餐馆，那就是南禅寺的"瓢亭"①，餐馆的屋檐下挂着简陋的葫芦和草鞋，门口还放着斗笠。

车子停妥，玄关的拉门旋即拉开。

"请进，我们早就恭候几位的光临。"

一名熟识的女侍出来相迎，将藤代她们带到里面。院内树丛间的蜡烛石灯微亮，小溪般的流水绕庭而过，引水管发出的滴水声让人感觉格外沁凉。

她们走进最里面的包厢"葛屋"，大概是刚才已经收拾过，四叠半和三叠相连的茶室，拉门全数打开，凉爽的夜风徐徐吹来。

"在嵯峨野赏月固然很有情调，但在这里赏月也别具风味哦。"

女侍说着，将东侧的拉门大开，东山峰顶仿佛近在咫尺，顶上的松树梢浴着皎洁的月光，门前的白花胡枝子和长苔的庭石在月光

---

① 日式饭馆。创业 400 年，位于京都府京都市左京区。

下泛着翠绿的幽光。

"不错啊，那我们就在这里一边赏月，一边品尝佳肴吧。"说着，姨母拿过菜单，开始点菜。

女侍用京都漆染的托盘端来料理，姨母和藤代坐在上位，千寿和雏子则对视而坐。四道料理上桌后，学过烹饪的雏子马上举筷品尝了一下。

"嗯，真有意思啊！"说完，打开一旁的菜单。

> 东山之月（前菜）赏月半熟蛋、胡枝馒头、虾丸串、甜
> 　　　　　　　煮加茂川石伏鱼、山药
> 　　　（小附）芋茎
> 淀之月（凉拌）鲤鱼细片、溪藻、山葵、煎酒醋
> 清流之月（碗肴）鲩鱼蒸、月形面筋、穗紫苏、萝卜泥
> 名　月（烧烤）盐烤鲷鱼、栗子、银杏宝乐蒸、什
> 　　　　　　　锦锅
> 　　　（进肴）光参、斑节虾、莲藕、百合根、毛
> 　　　　　　　豆、山椒芽

这些怀石料理都以月亮命名，充分展现赏月季节和别具寓意的情趣。"东山之月"有鸡蛋和胡枝馒头，象征着东山之趣；"淀之月"有捞自淀川的鲤鱼所做成的生鱼细片；"清流之月"的鲩鱼蒸则取材自山涧清流捕捞的鲩鱼；而"名月"则选定月形烧烤容器盐烤鲷鱼，无论选材、器皿或装盘，无不突显明月的清澄。

藤代她们一边欣赏上桌的佳肴，一边饶富兴味地品尝。自从父亲去世之后，宇市带她们到吉野赏樱、在上千本的花矢仓茶屋品尝

赏樱特餐以来，这是三姐妹初次相偕出来用餐，难得的和乐气氛顿时充满了整个茶室。

藤代夹着淀之月的鲤鱼细片，带着感性的口吻对姨母说："感谢姨母带我们出来品尝赏月佳肴，好久没这么愉快了。"

"哎呀，我可是你们唯一的姨母呢，平分家产的问题不止拖了三个月，甚至拖了半年都还没解决，想到再过五天就能定下来，我心里轻松多了，所以就提前来这里庆祝一下。"说着，姨母又想到什么似的放下筷子，不放心地说道，"你们这次就别再互相抱怨，好好地解决这些纷争吧。"

藤代等人顿时面面相觑，立即别过脸去，默默地品尝料理。

"藤代，你有什么看法？"姨母问藤代。

"我……我不想重复姨母刚才的话。身为矢岛家的长女却不能继承所有家产，的确很不甘心。可是面对现在的法律和父亲的遗言，我又无能为力，再争闹下去也没什么意义，况且我听过宇市先生的苦劝之后，即使心有不满，也只好勉强答应了。"

藤代并没有说出梅村芳三郎代她出面和宇市谈判之后，宇市立下同意书，将大杉谷和熊野两地多出来的山林面积以及树龄超过四十年的成材林分配给她的事情。

"噢，这么说，你没有提出特别的附带条件，就答应了宇市先生的方案喽？"姨母难以置信地追问道。

"我原本想对那份山林分配表提出其他附带条件的……可是从祖父那一代就将山林交由宇市先生管理，这次我又跟他上山查核，知道实际状况，他为了公平合理，煞费苦心制作了那份山林分配表，我虽然不满意，但终究不好再挑剔什么了。"藤代以退为进地说道。

"这样啊，你若坦率答应的话，那千寿大概也会同意吧？"

听到姨母这么说，千寿随即点头说道："我本来就没什么意见，而且大姐已经亲自上山查核过，她都没提出其他附带条件，又同意了这个方案，像我们这种山林门外汉，除了相信大姐和宇市先生之外，也没有其他办法了。"

千寿和丈夫良吉虽然同意宇市所提出的山林分配表，但是他们并没有把矢岛商店实际的五分净利在跟宇市交易后虚报为三分的事实说出来，反而以附和大姐的语气说道。

"是吗？连身旁有个精明的良吉在出主意的千寿都这么爽快答应了啊？"

说着，姨母为自己斟满酒，啜了一口。

"接下来，就看雏子的想法了。你那两个姐姐都同意了，你该不会在家族会议上翻脸不认账吧？"

其实，姨母已看出雏子的心意，只是故意在藤代和千寿面前确认似的叮嘱。这时候，雏子却瞪着大眼睛，恶作剧地说道："那是当然的喽，我恨不得早点把这烦人的遗产分配搞定呢！"

那天，宇市到姨母家讨论山林分配事宜，谈到关键时刻，雏子却将这等大事交由姨母处理，自己则跑去接金正六郎的电话，可见得雏子的确对遗产分配的事情已经厌倦了。

"宇市告诉我，他已经跟你们分别谈过，而你们也达成了协议，这么一来，在下次的家族会议上，只需要正式确认，遗产分配就算底定，看来这话是真的喽？"姨母再次确认。

"姨母，您为什么这么不放心？"

姨母见藤代惊讶地问着，连忙挥手解释道："也不是不放心啦，因为你们这次没有起争执，而且答应得如此爽快，我只是想确认宇市的话是不是有误，既然你们都同意，我就可以安心了。接下来，谁也不要再提遗产继承的事情，尽情地赏月用餐。藤代，你也多喝点吧，你不是很能喝吗？"

姨母突然高兴得饶舌起来，频频向藤代劝酒。

"对不起，请接电话！"女侍推开拉门，探头进来通报，"是大阪府上的大掌柜打来的，要不要把电话转进来？"

"什么？是宇市打来的……我去接。"

千寿走到隔壁房间接起话筒。

"喂，是宇市先生啊，白天看店辛苦你了。什么事啊？神木那边突然……"

千寿的声音颤抖了起来。

"什么事？你说大声一点啦！咦？文乃生了……"

话筒从她手中滑落，站在她身后的姨母赶紧伸手接住。

"宇市先生，是我啦。什么？文乃今天早产，生下一个男婴……孩子还活着……是个早产儿，还很健康？"

蓦然，整个房间弥漫着惊愕与慌乱的气氛，姨母芳子几乎粗暴地扔下话筒。

"早产……想不到文乃居然生下一个男婴……而且又选在我们提前庆祝的晚上……这女人到底要跟我们作对到什么时候啊……"

姨母额上冒出虚汗，喘着粗气说着，这时藤代厉声打断了姨母。

"姨母，您何必这么气急败坏？神木那个女人什么时候生下孩子、是不是个男婴，只要她没办法证明孩子是我父亲的，这就好比某人家里生了一只小猫或小狗一样，跟我们没有任何瓜葛！"

说着，藤代那双细长的眼睛在赏月的房间里，散发出清冽而残酷的光芒。

一个经验老到的助产士帮文乃擦拭汗水淋漓的下半身，然后把产后的秽物收拾妥当，又擦干了文乃的大腿两侧，文乃这才大大地松了一口气，转头看着睡在身旁的婴儿。

那个婴儿洗完澡之后，身上抹着痱子粉，脸色红润，大概也因为哭累了，已经闭上眼睛，睡得非常香甜。这个刚出生的婴儿鼻梁挺直，头发格外黑亮。

"嗯，产后的东西都收拾干净了，您总算平安生下了孩子。"助产士如释重负地说道。

"多亏您的帮忙，这次的生产才能如此顺利平安。"

躺在被窝里的文乃向助产士致谢，刚倒完污水的君枝也跟着表达谢意。

"是啊，三更半夜劳您跑来，真是不好意思！她突然出现临产的征兆，羊水又破了，我不知道该怎么办，多亏您的帮忙……"

助产士表情和蔼地说道："唉，生产哪分半夜或白天啊，有人生我就得赶来，这是助产士应尽的责任。这次虽是早产，母子总算平安无事，而且宝宝重达两千四百多克呢，真是恭喜……"

助产士将婴儿的出生年月日和体重、性别等资料写在母子手册上，然后对着坐在枕边的西药房老板娘说道："接下来，产妇就交给您照顾，我先告辞了。今天晚上请务必好好照料。"说完便拿起提包，走了出去。

待助产士离去后，西药房老板娘说："你一定累坏了吧？刚生完孩子就睡觉，很容易引起慢性出血，这可是很危险的。不过，你现在可以先睡一会儿，我去客厅，有事叫我……"

一旁的君枝也收拾着散落在地板上的东西，走出了房间。

剩下文乃一个人时，她终于从极度的紧张中释放，全身感到无比放松。她为自己平安生下孩子，而且生下一个四肢健全的男婴，感动得快要哭出来。当天晚上九点多，她突然感觉快生了，羊水破了以后，过了一个多小时开始阵痛。在那难忍的阵痛中，当她想到生下的孩子可能招致本家女人们的厌恶时，她就忘了那阵痛的苦楚。在她得知宝宝健康，又是嘉藏衷心盼望的男孩时，顿时浑身轻快了起来，并有一种从未有过的欣慰。

文乃望着从走廊洒进来的月光，再次享受那种快慰，转头看着婴儿时，玄关那边传来了声音。或许君枝正在厨房，只听到在客厅的西药房老板娘用男人般的粗哑声音回应。

她听到了宇市的说话声，西药房老板娘带着对方走了进来，她赶紧整理衣领，将棉被拉至胸口，这时拉门打开了。

"本家的大掌柜前来祝贺，我带他进来了。"

说着，西药房老板娘见宇市手上没带贺礼，脸上有点愠色，但宇市佯装不知，直接跨过门槛，移膝来到婴儿旁边。

"哇，果真是个健康男孩……"

宇市惊讶地凝视着身穿淡蓝色婴儿服的男婴脸庞，这才向文乃祝贺："恭喜您平安生下贵子啊。"

"托您的福，这次才能平安生下男孩，所以我马上请保姆打电话通知您，不知您跟本家联络得怎么样？"

听文乃这么说，宇市顿时不知如何回答，迟疑了一下，勉强说道："是啊，我马上就通知本家了。其实，本家的小姐们最近好不容易才谈妥遗产分配，为了提早庆祝事情能圆满解决，她们今天跟分家夫人去京都赏月，我便立刻打电话通知，总之，她们正在赏月……"

"噢，那她们怎么说呢？"文乃的声音充满了催逼意味。

"她们正在赏月，目前只是知道这件事而已。"

宇市居然没转述本家是否关心这婴儿的生死，文乃直盯着宇市，进而问道："那么，她们都没说半句恭喜，或说这男孩将来可能成为家里栋梁之类的话吗？"

宇市原本想代替本家说句恭贺的话，但终究没说出来，他担心这时候讲些琐言碎语可能导致本家女人和文乃之间的利益纠纷，于是闭上嘴巴，故作无聊地望着庭院。

皎洁的月光洒落在四十坪左右的庭院里，树丛的枝叶不但被月光照得郁郁苍苍，连庭院的角落都照得如白昼般通亮。文乃的脸上映着月光，表情僵硬，沉默不语，西药房老板娘以那双金鱼眼盯着宇市。宇市收回视线，像是要打破沉闷的气氛，这时候文乃突然开口说话了。

"她们去京都赏月……是提前庆祝遗产分配……"

文乃凝望着满月的天空，像是自言自语似的，然后转头看向宇市。

"大掌柜，我希望在召开家族会议的前一天拜访本家。"

"什么？拜访本家……你有什么急事吗？"宇市不由得急切地问道。

"不，没什么急事……只是生完孩子，我想去跟她们打声招呼而已，请您安排就是了。"

文乃只说是去打招呼，宇市没有理由拒绝。

"那好，如果只是打招呼，倒没什么关系。"

宇市特别在"只是"两字加重语气。

"那我告辞了，有关祝贺你喜获麟儿一事，等我跟本家商量以后再通知你。"

宇市这样敷衍文乃和凸眼妇，再次看着那脸色红润、头发黑亮的婴儿之后便站了起来，文乃大声叫唤君枝。

"帮佣的，你送大掌柜到车站。"

她好像想到什么，对着从厨房探头的君枝吩咐道，宇市连忙挥手婉拒。

"不好意思啦，我今天又没喝醉，不用送了。"

"您不用客气啦。我大概是刚生完吧，突然很想吃住吉神社前那家寿司店的稻荷寿司，我想请她送您到车站以后，顺便替我买回来。"

文乃这样嘱咐君枝，宇市这才露出安心的表情，说道："既然是顺路买东西，那就劳烦您送我到车站，正好药房的太太也在这里陪你。"

语毕，宇市对着凸眼妇极其客气地说："那我先告辞了，改天再登门向您问安。"

凸眼妇脸上没有任何表情，只露出锐利的眼神。

听到大门关上，宇市和君枝离开后，西药房老板娘像等候已久似的来到文乃枕边。

"你干吗叫那个女妖精去送那只老狐狸？你不要那么好心，他们俩可不是普通的关系，上次那老狐狸来的时候……"

没等凸眼妇说完，文乃便口气慎重地说："这个我早就发现了。她刚来的时候，做事非常勤快，可是老爱东问西问，神情总不大对劲，我便起了戒心。所以今天晚上我故意支开她，其实是有事想拜托您。"

"你刚生完小孩，有什么急事要拜托我？"凸眼妇惊讶地看着文乃。

　　"突然厚着脸皮拜托您，真是不好意思。我想请您明天替我到住吉区政府替孩子申报户口，然后到我的出生地丹波一趟。"

　　"我以为是什么重大的事呢，原来是替孩子报户口啊，只要带母子手册和你的印章去住吉区政府办理，根本不用到你老家丹波……而且申报户口的手续很简单，这点小事叫那保姆去算了。"

　　"可是，这件事一定要请您亲自办理才行……"文乃说得有点支支吾吾。

　　"坦白跟您说，其实在这孩子出生之前，矢岛家的老爷已经承认孩子是他的骨肉，所以我想请您到我老家丹波一趟。"文乃边看着身旁熟睡的婴儿，边对凸眼妇说道。

　　"什么？孩子还没生下之前他已经承认……这种事可能吗？"凸眼妇惊愕地问道。

　　"事情是这样的，其实老爷生前已经知道我怀有身孕，他担心自己的身体越来越差，凡事都得做准备以防万一，所以先到我的原籍地丹波办理手续，承认这孩子是他的骨肉，因此想请您跑一趟。"文乃补充道。

　　"不过，这种事我可是头一次听说呢，可以这样做吗？他已经死了半年多，在孩子出生之前，就先承认孩子是他的，这简直是天方夜谭嘛。恕我有话直说，你做人太老实了，说不定是老爷怕他死后引起不必要的麻烦故意那样说的，随便糊弄你。而且，当时他又不知道这孩子是男是女，怎么申报手续？"凸眼妇难以置信地说道。

　　文乃虽是仰躺着，但仍勉强把身子移向凸眼妇。

　　"太太！我是个无亲无故的可怜人，除了拜托您之外，没有人能帮我了。老爷生前说过，如果是男孩，就取名为嘉夫；若生了女孩，便叫作初乃。劳您大驾，明天请您到住吉区政府送上两份户口申请，其中一份请他们尽速送到我的原籍地。两天后，您再到丹波，看是否已经办妥，并取回新的户口誊本。总之，您若愿意帮忙，日后我绝对慷慨回报。"

凸眼妇听到日后有大礼可拿，随即赔着笑脸，用仿佛赴汤蹈火在所不辞的口气说："哎呀，我不是这个意思嘛，只是觉得你说得太突然，一时之间无法相信。不过，听完你的解释总算明白了，我明天就帮你跑一趟丹波，只是办手续会很麻烦吗？"

"不，很简单，只要带我的印章到丹波村政府的户籍科办理就好，因为老爷生前已经在那里办好了手续，而且那资料从丹波寄回大阪太耗时，所以我才硬是请您直接到丹波取回户口誊本。"

"这么说，你要我去丹波，跟刚才大掌柜说的什么家族会议有关喽？"凸眼妇的双眼露出锐光。

"这种事很难说，还没……"文乃只是支吾其词，没再说下去。

"好吧，我就跑一趟丹波。说的也是，我若不去，肯定也是那只狐狸精去，到时候她又跟大掌柜私通，暗地里搞出什么名堂来。哈哈哈……他们不知道已经露出马脚，说不定还躲在车站附近的暗处，干起丢人现眼的勾当来呢。"说完，凸眼妇瞪着那双金鱼眼冷笑着。

"谢谢，感谢您大力帮忙……"

文乃安心地说着，抬起那张苍白的脸，望着月光下的庭院。

宇市为了避人耳目，始终跟在君枝后面，保持两三步的距离，来到往住吉方向的暗处时，他板起脸孔说："看来，我们之间的关系好像被她们看穿了。"

"那有什么关系啊！反正孩子已经生了，我对她的监视任务也算完成了吧？"

君枝毫不在乎地说着，宇市则露出锐利的眼神。

"在这段时间，你有没有看出什么反常的地方？"

"反常的地方？你是指什么？"

"文乃已经没有亲人，这阵子有没有人来探望她，或是写信过来？"宇市表情严肃地问道。

"不，完全没有，只听说前阵子她老家那里有人发生不幸而已。上次，我跟你去泡温泉，回来之后曾经问过那个凸眼妇，结果证实并没有人来找她或写信。"君枝自信满满地说道。

"那么，文乃刚才为什么突然提出拜访本家的要求呢？"宇市在黑暗中，歪着头感到不解。

"大概是出自女人天生的傲气吧，尤其像她这种见不得光的女人，向来被本家瞧不起，如今好不容易生了个男婴，总想一吐胸中的怨气吧？"

"可是，她又不能证明孩子是老爷的骨肉，这样做有意义吗？"宇市仍感到纳闷。

"这就是女人的心理嘛。不管这样做有没有意义，只要她心中认定这孩子是老爷的，哪怕一辈子仅此一次，她都想到本家宣示一番，今天换作是我，我也会那样做。"

"不过，她选在召开家族会议的前一天去，有什么意义吗？"

"应该没什么特殊意义吧。因为若选在家族会议当天，未免太过招摇，一来不能证明孩子是老爷的，二来所有亲戚又都在场，至少在前一天拜访本家，这就是女人的想法。你不觉得女人的心理很有趣吗？"

说完，君枝用那三白眼娇媚地笑着。

"噢，这么说，什么事情都可以解释成是女人的心理……"

宇市思忖着文乃生下男婴和他自己有什么利害关系，只要文乃没办法提出具有法律效力的证据证明那孩子是已故矢岛嘉藏的骨肉，那么她就跟矢岛家的遗产没有关联。这样一来，他苦思了六个月的巧计所采取各个击破的方法——亦即已跟矢岛三姐妹谈妥遗产的分配方案——只要她们在二十日召开的家族会议上正式同意，一切就算大功告成，顶多再从她们三人的遗产中拨出十万块给文乃当作慰问金，事情就算摆平了。想到这里，宇市蓦然感到快活了起来。

"令人期待的家族会议一旦结束，我会当场向矢岛家的亲戚说'长年以来承蒙各位的关照，我在此宣布退休'。到时候众亲戚会同情我的处境，为了感谢我多年来的辛勤付出，甚至给我一个大红包。我刚好可以借这个机会，将多年来私吞的钱一并带走。"

"全部带走，有多少钱啊？"

心思缜密的君枝这样问道，宇市没有当场回应。

"君枝，我会让你过好日子的。"

说着，宇市轻轻拍着君枝的肩膀，那表情不像是平常的大掌柜，而是像个面带笑容的温柔丈夫。

文乃在产后憔悴的面容上略施淡妆，穿上一件灰蓝色单纹和服，系着一条未经染色的菊花图样腰带，显得非常正式，她正等着西药房老板娘从丹波回来。

西药房老板娘依文乃所托，在她生产的隔天把那两份户口申请书送到住吉区政府，区政府受理完毕后，随即将其中一份转送到文乃的原籍地丹波。昨天老板娘前往丹波，确认矢岛嘉藏生前办理的血缘承认手续是否无误，以及取回新的户口誊本，预计坐今天早上的火车回来。如果情况顺利的话，十一点五分即可抵达大阪车站，中午以前应该可以赶到文乃家，可是中午时分已过，依然不见她的身影。

矢岛家指定文乃在下午两点半以前过去，现在只剩下一个多小时，虽说还来得及，但文乃对西药房老板娘那天早上去丹波之前讲的那番话感到不安："你不要怪我唠叨啦，说不定这次我是白跑一趟呢。连住吉区政府的户政人员也说，他做了二十几年，头一次听到这种新鲜事，也没办过这种案例，不过他最后还是勉为其难地把资料转送到原籍地，所以我只好到丹波看个究竟，说不定你根本被老爷骗了，难道你都不在乎吗？"想起凸眼妇那不以为然的神情，加上时间逐渐逼近，使得文乃的心情更加沉重。

文乃犹记得嘉藏去世的半个月前曾到医院看病，后来过来找她，脸色土灰、渗着虚汗，气喘吁吁地说："我不放心你肚里的孩子，所以已经到你的原籍地办理血缘承认手续，你只要在这里盖章，其他的由我来填写。"后来，她真的在上面盖了章，嘉藏又鼓励道，"只要提出这个申请，就算将来我有什么三长两短，这孩子生下来之后，你把这份资料送交住吉区政府，他们若把孩子的户口申请转送到你的原籍地，法律上便会承认，你就安心生下孩子吧，最好生个男孩……"他说完，便将资料塞进怀里，还说，"我今天太累了，身体不太舒服，先回去了。"然后，他连碰也没碰文乃就回去了。文乃现在回想起来，的确没有亲眼看到嘉藏在上面签字，只是照嘉藏的指示在空白栏上盖了章，事后他可能什么都没填，或者写了也没寄出。不过，当她想到自己跟嘉藏的情分已经超越夫妻的关系，便又坚信嘉藏不会欺骗她。尽管如此，在西药房老板娘还没回来以前，她的心总是无法安定下来。

"太太，该给孩子喂奶了，您也快出门了吧，我替孩子换洗过了，赶快喂他吃奶吧。"君枝从旁说道。

她坐在门槛上，似乎已观察文乃许久。然而，她并不知道西药房老板娘去了丹波，也不知道文乃在等老板娘，只是对于坐在那里神态焦虑的文乃感到不解。文乃为了骗过君枝，只好说道："好吧，我喂他喝点奶再出门。"

说着，文乃在和服领口铺着毛巾，然后露出雪白的胸部，君枝将裹着睡衣的嘉夫抱到文乃胸前。

嘉夫一触到乳头，马上张开那小女孩似的小嘴，用力吸着乳汁。他强力吸吮的力量丝毫不像是刚出生没几天的婴儿。受到婴儿强烈的吸吮和柔唇的触感，文乃顿时涌生浓烈的母爱与亲情。

文乃正是为了这孩子的将来，才委托西药房老板娘去了一趟丹波，待会儿她将带着血缘认定结果，前往本家拜会那些高傲无情的女人。一想到这里，她感到有些怯懦，但仍自我鼓励着，频频凝视着用力吸着母乳的嘉夫。

"太太，喂完以后，我再帮婴儿换换尿布吧？"君枝从厨房探头出来说道。

文乃知道眼前这个保姆频频打量她喂奶的情形，也明白她不久会出门，但仍不露声色地说："尿布刚换过不用再换了，麻烦你把澡盆里的尿布洗晾起来吧。"

"好，好，您出门时，我会把尿布洗好的。太太，时间差不多了吧？"

君枝怕文乃赶不上而急切催促着，仿佛是宇市嘱咐她这样做的。文乃抬表一看，下午一点多了，从家里坐车到本家需要四十分钟，君枝说得没错，是应该出门了，但她决定再等一等西药房老板娘。

　　"是啊，我该动身了。"

　　文乃为了不让君枝起疑，这样说着，放下吸奶的嘉夫，用纱布擦了擦他溢奶的脖颈，小心翼翼地为他抹上痱子粉，不时绷紧神经，倾听着玄关的动静，但是没有任何脚步声。

　　时间已经指向一点十五分了，再拖延下去，文乃特意选在最后一次家族会议的前一天，以及准备向本家宣示她生下一个男婴的日子，都将因此而化为乌有，一想到这里，她突然莫名地不安了起来。

　　"太太，孩子交给我好了，您赶快去吧，再不出门，真的要赶不及了。"

　　说着，君枝正想拿起放在文乃膝旁的手提包和紫色绉绸布包向外走去，门口传来了停车声。

　　"这时候，会是谁啊……"

　　没等君枝站起来，文乃早已疾步跑向玄关，丝毫不像产后的孕妇。西药房老板娘几乎是连滚带爬地下了车。

　　"都是那班车误点，害我拖到现在才赶回来。你就坐这辆车去吧，资料全在这里，我没有开封，你直接带去，在本家面前开封比较好。"

　　西药房老板娘怕君枝听见似的低声在文乃耳畔吩咐道，旋即将文乃塞进车内，她那双凸鼓的金鱼眼发出了锐光。

　　"千万不要慌，你若自乱阵脚，一切就亏大了，记得要保持冷静。这样才不枉费我特地跑去丹波啊。"

她用男人般的粗哑声音和威严的表情，对着完全不知情的君枝说："来吧，我们好好为太太送行。因为以后啊，想送行也没机会了。"

说完，凸眼妇和君枝并肩目送文乃离去。

车子开动以后，文乃低头看着凸眼妇刚才交给她的那个牛皮信封，信封上写着"滨田文乃女士　京都府船井郡川边村政府户籍科"，这份迟来的资料让她想起了这半年来隐忍屈辱的日子。

她去本家拜会的那一天，当众被扯破短外褂，暴露怀孕的事实，还被对方嘲讽她怀的是野种，被极尽侮辱；不仅如此，她们得知她患了妊娠中毒症之后，竟假借探病之名，如同看戏般地盛装前来，还强行逼她暴露私处接受医生的内诊，让她受尽屈辱。每次想到本家那些女人冷酷无情的目光，她总有说不出的悲愤。难道她们出身名门世家，就可以这样傲慢地羞辱像她这样出身卑微的女人吗？不仅藤代她们冷酷无情，连大掌柜宇市也没安好心眼，借探病之名三番两次来她家，实际上是为了探查矢岛嘉藏生前是否有交付类似的文件或遗嘱，甚至派出他的同居女人来卧底，终日监视着一个死了丈夫的妾室的生活。而今天身为妾室的她，就要面对藤代她们三姐妹和分家夫人以及大掌柜宇市，勇敢地说出自己的主张。

文乃坐车行经的路线与上次拜会本家时一样，不过她这次的心情开朗许多，自信满满地前往本家，情绪不由得高涨了起来。

初秋时节，矢岛家后院的胡枝子和红瞿麦已绽出白色小花。炎热的夏天过后，天气显得凉快许多，连庭石上的青苔都已染上秋色，但矢岛家的客厅内丝毫没有初秋的清爽，反倒笼罩着异常沉闷的氛围。

围着日式矮桌，由上而下依序坐着姨母和藤代，下方坐着千寿、良吉和雏子。姨母一边啜饮着半凉的茶水，一边抱怨道："到底怎么了？真是失礼。她生了孩子，说要来跟大家打招呼，结果迟到十分钟还没来……宇市先生，你是约的下午两点吧？"姨母板起脸问着坐在门槛的宇市，仿佛这是宇市的责任似的。

"是的，我跟她约的下午两点，要不要我打电话确认一下？"

"开什么玩笑！这样子好像是我们巴不得催她来似的，再等五分钟看看，再不来的话，今天就取消！"姨母断然说道。

"话说回来，她选在召开家族会议的前一天过来，到底是什么意思？"姨母略感不安地说着。

"大家等着看吧，她那张故作老实的假面具就要摘下来了。反正这个小妾的戏码最多就是像新派悲剧那样抱着可怜的婴儿，在众人面前一把鼻涕一把眼泪，博取同情，没什么好担心的啦。"一旁的藤代斩钉截铁似的说道。

"是啊，大姐说得对，她只是想利用这次生的男孩当钓饵，趁机来捞一笔钱而已。"

膝下无子的千寿说到"男孩"这字眼时，语气显得格外激动与嫉妒。

"不过，只是为了这个原因，有必要硬拖着产后不久的身子，选在召开家族会议的前一天，过来跟我们打招呼吗……"良吉有点担忧地说着，继而问得更谨慎，"宇市先生，神木那女人打电话过来，说孩子生了，你马上赶过去看，当时没发现什么反常吗？"

"是的，我接到电话以后立刻坐出租车赶过去，当场查看是否有可疑人物或陌生人替她出主意什么的，结果什么都没有。文乃也向我表明，她只是来本家打招呼而已，没有什么特别意思。她说，这次平安地生了一名男婴，更应该向本家报告一声……总归一句，只不过是女人在炫耀情绪罢了。"宇市引用君枝的话说道。

"炫耀情绪？炫耀什么？"芳子疑惑地看着宇市。

"简单讲，对她这个见不得光的女人来说，不管能不能证明孩子是老爷的亲骨肉，只要她认定那是老爷的孩子，就想带着孩子到本家炫耀一下，这也是她唯一可以讨回面子的机会。"宇市说道。

这时候，雏子边凝视着庭院里的胡枝子花，突然想起上次去嵯峨野赏月的情景。

"她的炫耀感真是煞风景呢……上次大家好不容易去赏月，结果却被神木那个女人弄得玩兴尽失，今天原本六郎邀我去看电影的试映会，这下子又看不成了。"

雏子越说越气，正要走到庭院，这时却传来了保姆阿清急促的脚步声。

"文乃女士已经来了。"

"带她进来吧……"姨母芳子命令道。

传来保姆带着文乃走进来的声音，还听得见衣服细微的摩擦声。客厅的拉门轻轻拉开，只见穿着灰蓝色单纹和服的文乃跪在门槛处，向客厅内的人恭谨行礼。虽说文乃的憔悴面容在那灰蓝色和服的映衬下更为显眼，却也透显出女人的娇艳。她没有抱着孩子，藤代她们看到文乃只身前来，几乎都愣住了。文乃弯跪着行礼，并以产后身体欠佳为由，向她们表示歉意："这次是我硬要来向本家致意，又迟到了十五分钟，实在非常抱歉。我因为刚生完孩子，身体尚未完全康复，出门时有点头晕，所以来迟了……"

文乃走进客厅以后，再次伏身对大家致意："今天，各位在百忙中专程为我安排时间，实在过意不去。这个月十五日，我平安地生下一个男婴，所以特别前来向本家报告……"

"噢，那倒要恭喜你呢。这么说，你家保姆正抱着孩子站在门外等喽？"姨母芳子问道。

"不，孩子还没满月，今天只有我来向本家问候，等他满月以后，我再抱孩子过来……"

"不要再说了！你平安生下小孩跟我们矢岛家有什么关系？我们才不管你生的是男婴还是女婴，或是死胎呢，你故意来我们家露脸，到底是什么意思？"

面对藤代无情的怒斥，文乃不由得低下了脸，但最后仍冷静地回答道："我生下的孩子是老爷的，名字也是老爷事先取好的，所以我特地来向本家报告。"

"你没半点证据就说孩子是我父亲的，未免太不要脸了。你不要开口闭口就是老爷，我听得都快起鸡皮疙瘩了！"藤代不但面露嘲讽的表情，还气冲冲地骂道。

"现在，正是我这几个外甥女分配遗产的关键时刻，你没凭没据就说生下我姐夫的骨肉，还说他已经帮孩子取好名字，你到底是什么居心啊？若真的要钱的话，姑念你跟我姐夫生前还有点情分，倒不计较分几个钱给你。不过，我姐夫已经不在人世，我不准你再利用婴儿当工具，趁死人不会说话，胡乱演一场。时代不同了，凡事都得照法律来，只要你拿不出具法律效力的证据，任你说得再多或哭天抢地，我们都不承认这孩子的身份！"姨母芳子也顺势反驳道。

"几位要的具有法律效力的证据，我今天把它带来了。"

"什么？今天能看到什么证据？你不要胡说八道……"

"不，是真的。老爷生前就已经承认孩子是他的，而且已经办妥血缘承认手续。这就是当时的资料。"

说着，文乃从绉绸布包中取出凸眼妇交给她的那个大信封，顿时大家半信半疑地看着，藤代她们之间弥漫着一股恐怖的沉默。

蓦然，宇市不以为然地说道："不过，血缘承认有很多种类型，至于是否具有法律效力，还是得打开来看才知道。"

宇市用那满是皱纹的手接过那个大信封，慌忙地打开。

"噢，是承认申请的复件……"说着，宇市从信封里拿出资料，连忙读了下去，但表情变得很怪异，读完以后又说，"这是老爷生前留下来的资料，是承认这孩子的申请书，几位先过目一下。"

宇市说着，把资料放在藤代她们面前。听到"承认申请书"这个陌生的名称，藤代她们只是感到更惊愕与疑惑，纷纷将目光看向眼前的资料。

承认申请书

（1）被承认人

籍贯：京都府船井郡川边村三十四号

姓名：胎儿

住址：大阪市住吉区住吉町一百四十五号

出生年月日：　年　月　日

母亲姓名：滨田文乃

母亲籍贯：京都府船井郡川边村三十四号

与母亲之关系：亲生子

（2）承认人

籍贯：大阪市东区南本町二丁目二百五十四号

姓名：矢岛嘉藏

（3）承认的种类

承认胎儿

（4）其他事项

　　　母亲滨田文乃同意提出此申请

（5）申请人

　　　矢岛嘉藏

　　　籍贯：大阪市东区南本町二百五十四号

　　　住址：大阪市东区南本町二百五十四号

　　　申请人身份：父亲

　　　　　　　　　　　　签名盖章：矢岛嘉藏

　　　　　　　　　　　　昭和三十四年二月十二日

　　　那份由复印机复印的文件，显然是已故矢岛嘉藏的亲笔书。在被承认人的"姓名栏"里，只填写着"胎儿"，并没有写下姓名，出生年月日那一栏也是空白，这让藤代她们感到匪夷所思。

　　　"天底下哪有这种怪事，怎么事先承认肚里的胎儿……"

　　　藤代和千寿几乎是同声叫嚷了起来。

　　　"宇市先生，这种承认胎儿的申请，具有法律效力吗？"藤代求证似的问道。

　　　"坦白说，我也是有生以来第一次听说有承认胎儿这种事的。如果这孩子是在承认人生前即已生下的，倒是有人默默承认，可是孩子还没生下来，就予以承认，我倒是没听过呢……这里还有户籍誊本，看看户籍誊本就知道这个申请是否有效。"

　　　宇市用遗嘱执行人的慎重口气说着，立即打开户籍誊本。

　　　籍贯：京都府船井郡川边村三十四号

姓名：滨田文乃

因户籍移出，昭和二十九年三月十九日户籍编制

上面注明文乃于五年前从父母的户籍移出独立成户，底下还清楚记载着文乃其子的正式入籍资料。

父：矢岛嘉藏　母：滨田文乃

男：嘉夫

于昭和三十四年九月十五日，出生于大阪市住吉区住吉町一百四十五号，其母滨田文乃申报户口，同月十六日住吉区长受理，同月十七日正式入籍。

其父矢岛嘉藏住大阪市东区南本町二丁目二百五十四号，于昭和三十四年二月十二日提出承认胎儿申请。

此户籍誊本与原件完全相符。

昭和三十四年九月十九日

京都府船井郡川边村长

佐藤总一郎

看完户籍誊本以后，宇市脸色大变。

"宇市先生，你怎么了？"姨母芳子急切地问道。

"户籍誊本上清楚写着老爷提出申请的年月日，并写明其父矢岛嘉藏，其母滨田文乃，其子嘉夫，倒没写明是长子，只写了一个'男'字，是沿用过去的做法，也就是'私生子'，现在的《新民法》称为非嫡出子。所以，刚才那份承认胎儿的申请书是具有法律效力的，看来我们不得不承认文乃生下的男婴是老爷的非嫡出

子。"说着，宇市气愤地将户籍誊本丢在矮桌上。

这时候，藤代她们无不露出惊愕和慌张的神色，直盯着矮桌上那份户籍誊本。当文乃突然拿出那份资料时，藤代她们还不以为然地质疑那份资料的可靠性，但她们看过户籍誊本上清楚写着父亲矢岛嘉藏的姓名，以及提出承认申请的年月日和孩子的名字之后，事实已经摆在眼前。由此看来，矢岛嘉藏承认胎儿的方式、种类、年月日等等，都是经过十分周密的安排与计算，而这正是藤代她们最始料未及的。

"有了这份凭证，几位愿意相信了吧……"

文乃话不多，但语意坚定。霎时，客厅陷入一片沉默。藤代转身看着文乃，语带讽刺地说："这下子，我终于明白你没抱小孩来的原因了。是啊，与其抱着婴儿来，倒不如拿出这份户籍誊本来得具有法律效力。你身为人家的小妾，但脑筋动得还蛮快的嘛，你是什么时候办这些手续的？"

只见文乃低着头，温静地回答："这手续不是我办的，是老爷在生前就寄到我的原籍地，我依老爷的指示，只在写有'母亲滨田文乃'的地方盖上印章而已。"

"既然如此，那你为什么不早点将这件事告诉我们？上次你来我们家，还有我们去你家探病时，我不是问过你，我父亲是否留下什么文件给你吗？可是你都佯装不知，只会故作可怜状，今天却突然使出这狠招，莫非是对我们本家的报复吗？"

藤代的语声中充满了强烈的憎恨。文乃顿时脸色苍白，不由得颤抖了一下，但最后还是抬起头来，用那双丹凤眼看着藤代。

"您说得没错，我只是个小妾，可是我并没有因此耍坏心眼。我之所以没有将这件事告诉本家，是因为老爷生前曾嘱咐过我，在孩子还没有生下来以前，绝对不可以告诉任何人，包括本家。一旦生下孩子，就要马上申报户口，然后拿着相关资料和户籍誊本到本家拜会，我只是照老爷的吩咐去做而已。”

“这么说，我姐夫可真是用心良苦啊。他担心你若被发现怀有身孕，会引起什么麻烦，竟然连他女儿和我这个姨妹统统蒙在鼓里，极机密地进行喽。”姨母芳子不悦地说道。

宇市眼里露出锐光，仿佛终于读懂嘉藏的心思似的说：“原来如此，老爷计算得真是慎重而周密啊，只有生下孩子，一切手续才生效……老爷早在生前即背着我和小姐们，将承认胎儿的申请书寄往文乃的原籍地，只要文乃申报户口的同时，这份资料便实时生效。另外，他担心文乃原籍地的户政人员通知本家，所以叫文乃抢先一步来本家拜会。”

“这简直是卑鄙的阴谋嘛……父亲竟然把跟外面女人生的孩子塞给我们没生下一子半女的矢岛家，还硬要我们承认，父亲的做法真是太可怕了……”千寿转身看着丈夫良吉，嘟囔着。

雏子也对父亲的无情对待表示憎恶：“是啊，怎能这么做呢！”

文乃惊讶地抬起头来，旋即为已故的嘉藏辩护道：“不，你们这样误解是不对的。令尊是个心地善良的好人，他不是为了为难你们才这样做的，他只是考虑到我只有生下胎中的孩子，一切手续才会生效，他还吩咐我，所有事情只有等孩子生下来，再联络本家，我只是照他的吩咐去做而已。令尊是个好人，你们不能这样误会他。”

“我们要怎样看待自己的父亲是我们家的事，用不着你这个外人多嘴！我父亲的遗照就挂在那里，但我们从今以后对他的为人处事，恐怕要大大改观了。”藤代瞪大眼睛，目视着挂在佛龛上的矢岛嘉藏遗照说道。

隔着黑亮的佛龛，上方的横框分别挂着四代矢岛嘉藏和矢岛家三代长女的照片，她们都穿着印有家徽的和服；底下的横框则挂着初代店主元配卯女和三代入赘女婿的照片，最后一个相框看起来最新，里面装着矢岛嘉藏的照片。一双浓眉大眼，端正的五官，但是比起趾高气扬、面相福泰的妻子，似乎又有说不出的阴郁。藤代带着愤怒和轻蔑的眼神，瞪视着父亲的照片。

　　"这三十四年来，父亲隐忍着作为入赘女婿的怨恨，瞒着我们这些遗产继承人，不但承认了小妾生的孩子，还在死后，当女儿们分配遗产的关键时刻，用这种无情无义的方式来打击我们，这种做法何等阴险啊……这一切都是经过他的精心算计，宛如在对付没有血缘关系的陌生人一般……他这样做，不仅是对女儿们的惩罚，也是对我死去母亲的报复，更可怕的是，早在几年前他就已经着手这个计划，等待最佳时机来个致命一击……"

　　藤代按捺不住胸中的怒火，气冲冲地说个不停，千寿也没好气地呼应着。

　　"不久之前还是个跟我们矢岛家毫无关系的婴儿，现在只凭着一张血缘承认的文件，就要变成矢岛嘉藏的非嫡出子……"

　　千寿话中带恨，她那双细长的眼睛露出锐光，问着宇市："非嫡出子到底要怎么继承遗产？"

　　宇市顿时不知如何回答，最后还是勉为其难地解释："依法律规定，非嫡出子继承的部分是嫡出子的二分之一。"

　　"那具体来说，可以分到多少遗产？

　　"这个嘛，我粗估一下好了。现在，遗言上的指定继承遗产是大约二亿九千万日元，另外，还有山林、农地、银行存款、有价证券等，约值一亿六千万，加起来总共四亿五千万。嫡出子有三位小姐，非嫡出子只有文乃的孩子，每位小姐可分得总额的七分之二，亦即各分得一亿二千八百万，文乃的孩子大约可分得六千四百万……"

"什么？六千四百万……"

千寿惊愕得几乎叫了起来。姨母芳子则激动地说："宇市先生，你怎能说得这样无关紧要啊？一个小妾的孩子，无缘无故就要继承六千四百万，天底下哪有这么便宜的事啊？正因为分遗产跟你没有关系，你才这样轻松地替她计算，可是你有没有替原配的女儿设想，只凭着一张纸，就让人家减少六千四百万，哪叫人不心痛啊……别说这几个女儿不满，连我这个局外人也……"芳子不小心说出了心中的秘密，赶紧转移话题，没好气地数落着宇市，"宇市先生，莫非你早就知道文乃手中握有这些文件，所以跟她合谋来算计我们？"

"夫人，请您不要胡乱指控。自从老爷死后这半年来，我作为遗嘱执行人，每天无不忙着听取三位小姐的意见，还辛苦地制作财产清册，这期间又在文乃家和本家来回奔波，好不容易协商成功，明天就要召开最后一次家族会议，我怎么可能跟文乃有什么共谋……比起夫人，我倒想问问文乃……"

宇市转身对着文乃，问道："文乃！我去过你家那么多次，每次问你老爷是不是对你有做什么安排，你总是不露声色，现在却突然杀个回马枪，岂不是要我下不了台吗？"

宇市想到自己大费周章才撮合了明天的家族会议，却意外被文乃破了局，不由得怒火中烧。

"文乃，你到底在打什么主意？为什么选在召开家族会议的前一天提出这种事？"

宇市移膝向前，正要说下去，藤代打断了他。

"事情到了这种地步，问她是什么目的、什么动机，已经太迟了。现在最重要的问题是非嫡子的继承问题。"

　　说着，藤代凝目瞪着文乃，逼问道："如果我们执意拒绝非嫡子的继承要求，你打算怎么办？"

　　文乃蓦然沉默下来，不一会儿，她抬起那下定决心的眼神，用有别于平常的坚定语气说："姑且不提分给我多少钱，不过这孩子已经取得血缘承认的证明，一切就要照法律执行，如果你们无论如何都不承认这孩子有继承权，为了孩子的将来，最后我只好拿这份资料上法院了。"

　　刚才，文乃只不过是一个孤立无援的女人，现在却展现出无比的坚定意志，端坐在藤代她们面前。藤代看到文乃坚定的姿态，更是充满敌意，缓缓地开口说道："你的意思是说，要去法院告我们喽？那好，我们也会……"

　　藤代正要说下去，宇市知道事情若闹到法院，对矢岛家极为不利，赶紧出言制止："不行！这件事一旦闹到法院，很快就会传得沸沸扬扬，而且文乃手上又握有绝对的资料……"

　　千寿伸手拿起摊在矮桌上的那两份资料，然后咬牙切齿似的说："法律这东西还真是无情啊，只凭一张纸，就要六千四百万……"

　　藤代、姨母、雏子和良吉都说不出话来，始终默不作声。

　　"还是去嵯峨野赏月好啊。"

　　雏子冷不防冒出的这句话，跟眼前的氛围多么不协调，然而藤代望着雏子凝视着庭院胡枝子花丛的神态时，也不禁想起那天赏月的情景。她们坐在篷船上，驶进大泽池的湖心，遥望着东山和小仓山，一边聆听琴箫合鸣的观月曲，一边欣赏皎洁的明月。当她为那仲秋明月从山后升起的优雅景致感动不已时，心里突然掠过一丝不祥的预感……这可能是她们三姐妹最后一次相偕出游赏月，难道就是指这件事吗？想到这里，她不由得感到无比的懊恼。

"我们三姐妹好不容易相互让步才达成共识，准备在家族会议做最后的遗产分配，而且还办了一场赏月宴预先庆祝……想不到现在却发生这种事……"藤代愤懑地说道。

文乃仿佛在等待这个机会似的，压低声音而清楚地说道："其实，我这里还有一份东西。"

"什么？还有一份……"

"是的，是有关承认这孩子的一份遗嘱。"

"咦？遗嘱……"藤代语声颤抖地说道。

"是的，这遗嘱是老爷临终前交给我的。"

说着，文乃从紫色的绉绸布巾里拿出一只白色信封，藤代旋即像利剑般盯着她手上的信封。

信封上用毛笔写着"遗书"两个大字，乍看之下显然是父亲矢岛嘉藏的字迹，藤代正想伸手去拿，宇市连忙制止道："大小姐，我是遗嘱执行人，这份遗嘱由我打开吧。"

说着，宇市用恭敬的姿势接过遗嘱，翻过背面，查看封印是否被拆过，然后才打开信封。他从信封内取出一叠厚厚的信纸，带着紧张的神情把它摊开。

"遗嘱……"

他干咳了一声，接着往下念道：

致全体继承人：

我自知病情渐重，考虑事有万一，便将矢岛家所有住宅及商店、现款、各式家产等全部作为遗产分配，请依如下的方案分配：

一、遗产中，矢岛商店所使用的土地建物、商品财物不予分割，由次女千寿继承，入赘女婿良吉即日起从姓矢岛嘉藏，接掌矢岛商店的经营权。不过，每个月必须拨出营业净利的一半，平分给长女藤代、次女千寿、三女雏子。商店后院的土地建筑等，由三个女儿共同持有，经三人合议后可适当处理。

二、位于大阪市西区北堀江六丁目的二十间出租屋，以及位于都岛区东野町的三十间出租屋和地皮，由长女藤代继承。有关变卖或出租均由藤代决定。

三、股票六万五千股及仓库内的古董物品，由三女雏子继承。有关股票和古董何时出售或兑换现金，由雏子全权决定。

四、各亲族长年来给予我多所关爱，我深表谢忱，谨向出席家族会议的每位代表，致赠壹拾万日元。我于生前曾在工作之余存下些许零用钱，请以我的旧名山田道平之名义存于"住友银行船场分行"的存款簿，并转交与我的生家。

五、以上，凡属于共同继承的部分，由三人合议处理。另外，有关各人应缴之遗产税，由各自负担。

读到这里，宇市终于放下心来。藤代她们也觉得这遗嘱和宇市保管的那封遗嘱没有两样，进而感到安心，反而带着胸有成竹的表情，看着坐在末座的文乃。

宇市继续念道：

"六、长年以来，滨田文乃对我非常照顾，因而特立新的遗嘱如下：预定于昭和三十四年九月某日出生的滨田文乃腹中的胎儿，确定为我的骨肉，我已向滨田文乃的原籍地提出承认孩子的申请，一旦平安生下，便作为法定的非嫡出子，可分给嫡出子继承的二分之一遗产。如果生下男孩，等他成年之后，与千寿夫妇共同经营矢岛商店。"

读到这里，客厅内顿时陷入异样的骚动。

"宇市先生！那上面真的写着如果生下男孩，将来要与我们夫妇共同经营矢岛商店吗？！"

千寿不禁大声嚷了起来，良吉也露出慌张的表情。藤代、姨母和雏子无不脸色苍白，只见宇市点点头，继续读下去。

"七、万一滨田文乃生下死胎，除了向滨田文乃的原籍地提出胎儿死亡证明，应从共同遗产中拨出五百万日元分予文乃，并将现居住吉区住吉町一百四十五号的房子归入她名下。"

宇市话声方落，在场者的锐利目光纷纷射向了文乃。

"哼，连小妾生下死胎的退路都预做安排了，这像什么话嘛！"

姨母大声嚷着，藤代等人也一脸怒容。

"宇市先生，继续念下去！"藤代气冲冲地喊道。

宇市再次将目光投向那份遗嘱，往下读着：

"八、各位继承人在继承家产后，长女藤代须自立门户，未婚的雏子须将分得的遗产作为结婚费用，嫁往他家。除本家及分家招婿外，为矢岛家和雏子着想，切不可再另立女系家族。"

听到这里，藤代和姨母不由得感到一阵天旋地转。

"雏子！你……"

姨母转身正想对雏子说些什么，但看到雏子那仿佛与己无关的表情时，吃惊得说不下去。

藤代气得满脸通红，眼睛喷着怒火。

"继续念下去！"

藤代的声音显得很平静。宇市感受到气氛非比寻常，只好继续
往下念。

"九、有关指定遗产继承和共同继承遗产的清册，我已详细注
明，另见别纸……"

蓦然，宇市念不下去了，他咧着满布皱纹的嘴角，拿着遗嘱的手
不停地颤抖。

"怎么了？念下去啊……"

就在藤代催促他念下去的同时，他原本想把遗嘱撕成两半，良
吉见状，赶紧从他手中夺了过来，接着往下念道：

"如果我制作的遗产清册与大掌柜大野宇市所作的不吻合，即
表示宇市从中动过手脚。不过，考虑其长年在矢岛家工作与其名
声，我不予控告，只需缴回侵占之公款即可，另给予退休金三百万
日元，由他支用。"

代替宇市读遗嘱的良吉，声音也不禁颤抖了起来，宇市惊恐地
瞅着那封遗嘱。良吉语声颤抖地往下念：

"在此，我重新指定入赘女婿矢岛良吉代替大掌柜大野宇市，
作为新遗嘱的保管人和执行者，有关遗产的执行，均需与良吉商量
后，始得进行之。

我自知以上之分配必定引来不满之语，但世间之事恐难以完全
公平。祈望各位依法行事之余，要相互忍让，圆满解决遗产继承。
另外，望在继承遗产过程中，顾及祖上余光，相互提携，盛大祭祀
先祖之同时，务必振兴家业，严禁败坏门风。

有关矢岛家之财产归户清册，与遗嘱订在后面，并盖有骑缝章为凭。

第四代矢岛嘉藏

良吉立即打开那份与遗嘱合订在一起并盖上骑缝章的财产归户清册。

跟遗嘱一样，故矢岛嘉藏亲笔在奉书纸上详细写着土地、房屋、山林、古董、银行存款、股票和投资信托等等明细，包括战争期间因强制疏散的关系，土地和房屋被削减的坪数，以及房屋可使用的年限，甚至山林的实际面积和是否有砍伐权都有翔实记载。良吉仔细看着山林清册：

熊野：　　四十町步　　（实际面积六十五町步）　树龄四十五年以上，有砍伐权。

吉野：　　五町步　　（实际面积八町步）　　　树龄三十年以上，只有砍伐权。

大杉谷：　一百二十町步　（实际面积一百九十町步）树龄四十五年以上，有砍伐权。

丹波：　　十町步　　（实际面积十四町步）　　　幼树，多草地，有砍伐权。

鹫家：　　二十町步　　（实际面积三十五町步）　树龄三十年以上，有砍伐权。

良吉顿时脸色大变，气得把山林清册递到宇市面前。

"宇市先生！山林的实际面积为什么差距这么大啊？你从头到尾瞒着我们，只告诉我们登记簿上的面积，而且，你分给我们吉野的那片山林，居然只有砍伐权而没有地皮。你这样费尽心机，到底是什么居心？！你准备拿那些多出来的山林干什么？"

良吉出言斥责，宇市朝山林清册瞥了一眼，脸上表情不同于刚才的狼狈，而是轻松自若地辩解道："噢，实际面积……我哪知道这种事啊，我只是记下登记簿上的町步数，然后按这面积分配。"

"问题是，实际面积和登记面积相差过大，整片杉木的砍伐量就差得更多了。"

"您不能把所有责任都怪到我头上，我只是遗嘱执行者，当然是按登记簿上的数字来分配啊。"

"那么，树龄方面你又怎么解释？你说我们分到的是有四十年以上树龄的成木林，但在我岳父的清册里，树龄只有三十年以上，这是怎么回事？"

"噢，连树龄都写在财产归户清册里，老爷真细心啊……我连自己的年龄都记不清楚了，哪有办法去记住每片山林的树龄。"

宇市装聋作哑，别过脸去，没理会愤怒的良吉。这时候，良吉面带愠色，突然转身对着藤代，一反平常的温顺，开始责问起她："大姐，您跟宇市先生一起去查看山林，为什么没发现这些异端？您对山林那么了解，又对宇市先生制作的清册提出质疑，有可能这么简单就受骗吗？到底是怎么回事？"

藤代眼里露出异样的光芒，紧抿嘴唇说道："我想骗他，却反被他骗了……"

"咦？您被他骗了……这是怎么回事？"良吉惊讶地问道。

"你不会明白的。总之，我被他骗得团团转……"

藤代说到这里，怒视着宇市，说道："宇市先生，我们在暗中尔虞我诈，最后还是你老奸巨猾，狠狠地摆了我一道。仅一天之差，你的诡计就会得逞，要不然在明天的家族会议上，包括我在内，千寿和雏子都要上你的当，大家都以为自己捞到最多好处呢。想不到半路闯出了一个文乃，坏了你的大事，所以仔细算一算，吃亏最大的是你，其次是我，接着是谁呢……"

说着，藤代依序看着面露惊恐的千寿、良吉、姨母和文乃等等，最后把视线停留在文乃脸上，极其厌恶地说："最大的获利者就是坐在那里持有胎儿承认书的小妾呀！"

千寿气得龇牙咧嘴，激动地摇着头说："那我该怎么办？这女人的孩子居然要跟我们共同经营矢岛商店……"

这时候，直盯着古董清册的姨母芳子突然大声嚷了起来。

"你们一直说找不到那幅雪村的山水画，它明明就写在这里啊？"

姨母在指着古董清册的同时，文乃的脸色变得比宇市更快。

"大掌柜！我半年前把那幅雪村的山水画交给您，您说它可能是赝品，必须拿给古董商鉴定，等鉴定无虞之后，再送还给本家，还交代我说，在这段时间，本家的人若是问起，就推说不知道。您是不是打算私吞那幅画，才编出这样的谎言？"文乃气愤说道。

那是对宇市从中偷天换日最严厉的揭露。

"这么说，连雪村的山水画都在宇市手上……"

顿时，客厅里引起一阵骚动，宇市赶紧移膝向前辩解道："文乃，你怎能胡乱说是我私吞呢……因为这幅山水画属于三小姐的继承品之一，一旦离开库房，就有必要鉴定真伪，所以我只是把老爷拿去你家的那幅山水画拿去鉴定真伪而已，它现在就寄放在古董商那里。"

"那么，请问你是交给哪个古董商？"

"这……"

"宇市先生，事情到了这个地步，您就别再胡扯，不要推卸责任了。您以为随口说个古董商的名字，下班以后再去跟对方串通就能瞒混过去吗？我约略看了一下古董清册，不仅少了雪村那幅山水画，里面还缺了两三件古董。而且以银行存款来说，您制作的财产归户清册和我岳父制作的细目相比，少了将近一千万日元。照这样看来，您动手脚的部分肯定更多，倒不如趁这时候全部交代清楚！"

长年以来，良吉对宇市的欺侮总是隐忍着，今天终于一吐为快，借此表达心中的愤慨。

"咦？交代清楚？要交代什么？"宇市依旧装聋作哑。

"宇市先生，您不必再演戏了，我岳父在遗嘱上写得很清楚，如果他制作的财产归户清册与您制作的有所出入，即表示您作假。您也知道，这份遗嘱具有法律效力，您若不坦白，我这里也会有动作。"

"会有动作……"

宇市露出惊慌的神色，但旋即不以为然地说："噢，那您打算怎么做？"

良吉双眼圆睁，瞪着宇市，语气坚定地说："我岳父在遗嘱上说，念您长年以来在矢岛家工作，没有功劳也有苦劳，所以不向您提出诉讼，但您干的勾当已经证据确凿，若不趁这个机会说出实情，我就要以继承人的共同名义，告您侵占公款，还要扣押您的所有财产，甚至彻底清查店里的所有账簿，找出您利用盘点时动了什么手脚，以及向印染厂和纺织厂拿了多少回扣……"

宇市好像想到什么似的，探看了一下遗嘱，说道："请问遗嘱上的日期是什么时候？"

"到了这个节骨眼，您还想耍赖……"良吉拒绝回答他。

"我不会再说什么或问些什么，只是想了解一下这份新遗嘱的日期。"宇市执拗地说道。

"昭和三十四年二月十八日。"良吉不耐烦地说道。

"三十四年二月十八日……这么说，这份遗嘱比老爷交给我的那一份还要晚……"宇市感到沮丧，"看来已经分出胜负了，我输了。如果同时出现两封遗嘱，以日期最晚的那份遗嘱最具法律效力。换句话说，不管是同一天写下的遗嘱或是新写的遗嘱，没有标上日期等同于无效。因此，我想借此翻盘的机会几乎是不可能了，我彻底地输了。大小姐说得没错，我原本想欺上瞒下，结果却被精明的老爷给骗了……"

宇市懊恼地说着，不由得想起太郎吉说的那句"说不定你家老爷早就知道你动手脚的事，只是佯装不知而已"，以及文乃始终对他戒慎恐惧的各种反应。

故矢岛嘉藏当然知道文乃怀孕，早就在一月底写下第一份遗嘱，接着在二月十二日提出承认婴儿的申请，然后在二月十八日写下第二份遗嘱，趁临终之前支开宇市，将第二份遗嘱交给文乃保管。他借由第一份遗嘱，让继承人和遗嘱执行者争执不休，等到紧要关头，才让文乃提出第二份遗嘱，来个反败为胜。万一文乃没有早产，即使没赶上隔天的家族会议，只要提出上述两份具有法律效力的文件，她照样有权提出继承遗产的诉讼，如同今天的结果一样。而作为入赘矢岛家的店主矢岛嘉藏，之所以制作这详细的财产清册，是因为他早就看出宇市盗领公款的行径。对于欺凌入赘女婿的宇市来说，这无疑是一种冷酷的报复与无情的嘲讽！宇市积压了五十八年的怨恨与计划，好不容易盼到了千载难逢的机会，霎时无声无息地崩解了，他感到眼前一阵发黑，连忙用那骨节突出的枯手撑着身体。

"那么，我要怎么清算，你们才能接受？"他宛若幽灵似的重新端正坐姿说道。

"我要将岳父制作的财产清册和您制作的核对，逐一清查有出入的部分，首先从……"

没等良吉说下去，文乃出声说道："对不起，接下来是你们的家内事，我不方便在场，你们也不好讲话，我先告辞了。有关我孩子应得的权利，今后请你们多加关照。"

在场的矢岛家族没有人有回应，文乃恭谨地施上一礼，静静地站了起来。不知不觉间，夕阳开始西斜，坐落在大楼夹缝间的矢岛宅邸，沐浴在薄暮余晖下的庭院，已无客厅里的闷热，斜长的树影映照在仓库的白墙上。

文乃顶着微弱的斜阳，穿过走廊，朝玄关的方向走去。她那从容自信的身影，在藤代她们看来，犹如是炫耀胜利的姿态。目送着文乃离去的背影，藤代等人蓦然蒙上一种锥心的挫败感，千寿犹如呻吟般地呜咽着，雏子则紧抿着嘴，姨母芳子气急败坏地喘着粗气。

藤代冷不防抓起那份遗嘱。

"如果生下男孩，等他成年之后，与千寿夫妇共同经营矢岛商店……"

她高声朗读，但声音充满了奇特的余韵。千寿等人惊讶地回头看着她，她愣怔地盯着那份遗嘱，茫然地继续读下去。

"大姐，您怎么了？怎么突然大声朗读遗嘱……"

天真的雏子惊讶地探看着藤代，可是藤代没有回应，进而更大声地读着遗嘱。

"八、各位继承人在继承家产后，长女藤代须自立门户，未婚的雏子须将分得的遗产作为结婚费用，嫁往他家。除本家及分家招婿外，为矢岛家和雏子着想，切不可再另立女系家族……"

藤代的声音颤抖，犹如发疯似的，而且越念越大，响彻整个客厅。姨母芳子、千寿、雏子、良吉和宇市他们似乎都在思忖：身为矢岛家长女的藤代向来贪婪无度、自私自利，由于这份遗嘱的关系，她所奢望的不但将被剥夺一空，还得离开矢岛家自立门户，当然会感到极度的悲恨与狂乱。

藤代又重复念着："除本家及分家招婿外，切不可再另立女系家族……"

藤代的声音回荡在具有两百年历史的矢岛家内宅的廊柱与墙壁之间，而就在那声音消失的同时，仿佛又传来矢岛嘉藏从墓地深处发出的嘲笑声。他似乎在宣告持续四代的女系家族就要终结，预告新的男系家族即将到来。

后　记

山崎丰子

　　女系家族是大阪旧商家中至今犹存的一种特殊家庭关系。有些商家为了繁荣家业，不惜让女儿招婿入门，即使家中已有长子，但当其长子毫无经营能力时，便为女儿挑选具有卓越经营才能的上门女婿，代代以女系为中心来支撑家业。确切地说，这种以恪守家业为主、近乎冷酷无情的家族关系，远胜于骨肉亲情和手足之爱。

　　在这种特异的家族关系中，人们所显现的利己主义和贪婪的欲望，都是令人难以理解的。它具有极为异常的特色，每当手足发生利害冲突时，便出现六亲不认和相互仇杀的局面，甚至彼此憎恨和积怨，这些不断上演的荒谬戏码，堪称"现代怪谈"。

　　这部小说正是要呈现这种"现代怪谈"，亦即借由一名百年老店的店主弥留之际，勾勒出家族为了争夺家产所展现的赤裸裸物欲与贪婪，这也是我撰写这部小说的企图。坦白说，要将遗产继承的相关法律作为小说的主轴首尾贯彻，困难超乎我的想象。我先研读过遗产继承方面的法律与判例，然后每个月请文艺春秋社的法律顾问藤井幸先生前来大阪，定期为我讲解继承法，才开始动笔写这部小说。换句话说，要将艰深难懂的法学理论和法律用语巧妙地融入小说中，并将它作为重要的伏笔，对我来说都是艰难的挑战。

正因为如此，我足足和《继承法》这个怪物打了一年零三个月的交道，终于写出这部有别于我以往作品的长篇小说。对我而言，这不但是一次试炼，同时也带给我莫大的意义，为此我感到幸运。

山崎丰子

一九六三年（昭和三十八年）四月三十日